世界末日之战

| 略萨作品：精装珍藏版 |

〔秘鲁〕马里奥·巴尔加斯·略萨——著
赵德明 段玉然 赵振江——译

Mario Vargas Llosa
LA GUERRA DEL FIN DEL MUNDO

人民文学出版社
PEOPLE'S LITERATURE PUBLISHING HOUSE

著作权合同登记号　图字 **01-2019-1245**

Mario Vargas Llosa
LA GUERRA DEL FIN DEL MUNDO

图书在版编目(CIP)数据

世界末日之战/(秘)马里奥·巴尔加斯·略萨著；赵德明，段玉然，赵振江译. —北京：人民文学出版社，2021(2023.2 重印)
(略萨作品：精装珍藏版)
ISBN 978-7-02-015950-5

Ⅰ. ①世…　Ⅱ. ①马…　②赵…　③段…　④赵…
Ⅲ. ①长篇小说—秘鲁—现代　Ⅳ. ①I778.45

中国版本图书馆 CIP 数据核字(2019)第 298169 号

责任编辑　**朱卫净　陶媛媛**
装帧设计　**汪佳诗**

出版发行　**人民文学出版社**
社　　址　**北京市朝内大街 166 号**
邮政编码　**100705**

印　　制　**凸版艺彩(东莞)印刷有限公司**
经　　销　**全国新华书店等**

字　　数　**467 千字**
开　　本　**890 毫米×1240 毫米　1/32**
印　　张　**21.375**
版　　次　**2011 年 7 月北京第 1 版**
印　　次　**2023 年 2 月第 2 次印刷**

书　　号　**978-7-02-015950-5**
定　　价　**138.00 元**

如有印装质量问题，请与本社图书销售中心调换。电话：010-65233595

谨将此书献给另一个世界的

欧克里德斯·达·库尼亚以及仍

在这个世界的内里达·皮农

目录

自　序

假如不是尤克里德斯·达·库尼亚的《腹地》在1972年向我展示了卡努杜斯之战，展示了一位悲剧人物和最伟大的拉美作家之一，那么我绝对写不出这部长篇小说。从电影剧本（本书的胚胎，但从未拍摄）到八年后写完本书，这部作品让我经历了一次丰富多彩又惊心动魄的创作历程，那是在伦敦和纽约的图书馆里，是在巴西里约热内卢和萨尔瓦多州尘封的档案堆里，是在巴伊亚州和塞尔希培州炎热的腹地之旅中。在我的朋友雷纳托·费拉斯的陪同下，我走遍了"劝世者"曾经布道的全部村庄。在那些村子里，我听到居民们热烈讨论关于卡努杜斯事件的意见，好像政府军的炮声依然回响在起义军阵地上空，仿佛世界末日随时会降临在长满枯树和荆棘的荒原上。走在小道上，我们常常遇见狐狸，常常与赤身裸体的人、虔诚的信徒及吟游中世纪故事的乡下艺人擦肩而过。曾发生卡努杜斯起义的地方如今已是一片人工湖，岸边已经冒出那些激战留下的、生锈了的弹壳和炮弹。

我写作这部长篇小说时，许多巴伊亚人伸出了援手。除了雷纳托，不能不提及的至少还有三位：安东尼奥·塞莱斯蒂诺、何塞·德·卡拉桑斯和霍尔赫·阿玛多。

1977年，我开始动笔，地点在英国剑桥丘吉尔学院。1980年底完稿，地点在美国华盛顿特区历史悠久的湖畔，威尔逊中心。四周有猎鹰盘旋，林肯曾经在中心阳台上向参加了马纳萨斯战役的联军士兵发表演说。

马里奥·巴尔加斯·略萨

2000年6月于伦敦

敌基督来到人间
统治巴西，
好在这里有“劝世者”
把我们解放出来。

从法维拉山俯瞰卡努杜斯（学者马丁斯·奥卡德斯绘）

第一部

第一章

他身材高大，但十分瘦削，似乎让人看到的只是他的侧面；他肤色黝黑，虽然瘦骨嶙峋，双眼里却燃烧着永不熄灭的火花；他脚踏牧师们穿的麻鞋，身着深蓝色长袍，这一切令人想起那些在腹地走街串巷、给儿童洗礼、为已同居的情侣主持结婚仪式的教士们。很难猜出他的年龄、出身与来历，但是在他那平静的面庞上，在他那俭朴的生活习惯上，在他那冷漠、严峻的神情里，总有某种东西吸引着人们，即使他没有说出劝诫的话。

起初他是单独一人，总是突然来到，徒步行走，一路风尘，每隔三五个月出现一次。他那细长的身影常常出现在晨曦或黄昏中，总是匆匆走过村里唯一的长街，脚步有些急促。他迈着坚定的步伐在响着铃铛的山羊、狗群和为他让路时好奇地注视着他的孩子中间走着，并不回答那些认识他且敬重他的妇女的问候，也不理睬赶忙给他送来羊奶、面条和菜豆的女人。走到村里的教堂之前，反反复复、仔仔细细查明核实教堂的确房梁断裂、油漆剥落、钟塔破损、墙壁洞穿、地砖凸起、祭坛生虫之前，他是既不吃也不喝的。一片悲伤的阴云笼罩了他的脸庞，他难过得像逃荒的人——被干旱夺走了儿女、牲畜和家产，只好离乡背井，抛下亲人的尸骨去逃荒、逃荒而不晓得究竟奔向何方。他往往伤心地哭起来，在泪眼中，那燃烧的火花越发可怕地闪烁着。他随即祷告起来，可祈祷的方式不同于一般的善男信女。他匍匐在地上，或在石头上，或在破瓷砖上，面朝着祭坛或者祭坛曾经可能存在过的方向，时而默祷，时而高诵，一两个小时地趴在那里。居民们在一旁观看着，脸上露出敬佩的神情。他祈祷圣灵、圣父、万福马利亚和一些别人从未听过但是后来日复一日、年复一年也就死记硬背下来的祷词。“教堂的牧师在什么地方?”时常可以听到他这样发问，“这里为什么不给羊群安排一位牧人?”村子里没有牧师，上帝的住所被破坏，二者都使他万分难过。

只在乞求善心的耶稣饶恕人们把其住所弄成这副模样之后，他才肯接受少量的饮食，有时仅仅做做样子。尽管是饥馑之年，村民们还是极力端出有限之物。他只肯睡在屋檐下或腹地居民为他安排的住室，很少有人看到他睡在吊床、木床或房东为他铺设的褥垫上。他席地而卧，连毯子也不要，乌黑蓬乱的脑袋枕在臂肘上略睡上几小时而已。他睡得很少，总是最后一个躺下，而第二天起得最早的牧人看见他时，他已经在修补教堂的墙壁或屋顶了。

他讲道的时间是在黄昏。这时男人们已从田地里归来，女人们也做完了家务，孩子们都上床睡了。他讲道的地点就在每个腹地村庄都有的村中空场和十字街头。那里没有树木，只有遍地碎石，要不是天灾人祸，加上人们懒惰，那里本可以建有花园、凉亭和长椅，从而可以称做街头广场了。他开讲的时间是在夜幕降临之前，群星尚未闪烁，那时巴西北部的天空呈现五彩缤纷的晚霞，仿佛在那无限的苍穹之上正在燃放大量礼花。他开讲的时间正是人们点燃篝火以便驱赶蚊虫或烧烤食物的时候，那时凉风开始吹来，令人窒息的热气开始下降，使得人们的心绪较好一些，否则更难以忍受疾病、饥饿和生活中的种种痛苦。

他讲述一些简单而重要的事。对于围在他身旁的人群，他并不特别注视某一个人，或更确切地说，那火热的目光绕过一圈男女老少的头顶，注视着只有他才能看到的某物或某人。他讲的那些事，人们是明白的，因为早在那遥远的、刚学会吃奶的儿时，他们就已经朦胧地知道了。他讲的那些事是当前存在、可以感知、每日发生、无法回避的，比如世界的末日和最后的审判，也许在村民尚未修复倾斜的教堂之前就已经发生了。当慈悲的耶稣看到他的住所被人们弄得如此零落不堪，会发生什么呢？对于那些不仅不帮助穷人反而为了教会的开销将穷人的腰包搜刮一空的神父们，又该如何制裁呢？上帝的话难道是可以出卖的吗？上帝的话难道不应该恩赐给穷人吗？那些曾经发誓终身保持操守的神父竟然与人通奸，他们在基督面前将如何申辩呢？当着那位洞察人们的思想如同猎手识破虎豹足迹的圣人面前，难道能够撒谎吗？他讲的事是确乎存在、每日发生、众所周知的，比如死亡。如果心灵纯洁地去死，仿佛去过节，那么死亡带来的就是幸福。难道他们是衣冠禽兽吗？如若不是，就应该穿戴起他们最好的服装，踏过生死之门，向遇到的基督鞠躬致意。他讲到天堂，也讲到地狱（那魔鬼的住所里充满了火与蛇），还讲到魔鬼怎样千方百计地装出一副无害的面孔。

腹地的放牛汉和雇工们静静地听他讲着，心里充满了好奇、恐惧和激动；沿海的奴隶和甘蔗园里获得自由的奴隶以及他们的妻子儿女也是如此。有时，某个人为澄清一个问题（但是这种情况极少，因为他那严肃的神情、低沉的声音和满腹的经纶把大家吓住了）打断了他的话：这个世纪能结束吗？世界能进入二十世纪吗？他看也不看，摆出一副沉着自信的样子，往往是高深莫测的样子，回答说：到1900年，大地的光将熄灭，群星将陨落，但是在那之前将会发生罕见的事情。他讲完便是一片肃静，只听见篝火噼啪作响和蚊虫被火焰吞噬的吱吱声；村民则屏住呼吸，绞尽脑汁去苦思那未来的世界。1896年，会有成千上万的畜群从沿海向腹地移动；大海将变成洼地，洼地将变成大海。1897年，沙漠将被牧草覆盖，牧人与畜群将混成一体，以后就只有一群羔羊和一位牧人。1898年，帽子增加，头颅减少。1899年，河水将变成红色；一颗新星将运行在天空。

因此，应该有所准备。应该修复教堂和墓地，后者是仅次于基督住所的重要建筑，因为它是进入天堂或地狱的前厅。其余的时间就该用到最关键的地方去：心灵。难道男人或女人还要穿戴慈悲的耶稣从未穿过的绫罗绸缎诸如长裙、礼帽、皮鞋之类的奢侈品吗？

这是实际而又简明的劝告。他走后，人们仍在谈论他：这是一位圣徒，他显示过奇迹；他曾看见沙漠里长出了火红的草莓；他同摩西一样，一个声音把上帝不可言传的名字透露给他了。人们在议论他那些劝告。就这样，在巴西帝国结束之前、共和国成立以后，杜卡诺、索雷、安巴罗和本巴尔的村民先后听到了这些劝告。月复一月，年复一年，庞孔塞霍、海雷莫勃、马萨卡拉和因安布贝的教堂从断壁颓垣中崛起；按照他的教诲，圣多山、河谷峪、阿巴底亚和巴拉索的公墓全都加修了围墙和壁龛；在依达比古鲁、贡贝、纳杜沃和莫坎波，死人时也举行隆重的葬礼了。月复一月，年复一年，在阿拉戈因哈、乌亚乌亚、赫戈维纳、依达巴依那、坎波斯、依达巴依宁赫、海鲁、里雅索、拉卡多和西莫底亚斯，人们都在夜里传颂那些劝告。大家都认为是对的。因此，起初是一个村庄，接着又有一个村庄，最后在整个北部的乡村里，人们称这位发出劝告的人为“劝世者”，虽然他的真名实姓是：安东尼奥·维生特·门台斯·马西埃尔。

一道木栅栏把《消息日报》（这四个字用哥特体赫然写在入口处）的编辑和职员同前来登广告和送新闻的人截然分开。记者不过四五个：一个正在查阅插在墙上的档案袋；另外两个兴致勃勃地在谈论什么，他俩没穿外衣，身着硬领衫，打着蝴蝶结，身旁挂着日历，上面写着年月——1896 年 10 月 2 日，星期一；第四个是其貌不扬的年轻人，戴着一副厚厚的近视眼镜，手持鹅毛笔正伏案书写着什么，完全不理睬周围发生的一切。他们身后稍远处，穿过一道玻璃门是社长办公室。一个头戴鸭舌帽、臂套护袖的男人正在贴有“付费广告”的柜台后面接待一排顾客。一位太太刚刚递给他一张硬纸卡。他蘸湿了食指在计算广告上的字数：*清新牌洗涤液主治淋病、痔疮、白浊及任何泌尿系统疾病　阿·德·戈尔娃霍夫人配治　3 月 1 日大街 8 号*。最后，报出价钱。那位太太交了款，接过找头，转身离去。排在她身后的一个男人立刻向前一步，递给出纳员一张纸片。这个男人身穿藏青色燕尾服，头戴一顶圆形礼帽，衣和帽显然用过多时；金黄色的鬈发盖住了双耳；中等偏高的身材，宽宽的脊背，显得结实而持重。出纳员用手指点着字数，一行行开始数起来。突然，他皱起眉头，竖起手指，两眼极力凑近那段文字，仿佛担心没有看对。终于，他困惑不解地望望顾客，后者好似一尊塑像般地站在那里不动。出纳员不高兴地眨眨眼，然后告诉对方稍等片刻。他慢吞吞地挪动双脚，穿过房间，手里晃着那张纸片，走到社长办公室门前。他敲敲玻璃门，走了进去。一两分钟后，出纳员从门里出来，打了个手势，请那位顾客进去，然后回工作岗位上去了。

穿藏青色礼服的那个人穿过《消息日报》的办公室，脚后跟发出嗒嗒声，好像钉有马蹄铁似的。他走进小办公室，看到四处堆放着纸张、报刊和进步共和党的宣传品：“建立统一的巴西、强大的国家。”那里有个男人正好奇地望着他，唇边挂着笑意，似乎在望着什么怪物，显然是在等着他。那人坐在唯一的一张写字台后面，身着浅灰西装，脚踏皮靴，肤色发黑，一副年富力强的样子。

“我是埃巴米农达·贡萨尔维斯，报社社长，”他说，“请过来。”

那人微微一躬身，一手举到帽檐旁，但是既没有摘帽也没有开口。

“您打算要我们刊登这个吗？”社长晃晃纸片问道。

那穿藏青衣服的人点点头。他的胡须也像头发一样是金黄色的；目光深邃而又明亮；嘴角长长地撇向两边，露出坚毅的神态；鼻孔张开得很大，好像要吸入更多的空气。

“只要不超过两千瑞斯①，这是我的全部资本。”他低声说道，葡萄牙语讲得很费力。

埃巴米农达·贡萨尔维斯觉得又好气又好笑。那人却依旧站在那里，十分严肃地注视着他。社长于是拿起那张纸片，缓缓地念道：

“‘谨定于10月4日下午六时，在自由广场召开热爱正义的人声援卡努杜斯的理想主义者及世界上所有起义者的群众大会。’您能告诉我谁来召开这个大会吗？”

“眼下是由我，”那人马上答道，“如果《消息日报》愿意赞助，那可就Wonderful（英语：好极了）。”

“您知道那些人在卡努杜斯都干了些什么吗？”埃巴米农达·贡萨尔维斯敲敲写字台，轻声说，“强占别人的土地，像动物一样杂居在一起。”

---

① 巴西旧货币单位。

“这两件事都值得赞颂，”穿藏青衣服的人连连点头道，“所以我决定花钱登这份广告。”

社长沉默了片刻，在重新开口之前，他干咳了一声：

“先生，可以知道您是谁吗？”

那人不卑不亢、颇为郑重地自我介绍说：

“先生，我是一名自由战士。这份广告可以登出去吗？”

“不行，先生，”埃巴米农达·贡萨尔维斯回答道，这时他已心中有数，“巴伊亚州当局正找借口要查封我的报社呢。尽管他们口头上对外讲是赞成共和制，可实际上仍旧是保皇派。我们是州里唯一真正的共和派报纸，我想这一点您是明白的。”

穿藏青衣服的人傲慢地点点头，从牙缝里挤出一句：“果然不出我所料。”

“我奉劝您不要把这份广告送到《巴伊亚日报》去，”社长一面补充说，一面把那张纸递过去，“那家报社是德·卡纳布拉沃男爵的，他是卡努杜斯那片土地的主人。弄不好，您会进监狱的。”

穿藏青服的人一句告辞的话也不说，把纸片装进口袋里就转身离去。穿过外间办公室时，他既不张望也不招呼任何人，脚下发出重重的响声。屋内的记者和交广告费的顾客们都斜眼瞧着他那悲凉的身影和金黄的鬈发。他走出门后，那个戴近视眼镜的年轻记者从办公桌那里站起，手里拿着一页发黄的纸片向社长办公室走去。埃巴米农达·贡萨尔维斯仍注视着远去的陌生人。

“‘遵照巴伊亚州州长，尊敬的路易斯·比亚纳先生的指令，步兵第九营一个连在皮雷斯·费雷拉中尉的指挥下，今日从萨尔瓦多①出发，其任务是将强占庄园的匪徒从卡努杜斯驱散，并逮捕匪

① 巴西巴伊亚州的首府。

首塞巴斯蒂安派教徒“劝世者”安东尼奥’，”他站在门槛上念罢，问道，“先生，登在第一版还是后面其他几版？”

“登在殡葬和弥撒那一栏下面。”社长回答说。接着他指指大街上那个即将消失的穿藏青衣服的人问道：“你知道那家伙是什么人吗？”

“他叫加利雷奥·加尔，”近视记者回答说，“是苏格兰人。他整天要巴伊亚的人让他摸脑壳。”

他出生在本巴尔，是鞋匠及其残疾的情妇所生。那个女人虽然残疾，却在他之前生过三个男孩，在他以后又生下一个女孩。这么一个娃娃居然逃过了大旱而活下来。鞋匠及其残疾的情妇给他起名叫安东尼。世界上若是真有逻辑推理学，那么安东尼不会活下来，因为当他刚会满地爬的时候，那场大旱出现了，那真是毁灭整个地区，将庄稼、人和牲畜斩尽杀绝的浩劫。几乎整个本巴尔镇的人都因为干旱而逃向沿海地区去了。可是迪布尔休·达·穆塔这个鞋匠却逢人便说，他绝不离开家园，因为在他生活的这半个世纪里一步也没离开过这个镇子——家家户户没有人不穿他制作的鞋。他实现了自己的诺言，果然同一二十口人在本巴尔留下来。当时甚至连拉萨路教派的神父们都走光了。

一年后，逃出本巴尔的人获悉河水已经重新流进了洼地，田里已经可以播种粮食，便开始返回家园。可是迪布尔休·达·穆塔连同他那残疾的情妇和三个大孩子已经长眠于地下了。他们把一切能吃的东西全部吃光以后，又吃掉一切绿颜色的东西，最后是牙齿可以咀嚼的任何东西。教区神父堂卡西米罗——是他将他们一一安葬的——认为他们并非死于饥饿，而是死于愚昧，因为他们吃了鞋铺里的皮革又去喝牛湖的水。那湖水蚊虫孳生，臭气熏天，连羊群都远远躲开。堂卡西米罗收养了安东尼和他的小妹妹，凭借空气和祷词使兄妹俩幸免于难。当镇子里的家家户户又住满了人的时候，教区神父为他俩分别找到了住所。

小女孩的教母把女孩接走了，这位教母后来迁到德·卡纳布拉沃男爵的一座庄园里干活去了。安东尼呢？当时五岁，本巴尔另外一个人称独眼龙——与人斗殴时弄瞎了一只眼，在迪布尔休·达·穆塔的鞋铺里学了手艺，重返本巴尔后继续接待师父的老主顾——的鞋匠将他收为义子。他是个性情暴躁的人，经常喝得烂醉，倒卧街头，浑身散发着臭气。他没有女人，使唤起安东尼来就像使唤一头牲口，整天让他扫地、刷碗、拿鞋钉、找剪刀、递楦头、搬皮靴，要么就派他去鞣皮作坊。他让安东尼睡在一张牛皮上，靠近独眼龙不喝酒时同伙计们消磨时光的小桌旁边。

这个孤儿矮小温顺，一身皮包骨，一双怯生生的眼睛使本巴尔的女人们十分怜爱他。这些女人只要有可能就送给他一些食物或者自己孩子不穿的衣服。一天，她们之中有七八个女人——都是认识那残疾女人并同她一道多次参加过命名礼、坚信礼、葬礼、婚礼的同伴——到独眼龙的作坊里，要求他让安东尼去学启蒙教义，以便为第一次领圣餐做准备。她们吓唬他说，假若这孩子不领圣餐，上帝就要跟他算账。结果鞋匠极不情愿地表示同意安东尼每天下午到天黑以前去参加教会办的教义班。

于是，某种重要的事在这孩子的生活里发生了。由于拉萨路教派宣讲的教义在他身上引起了变化，不久，他就被人称为虔诚的小信徒。学完教义，他的目光不再注视尘世的一切，仿佛他已经超凡净化。据独眼龙说，他多次发现安东尼夜里跪在暗处为基督的苦难而痛哭流涕。这孩子是那样忘情，以至于来回摇晃他好几次，他才重返人世间。还有些夜里，独眼龙听到他在说梦话，那口气很激动，说的是犹大的背叛行为、玛格达莱娜的忏悔和荆棘冠冕。一天夜里，独眼龙听到安东尼在发誓，他要像圣弗朗西斯科·德·萨莱斯①那样，满十一岁就终身出家，侍奉上帝。

安东尼找到了一个可以侍奉上帝的办法。他仍然顺从地完成独眼龙的各项吩咐，但是做事情的时候总是半闭着眼睛，翕动着嘴唇。人们终于明白了，不管他在扫地时或是到皮匠那里去或拉住独眼龙正在敲打的鞋底皮时，实际上都在祷告。这孩子的神态使他的养父感到不知所措，心里十分害怕。虔诚的小信徒在自己睡觉的角落里逐渐搭起一座供神用的祭坛。神像是教会送给他的，十字架则是他自己用契克—契克树②雕刻、油绘而成的。每天起床后和睡觉前，他都要面对祭坛，点燃蜡烛祈祷一番。他跪在那里，双手合拢，满脸忧伤地耗去全部空闲时光，绝不像本巴尔镇上别的孩子那样跑到牧马场上骑上一匹光背野马到处追捕野鸽，或者去看大人阉割公牛。

自从第一次领过圣餐，他就当上了堂卡西米罗的侍童。堂卡西米罗死后，他继续帮助拉萨路教派的教士们做弥撒，尽管要这样做，他每天必须往返走上五公里半的路。在举行宗教游行的时候，他管焚香，并且帮忙装饰圣母和基督准备在街头休息的木架和祭坛。这位小信徒不仅信仰十分虔诚，而且心地极其忠厚善良。本巴尔镇上的居民经常看到这样的场面：安东尼给瞎子阿代尔夫当领路人，时常陪伴瞎子去费雷依拉上校的牧场，因为阿代尔夫从前在那里工作，患了白内障才被辞退出来，现在一想起牧场就很伤心。安东尼拉着他的胳臂穿过田野，用另一只手拿着木棍，一路上打探着地面，以防毒蛇的袭击，一面耐心地听瞎子讲家史。安东尼还为身患麻风病

---

① 中世纪的日内瓦主教，创建了毕西塔雄教团，著有《虔诚生活之入门》，在天主教内影响很大。

② 据《腹地》一书，这是一种热带干燥地区的植物，树枝弯曲，长满棘刺，开白花。

的西梅翁募集食物和衣服，因为自从居民们禁止这位病人走近本巴尔以来，他活得简直像头野兽。虔诚的小信徒每星期给西梅翁送一包面包屑、腊肉和其他食物，这是安东尼为他乞讨来的。街坊邻里经常看到安东尼出没在西梅翁住的山洞附近的岩石中间，看见他领着那个赤着脚、头发蓬乱、只披着一张黄色牛皮的老人向水井走去。

虔诚的小信徒第一次见到“劝世者”的时候，已十四岁。在那之前几周里，他曾经极度悲观，因为拉萨路教派的神父莫拉埃斯告诉他，由于他是私生子，所以不能当神父。这等于迎头泼了他一瓢冷水。为了安慰他，莫拉埃斯神父解释说，不领圣职同样可以侍奉上帝；同时答应他到一家卡普青教派的修道院去商量一下，也许那里可以让他作为世俗兄弟接纳入院。当天夜里，虔诚的小信徒号啕不已，哭得那样动情，使得独眼龙大为生气，多年以来第一次将安东尼痛打了一顿。自那以后又过了二十天，在本巴尔镇的街道上，顶着正午炎热的阳光，走着一个身材瘦长、皮肤黝黑的人。他披着黑发，长着一双目光炯炯的眼睛，身穿深蓝色长袍。他身后跟着六七个衣着像乞丐但喜气洋洋的人。他们簇拥着“劝世者”穿过村镇，向破旧的砖瓦教堂走去。自从堂卡西米罗去世后，这座教堂荒废得连雀鸟都飞到神像上筑巢了。像本巴尔镇上的许多居民一样，虔诚的小信徒也来看“劝世者”祷告，后者同他的追随者们匍匐在地，大声祈祷。那天黄昏，安东尼听了“劝世者”的讲道，听了他关于拯救灵魂的话，听了他对不敬神现象的批评，听了他对未来的预言。

那天夜里，虔诚的小信徒没有回鞋铺睡觉，他同那群流浪者一起围在那位圣徒身旁，就在本巴尔镇的广场上席地而卧。次日的上下午以及“劝世者”随后在镇上停留的时间里，安东尼同那位圣徒及其追随者们一道参加劳动。他们修好教堂的桌椅板凳，填平地面，筑起一道将公墓单独隔开的石头围墙——这片墓地是伸入水洼的长条陆地，站在村头便可隐约看到。每天晚上，安东尼都蹲在“劝世者”身旁，听他宣讲世上的真谛。

但是，到了“劝世者”在本巴尔镇停留的倒数第二夜，当虔诚的小信徒安东尼请求那位圣徒允许自己陪伴他周游世界的时候，那位圣徒先是用目光——锐利而又严峻——随后用嘴唇吐出一句“不行”。安东尼跪在“劝世者”面前，伤心地痛哭起来。这时夜已经深了，本巴尔镇已进入梦乡，那群衣衫褴褛的人互相依偎蜷缩着，也沉沉地睡去了。篝火已经熄灭，只有满天的星斗在头顶闪烁，远远近近传来一阵阵蝉的鸣唱①。“劝世者”任凭安东尼去哭，去亲吻袍角。安东尼再次恳求他同意自己永远跟随他，因为他的心声在说，只有这样才能更好地服侍基督。“劝世者”依然不动声色。那少年紧抱着“劝世者”的脚踝，亲吻着那些饱经风寒的脚趾。等到安东尼哭得精疲力竭，“劝世者”用双手捧住那少年的面颊，命令他注视自己的眼睛。他凑近安东尼的面孔，极为庄严地问他是否为了热爱上帝而甘愿忍受痛苦。虔诚的小信徒连连点头。“劝世者”于是撩起长袍，那少年借助微弱的晨曦看到“劝世者”的腰部缠绕着一圈铁丝，它深深地勒进皮肉。“现在你把这个系上！”安东尼听到这样的声音。那圣徒亲手帮虔诚的小信徒解开衣裤，贴着皮肤勒紧那条苦行带，并帮他打好结。

七个月后，当“劝世者”及其追随者（人员有变化，数量有增加，其中有个魁梧高大、半裸上身的黑人；他们依然穿得破烂不堪，但脸上仍旧喜气洋洋）再度回到本巴尔镇的时候，在尘土飞扬的街道上，虔诚的小信徒腰间仍然系着那条苦行带。现在那圈铁丝已变成绛紫色，勒住的皮肉已经变成一道深沟，上面是一层棕褐色的硬

① 巴西地处热带，天气炎热，因而深夜蝉仍鸣叫。

痂。他一天也没解掉，过一段时间，他就将松动的苦行带勒紧一些。莫拉埃斯神父曾经劝他不要再系下去了，并且向他解释说，一定限度的自讨苦吃会使上帝高兴，但是超过了限度的自我牺牲就可能变成得到魔鬼鼓励的病态消遣了；而他正处于随时会超越这个限度的危险之中。

但是安东尼并没有听从他的劝告。“劝世者”及其追随者回到本巴尔镇那一天，小信徒正待在印第安人翁贝托·萨鲁斯底诺的商店里。他看见“劝世者”在信徒们的簇拥下，后面跟着几十个男女村民，像上次那样径直向教堂拥去，心脏就像那吸入鼻孔的空气一样停滞不动了。他跟在人群后面，加入那喧闹和激动的人流中，随后便混杂在人群里，同“劝世者”稍稍保持一段距离，跪下来祷告。这时他觉得全身的热血在沸腾。那天夜里，在篝火的照耀下，他站在挤满人群的广场上，静听“劝世者”布道。这时他仍然不敢过分靠前。这一次，本巴尔全镇的人都来听“劝世者”讲道。

村民们做完祷告，唱过赞美诗，有人把生病的子女抱给“劝世者”请他求神医治；有人讲述了自己的痛苦，询问前途如何。之后，天已经快亮了。村民们走了，“劝世者”的追随者像往常那样互相依偎着睡了。这时，小信徒安东尼怀着领圣餐时那种极为虔诚的心情，小心翼翼地跨过那些衣衫褴褛的人们，向那个瘦长的身影走去。后者这时正一手支着那头发蓬乱的脑袋坐在地上休息。篝火在发出最后一点光和热。听见脚步声，“劝世者”睁开了眼睛。小信徒后来总是对那些听他讲自己经历的人说，他当时立刻从“劝世者”的眼神里看出，那位圣人一直在等候着他。安东尼一言未发——也许难以开口——地掀起粗呢外衣，让“劝世者”看他腰间系着的铁丝。

“劝世者”目不转睛地察看了一阵，微微点头，一抹淡淡的微笑浮现在脸上。在这之后的许多年里，小信徒千万次地对人们说，“劝世者”的这一抹笑就是同意他献身给上帝的隆重仪式。“劝世者”随即指指身旁的一小块空地，仿佛那是有意在人堆中为他留出的。少年和衣而卧，无须多说他便明白，“劝世者”已认为他有资格同他一道周游世界，去和魔鬼作战了。本巴尔镇看门守夜的狗群和习惯早起的村民都曾听到小信徒那一夜哭了很长时间，却没有人想到，那哭声是由幸福而引起的。

他的真名实姓并不是加利雷奥·加尔，但他的确是一名自由战士，或者像他自己所说的那样，是革命者和颅相学家。他闯荡世界期间，两次被判决死刑；他已度过的四十六年岁月，有五年是在狱中度过的。本世纪中叶①，他出生在苏格兰南部的一座村庄里，他父亲在那里行医。这位医生曾力图成立一个主张绝对自由的协会，从而宣传蒲鲁东②和巴枯宁的思想，但是没有成功。像别的孩子听神话故事那样，他经常听的是财产是社会上的万恶之源，穷人只有通过暴力才能打破剥削和蒙昧的锁链。

他父亲是弗朗斯·约瑟夫·卡尔的弟子。这位弟子认为自己的导师——解剖学家、物理学家、颅相学的创立者是那个时代最具权威的学者之一。颅相学对于卡尔的其他门徒而言，仅在于确认智力、本能和情感是可以在大脑皮层中定位的器官，是可以测量和触摸到的。对于加利雷奥的父亲而言，这门学问则意味着宗教的灭亡，唯物主义确立并证实了精神并非像巫术师们所坚称的那样无法估量和触摸，而是像感官那样是身体的组成部分，精神如同感官一样是可以在临床上研究和治疗的。自从儿子懂事，这位苏格兰人便反复灌

---

① 这里指19世纪。

② 蒲鲁东（1809—1865）：法国人，鼓吹阶级调和，反对工人罢工和革命，对1848年的“二月革命”持否定态度，并宣扬无政府主义思想。

输下面这样一条简单的信条：革命将把人类社会从灾难中解救出来，科学则将个人从自身中解放出来。加利雷奥早已决心为实现上述目标而奋斗终身。

父亲的危险思想使他们难以在苏格兰生活下去，便迁居到法国南部。1868年，加利雷奥的父亲由于援助布尔德纺织厂的罢工工人而被捕，被押送到戛纳，随即死于狱中。第二年，加利雷奥也身陷囹圄，罪名是教堂纵火犯同谋——继军人和银行家之后，神父是他仇恨的第三个目标。但是，仅仅过了一两个月，他便越狱逃走了。以后他同父亲的老友，一位巴黎外科医生一道工作。这时，由于他的真名已为警方所熟知，他便改名叫加利雷奥·加尔，并且开始在里昂的一家报纸（《反叛的火花》）上发表政治小品和科普文章。

他一生中颇引以为自豪的事情之一，就是曾于1871年3月至5月同巴黎公社社员一道参加了为人类解放的战斗，也目击了梯也尔政府的军队所犯下的滔天罪行：三万名男人、妇女和儿童死于屠刀之下。他本人又一次被判处死刑，但是在处决前夕，他杀死了看守所中的军曹，穿上其军服，越狱逃走了。他跑到巴塞罗那，在那里学了几年医，同玛利阿诺·古比一道从事颅相学的研究。古比是这样一位学者：他认为只要他用手在某人的脑壳上摸一遍，便可以测出此人的禀性、爱好和最隐秘的个性。据说加利雷奥·加尔将要取得医生的头衔时，他对自由和进步的热爱，或者说他那冒险的天性，又一次将他置于动荡的生活中。一天夜里，加尔同一群志同道合者去攻打蒙奇约军营，他们以为这样就可以掀起一场动摇西班牙政权基础的风暴。但是有人事先告密，结果迎接他们的是大兵们暴风雨般的枪弹。加尔眼睁睁地看着自己的同志们一个个在枪林弹雨中倒下，他本人也多处受伤，最后被士兵们抓住。他被判处死刑，但是根据西班牙的法律，对病囚不准行刑，所以在处决他之前必须将他的伤医治好。在一些有势力的朋友帮助下，他逃离了医院，并携带假证件登上了一艘货轮。

加尔虽然周游了许多国家和地区，但始终忠于少年时期的思想。他抚摩过各种各样长着金黄、漆黑、火红和银白色头发的脑袋，与此同时，他审时度势，时而进行政治活动，时而从事科学研究；其间，伴随着种种历险：监狱生活、秘密行动、地下会议、逃亡和失败。他写下了一本本实证笔记，从而丰富了他的导师蒲鲁东、卡尔、巴枯宁、斯布赫谢姆、古比和他父亲教授他的例证。由于扰乱社会治安和攻击宗教思想，加尔曾经在土耳其、埃及和美国被捕，可是因为福星高照又不畏艰险，他从来没有在铁窗中待过很长时间。

1894 年，加尔在一艘德国轮船上当医生。该船在巴伊亚的海上遇险失事，搁浅在圣彼得要塞的对面。那时巴西废除奴隶制仅仅六年，从帝制改为共和也只有五年。这个国家的混血人种与文化、沸腾的社会与政治生活、欧洲与非洲融合于一体的特色，还有某种他尚不了解的什么，都使他十分着迷。他决定留居此地。他不能开诊所，因为没有医生头衔，于是只好像在其他地方那样靠教外语和打短工维持生计。加尔虽然也曾浪迹巴西内地，但终究又回到萨尔瓦多来住。他经常出入卡底丽那书店，经常待在米拉多尔大街的棕榈树下或者下城区水手常去的酒馆里。他常常向过往行人解释：假若理智代替信仰成了生活的中枢，即魔鬼（第一个造反者）代替了上帝成为真正的自由君王，那么各种道德观念便可以同时共存了。他还说：一旦旧秩序被革命行动摧毁，自由和正义的新社会就会自发地产生。虽然有行人听他宣讲，但是人们似乎并不十分感兴趣。

第二章

在1877的大旱之年里，饥馑和瘟疫将一半的腹地人口和牲畜的生命夺去了。“劝世者”这时已经不是独自周游了，或者更确切地说，是在许多善男信女的追随下云游各地了（他仿佛勉强意识到身后有一股人流在追随着自己的足迹）。人流中，有些人是因为被“劝世者”的道理所打动，有些人则出于好奇，或者纯粹是从众，便舍弃一切随他出走了。一些人陪他走上一段路程就作罢，少数人则似乎准备永远留在他身旁。尽管大旱，他仍然走下去；虽然田野里尸骨遍地，秃鹫横飞，村庄里十室九空，他依然走下去。

1877年全年没有降雨，大小河流都已干涸。在卡汀珈①出现了成群结队的流民，他们乘着大篷车，或者手提肩扛一点儿可怜的破烂，四处寻找水源和食物。但是在这个可怕的年头里，最可怕的事情也许并不是这些，而是出没于北方腹地的土匪和毒蛇。经常有人钻进大庄园去盗窃牲畜，他们往往同地主的打手们开枪对射，有时

① 巴西北部旱热地带的丛林区域。

则将偏僻的村庄洗劫一空。对此，警察局常常定期派巡逻车前来搜捕。但是，为饥饿所迫，成帮结伙的匪徒像雨后的蘑菇成倍地增加。他们血腥而又残忍，疯狂地扑向已被旱灾吞食的村庄。为了攫取村民最后一点儿食物和衣裳，他们开枪射杀任何敢于抵抗的居民。

但是，匪徒们无论从言论或行动上都没有冒犯过“劝世者”。他们同他经常在荒原的小路上、仙人掌与乱石间、灰蒙蒙的苍穹下相遇；有时则在茂密的卡汀珈相逢，那里的草丛已经枯萎，树干已开始干裂。这些匪帮，一二十人不等，用凡是可以砍、刺、钻、拔的任何工具将自己武装起来。他们看到那位身着蓝袍的瘦人面带惯有的漠然表情，用冰冷而有威慑力量的目光对他们注视片刻，随后依然做他经常做的那几件事：祈祷、思索、踱步、讲道。一看见强人出现，“劝世者”的信徒们立刻吓得面色苍白，马上像雏鸡一样紧紧地围在“劝世者”身旁。那些强盗看到这些人果然一贫如洗，便扬长而去。但是，有时他们认出了那位圣徒，也会停下脚步细听他的讲道，因为有些劝世的预言在此之前他们就已听说过。若“劝世者”在祷告，他们就不打断他，而是等待着他那祝福的目光。终于，他起身同他们讲话了。他那低沉的嗓音很善于抓住人们的心。他谈的是他们可以理解的事情，或是他们能够接受的道理。比如：眼下的天灾毫无疑问是魔鬼降世的先兆之一，也是死人复活和天国审判前的灾难之一。又比如：他们如果要拯救自己的灵魂，就必须准备迎接魔鬼——很可能就是撒旦亲自来到人世征召信徒，投入像烈火一样席卷腹地时发生的战斗。那些流寇同牧牛人、雇工和奴隶一道，静静地思索着。强盗中有些人，如身体强壮的帕杰乌、大个子彼得劳，甚至那个最为血腥残忍的大盗若安·阿巴德，后来都纷纷悔过，痛改前非，追随“劝世者”。

响尾蛇也像强盗们一样是尊敬“劝世者”的。由于大旱，这些毒蛇成千上万地出现在田野里，真使人目瞪口呆。它们扭动着长长的蛇身，摇晃着三角形的蛇头爬出洞穴，也像人一样要外出逃荒。在路上，它们常常咬死儿童、牛犊和羊羔，并在光天化日之下毫不畏惧地闯入村庄，寻找食物。毒蛇是这样多，简直没有足够的苍鹰能对付得了它们。所以在这人妖颠倒的世道里，看到这样的现象——毒蛇吞食猛禽——便不足为奇了。而在从前，人们看见的是苍鹰嘴里叼着毒蛇展翅飞翔在空中。腹地的居民不得不日夜携带着棍棒和砍刀；有些外逃的难民仅仅在一天之中就打死了一百条响尾蛇。但是“劝世者”过夜时仍旧席地而卧。一天傍晚，他听见他的追随者在谈毒蛇，便告诉他们，这种事并非第一次发生。当以色列的子民们走出埃及返回故里时，他们抱怨沙漠途中的艰难困苦，于是上帝震怒，派出毒蛇去咬他们，以示惩戒。摩西赶忙哀求上帝，上帝命他造一条铜蛇，只需让被咬伤的人看上一眼，便可痊愈。他们也得照此办理吗？不必，因为神的奇迹是不会重复出现的。但他们还是举着一块画有耶稣像的红布，也许上帝对此是会另眼相待的。那块画有耶稣的红布由圣多山一个名叫玛丽亚·瓜德拉多的女人披在肩头的箱子上。画像的人就是那个因为好善乐施而被称为虔诚的小信徒的安东尼，那个本巴尔镇的少年。他们这一举动大概博得了上帝的欢心，因为没有任何一个信徒被毒蛇咬过。

瘟疫也敬重“劝世者”。由于旱灾严重，饥馑遍地，在相当长的岁月里，瘟疫猖獗，严重地威胁着幸存者的生命。孕妇早产，小儿落齿脱发，成年男子则吐痰、便血、生肿瘤、长疥疮——弄得他们像癞皮狗一样在乱石堆上打滚。可是那位瘦得像竹竿的“劝世者”依然在厉鬼与死神的威胁下周游各地。他像一位富有经验的领航员，沉着冷静，镇定自若，顶着狂风暴雨，指挥船舶向预定的港口驶去。

“劝世者”这样不停歇地周游，他将驶向哪一处港湾呢？既没有人这样发问，他也不曾讲过，可能连他本人也不清楚。现在追随他的有十几个人，他们为献身给圣灵，已经抛弃了人世间的一切。

在大旱的年月里，“劝世者”和他的门徒们不停地掩埋路旁看到的死尸——有的是饿死的，有的是病死的，有的是急死的；还掩埋掉被野兽甚至是人吃剩下的残骸。他们制作了一些木匣，还为这些死难的兄弟姐妹们挖掘了墓穴。这些死人构成一个五颜六色的集合体，是不同民族、不同地区、不同职业的大杂烩。其中有给大庄园主赶牲口的贫苦雇工；有红皮肤的印第安人，他们的曾祖父们曾经过着半裸体、掏食敌人心脏的生活；有马梅卢科人①，他们做过工头、黑白铁匠、鞋匠或木匠；有穆拉托人②以及逃亡的黑奴，后者是从海岸地区的甘蔗园和牧场逃出来的，那些地方的人发明了许多惩罚奴隶的刑具，如木枷、盐水泡桅杆等。“劝世者”举行庄严的早祷仪式时常常谈到罪孽，谈到魔鬼的卑劣行径和圣母的仁慈善良。听众中最容易激动的便是妇女，年老的、年轻的、健康的、残疾的……概莫能外。正是这些女人常常把枣蒺藜改成针，把棕榈叶制成线，为他缝补那件蓝色的长袍。当这件旧袍被灌木丛撕扯得不成样子的时候，又是她们为他设法缝制一件新衣；换下他脚上麻鞋的也是她们，这些女人争先恐后地抢夺那换下的旧鞋，为的是将他穿的衣物当作圣品供奉起来。也正是这些妇女，在男人点燃篝火时用大米粉、玉米粉或木薯粉包上西葫芦馅，做成烤馅饼，送给“劝世者”和他的门徒享用。这些有信仰的人一向不为食物操心，因为他

---

① 系白人和图皮人的后裔。

② 系黑人和白人的后裔。

们饮食颇有节制，所经之地又都有赠予。穷人见到“劝世者”，常常送来一只母鸡、一口袋玉米或新制成的奶酪；当这支衣衫褴褛的队伍露宿于农庄，出于自愿不收分文地将庄园的教堂打扫干净的时候，那些财主便让仆人送去鲜奶和粮食，有时是一只小母羊或小公羊。

“劝世者”在腹地转了一圈又一圈，东西南北地走了一遍又一遍，在丘陵、平地上上下下不知多少次，所以人人都认识他，神父们也认识他。这里的神父并不多，仅有的几位仿佛被淹没在广阔的腹地。总而言之，神父的人数远远不能维持那大量的教堂，尽管牧民只在逢年过节才去光顾。一些地方如杜卡诺和贡贝的教区神父允许“劝世者”登上讲坛给信徒们布道，这两个地方的神父同“劝世者”相处得很好。另一些地方，如河谷峪和依达比古鲁的神父则禁止“劝世者”同信徒们接触，并且千方百计地攻击他。其余的地方，为了酬谢“劝世者”在教堂和公墓做的好事，或者因为“劝世者”在腹地居民的心目中影响很大，所以不愿同自己教区的百姓闹僵。神父们便违心地同意“劝世者”在弥撒之后做应答祈祷，并在教堂的前院讲道。

“劝世者”和他那群悔罪的信徒是什么时候才知道1888年圣保罗、里约热内卢及巴伊亚州的首府萨尔瓦多——这些城市的名字他们听起来都觉得陌生——的王室已经废除了奴隶制，这一措施已在巴伊亚州的蔗糖厂引起骚动，这些工厂的奴隶在很短的时间内就跑得一干二净？这道法令颁布了几个月之后，才像别的消息那样——缓慢、走了样、甚至早已过时——传到了巴西帝国的这块穷乡僻壤。政府当局派人在村头广场上口头晓谕居民，同时在村镇公所的大门上张贴了布告。

同样，可能是在第二年（1889年），“劝世者”和他的追随者们方才获悉，他们的祖国已经不是帝制，而是共和制了。他们自始至终都不曾知道共和国成立这一事件。在前政府官员中，在前奴隶主中（现在他们依然是甘蔗园和大牛、羊群的主人），在巴伊亚州的公务人员及省府官员中，这一事件并没有引起任何兴趣。巴伊亚州首府的官员们把这个政治变化看作给两百年以来巴西政治经济生活的中心、前首都萨尔瓦多城的残存霸权补上仁慈的一枪；他们还认为，以前属于萨尔瓦多的一切，诸如财产、权力、金钱、劳力、光荣的历史都逐渐南迁了，留下的只是一副令人惆怅的寒酸相。其实就算“劝世者”和他的信徒们知道了这一切，他们也不会理解，更不会认为有什么重要，因为他们所关心的事是另外一些问题。再说，除去名称更迭之外，这一切又给他们带来了什么变化呢？大地不是依然这样干裂，天空不是依然这样昏灰吗？旱灾已经过去了好几年，这个地区不是仍旧在医治创伤、哀悼故人、努力重建家园吗？总统代替了皇帝，可是这给多灾多难的北方又带来了什么变化呢？农民不是仍然要为种出玉米、菜豆、马铃薯、红薯和饲养猪、鸡、羊而同贫瘠的土地及缺水现象作斗争吗？村庄里不是仍然有许多人在闲荡吗？大路小道上不是仍然有强盗出没而十分危险吗？东西南北不是到处都有饥民和乞丐的大军吗？他们仿佛是1877年旱灾的纪念品。人们嘴上讲的不还是那些神话寓言吗？尽管“劝世者”努力修整，耶稣的住所不是仍然在坍塌吗？

但是，由于共和国的成立，的确发生了某种变化。给人们带来混乱与不幸的变化就是：政教分离，公墓还俗，即教会不再管理公墓，而由市政当局接收。就在神父们不知如何说明大主教忍气吞声承认的这些变化时，“劝世者”却立即做出解释。对信徒们来说，这些变化是难以接受的大逆不道。当他晓得世俗婚礼已经合法化的时候——似乎上帝制定的教会结婚礼还不够用——立刻在讲道时勇敢地大声疾呼（这时神父们还只敢在私下里嘀嘀咕咕）：这一令人气愤的做法是新教派和共济会干的好事。毫无疑问，老百姓后来逐渐听到的其他一些意外的、令人怀疑的措施也是如此，例如：人口调查、户口登记、十进位公制。腹地的居民慌慌张张地跑来问，这一切到底是什么意思？“劝世者”慢条斯理地解释说：那些人打算了解人们的肤色，以便恢复奴隶制，将黑人归还给奴隶主；他们之所以要了解人们的宗教信仰，是因为当开始追捕天主教徒时可以一下子就认出来。他的嗓门并不高，号召众人拒绝回答任何调查，拒绝用米和分米代替竹尺和手掌。

1893年的一个上午，“劝世者”及其追随者来到纳杜沃村，听到一阵阵胡蜂炸窝般的嗡嗡声自玛特里兹广场冲上云霄，原来村里的男女老幼正聚集在那里围观或围听刚刚张贴在木板上的法令。要征收赋税了，共和国要人们交纳捐税。许多村民问道，什么是捐税？有人回答说，大概是什一税之类的东西吧，同从前一样，假如一户居民喂养五十只母鸡，就必须交给教会五只；每收获十阿罗瓦①粮食，就必须交出一阿罗瓦。法令规定每个公民必须将继承或生产的全部财产的一部分交给共和国。居民们必须到政府，现在是自治州政府去申报家中的财产和收入，以便确定应交纳的税金。收税人将没收任何隐瞒不报或少报的财产，将其充公。

动物的本能、共同的感受和几个世纪积累的经验使老百姓懂得，交纳捐税恐怕比旱灾还要可恶，收税人也许比秃鹫和强盗还要凶残。困惑、害怕、激怒的村民们互相高声商量，交换心中的反感与愤慨，嗡嗡的人声汇合在一起，形成了冲上云霄的战争交响乐。这就是“劝世者”及其衣衫褴褛的追随者从锡泊大道踏进纳杜沃时听到的声音。“劝世者”像往常那样迈着大步向圣母教堂（十几年来他亲手修

---

① 重量单位，1阿罗瓦等于25磅。

整和粉刷过多次）走去的时候，人们围拢上来，拦住了他的去路。他们要告诉他最新的消息。他呢？神情严肃，凝视着远方，似乎并没有听他们的讲述。

但是，几分钟后，心头的一股怒火从他眼睛里迸射出来，同时拔脚便走，快步穿过让路的人群，向贴有布告的木牌扑去。“劝世者”冲到布告牌前，根本不屑去读，一脚踹倒了木牌，那变了形的脸上露出可以说是概括了众怒的表情。接着，他声音颤抖地提出，烧掉这些该死的文字。于是，村民们当着政府人员的面将布告牌点燃了，像过节般燃放起爆竹，以示庆祝。当火焰把布告烧成烟灰，同时驱散了法令所引起的恐惧心理时，“劝世者”在去圣母教堂祈祷之前向这个偏僻乡村的人宣布了一条坏消息：魔鬼已经当道，它的名字叫共和国。

“哨子声，是的，哨子声，特派员先生。”皮雷斯·费雷拉中尉一再反复说。毫无疑问，他现在又一次对自己的亲身经历感到惧怕。大概他总是在不断回忆，也一定多次对旁人讲过：“那哨子声在夜里，或者说得更确切些是在黎明，听起来响极了。”

野战医院是为了收容伤兵临时用木板和棕榈叶搭成的窝棚，地点就在若塞罗①的城郊。这座以树命名的城市的街道和房屋就建筑在与圣弗朗西斯科河平行的两岸，透过栅栏和若塞罗树丛，可以隐隐约约地望见粉刷在建筑物上的五颜六色。

皮雷斯·费雷拉中尉说：“从这里到乌亚乌亚，我们走了十二天，那里已经是卡努杜斯的大门。这一段行军可以说是完全成功的。我的部下走得筋疲力尽，于是我决定在那里驻扎下来。可是，过了

---

① 属于鼠李科，结的果子叫乔斯果。

没有几个小时，哨子声就把我们吵醒了。”

医院里有十六个伤员，他们并排躺在吊床上，一个个绑着绷带，头部和四肢还挂着血迹。有的赤身裸体，有的光着半身，穿着破烂不堪的军衣或军裤。一位新来的医生身穿雪白的大褂正在查房，他身后跟着一名肩背药箱的护士。医生清洁、整齐的外观同士兵们蓬头垢面的狼狈模样形成强烈对照。窝棚深处，一个痛苦的声音在喊着要忏悔。

“中尉，您没有派出岗哨吗？难道您没想到他们会突然袭击吗？”

“特派员先生，周围有四个哨兵，”皮雷斯·费雷拉伸出四根有力的手指回答道，“他们并没有袭击我们。一听到哨子声，我们全连就已经起床准备战斗了。”他稍稍降低声音说：“可是我们看见的不是敌人，而是一支宗教游行队伍。”

拐过窝棚医院，就在河岸上（河面正漂过运西瓜的木船）扎下了一个小小的军营。这支队伍的其余人马都在这里停歇，士兵们个个躺在树荫下，步枪每四支一组架立在地上，旁边是一排排帐篷。一群鹦鹉叽叽喳喳地从空中飞过。

“中尉，你说是宗教游行？”一个突如其来、带有鼻音的细嗓门儿问道。

中尉对那个发问的人瞥了一眼，点点头说：“他们是从卡努杜斯方向来的，”他对特派员解释说，“有五六百人，也许一千来人。”

特派员摆摆手，他的助手摇摇头，同样表示怀疑。显而易见，他们是城里人。那天上午，他们乘萨尔瓦多的列车来到若塞罗。由于一路摇晃颠簸，他们现在仍精神恍惚，浑身酸痛呢，那宽袖上装、窄腿长裤和又脏又热的皮靴都使他们感到极不舒服。来到这里，处于伤兵和病人的包围之中，还要调查出失利的原因，大概叫他们感到很不快。他们几个人一边同皮雷斯·费雷拉中尉谈话，一边沿着吊床走过去。特派员是个严肃的人，偶尔也弯腰拍拍伤员。中尉讲话时，他只是静听，他的助手在记录。同样，那个刚进来的人，就是那个说话带着伤风鼻音、爱打喷嚏的人也在做记录。

“五六百人？一千人？”特派员用讽刺的口吻问道，“德·卡纳布拉沃男爵的控告信已经送到我的办公室，中尉，我已经读过了。卡努杜斯的那群暴民，连女人和娃娃在内，也就两百人。男爵当然很清楚，因为他是那座庄园的主人。”

“有一千人，也许一千多人。”距离最近的吊床上的伤兵说。他是一个肤色发白、头发拳曲的穆拉托人，肩膀上缠着绷带。“先生，我可以发誓。”

皮雷斯·费雷拉中尉猛然一挥手，打断了伤兵的话。由于他用力太过，手掌擦到了身后伤兵的大腿，使得那人痛苦地叫起来。中尉很年轻，身材较矮，留着短髭，是萨尔瓦多城里饮茶时聚在智利大道的茶点铺里的时髦青年追求的样式。可是如今，身体劳累、军事失利和精神紧张弄得他面色苍白，眼圈黑红，法国式的小胡子周围显出一副怪相。他没有修面，头发蓬乱，军服撕扯得一条条的，右胳膊吊在三角绷带上。窝棚深处，那个不连贯的声音仍在喊着要忏悔，要施涂油礼。

皮雷斯·费雷拉转身对特派员低声说：

“我从小就生活在庄园里，学会了用目测的方法计算羊群的数目。我并不夸张，有五六百人，也许一千来人。”

“他们还扛着一个特大的木制十字架，手里举着圣灵、圣父和圣心旗。”有个人从远处的吊床上补充道。

中尉还没来得及打断这一位，其他人就七嘴八舌地抢着说起来：他们拿着圣徒画像，数着念珠，许多人吹着口琴和哨子，高声唱着

“主矜怜我等”的调子，时而高呼“圣约翰·保迪斯塔[①]万岁”“圣母马利亚万岁”“好耶稣万岁”和“劝世者万岁”。伤员们纷纷从床上坐起，争先恐后地说话，直到中尉下令安静方才住口。

在寂静中，中尉继续说：

“他们突然朝我们扑过来。本来看上去他们是那么老实，就像圣诞节游行一样，我怎么能下令开火呢！可他们突然之间就高喊‘打倒’什么什么，接着就在离我们很近的地方开了枪。当时我们一个人要对付八九个。”

“他们喊‘打倒’什么？”

“喊‘打倒共和国’，”皮雷斯·费雷拉说，“‘打倒反基督的人’。”他再次转向特派员，“我没有什么可检讨的。我的部下都打得很漂亮。先生，我们抵抗了四个多小时，直至弹尽我才下令撤退。您知道我们手里这曼利夏枪[②]的毛病。幸亏士兵们守纪律，我们只用了十天就回到了这里。”

“去得慢，回来得快。”特派员哼了一声。

“快来，快来，你们看看这个。”穿白大褂的医生站在屋角招呼道。

那几个文官和中尉一起走过一排排吊床，来到医生跟前。医生在白大褂里面穿着靛蓝色的军服。他解开了一个印第安士兵的绷带，后者痛苦得扭歪了脸。医生正在蛮有兴趣地注视着那个士兵的腹部。他像指着什么稀罕物一样指着腹股沟：那里有个拳头大的伤口，四周凝结着干血块，里面露出鲜红的肌肉。

“一枚开花弹!”医生蛮有兴致地欢叫起来，一面把白色药粉撒

---

① 基督教圣徒之一，曾给耶稣施洗礼。见《圣经·马太福音》第3章。

② 步枪名，英国造。

在红肿的伤口上，“这枚子弹一钻进皮肉，就像 shrapnel（英语：榴霰弹）那样爆炸了，破坏了肌肉组织，造成这个弹洞。这种情况，我从前在英国军队教程中见到过。这些穷鬼怎么会有这么先进的武器呢？连巴西军队都没有呀！”

“您看怎么样，特派员先生？”皮雷斯·费雷拉中尉得意地说，“他们简直武装到了牙齿；步枪、卡宾枪、火铳、砍刀、匕首、棍棒，应有尽有。可我们呢？那些来复枪总是卡壳，而且……”

这时，那个吵嚷着要忏悔、要施涂油礼的人大声喊叫起来，嚷嚷着什么“圣像”“上帝的旗帜”“口哨声”等。他看上去并没有受伤，整个人被捆在木桩上，身上的军装比中尉的还要整洁。他一看见医生和特派员等文官走过来就眼泪汪汪地哀求说：

“先生们，我要忏悔呀！求求你们，我要忏悔呀！”

穿白大褂的医生问道：“这不是连队的军医安东尼奥·阿尔维斯·德·桑托斯医生吗？你们为什么要把他捆起来？”

“先生，他要自杀，”皮雷斯·费雷拉含含糊糊地说，“他向自己开了一枪，幸亏我把他的手打开了。自从乌亚乌亚那一仗以后，他一直就是这个样子，我真不知道该拿他怎么办。他不但帮不上忙，反而成了累赘，特别是在撤退的时候。”

“先生们，请你们离开一下，”穿白衣的医生说，“让我单独跟他谈谈，我会使他安静下来的。”

中尉和那几位文官顺从地走开了。医生再次听到那个鼻音很重的细嗓门儿刨根问底的急迫声音：“中尉，总共伤亡多少？你的连队有多少？土匪那边有多少？”

“我的人有十人阵亡，十六人受伤，”皮雷斯·费雷拉颇不耐烦地答道，“敌人方面至少有一百人伤亡。所有这些情况我都写在上交的报告里了，先生。”

"我不是调查组的。我是巴伊亚《消息日报》的记者。"那人说道。

那人的确不同于那几位官员和随同前来的白衣医生。他年轻，近视，戴着厚厚的眼镜。他不用铅笔记录，而是用鹅毛笔。他身穿一条开了线的长裤、一件发白的灰上衣，头戴鸭舌帽。浑身的装束看上去既不合身又不协调，毫无美感可言。他手上托着一块木板，上面有几页纸。用鹅毛笔蘸水的时候，就将笔尖伸进拴在灰色衣袖上的墨水瓶中，瓶盖是玻璃瓶用的木塞。他的外观简直就像田里的稻草人。

"皮雷斯·费雷拉中尉，我跑了六百公里就是为了问您这几个问题。"说罢，他打了一个喷嚏。

若安·格兰德出生在海边雷贡卡沃地方的甘蔗园里。甘蔗园的主人阿达尔贝托·德·古穆西奥特别喜爱马，以拥有巴伊亚州最漂亮的枣红马和四蹄灵敏的母马而自豪。他取得这样好的成绩并没有借助英国种马，而是全靠他亲自监督使用的巧妙配种法。在公开场合，他倒是不怎么吹嘘在奴隶们身上取得的同样成绩，因为他不想加剧这种事情所引起的他与教会及卡纳布拉沃男爵本人之间的冲突。可实际上，他在奴隶身上使用的那套办法恰恰与用在马身上的相同。他的处理原则是根据眼睛和灵感制定的。具体办法是：选择动作灵活、体态丰盈的黑人姑娘，让她们与他依据五官端正、肤色透亮的标准所选出的所谓纯种黑人男子同居。这一对对最佳配偶可以得到特别的食物，享受特殊的劳动待遇。这样做的目的是让他们多多生育。教区的神父、修道院士和萨尔瓦多的主教多次责备他不该让黑人男女杂交，指责这位绅士"强迫黑人过兽性的生活"。但是他非但不结束实验，反而把实验做得更谨慎小心。

若安·格兰德就是这位有育种癖好的庄园主所进行的交配成果之一。毫无疑问，这次试验产生了极为出色的结果。格兰德小时候长着一双活泼的大眼睛和一口笑起来能使圆脸格外生辉的白牙齿，他的肤色黑得像蓝天一样透亮。他体格健壮，顽皮好动。他母亲——每九个月就生一胎的美妇人——认为格兰德一定会前程似锦。果然不错，古穆西奥先生十分喜爱这个孩子，当他还在满地爬的时候就把他从茅屋接到那幢大楼里去了。那是一幢长方形的建筑，有四面挂瓦的屋顶、汉白玉石柱和细木栏杆；站在楼上，可将甘蔗田、新教堂、榨糖厂、蒸馏塔和棕榈大街尽收眼底。古穆西奥设想这孩子可以给他的几个女儿做侍童，长大以后可以做车夫或管家。他不想让这孩子过早地累坏身体，比如那些从事洗涮、种植和收割的儿童就常常未老先衰。

但是，把若安·格兰德据为己有的却是与古穆西奥先生同住的未婚妹妹阿黛林哈·伊莎贝尔·德·古穆西奥小姐。她长得瘦弱矮小，小小的鼻子仿佛总是在嗅世上的恶臭。她花费很多时间织发网、披巾，绣桌布、床单和罩衫，要么做点心或其他她喜爱的家务。但是，在绝大多数情况下，那些奶油面包、杏仁蛋糕、巧克力蛋白酥、海绵杏仁饼——那些使她的侄儿和兄嫂感到妙不可言的美味，她却连一口也不肯尝。自从阿黛林哈小姐看见若安·格兰德爬蓄水池那一天起，她就迷上这个小家伙了。当她看到一个勉强迈步的娃娃已经爬到离地面两米高的地方时，真是吓坏了，连忙喝令他下来，可是格兰德继续沿着梯子向上爬。当小姐喊来一名仆人时，那孩子已经爬到池边，随即跌进水池里去了。大家把他捞出之后，他一面瞪着两只惊慌的大眼睛，一面呕吐不止。阿黛林哈给他脱光衣服，裹上毯子，抱在怀里，直到他入睡。

不久以后，古穆西奥先生的妹妹就将格兰德安置在自己房间里的一张小床上了——这是她的侄儿们使用过的。她让那孩子睡在自己身旁，就像许多贵妇人让贴身使女和裙边小狗同自己睡在一起那样。从此，格兰德便成了得天独厚的宠儿。阿黛林哈给他穿自己缝制的各式连衫裤：海军蓝的、艳红的或者金黄的。每到黄昏，他都陪伴她到高岗去，从那里可以远眺岛屿和落日的余晖。每当小姐出门做客，或者到茅舍区去做慈善施舍，他都跟在身旁。每逢星期天，他便随她去教堂，给她拿着靠垫。小姐教他固定线桄儿，她好梳理毛线；教他更换织机上的线轴；教他染布配色；教他穿针引线。在厨房里，则教他记录菜肴，和他一道计算煎、炒、烹、炸的时间，按菜谱上的规定，高声背诵祷词和经文。她亲自为他第一次领圣餐做准备工作，并且和他一起受圣餐；为了庆祝这件事，她给他配制了一块美味至极的巧克力。

但是，这样一个在四壁富丽堂皇、拥有包着绫罗锦缎的蓝花楹家具、四处摆设着玻璃衣镜的环境中长大的孩子，却发生了与人们期望相反的事。虽然处在一个娇弱的、终日忙于针凿家务的女人的照护下，若安·格兰德却没有像家奴们那样变成一个温和驯服的人。从孩提时起，他就格外强壮，以致他虽然与厨娘的儿子若安·迈宁合同岁，看上去却比迈宁合大好几岁。他玩起来很粗野，所以阿黛林哈小姐常常难过地说："这孩子生来就不是过文明生活的人，他总是想念大森林。"这是因为那少年总是伺机到田野里去疯跑。有一次，她和他穿过甘蔗田，她发现这孩子十分羡慕地望着那些半裸着身体、手持砍刀、站在绿叶丛中干活的黑人，便怏怏不乐地说："看来你很羡慕他们啊。"他回答道："是的，主人，我羡慕他们。"不久，古穆西奥老爷让他戴上黑纱，到蔗糖厂去参加他母亲的葬礼。若安·格兰德并不十分难过，因为他很少见到她。在整个仪式中，他都隐隐约约地感到不自在。无论站在草棚下还是走在送葬的行列中，他周围都有黑人男女毫不掩饰对他的嫉妒或轻蔑，望着他的灯笼裤、花格衫和大皮鞋。这身打扮同他们那麻布背心和赤裸双脚形成鲜明对照。若安·格兰德对他的主人从来没有露过笑脸，这种态度使古穆西奥家认为这孩子大概是那种没感情的粗人：你给他们吃东西，他们能朝你手里吐唾沫。尽管有这种情况，他们也绝没料到若安·格兰德日后会干出那样的事。

事情发生在阿黛林哈小姐去恩卡纳雄修道院旅行的时候，她每年都要到那里去静养一段时间。那天，迈宁合赶着一辆两匹马拉的车，格兰德同他坐在车夫的位子上。这趟旅行要走八个多小时。为了在下午到达修道院，他们黎明时分就离开了庄园。但是，两天后，修女们派出一名信差去询问为什么阿黛林哈小姐没有如期到达。古穆西奥老爷指挥巴伊亚州的警察和庄园的农奴四处寻找，他们踏遍了这个地区的东西南北，查问了四面八方的居民。庄园和修道院之间的大路被仔细地侦察，但连一丝马车、乘坐者和马儿的痕迹都没有发现。看来他们如同法国吟游诗人所唱的神话故事那样，升入云端，消失不见了。

过了几个月，事情的真相才渐渐弄明白。那是萨尔瓦多孤儿院的一名监舍偶然从城里一个商人买的马车上发现的。尽管车子已被油漆过，古穆西奥家的姓氏缩写还是被认了出来。那商人供认，他是在甲贡索人的村庄里买到这辆车的，他虽然知道车子是偷来的，却没有想到偷车人还会是杀人犯。卡纳布拉沃男爵为弄到若安·迈宁合和若安·格兰德的头颅亲自许下重赏，可是古穆西奥先生则恳求还是活捉他为好。在腹地活动的一群强盗为了获取赏金，把迈宁合交给了警察局。这个厨娘的儿子在被逼供上刑的时候，由于蓬头垢面，人们都认不出他了。

他发誓说，事先他一点儿也不知道，全是那个被魔鬼附了体的伴童安排的。当时，他正在赶车，嘴里吹着口哨，心里想着恩卡纳雄修道院的甜食。突然，格兰德命令他停车。这时，阿黛林哈小姐问他们为什么停下，迈宁合看见他的伙伴猛然向小姐的面部击去，用力如此之大，一下子就把她打昏了。格兰德随即夺过迈宁合手中的缰绳，踢着马儿向女主人经常观海的高岗驶去。在那里，迈宁合被格兰德的决定吓得目瞪口呆，以致丝毫不敢反对。格兰德对阿黛林哈小姐进行百般折磨。他把她的衣服剥光，嘲笑她那副丑态；她则浑身颤抖，极力躲避他扔过来的石块。格兰德一面用石头打她，一面破口大骂，用词之恶毒，迈宁合闻所未闻。突然间，格兰德用匕首向她腹部猛刺，她登时倒地而死，可是他仍然极为残暴地割下她的头颅和乳房。随后，他气喘吁吁，汗流浃背，就在血泊旁躺下睡着了。迈宁合吓得魂不附体，两腿无法迈步。

睡过片刻，格兰德醒过来，心已平静。他漠然地望望身旁的尸体和血泊，接着命令迈宁合帮他掘一墓穴，然后把阿黛林哈小姐的尸体埋入穴内。两人等到天黑方才逃跑。远离了杀人现场之后，白天他们把马车时而藏在山洞里，时而藏在密林中，时而藏在悬崖下；到夜里，再乘车前进。他们唯一明确的想法就是：朝着与大海相反的方向逃跑。当他们终于卖掉车子和马后，便采购了不少粮食、衣物，并将其埋入地下，准备将来加入外逃黑奴的帮伙，因为根据传说，他们都聚集在卡汀珈的丛林里。他们两人东躲西藏，极力避开村落，有时伸手求食，有时则顺手牵羊。终于有一次，迈宁合诱使格兰德谈及杀人的事。当时他们俩抽着烟躺在一棵大树下。迈宁合凭借一时冲动，贴近格兰德耳边问道："你为什么要杀掉女东家?""我心里有个魔鬼，"格兰德立刻回答说，"以后你再也别跟我提这件事。"迈宁合心里想，他的伙伴说的是真话。

这位儿时的同伴越来越让迈宁合感到害怕，因为自从女主人被杀，他觉得格兰德变得越来越不可理喻了。格兰德几乎不同他说话，可是迈宁合常常发现他一人在低声自语，而且两眼布满了血丝。一天晚上，他听见格兰德称魔鬼为“父啊”，并且听见他求魔鬼帮助。“父啊，难道我做得还不够?”他全身蜷缩成一团，低声嘟囔道，“你还要我做什么呢?”迈宁合心里想，格兰德一定同恶魔达成了协议，因此担心格兰德为了取悦魔鬼会像对付阿黛林哈小姐那样把自己宰掉，于是决定抢先下手。他把一切都安排妥当，但是就在他手持匕首爬到格兰德身边准备一刀刺进去的时候，却浑身颤抖不已。结果还没有下手，格兰德便睁开了眼睛。格兰德望着那发抖的匕首，望着那俯身向下的姿势，一切都明白了。他不动声色地说：“迈宁合，你杀死我吧!”迈宁合听罢，拔腿便跑，他觉得一群恶鬼好像在后面追他。

迈宁合被绞死在萨尔瓦多的监狱里。阿黛林哈小姐的尸体被移到庄园里新古典派的教堂中，但是，凶手依然没有下落，尽管古穆西奥家一再提高捉拿的赏格。实际上，自从迈宁合逃走以后，格兰德就不再东躲西藏了。他摇晃着高大的身躯，半裸着身体。他一贫如洗，时而靠陷阱捕食野物，时而靠双手采摘野果，像个幽灵似的在路上飘荡。他就在大白天穿村过镇，一路求乞。他那副受苦受难的表情深深地打动了一些人，所以经常有人给他一些残羹剩饭。

有一天，格兰德在本巴尔郊外的一处交叉路口上遇见一群人，他们正在听一个瘦子讲话，这个人身穿一件深蓝色长袍，头发长及双肩，两只眼睛好似火炭般地在闪光。他正谈到魔鬼，他称之为大龙、古蛇和撒旦；他还讲到魔鬼给世界带来的灾难与罪孽，并且说到若想得救该如何去做。他的话很有说服力，使人不假思索就相信。甚至像格兰德这种心烦意乱的人也觉得那瘦子的话好似弥合往日创伤的香脂。格兰德纹丝不动，目不转睛地听着那人讲话，那些娓娓动听的话语使他心醉神迷，盈眶的热泪时时模糊他的双眼，使他无法看清那位圣徒的容貌。当圣徒又登上旅途时，格兰德像一头胆怯的小兽，远远地跟在后面。

一名走私犯和一位医生是众神保护的巴伊亚首府圣萨尔瓦多城（简称巴伊亚，或者萨尔瓦多）里最了解加利雷奥·加尔的人。他们两位是最先向加利雷奥介绍国内情况的人，尽管他们并不赞同这位革命家在给《反叛的火花》的信中（这个时期书信频繁）所阐述的意见。轮船在海上失事的那一个星期里，加利雷奥寄出了第一封信，他在信中谈到巴伊亚城时说："这里是个万花筒。人们用历史的观点可以看到那些腐蚀人类发展各个阶段的陋俗恶习在该城共济于一堂。"这封信涉及农奴制，它名义上被废除了，但实际仍然存在，因为许多被解放的黑奴为了不致饿死，纷纷请求主人收留他们。于是农奴主只用极微薄的工资雇用那些壮劳力，结果在巴伊亚城的大街上，用加利雷奥的话来说："挤满求乞、盗窃和卖淫的老弱病妇，这令人想起亚历山大港和阿尔及尔①那些地球上最堕落的城市。"

两个月后，第二封信谈到"蒙昧与剥削互相勾结"，描述了那些有钱有势的人家礼拜天去海滨圣母大教堂望弥撒的情景。这些达官贵人身后跟着携带靠垫、蜡烛、祈祷书和阳伞的仆役（免得阳光晒坏了夫人和小姐的脸蛋）。加利雷奥说："这些女人如同英国殖民地上的官吏，把皮肤白皙定为范例和美貌的核心。"不过，在随后的一篇文章中，这位颅相学家向里昂的同志们解释说，这里虽然存在着社会偏见，葡萄牙人的后裔、印第安人和非洲黑人却早已通婚，并且形成一个杂色的混血人种：穆拉托人、马梅卢科人、卡夫索人、

① 阿尔及利亚首都。

卡波克洛人、库里包加人①。他还补充说："这类向科学挑战的现象还有很多。"上述人种和由于种种原因而登上这片海岸的欧洲人给巴伊亚城造出一种五颜六色的世界性气氛。

加利雷奥·加尔——那时只能勉勉强强地讲葡萄牙语——就在上述那些外国人中结识了第一个人。起初，他住在位于大广场的国际饭店，后来，他同老希斯德联系上了。这位老人给他腾出一间带行军床和方桌的阁楼，地点就在老人居住的卡底丽那书店的上面；希斯德还为加利雷奥找到一处教授法文和英文的地方，从而挣得一笔饭费。希斯德是荷兰人，十四岁起就在欧洲、非洲和美洲之间买卖可可、绸缎、香料、烟草、烧酒和武器，却从未坐过牢。他并不富裕，因为合伙人（商人，押货员，船长）捣鬼，他们从中偷窃了好大一部分货物。加尔坚信，无论是江洋大盗还是鼠窃狗偷之辈，都在同敌人——国家——作斗争；他们虽然是盲目的，却也在破坏私有制的基础。这种看法有助于加尔同希斯德这个无赖建立友谊。希斯德从前是个无赖，现在已经洗手不干了。如今虽仍然独身，可是他曾经同一个比他小三十岁的埃及或摩洛哥血统的大眼睛姑娘同居。他是在马赛中迷上那美人的。希斯德把她带到巴伊亚城，在高等住宅区为她找到一所别墅。为了让她过得幸福，他耗费万贯家财来布置房间。有一次，希斯德外出旅行返家时，发现那美人将家产变卖一空，带着藏金蓄宝的小保险箱远走高飞了。他把这些事情一一讲给加尔听，两个人一面在码头散步，一面望着大海和过往的船只。希斯德漫不经心地叙述着，时而用英语，时而用法语，时而用葡萄牙语。对此，作为革命家的加尔是颇为赞赏的。希斯德现在靠

① 卡夫索人系图皮人和黑人的后裔。卡波克洛人系印第安人的一支。库里包加人系白人和图皮人的后裔。

房租为生，据说，这笔钱可以够他吃饱喝足一直到老，只要死神姗姗来迟。

这个荷兰人没有文化，但好学，他恭恭敬敬地听加尔讲解关于自由和作为行为征兆的头骨形状的理论。可他有时也提出不同看法，比如那苏格兰人口气肯定地说，夫妻相爱就是一种病，是不幸的根源。加尔写给《反叛的火花》的第五封信是谈天主教问题。他写道，信徒们带着大量许愿的贡物和木制或玻璃制的手、脚、四肢、头颅和眼睛，去求神显灵或还愿谢恩。第六封信是关于共和制的诞生。他说，在贵族化的巴伊亚城中，共和国的成立仅仅意味着改换几个名称。再下一封信是纪念四位穆拉托人裁缝：卢卡斯・丹塔斯、路易斯・贡萨加、胡安・德・迪奥斯以及曼努埃尔・福斯蒂诺。他们于一百年前在法国革命影响下密谋推翻君主制，建立一个黑人、白人和黑白混血人互相平等的社会。老希斯德把加利雷奥带到四位裁缝被绞死或被肢解的小广场。老人吃惊地看到，加利雷奥在那里放下一束鲜花。

加利雷奥・加尔在卡底丽那书店的书架间结识了老医生何塞・包斯蒂诺博士，后者曾写过一部使加尔感兴趣的书：《进化论与法医眼中巴伊亚城各人种间头骨容积之比较》。这位老医生到过意大利，认识赛萨尔・隆布罗索（后者的理论曾使何塞着迷）。现在至少有一位读者了，所以他颇为高兴，因为这本自费出版的书被他的同行们认为是胡说八道。包斯蒂诺博士对于加尔的医学知识——尽管往往混乱不堪，有些意见甚至令人恼怒——甚为惊讶，把这个苏格兰人看作可以谈心的人。老博士同加尔常常争论得面红耳赤，他们讨论犯罪心理学，讨论生物遗传，或者讨论大学教育——加尔措辞激烈地抨击说，这种教育应对体力劳动和脑力劳动的分离负责，它造成了严重的社会不平等，因而比贵族和财阀还要坏。老医生经常在诊所里接待加尔，有时也委托加尔给患者抽血或洗胃。

虽然老希斯德和老医生与加尔交往甚密，也许两个老人很看重他，但是他们都觉得并不真正了解这个长头发、金黄胡须、穿一套破旧藏青西装的人。这个人尽管有那套思想，看上去过的却还是一种安静的生活：起床很晚，教授外语，在城里走来走去或待在阁楼里读书写字。有时，他不预先通知就几个星期不露面。再度出现时，大家才知道他在十分困难的情况下到巴西的腹地进行了长途旅行。加尔从来不对他们谈自己的过去，也不说将来的打算；如果人们问起这方面的事，他便含糊其辞地搪塞过去。两位老人不得不对该人的现状或表面现象表示认可：这是一个孤独、历尽沧桑、神秘莫测、质朴无华的人，他的言论及思想是激进的，但行为举止绝不害人。

两年后，加利雷奥·加尔已经可以讲一口流利的葡萄牙语了，在此期间，他又给《反叛的火花》寄去几封信。第八封信是关于对奴隶进行体罚的事，这是他在大街小巷上亲眼看到的。第九封信是关于奴隶制时期使用的刑具：拷问台、木枷、铁链、铁项圈、铁球以及钳压手指的戒指。第十封信谈的是城中的刑场，在那里经常鞭笞触犯刑律的人（加尔称他们为“兄弟”），使用的是粗皮绳，商店有售，绰号海鳕①。

他披星戴月地跑遍了萨尔瓦多城，人们简直以为他爱上了它，但实际上加利雷奥·加尔对巴伊亚州府的美景并不感兴趣，而是城中的不公正现象使他愤慨不已。他在写给里昂的信中解释说：“这里不同于欧洲，没有住宅区之分，穷苦人家的茅草棚与工场主的摩天大楼相接，街头巷尾总是拥挤不堪。自从十五年前的大旱开始，成

① 即大西洋鳕鱼，背部黄褐色，有许多小黑斑，有三个背鳍，腹部灰白色。这里比喻粗皮绳的形状和颜色。

千上万的灾民被迫从高原上逃难到这里，他们的孩子干瘪得像小老头，老人则萎缩得像儿童，女人瘦得像干柴。医学家可以在这些人中找到各种病变差异，从常规的到恶性的：水肿、脚气、黄疸、痢疾、天花。”他在另一封信中这样说道：“任何一个对伟大的革命信念发生动摇的革命者，只要对我在萨尔瓦多城所见的现象看上一眼，就不会犹豫徘徊了。”

第三章

数周后，萨尔瓦多城里都在传说，在一个叫做纳杜沃的偏远小镇上，新成立的共和国颁布的征税布告被放火焚毁了。州长决定派出一支巴伊亚州警察分队去逮捕煽动暴乱的人。三十名身穿蓝绿两色制服的警察，军帽上还带着共和国尚未换掉的君主制徽章，便匆匆出发了。他们起初乘火车，随后步行，开始了一次危险的旅行，目的地是他们只在地图上见到过的地方。“劝世者”当时不在纳杜沃。汗流浃背的警察于是询问镇公所的人和周围的居民，然后才去追捕那个煽动暴乱的人。有关这个人的名字、绰号和故事，后来一直传到沿海地区，连巴伊亚州府也是家喻户晓了。一个阳光明媚的早晨，在当地一名向导的带领下，这群身穿蓝绿两色制服的警察消失在通往贡贝大路的群山里。

又过了一星期，警察们仍在那红色多沙的土地上爬上爬下，那里遍地长着多刺的曼达卡鲁树①，到处是埋头于枯叶中觅食的饥饿

① 无花果树的变种。

羊群。他们循着“劝世者”的足迹跟踪追捕。人们都说，刚刚看见他从这里过去，说他礼拜日还在教堂里祈祷，在村头讲道，在那片岩石中过夜。终于，警察在距离杜卡诺十八公里的玛塞特村发现了“劝世者”，这个小村位于奥沃山脚下，由一片土坯茅屋组成。当时已近黄昏，警察们遇见一群头顶水罐的妇女，知道追捕已近尾声，不由得舒了一口气。“劝世者”这天在塞维里诺·比亚纳家过夜，这位居民拥有一千平方米种着玉米的土地。警察们穿过长着刀状叶的乔斯树和刺激皮肤的针叶灌木丛，向塞维里诺·比亚纳家冲去。他们到达那里的时候，天已擦黑，可以看见那里有一幢由木桩撑起的住宅和聚集在什么周围的寂静人群，那大概就是他们寻找的对象。看到这些身穿警察制服、荷枪实弹的人，那群人谁也没有逃走，谁也没有放声大叫。

那群人一共有多少？一百？一百五十？二百？其中差不多男女各半，从衣服上看，大部分像是穷人中最穷的人，每个人的眼睛里都流露出坚不可摧的决心——这是后来跑回巴伊亚州府的警察对他们的妻子、情妇、姘头和同事们说的话。但实际上，他们根本没有来得及仔细观察，也没有来得及认出那位头领，因为分队长刚刚命令那群人交出那个叫“劝世者”的人，那群人立刻猛扑过来。如果考虑警察手中有快枪而他们只有木棍、镰刀、石块、匕首和一两支鸟枪，那么这一行动是过于鲁莽了。但是整个事件发生得如此突然，一瞬间，警察们就被包围、分拆，被追得到处乱跑，被揍得遍体鳞伤。与此同时，那群人还怒喝着“共和分子”，似乎是作为一句骂人的话。警察有几支枪打响了，可是那些衣衫褴褛的人虽然胸膛被打穿或者面部被打烂，却没有人后退。短时间内，巴伊亚州的警察们便抱头鼠窜了，被这次不可理解的失败弄得晕头转向。后来他们说，进攻的人群中不仅有疯子和狂徒，还有多年的惯匪，似乎就有帕杰乌那带刀疤的面孔以及那个因残暴无情而被人称做若安·撒旦的强盗。三名警察被打死，尸陈荒野，让奥沃山上的秃鹫去啄食；八支步枪不知下落；还有一名警察淹死在玛塞特河里。教徒们没有穷追不舍，而是去埋葬五位同伴，救护几个受伤的人。与此同时，其余的人则同“劝世者”一道跪下，感谢上帝的帮助。直到深夜，在塞维里诺·比亚纳的耕地上刚刚堆起的坟墓周围，还能听到哭声和祈祷声。

巴伊亚州警察的第二支分队有六十人，装备比第一支分队更好。当他们在塞令那镇下火车的时候，当地居民对这些穿军服的态度已经发生了某种变化。这些警察虽然知道过去来这里捉拿强盗时村民们对他们是冷淡的，但从来不像这一次，显然有人故意将他们引入歧途。他们到商店里去采购军需给养，尽管许以高价，店主仍然说没货；他们需要一名向导，尽管答应给高报酬，塞令那镇上却没人愿意干，而且这一次没人告诉他们“劝世者”那群人的行止。警察们从奥尔赫跑到贝德拉，从特拉古坝跑到底里卡，从那里又跑到杜卡诺、卡莱瓦、彭达尔，最后又转回塞令那。他们在路上遇见过牧牛人、农民、工匠和妇女，可是看到的只有冷淡的目光、阴沉的摇头或不置可否的耸肩，这使他们感到好似坠入了海市蜃楼。那伙暴徒没有从那里经过，没有人看见那个身穿蓝长袍的黑白混血儿，现在谁也不记得在纳杜沃有布告被烧的事，也不知道发生在玛塞特村的武装冲突。警察们安然无恙但垂头丧气地回到了州府。他们极力散布说那帮狂热分子——如同许多类似情况一样，忽而聚集在某个虔诚的女信徒或某个讲道士身边——肯定已突然散去，而且眼下由于害怕自己干下的罪行，也许杀掉头逃向四面八方了。在本地区，这种事不是发生过多次吗？

可是，他们错了。这一次，表面上似乎旧戏重演，但实际上完全不同。那些悔罪的信徒们现在更加团结，非但没有杀掉那位圣徒，反而在玛塞特村取得胜利——他们认为这是上帝传来的信息——之后更加尊敬“劝世者”了。发生武装冲突的第二天清晨，“劝世者”把大家叫醒。他本人在死去的甲贡索人的坟墓上祈祷了一整夜。大家看出他十分悲伤。他对众人说，昨夜发生的事一定是一连串更大暴力的序幕。他请大家都回家去，因为如果继续跟随着他，他们就有可能下监牢，或者会像那五位现在正站在天主面前的弟兄们那样死去。没有人挪动一步。他的目光从一百、一百五十、二百个衣衫褴褛的人的脸上扫过。每个人都在听他讲话，个个都沉浸在昨夜的激动情绪之中。除去扫视之外，他似乎还定睛地注视着众人。他温和地对大家说：“感谢慈悲的基督吧，看来基督已经选中你们各位做示范。”

人们怀着激动的心情跟他上路了。这不仅是由于他那些话，而且由于他那温和的声调，因为平时他说话一向是严肃而冷漠的。有些人要费很大力气才不致落后，因为“劝世者”迈着水鸟般的长腿，沿着模糊难辨的小路大步流星地向前走着。这一次他们走的路不是驴骡小道，也不是强盗出没的小径，而是遍布仙人掌、法维拉①和乱石的荒漠。可是“劝世者”坚定不移地按照既定的方向前进。头一夜露宿的时候，谢过上帝做过晚祷之后，他对大家讲话。他谈到战争，谈到那些像鬣狗争抢腐肉一样为夺取战利品而互相残杀的国家。他还忧心忡忡地评论道，巴西现在虽然是共和制，但仍然会像其他异教徒国家一样地行事。众人还听他这样说道，现在魔鬼一定得意扬扬。他还说，建造圣堂的时刻已经来临，因为在世界末日，圣堂就是《创世记》里的诺亚方舟。

① 一种豆科植物。

在什么地方停下并建造圣堂？走过峡谷，爬上山坡，翻过山脊，穿过卡汀珈丛林，渡过一条水量很少的瓦沙—巴里斯河——他们就这样晓行夜宿——之后，众人才知道选中的地点。“劝世者”指着远处的一片茅屋和一处破败的大房子——那里曾经是一处庄园，茅屋是雇工们的住所，大房子是庄园主的宅第——对众人说：“我们就在那里住下来。”有些人还记得几年前“劝世者”在夜间谈话时常常预言，在末日来临之前，基督的选民将在得天独厚的高原上找到庇护所，不贞洁的人是不能入内的。凡是可以攀登到那里的人，就有希望永生。莫非已经到达永生之地？

众人虽然疲劳，但很幸福，跟随着导师向卡努杜斯进发。比拉诺瓦兄弟——两个在那里开有店铺的商人—— 全家人以及全村的男女老幼，这时已出来迎接他们。

太阳烧烤着腹地，阳光照在依达比古鲁河的深绿色水面上和盖伊马达斯镇的屋顶上。这个镇子坐落在依达比古鲁河右岸一片红土悬崖的脚下。稀稀落落的树丛覆盖在一片高低起伏、向西南迤逦而去的乱石滩上——通向里亚乔·达·翁萨镇方向。一个脚踩皮靴、头戴宽边草帽、身穿深色燕尾服的骑手不慌不忙地走着，脚下是他和一头母骡的身影。他的目标是一处铅灰色的灌木林。远处，盖伊马达斯发亮的屋顶已经留在他身后。在他左前方一百米处有一座山冈，上面盖着一间茅草屋。骑手帽檐四周的头发、金黄色的胡须和全身的衣裳都落满了灰尘。他热得汗流浃背，不时地用手去擦前额，不停地舔舔干裂的嘴唇。他走到灌木丛边勒住母骡，那明亮而焦急的双眼东张西望在搜寻着什么。他终于发现在几步开外，一个脚踏凉鞋、头戴皮帽、腰插砍刀、身穿麻布衣裤的人正跪在地上检查一处陷阱。加利雷奥·加尔翻身跳下，手里牵着骡子的缰绳，向那人走去。

“是鲁菲诺吧？”他开口问道，“您是盖伊马达斯镇上的向导鲁菲诺吧？”

那人慢慢地扭过头，似乎几分钟前就已发现加尔的存在。他把一根手指放在嘴上，请加尔不要出声，在发出“嘘”声的同时，他瞥了加尔一眼。一瞬间，他的黑眼珠里闪过一道惊讶的目光，这也许是因为来者说的葡萄牙语腔调，也许是因为来者那身丧服。鲁菲诺——人很年轻，身体瘦弱，动作灵活，四方脸盘，胡须很少，皮肤黝黑——从腰间抽出砍刀，又重新俯身到用树叶伪装好的陷阱上。他牵动网绳：一团黑色的羽毛伴随着呱呱的叫声跳出洞口。原来是一只小秃鹫，它因为一只爪子被网套住，所以不能站立。向导的脸上闪过一丝失望的神情。他用砍刀的尖端挑开秃鹫的羁绊，望着它慌乱地扇动着双翅飞向遥远的蓝天。

“有一回，这么大一只美洲豹冲我扑出来，”他指着陷阱说道，“它在洞里关了很长时间，刚蹿出来时还看不清外面。”

加利雷奥·加尔点点头。鲁菲诺站起身，向他这边走了两步。现在应该说话了，可那外国人反而显得犹豫不决了。

“我去你家找你，”他终于开口道，“你女人要我到这里来。”

母骡用后蹄刨着地面。鲁菲诺拢住骡头，掰开它的嘴，用行家的目光仔细看看牙口，似乎沉思了片刻，然后高声道：

“赫戈维纳站的站长知道我的条件。我这个人说话干脆，盖伊马达斯镇上谁都知道。这种活儿可难办。”

他看加利雷奥·加尔没有吭声，便又瞅了加尔一眼。

“您不是铁路上的吗？”他一字一顿地问道，因为他发现这个外乡人不大明白他的话。

加利雷奥·加尔把草帽向后推一推，脑袋向周围的荒山一摆。

"我要去卡努杜斯，"停顿一下，他眨眨眼皮，似乎要掩饰那激动的神情，又补充道，"我知道你去过好多次。"

鲁菲诺变得十分严肃，两只眼睛用不信任的目光毫不遮掩地审视着加尔。

"我还是放牧场的时候去过卡努杜斯，"他极其谨慎地说道，"自从卡纳布拉沃男爵放弃了那地方，我再也没有去过。"

"道路还是那一条嘛。"加利雷奥·加尔反驳说。

两人离得很近，互相注视着。这僵持不下的局面似乎也传染了母骡，它忽然摇头摆尾地向后退去。

"是卡纳布拉沃男爵派您去的？"鲁菲诺一边拍拍骡子的长颈让它安静下来，一边问加尔。

加尔摇摇头。向导也不再追问，他用手摸摸母骡的后腿，然后搬起一只蹄子，弯腰细看起来。

"卡努杜斯那边正在闹事，"他低声说，"占据了男爵庄园的那些人在乌亚乌亚袭击了国民警备队的士兵，据说还杀死了几个。"

"你担心他们把你也杀掉吗？"加利雷奥·加尔笑着哼了一声，"难道你也是当兵的？"

鲁菲诺终于发现骡蹄里面的东西：一根刺，也许是个小石子。他那粗大的手取出里面的东西，扔到一旁，然后放开母骡。

"没什么好担心的，"他轻声回答说，嘴角露出一丝微笑，"卡努杜斯离这里很远。"

"我给你的钱一定公平合理，"加利雷奥·加尔深深地呼了一口气，他浑身燥热，摘掉草帽，晃晃金黄的鬈发，"咱们一星期之内，或者最多十天之内就出发。不过，要绝对保密。"

向导鲁菲诺不动声色地望望他，什么也没有问。

"因为乌亚乌亚出了事，所以不能让任何人知道咱们要去卡努杜斯。”加利雷奥·加尔又加上一句，一面舔舔嘴唇。

鲁菲诺指指山冈上那间孤零零沐浴在阳光下的茅草屋，说道：“请到我家去吧。咱们谈谈这笔生意。”

加利雷奥牵上骡子，两人向前走去。他俩几乎一般高，不过那外国人显得更胖些，走起路来步伐沉重有力；那位向导则好像轻轻擦过地面。时值正午，天上飘浮着几朵白云。两人渐渐远去，向导的声音也消失在空气中：“谁跟您谈起我的？恕我冒昧，您为什么要到那么远的地方去？您有什么东西丢在卡努杜斯吗？……”

一个晴朗的早晨，在通往吉金盖路旁的小山顶上出现了一个拖拉着木制十字架的女人。她只有二十岁，可是由于经历过千辛万苦，显得老气横秋。这个女人步履蹒跚，长着一副宽脸盘，肤色灰暗，毫无体态可言。

她名叫玛丽亚·瓜德拉多，从萨尔瓦多城步行去圣多山。她拖着十字架已经走了三个月零一天。玛丽亚·瓜德拉多穿过多石的峡谷、长满仙人掌的卡汀珈丛林、旋风怒吼的荒沙、一条泥巴小街、三株棕榈组成的村落和水牛为躲避蚊虫而横卧的泥沼。她常常露宿野外，只有很少几次，某个达巴雷乌人①或某个牧羊人把她当作圣徒而为其提供住所。她充饥的食物有时是善心人送来的一块肉，有时是辘辘饥肠迫使她从路旁采集的野果。离开巴伊亚州府时，她发誓要走到毕加拉萨山的基督显圣处，因为那里为纪念基督复活日在山坡上挖有两公里长的白色矽土小路，路旁点缀着一个个小教堂，从那里可直达圣多山的圣十字教堂。她曾经许愿，为了赎罪一定要步行到那里。玛丽亚·瓜德拉多身穿两条裙子，头上用头绳扎了几

① 印第安人之一族。

条辫子，上身是一件蓝色罩衫，脚下是一双麻鞋。可是她在途中把衣服给了乞丐，走到巴尔梅拉时，两个印第安人又偷走了她的鞋子。在她已望见圣多山的那个早晨，她打着赤脚，身上只剩下裸露着双臂的麻袋片。她的头发由于剪得参差不齐，使人想起萨尔瓦多城医院里的疯子。那是在第四次被强奸之后，她自己乱剪的结果。

她踏上旅途之后被强奸了四次，分别是被一个警官、一个牧马人、一个猎手和一个请她在山洞里过夜的羊倌。前三次，在那些人奸污她的时候，她对这些畜生只感到厌恶。她一边忍受着，一边乞求上帝可别让她怀孕。但是，第四次，那个羊倌把她按倒之后还趴在她耳边说了一些柔情的话，她便突然可怜起那个小伙子来。为了惩罚自己的这种同情心，她剪了头发，变成一个怪模怪样的人，好像吉普赛人马戏班里的魔鬼。

玛丽亚·瓜德拉多走到圣多山的山坡时终于看到了这番艰辛的奖赏——直通天堂的圣路。灰白色的台阶顺着山势经过两旁小教堂的锥形屋顶，蜿蜒曲折，愈升愈高，直达基督遇难处。每到圣诞周，巴伊亚州的四乡百姓便云集在这里。圣多山脚下有一座广场，四周是矮房子，广场的一边有两棵罗望子树，广场上熙熙攘攘的人群在活动——看到这里，她猛然跪倒，亲吻着土地。这就是她朝思暮想的地方，它的四周是一片水草繁茂、牛羊成群的平原。圣多山的名字鼓舞着她踏上行程，帮助她忍饥挨饿受冻，忍受了凌辱。这女人亲吻着自己亲手制作的十字架，心中不住地感谢上帝让她实现了自己的诺言。她再一次扛起十字架，像一头追捕猎物或返回巢穴的动物，奋力向圣多山顶攀登。

她进村的时候，村里的人刚刚醒来。随着她挨门挨户地走过，好奇的人群也越聚越多。一张张欢愉的面孔、一副副怜悯的神情，人们争先恐后地跑到她前面去看她那张脸——肮脏、丑陋、愁苦但坚定。等她穿过焚烧垃圾、猪拱狗刨、位于峡谷地段的圣多帕索大街时，便来到圣路的开端。这时候，跟随在她身旁的人已经成为一支宗教游行大军了。她开始用两个膝盖登山。她身后的脚夫忘记了赶牲口，鞋匠丢下了活计，面包师离开了作坊，除去一大群孩子，还有中断了晨祷的女信徒。在她开始登山的时候，当地的居民把她当成一个怪物，大家望着她双膝着地，背负着与她体重几乎相等的十字架，决不要别人的帮助，艰难地向上爬行；大家还看到，她每到一处小教堂（路上共有二十四处）就停下来祷告，并且两眼闪出爱的光芒，亲吻着岩石上每个神龛里的神像；人们还看到，她一口水不喝，一口东西不吃，长时间地忍耐着。当夜幕降临时，人们对她万分尊敬，真正视她为女圣徒了。玛丽亚·瓜德拉多终于登上了山顶——这是另外一个世界，终年寒冷，青石缝里长着兰科植物。她刚刚来得及使出最后一点力气感谢上帝赐福，就昏倒了。

圣多山的众多居民以热情好客而闻名，这股热情并不因香客云集而有所下降。他们纷纷表示愿为玛丽亚·瓜德拉多提供住房，但是她决定在圣路半山腰的一处岩洞里栖身。在她之前，这个洞只有鸟类和老鼠穴居。岩洞很小，洞顶很低，任何人都不能直立；由于渗水，洞壁潮湿，长满了青苔；洞底是砂岩，睡上去很容易打喷嚏。村民们认为，在这个地方住不了多久，那女人的健康就会被毁掉。但是既然顽强的意志能够使玛丽亚·瓜德拉多肩负十字架步行三个月，就能使她后来在圣多山的整个岁月里都生活在那个不宜居住的洞穴里。

玛丽亚·瓜德拉多的洞穴成了香客们崇拜的地方，它同耶稣遇难处一道成为香客们最为注目的场所。在几个月的时间里，她把洞穴逐渐装饰起来。她用植物油、矿砂和胭脂虫（裁缝们经常用来染衣服）配制成颜料。她在象征着苍穹的蓝色背景上画出了基督受难的各个局部：钉穿手掌和脚面的钉子、基督被钉死在其上的十字架、戴在头上的荆棘冠冕、受难时穿的长袍、百夫长用来刺耶稣的长矛、钉耶稣的锤子、抽打耶稣的鞭子、给耶稣喝的苦酒、士兵在耶稣脚下拈阄用的骰子、犹大因出卖耶稣而得到的钱袋。她还画了指引东方三博士和牧羊人去伯利恒的星星以及一颗被剑刺穿的圣心。此外，她还做了一座祭坛和一只食橱，供信徒们在里面点蜡，放置供物。她自己在祭坛下铺了一个草垫用来睡觉。

她的虔诚与善良使她深受圣多山居民的爱戴，他们待她就像她生来就是本地人。在很短的时间里，孩子们开始称她为干妈，小狗们也让她自由出入家门和庭院，不再冲她狂吠。她决心把自己的一生奉献给上帝和为他人服务的事业中去。她在病人的床头一坐就是几个小时，一面给病人冷敷，一面为病人祈祷。她帮助接生婆照顾产妇，帮助需要外出的主妇照顾儿童。她愿意做任何脏活累活，比如帮助生活不能自理的老人大小便。已到婚龄的姑娘请她参谋婚事，小伙子们则求她到不肯允婚的父母面前去说情。她能使吵架的夫妻重归于好。有些女人由于懒惰或与他人通奸，丈夫要殴打或杀害她们时，便跑到玛丽亚的山洞要求庇护，因为她们知道有了她做保护人，圣多山就没有一个男人敢来伤害她们。她吃饭靠施舍，因为吃得极少，信徒们给她送到洞里的食物总是剩余许多，她便于每日下午将食物分给穷人。她把人家送给她的衣服转赠给穷人，无论在旱季还是雨季，除去她来时穿的露臂套头麻袋片，谁也没看见她穿过别的衣裳。

玛丽亚同前来圣多山圣心教会举行祭祀礼的马沙卡拉教区的传教士之间似乎并不融洽。这些传教士总是在提醒人们注意那种理解错误的信仰，它在教会控制以外的地方流行，比如贝尔南布戈伏洛莱斯区的魔石教就是如此。那个异教徒若安·费雷依拉及其追随者竟然用十几个人的鲜血（其中也包括传教士的）喷洒在所谓的魔石上，他们认为用这种办法就可以请出堂塞巴斯蒂安①，因为这位国王能够使人死而复活，并且能够带领人们进天堂。在马沙卡拉的传教士眼里，玛丽亚·瓜德拉多的情形正处于离经叛道的边缘。而她这一方，虽然在传教士经过时也跪倒在地，亲吻教士的手，请求他们祝福，实际上却与他们保持一定的距离。谁也没见过她与那些装腔作势、留着长胡须、有时说话难懂的传教士有什么亲热的直接往来，而她同当地居民倒是有这种关系。

传教士们在布道时还提醒信徒们，要防备披着羊皮的狼混入羊圈咬伤羊群。也就是说，圣多山就像蜂蜜吸引苍蝇那样吸引着那些伪先知。这些人如同施洗约翰那样身穿羔皮或模仿圣衣样式的长袍出现在圣多山的村头；他们还登上耶稣受难处，在那里用火热难懂的语言给众人布道。这帮人成了村民们消遣解闷的工具，他们同吉普赛人马戏班中的巨人、长胡须的女人和没骨头的男人别无二致。可是玛丽亚·瓜德拉多始终不接近这类古怪的讲道人。

因此，当村民们看到玛丽亚·瓜德拉多居然走到公墓去，感到十分惊奇。那里已经有一群爱看热闹的村民，在一个穿蓝袍、留长发的黑白混血儿的召唤下正围拢过来。那穿蓝袍的同他那一伙人是当天进村的，他们中间有个半人半兽的家伙跑来跑去，责备村民们没有在死者安息的地方筑起一道围墙。死亡可以使人见到上帝的容颜，难道还不应该受到尊重吗？玛丽亚·瓜德拉多悄悄地来到正在搬运石块砌一道环绕墓地的围墙的人身旁，也动手干起来。她同那些人并肩劳动，一直干到太阳落山。随后，她留在玛特里兹广场，

① 堂塞巴斯蒂安（don Sebastián，1554—1578），葡萄牙国王，曾率军攻打摩尔人，在战斗中英勇牺牲。

坐在罗望子树下与众人围成一圈，听那黑白混血儿讲话。虽然他也谈到上帝，也谈到为拯救灵魂而摧毁自我意志——这个自我意志是诱使个人梦想压倒他人的毒物——的重要性，也谈到必须用第三者的意志即建设者和劳动者——那些勤奋的人的意志，来代替自我……但是他所使用的语言明白易懂。他的讲道虽然虔诚深刻，却好像一家人晚饭后坐在街上纳凉时的亲切交谈。玛丽亚·瓜德拉多缩成一团，静听着"劝世者"讲话。她目不转睛地注视着他，什么也没有问。后来，夜深了，许多村民请"劝世者"去家里过夜，她也胆怯地请他去她的山洞。众人不免回头望着她，可那瘦削的人毫不迟疑地跟她向山上去了。

"劝世者"在圣多山停留期间一边讲道，一边劳动——打扫，整修山上的教堂，在圣路两侧砌墙，晚上便在玛丽亚·瓜德拉多的山洞里过夜。后来人们传说，他没有睡觉，她也没有睡觉，他和她就在那五颜六色的祭坛脚下彻夜交谈着灵魂的事；也有人说，他睡在草垫上，而她给他守夜。事实上，玛丽亚·瓜德拉多一刻也没有离开过他的身旁：白天在他身旁搬运石块，晚上全神贯注地听他讲道。尽管如此，当"劝世者"即将离开村子的那天早晨，圣多山的人们知道玛丽亚·瓜德拉多也要加入追随者的行列时，仍感到十分惊奇。

巴伊亚州府的上城广场附近有一座古老的石头建筑，上面饰有黑白相间的贝壳。它如同监狱一样，由一道厚厚的围墙保护着。有些读者大概已经猜到了，那是一座愚民政策的堡垒：圣母修道院。它是卡普青派传教士的寺院，该院以奴化精神和狂热传道而闻名。为什么我向你们——主张自由的人——谈这样一个可恨的地方？

我并不是为了弄到关于兵营、修道院、警察局以及任何剥削与迷信的堡垒实施暴力教育的材料才去侦察这种地方的。很多同志认为，这些材料是必不可少的，因为它可以用来打破那些使劳动群众习惯于对上述国家机器的种种顾忌，并向他们证明这些机器是可以摧毁的（你们还记得巴塞罗那人的那些集会吗？他们为了让修女通过怀孕而恢复由于隐居而被夺去的妇女地位而主张突袭修道院）。我去那座圣母修道院是为了同一个叫若安·福音·德·蒙特·马西亚诺的传教士谈话，因为命运之神让我读到一份奇怪的法院文件。

何塞·包斯蒂诺医生（我曾对你们谈过他写的一本关于脑颅学的书，并且我多次同他合作过）的一名患者是本地区最有权势的人——卡纳布拉沃男爵——的亲信。该人名叫雷利斯·彼达德斯，是位律师。有一次，包斯蒂诺医生给他医治绦虫病时，他说，卡纳布拉沃男爵有一处庄园，两年前被一群疯子强占了，现在那里成了独立王国。这位律师负责向法庭提出起诉，要求替男爵收回庄园，因为男爵拥有产权，当然要不遗余力地捍卫它。被剥削阶级将贵族的财产据为己有，这种事对于革命者来说总是悦耳的，尽管这些穷人是宗教狂。这些情况是那位律师坐在马桶上极力排出那些误食了化学药品的害虫时说出的。但是，引起我注意的是忽然听到律师在讲那些人反对世俗婚姻，主张雷利斯·彼达德斯称之为杂居的形式。但是任何一个有社会常识的人都会知道，那是自由恋爱制度。“既然有这样堕落的证据，当局不得不将他们从那里驱散。”那位蹩脚律师的证据就是那份文件，那是他同教会互相勾结的产物。教会还提供了人力：若安·福音修士当时受巴伊亚大主教的委派而住在庄园里，因为在那之前已有关于异教徒的活动报告送到主教面前。福音修士到卡努杜斯去看看那里发生的事。看过之后，他又气又怕，急匆匆地回去了。

那份文件上就是这样说明的。毫无疑问，对那位传教士来说，那次经历是痛苦的。对于一个热爱自由的人来说，透过教会在文件中遮人耳目的东西却可以推测出令人兴奋的情况。被阶级社会通过家庭、学校、教会和国家等吃人机器压抑了的自由本能在指引着卡努杜斯的穷人前进。的确，他们很像是造反，在他们反对的许多事情中，包括了反对束缚他们的感情和愿望的制度。卡努杜斯人借反对帝国垮台后巴西颁布的世俗婚姻法学会了自由结合与分离，只要男女双方同意；他们还学会了母腹婴儿的父权问题，因为他们的领路人或曰导师——人称“劝世者”——教导他们说，人只要生下来便都是正当合法的。你们不觉得他这样的话里有某些东西听起来很耳熟吗？这难道不像是将某些革命思想付诸实施了吗？恋爱自由，父权归属自由，取消合法与私生之间的可耻鸿沟，确认人既不继承尊严也不继承羞辱。因此我克制内心的厌恶而去访问那个传教士难道不是有道理的吗？

卡纳布拉沃男爵的讼棍为我促成了那次访问，他以为我多年来对宗教迷信问题感兴趣（不管怎么说，这倒也是真的）。这次访问是在修道院的餐厅里进行的，那里面挂满了圣徒与先知的画像。餐厅外边有一座凉亭，里面铺着花砖，中央有一方蓄水池，时时有身穿咖啡色会服、系白色腰带的传教士前来打水。若安·福音修士解决了我的全部问题，他一发现我可以用他的母语意大利语交谈便显得十分饶舌。他是意大利南部人，很年轻，身材较矮，肤色发红，胡须浓密；天庭饱满，说明他富于幻想；但是眼窝下陷，后颈平直，说明他心胸狭窄，为人吝啬，敏感多疑。果然，在交谈中，我发现他由于未能完成任务，加上那些“异教徒”给他带来的恐惧，十分仇视卡努杜斯。但尽管如此，扣除他证词中的夸张与愤恨，你们从剩余部分中所了解到的真相也是动人的。

我从他那里听到的情况可以为《反叛的火花》提供许多材料。最根本的一点是这次访问证实了我的以下猜测：在卡努杜斯，那些穷苦而没有任何经验的人凭借本能与想象将我们欧洲革命者知道的为实现人类正义而要做的事付诸行动了。下面的事，请你们自己来判断吧。若安·福音修士在卡努杜斯逗留了一个星期，陪同前往的还有两名教会人士：巴伊亚州的一名传教士和卡努杜斯邻村的一名神父——名叫堂华金的人。这里顺便说一句，福音修士非常憎恶堂华金（他向上报告说，该人酗酒成性，品行不端，纵容通匪）。他们走了十八天艰难的旅程之后，在未到达目的地之前就已发现“反抗与无政府状态的迹象”，因为没有人愿意给他们带路。当他们走到距离卡努杜斯庄园十五公里的地方，遇到一群手持砍刀、肩扛大口径火铳的巡逻队时，这群人满怀敌意地拦住了他们的去路。幸亏堂华金从中说情，才被放行，因为巡逻队中有人认识这位堂华金。走进卡努杜斯镇，他们看到一群群肮脏、瘦弱、苍白、憔悴的人聚集于茅草泥屋旁，一个个武装到牙齿。这是“为了保卫‘劝世者’，因为当局早已企图杀害他”。那名修士惊慌失措的话至今在我耳边回荡，那幅武装群众的画面给他留下了极深刻的印象：“他们一刻也不放下武器，吃饭和祷告时也是如此；他们挎着火铳、卡宾枪、手枪和匕首，腰间系着子弹带，很是得意，好像马上就要投入一场战争。”（我无法使这位修士睁开眼睛，不能告诉他，自从这些人强占了男爵的土地，战争已经开始了）他十分肯定地告诉我，在那群人里有以知法犯法而闻名的惯犯。他举出其中一人为例，那人叫“若安·撒旦”，以凶残著称。他率领那伙人在卡努杜斯安营扎寨，并且成为“劝世者”的重要信徒之一。福音修士曾经这样训斥过“劝世者”：“既然你们真的想成为基督徒，那为什么卡努杜斯竟然收留罪犯?”回答是：“为了把他们变成好人。如果说他们过去曾因为生活贫困而偷窃或杀人，那么现在他们感到自己属于人类大家庭，因而知道感恩。为了赎罪，他们准备做任何事。假如把他们拒之门外，他们会犯下新的罪行。我们十分懂得基督是怎样施行仁爱的。”同志们，这番话同自由法则是一致的。你们都知道，盗匪是自发的起义者，是不自觉的革命者。你们一定记得在巴黎公社那激动人心的日子里，许多从资产阶级监牢中放出来、被视为罪犯的弟兄们同劳动群众肩并肩站在斗争的最前列，成为英勇无畏的榜样。

意味深长的是，卡努杜斯人自称甲贡索人，意思是“起义者”。那位传教士虽然常年在腹地传道，但并不真正了解那些赤脚妇女和那些在上帝和教会的使者面前如此小心、恭敬的男人。“那是些无法了解的人。他们总是露出激动不安的神情，一开口就大声喊叫，七嘴八舌地抢着说出最难听的话和违背社会秩序、道德信仰的理论。比如：谁要想灵魂得救，就必须到卡努杜斯来，因为世界上的其他地方都已经落入敌基督①的手中。”你们知道甲贡索人称什么为敌基督吗？竟然是共和制！是的，同志们，他们称共和制为敌基督。他们认为共和制是万恶之源。当然有些坏事是抽象的，但也有许多具体的和实际的东西，如饥饿和捐税。福音修士对所听到的这一切简直难以置信。我怀疑这位传教士所在的教派或者教会对于巴西的新政体是否过于热情了，因为正如同我在前一封信中所说的那样，在共和政体中有大量共济会的成员，这意味着教会势力被削弱。可是，卡努杜斯人认为共和制是敌基督！那位传教士以为把我吓坏了或者把我激怒了，便赶忙说了这样一些话（对我简直是美妙的音乐）：“这是一个反抗现行合法政府的政治宗教集团，他们建立了国中之国，因为他们不承认现行法律，不承认政府当局，也不接受共和国的币制。”这位传教士的糊涂观念使他无法理解卡努杜斯的弟兄们如

① 《圣经》名词，意为反对基督者，尤指以假冒基督的方式来反对基督、破坏基督之工作者。

何凭着准确无误的本能将起义行动引向自由的天敌——政权。是什么政权压迫着他们，拒不给他们土地，不给他们文化和平等的权利？难道不是共和制吗？卡努杜斯的弟兄们武装起来反对共和制，这本身就表明他们找到了正确的方式，即被剥削者打碎枷锁的唯一方式：暴力。

但这并非就是一切，还有更为令人吃惊的事呢，你们好好听一听吧。福音修士肯定地说，如同男女杂居一样，卡努杜斯还确立了财产共用：一切归众人所有。“劝世者”一定说服了甲贡索人。请你们注意下面的话：认为任何动产或不动产如归个人便是罪孽。房屋、耕地和牲畜归集体所有，它们是大家的，不属于任何个人。“劝世者”使众人确信，谁占有的东西越多，末日审判之时，谁进入天国的可能性就越小。他仿佛在把我们的思想付诸行动，只是出于策略原因和考虑到追随他的这些穷苦人的文化水平，才把我们的思想蒙上一层宗教色彩。在巴西的腹地，一群起义者建立了一个废除婚姻和货币、用集体所有制代替私有制的社会，这难道不伟大吗？

这个想法总是在我脑海里翻腾，与此同时，福音修士告诉我，他在卡努杜斯布道七天之后，在一片默默的敌意中，由于他敦促甲贡索人回到各自的家乡而被看作共济会成员和新教徒；当他要求甲贡索人效忠共和制时，他们是那样愤怒，使这位传教士不得不逃离卡努杜斯。“教会已经在那里失去了威信。这都是那个疯子闹的，他整天逼着人们去盖那座石头寺院。”我可没法体会他那沮丧的心情，而且恰恰相反，我为卡努杜斯人感到高兴，并同情他们的事业。可以说，正是因为有了这些人，在巴西的腹地，反动派以为在欧洲已被埋入血泊的革命思想死灰复燃了。或者下封信再见，或者永别了。

第四章

当卡纳布拉沃男爵的律师雷利斯·彼达德斯正式通知萨尔瓦多市法院卡努杜斯庄园已被歹徒侵占的时候，“劝世者”在那里已经生活了三个月之久。当时在腹地的大小村落里正流传着这样的消息：在那个群山环抱的地方——以出产本地人爱用的烟袋杆而得名的卡努杜斯①，那位东游西荡了四分之一世纪的圣徒已经定居下来。牧牛人十分熟悉这个地方，因为牛群常常在瓦沙—巴里斯河边过夜。在随后的几星期甚至几个月中，成群结队的病人、流浪汉、赎罪的人、逃犯和好奇的人从四方向卡努杜斯拥来，怀着预感或者希望，想在那里得到医治、住所、宽恕、保护和幸福。

“劝世者”到达卡努杜斯的次日早晨便动手建造圣堂。据他说，整个建筑要用石头砌成，配有两座极高的钟楼。它是献给慈悲的基督的。他决定把圣堂盖在圣安东尼奥老教堂的对面。在村头篝火的照耀下，“劝世者”讲道时说：“有钱的人请举手！我是要举手的，

① 卡努杜斯这个名字是从 canudo（芦苇制成的管子）而来。

因为我是上帝的儿子，他给了我永生的灵魂，这是真正的财富，只有天堂可比；我是要举手的，因为天父让我今生受穷，为的是使我来世变富。有钱的人请举手！”在火花映照的黑影里，出现了一片披挂着破衣烂裳的手臂森林。他们先做了祈祷，接着听讲道，最后穿过建造了一半的房屋和用木板、破布搭起的睡觉的地方，举行了宗教游行。腹地的夜空回荡着对圣母和耶稣的赞美声以及要消灭魔鬼和敌基督的呼声。一个来自米兰德拉的人是专为节日制作烟火的，名叫烟火匠安东尼奥，是第一批来卡努杜斯朝圣的人之一。从此，每当举行宗教游行，就燃放烟火，鸣放鞭炮。

“劝世者”亲自指挥圣堂的建造。他身旁有个泥瓦匠出谋划策，这位师傅曾经帮助“劝世者”修整过许多教堂，还在克里索波利镇帮忙建造过耶稣教堂。“劝世者”分派信徒去打石头、筛沙子、搜集木料。入夜后，如果没有斋戒，“劝世者”吃罢一餐节俭的晚饭（包括一块面包、一个水果、一口炒面、几口凉水），就去欢迎新来的人。他希望先到的人要热情接待。接着，他祝祷圣父、圣子和圣母之后，便用富有感染力的声音告诫众人要简朴、苦修、禁欲。最后，他请大家一起进入类似行吟叙事诗中的幻觉：世界末日临近了，站在法维拉山顶可以看清卡努杜斯的情景。共和政府还会继续派出正规军来逮捕他，他们企图阻止他讲道。但是，不管让他流多少血，魔鬼也决不会咬伤耶稣。洪水将会泛滥，然后会有地震，太阳会下沉，世界将陷入漆黑一团，人们只能像瞎子一样摸索行动。与此同时，远处还会有交战，成千上万的人会死于恐怖。但是，黑暗会过去，曙光会来临，男女老少会看到在卡努杜斯周围的大小山头上有一支由堂塞巴斯蒂安统率的大军。这位伟大的君王将要打败那帮魔鬼，为基督扫净世界。大家会看到堂塞巴斯蒂安身披锃亮的铠甲，腰挎长剑；会看到他那英俊威武的面容；会看到他坐在饰有金银与宝石的坐骑上向大家微笑；会看到他完成了拯救世界的使命后率领大军渐渐消失在大海上。

鞣皮匠、佃农、巫医、小贩、洗衣妇、收生婆和乞丐经过多少个日夜的行程，车载或驴驮着他们的财物，终于来到卡努杜斯。现在他们蹲在黑影里，静听着讲道，极力弄明白其中的道理，不觉泪水盈满了眼眶。他们和先到的信徒一样虔诚，做祷告，唱赞美诗；不会念祷词的人赶忙学习，不会唱歌和不懂教义的人也积极地向他人请教。卡努杜斯镇的商人安东尼奥·比拉诺瓦就是积极学习的人之一，每到夜晚，他同虔诚的小信徒安东尼沿着河岸和新播种的土地长时间地散步。小信徒耐心地向比拉诺瓦讲解教义和十诫①。比拉诺瓦回家后又向弟弟奥诺里奥，向妻子安东尼娅，向弟媳阿顺松以及两家的孩子们讲解。

食物并不匮乏，有谷物、青菜和肉类，因为瓦沙—巴里斯河还有水，所以能够播种。从外地来的人常常带来粮草，附近一些村庄也经常送些家禽、兔、猪、羊和粮食。“劝世者”吩咐安东尼奥·比拉诺瓦把粮食储藏起来，并负责监督分配给无依靠的人。没有专门的领导机构，仅凭“劝世者”的教导，这里的生活逐渐走上正轨，虽然并非没有困难。小信徒安东尼担负新朝圣者的教育工作以及接受贡品的事宜，但金钱除外。捐献的共和国瑞斯必须在若安·阿巴德或者帕杰乌的护卫下（他们精于此道）用于去贡贝或若塞罗采购建造圣堂的用品：铁锹、镐头、铅锤、贵重木材、圣像和十字架。世人之母玛丽亚·瓜德拉多把朝圣者奉献的戒指、耳环、银簪、项

① 基督教“十条诫命”的简称。包括：崇拜唯一上帝而不可拜别神；不可制造和敬拜偶像；不可妄称上帝名字；须守安息日为圣日；须孝敬父母；不可杀人；不可奸淫；不可偷窃；不可作假证陷害人；不可贪恋别人的妻子、财物。

链、发梳、古币或者骨制、黏土造的小首饰放进箱笼内。每当贡贝的华金神父或别的传教士来做弥撒、听取忏悔、实施洗礼、主持婚礼时，这些金银财宝就被拿到圣安东尼奥教堂去展览，于是那几天就像过节一样热闹。若安·格兰德和彼得劳这两个逃犯是这里身体最强壮的人，他们负责指挥从采石场向圣堂搬运石料的队伍。若安·阿巴德的妻子卡塔利娜和贡贝的女人亚历杭德里娜·科雷娅——据说她曾被圣灵附体——为造圣堂的劳动者准备饭菜。这里的生活远未达到完美无缺的程度。虽然“劝世者”一再劝诫不得吃喝玩乐，但总有人赌博、抽烟和酗酒，特别是随着卡努杜斯的日益发展，桃色事件、偷盗、醉酒甚至殴斗时有发生，但是闹事的规模比其他地方——比“劝世者”及其信徒组成的友爱、虔诚和禁欲的中心以外的地方——要小得多。

“劝世者”并不禁止妇女梳妆打扮，但是他曾无数次地提醒，过分注意修饰外表就会忽略心灵的修养。比如鲁兹贝尔①，她那美丽的躯壳里面有一个令人作呕的龌龊心灵。结果，花花绿绿的颜色渐渐从女人的服装上消失了，裙子发展到长及脚面，上端遮住脖颈，腰身肥大得足以赛过修女袍。胸部的花饰也不见了，甚至连束发带也没了，现在许多女人或披头散发，或用三角头巾包裹起来。有时，在从良妓女与良家妇女之间发生冲突，那些一度堕落的女人虽然做出很大牺牲，并且也求得“劝世者”的宽恕，但仍受到那些正派女人的敌视。后者不肯宽恕前者，她们要那些从良妓女戴上荆棘冠，以考验那些坏女人是否改悔。

但是，总的说来，生活是平静的，邻里之间充满了和睦共处的气氛。有一件事造成许多麻烦，即禁用共和制的货币。“劝世者”手

① 魔鬼的化身之一。

下的人如果发现有人使用这种货币，便立即没收，并将其驱逐出卡努杜斯。人们可以用带有彼得罗二世或他女儿伊莎贝尔公主头像的钱币进行交易，可是这种钱币非常稀少，于是就出现了以物易物和以工换工的现象。以物易物的有：猛禽换草鞋、母鸡换草药、面粉换马蹄铁、砖瓦换布匹、吊床换砍刀；以工换工的有：播种、盖房、圈马。献给耶稣基督的时间和物力没有人索要报酬。除去建圣堂，后来又建成一批名为健康之家的房屋，是供老弱病残食宿和医疗的地方。起初，玛丽亚·瓜德拉多领导这项工作，但是后来圣所——一间两居室的茅草泥屋——建成，“劝世者”有了歇息片刻的地方，从而可以稍微摆脱朝圣者们无休止地追逐、围观时，玛丽亚·瓜德拉多这位世人之母便只负责照顾“劝世者”，健康之家就由比拉诺瓦两兄弟的妻子安东尼娅和阿顺松经管起来。瓦沙—巴里斯河两岸有些耕地，首批定居于卡努杜斯的朝圣者逐渐占据了这些土地，后来的朝圣者与之相争，于是打架时有发生。商人安东尼奥·比拉诺瓦负责调解这些纠纷。他受“劝世者”的委托，给新来的人分配造屋的地皮，划分喂养信徒送来的牲畜的牧场，仲裁钱财和家产诉讼。实际上这类诉讼并不多，因为人们不是为发财致富才来到卡努杜斯的。全体居民一心投入精神世界的建设：祈祷、送葬、禁食、宗教游行、建造基督圣堂，特别是聆听“劝世者”的教诲。他常常讲到深夜——在这段时间里，卡努杜斯的一切活动暂停。

一个赤日炎炎的中午，进步共和党组织的交易会在盖伊马达斯镇的墙壁上到处贴满了“巴西统一，国家强盛”以及写有埃巴米农达·贡萨尔维斯姓名的标语。但是，加利雷奥·加尔待在“仁慈的圣母”旅馆房间里，不为窗外锣鼓喧天的政治集会所动，一心思考着鲁菲诺自相矛盾的才干。他想：“这真是个少见的集合体。”善于引路和善于思考自然是有连带关系的，鲁菲诺一生走遍了这个辽阔的地区，为旅行者、出来狩猎的人、运货的车队当向导，有时兼做邮差，有时帮助追捕失散的牧群。这两种品质在他身上同时存在是再正常不过的了。可是，他那审美能力又作何解释呢？一个重物质、重土地、重实际的人怎么会有幻想、遐想、空想这些艺术家和不讲实际的人才有的气质呢？但是，他的骨骼说明他具备这一切：善于引路，善于思考，有审美能力。加利雷奥·加尔一摸过这位向导的头骨便发现了这些气质。他想："这真是个荒唐而不可并存的集合体，既胆怯又开朗，既吝啬又慷慨。"

加利雷奥俯身在水桶上洗脸，对面是贴满字画、剧照的木板墙，中间悬挂着一面破镜子。咖啡色的潮虫在砖缝里时隐时现，一条小蜥蜴一动不动地待在天花板上。屋内的家具只有一张没有床单的大床。屋外的节日气氛从带铁栅的窗户传进来：欢呼声、锣鼓声和孩子们放鞭炮时的叫喊声。有人在高声抨击巴伊亚州自治党，抨击州长路易斯·比亚纳，抨击卡纳布拉沃男爵，赞扬埃巴米农达·贡萨尔维斯，赞扬进步共和党。

加利雷奥·加尔继续洗脸，不为喧闹声所动。洗罢脸，他用衬衫擦干，往床上一躺，仰面朝天，一只胳臂垫在脑后做靠枕。他望着潮虫和蜥蜴，心里想："要用科学战胜焦躁。"他在盖伊马达斯镇已度过八天。尽管他是个善于等待的人，也开始感到烦闷，因而求鲁菲诺允许他摸摸头骨。说服他可真是不易，因为这位向导十分多疑。加尔还记得他一边抚摩鲁菲诺的脑袋，一边感觉到这位向导是多么紧张，似乎随时准备搏斗。他们两人天天见面，交谈并无困难。为了消磨时日，加尔开始研究鲁菲诺的举止，并且做了记录："他注视天空、树木和土地神情，仿佛在阅读一本书；他思想单纯，不轻易改变；他对荣誉和道德有一套严格的法规。这是同自然与人类长期打交道产生出来的，而不是借助读书，因为他不识字；也不是借助宗教，因为他似乎并不很虔诚。”这一切同他从头骨上摸到的感觉是吻合的，只有审美能力除外。这一能力表现在什么地方？为什么在这八天里，在同鲁菲诺洽谈卡努杜斯之行时，在镇子外面的茅屋中、在火车站上喝冷饮、在去鞣皮作坊的路上、在依达比古鲁河岸边散步时没有发现任何症状呢？在向导的妻子胡莱玛身上则相反，这种有害的、反科学的能力——离开经验的范畴，沉迷于幻觉效应与梦想——表现得十分明显。尽管她在加尔面前十分谨慎，加尔却听她讲过盖伊马达斯教堂里大祭坛上那座木制的圣安东尼奥像的故事。“几年前，有人在山洞里发现了这座雕像，就把他请到教堂里来住。可是第二天雕像不见了，他又重新回到山洞去了。有人把他又搬回教堂，为了不让他跑掉，还在他身上捆了几道绳子，可他还是又回山洞了。就这样搬回来，走掉；搬回来，走掉，一直到圣十字教团派来主教和四名卡普青派教士来主持圣安东尼奥教堂，又用这位圣徒的名字重新命名盖伊马达斯镇，那雕像才在祭坛上安静下来。现在那里香火很旺。”加利雷奥·加尔还记得当他问鲁菲诺是否相信他女人讲的故事时，这位向导耸耸肩膀，怀疑地一笑。可是胡莱玛则相反，她完全相信。加尔真想摸摸她的脑壳，但没敢提出。可以肯定，让一个外国人摸自己老婆的脑袋，哪怕只是一个想法，对于鲁菲诺来说也是不可思议的。是的，这个人好多疑。加利雷奥费了好大力气才使他同意去卡努杜斯。鲁菲诺讨价还价，提出异议和疑问，尽管他最终还是同意了，加利雷奥却发现在谈到“劝世者”和甲贡索人时，他总露出不安的神色。

不知不觉中，加尔的注意力已从鲁菲诺身上转向屋外传来的喊叫声：“地方自治与分权是比亚纳州长、卡纳布拉沃男爵及其帮凶为了保持特权并阻止巴伊亚州像巴西各州那样走向现代化而找出的借口。主张地方自治的都是些什么人？是些地下君主派！要不是有我们，他们早就复辟了那腐败的帝国，扼杀了共和国。但是，埃巴米农达·贡萨尔维斯领导的进步共和党将使他们永远不能得逞……”讲话的人与前一个演说的人不同，内容更加明确。加利雷奥完全明白他讲的意思，他甚至觉得后者还有些思想，而前者只是一味地狂叫。加尔会到窗口去窥探一下吗？不，不会的。他在床上没有动，他确信那场面还是老一套：熙熙攘攘的人群走过饮食摊铺，好奇地围在卖唱的艺人或踩高跷给人算命的汉子身旁；有些人则愿意驻足片刻，对着进步共和党做宣传的讲台及用猎枪保护演讲人的保镖们望上一阵或听上几分钟。加利雷奥·加尔心里想：“人们持这种冷淡态度是聪明的。”知道卡纳布拉沃男爵的自治党反对共和党的中央集权制、知道共和党反对政敌提出的分权主义和联邦制对盖伊马达斯镇上的人又有什么用处呢？资产阶级政党之间的唇枪舌战与穷苦人的利益又有什么相干呢？他们趁交易会的机会逛一逛，但对演讲的人并不感兴趣，这样做是很对的。前一天晚上，加利雷奥察觉到盖伊马达斯镇上有某种激动情绪，这并非因为进步共和党要举办交易会，而是人们有些担心卡纳布拉沃男爵的自治党会派雇用的打手破坏政敌的会场，并且像以往那样互相对射起来。半个上午过去了，没有发生任何事情，下午也一定不会出事。为什么要费尽心机破坏如此幼稚的集会呢？加尔心里想，自治党人的交易会大概也和外面的集会相似。巴伊亚州的政治不在这里，巴西的政治也不在这里。他想：“巴西的政治斗争在那边①，在那些连他们自己都不知道自己是这个国家真正的政治家的人的手中。”还要等很久吗？加利雷奥·加尔从床上坐起来，一边低声道：“用科学战胜焦躁。”他打开地上的手提

① 指卡努杜斯。

袋，掀开衣服露出一支左轮手枪，拿出记事本——那上面有关于盖伊马达斯的鞣皮作坊的笔记，他曾在这几天去那些作坊里消磨过时光。只见上面写着："砖头结构，瓦片屋顶，粗木立柱。到处是一捆捆用刀斧截短、切碎的安希科树①皮。人们将树皮置于水塘中浸泡，将兽皮去毛后浸入塘中，放置八九天——这是鞣制所需要的时间。然后将皮革挂在阴凉处吹干，再用刀刮去残留的污物。这个操作过程适用于牛、羊、兔、鹿、狐狸和猎豹。安希科树汁是鲜红色的。鞣皮作坊由一家一户组成，相当原始。干活的是夫妻、子女及近亲。生皮是盖伊马达斯镇的主要财源。"他把记事本放回手提袋。皮匠们对他十分友好，向他解释每道工序。可是为什么一谈到卡努杜斯就那样守口如瓶呢？他们不信任葡萄牙语讲得不流利的人？加尔知道卡努杜斯和"劝世者"是盖伊马达斯镇上的主要话题，但他虽然一再努力，却无法同人们谈起这个话题，甚至同鲁菲诺和胡莱玛也不行。在鞣皮作坊里，在火车站上，在"仁慈的圣母"旅馆中，在盖伊马达斯的小广场上，每当加尔提及卡努杜斯，便看到人们眼中皆有的怀疑神色。他们要么保持缄默，要么说几句遁词。他想："这些人很谨慎，他们不轻信。"他又想："他们晓得该如何做，一个个都很聪明。"

他在衣服和手枪中间重新翻找起来，然后取出手提袋中唯一的一本书。这是一本被翻看过多次的旧书，黑色的羊皮纸封面上隐约可见蒲鲁东的名字，书名仍清晰可见：《矛盾的制度》。下面是印刷的城市：里昂。他总也不能聚精会神地阅读下去，户外嘈杂的闹市使他分心，而心中的焦躁尤其让他难以自制。于是，他咬紧牙关，极力思考一些客观存在的事物。一个对一般性问题、抽象思维不感

---

① 巴西热带树，皮可提取鞣酸。

兴趣的人往往沉湎于个人琐事之中，这从鲁菲诺耳朵后面那几乎成棱形的骨骼上可以摸出。他摸鲁菲诺后脑时不是有这种感觉吗？他的审美能力莫非正表现在那奇怪的荣誉感上？又或者说这位即将带他去卡努杜斯的人具有艺术想象力？

若安对童年的回忆也许可以说是最美好的回忆，既不是他的母亲（她扔下儿子，跟一个路过古斯多加、率警察分队追捕土匪的军曹走了），也不是他的父亲（他自生下来就从未见过），更不是收养他的叔叔赛福斯蒂诺和婶婶堂娜安赫拉，也不是古斯多加村那三十几间茅屋、几条窄巷，而是那些云游歌手。那些歌手每过一段时间便来到村里为婚礼助兴，或进入一座庄园，或参加某村为祭祀族神而举办的庆祝活动。他们只要喝上一杯木薯酒，吃上一盘腌肉炒菜豆，便开讲奥利维埃、玛格洛娜公主、查理大帝和十二重臣的故事①。若安两眼睁得老大，随着云游歌手讲述的节拍翕动着嘴唇。夜里，他便梦见一些气势磅礴的场面：成千上万的骑士身披铁甲，高举金戈，为捍卫基督的事业而同异教蛮族军队作战。

但是，真正打动他的还是诺曼底大公之子魔鬼罗伯特的故事。这个魔鬼罗伯特干下种种坏事，最后翻然悔悟，四肢匍匐在地，用学狗叫代替说话，夜晚同牲口睡在一起，直到慈悲的耶稣赦免了他的罪孽。之后，他把皇帝从摩尔人的围攻中营救出来，同巴西女王结成美满姻缘。若安这孩子十分固执地要云游歌手丝毫不得省略地讲出这个故事：魔鬼罗伯特横行霸道的时候，为了杀人取乐，怎样拿弯刀砍断少女和修士的喉管；而当他愿做上帝的奴仆之后，又怎样走遍天涯海角，寻访以前受害者的家属，以便跪在人家脚下请求

① 指法国的英雄史诗《罗兰之歌》。

责罚。古斯多加的村民以为若安一定会成为腹地的歌手，也会肩挎吉他走村串乡，用故事和音乐给人们带来欢乐与消息。

赛福斯蒂诺开着一家店铺，供应布匹、谷物、饮料、农具、糖果和针线百货，若安在店里做帮手。赛福斯蒂诺经常外出送货，有时还把货物送进各个庄园，有时则进城采购；当他不在家时，由堂娜安赫拉照顾店铺、一间茅屋和一处鸡舍。这个女人没有子女，她把一片爱子之情倾注在侄子身上。她曾经答应若安，将来有机会就带他去萨尔瓦多城，去慈悲的基督圣像前顶礼膜拜。若安收集了各式各样的基督画像。

古斯多加的村民像害怕干旱和瘟疫一样害怕另外两种灾害，它们每隔一段时间就要将村庄洗劫一空：土匪和国民警备侦缉队。前者最初是由庄园主的雇工及亲信组成的武装集团，用来争夺土地、水源、牧场或实现某种政治野心。但是后来在这些用火枪和砍刀武装起来的人中的许多人摆脱了庄园主的奴役，开始流散到各地，以打家劫舍为生。为了对付他们，侦缉队便应运而生。前者和后者都要古斯多加村供应粮草。他们常常喝得酩酊大醉，并且企图强奸妇女。若安懂事前就已学会只要报警的人一喊便马上将酒瓶、食品和货物放进赛福斯蒂诺事先准备好的隐藏处。谣传赛福斯蒂诺是土匪的坐探，说他同土匪做生意，并且专门为匪帮提供情报和藏身之地。他听了非常愤怒。这些传谣的人难道没有看见他的店铺是怎样被抢劫的吗？难道他们没看见那些土匪抢去了衣裳和烟草而分文不付吗？若安多次听到他叔叔抱怨这些愚蠢的传言，古斯多加村里有些人出于嫉妒，便编造这些谣言来陷害他。叔叔嘟囔着说：“他们早晚会把我卷进一场乱子里去。”不久，果然出事了。

一天上午，一支由吉拉尔多·马塞多少尉指挥的三十人侦缉队来到古斯多加村。马塞多少尉是卡波克洛族青年，以凶狠闻名，这一次是来追捕安东尼奥·席尔维诺集团的。这个集团实际上并没有路过古斯多加，可是马塞多少尉坚持认为这帮土匪藏在村里。少尉长得身材高大，眼睛微斜，喜欢用舌头舔一颗金牙。据说，他之所以发狂似的追捕盗匪，是因为他的未婚妻曾被土匪强奸过。就在部下搜查每座茅屋的时候，少尉亲自审问居民。入夜后，他面带喜色地走进赛福斯蒂诺的店铺，命令店主把他们领到席尔维诺的藏身处去。店主刚开口反驳，少尉立刻一个耳光把他打倒在地："我全都知道了，基督徒，有人把你告发了。"无论赛福斯蒂诺的抗议还是堂娜安赫拉的哀求都无济于事。少尉说，如果赛福斯蒂诺不讲出席尔维诺的藏身处，仅凭他当坐探一事就该严惩，因此天亮前要枪毙他。最后，店主表示同意带路。黎明时分，赛福斯蒂诺带着侦缉队离开了古斯多加。少尉手下那三十个坏蛋心想这下子可以突袭抓住那伙强盗了。但是，那店主走了没几个小时就把他们领上一条迷路，自己只身跑回古斯多加，准备把堂娜安赫拉和若安接出村外躲藏，因为他担心会有报复落在头上。正当他打点行李时，少尉赶了回来。本来他只想打死店主一人，可是堂娜安赫拉这时跑来保护丈夫，结果也被枪杀。至于若安，少尉一下子抓住他的两条腿一拉，然后用枪柄一击，就把他打昏了。等若安苏醒过来，看到古斯多加的乡亲们带着满脸内疚的神情跪在两口棺材面前。他不理睬乡亲们的安慰，一边用手抹掉脸上的血迹，一边用成人的嗓门（当时他只有十二岁）对众人说，总有一天，他要为叔父婶母的死跟他们算账，因为他们是真正的凶手。

复仇的怒火帮他度过了最初的几星期。在那段时间里，他在一片长满了曼达卡鲁树的荒原上漫无边际地走着。他看见空中有几只大雕在盘旋，等待着他躺倒在地好来啄食他。那是一月，一滴雨也没有下。若安采摘地上的干野果充饥，嚼吮棕榈的果汁解渴，甚至吃过一只死犰狳。后来，一个牧羊人在一条干河床上发现了他，那时他正在发烧，嘴里说着长矛、骏马和基督等等胡话。牧羊人赶忙扶他起来，喂了他一大杯羊奶和几口面包。那孩子吃得很高兴。他们两人一起向安戈斯杜拉谷地走去，那里是羊倌的目的地。但是，一天黄昏，他们还没走到谷地，突然遇上一群装束奇特的人，他们头戴兽皮帽，腰围画有猎豹的子弹带，身后背着缀有玻璃珠的背囊，武装带上插着火铳，大砍刀长及膝盖以下。他们一共六人，为首的是个头发拳曲、头上裹着一块红头巾的卡夫索人。由于若安跪着求他收留，他便笑着问若安为什么要当强盗。那孩子回答说："为了消灭警察。"

若安从此开始了新生活，这种生活在短时间内使他长大成人。在以后的二十年中，他走过许多地区，所到之处，人们说他是个"心地狠毒的人"。起初，他在这群强盗中是附属物，只管洗衣、做饭、缝补和捉虱子，接着便参与杀人越货，后来更成为最好的射手、向导、刀斧手、飞毛腿和参谋，最后终于当上代理首领和首领。不满二十岁，他的脑袋就已经成为巴伊亚、贝尔南布戈、彼阿乌依和萨阿拉等司令部悬赏捉拿的最高目标了。但是，他福星高照，许多同伴在军方的伏击中被杀或被俘，而他仍然逍遥法外。由于他作战勇猛，仿佛刀枪不入，因此有人说他同魔鬼有交情。实际情况是，他与其他匪徒不同，那些人总是披带基督像章，每逢十字架和教堂就要连连画十字，而且至少每年一次溜到村庄里请神父在上帝面前为他们说情。若安（开头人们叫他小若安，接着叫他快腿若安，随后叫他家羊若安，如今叫他撒旦若安）似乎蔑视宗教，他心甘情愿下地狱去偿还那无数的血债。

赛福斯蒂诺和堂娜安赫拉的侄子（如果还可以这样说的话）的强盗生活就是：走路、搏斗和盗窃。其中尤其是走路，在那些年代里，这个可以一口气走上二十小时而不用休息的人那强健有力而不知疲倦的双腿一共走了几千公里！那两条腿走遍了腹地的各个角落，谁也没他熟悉每个山包、每处密林、每条河湾和每个山洞。那没有固定目的地、单向路线、穿过荒原的疾行，是为了躲避或迷惑国民警备队的真假追捕，它在若安的记忆中成为唯一的、永无休止的游荡。那游荡常常伴随着枪声和伤员的叫声，要经过无数相似的风景，向某地或为某件等待他去完成的事而前进。

在很长一段时间里，若安认定等待他去完成的那件事就是回古斯多加村报仇。在他叔婶过世好几年后的一个月夜，若安带领十几个人秘密地走进他童年生活过的村庄。莫非这里就是他四处流浪的终点吗？由于旱灾，许多人家已被迫离开古斯多加，但仍然有人留下。若安手下的人将村民们从睡梦中叫醒，一一赶到街上。在那些还带有眼眵的面孔上，若安虽然没有认出几个熟人，却对任何人都没有免除惩罚。女人们，无论老幼，都被迫与土匪跳舞。与此同时，男人们在一旁伴唱和弹奏吉他。在这之前，匪徒们已经把古斯多加全村的烈酒喝得一干二净。妇女中，接二连三地有人被拖进附近的茅屋中惨遭蹂躏。终于，有个村民由于无能为力和恐惧而放声大哭起来。魔鬼若安立刻挥动弯刀，把那村民开膛破肚，就像屠夫成全公牛一样。这一流血事件等于一声令下，匪徒们这时已兴奋至极，近于疯狂状态，他们立刻拔枪猛射，把古斯多加唯一的街道变成一片坟场。比这场屠杀更具神话色彩的是，魔鬼若安杀死那些男人之后，还要凌辱他们的尸体。他用刀剜出那些人的睾丸，硬塞进他们各自的嘴里（他一向是这样处治向警察报信的人）。撤离古斯多加村时，他要手下一个小伙子在墙上潦草地写下这样一句话：“我亲爱的叔叔婶婶：请收下他们这笔欠债。”

归罪于魔鬼若安头上的坏事有多少是属实的？要干下那么多杀

人、放火、绑架、抢劫和毒刑拷打的事恐怕需要更长的岁月和更多的帮手，可是若安只有三十岁，手下从没超过二十人。若安名声大还有一个原因，他不像帕杰乌那种人为了洗清血债可以挥金如土——把缴获的钱财分给穷人，强迫庄园主开仓济贫，将绑票得来的赎金交给神父重修教堂，或者为某村出钱祭祀守护神。从没人知道若安做过这类收买人心或企望苍天宽恕的姿态。这两件事，他都不放在心上。

他身体强壮，比一般的腹地人高，皮肤又黑又亮，颧骨突出，天庭饱满，说话简洁，表情阴沉。他有同伙和随从，却没有朋友。啊，对了，他有过一个女人，一个基赛拉莫坪的姑娘。他之所以认识她，是因为她在一位地主家洗衣服，而这位地主是若安集团的秘密代理人。她叫莱奥波蒂娜，圆圆的面庞上长着一对水汪汪的大眼睛，体态苗条妩媚。若安一回到藏身处，她便与他同居；分手时不远送，因为若安不允许女人入伙。后来，他把莱奥波蒂娜安置在阿拉卡底村，每过一段时间来看她一次。他并没有同她结婚，因此当人们听说莱奥波蒂娜跟一名法官逃离阿拉卡底而住到海雷莫勃时，都以为这总不像强抢某人的妻子那样严重。可是，若安要报复，那种心理就像她是自己的老婆一样。他跑到基赛拉莫坪，用刀割掉了莱奥波蒂娜两个弟弟的耳朵，并且在他们脸上做了标记。又把她十三岁的妹妹玛丽金娜带走了。一天清晨，这个小姑娘出现在海雷莫勃的大街上，脸上有两个用铁条烙出的字母：J 和 S①。那姑娘已经怀孕，身上挂着一块纸牌，上面说，若安集团的全体成员是腹中婴儿的父亲。

有些强盗一直梦想积蓄若干瑞斯，以便在某个偏远地区购置一

---

① J 指若安，S 指手下匪徒。

土地，改名换姓，了此余生。若安却从来没有攒钱的打算，对前途也没有什么设想。当这群匪帮洗劫了某个商店或村庄，或由于绑架某人而获得一笔巨款时，若安首先用于采买武器、弹药和粮草，把钱分给被委托的秘密代理人，然后将其余部分平均分配。这种慷慨无私的态度，加上指挥伏击侦缉队、逃脱警察追捕时的聪明机智以及作战勇猛、纪律严明的魄力，使得他的部下对他像狗一般忠诚。同若安在一起，他们觉得心里踏实，而且待遇公平合理。但是，尽管他并不要他们去冒他不曾冒过的风险，却对他们没有丝毫的放纵。如果放哨时睡觉、行军时掉队或偷盗同伴的东西，就要被处以鞭笞。若是他已下令抵抗却有人后撤，他就在逃兵脸上烙字或者削掉一只耳朵。他亲自执行处罚，干起来十分冷漠。对叛徒，他要实行宫刑。

除了怕他，他手下的人似乎还很爱他。这也许是因为若安从来不把同伴丢在战场上。伤员总是用担架抬到某个隐蔽所，甚至当这一行为危及全体的存亡时也是如此。若安本人给伤员治病；如果有必要，他就强行绑架一名护士来照看病人。牺牲的人也要运走安葬，免得在原地被警察凌辱或被猛禽啄食。这些做法，加上他指挥作战的才能，如分兵扰敌、侧翼包抄、前后夹击或突围时的种种巧计都树立了他的威信，因此他的集团招募新人时总是没有困难。

他的部下觉得这位沉默寡言、经常心事重重的头目实在莫测高深。他头上戴的草帽、脚上穿的凉鞋同部下完全一样，却不像部下那样喜爱发蜡和香水——他们一冲进商店就抢这两样东西。他的手指上不戴戒指，胸前也不挂金牌银牌。他背囊里的装饰品还没有刚入伙的匪徒多。他唯一的弱点就是喜欢听云游歌手演唱，绝不允许部下欺侮这些艺人。他很尊敬地招待他们，请他们演唱。在他们讲述的过程中，他专注地听着，绝不打断。有一次，他在路上遇到了吉普赛人的马戏班，他们演出了一场，最后若安以厚礼送别。

有人曾经听魔鬼若安说，因酒精死人比因病致死或因旱灾饿死的人还要多，因为酒精影响射击的准确性，所以被人一刀两断，身首异处。仿佛为了证明他的这番话是多么有道理，吉拉尔多·马塞多上尉带领侦缉队突袭的那一天，若安集团的人全都喝得酩酊大醉。这位人称猎匪专家的上尉自从若安袭击了巴伊亚州自治党代表团之后就一直在追捕若安。这个代表团是去卡龙毕庄园会晤卡纳布拉沃男爵的。若安伏击了代表团，驱散了他们的保镖，抢走了那些政客的手提箱、马匹、服装和钱财。男爵亲笔写信给马塞多上尉，为若安那颗人头许下重赏。

事情发生在罗萨里奥村，那里有五十多户人家。二月的一个清晨，魔鬼若安那一伙人出现在该村。在这之前不久，他们与另外一帮土匪发生过流血冲突，那群匪徒的头目叫帕杰乌。现在他们打算休息一阵。村民们答应提供饭食。若安对吃掉的东西都付报酬，对征用的枪支弹药也都一一付了钱。罗萨里奥村的人邀请他们参加两天后举行的婚礼，新郎是牧牛人，新娘是村民的女儿。小教堂已经用鲜花装饰起来。那天中午，村里的男男女女都穿上了节日盛装，华金神父也从贡贝赶来主持婚礼。神父一看见这帮强盗在场，吓得说话结结巴巴，连连打噎嗝，强盗见了哈哈大笑。做弥撒前，神父还听取了一半村民甚至包括几名强盗的忏悔。随后，神父观看了烟火，在户外的草棚下吃了午餐，并同各位村民频频祝酒。但是，后来神父坚持要返回贡贝。他是那样固执，使得若安突然起了疑心，于是下令任何人不得离开罗萨里奥村。若安本人亲自查看了村子的四周，包括村外小山的两侧，没有发现任何危险的迹象，皱着眉头回到酒席上来。他手下的人已经喝醉，同村民们混在一起又唱又跳。

半个小时后，华金神父紧张得难以忍受，边哭泣边颤抖地对若安供出了真相：马塞多上尉和他的侦缉队就躲在山顶上，等增援部队到达就发起进攻。神父已经接受了猎匪专家要他不惜任何手段迷惑强盗的任务。正在这时，枪声在山前响了起来，若安他们已经被包围。若安对处于混乱状态的部下高声喊道：尽最大可能抵抗到天黑。但是强盗们喝酒太多，以至于弄不清那些子弹究竟从何方射来，成了警察枪下的活靶子，一个个号叫着倒了下去。四周是一片密集的枪声和妇女们企图冲出交叉火网的尖叫声。夜幕降临后，还剩下四名强盗能跑动。若安作战时肩膀被子弹击中，这时已昏迷不醒。那四个人把他放在吊床上，向山上爬去。一场突如其来的暴雨帮助他们冲破了包围圈。他们躲进了一个山洞，四天后来到德皮多村，那里有个草药郎中使若安退了烧，止住了伤口的血。他们在村子里待了两个星期，魔鬼若安方能走动。他们离开德皮多村的那个夜里听说了马塞多上尉在罗萨里奥干的事：被打死的强盗一个个被上尉砍下脑袋，装进木桶，撒上盐面，像搬运腌肉一样地运走了。

若安一伙再一次投入了暴力生活，并不十分考虑他人的祸福。他们仍然走路、抢劫、格斗、隐蔽，终日在刀尖上生活。魔鬼若安心中总有一种模糊难辨的感觉，他确信随时可能发生自他记事以来就在期待着的什么事情。

在通往坎桑斯奥的岔道口旁，有一座半倒塌的修道院，五十几个衣衫褴褛的人正围着一个肤色黝黑、身材瘦长、穿着一件蓝色长袍的人，听他讲话。他面对刚刚来到的人，既没有中断那冗长的演说，也没有看上一眼。若安觉得，越是听这位圣徒讲话，脑海里有个什么令人头晕的东西越是翻腾得厉害。他正在讲一个罪人的故事：这个人干下种种伤天害理的事之后终于悔悟了，使自己过着狗一样的生活。上帝饶恕了他，他最后进了天国。故事讲完，圣徒看看那些外来的人，又毫不踌躇地转向低着头的若安。“你叫什么名字?”他问道。那强盗低声说：“魔鬼若安。”这时那沙哑的声音又响起来：

“你最好叫若安·阿巴德，也就是说，是慈悲耶稣的使徒。”

加利雷奥·加尔给《反叛的火花》寄出那封关于访问福音修士的信之后，又过了三天，他正待在卡底丽那书店楼上的阁楼里，忽然听到有人敲门。他打开门，一看便知这些人是警察局的密探。他们要加尔出示证件，并搜查了他的东西，询问了他在萨尔瓦多城的活动。第二天，驱逐出境的通知来了，宣布他为“不受欢迎的人”。老希斯德四处奔走求告，老医生何塞·包斯蒂诺博士写信给州长路易斯·比亚纳，愿意为加尔做保证人。但是当局毫不通融，命令加尔一周后乘开往欧洲的“马赛号”离开巴西，并“恩赐”给他一张三等舱船票。加尔对朋友们说，流放、坐牢甚至牺牲，是每个革命者的家常便饭，他从小就在吃这份饭。他确信，这份驱逐令的幕后，一定有英国领事、法国领事或西班牙领事在插手。但是，他要大家放心，这三国中任何一国的警察都不会抓到他，因为“马赛号”在非洲随便哪个港口靠岸，或者在里斯本的港口，他就可以溜之大吉。看来他并不惊慌。

老希斯德和包斯蒂诺医生都曾经听加尔热情地谈过他对圣母修道院的访问。但是当加尔告诉他们二位，既然他已被驱逐出境，那么就在起程前召开一次声援大会，支持“卡努杜斯的兄弟们”。这使两位老人惊讶得目瞪口呆。加尔还说，他要邀请巴伊亚州府一切热爱自由的人们，向他们说明：“卡努杜斯那里正以自发的形式孕育着一场革命，一切进步人士都应该表示支持。”老希斯德和包斯蒂诺医生极力劝他打消这个念头，再三告诉他，这是很不明智的，但是加尔无论如何也要在唯一的反对派报纸上刊登集会通知。在《消息日报》的失败并没有使他灰心，他在考虑印发传单并亲自去街上散发的可能性。正在这时发生了一件事，这件事使他记下这样一句话：“终于盼来了！我生活得过于平静，以致思想开始迟钝了。”

事情发生在他起程前两天的夜里。老希斯德手里握着吱吱作响的烟斗走进阁楼时告诉他，外面有两个人在打听他。老人提醒加尔说："是打手模样的人。"加尔知道，这种人是有钱有势的人家雇用来干肮脏勾当的。他出去一看，那两人果然面貌丑陋凶狠，但没有携带武器，而且表现得十分恭敬："有个人想见见您。""可以知道是谁吗？""不可以。"他满怀好奇地跟那两人走了。他们从中央大教堂旁边的广场出发，穿过上、下城区，接着来到郊外。他们把石头路面的大街留在身后，便开始穿过圣塔巴巴拉和圣胡安市场，然后拐向一条与海岸平行的铁路岔道，朝着巴拉镇走去。这时，加利雷奥·加尔心里想，莫非当局不再驱逐我而改为暗杀？但是看来不像是圈套。在一间煤油灯照射下的临时住房里，《消息日报》的社长在等着加尔。埃巴米农达·贡萨尔维斯向他伸出手来，随后请他就座。没有开场白，谈话直截了当地开始了。

"虽然下了驱逐令，您仍想留在巴西吗？"

加利雷奥·加尔目不转睛地望着对方，没有回答。

"据说您对卡努杜斯那边发生的事很有热情，是真的吗？"埃巴米农达·贡萨尔维斯问道。房间里只有他们两人，可以听到保镖们在屋外谈话以及阵阵的海涛声。进步共和党的领袖十分严肃地注视着加尔，一边用鞋跟敲击着地面。他身穿一套灰色西装，加尔在《消息日报》的办公室见过。不过现在他脸上并没有当时那种不在乎和嘲笑的神情，而是脸色紧张，前额上有一道皱纹，使这张年轻的面孔显得有些老气横秋。

"我不喜欢故弄玄虚，"加尔开口道，"您最好解释一下这是什么意思吧。"

"这意思就是，我想知道您是不是愿意为叛乱分子运送武器？"

加尔等了片刻，没有做声，只是迎着对方的目光。

“两天前，您对叛乱分子并不抱同情，”加尔慢吞吞地发起议论来，“强占他人的土地，男女自由杂居，您认为那与野兽无异。”

“那是进步共和党的意见，当然也是我个人的看法。”埃巴米农达·贡萨尔维斯点头承认。

“可是……”加尔打算引他说下去，便向前一探头。

“可是敌人的敌人就是我们的朋友，”埃巴米农达不再敲击地面，语气肯定地说，“虽然八年前我们就已进入共和时期，巴伊亚州却仍然是顽固地主的堡垒和君主派的心脏。如果为了结束卡纳布拉沃男爵对巴伊亚州的统治而需要帮助内地的土匪和塞巴斯蒂安保皇分子，那么我就要提供帮助。我们这里越来越落后，越来越贫困。要不惜一切代价把政权夺过来，否则就太晚了。卡努杜斯的叛乱若能够坚持下去，路易斯·比亚纳的州政府就会发生危机，联邦政府早晚会派兵干涉。里约热内卢一旦介入，巴伊亚州就再也不是自治党的世袭领地了。”

“于是进步共和党的王朝就开始了。”加尔低声道。

“我们不赞成君主制，就算把骨头烧成灰，我们也是共和党人，”埃巴米农达纠正加尔的话说，“好呀，看来您已经理解了我的话。”

“关于这方面，我是理解了，”加尔说，“另外一方面却不懂。既然进步共和党愿意武装甲贡索人，那么为什么一定要通过我来做呢?”

“进步共和党既不愿意也丝毫不想接触任何反对法律的人。”埃巴米农达一字一顿地说道。

“尊敬的埃巴米农达·贡萨尔维斯众议员先生，那么为什么要通过我来做呢?”加尔追问道。

“尊敬的众议员埃巴米农达·贡萨尔维斯不能帮助叛乱分子，”《消息日报》社长一字一顿地说，“任何同这位众议员有联系的人，无论远近，都不能帮助叛乱分子。这位尊敬的众议员在这个由强敌占据的专制王国里正为共和与民主的理想进行一场力量悬殊的战斗，因此他不能冒这样的风险。”说罢，他微微一笑，加尔看见一口雪白但凶恶的牙齿。“您是自告奋勇来的，要不是前天您那次奇怪的访问，我也不会想起您来。正是您的访问为我提供了这个想法，并使我认真思考起来：‘既然他发疯似的为了支援叛乱分子要召开群众大会，那么一定愿意给他们运送一些枪支。’”他不再微笑，神情庄重起来。“在这种情况下，还是坦诚相对为好。如果您被发现或被捕，在任何情况下，您是唯一不会牵连我和我政界朋友的人。”

“您这是在提醒我，如果我被捕，将得不到您的帮助，对吗?”

“现在您完全明白了，”埃巴米农达一字一顿地说，“如果您的答复是否定的，那么再见，请您忘掉这次会面。假如回答是肯定的，那么咱们就商量个价钱。”

苏格兰人在座位上动了一下，板凳咯吱吱地响起来。

“价钱?”他眨动着睫毛低声问道。

“对我来说，您这是帮忙，”埃巴米农达说道，“我要重重酬谢您，并且保证您安全出境。但是假若您情愿为理想无偿地付出，那就是您自己的事了。”

“我到外面转一圈，”加尔边说边站起身，“我自己一个人的时候，可以考虑得周全些。我不会耽搁很长时间。”

走出木屋，加尔以为在下雨，但那是浪花飞溅出来的水珠。两个保镖让开道路，他闻到一股强烈而辛辣的烟斗味。天上挂着一轮明月，大海在翻腾，散发出一阵阵沁人心脾、清新带咸的香味。加利雷奥·加尔穿过沙滩和乱石向一处小堡垒走去，那上面有一门大炮对着远方的地平线。他心里想：“共和派在巴伊亚州的力量可真小，就像英国国王面对阿伯福伊尔湖区的罗布·罗伊·麦克格雷格①一样无法控制。”他按平日的习惯，尽管热血在沸腾，仍然极力冷静地考虑这件事。一个革命者同资产阶级政客搞密谋是道德的吗？如果这种密谋有助于甲贡索人的事业，那就是道德的。给起义者运去武器肯定是帮助他们的最好方式。他自己能够对卡努杜斯的人有用吗？不必假谦虚，经过政治斗争锤炼的人既然已把生命交给了革命事业，就肯定可以帮他们做些事情，譬如在决定大政方针时或者需要战斗的时刻。最后还有一点，如果将这番经历传达给全世界的革命者，那将是十分宝贵的。也许他会把尸骨永远留在那里，但是这样的结局难道不比病或老而死要好吗？他回到木屋前，一进门便对埃巴米农达·贡萨尔维斯说：“我非常乐意承担。”

“Wonderful（英语：妙极了）!”那位政治家目光炯炯地模仿着加尔的腔调。

---

① 罗布·罗伊·麦克格雷格（1671—1734），抗击英国压迫的苏格兰侠盗。1711年，他率领部族揭竿起义，占据了险峻的山区，打家劫舍，杀富济贫，同英军英勇作战。

第五章

由于“劝世者”布道时多次预言魔鬼的军队要来抓他，并且血洗卡努杜斯，所以当一些骑马从若塞罗来的香客们说巴伊亚第九步兵营已在若塞罗下火车、目的是来逮捕他们的圣者时，没有谁感到惊慌失措。

预言开始成为现实，言论也就变成了行动。这个消息起了鼓动作用，把男女老幼全部动员起来。猎枪、钢枪、从枪口装填火药的燧火枪全部拿在手中，所有的子弹都插进了子弹带里，每个人的腰间似乎像施了魔法一样都挂上了弯刀和匕首，手中握着镰刀、砍刀、长矛、牛角刀、弹弓、甩石器、棍棒和石块。

世界末日降临的那个夜晚，卡努杜斯的全体居民都聚集在耶稣圣堂的前面——一座两层楼高的屋架，钟楼正在砌墙加高——听“劝世者”讲话。上帝的选民们情绪激昂，气氛十分紧张。“劝世者”似乎比平时更加冷静。当来自若塞罗的香客告诉他政府军到达的消息时，他没有发表任何看法，而是继续监督圣堂的建造：砌石料，铺地面，搅拌沙石。他是那样地专心致志，以至于没有人敢探问一声。不过，人人都感觉到在报名入伍的时候那位苦行僧式的人物是点头赞许的。每个人在给弩弓上油、擦拭火铳和短枪以及晒干火药时都知道，这天夜里，上帝会通过“劝世者”晓谕众人。

圣徒的声音回荡在星空下，空气里没有一丝风，他的声音便显得格外悠扬，格外平静，从而驱散了任何恐惧。在谈到战争前，他先讲起和平与来世的生活。他说，到那时就不再有罪孽和痛苦；魔鬼一旦被打垮，圣灵的王国就会建立，它将是世界进入末日审判前的最后一个纪元。卡努杜斯会是圣灵王国的首都吗？如果慈悲的耶稣愿意这样安排，它就可以是首都。到那时，共和国不敬神的法律将被废除，神父们将像古代那样成为为羊群服务的好牧人，腹地将随着和风细雨而变得绿草如茵，五谷丰登，牛羊成群，人人有饭吃，个个有衣穿。如果谁家有人病故，可以备上铺有丝绒的棺椁下葬。但是，在这一切之前，必须打败魔鬼。应该制作一个十字架和一面绣有基督圣像的旗帜，让敌人看看真正的信仰究竟在哪一边。另外，还应该像十字军收复耶路撒冷那样：高唱赞美诗，高声祈祷，高呼圣母和天主的名字去参加战斗。如同十字军胜利一样，慈悲耶稣的十字军也一定会打败共和国的军队。

那天夜里，卡努杜斯镇上没有人睡觉。有的人在祷告，有的人在备战，几个心灵手巧的人在制作十字架和圣旗。总之，人人有事干。天亮前，十字架和圣旗都已制作完毕。十字架高两米，宽三米。圣旗由四幅床单缝制而成，虔诚的安东尼画上一只张开双翅的白鸽，利昂·德·纳图巴用一手漂亮的书法写上一段祷词。除去一部分由安东尼奥·比拉诺瓦指定的人仍然留在卡努杜斯继续建造圣堂之外（他们除礼拜天外日夜劳动），镇上所有的人天刚放亮就出发到本登戈和若塞罗去，为的是让那些恶势力的首脑们看看，这里还有人捍卫正义的事业。“劝世者”没有看到他们出发，因为他正在圣安东尼奥小教堂里为众人祈祷。

他们必须走上五十五公里才能与政府军交战。众人一路高唱赞美诗，高声祈祷，高呼圣母、天主和“劝世者”的名字向前挺进。越过康巴奥山之后，他们只休息过一次。凡是要大小便的人都离开弯弯曲曲的长队，躲到一块岩石背后，然后跑步追上他人。他们用去一天零一夜走完这段平坦而干燥的路程，没有任何人要求打尖。这支队伍并没有作战计划。稀稀落落的几个路人听说他们要去打仗，都感到万分惊奇，因为他们看上去像一伙在过节的人，有些人真的穿着节日盛装。他们举起刀枪，高呼：“消灭魔鬼！打倒共和国！”可是就在这种时候，他们脸上那股高兴劲也大大缓和了喊声中的仇恨气氛。十字架和圣旗在前面开路，从前当过强盗的彼得劳肩扛着十字架，从前当过奴隶的若安·格兰德高举着圣旗。在他们两位后面，玛丽亚·瓜德拉多和亚历杭德里娜抬着祭坛，那上面有一幅由虔诚的安东尼绘在白布上的基督圣像。再往后，在飞扬的尘埃中，上帝的选民们前呼后拥，弯弯曲曲，迤逦而行。许多人吹起芦管为赞美诗伴奏，而在从前，这些芦管是用来做烟袋杆的，牧人们则打上孔做成笛子，用笛声召唤羊群。

在行军过程中，人们不自觉地按照血缘宗族关系而聚在一起，队伍因此重新编排。过去的帮伙、同村的老乡、一个街区的邻居、同一家族的成员纷纷找到一起。这似乎意味着每个人在那决定性的时刻来临之际，都需要亲朋好友和曾经受过考验的人在自己身旁观战。以前杀过人的都争着往前走。这时离那个名叫乌亚乌亚的村庄（该村以萤火虫夜间照亮全村而得名）已经越来越近。若安·阿巴德、帕杰乌、塔拉梅拉、何塞·贝南西奥、马坎比拉兄弟及其他绿林好汉和逃犯都纷纷围在队伍前面的十字架和圣旗四周，因为无需他人告知，他们心里都知道，凭着他们过去的经历和所犯罪行，在冲锋的时候应该率先做出榜样。

半夜过后，有个农民跑出村外迎接他们。他说，乌亚乌亚村里面住着一百零四个士兵，是前天晚上从若塞罗来的。这时，一声惊人的求战狂呼“劝世者万岁！慈悲的耶稣万岁！”使这些上帝的选民们全都激动起来，他们个个欣喜若狂，兴冲冲地加快了脚步。黎明时分，乌亚乌亚已遥遥在望，那一片隐隐约约的房屋所在地是脚夫们从圣多山去库拉索的必经高地。队伍里响起祈祷守护神圣胡安·巴蒂斯塔的声音。接着，他们飞快地出现在村外小湖旁站岗的士兵面前，这些哨兵还在那里打瞌睡呢。哨兵们迷惑不解地望了一阵，随后拔腿便跑。这时，上帝的选民们在祷告、唱歌和吹笛的同时快步冲进了乌亚乌亚村，这就把那一百多名士兵（他们走了十二天方才到达）从美梦中一下子抛到噩梦般的现实世界，可他们仍然不明白这把人惊醒的祈祷声是什么意思。这天，睡在乌亚乌亚村里的只有这些士兵。全体居民在夜间就已经出逃了，正随着十字军已进入村中广场的罗望子树林里，正注视着从门窗中露出嘴脸的士兵们，后者则处于惊讶与犹豫不决之中，不晓得应该射击、逃跑还是回到床铺上去睡觉。

当官的一声怒喝，打断了公鸡的鸣叫，随即响起一阵枪声。士兵们把步枪架在矮墙上开始射击，上帝的选民们纷纷倒卧在血泊中。游行的队伍已经分散，其中最勇敢的一群跟在若安·阿巴德、何塞·贝南西奥和帕杰乌身后向射击的住屋冲去。其余的人，有些人跑到死角里躲起来，或者在树林里缩成一团；有些人则继续游行前进。上帝的选民们也开始射击了，也就是说，手持卡宾枪和火铳的人以及来得及给燧火枪装填火药的人一发现目标就开枪射击。在持续几小时的混战中，十字架和圣旗一直巍然耸立，它们周围是一群十字军的战士。虽然不断有人中弹倒下，但是这群人紧密团结、始终如一地保护着十字军的象征。后来人们从这些象征物上看到了取胜的诀窍，因为无论是彼得劳、若安·格兰德还是抬着基督圣像祭坛的世人之母玛丽亚·瓜德拉多，都未在交战中牺牲。

胜利来之不易。在几小时的喧闹声中，许多人成了烈士。在冲锋和射击的间歇里也有片刻的宁静，但随后是更加激烈的战斗。上午还没有过去，“劝世者”的部下已发现自己胜利了，因为几个只穿着短裤的士兵可能接到军官的命令，也可能由于恐惧，正仓皇逃向旷野，扔下枪支弹药、军衣军帽、皮靴和背囊。甲贡索人虽然知道子弹可能追不上他们，但仍在射击，没有人想到应该跟踪追击。不久，所有的士兵纷纷逃走，其中若干人被埋伏在街角的甲贡索人打倒，转眼间就被乱棍和匕首结果了性命。他们临死前仿佛听到有人骂他们是“走狗”和“魔鬼”，并且说他们的灵魂将随着尸体的腐烂永远受到诅咒。

胜利后，甲贡索人在乌亚乌亚停留了几个小时。大部分人互相依偎着进入了梦乡，缓解行军和作战造成的疲劳。有几个人在若安·阿巴德的带领下挨家挨户地搜寻士兵们丢下的枪支弹药和刺刀。玛丽亚·瓜德拉多、亚历杭德里娜和特列金哈村的女商贩赫特鲁迪斯（她臂上中了一弹，但可以活动）把牺牲的甲贡索人用吊床包裹好，准备运回卡努杜斯安葬。女巫医、草药郎中、收生婆、接骨匠和跳大神的纷纷围在伤员身旁，为他们洗涤伤口、上药包扎或祈祷、贴符咒驱邪。

上帝的选民们抬起伤员和死者，沿着瓦沙—巴里斯河缓缓地沿原路踏上五十五公里的行程。走了一天半，他们回到了卡努杜斯。在高呼“劝世者万岁”的同时，留下来建造圣堂的人们为他们热烈鼓掌，同他们拥抱，欢声笑语传遍全镇。“劝世者”自从队伍出发打仗后便未进饮食。队伍归来的下午，他站在圣堂钟楼的脚手架上，向众人布道。他先为牺牲的人做了祈祷，为取得的胜利向慈悲的耶稣和守护神巴蒂斯塔谢恩，然后讲起恶势力怎样降临于世。在创世之前，上帝管理一切，当时是没有空间的。为造出天地，上帝自行隐退，以便让出一个空间。上帝的隐退造成了天地，从而在七日内出现了天地、昼夜、水、植物、动物和人。但是，就在借助上帝的力量创造了天地的同时，也为反对上帝的势力即罪孽的产生创造了良好条件。因此，由于魔鬼的存在，天地自创始便是罪恶的。但是天主怜悯了人类，派遣自己的儿子收回魔鬼统治下的这片土地。

“劝世者”还说，卡努杜斯的一条街道将被命名为圣胡安·巴蒂斯塔，即乌亚乌亚的守护神。

“比亚纳州长准备再一次讨伐卡努杜斯，”埃巴米农达·贡萨尔维斯说道，“指挥的人我认识，名叫费布罗尼奥·德·布里陀少校。这一次可不是像上回在乌亚乌亚被打垮的那几个士兵，而是整整一个营。他们很快就要离开巴伊亚州府，说不定已经开拔了。剩下的时间不多了。”

“我明天就可以动身，”加利雷奥·加尔回答，“向导就等在那里。我带上武器吗？”

埃巴米农达递给加尔一支雪茄烟，后者摇头谢绝了。他们坐在柳条椅上，脚下是乱糟糟的屋顶凉台。这是位于盖伊马达斯和雅各比纳之间某个地方的一处庄园。带加尔到这里的是个名叫凯依法的骑手，这个人好像故意要把加尔弄昏头，在卡汀珈丛林里转了一遭又一遭。此时正是黄昏，从木栏杆望过去，有一长排棕榈树，其间有一座鸽子楼和一些畜栏。太阳像血红的火球，把地平线烧得通红。埃巴米农达·贡萨尔维斯慢条斯理地吸着雪茄烟。

“二十支高质量的法国造步枪，”透过烟雾，他望着加尔低声说，

“还有一万发子弹。凯依法把东西用大篷车送到盖伊马达斯镇外。如果您不太累，最好今天夜里带着武器回去，这样明天就可以继续向卡努杜斯进发了。”

加利雷奥·加尔点点头。他有些疲倦，但只要睡上个把小时就可以恢复。凉台上苍蝇很多，他举着一只手在脸前不停地驱赶着。他虽然有些累，但心里很满意。因为等待出发，现在不免有些焦躁。他担心这个共和党的政客会改变计划。这天早晨，当凯依法按照事先约定的暗语突然把他从“仁慈的圣母”旅馆接走的时候，他感到十分兴奋，竟然忘记了吃早饭。他没进任何食物，顶着炽热的太阳来到这里。

“让您等了这么多天，我感到很抱歉，因为把武器集中后再搬运到这里是件很复杂的事，”埃巴米农达·贡萨尔维斯说道，“您在一些村子里看见市政竞选运动了吗?”

“我看见巴伊亚自治党在宣传方面比你们花钱要多。”加尔说着打了一个呵欠。

“他们是要什么有什么。除去比亚纳州长，他们还有州政府和州议会的支持，特别是有卡纳布拉沃男爵做后台。”

“这位男爵是个有钱的大富豪，是吗?”加尔突然来了兴趣，“一定是一个很过时的人物，一个有考古价值的怪物。我在盖伊马达斯听说了几件有关他的事，就是您推荐的那个向导鲁菲诺对我说的。他的女人原来归男爵所有。真的，就像山羊或母牛那样归主人支配。男爵把她送给鲁菲诺做老婆。鲁菲诺本人谈起男爵也好像把自己当做男爵的私产，毫无怨言，像条狗似的感激主人。贡萨尔维斯先生，这实在有意思。这里仍然过着中世纪的生活。”

“我们正是同这种现象做斗争的，所以我们要使这块土地现代化，”埃巴米农达边掸掉雪茄上的烟灰边说道，“巴西帝国正因为如此才灭亡。也正因为如此，共和国才诞生了。”

加利雷奥·加尔觉得随时都可能入睡，他想：“不如说是甲贡索人在同落后现象做斗争。”这时，埃巴米农达·贡萨尔维斯站起身来。

“您对那个向导说了些什么？”他在凉台上边来回踱步边问道。蟋蟀这时又开始唱起来，天已经不十分热了。

“说了事情的真相。”加尔说道。《消息日报》的社长猛然停住了脚步。“我没提您的名字，只谈到自己。我说，我是为了信仰才去卡努杜斯，也是为了从思想和道义上表示声援。”

埃巴米农达·贡萨尔维斯静静地注视着加尔。加利雷奥知道，埃巴米农达心里一定在想：他说这些话是否当真？他是否真的那么狂热或愚蠢地相信这些道理？加尔一边挥动手臂驱赶蚊蝇一边想：“我的确相信。”

“运送武器的事，您也对他说了？”

“这当然不能讲。我们上路以后，他就会知道了。”

埃巴米农达重新沿着凉台踱起方步，双手放在背后，走过之处留下一缕青烟。他上身穿着无扣开襟夹克，下身是马裤马靴；看上去似乎没有刮脸。这模样同在报社编辑部或者巴拉镇临时住屋的外表大不相同。但是，加尔可以看出埃巴米农达动作中蕴藏的力量和言谈中的野心。加尔想，无需触摸他的头颅便可猜出他的性格：“一个权欲狂。”这座庄园是他的吗？还是别人借给他搞密谋活动的？

“您把武器交给他们以后，不要从这里回萨尔瓦多城，”埃巴米农达靠在栏杆上，背对着加尔说，“让向导带您去若塞罗镇，这样更谨慎些。若塞罗每两天有一班火车，坐上十二个小时，就可以把您送到巴伊亚州府。您秘密去欧洲和给您的报酬都包在我身上。”

“报酬——”加尔一边重复他的话一边打了个长长的呵欠，面孔变得十分滑稽，说出的语音也很可笑，“您总以为我去那边是为了钱?”

埃巴米农达喷出一口浓烟，它沿着凉台袅袅上升，宛若阿拉伯式建筑的装饰。远方的地平线上，夕阳渐渐下沉，田野里出现块块黑影。

“不，我知道您是出于信仰才去那边的。总而言之，我明白，您这样做并不是对进步共和党有感情。但对我们来说，您这是给我们帮忙。对别人的帮助，我们总是要给报酬的。我以前就说过。”

“我不能保证一定回巴伊亚州府，”加尔伸伸懒腰，打断了埃巴米农达的话头，“我们的协定里不包括这一条。”

《消息日报》社长转身望望加尔，微微一笑道：“咱们不必再争了。您可以干您想干的事。简单地说，您已经知道怎样才是回来的最好方式；您同样知道，我可以为您出境提供方便，用不着惊动政府当局。您如果愿意留在叛乱分子那边，那是您自己的事。不过，我可以肯定，您一见到他们就会改变主意。”

“我已经见过他们的人了，”加尔用略带嘲弄的口气轻声说，“啊，对了，请您把这封信从巴伊亚寄往法国不会给您添麻烦吧？信是开口的，您若懂得法文，可以核实一下，里面绝没有给您找麻烦。”

安东尼奥·比拉诺瓦像他的祖父、父亲和弟弟奥诺里奥一样出生在阿萨雷这个热闹的小村庄里。这个地方是牛羊集散地，牛羊一部分运往哈瓜里维，一部分运往加里利谷地。村中的居民不是务农就是放牛，可是安东尼奥·比拉诺瓦从小就显露经商的才干。他早就在马蒂亚斯神父开设的教义启蒙班上做生意（神父还教识字和算术）了。他买卖陀螺、弹弓、玻璃球、风筝、椋鸟、金丝雀和田鸡。他赚的钱可真不少，以致尽管家里不富裕，他和弟弟却是去苏盖塔杂货店吃甜食的老主顾。别家的兄弟们常常像猫见了狗一样地互相敌视，比拉诺瓦兄弟俩却不同。他们亲密无间，一本正经地互称“老哥、老弟”。

一天早晨，阿萨雷村的木匠女儿阿黛林哈·阿伦卡尔发了高烧。服过堂娜卡蒙加驱邪的草药之后，并不见效。几天后，阿黛林哈身上长满了疱疹，全村最美的姑娘变成了最可厌的人。一星期后，五六个村民也发起高烧，长满了疱疹。托比亚斯神父仅仅来得及做一次弥撒求上帝赶走瘟疫，接着也染病倒下。随后，那些病人纷纷死去，这场流行病迅速蔓延开来。这时，当地人吓坏了，都准备外出逃难，却遇到了米盖尔·费尔南德斯·别依拉上校的阻拦。此人是该地区的政治首领和大庄园主，村民种的土地、放牧的家畜都是上校的财产。他之所以禁止村民外逃，是不让天花传遍整个地区。别依拉上校派看家的打手们把守各条路口，对胆敢违令者格杀勿论。

少数几个得以逃走的人中就有比拉诺瓦兄弟。这场瘟疫夺去了他们的父母、姐姐鲁斯·玛丽亚、姐夫及三个外甥。安东尼奥和奥诺里奥安葬了所有这些亲人后，这两个头发拳曲、浓眉大眼、体格强壮的十五岁左右小伙子决定外出逃难。但是，安东尼奥没有像别人那样同手持刀枪的打手们强顶硬撞，而是凭借自己的本事说服了那些打手。他用一头牛犊、十公斤糖和十公斤肉换取了默许。他们带上两个表妹——安东尼娅和阿顺松——以及全部家当：两头母牛、一头骡子、一箱衣服和有一万瑞斯的钱袋，于夜间动身。按照血缘关系及长幼排列，安东尼娅和阿顺松是比拉诺瓦兄弟的表妹。两兄弟考虑到她俩无人照管，便决定带她们一道走。天花病使姐妹俩成了孤女。她俩几乎还是小姑娘，给旅行增加了许多困难。她们不善于在卡汀珈丛林中行走，也忍受不住饥渴。尽管如此，这支小小的队伍却翻过了阿拉里维山，把圣安东尼奥村、奥里古利村、彼得罗里纳村一一留在了身后，最后渡过圣弗朗西斯科河，来到若塞罗。

安东尼奥于是决定在这个巴伊亚州的城里碰碰运气。这时，萨德林哈两姐妹已怀孕：安东尼娅是安东尼奥的，阿顺松是奥诺里奥的。

第二天，安东尼奥便开始干起来，奥诺里奥则在萨德林哈姐妹的帮助下盖起一间茅屋。从阿萨雷村带出的两头母牛已经在路上卖掉，骡子还在。安东尼奥用骡子驮上一锅烧酒，在镇上零杯卖掉。就从这匹骡子开始，之后第二匹，第三匹，第四匹……驮着各种货物，起初挨门挨户，随后走村串乡。几年后，他竟然像熟悉自己的手掌一样地熟悉了腹地的各个角落。他经营鳕鱼干、大米、菜豆、白糖、辣椒、面包、布料、烧酒以及顾客托他买的东西。他成了上至大庄园主、下至贫穷雇工的货物供应者，他的运货车如同吉普赛人的马戏班一样为各个村镇、教堂和驻军营地所熟悉。坐落在若塞罗米萨里广场附近的店铺由奥诺里奥和萨德林哈姐妹照管，早在十年前人们就说，比拉诺瓦兄弟正走在发家致富的道路上。

正在这时，灾难降临了，使这家人第二次破了产。在风调雨顺的年头里，十二月份就开始下雨了；气候不好的时候，二三月才有雨。这一年已经到了五月，还滴雨未下。圣弗朗西斯科河的水量减少了三分之二，勉强供若塞罗的居民饮用。该城的人口由于腹地难民的到来而增加了四倍。

这一年，安东尼奥·比拉诺瓦连一笔赊账都没有收回来。所有的老主顾，无论庄园主还是贫苦居民都取消了订货。甚至连卡纳布拉沃男爵最好的田产卡龙毕庄园也通知安东尼奥，连一小袋盐也不买了。安东尼奥想发国难财，他把粮食包上帆布，装进木箱，埋入地下，待粮价暴涨时再行出售。但是，这场灾荒极为严重，远远超出他的估计。他很快意识到，如果不马上全部卖出，就会弄得没有买主，因为人们把所剩无几的那点钱都用于望弥撒、举行宗教游行和祭祀上帝（为了求雨，人人都想加入悔罪兄弟会，他们戴上兜帽，一路自行鞭笞以赎罪)。安东尼奥从地下挖出木箱打开一看，虽有帆布包裹，可粮食已经霉烂。他这个人是从来不肯认输的。他和奥诺里奥、萨德林哈姐妹，甚至连孩子们（安东尼奥有一个，奥诺里奥有三个）一起动手把粮食尽量扬净晒干。这时有个嘴快的人到处宣传：明天早晨在玛特里兹广场，比拉诺瓦兄弟的店铺将拍卖存货。安东尼奥和奥诺里奥都带上了武器，并且让四个店员手持木棍站在入口防止骚乱。开门的第一个钟头，一切正常。萨德林哈姐妹在柜台上卖货，六个男子汉把住大门，每次只放进十个人。但是外面的人越聚越多，终于阻挡不住。人群踏平栏杆，撞倒门窗，拥进店铺，短短几分钟之内，将店内的一切甚至货款攫取一空，不能拿起的东西便捣个粉碎。

这场破坏持续了不到半小时，虽然损失很大，家里却没有人受到非礼。奥诺里奥、安东尼奥、萨德林哈姐妹及孩子们都呆呆地坐在大街上，眼巴巴地望着那些抢劫者纷纷离开城中货物最齐全的商店。两个女人眼泪汪汪地坐着，孩子们望着散落满地的吊床碎片、衣裳和玩具。安东尼奥脸色惨白。奥诺里奥低声说：“老哥，咱们还得从头干啊。”他哥哥回答道：“不过，不能在这个地方。”

安东尼奥当时不满三十岁，但是由于生活的重负、常年的劳顿和为生意而费的苦心，显得很老相：头发脱落，前顶光秃，双肩下斜，走路时两腿呈罗圈形，好像牧马人。除去生意经，他对什么都不感兴趣。奥诺里奥则参加舞会，有时一边听云游歌手演唱一边品尝着茴香酒，或者一边同朋友闲聊一边观看着圣弗朗西斯科河上装饰得五颜六色的大船驶过。安东尼奥没有社交，不外出的时候就坐在柜台后面核实账目，或者考虑新的业务项目。他的顾客很多，但朋友很少。虽然他礼拜天也去圣母教堂，偶尔也参加悔罪兄弟会为拯救灵魂而自我鞭笞的宗教游行，但宗教热情不高。他是个严肃、冷静而坚强的人，随时准备直面困难。

比拉诺瓦兄弟家这次远行要经过一片饥荒与干旱肆虐的土地，其路程要比十年前逃避瘟疫那一次长得多。他们很快就没了牲口。第一次是与一伙难民发生了冲突（比拉诺瓦兄弟不得不开枪射击）。之后，安东尼奥决定处理掉那五头骡子，因为它们对于在腹地流浪的饥民来说实在太诱惑人了。他在巴洛·贝尔梅约卖掉四头，换回一把宝石。第五头被宰掉后，全家大嚼了一通，剩余的肉腌制起来，可再维持几日。这时，奥诺里奥有个儿子因患痢疾而丧生。他们把孩子埋在包拉恰村，因为在那里找到了一个住处。萨德林哈姐妹摆了一个甜薯粥摊，但是这也没能维持多久，他们只好向巴达穆德和马托拜德迁移。这时，奥诺里奥被毒蝎蜇伤。治愈后，他们继续向南进发。这是一段长达数星期的苦难历程。一路上，他们只看到坍塌的村落、荒凉的庄园和魔影般形似骷髅游荡在各地的难民。

在彼德拉·格兰德，奥诺里奥和阿顺松的又一个儿子仅仅因为感冒就病死了。正当他们把孩子用毛毯包裹起来准备下葬，二十几个男男女女（其中有个长着人脸却用四肢行走的人，还有一个半裸着身体的黑人）踏着昏黄的飞尘走进村来。他们之中的大部分人形容枯槁，衣衫褴褛，脚上的麻鞋仿佛踏遍了天涯海角，为首的是个身材高大、肤色黝黑、发长及肩、目光炯炯的男人。他径直走到比拉诺瓦一家人面前，用手势拦住要把尸体下到墓穴中的两兄弟。“是你的儿子吗?”他声音严肃地问奥诺里奥。后者点点头。那个肤色黝黑的人口气坚定地说：“你不能这样埋掉他。应该好好准备准备，再跟他的遗体告别，为了让他在那永远快乐的天国受到接待。”奥诺里奥尚未开口辩驳，那人便回头对随行的人说：“咱们给他安排一场正规的葬礼，让天父欢欢喜喜地收留这个孩子。”比拉诺瓦兄弟这时看到那群随行的人顿时振奋起来，纷纷跑向树林，砍的砍，锯的锯，钉的钉，不一会儿，一具木匣和一个十字架便制作完毕，其熟练程度说明他们精于此道。那肤色黝黑的人抱起亡童，然后放进木匣中。比拉诺瓦兄弟往墓穴填土的时候，那人高声祈祷，众人则紧紧地跪在十字架周围，唱着赞美诗，跟着祈祷。后来，当那群怪人在树下歇过并准备出发的时候，安东尼奥·比拉诺瓦掏出一枚银币扔给那位圣徒。看到那人没有接钱，而且用嘲笑的目光望着他，他便用强调的口气说："这是为了向你表示感谢。"那人终于开口道："没什么可谢的。可是对天上的父，即使用一千枚这样的银币，你也没法报答你欠他的恩情。"停顿一下，他又轻声补充说："孩子，你还没学会加法呢。"

那群怪人走后，比拉诺瓦兄弟坐在驱赶蚊虫的篝火旁沉思了很久。奥诺里奥说："老哥，那人是个疯子吧？"安东尼奥说："我在外面做买卖的时候见过许多疯子，可是这个人不同于一般疯子。"

旱灾持续了两年后，天上又下雨了。比拉诺瓦兄弟这时在卡汀珈的多莫拉安了家。这个村庄附近有座盐矿，安东尼奥着手开采起来。家中其余的人——萨德林哈姐妹和两个孩子——侥幸活了下来，但是安东尼奥和安东尼娅的孩子由于多日长眼眵而揉个不停，终于双目失明了，如今只能区分昼夜，既看不见人脸也看不见周围的景物。不久，盐矿的生意十分兴隆。奥诺里奥、萨德林哈姐妹以及孩子们白天晒盐，装满安东尼奥外出销售的盐袋。他做好了一辆木轮大车，为对付抢劫。他还弄了一支双筒猎枪。

他们在卡汀珈的多莫拉住了将近三年。随着天降雨水，村民们纷纷回乡种地，放牛人也重操牧业。这一切对安东尼奥便意味着重振家业。除去开采盐矿，他很快又办起一家商店，并开始买卖马匹，利润颇为可观。这一年的十二月（他一生中的决定性时刻），一场倾盆大雨把穿村而过的小溪变成了冲毁茅屋、席卷牲畜家禽、淹没盐矿的滚滚洪流。一夜之间，盐矿被埋入泥海。此时，安东尼奥已运走一批盐巴去诺尔德斯纳参加交易会，准备换回几头母骡。

一星期后，安东尼奥才回到村中。洪水已经开始退下。奥诺里奥、萨德林哈姐妹，还有在他家干活的六个雇工都难过得抬不起头来，安东尼奥却很冷静地看待这又一场灾难。他检点了一下抢救出来的东西，在小本子上估算过之后，给众人打气说，外面还有许多欠款可以收回来。他还说，他像猫一样，身上有好几条魂，绝不会让一场水灾打败。

但那一夜他没有合眼。当时他们借住在山上一个朋友家里，由于那里地势高，全村的人都在山上避难。他女人听见他一直在床上翻来覆去地动弹。她睁眼一看，月光正照在丈夫那忧愁的面庞上。次日清晨，安东尼奥告诉家里人，马上打点行李，他们要离开卡汀珈的多莫拉。他的口气是那样斩钉截铁，无论他的弟弟还是两个女人都没有敢问一声为什么。拍卖掉不能携带的物品之后，他们赶着满载包裹的大车再一次踏上了茫茫的旅途。有一天，他们忽然听见安东尼奥低声说话，大家十分惊讶。他说：“这已是第三次提醒我们了。这场水灾是来告诉我们应该去做某件事情，可我不知道是什么事。”奥诺里奥似乎悟出些什么道理，于是问道：“老哥，你说这是上帝在提醒我们?”安东尼奥说：“也可能是魔鬼在提醒。”

他们四处游荡，这里住上一星期，那里住上一个月。每当全家以为要在某地扎根时，安东尼奥却冲动地下令动身。他似乎在寻找某个捉摸不定的人或物，这使大家十分不安，可是没有任何人对这不断的迁移提出异议。

经过八个月的腹地之行，他们终于在卡纳布拉沃男爵于干旱时废弃的一座庄园里安了家。男爵将全部牲畜带走了，只留下为数不多的几户人家。他们依靠耕种瓦沙—巴里斯河边的一小块地为生，另外把几头山羊放到四季常青的卡纳布拉沃山去吃草。卡努杜斯由于人烟稀少，四面环山，无论如何都不会被商人看中。但是比拉诺瓦这家人在已坍塌的管家住屋里刚安家，安东尼奥就感到如释重负。他以往日的干练动手安排生意，组织家庭生活。一年后，在安东尼奥的努力下，比拉诺瓦家的商店开始经营方圆百里的货物买卖。他再次外出办货。

但是在那群信徒出现在康巴奥山的山坡上、随后走进卡努杜斯唯一的街道的那一天，安东尼奥是待在家里的。他站在过去的管家住房、现在的住宅兼商店的栅栏后面望着那群狂热的人。他的弟弟、弟媳以及他自己的女人都发现，当那个身穿蓝袍、走在队伍前面的人向安东尼奥走来时，安东尼奥的脸色变得十分苍白。他们立刻认出那目光炯炯的眼睛、低沉的声音和瘦削的身躯。“你学会加法了吗?”那位圣徒嘴角挂着微笑，一边向商人伸出手一边说道。安东尼奥·比拉诺瓦立刻双膝跪倒，亲吻来者的手指。

同志们，我在上一封信中曾向你们谈过巴西内地的民众起义，这个消息我是从一个有偏见的目击者（一位卡普青派教士）那里得知的。如今，我可以给你们介绍一位更好的见证人，此人来自起义中心，他走遍了腹地的各个村庄，显然负有招募新兵的使命。我还可以告诉你们一件意味深长的事：发生过武装冲突，甲贡索人击败了一百名企图进犯卡努杜斯的政府士兵。这是否可以视为革命的先兆？在某种程度上可以说是的。但这是相对而言，如果从此人的身上判断，卡努杜斯的兄弟们给人的印象是矛盾的：准确的直觉、正确的行动与他们头脑中的迷信思想令人难以置信地混合在一起。

我信中的这个村庄，你们无须知道它的名字。在这里，对妇女精神与肉体的压迫到了极端的地步，地主、父兄和丈夫都在压迫她们。这里的地主为仆役择妻。妇女在光天化日之下、大庭广众之中惨遭易怒的父亲或酗酒的丈夫毒打，人们则全然无动于衷。同志们，这是值得深思的。必须明确，革命不仅要废除人剥削人的制度，也必须废除男人对女人的压迫；在实行阶级平等的同时，也要实行男女平等。

我知道卡努杜斯的使者是在一名向导的帮助下来到这个地方的，这位向导同时也是打美洲豹的猎人或猎苏里南虎的老手（这可是富有诗意的职业：踏遍天涯海角，消灭虎豹豺狼）。通过他，我才见到了那位使者。会面是在鞣皮作坊里进行的，周围摆满了正在晾晒的皮革，一旁是几个正在玩弄蜥蜴的孩子。一看见那位使者，我的心就猛烈地跳动起来。他身材矮小而粗壮，肤色灰黄，这是印欧混血种人继承了印第安血统的缘故；脸上有一道刀疤，一眼望去便可知道他有当打手、强盗或罪犯的履历（总而言之，是个牺牲品。正如巴枯宁所说，社会造成犯罪，罪犯只是社会犯罪的工具而已）。那使者身穿皮衣（牧牛人为了骑马穿过多刺的灌木丛都是这样的装束），还戴了一顶草帽，身背猎枪。他眼窝内陷，目光深邃，看人时往往斜视，并回避对方的眼光，这种情况在本地颇为常见。他不愿意我们单独交谈，于是只好当着鞣皮作坊主及其家人的面进行。这家人蹲在地上吃饭，并不注意我们。我对他说，我是革命者，世界上有许多同志在赞扬他们在卡努杜斯所做的一切，即夺取地主的土地，实行自由恋爱，并且击败了政府军。我不晓得他是否听懂了我的话。内地人同巴伊亚州的人不一样。海边的人由于非洲血统的影响，个个心直口快。这里的人面部没有表情，仿佛套着假面具，用以掩饰自己的思想感情。

我问他是否在准备迎击新的进攻，因为当斗争指向神圣的私有财产时，资产阶级会像野兽一样猛扑过来。他使我吃了一惊，因为他低声说，天下所有的土地都是慈悲的耶稣的，“劝世者”正在卡努杜斯建造世界上最大的教堂。我努力向他解释说，并不是因为他们建造教堂，当局才派兵去镇压他们。但是，他对我说，恰恰是因为造教堂，政府才派兵的，因为巴西共和国要消灭宗教。同志们，我听到的这番话真是对共和国奇怪的抨击，而且他说话时神情冷静而自信，毫无激昂之情。共和国企图压制教会和信徒，企图消灭各种宗教团体，就像对付耶稣会那样，眼下可以证明这一企图的就是实行世俗结婚登记。既然有上帝规定的结婚圣礼，那么世俗结婚就是大逆不道。

我可以想象，许多人读了我前面的信一定感到失望与怀疑，他们大概认为，卡努杜斯如同大革命时的旺代①，是由神父策动的复辟运动。同志们，问题没有这么简单。在我上一封信中，你们已经看到教会谴责“劝世者”和卡努杜斯，因为甲贡索人强占了一位男爵的土地。我问那位脸上带疤的使者：巴西的穷苦人在君主制时期是不是生活得好些？他立刻回答说：是的，因为王室废除了奴隶制。他向我解释说，魔鬼为了复辟奴隶制，便通过共济会和新教徒把彼得罗二世皇帝推翻了。你们看，“劝世者”就是这样教育部下的：共和派分子是奴隶主（这是一种揭示真理的巧妙办法，不是吗？因为金钱的主人对他人的剥削是共和制的基础，它奴役别人的程度丝毫不比封建制差）。那位使者的话清楚而明了：“穷苦人已经受够了罪，但是一切都过去了。我们不理睬什么人口普查，因为他们企图找到过去被释放的奴隶，再给他们戴上枷锁，交还给过去的主人。”“在卡努杜斯，谁也不交纳共和国的捐税，因为我们不承认它，也不听

① 法国西部沿海一带地区。1793年，地主、贵族、富农在这里发动暴动，反对法国革命政府。

它的管辖，那权力是属于上帝的。”比如说管辖些什么事？“为男女举行婚礼，或者收取什一税。”我问他卡努杜斯是怎样对待货币的。他告诉我，那里只接受带伊莎贝尔公主头像的钱币，也就是帝国时期的钱币。可是因为帝国已经不存在，实际上那个时期的货币越来越少见了。“在卡努杜斯不需要货币，因为那里富有的人会把东西送给贫穷的人，能干活的人会替不能干活的人劳动。”

我对他说，取消了私有财产与货币，实行了财产共有，不管它是以什么名义进行的，哪怕是以抽象真空的名义，这对于世界上的劳苦大众都是一件勇敢而宝贵的壮举，是解放全人类的开端。我还说，这些措施迟早会引起一场残酷的镇压，因为统治阶级绝不会允许这类榜样广泛传播，在这个国家里，可以强占所有大庄园的穷人是绰绰有余的。“劝世者”和他的信徒们是否意识到那已经被激怒的力量？那位使者目不转睛地望着我，给我背诵出一些荒唐的话。下面我给你们举出一例：士兵不是政府的武器，而是政府的内患；必要的时候，瓦沙—巴斯河的河水会变成牛奶，河谷会变成玉米地；当塞巴斯蒂安国王（16 世纪死于非洲的葡萄牙国王）的军队出现时，牺牲的甲贡索人就会重新复活。

这些妖魔鬼怪、君主帝王和宗教偶像是不是“劝世者”用以号召穷人走上起义之路的领导策略？事实胜于雄辩，这起义之路是正确的，因为它可以推动劳苦大众去推翻统治阶级的政治、经济和社会基础。是否只有这些宗教、神话和精神世界的象征物才能唤醒由于教会的迷信统治而造成的几个世纪的群众麻木状态，因此“劝世者”才利用这些象征物？或者这一切纯属偶然？同志们，大家都知道，历史上是不存在偶然性的，任何纷纭复杂的表象后面总有它的合理性。“劝世者”是否想到他在给历史造成混乱？这是个凭直觉办事的人吗？或者是个诡计多端的人？任何一种假设都不能排除。一种自发的、未经策划的民众运动，这样的假设更不能排除。理智存在于任何人的头脑中，连最没有文化的人也是如此；根据具体环境，理智可以使人按照历史发展的方向行动，从而冲破蒙蔽双眼的宗教迷雾和模糊思维的社会偏见。孟德斯鸠并非我们的知己，他写道，祸福存在于身体器官的某种状况下。尽管在穷人受到科学教育之前，革命行动也会产生于其中枢神经的运动中。在巴伊亚州的腹地是不是正在发生这样的事？这只能在卡努杜斯本地得到证实。或者下封信再见，或者永别了。

第六章

为庆祝乌亚乌亚的胜利，卡努杜斯足足热闹了两天。烟火匠安东尼奥制作了许多爆竹和礼花，贝阿迪托（虔诚的小信徒）组织了宗教游行，队伍在新盖起的茅屋中间穿来穿去，走遍了整个庄园。每到黄昏，“劝世者”就站在圣堂的脚手架上开始讲道：卡努杜斯将面临着更严峻的考验，不要为恐惧所吓倒，慈悲的耶稣一定会帮助诚心的信徒。还有一个经常涉及的话题就是世界末日的来临。几个世纪以来，大地养育了动物和植物，保护了人类，如今它已疲惫不堪，恳求天父让它休养生息。天父会同意的，于是毁灭就开始了。这些事，《圣经》上早已指明：“我不是来确立和睦共处的！我是来煽起一场大火的！”

这时，在巴伊亚州府，政府当局由于乌亚乌亚的失利而受到《消息日报》和进步共和党的严厉抨击，于是决定组织第二次讨伐，兵力比第一次多六倍，并且配备了两门口径七十五毫米的克虏伯大炮、两挺诺登菲尔德重机枪。指挥官是费布罗尼奥·德·布里陀少校。他们乘火车前往盖伊马达斯，然后步行前进，去惩罚甲贡索人。

与此同时，卡努杜斯的甲贡索人正在准备迎接末日审判。一些性急的人借口让大地提前休息，便外出破坏。出于对上帝的爱，他们愤怒地烧毁房屋建筑和卡汀珈丛林，企图将卡努杜斯同外部世界隔离。许多地主和农民为了保护自己的土地，纷纷给甲贡索人送去礼物，但尽管如此，甲贡索人仍然烧毁了大批茅屋、畜栏、无人住的破房、牧羊人的避风洞和流浪汉的藏身处。这时，何塞·贝南西奥、帕杰乌、若安·阿巴德、若安·格兰德和马坎比拉兄弟只好出去拦阻这些用烧毁大地的办法让自然界休息的狂热分子。贝阿迪托、玛丽亚·瓜德拉多和利昂·德·纳图巴也不得不向狂热分子解释说，他们把圣徒劝世的话理解错了。

在此期间，虽然新的信徒接踵而至，卡努杜斯却并不缺粮。玛丽亚·瓜德拉多让一组妇女同她一道住在圣所（贝阿迪托给她们起了个名字：天使队），为的是当“劝世者”由于节食而腿软时有人帮她扶住这位圣徒；当“劝世者”要吃上极少的几口食物时，有人帮她送饭；当朝圣的信徒想要触摸“劝世者”、围住他请他在慈悲的耶稣面前说情以治好失明的女儿、瘫痪的儿子或找回失踪的丈夫时，为了不撞倒“劝世者”，需要这些妇女围成屏障。其他甲贡索人则忙于弄到粮食以维持卡努杜斯的生计和全镇的安保工作。他们有的过去是逃亡的奴隶，比如若安·格兰德；有的是强盗，履历上有过几条人命，比如帕杰乌和若安·阿巴德；现在他们都是上帝的子民了。不过他们仍然很实际，十分注意人间的事，对饥饿和战争相当敏感。正是这些人发挥了主动精神，在乌亚乌亚事件中就是如此。他们一方面制止乱烧乱抢，一方面把庄园主心甘情愿送给耶稣的牛、马、驴、骡、羊赶到卡努杜斯去，还把战斗中缴获的面粉、粮食、衣服，特别是武器，集中运往比拉诺瓦兄弟的仓库。在短短的几天里，卡努杜斯就堆满了物资。与此同时，一批批秘密使者被派往腹地的各处乡村，去宣讲《圣经》上的预言；这些使者甚至深入到沿海地区，鼓动人们前往卡努杜斯，同上帝的选民一道为反对魔鬼的新花样——共和制——而战斗。这可是一些奇怪的天国使者，他们不披长袍，却身穿皮衣、皮裤，嘴里喷吐出污言秽语。对此，人们十分熟悉，因为这些使者曾经同大家一道忍饥挨饿，只是有一天被天使唤醒，方才前往卡努杜斯。他们还是老样子，挎着原来的弯刀，背着原来的钢枪，提着原来的砍刀，但是如今变成另外一种人了。他们嘴里总是谈到"劝世者"，谈到上帝，谈到卡努杜斯，那口气满怀信心和自豪，是很有感染力的。人们热情地款待这些使者，专心致志地听他们讲道，其中许多人有生以来第一次感到了希望，便打点行李一起上路了。

费布罗尼奥·德·布里陀少校的部队已经到达盖伊马达斯。他们共有五百四十三名士兵、十四名军官和三名医生，全是从巴伊亚三个步兵营——第九、第二十六、第三十三营——精选的。地方当局是这样接待他们的：镇长致欢迎词，神父在圣安东尼奥教堂做弥撒，镇政府举办招待会。此外放假一天，让居民们在玛特里兹广场观看军乐仪仗游行。就在游行举行之前，已经有人自动前往北方，给卡努杜斯送去有关讨伐部队的兵力、武器和行军路线的情报了。这些消息丝毫没有引起惊慌。既然现实生活证实了上帝通过"劝世者"预言的事情，那又何必惊慌？这些消息仅有的新鲜之处是，政府军这一次是从卡里亚恰翻过阿卡里山经依布埃拉峡谷而来。若安·阿巴德号召大家挖掘战壕，运送弹药，并且派人据守康巴奥山麓，因为那些异教徒一定会经过那里。

"劝世者"这时更为操心的似乎是加速耶稣圣堂的建造而不是战争。天刚亮，他就指挥人们开工。但是工程的进度渐渐缓慢下来，这是石料难运造成的：采石场越来越远；把石料抬到钟楼上是件困难的工作；绳索崩断的事时有发生；巨石撞毁脚手架，砸伤工匠。有时，“劝世者”命令推翻刚刚砌起的墙壁，在另外的地方重建；要么命令调整某些窗户，因为他忽然来了灵感，觉得那些窗户的方向不大顺心。他总是在人群中巡视，身后跟着利昂·德·纳图巴、贝阿迪托、玛丽亚·瓜德拉多以及不断挥动手臂驱散苍蝇的天使队。每天总有三五十家不等的朝圣者来到卡努杜斯，他们常常带来三五只山羊和一辆木轮大车。安东尼奥·比拉诺瓦负责给他们分配一块空地，以便让他们建造自己的茅屋。每天下午布道前，那位先知在尚缺屋顶的圣堂里接见新入伙的信徒。这些人由贝阿迪托做前导，穿过层层站立的老信徒，来到“劝世者”面前。虽然这位先知口中说着“我可不是上帝”，极力拦阻众人下跪，新教徒们还是乘先知为他们祈祷祝福、眼睛似乎望着那高远的苍穹时跪倒在“劝世者”脚下，亲吻他的双脚或触摸他的长袍。片刻后，欢迎仪式结束，众人纷纷站起让路，“劝世者”一直走到梯子跟前，向脚手架上爬去。他纹丝不动，用沙哑的嗓音宣讲那不变的话题：他们在精神上的优势、做一个贫苦而节俭的人的好处、对异教徒的仇恨、保卫卡努杜斯使之成为正义之地的必要性。

人们如饥似渴地听他讲道，十分信服。宗教信仰的气氛充满了这里的空间和时间。每当一条弯弯曲曲的小巷建成，就在游行仪式上用一位圣徒的名字来命名。这里的每个角落都有圣母、圣子和圣灵的壁龛和影像，每个街区都设有自由保护神的祭坛。许多新入伙的信徒都更改了姓名，以示新生活的开始。但是在实行天主教规的同时，许多值得怀疑的风俗习惯像寄生植物一样地掺杂进来。比如，一些黑白混血种人边祈祷边跳舞，据说这样狂热的踏脚可以用汗水驱邪。黑人们集中住在卡努杜斯的北区，那里是一片茅草泥屋，后来起名叫莫坎波。米兰德拉的印第安人也突然来卡努杜斯安家，在众目睽睽之下熬制散发出浓烈气味的药草，人们闻了以后感到心醉神迷。除了来朝圣的信徒，跳大神的、做小买卖的、走江湖的、好打听新鲜事的都纷纷来到这里。在那鳞次栉比的茅屋群中时常可以看到瞧手相的女人、自吹可以同死人谈话的流浪汉、像吉普赛人的马戏班那样演唱传奇小说或表演针灸的云游艺人。有些草药郎中打算用朱莱玛树果和玛纳加树果制成的药水医治所有的疾病。有些信徒因悔恨往事而神经错乱，声嘶力竭地历数自己的罪孽，并请求听众给予惩罚。一群来自若塞罗城的人在卡努杜斯推行起家乡悔罪兄弟会的教规："节食、禁欲、当众鞭笞自己。"虽然"劝世者"赞成苦修和禁欲（他曾说过："苦行可以坚定信仰。"），但终于也不安起来。他派贝阿迪托去检查朝圣的人，免得他们带进迷信、盲目崇拜或任何假虔诚的不敬行为。

不同肤色的各种民族共处于卡努杜斯，没有发生任何暴力冲突，而是像兄弟般地休戚与共，生活在前所未有的欢乐气氛之中。作为穷人和上帝的子民，他们感到自己确实富有、得天独厚，那身披破毯的先知每天下午都这样讲给众人听。基于对他的爱戴，任何可能的分歧都消失了，只要一谈到"劝世者"，起初那百十号男女现在是成千的男女老少立刻变成一个恭顺的整体，并且随时准备为他献出一切。他能够了解他们的精神空虚、物质贫乏和种种苦难，从而给他们带来希望，并使他们为自己的命运而自豪。尽管人口在增加，生活却有条不紊。派出的使者和朝圣的香客带来牛羊和粮食，牲口圈和仓库都装得满满的。瓦沙—巴里斯河这一年刚好水量充足，可以灌溉耕地。就在若安·阿巴德、帕杰乌、贝南西奥、若安·格兰德、彼得劳等人备战的同时，奥诺里奥和安东尼奥负责管理市镇：接收香客们的贡物；分配土地、食物和衣服；监管为病人、老人和幼儿开办的"健康之家"。邻里间如果为财物发生争吵，便会有人报告给这兄弟俩。

敌基督方面的消息天天都有。费布罗尼奥·德·布里陀少校指挥的讨伐队从盖伊马达斯出发向圣多山前进。12 月 29 日黄昏时分，一名军曹由于被响尾蛇咬伤而死去，他的死亵渎了圣多山这个地方。"劝世者"并无敌意地说明了这一事件。手持火器、怀着破坏的目的驻扎在信徒们朝拜的圣堂里，这难道不是对神明的亵渎和诅咒吗？但是，卡努杜斯（那天夜里，"劝世者"称之为贝罗山）却不能被异教徒践踏。"劝世者"万分激动地号召众人，决不能对敌人投降。这些信仰上的死敌企图给奴隶们重新戴上枷锁，用征收捐税的办法将老百姓榨干；不允许群众到教堂举行婚礼，不让教会主持葬仪；用种种圈套使人民的思想混乱，比如新度量衡法、人口统计普查。他们的真正意图是欺骗人民，迫使人民犯罪。这一夜，卡努杜斯的全体居民通宵未眠，人人枕戈待旦。但是，异教徒还没有来到，他们在圣多山停留下来，修理那两门因山路崎岖而散了架的克虏伯大炮，同时等待后援部队。又过了两个星期，当他们沿着卡里亚恰山谷向卡努杜斯进发的时候，所经之途都布满了密探。这些人有的埋伏在羊圈里，有的藏在卡汀珈丛林中，有的则披上一张兽皮趴在路旁的洞穴里，野兽的骷髅则变成了观察哨。传递情报的信使以飞快的速度把敌人的行止报告给卡努杜斯。当"劝世者"获悉政府军克服了巨大的困难，拉着大炮、扛着机关枪终于到达木龙谷，并且由于饥饿的驱使不得不宰掉最后一头牛和两头运输用的骡子时，他发表看法说，我们在政府军发起进攻前就把他们击败，上帝是不会责备卡努杜斯的。

"你知道你丈夫干的这叫什么事吗？"加利雷奥·加尔由于生气而声音发抖，一字一顿地说，"这叫叛变，双重的叛变。叛变了我这个同他有约在先的人，还叛变了卡努杜斯的弟兄们——他背叛了自己的阶级。”

胡莱玛冲他微微一笑，似乎不懂他的话或者根本没有听他讲话。她站在炉灶旁正煮着什么东西。她很年轻，脸色红润、鲜亮，长发及肩，身穿一件无袖长裙，打着赤脚，眼睛还带着睡意——那是由于加尔的到来而刚被叫醒。一束微弱的晨光透过栅栏射进茅屋。房内有盏油灯，角落里睡着几只母鸡，它们周围是些坛坛罐罐、破烂家什、木柴、箱笼和一张圣母像。一条卷毛小狗在胡莱玛脚下转来转去，她用脚把它踢到一边去，可它马上又跳了回来。加利雷奥·加尔坐在吊床上不停地喘着粗气，他跟着那头驮武器的牲口整整跑了一夜才回到盖伊马达斯，这时正十分恼怒地注视着胡莱玛。她手上端着一只冒着热气的碗走近他身边，把碗递给他。

“他原来说不跟赫戈维纳火车站的人去，为什么又改主意了?”加尔手捧着水碗，一面探寻着那女人的眼神，一面低声问道。

“他原来是不去的，因为他们不愿意按他要的价出钱，”胡莱玛一边吹着碗中的热气，一边温和地回答说，“后来他改变主意了，因为他们跑来告诉他，同意按他的价出钱。他于是上‘仁慈的圣母’旅馆去找您，可是您已经走了，又没留下话，也不知道您是不是还回来。鲁菲诺又不能错过这笔生意。”

加利雷奥长长地叹了一口气，他想喝口水，结果烫了舌尖，痛得他直咧嘴。他吹吹热气，又喝进一口。疲劳加上心情不快，使他眉头紧皱，眼眶挂上了一道黑圈。他不时地咬咬下嘴唇，口中吐着粗气，浑身是汗。

“他这趟该死的差事要多长时间?”他呷进一口水，低声嘟囔道。

“三四天吧，”胡莱玛在他对面，靠着一只捆着皮绳的旧箱沿坐下，“他说要您等一等他，回来后就带您去卡努杜斯。”

“三四天，那简直就是三四个世纪。”加尔颇不耐烦地转动着眼珠。

这时外面传来一阵小铃铛的响声，那条卷毛小狗狂吠着向屋门冲去，想开门。加利雷奥跳下床来，走到窗栅栏旁，向外望去：大篷车还在原地，车旁靠着茅屋的一侧是个羊圈，里面有几只绵羊。它们大睁着眼睛，但是这时已经安静下来，颈下的小铃铛也不响了。这间住房坐落在山冈上，天晴的时候可以远眺盖伊马达斯。可是这天早晨乌云密布，只能看到高高低低的乱石滩。加利雷奥回到床边坐下，胡莱玛给他的碗又添满了水。那卷毛小狗还在狂叫，前爪刨挖着门口的土地。

加尔心里想：三四天就是三四个世纪，什么千奇百怪的事都有可能发生。再找别的向导？自己一个人去圣多山？到那里再雇个脚夫去卡努杜斯？怎么办都可以，就是不能带着这些武器待在这里。焦躁的心情会使等待变得无法忍受，再说，还可能发生像埃巴米农达·贡萨尔维斯所担心的那种事：布里陀少校的讨伐队会先一步到达盖伊马达斯。

“鲁菲诺跟赫戈维纳火车站的人走了，这大概是你闹的吧？一听说鲁菲诺要带我去卡努杜斯，你就不高兴。”加尔低声说。胡莱玛正用烧火棍将灶内的火熄掉。

“我一直不乐意。”她承认道，那自信的口气使加利雷奥的火气顿时减退几分，甚至想放声大笑。可是她看上去很严肃，仍然目不转睛地望着他。她的脸拉得老长，突起的颧骨和下巴将面颊撑得格外光洁。难道这长发底下掩藏的就是心直口快的性格？“他们在乌亚乌亚打死了一些政府军，”胡莱玛补充道，“大家都说会有更多的政府军去卡努杜斯。我可不想让人家杀死我丈夫或者把他抓走。他可不能蹲监狱。他总要东跑西奔的。他妈说他：‘你命里犯圣维多。’”

“犯圣维多?”加尔问。

“就是指那种不能老老实实地待着的人，”胡莱玛解释道，“那种人连走路都是手舞足蹈的。”

卷毛小狗再次狂叫起来。胡莱玛走到门口，开门后用脚把它推出门外。不久，外面传来狗叫声，接着又传来羊群的铃铛声。加利雷奥面色阴沉地注视着胡莱玛的走动。她回到灶旁，用一节树枝拨动着余烬。一缕轻烟呈螺旋形向上袅袅散开。

“再说，卡努杜斯是人家男爵的，男爵给过我们不少帮助，”胡莱玛继续说道，“这间房子、这块地、这些羊，都是人家男爵给的。您替甲贡索人说话，愿意帮助他们。把您带到卡努杜斯就等于帮助甲贡索人。您想，男爵要是知道鲁菲诺帮助抢劫他庄园的人，他能高兴吗?”

“他当然不会高兴。”加尔讽刺地嘟囔了一声。

这时羊群中的铃铛声再次响起来，比刚才更急促。加尔猛然一惊，立刻下床，两步跨到窗栅栏跟前，向外望去：灰茫茫的苍穹下，树木开始显出模糊的轮廓，仙人掌和堆堆乱石也露出各自的外形。大篷车还在原地，货堆上蒙着一块土黄色的毛毯；车旁，那头骡子还拴在木桩上。

“您认为‘劝世者’的确是慈悲的耶稣派来的吗?”胡莱玛问道，“您相信他讲的那些事吗？比如，什么大海变陆地，陆地变大海；什么瓦沙—巴里斯河的水会变成牛奶，峡谷里长满了玉米供穷人吃!”

她的话里丝毫没有讥笑的意思。加利雷奥·加尔看看她的眼睛，想极力从那眼神中猜出她怎么会说出这些流言蜚语。他什么也看不出来，那光洁的长脸盘上神态十分平静。他心里想：“这张脸真让人捉摸不透，简直和兴都斯坦人或者中国人一样，或者很像那个卡努杜斯出来的使者。”加尔在依达比古鲁的鞣皮作坊里同他谈过话，那人说话十分简练，望着他的脸，很难知道他的思想和感情。

“对于饿得要死的人来说，本能往往比信念更有力量。”他喝光碗中的水，一面窥测着胡莱玛的反应，一面低声说，“他们可以相信那些乱七八糟、幼稚愚蠢的玩意儿，没有关系，重要的是他们所做的一切。他们废除了私有制，废除了宗教结婚仪式，废除了社会等级，否认了教会和政府的权威，还消灭了一些政府军。他们是在跟政权、金钱、军队和教会作对。”

胡莱玛的脸上毫无表情，可谓纹丝不动。她那两只黝黑明亮、微微睁大的眼睛直视着加利雷奥，既没有露出好奇也没有同情，更没有惊讶，两片湿润的嘴唇略微噘起。

“他们继续了我们停下的斗争，虽然他们并不知道这一点。他们正在复兴我们的革命事业。”加尔一面说一面想，胡莱玛听见这番话会怎么想呢？“就因为这个，我才来到这里；也正因为这个，我才要帮助他们。”

他好像高声讲话似的，喘了一口气。两天来的疲倦，加上听说鲁菲诺不在盖伊马达斯而引发的沮丧心情，这时又占据了全身。伸开双腿、闭上眼睛躺在大篷车下睡上几小时的想法是这样地强烈，使他想拔腿就走。要不然就在这张吊床上睡一会儿，行不行？如果他提出来，胡莱玛会不会感到气愤？

“那个从那边来的人就是‘劝世者’派来的人，您见到的那一位。您知道他是谁吗？”加尔听见她在问。“他是帕杰乌。”她看到加利雷奥并没有被她的话打动，便急忙补充说：“您没听说过帕杰乌吗？他是腹地最坏的家伙，过去靠杀人抢劫为生。谁要是倒霉在路上遇见了他，就会被他削掉鼻子和耳朵。”

这时，羊群里的铃铛声又响了起来，同时伴有屋外小狗的狂叫和骡子的嘶鸣。加尔还在回忆那位卡努杜斯的使者，回忆他那道使面部破相的刀疤，回忆他那奇怪的冷漠与镇定。当时没有把运武器的事告诉他莫非犯了一个错误？不，当时还不能告诉他，因为帕杰乌还不相信自己；如果告诉他，反而会使他更不信任，会把整个计划打乱。卷毛狗发狂般地在外面叫着。加尔看见胡莱玛拿起烧火棍，快步走到门前。他心不在焉地还在想那个卡努杜斯使者，他想如果当时知道帕杰乌从前是个强盗，也许谈起话来更容易些。这时加尔看到胡莱玛费力地拉开门闩并且拿了下来。突然，有个什么轻微的东西、一个奇怪的声音、一种直觉、一种第六感告诉他要发生什么事情了。就在这工夫，胡莱玛猛然被一股推门的暴力撞倒——从门外推翻或踢翻的，接着，一个手持卡宾枪的男人的身影出现在门口。加利雷奥这时已经掏出手枪，同时瞄准了这个闯进来的人。卡宾枪的射击声惊醒了角落里的母鸡，它们吓得惊恐万状，乱飞乱叫。胡莱玛虽然摔倒在地，却没有受伤，这时也吓得高声尖叫。那个开枪的人看到脚下有个女人，稍一犹豫便耽误了几秒钟。当他在乱飞的鸡群中发现了加尔并要举枪的时候，加尔的枪已经瞄准他打响了。只见那人满脸惊疑，双手一松，长枪落地，嘴里吼了一声，向门外退去。胡莱玛这时又尖叫了一声。加尔终于反应过来，急忙去捡那支卡宾枪。他从敞开的屋门望出去，那个受伤的人正躺在地上挣扎，呻吟；另外一个人手持长枪，一边向受伤的人跑过来一边喊着什么；再远一些的地方，第三个人正往装武器的大篷车上套马。加尔几乎不加瞄准就射击起来。那个跑过来的人双脚一绊，滚倒在地上，口中发出痛苦的咆哮。加尔又冲他开了一枪，一面心里想：“只剩下两发子弹了。”他看见胡莱玛在身旁推上屋门，看见她关紧之后还下了门闩，然后躲到后面去。他一面站起身，一面暗暗奇怪：自己什么时候摔倒在地的？他全身是土，满头大汗，上下牙床颤个不停，由于手枪握得太紧，手指都发疼了。他从窗栅栏处悄悄张望：运武器的车已消失在远方的尘埃里。茅屋正面，卷毛狗发疯似的冲着两个受伤的人狂叫，他们正向着羊圈爬去。加尔瞄准他们，射出枪中的最后两发子弹。他觉得在狗叫声和铃铛响声的嘈杂中听见人的一声哀号。嗯，子弹打中了他们，在从茅屋通向羊圈的半路上，他们停下不动了。胡莱玛还在尖叫，母鸡也发疯似的叫个不停，到处乱飞，撞翻了许多东西，有几只飞到窗栏上，撞到他的怀里。加尔挥舞手臂赶跑了母鸡，又从窗口向两侧望去。如果没有这两具几乎叠在一起的人体，简直可以说没有发生什么事情。他粗声粗气地喘息着，磕磕绊绊地躲过母鸡向屋门走去。他从门缝里向外张望：只有寂静的景物和那两具怪模怪样的人体。他想："枪支被抢走了。"他又想："我要是被打死就更糟了。"加尔大睁着眼睛又喘了一口气，最后终于拉开门闩，推开了屋门。外面空空荡荡，没有人影。

他躬身弯腰，向原先停放大篷车的地方跑去，一路上听到绵羊在圈里团团乱转造成的铃铛声。他一看，心里凉了半截：一道扬起的尘土正消失在里亚乔方向的地平线上。他深深地叹了一口气，用手摸摸发红的胡须，牙齿还在颤个不停。捆在木桩上的骡子安安静静地歇息。加尔返身向住屋缓缓地走去，在那两具已成尸体的男人面前停下脚步。他仔细察看着那陌生而黝黑的面孔，辨认着那由于痉挛而扭歪的嘴脸。忽然，一阵怒火使加尔的表情变得十分凶狠，他一面破口大骂，一面粗暴地猛踢那两个一动不动的人体。他那愤怒的心情传染给了卷毛小狗，它叫着，跳着，撕咬着那两个人的草鞋。加尔终于平静下来，拖着沉重的双腿向茅屋走去。迎接他的又是一阵母鸡乱飞，迫使他举起双手护着自己的脑袋。胡莱玛这时正站在屋子中央，她是这样一副模样：浑身颤抖，衣裙撕破，嘴巴微张，眼含热泪，披头散发。她惊愕地望着周围的混乱现象，仿佛还没明白家中发生的事；她一看到加尔便飞跑过去，扑到他怀里，含糊不清地说些他不明白的话。加尔直挺挺地站在那里，心里一片空白。他感觉到那女人紧贴着自己的胸膛。他不知所措地望着这个与自己相贴的身躯，望着眼前抖动着的颈项。他闻到她身体的气息，一个阴暗的念头告诉他："这是女人的气味。"他的太阳穴猛烈地跳动起来。他动动身子，抽出一只胳膊搂住胡莱玛的双肩，放下手中的武器，然后用手指笨拙地梳理着她那乱蓬蓬的头发。"他们想杀死我，"他在胡莱玛耳边低声说，"现在没有危险了。他们想要的东西已经弄走了。"那女人渐渐平静下来，哭声停了，身上也不再发抖，双手从加尔胸前抽回来。可是他仍然搂紧她，手指不停地抚摩着她的长发。这时胡莱玛想脱离他的怀抱，他却不肯放手。"Don't be afraid.（英语：别害怕）"他一字一顿地说，两只眼睛紧张地眨动着，"They are gone. They ...（英语：他们走了。他们……）"这时他脸上露出某种紧张、急迫、含混不清的少见表情，某种东西在他心里急骤翻腾，而他对此几乎没有意识到。他的嘴唇距离胡莱玛的颈项很近。她用力向后退，双手遮住了乳房，极力摆脱加尔的搂抱。但是，他丝毫不肯放松，一面搂紧胡莱玛，一面反复说着那句她没法听懂的话："Don't be afraid，don't be afraid.（英语：别害怕，别害怕）"胡莱玛用双手捶他、抓他，终于从他的怀抱里挣脱出去，逃走了。可是加尔在房间里紧追不舍，很快赶上并抓住了她。他和她撞翻了旧箱子，双双摔倒在地。胡莱玛又蹬又踢，使出全身力气搏斗，但她并不叫喊。屋子里只听到两人断断续续的喘息声、挣扎造成的响声、母鸡惊慌的咯咯声、卷毛狗的狂吠和羊群中的铃铛声。太阳正冲破乌云，给大地送来了光明。

利昂·德·纳图巴生下来双腿极短，脑袋特大。纳杜沃村的居民们认为，慈悲的耶稣如果把这孩子接走，无论对他本人还是他父母都再好不过了，因为如果让他侥幸活下去，一定会成瘫子或傻子。后来他只是长成了一个瘫子，因为驯马人塞莱斯蒂诺·帕尔迪纳的这个小儿子尽管不会像正常人那样走路，却聪明过人，有强烈的求知欲。不论哪方面的知识，一旦进入这个令人发笑的大脑袋，就能被永远记住。他这个人从各方面看都是古怪的：帕尔迪纳这样正常的人家竟然会生出一个畸形儿；这个孩子虽然是个体弱多病的滑稽人，却既不生病更没有死去；人家用两条腿走路，他却四肢都着地；他的脑袋如此之大，那小小的身躯居然能够支撑，实在是个奇迹。纳杜沃村的居民私下议论说，这孩子不是那驯马人的种，而是魔鬼的孽障。而这时正好有机会证明了这个看法：他没有经过任何人的指点，自己学会了读书写字。

无论是他父亲塞莱斯蒂诺还是母亲高登西娅都不曾想过把他送到堂阿塞纽那里学认字（也许他们认为，他学会读书写字没有用处）。堂阿塞纽除了制砖，还教授葡萄牙文、拉丁文和宗教常识。那件事的经过是这样的：有一天，邮差来了，在玛特里兹广场的广告牌上贴了张布告；他借口要在太阳下山之前贴完另外十个地方的布告而不肯高声念给大家听。就在村民们连蒙带猜的时候，忽然从脚下传来利昂那尖细的嗓音："那上面说牲畜里面有传染瘟疫的危险，应该用石灰给牲口棚消毒，烧掉垃圾。饮用水和牛奶之前必须煮沸。"堂阿塞纽这时证实道，那上面说的是这些话。村民们立刻围上来问利昂是谁教他认字的。利昂解释了，可许多人表示怀疑。他说他是从那些认字的人，比如堂阿塞纽、工头费利斯贝罗、巫医堂阿贝拉尔多和铁匠索西莫那里偷看来的。这四个人谁都没有给他上过课，可他们想起，的确有许多次看到那个长着粗硬头发的大脑袋和那双闪着好奇目光的眼睛出现在板凳旁，这时他们往往正在代人读信或写信。利昂就是这样学会识字的。从那时起，他就整天蹲在树荫下或花丛里翻来覆去地阅读可以弄到手的、一切印有字的纸片，诸如报纸、祈祷词、弥撒书、布告等。后来他就成了这样一个人：手持自制羽毛笔和墨水，以隽秀流利的字体代写生日贺词、结婚喜报、丧事讣告，或将家中婴儿出世、老人得病，甚至仅仅一些闲话，代人写下来告诉外村亲朋。这些书信由邮局每周派一名骑手前来取走。利昂也为村民代读外面寄来的书信。他为别人代写、代读完全出于开心消遣，所以分文不收。但有时人家为酬谢他做这份工作，会送些礼物，他也收下。

他并不叫利昂①，而叫费利西奥，利昂是绰号。这个地区常发生这种事，某人一旦有了绰号，本名就被遗忘了。人家之所以给他起名叫利昂，大概是出于嘲笑，也许是因为他长的那个大脑袋。后来，他似乎是要给那些开玩笑的人提供理由，果然留起一头浓密的长发，连双耳也遮盖起来；随着身体的动作，那长发也左右摇晃。起这个绰号的原因或者是他那野兽般的走路方式：双脚加两手撑住整个身体（手像兽蹄、兽掌那样也用皮鞋底保护起来）。他虽然腿短胳臂长，走起路来总要四肢着地，可那形象更像猿猴而不像猛狮。他并不总是缩成一团，偶尔也能像人一样双腿直立，两条滑稽的小腿也能迈上几步，但是这样直立行走使他十分劳累。由于这种奇特的活动方式，所以他从不穿长裤，只穿长衫，像妇女、教士和耶稣会的信徒那样。

利昂虽然给村民们代写书信，可是人们从来不肯接待他。如果说连利昂的父母亲都几乎不能掩饰儿子给他们带来的难堪，甚至有一次还想把他送给别人，那么纳杜沃村的男男女女又怎么能够把这个怪物视作同类呢？利昂的六个哥哥姐姐都远远地躲着他，村里人

---

① 狮子的意思。

都知道利昂不能与哥哥姐姐同桌吃饭，而是分在一旁的小木箱上。因此，他不懂得什么是父母爱，什么是兄姐情，什么是友谊（虽然他模模糊糊猜到有另外一种爱）。同龄的孩子们起初都很怕他，后来则十分讨厌他。假如他胆敢靠到孩子们跟前看他们做游戏，他们就用石块打他，用唾沫啐他，高声骂他。而他也很少想那样做。从很小的时候起，他的本能，或者说健全的智力就告诉他，他周围的人都是些言不由衷、板着面孔的家伙，常常是残酷无情的，所以他必须远远地躲开所有这些人。他也的确是这样做的，至少在发生“小溪事件”前是如此，人们看见他即使在节日集会或市场上也小心地躲在一旁。传教团有人来纳杜沃村的时候，利昂像猫一样躲在圣母教堂的屋顶上听他们布道。但是这样的离群战术依然不能摆脱外界的恐吓，其中最让他害怕的事情就是吉普赛人马戏班的光临。这个马戏班每年总要来纳杜沃两次，那帮人里面有一大堆妖魔鬼怪：要杂技的、占卜算卦的、说书唱曲的、马戏小丑……那个吉普赛人班主有一次向驯马人及其老婆高登西娅提出要把利昂带走，好把他训练成马戏演员。班主对那对夫妻说：“我的马戏班对他来说是唯一不引人注意的地方。再说，他也可以变得能够有点儿用处。”夫妻俩同意了。班主于是把利昂带走了，可是一星期后，他又跑回纳杜沃村。从此以后，每当吉普赛人的马戏班到村子里来，利昂就逃之夭夭。

利昂最害怕醉鬼，就是那帮放牛的汉子。他们白天赶牛，给牛烙印记，阉割公牛，或者剪羊毛；晚上回到村里，一下马就跑到堂娜埃皮法尼娅的酒窖里去解渴；出来之后，他们互相搂抱着，哼着小调，摇摇晃晃地走着，有时快活得哈哈大笑，有时像疯子似的发狂，满街乱串，要找利昂寻开心或者发酒疯。因此，利昂的听觉练得格外敏锐，能从老远的地方听出他们的笑声或话语，接着便爬上墙头或躲入巷尾，以免被他们发现，然后逃回家去。如果离得较远，他就躲进草丛或者攀上房顶，等待危险过去。但他并非每次都能逃掉。有时那些醉鬼使出诡计（比如派人给利昂送信，说某人请他代写状纸），一下子就把他捉住了。于是他们百般戏弄他，一会儿把他的长衫脱掉，看看那里藏着什么鬼东西；一会儿又把他放在马背上；一会儿又把他跟一头母羊面对面地抱在一起，他们想看看能够杂交出什么东西来。

塞莱斯蒂诺·帕尔迪纳和家里人一旦听说这种事，出于尊严而不是感情，便出来制止和警告那些调皮的家伙。有一次，利昂的哥哥们甚至挥舞着匕首和大棒从一群人手里把这位“书记官”夺了回来。那些人被烈酒弄得极度兴奋，竟然把利昂扔进蜜桶，然后逼他在垃圾堆上打滚，接着用绳子捆上，像牵着一头怪物那样在街道上游行。利昂的亲戚们因为有这样一名家庭成员引发大小事端而感到十分厌烦。对此，利昂比谁知道得都清楚，所以他从来不告发那些欺侮他的人。

塞莱斯诺·帕尔迪纳的小儿子的命运突然发生了决定性的转折。事情发生在铁匠索西莫的小女儿阿尔梅娅发烧、呕吐病倒的那一天，阿尔梅娅是铁匠唯一的女儿，她原本有六个哥哥，但不是生下来成死胎就是生下不久就死掉。巫医堂阿贝拉尔多的草药和符咒如同阿尔梅娅父母的祷告，全然无效。那草药郎中断言小姑娘中了“邪”，如果不找到那个“瞥”过她一眼的人，那么任何医药都没用。铁匠索西莫和他的女人欧弗拉西娅为女儿的命运焦急万分，她是他们生活里的希望啊！夫妇俩到处查问，跑遍了纳杜沃村的各个角落。这时有三张嘴悄声告诉他们，有人看见那小姑娘在流向米兰德拉庄园的小溪旁曾经与利昂秘密幽会。他们回去询问女儿，她糊里糊涂地承认道，那天上午她到教父堂纳乌迪罗家里去的时候经过小溪，利昂问她愿意不愿意听他唱一首为她谱写的歌曲。阿尔梅娅还没来得及拔腿逃跑，他已经唱了起来。这是他唯一一次同她说话，不过在这之前，她早已察觉利昂总会在她去村里时同她偶遇，并且从他蜷缩在她脚下的情形看，她猜到他想跟她说话。

索西莫抓起猎枪，率领三亲六故，个个带上武器，在村里一大群人的簇拥下，向帕尔迪纳家进发。一到那里，铁匠就逮住利昂，枪口对准他的眉心，逼着他把那首歌再唱一遍，这样堂阿贝拉尔多就可以驱邪了。利昂一声不响，吓得惊慌失措，只是瞪大双眼。铁匠重复了几遍，如果他不说出那咒语，就让他那下流的脑袋开花，说罢开始扣紧扳机。这时一道恐怖的目光从那双聪明的大眼睛里闪过。“你要是把我杀了，就得不到咒语，阿尔梅娅就会死掉。”他低声嘟囔说。由于害怕，他的细嗓音让人听不出来了。这时周围一片寂静。索西莫浑身直冒汗。铁匠的亲戚们用刀枪把塞莱斯蒂诺·帕尔迪纳及其儿子们逼在角落里不能动弹。“我要是对你说了，你放掉我吗?”这时那魔鬼般的细嗓音又响了起来。索西莫点点头。于是，利昂干咳一声，用青春期特有的公鸡嗓子唱了起来。他唱的是一首情歌，里面有阿尔梅娅的名字（后来纳杜沃的村民便对此大发议论，经常回忆这个场面，拿这首歌编造闲话；当时不曾在场的人也赌咒发誓，硬说亲眼所见）。歌一唱完，利昂登时满面羞愧。他尖声叫道：“现在你放开我吧!”“等我女儿病好以后才能放你呢，”铁匠阴沉地回答说，“要是她的病好不了，我就把你烧死在她的坟旁。我用她的命起誓。”铁匠望望帕尔迪纳一家人（他们都被刀枪逼在角落里动弹不得），又用不容置疑的口吻补充说：“哪怕咱们两家以后互相残杀几百年，我也要把你活活烧死。”

就在那天夜里，阿尔梅娅连连大口吐血之后死了。村民们都以为索西莫一定会揪着头发号啕大哭，一定会咒天骂地或喝起烈酒，直到躺倒为止。但他既没有哭也没有骂，更没有喝酒。前几天不知所措的状况已被冷静的决心代替，铁匠正按照这个决心安排女儿的葬礼和使她中邪的那个人的死刑。他的心地从来不坏，也不损人利己，性子并不粗暴，而是一个乐意助人、容易交往的邻居，因此村里的人都同情他，原谅他这杀人的打算，个别人甚至表示赞成。

索西莫让家人在女儿的坟墓旁边埋上一根木桩，周围堆上干柴。帕尔迪纳一家人仍然被禁闭在家中。利昂这时被捆住手脚关在铁匠的畜栏里。他在那里待了一夜，耳边传来守灵人的祈祷声、吊唁人的说话声和阵阵哭泣声。第二天早晨，人们把利昂抬到一辆驴拉的木轮车上，后面拉开一段距离跟着送葬的队伍。来到墓地后，人们一面把棺材从车上抬下来，一面按照铁匠的吩咐，由铁匠的两个侄子把利昂捆到木桩上，然后把要点燃的干柴堆在他周围。差不多全村的人都聚集在那里，等着看这场祭祀盛典。

正在这个时候，那位圣徒到了。“劝世者”本来前一夜或黎明时分到纳杜沃村，一定有人把这里要发生的事向他报告。可是村民们认为这样解决实在过于平常，这些人觉得不可思议的事比自然发生的事更为可信。村民们后来说：“劝世者”有明察秋毫的本领，要不然就是基督耶稣把他派到巴伊亚州腹地的这个小村子来平反冤案，避免一桩杀人案，或只是来显示基督的法力。这一次，“劝世者”不像前几年第一次来这里布道时那样独自一人，也不像第二次那样仅有两三个信徒陪伴他讲道、修补玛特里兹广场附近的教堂，而是至少有三十多个像他一样瘦削、贫穷的人跟随着他，这些人个个眼里流露出幸福的目光。“劝世者”走在这群人的前头，分开村民，一直走到正在填上最后几锹土的坟墓旁。

这位穿长袍的人走到索西莫跟前。铁匠这时正低垂着头，呆望着地面。“你给女儿穿的是最好的衣裳吗？棺材造得结实吗？”他的声音虽说不是很动情，却和蔼可亲。索西莫勉强点点头。“咱们为她向天主祈祷，让上帝满心欢喜地在天上迎接她。”“劝世者”说道。于是他和信徒们大声祷告，并且围着坟墓高唱赞美诗。做完这一切，“劝世者”方才指指被绑在木桩上的利昂，问道：“兄弟，你要拿这孩子怎么样?”“烧死他。”索西莫回答说，并在死一般的寂静中解释了他为什么要这样做。“劝世者”不动声色地点点头，然后向利昂走去。他做了一个手势，让众人离开一些。人们顺从地向后退了几步。圣徒于是俯首到利昂耳旁，轻声说了几句什么，然后又把耳朵贴到利昂嘴边，听那孩子说些什么。这样，“劝世者”时而把嘴巴贴到利昂耳旁，时而把耳朵送到利昂嘴边，两人密谈起来。围观的人谁也没有动弹，都在期待着什么不寻常的事发生。

果然，随后发生的事就像看见有人被篝火烧焦那样令人惊奇。就在众人静悄悄地等待着的时候，那位圣徒以他那惯有的冷静原地不动地说道：“你过来，把这孩子解开!”铁匠转过身，惊愕地望望圣徒。“你必须亲自给他解开绳子!”穿长袍的圣徒怒吼道，那声音震撼了每个人的心灵，“你难道想让女儿下地狱吗？地狱的烈火难道不比你要点的这把火热？地狱的烈火难道不比你要点的这把火燃烧的时间长?”他似乎被眼前如此愚蠢的现象激怒了，又高声吼道，“你这个迷信邪教、不敬神的罪人，还不赶快改邪归正？你过来，给他解开！向他赔礼道歉，乞求天主不要因为你的怯懦、卑劣行为和不信上帝而把你女儿送到魔鬼那里去。”圣徒就这样用阿尔梅娅会因父亲的过错而下地狱的想法吓唬铁匠，一面骂他一面催他去解绳子。最后，村民们看到索西莫没有开枪，没有抡起弯刀，也没有去烧那个怪物，而是听从圣徒的命令，哭哭啼啼地跪下来，乞求天主、基督、圣父、圣母不要让阿尔梅娅的灵魂下到地狱里去。

“劝世者”在村子里停留了两个星期，祈祷、布道、安慰有病的，劝解健康的，然后向莫坎波方向走去。纳杜沃村从此有了一处带围墙的公墓，所有的坟上都装上了新的十字架。在追随“劝世者”的行列里，又增加了一个介于人兽之间的怪物。那群信徒踏着长满仙人掌的土地渐渐远去，那怪物夹杂在人群中，像马、骡、羊那样一蹦一跳地小跑着……

“我在思考吗？我在做梦吗？我是在盖伊马达斯的郊外。现在是白天。这是鲁菲诺的床。”其他一切都是模糊的。特别是今天黎明时发生的事情，把他的生活一下子打乱了。在半醒半睡的状态下，那惊讶的心情依然存在。他和胡莱玛发生性行为之后便沉沉睡去，从那时起，惊讶的感觉总是占据心头。

是的，对某些以为命运在很大程度上是先天的、是写在大脑上的人来说（熟练的双手，加上敏锐的眼睛可以判断出这种人），的确很难证实这个不可预见的冲动，而另外一种人则可以凭借可怕的自我克制来驾驭它。躺在床上休息了多少时间？不管怎么说，疲劳解除了。那少妇莫非走了？莫非她去呼救？她去找人来抓我？他心里想，或者说梦中想：“那些计划正当要实行的时候，化成了泡影。”他心里想，或者说梦中想：“真是祸不单行。”他发觉自己在说谎：把这不安与惊愕的心情归咎于没找到鲁菲诺、归咎于当时险些被打死、归咎于杀死了那两个人、归咎于运往卡努杜斯的武器被盗都是不对的，而是那突发的、难以理解和抑制的冲动使他在长达十年未接触女人后把胡莱玛强奸了，现在这冲动又在折磨半醒半睡的加利雷奥·加尔。

青年时期，加尔曾经爱过几个女人，有过一些女友（她们也是为共同理想而奋斗的战士），和她们共同走过不长的路。他在巴塞罗那的时候曾经与一名女工同居，就在他参加攻打兵营的那天知道她已经怀孕。可是他后来逃出了西班牙，并听说她跟一个面包工人结婚了。但是，在加尔的生活中，女人并不像革命与科学那样占据着主导地位。性爱过去对他来说如同食物一样，只是某种满足基本需要的东西，随后就厌烦了。十年前，他曾暗自下定一生中最大的决心。那是在十年、十一年还是十二年前？脑海里跳跃着一些年代而不是地点。地点是在罗马。他逃出巴塞罗那后就来到罗马一位药剂师家里，这位药剂师是无政府主义派报纸的撰稿人，曾经坐过监牢。加尔的记忆中出现了那些生动活泼的形象。起初，加尔有过疑心，后来果真证实了：这位药剂师同志在高利塞奥附近搜罗妓女，趁加尔不在家时把这些女人带到家中，花钱把她们鞭打一通。加尔严厉地批评了他，那可怜的家伙痛哭流涕地供认说，惩罚别人可以使他产生快感，只有看见带伤和发抖的身体，他才能产生爱情。他心里想，或者说梦中想：他听到药剂师再次请求帮助。在半醒半睡的状态中，他想起那天夜里他怎样触摸药剂师的头骨，怎样摸到那圆圆的低级动情区，怎样摸到后脑骨的顶峰（斯波尔谢姆在那里找到了性别器官），怎样在颈窝处代表破坏性本能的地方发现了畸形（那时他曾想起在玛利阿诺·古比实验室里辩论的情景，他听到过玛利阿诺·古比经常举的例子，那个火烧日内瓦的约巴德·约里的例子。那人被斩首后，古比对他的头颅做过检查："他的暴行区非常发达，看上去像个大肿瘤。"）。于是，他给药剂师开了这样的处方："同志，生活里应该克制的不是恶习，而是性欲。"他解释说，克制性欲之后，由于堵塞了性冲动的去路，身体里的破坏力就会转向社会公德方面，为自由和消灭压迫而战斗的力量就会成倍增加。他用询问的目光注视着药剂师，语气平静而友好地建议："咱俩一起这样做。为了让你看看这是可以做到的，我陪你一道下决心。兄弟，咱们俩发誓，今后决不碰任何女人。"药剂师是否履行了诺言？他记得药剂师那沮丧的目光和那天夜里他说话的声音。他心里想，或者说梦中想：“我是个懦夫。”这时阳光透过加尔的眼睑，刺激着瞳孔。

加尔不是懦夫，直到今天黎明，他始终能够履行誓言，因为理智和科学打下了立论的基础，加强了起初纯属同志情谊的分量。难道寻欢作乐、屈服于本能对投身残酷战斗的人来说不是一种危险吗？难道追求女色不会令人丧志吗？在那些年月里，折磨着加尔的并不是从生活中取消了女人的地位，而是他总在想：他这样做，敌人方面、天主教神父也在这样做。虽然他认为自己的理由不像敌人那样是蒙昧、偏见的，而是为了轻装上阵，为了把敌人极力保持对立的天堂与人世、物质与精神逐渐结合而奋斗。他的决心从来没有动摇过。加尔心里想，或者说梦中想：“可是到今天就完了。”不，他坚定地认为，性爱的空白早已由更大的求知欲填补了，早已化作更强的活动能力。不，他又在自我欺骗了。理智还是会屈服于那并未沉睡的性欲。这些年来，有许多个夜晚，他一入睡就有诱人的女性形象和他同床共枕，寻求抚爱。他心里想，或者说梦中想，抵挡这些诱人的形象比抵挡有血有肉的真人还要费力。他记起，就像青春期和许多关在世界各地监狱里的同志们一样，他也曾多次与性欲制造出来的这些诱人的形象发生性爱。

他感到痛苦，心里想，或者说梦中想：“我当时怎么能那样做？为什么要那样做?”他为什么要扑到那少妇身上？她拼命抵抗，可他揍了她。他满怀内疚地责问自己：当她已经不再反抗，任他剥光衣服的时候，他为什么还要殴打她？同志，究竟发生了什么事？他心里想，或者说梦中想：“加尔，你可太不了解自己了。”不，他的脑袋并没有向他说明什么，可是有人检查过他的头骨，发现他感情过于冲动，好奇心太重，不善观察，没有审美能力。总之，不善做任何与实际行动和体力劳动无关的事。但是从来没有人察觉在他灵魂深处有丝毫的性欲异常。他心里想起，或者说梦中想：“在巨大而漆黑的岩洞里，科学仅仅是一盏闪烁微光的油灯。”他早已这样思考过。

这一事件会以什么方式影响他的生活？在罗马下的决心是否还有道理？发生了这个偶然事件之后，是否应该改变或者修正那个决心？这是偶然事件吗？怎样科学地解释今天黎明发生的事呢？他的灵魂（不，应该说精神世界，“灵魂”这个词染上了宗教的污垢）瞒着他的良知，他以为已经根除的欲念、他以为已转向比寻欢作乐更为重要的目标的精力，这些年又逐渐积存起来。这秘密积存起来的能量在今天清晨由于环境的诱发，也就是说，由于神经紧张、恐惧、突然袭击、军火被盗、枪战和死亡，爆炸了。这样的解释正确吗？如果这一切是别人的问题，由他和老古比一道客观地加以检查，那么也许是对的。他还记得和那位颅相学家苏格拉底式的谈话，当时他们走在巴塞罗那的港口，穿行在哥特式街区的小巷。想到这里，他的心不禁生出一丝思乡之情。不，如果坚持在罗马下的决心，恐怕是不慎重、不灵活和愚蠢的，恐怕会在将来发生与今日黎明相同或者更加严重的事端。他怀着痛苦的自嘲，心里想，或者说梦中想：“加尔，你只好心甘情愿地去通奸了。”

这时，他想到胡莱玛。她是一个有思想的人吗？她更像一个家畜。她勤劳、顺从，会相信圣安东尼奥教堂的神像能够逃到人工开凿的山洞中去。她像卡纳布拉沃男爵的其他女仆一样受过养鸡、喂羊的训练。她还能够侍候丈夫，给他洗衣做饭，夜里只伴丈夫而眠。他心里想：“现在她大概已经从昏睡中醒来，已经发觉这件事多么不对。”他想：“这不对是我造成的。”他又想：“也许你为她做了一件好事。”

这时，他想起袭击他的那些人、被运走的车辆和他杀死的两个人。他们是“劝世者”的人？领头的那个人是那个帕杰乌、那个在盖伊马达斯鞣皮作坊里见过的人？他没有入睡也没有做梦，可是两只眼睛仍然一动不动地紧闭着。如果帕杰乌把他当作政府军的密探或者急于骗人下水的奸商，就会派人监视他，所以一旦发现他手中这批武器，自然要下手夺走，运到卡努杜斯。但愿事情如此，但愿这个时候这批枪支马上支援给甲贡索人，以便对付即将来临的围剿。帕杰乌怎么能信任他呢？一个本地话说得很糟、态度暧昧的外国人怎能博得帕杰乌的信任呢？他想："加尔，你杀害了两个同志。"这时，他已经醒来：这股闷热来自上午的阳光，这阵嘈杂声来自羊群里的铃铛。那些枪支是否已经运到真正的起义者手中？自从埃巴米农达在庄园里把枪支交给他，起义者从昨天夜里就有可能跟踪他和那个向导。不是据说腹地里到处都有强盗出没吗？他是否不够谨慎、行动过于匆忙了？他想："我本应该卸下武器，埋藏起来。"他又想："那样我就会被打死，他们仍然会弄走枪支。"他觉得真是满腹疑团：是否该回巴伊亚州府？还是照旧去卡努杜斯？是否要睁开眼睛？是否应该下床？他一定得面对现实吗？他听到铃铛响，狗在叫，接着听见脚步声和说话声。

第七章

费布罗尼奥·德·布里陀少校的出征部队及一小撮随军妇女在距离卡努杜斯十公里的木龙谷集结起来的时候，脚夫和向导跑得一个也不剩。从盖伊马达斯和圣多山招募来给侦察队带路的向导们自从踏入燃烧的村落后便显得沉默寡言，入夜后就纷纷失踪。官军这时已躺倒在地，肩靠着肩盘算着在群山背后等待着他们的流血和牺牲。这时，群山的轮廓正映照在由深蓝转向漆黑的天幕上。

六个小时后，逃跑的向导和脚夫气喘吁吁地跑至卡努杜斯，希望“劝世者”能够原谅他们不得已而为魔鬼效力。立刻有人把他们领到比拉诺瓦的店铺，在那里由若安·阿巴德询问他们有关政府军讨伐队的详情。接着，他们又被交给贝阿迪托，因为他一向负责接待新来的人。脚夫们必须在贝阿迪托面前宣誓，说明自己不是共和派，不赞成政教分离①，不赞成推翻彼得罗二世皇帝，不赞成世俗结婚登记，不赞成建立世俗公墓，不赞成十进位公制，不接受人口

① 这里指教会不再与政府一道统治国家。

普查；今后决不偷盗、不酗酒、不赌博。接着，每个人用弯刀在皮肤上划开一道，以表示愿为消灭魔鬼而流血牺牲。此时，他们才由武装人员引路，穿过刚从梦中惊醒的人群（后者亲热地拍拍他们的肩膀，同他们热烈握手），一直走到圣所门前。这时，“劝世者”出现了。众人立即下跪，在胸前画十字，还想触摸“劝世者”的长袍，亲吻他的双脚。有几个人激动得难以自持而轻声啜泣起来。“劝世者”不仅为他们祝福，像面对新来的天国选民那样凝眸远眺，而且俯身一一将他们扶起。他那双黑亮的眼睛闪烁出热烈的光芒，定睛注视着每个人，这使得任何人都终生难忘。随后，他请马利亚·瓜德拉多和圣诗班的八位女信徒（她们人人身穿蓝色长袍，腰间系着亚麻饰带）点燃耶稣圣堂的烛火。每天黄昏，“劝世者”登坛讲道前，都由她们点起香烛。

几分钟后，他在贝阿迪托、利昂·德·纳图巴、世人之母玛丽亚·瓜德拉多和圣诗班女信徒的簇拥下登上讲台。台下，卡努杜斯的男女老少满怀期望地聚集在苍茫的暮色里，他们意识到这聚会可能很不平常。和往常一样，“劝世者”直接触及一些根本性的问题，谈到圣父、圣子二位一体的变体①，谈到圣父、圣子、圣灵的三位一体说②。为了把艰深的道理说得明白易懂，他这样解释道，卡努杜斯可能变成耶路撒冷。他用食指指着法维拉山和橄榄园的方向说，基督因犹大的叛卖在那里过了可怕的一夜。再过去一些，卡纳布拉沃山上就是耶稣受难处，那些不敬神的人把基督和两个强盗分别钉在十字架上。他接着补充说，圣墓③就在格拉赫乌，距此有一公里

① 指耶稣在最后的晚餐上祝圣饼和酒时所说：“这是我的身体”“这是我的血”，意思是饼和酒变成肉和血。

② 指上帝只有一个，但包括圣父、圣子、圣灵。

③ 基督教传说耶稣曾葬于其中并从中复活的墓窟。

远，位于灰色的石林中。一些不知名的信徒在那里竖起了十字架。随后，他对洗耳恭听、心怀惊喜的天国选民们详细讲述了为什么卡努杜斯的条条小巷都通向基督受难处；基督是在什么地方第一次跌倒又是在什么地方见到了圣母马利亚；那个被赦免的女罪人又是在什么地方用香膏为基督抹面的①；那个古利奈人西门又是从什么地方到什么地方为基督背着十字架②的。正当他说明依布埃拉谷地就是伯法其③的时候，卡努杜斯镇外山的那一侧传来了枪声。“劝世者”不慌不忙地要求众人（由于枪声和“劝世者”讲话的魅力，人群有些骚动）唱贝阿迪托谱写的一首歌：《天使颂》。唱罢，若安·阿巴德和帕杰乌才率领着增援部队出发。这时，在康巴奥山的山冈上，甲贡索人正在与费布罗尼奥·德·布里陀少校的先头部队交战。

当增援部队跑步赶到康巴奥山并立刻分散卧倒在山洞、壕沟和山冈上的时候，身穿红蓝和绿蓝军服的官兵们正努力向山顶爬来。这时阵地上已经有了伤亡。若安·阿巴德布置在这个关口的甲贡索人透过暮色看见政府军正在靠近。这时官军的主力部队正在石屋村（只有八间已被焚毁的茅屋小村）休息待命，甲贡索人看见有一连步兵在一名骑着花马的中尉指挥下正在向康巴奥山前进。等这些官兵走到很近时，贝南西奥一声令下，卡宾枪、火枪、步枪子弹，加上石块、弩箭和“走狗”“共济会”“异教徒”的骂声迎头扫了过去。官兵们此时才发现甲贡索人的埋伏，便立刻转身逃跑，丢下三名伤兵被跳出阵地的甲贡索人抡刀杀死。那匹花马惊得举起两条前腿把中尉骑士摔到地上，随即从陡坡上滚到山下，折断了四肢。那中尉

① 即指《圣经·路加福音》第 8 章法利赛女人为耶稣抹面的故事。

② 详见《路加福音》第 23 章。

③ 位于耶路撒冷和橄榄山之间的谷地，基督教认为这是末日审判之路。

连忙爬到岩石后面举枪射击，那匹马则躺在山下，在枪声中持续几个小时地惨叫着。

自交战开始，克虏伯大炮便朝山上狂轰滥炸，一时间弹片横飞，山崩地陷，不少甲贡索人被炸得粉身碎骨。若安·格兰德站在贝南西奥身旁，他明白聚成堆等于自杀，便跳过乱石，一面像风车似的挥动着双臂一面高声喊着："散开！不要给敌人当靶子！"甲贡索人立刻服从命令，纷纷散到岩石堆后面或者原地卧倒。与此同时，山下的官军士兵按照班、排、连的进攻队形，在中尉、军曹和班长指挥下，听着军号声，穿过弥漫的硝烟，向康巴奥山顶冲去。若安·阿巴德和帕杰乌带着增援的队伍赶到时，官军已经爬到了半山腰。正在努力打退敌人进攻的甲贡索人虽然伤亡很重，却一步也没有后退。手中握有火器的人立即开枪射击，嘴里还不停地叫骂着。手中只有砍刀、弯刀或弩弓（腹地人平时用来打鸭射鹿的，安东尼奥·比拉诺瓦请卡努杜斯的木匠制造了几十副）的人只好围在有枪的人身旁，为他们装填火药或弹夹，等着基督送来一支枪或待敌人来到眼前时动手去搏斗。

克虏伯大炮继续不停地向着山顶倾泻榴弹，炸飞的乱石像子弹一样杀伤了许多人。夜幕降临时，身穿红蓝、绿蓝军服的官军们突破了天国选民的防线。若安·阿巴德说服众人立即撤退，否则就会陷入敌人的包围。几十个甲贡索人已经阵亡，更多的人挂了花。尚能执行命令的人开始后撤，一一溜到达包林河平原上，向贝罗山跑去。这时他们的人数只有前天黄昏出发来这里时的一半。贝南西奥是在最后一批人中撤离的，他拄着一根木棍，拐着一条还在流血的腿慢慢撤去。但是一枚子弹击中了他的后背，他还没来得及画个十字就倒地牺牲了。

"劝世者"从黎明起就一直留在圣堂里，口中不停地祈祷着，身边围着圣诗班的女信徒、玛丽亚·瓜德拉多、贝阿迪托、利昂·德·纳图巴和一大群教徒。他们一面祷告一面留神听着北风不时传送来的密集枪声。彼得劳、比拉诺瓦兄弟、华金·马坎比拉及其他留守的人正在为卡努杜斯的防守做准备工作，他们沿着瓦沙—巴里斯河一线布防，凡是能够找到的枪支弹药都被运到了河岸上。当老马坎比拉看到那些从康巴奥山撤回来的甲贡索人时低声嘟囔说，看来基督要放魔鬼进耶路撒冷了。他的几个儿子都没有发觉这老头子在说胡话。

魔鬼并没有开进来。战斗的胜负就在那天入夜前在达包林河平原上决定了。费布罗尼奥·德·布里陀少校的三路纵队看到甲贡索人从康巴奥山的最后一处阵地逃走后，早已因疲劳和兴奋而精神恍惚，这时便纷纷席地而卧。他们预感到在一公里之外的地方，那片高低错落的茅屋群和两座极高的钟楼将成为他们的战利品。就在残余的甲贡索人撤回卡努杜斯的时候（这引起一阵混乱，人们惊慌地交谈着，有人哭，有人喊，有人在高声祈祷），官军的士兵们解开红蓝、绿蓝色的军服，摘下制帽。他们累极了，竟顾不上表达因击溃敌人而感到的高兴便躺下睡觉了。在军事会议上，费布罗尼奥和手下的十四名军官决定在这光秃秃的平原上露营。根据地图，这里有个叫做锡泊的小湖，但实际上并不存在——后来人们称这里为“血湖”。他们还决定，次日拂晓向狂热分子的巢穴发起总攻。

但是，就在中尉、军曹和班长在疲惫不堪的连队里查点人数、确定伤亡和失踪者的名单，后卫部队还在陆续从山上下来时，甲贡索人发动了突然袭击。所有能够作战的天国选民，无论男女老少，都拿起了武器，他们像雪崩般向政府军扑来。这是若安·阿巴德的主意，他说服众人必须马上发起进攻，立即全体出动。如果现在不动手，以后就没机会了。众人在他的率领下争先恐后地出发了，像狂奔的马群，潮水般地席卷了整个平原。人们拿出镇上所有的神像、基督、圣母和天父。除了火枪、猎枪、鸟枪、卡宾枪和在乌亚乌亚战斗中缴获的曼利夏步枪，还手持卡努杜斯的全部木棒、弯刀、砍刀、镰马、草叉。他们一面射出子弹、碎铁、钉子、羽箭和乱石，一面狂呼口号。他们浑身充满了勇敢顽强的精神。这是“劝世者”善于灌输热爱天主、仇恨魔鬼的结果，许多人自出生起就被这种精神熏陶。他们不给敌人以回神的时间，男男女女猛扑到敌人身上，似乎并没有吃过败仗。敌人终于从恐惧中清醒过来，立刻从地上爬起，迅即拿起身边的武器，但是为时太晚。甲贡索人这时已扑到他们身边，同他们搏斗起来；官军的前后左右都有甲贡索人在射击，在挥舞匕首，在投掷石块，在用叉刺、用牙齿咬，在夺取武器弹药，甚至揪住敌人的头发，剜掉敌人的双眼，特别是口中还高声叫骂着敌人从没听到过的一些话语。官军中先是一些人，接着是其他人，都跟着逃跑了。这非理智的、简直不像人干的突然袭击把敌人吓得惊慌失措，神志不清。火球般的太阳刚刚落到群山背后，夜幕开始降临，官军的士兵们或单独或成群地沿着康巴奥山的山坡四散溃逃。他们为了夺取这座山头曾经爬了整整一天，现在跌跌撞撞，边跑边脱去身上的军服，只求不被人家认出，一心盼着黑夜马上到来，周围变得漆黑一团。

倘若甲贡索人知道战争的目的是全歼敌人，那么政府军的官兵就会被全部消灭，就不会有人逃出去向外界报告这场原来已经取胜、后来又突然失败的战役，这五百多名官兵就会在仓皇四散中被捕杀。但是这些天国选民的目的不同于尘世战争的目的。甲贡索人所进行的战争只在表面上与尘世的战争相似，表面上是衣衫褴褛的穷人与穿制服的官军作战，表面上是腹地与沿海地区、传统的巴西与现代的巴西作战。每个甲贡索人都清醒地意识到，自己是一场深刻的、不受时间限制的永恒战争中的兵丁，是善与恶之战，是自上帝创世以来就在进行着的因此他们让官军士兵逃走。与此同时，在火把的照耀下，他们赶忙抢救或收殓躺在平地上或康巴奥山上的伤亡弟兄（有的人面部尚完好，由于痛苦或对上帝的热爱而显出各种表情）。整整一夜，他们都在忙着把伤员运往贝罗山的健康之家，给死尸穿上最好的衣裳，装进匆忙赶制的木匣，然后运往基督圣堂的守灵间和圣安东尼奥教堂。“劝世者”决定，等贡贝教区的神父为死者的灵魂做过弥撒之后才下葬。为此，圣诗班中的一位女信徒亚历杭德里娜·科雷娅前去寻找神父。

利用众人等待神父的时间，烟火匠安东尼奥制作了一些礼花，还安排了宗教游行。第二天，许多甲贡索人返回作战的地方，剥下官军的衣服，任这些死尸腐烂。在卡努杜斯，人们将军服及口袋里的东西，如共和国的纸币、香烟、邮票、情人或女儿的青丝以及任何应该受到惩罚的纪念品全部付之一炬，但是，步枪、刺刀和弹药被保存下来。这是若安·阿巴德、帕杰乌和比拉诺瓦兄弟提出的要求，因为他们明白，如果再次受到进攻，这些武器弹药是必不可少的。鉴于有些人表示反对，只好由“劝世者”本人要求大家把各种步枪、手枪、弹药箱、子弹箱、子弹带、油壶等交给安东尼奥·比拉诺瓦保管。那两门克虏伯大炮原本扔在康巴奥山下那个炮轰山顶的阵地上，现在大炮上一切可烧的东西（车轮和炮架）全部烧毁，两个炮筒用骡子运到卡努杜斯，让铁匠们回炉熔化。

在石屋村，即费布罗尼奥·德·布里陀少校的最后一个营地里，彼得劳手下的人发现了六个蓬头垢面、饥饿至极的女人，她们是随军妇女，为士兵做饭，洗衣裳，供他们玩乐。甲贡索人将这些女人带回卡努杜斯，但是贝阿迪托下令把她们驱逐出境，他说有意为敌基督效力的人不能留在贝罗山。可是贝南西奥的两个部下因他的死而十分难过，便把其中一个怀孕的妇女骗到荒郊野外，用砍刀将她开膛破腹，取出胎儿，然后塞进一只活公鸡。他们认为这样做可以帮助已在另一个世界的头领。

加利雷奥·加尔听见有人说了些他听不懂的话，两三次提到凯依法的名字。他费力地睁开眼睛，看见鲁菲诺的女人站在吊床旁边。她神情激动，嘴巴一张一合，发出混乱的声音。天已经大亮，阳光透过门窗的缝隙流水般地倾泻到房间里来。光线十分刺眼，他不得不眨一眨，揉一揉上下眼皮，接着便坐了起来，各种模糊不清的形象透过乳白色的障碍传进大脑。随着头脑清醒和外部世界逐渐明亮，加利雷奥·加尔忽然发现房间里有了大变化：进行过细致的整理，地面、墙壁、家具，处处显得干净明亮，似乎整个房间都被擦洗过一遍。现在他明白胡莱玛说的话："凯依法来了，凯依法来了。"他察觉到那个向导的女人已经用一件青色衣裙换掉了被他撕坏的长袍，赤脚站在地上，神色十分惊慌。他一边极力回忆那天黎明时手枪掉在什么地方一边暗自思量：没有必要惊慌，来者就是领他去见埃巴米农达·贡萨尔维斯的那个穿皮夹克的人，后来又是这个人帮他把武器运到这里。他正要找这个人。啊，手枪在拉巴圣女像下方的手提箱旁边。他拾起手枪，心里想，枪膛里没有子弹了。就在这时，他看见凯依法出现在房门口。

"They tried to kill me.（英语：他们想杀死我。）"他急忙开口道，但因意识到不该说英语，便用葡萄牙语说，"他们想杀死我。武器被抢走了。我需要马上去见埃巴米农达·贡萨尔维斯。"

"早晨好。"凯依法一面把两根手指举到皮条编制的帽檐上，但并未脱帽，一面用眼睛瞅着胡莱玛说。他那一本正经的模样令加尔觉得简直荒唐可笑。凯依法随后转身望着加尔，做了同样一个动作，又重复道："早晨好。"

"早晨好。"加尔回答说。他突然感到手里端着枪实在滑稽，便把手枪插进腰间。他向凯依法走过去几步，同时发现凯依法的到来使胡莱玛十分慌乱、羞愧和尴尬。她一动不动，眼睛望着地面，不晓得两只手该放在什么地方。加尔指着屋外说：

"你看见外面那两个死人了吗？还有一个人把武器抢走了。我要同埃巴米农达谈一谈，把这个情况告诉他，请你把我带到他那里去。"

"我看见了。"凯依法简捷地答道。他转身望着胡莱玛，她依然低垂着头，僵立在原地，一边抖动着手指，似乎触过电。"政府军已经到了盖伊马达斯，有五百多人。为了开往卡努杜斯正在找向导。对不接受雇用的，就强迫他带路。我来告诉鲁菲诺一声。"

"他不在家，"胡莱玛仍然没有抬头，低声含糊地说，"他到赫戈维纳去了。"

"政府军到了？"加尔又向前跨了一步，几乎挨到凯依法的身体，"布里陀少校的讨伐队已经到达？"

"听说还要阅兵，"凯依法点点头，"他们驻扎在车站广场上，是今天早晨坐火车来的。"

加尔暗暗思量，为什么这个人走近屋外时看见地上的死人一点儿也不惊讶？为什么不查问发生了什么事？他为什么这样冷静沉着、不动声色地板着面孔？他等待着什么？加尔又一次想到，这里的人实在奇怪，感情毫不外露，真是难以捉摸，就像中国人或印度人那样。凯依法是个十分瘦削的人，瘦骨嶙峋，皮肤黑得发亮，颧骨突出，眼睛发直，从不眨动，看上去令人讨厌。加尔几乎听不出他的声音，因为在两次旅行中，他差不多没有开过口。凯依法上身穿夹克，下身穿臀部、双腿镶有皮贴边的马裤，甚至连皮凉鞋都好像是他身体的组成部分，等于给他围上了一张粗糙的外皮、一层硬壳。为什么凯依法的到来竟使胡莱玛这样慌乱？难道是为了几个小时前他与她之间发生的那件事吗？卷毛小狗这时不知从什么地方钻了出来，又蹦又跳，在胡莱玛的两腿间玩耍。加尔此时才发觉屋里的母鸡不见了。

“我只看见三个人，逃走的那个把武器抢去了，”加尔边理理火红的乱发边说道，“应该尽快通知埃巴米农达，这个情况可能对他不利。你能带我去庄园吗？”

“他已经不在庄园里了，”凯依法说，“昨天您就听他说过了。他说要到巴伊亚州府去。”

“是的。”加尔说道。他想：“没别的办法了，我也只好回巴伊亚州府去。现在政府军已经到达这里。他们会来找鲁菲诺，会发现这里的死人，也会找到我。”必须离开这里，必须振作精神摆脱这种委靡不振的状态，但他并没有行动。

“那几个人也许是埃巴米农达的敌人，是州长路易斯·比亚纳和男爵派来的人。”他低声说，好像是说给凯依法听，但实际上是在自言自语，“可为什么不派国民警备队来呢？那三个人并不是警察呀。那些人也许是土匪，需要武器去抢劫杀人，或者为了倒卖。”

胡莱玛仍然一动不动地低头站在那里。离她一米远的是那个沉着、镇定、不动声色的凯依法。小狗还在气喘吁吁地又蹦又跳。

“另外，还有一件奇怪的事。”加尔边思索边说道。他想：我应该藏起来，等政府军离开这里之后再回巴伊亚州府。同时他又考虑：布里陀少校的讨伐队已经到达，就在不到两公里外，他们会开往卡努杜斯，一定会扑灭那盲目起义的星星之火。他一直认为，或者说希望看到一场革命能够生根发芽。“那三个人不单单是来找武器的。他们想杀死我，这是可以肯定的。令人费解的是，在盖伊马达斯这个地方谁想杀死我呢？”

“是我，先生。”加尔听到凯依法用那毫无特色的声调这样说道，与此同时，他感到弯刀的锋刃已经落到颈部。但他一向反应敏捷，头一偏，立刻躲开了几厘米，就在凯依法扑过来的时候，那把弯刀没有砍到喉咙，而是向下一滑，砍中了右肩。他身上首先传来的是一阵意想不到的冰凉感，随后才是疼痛。加尔倒地后，用手捂住伤口，同时发觉血从指缝中流出。他眼睛瞪得很大，迷惑不解地望着那个穿皮夹克的汉子。凯依法此时依然面不改色，但那原本无神的瞳孔熠熠闪光。他左手拿着那把带血的弯刀，右手握着带贝壳枪柄的左轮小手枪。凯依法用枪瞄着加尔的脑袋，俯身盯着加尔，这样解释道：“先生，这是埃巴米农达·贡萨尔维斯上校的命令。今天早晨是我把武器运走的。您杀死的那两个人是听我指挥的。”

“埃巴米农达的命令？”加尔声音沙哑地问道，肩部的疼痛明显极了。

“埃巴米农达需要一具英国人的尸体。”凯依法好像表示道歉似的说着，扣动了扳机。加尔本能地把头躲向一旁，感到额角和头顶有一股灼热感，并且觉得耳朵被人揪掉了。

“我是苏格兰人，我恨英国人。”他赶忙低声道。他想，第二枪一定会打在前额、嘴巴或心脏上，然后就会失去知觉，就会死掉，因为凯依法又一次举起了手枪。但是这时他看到有个人像流星般地突然跳过来，原来是胡莱玛猛扑到凯依法身上，紧紧拉住他的手臂，使得他踉跄后退。加尔不再乱想，不知从哪里来的一股力量促使他猛然从地上爬起，也向凯依法扑去。加尔虽然模模糊糊地意识到自己在流血，伤口烧灼般地疼痛，但他不去想，不打算弄明白究竟出了什么事、究竟是谁救了他，而是使出全部力气，用自己的左轮枪柄猛击胡莱玛紧紧抱住的那个穿皮夹克的人。加尔发现凯依法失去知觉之前那发直的眼睛并不是紧盯着自己，而是注视着胡莱玛，即使在抵挡加尔的打击时也是如此。那目光里没有仇恨，没有愤怒，只有极度的惊愕，似乎他无法理解她所做的一切，似乎她扑过来抱住他的胳臂让他的对手爬起来进攻是他做梦也无法想象的事。可是当处于半昏迷状态的凯依法被打得鼻青脸肿，浑身是血（他自己的和加尔的），扔下弯刀和手枪，加尔立刻夺过来准备射击的时候，又是胡莱玛拦住加尔，抱住加尔的手臂，就像刚才抱住凯依法那样，歇斯底里地尖声喊叫着。

“Don’t be afraid.（英语：你别害怕。）”加尔说道，这时他已无力挣扎，“我必须离开这里，政府军会到这儿来的。好女人，帮我一把，扶我上骡子吧。”

加尔的嘴巴翕动了好几次，以为自己马上会晕倒在凯依法身旁，后者好像还在动弹。由于过分用力，他扭歪了面颊，同时感到肩部的烧灼感越发加重，连骨骼、指甲和头发根也疼痛起来。他踉踉跄跄地向外走去，一路上踢翻了箱笼和破烂家什，走到阳光耀眼的屋门口，心里想：“原来是埃巴米农达·贡萨尔维斯。”他又想：“我是一具英国人的尸体。”

贡贝教区新的神父堂华金初到镇上的那个下午，既没有钟鼓齐鸣，也没有爆竹震天，倒是乌云密布，预示着暴风雨要来了。堂华金乘的是一辆老牛破车，随身只携带了一只快要散架的手提箱和一顶既挡雨又遮阳的黑伞。他从贝尔南布戈州的本加拉斯（他在那里干了两年教区神父）出发，做了一趟长途旅行。过了几个月，便有人传说主教大人之所以把他调离本加拉斯，是因为他对一位少女有不轨行为。

堂华金在贡贝村口遇到一群当地居民，他们把他领到教堂广场，指给他看原来的神父住过的房子。现在这房子只有四面墙，已经没了屋顶，成了垃圾堆和无主动物的栖身之处。堂华金一头钻进圣母小教堂，搬来几条常用的板凳，拼成一张简单的床铺，便立刻和衣而睡。

他年轻，略驼背，身材不高，腹部微突。由于长相诙谐，他一进村便博得了人们的好感。倘若他不身穿祭服，也未曾剃顶，人们绝不会认为他是个积极从事精神生活的人，因为只要同他交往过一次便可以发现，这个世界上的任何物质生活对他来说都至关重要（尤其是女人）。就在他进村的当天，他向贡贝人表明，他能够像他们中间的任何人一样同街坊邻里来往，绝不会因为自己的到来而妨碍这里的风俗习惯。几乎全村各家各户都聚集到教堂广场向他表示欢迎。他睡了几个小时，刚刚睁开眼睛。这时夜幕已经降临，白天下过雨，现在雨过天晴，蟋蟀在潮湿闷热的空气里不停地低唱着。夜空中繁星密布。会见仪式开始了：一长列男女排队走过来，女人们亲吻神父的手，男人们则脱帽致敬，低声说出自己的名字。片刻后，华金神父中断了亲手仪式，他解释说，因为渴极了、饿极了。于是类似复活节期间的走访活动开始了：华金神父挨家挨户地访问，居民们都用最丰盛的菜肴来款待他。早晨，阳光照在神父身上的时候，人们发现他还没睡，正在一家酒店里一面喝樱桃烈酒一面和印欧混血儿玛迪亚斯·德·达瓦雷斯对诗。

他很快承担起自己的神职：主持弥撒，给初生婴儿施洗礼，听成年人忏悔，给病危的人做临终圣事，为新郎、新娘主持婚礼，或者为那些已经同居但又想在上帝面前装得体面些的人补办结婚仪式。由于他管辖的教区很广，所以经常在外旅行。履行神父的职责时，他是积极的，甚至能够自我牺牲。他无论出多大的力气，收费都很节制，而且允许赊欠，或干脆免费。他尽管有种种缺点，却绝不贪财。至于其他恶习，他并没有决心改正，至少不想丢掉某一样。无论庄园主的烤全羊还是寻常百姓的一小块蜜糖，他都吃得津津有味，满心欢喜地表示感谢；无论陈年佳酿还是掺水的淡酒，他的喉咙全都不加区别地接受。至于女人嘛，他来者不拒，无论长满眼眵的老妪还是拖着鼻涕的幼女，甚至先天造成多瘤、兔唇的妇女或白痴，他都不讨厌。他对每个女人都恭维一番，一再邀请她们来教堂装饰祭坛。节假日，只要他一喝得满脸通红就毫不羞涩地把手放到女人的身上。华金的宗教地位使那些当父亲的、当丈夫的、当兄长的认为此人缺乏男子气概，所以都能忍气吞声。如果是别人这样放肆，他们早拔刀相向了。所以，当华金神父同那个因有特异功能而被人看作圣女的亚历杭德里娜·科雷娅确立永久性关系之后，他们全都如释重负般地松了一口气。

亚历杭德里娜还是个小姑娘的时候，她有特异功能的事就已经家喻户晓。故事发生在那个大旱之年，那时贡贝村的居民因为缺水，都在发疯似的四处掘井。天刚亮，人们就三五成群地到长着灌木丛的地方去挖，以为那是地下有水的征兆。女人和孩子们也参加了这项使人疲惫不堪的劳动，但是挖掘出来的土壤并不潮湿，只有黑色的沙层和难以凿穿的岩石。突然有一天，亚历杭德里娜跑到父亲那伙人中间，急急忙忙、慌慌张张地说起来，好像有谁在她耳旁口授，她只是赶忙加以重复。她对大家说，不要在这里挖了，挪到上边的高地去，就在通向马萨卡拉的路口处开掘。谁也没有理睬她，可是小姑娘一再坚持，又跺脚又挥拳，仿佛圣灵附体。这时，她父亲说道："好吧，顶多不过再挖个窟窿。"于是大家移到那片布满黄色鹅卵石的平地上，就在通向马萨卡拉和卡奈瓦的交叉路口旁开始试掘。挖去表土和石块的第二天，地下的土色开始发黑并变得潮湿起来。最后，在村民的欢呼声中，一股清泉从地下涌出。接着，他们又在附近挖成三口井，从而使贡贝村在那饥馑的两年中能够躲过死亡和贫困。

从那时起，亚历杭德里娜·科雷娅就成了人们崇敬和好奇的对象。她的父母则利用她的特异功能来捞取好处，向需要请亚历杭德里娜去猜水源的村庄和居民收费。但是她这特殊的才能并不是用来做生意的。小姑娘猜错的次数多于猜对的次数，她多次翘鼻子嗅过之后说道："我不知道，我说不出来。"但是猜不准也罢，猜不出也罢，只要猜中几次，人们就忘记了她的失误，所以并没有玷污她那与日俱增的声誉。特异功能使她出了名，可并没有使她幸福。自从人们知道她有这种功能以后，就在她周围筑起了一道与世隔绝的壁垒。孩子们同她在一起玩觉得别扭，大人们对待她也拘束起来。他们总是目不转睛地盯着她，总是问她关于未来或死后生活的怪问题，有时则硬把她按在病人床前跪下，用她的特异功能治病。她极力要使自己成为一个同别的女人完全一样的人，但全然无用。男人们总是尊敬地与她保持一定的距离。逢年过节，没有人请她跳舞，没有人给她唱《小夜曲》，更没有人想娶她为妻，仿佛一旦爱上了她便是对神的亵渎。

这种情形一直持续到新的神父上任。华金神父一旦涉及女人问题绝不是那种能被神明显圣或妖魔鬼怪吓退的人。亚历杭德里娜早已过了二十岁。她长得细高，鼻尖总是翘起，两眼水灵活泼。她仍然与父母住在一起，而她的四个妹妹已经有了丈夫，有了自己的家。她过着孤独的生活，这是人们对她那宗教般的崇敬造成的。虽然她平易近人，可无法打消人们的这种感情。新来的神父很晚才同她搭上线，这是因为科雷娅家这位大女儿只在礼拜天才去教堂望弥撒，还因为很少有人请她出席家庭聚会（人们认为她的光临总带有超凡脱俗的味道，担心冲淡了欢乐的气氛）。

他们之间的浪漫故事大概是在教堂广场的绿色浓荫下或贡贝的小巷里逐渐展开的。他们一定多次迎面相遇，然后擦肩而过；他一定用那大胆无礼、色迷迷的小眼睛好像考试一样地审视着她，脸上却摆出一副善良的笑容，借以掩饰那锥子般的目光。大概是他首先开口讲话的，这是当然的喽。他大概问她村里 12 月 8 日过节的事，或者问她为什么在念珠祈祷会上见不到她，或者问她猜水源是怎么回事。她一定用她那惯有的快速、直截了当、不带偏见的方式回答他的问题，两眼则毫无羞色地望着他。这样，多次偶然的相遇便逐渐发展为不那么偶然的相遇和交谈了。他们除去谈些眼下的传闻，诸如绿林大盗、警察侦缉队、地方械斗、村里不正当的男女关系等，还渐渐谈到各自的心事，也不断出现有意挑逗和大胆试探。

结果便是，一天，整个贡贝村都以讥讽的口吻议论起亚历杭德里娜的变化。这个懒洋洋的教徒突然变成村中最勤快的人，人们看见她一大清早就在教堂里擦拭长凳，整理祭坛，清扫庭院，还看见她出入神父的住宅，同街坊邻里一道修补屋顶和门窗。他们两人之间已经不是一般的眉目传情，这种关系终于有一天变得明朗。事情发生在华金神父办过一场命名礼之后，他同几位好友钻进了一家酒馆，满心欢喜地又喝又唱时，亚历杭德里娜板着面孔走了进来。神父一看见她，登时变成了哑巴。她走到他跟前，态度坚决地迸出这样一句话：“请您马上跟我走，您已经喝得够多了。”年轻的神父没敢吭声，跟她走了。

“劝世者”第一次来到贡贝村的时候，亚历杭德里娜已经在神父的住宅里生活好多年。她最初搬进去是为了护理他的伤病。神父是在罗萨里奥村被卷入枪战时受伤的，当时大盗若安·撒旦和上尉吉拉尔多·马塞多（绰号是“猎匪能手”）正在交战。亚历杭德里娜从那以后就住在神父家了。他俩生了三个孩子，人们只用亚历杭德里娜的姓氏来称呼孩子们，并说她是堂华金的“卫兵”。她的存在对神父的生活起着制约作用，尽管不能完全改变他的生活习惯。每当年轻的神父喝过头，开始给人找麻烦的时候，街坊邻居便赶忙来找亚历杭德里娜。在她面前，神父总是听话的，即使烂醉如泥也是如此。也许正因为这一点，邻居们没有过分责备他俩的结合。圣徒（“劝世者”）第一次来贡贝村时，她的处境还能为人们所接受，甚至连亚历杭德里娜的父母和兄弟们也去神父家看望她，管她的孩子叫“外孙”或“外甥”，并不感到别扭。

但是当华金神父以满意的微笑允许那个细高、瘦削、目光炯炯、头发卷曲、身穿蓝色长袍的人第一次登上贡贝教堂的讲坛布道时，有些话便像炸弹落下地来：“劝世者”大骂神父。当时，死一般的寂静笼罩着这座站满人的教堂。没有人敢瞧华金神父。他坐在第一排的长凳上，身体微微一晃动便瞪大了眼睛，然后一动不动地直视着前方的十字架，承受着这种屈辱的场面。也没有哪个村民望着亚历杭德里娜·科雷娅。她坐在第三排，模样倒是全神贯注地注视着讲道人，脸色却极其苍白。圣徒这次来贡贝村好像是被这对男女的敌人请来上课的。“劝世者”表情严肃，口气坚决，声音回响在四壁和拱顶。他严厉地批评了基督的一些使者，他们虽然接受了神职，又身穿圣衣，却变成了魔鬼的仆从。他愤怒地一一例数华金神父的罪孽：他真是神父们的耻辱，不但不做出生活俭朴的表率，反而酗酒成性，烂醉如泥；他实在不成体统，不但不节衣缩食，反而大吃大喝，全然不顾身边的人几乎食不果腹；他真是丢人现眼，完全忘记了应当保持贞洁，竟然同女人寻欢作乐，不仅使这些女人的灵魂不能得救，反而把可怜的灵魂白白丢给地狱里的魔鬼。等到村民们大着胆子偷偷用眼角窥探华金神父的反应时，看到神父仍然坐在原地直视着前方，脸色却红得像朱砂。

尽管发生了这样的事，且在很多日子里都是人们的话题，却没有妨碍“劝世者”在贡贝村停留期间登台讲道，也没有妨碍数月后“劝世者”在一批信徒的陪同下回到贡贝村再次进教堂讲道，更没有妨碍“劝世者”在之后若干年里进村讲道。所不同的是，当以后“劝世者”讲道时，华金神父常常缺席。亚历杭德里娜则相反，她每场必到，总是坐在第三排，仰着微翘的鼻孔，听着圣徒对财富和纵欲的责备、保持苦行生活的主张以及通过自我牺牲和祈祷来净化灵魂、迎接死亡的规劝。这个从前有特异功能的女人开始表现出日益虔诚的宗教感情，经常在每条街道的壁龛里点燃香烛，长时间地跪在祭坛面前冥思苦索，组织施舍活动、祈祷聚会、念珠祷告和九日祭。一天，她用青布包头，胸前别着耶稣像章出现在人们面前。据说她虽然继续和神父住在一间屋里，却没有再发生任何有辱神明的事。当村民们大着胆子向华金神父打听亚历杭德里娜的情况时，他总是把话题扯开。人们发现他面有愧色，尽管他仍然很快活地生活着，但他与那个同室共居的女人、那位三个孩子的母亲之间的关系发生了变化，至少他俩在大庭广众之下是礼貌相待、形同路人的。“劝世者”在这位贡贝村的神父身上唤醒了某些难以确定的情感。他害怕“劝世者”？他尊敬“劝世者”？他羡慕“劝世者”？他同情“劝世者”？实际的情况是，每当“劝世者”来到，他便为他打开教堂的大门，向他忏悔，请他领圣体。总之，“劝世者”在贡贝村逗留期间，华金神父是性情温和、信仰虔诚的楷模。

圣徒最后一次访问贡贝村后，亚历杭德里娜·科雷娅丢下全部家当跟随“劝世者”及其信徒一道离去，村里唯一没有表示惊讶的人就是华金神父。

加利雷奥·加尔心里想，我从来没有害怕过死亡，就连眼下也不怕。可是现在他双手发抖，浑身打寒战。为了烤化肺腑里的冰块，他越来越向篝火靠近，结果又冒出汗来。他想："加尔，你是害怕得要死啊！"这黄豆粒大的汗珠、这浑身的寒战、这心中的冰块、这发抖的双手就是预感到死亡来临的恐惧。同志，你对自己很不了解呀。莫非你变了？但是他明白自己已没有少年时蹲巴黎监狱时的那种感情，那时他是等着被枪决的；也没有再在巴塞罗那那家诊所里的感情了，那时愚蠢的资产阶级分子要把他治好伤再送进断头台的铁箍里绞死。加利雷奥，你就要死了：死神已在眼前。

据说被绞死和被砍头的人在最后时刻，阴茎会突然勃起。他会不会也发生这种情况？某些折磨人的真理掩盖了性欲和死亡之间的神秘关系。如果事情并非如此，那就不会发生今天黎明时那桩事，不会发生不久前那种情形。是不久前吗？应该说是几小时前。天色已经完全黑下来，外面已是满天星斗。加尔回忆起他在盖伊马达斯的旅馆中等待向导期间曾打算给《反叛的火花》写一封信，说明这个地区的政治风云变化要比自然风景复杂得多，这当然会影响人们的宗教信仰。他听到胡莱玛的呼吸声同火势减弱的篝火声混杂在一起。是的，他之所以一天之内两次扑向身边这个女人，是因为他已经感到死神的临近。他想："恐惧、精液和死亡之间居然存在着这样奇妙的关系。"凯依法就要射出致命一枪时，这个女人为什么挺身而出把自己搭救出来？她又为什么扶自己骑上骡子、为自己治伤、陪伴自己来到这里？她为什么要这样对待一个她本应该仇恨的人？

他迷惑不解地想起当骡子在飞奔中突然失蹄将他们俩抛到地上时他那突发的、急促的、不可遏止的冲动。他想："她的心脏大概像个水果那样险些摔裂。"当时他俩距离盖伊马达斯有多远？他洗涤、包扎伤口的地方是帕依谢河吗？他们在那里转来转去，是已经走过里亚乔村还是尚未到达？他的确满腹疑团，不过恐惧心理已经消失。

当骡子跌倒，他看见它在地上滚动时是不是感到害怕了？是的，这就是问题的答案：他害怕了。他立刻怀疑骡子的死不是由于疲劳过度，而是追踪他的打手开枪的结果，他们要把他变成一具英国人的尸体。他之所以扑到那个同他一起滚落在地的女人身上一定是他本能地要寻求保护。胡莱玛会不会认为他是个疯子或魔鬼？他居然在那样一种环境里、在那样一个时刻、在那样一种状况下再次把她占有了。当她从加尔撕扯她衣服的架势上明白了他的企图时，眼睛里流露出慌乱与不知所措的神情。这一次，她没有反抗，但是并不掩饰她的不快，或者更确切地说，她的无动于衷。加尔躺在地上，她那忍辱屈从的身影深深地刻印在他的脑海里，使他感到羞愧、怅然，同时心中又充满了性欲、恐惧、焦虑、犹豫以及要摆脱陷阱的徒劳愿望。肩颈的伤痛使加尔觉得伤口又裂开来，生命正从破口处悄悄溜走。透过眼睑上的汗珠，他看见胡莱玛在渐渐变黑的夜色中检查骡子的眼睛和嘴巴。接着，他又从自己仍然躺着的地面上看到她在四处收集枯枝败叶，点燃篝火。他还看到她一言不发地抽出他腰间的匕首，将骡子两肋鲜红的瘦肉切成薄片，串在铁丝上，放在火堆上去烤。她给人的印象像是在做平常的家务活，似乎并没有发生什么异常事件，似乎这天发生的种种事情并没有扰乱她的生活。他想：“她真是地球上最神秘莫测的人。”他又想：“她们是宿命论者，受的教育是逆来顺受。无论生活是好是坏或者残忍，都要忍耐。”他还想：“我对她就是残忍的。”

又过了一会儿，他才坐起来，喝了几口水。由于喉咙火烧般地疼痛，他费了很大力气才能咀嚼。他觉得那烤肉的味道实在妙不可言。他们一边吃烤肉，加尔一边推想胡莱玛一定对发生的事情困惑不解，因此想解释一下：谁是埃巴米农达·贡萨尔维斯？埃巴米农达怎样提出运送武器的建议？埃巴米农达为什么策划发生在鲁菲诺家的暗杀？埃巴米农达为什么盗窃自己的武器并杀人灭口？这是因为他需要一具白皮肤、红头发的尸体。但是加尔发觉她对听到的这番解释并不感兴趣。她一边听他说话，一边用那珍珠米般细小、洁白的牙齿咀嚼着烤肉，用手驱赶着苍蝇；她既不点头赞成也不提任何问题，只是时不时以眼光（夜色逐渐在模糊她的面孔）同他碰触一下。这使加尔感到自己很愚蠢。他想："我的确很愚蠢。"他的所作所为证明了这一点。他本应该从精神道德和政治方面对一个有野心的资产阶级分子保持警惕，应该估计到他既可能制造阴谋反对政敌，也可能玩弄诡计来谋害他加利雷奥。一具英国人的尸体！这就是说，埃巴米农达明知道那些枪是英国造却故意对他说是法国造。那不是口误，不是一次失误。加尔是在到达鲁菲诺家往大篷车上安放武器箱时发现这个问题的，因为枪托上的厂标明白地写着：1891年，利物浦。当时，加尔的脑海里曾经冒出一句玩笑话："据我所知，法国那时可没有入侵英国。这些枪是英国造，而不是法国造。"又是英国造的武器，又是英国人的尸体，埃巴米农达究竟想干什么？这是可以猜想出来的：一个冷酷、残忍、大胆而也许有实效的计算。加尔的胸中又涌起一股焦躁情绪，他想："埃巴米农达一定会杀死我。"他人地两生，身负重伤，又是个外国人。他那副面孔人人都认得出来，到哪里躲藏呢？"到卡努杜斯去。"对，对，到那里就可以得救了，或者至少不致带着当过蠢人的遗憾心情去死。"同志，卡努杜斯会赦免你的罪过。"加尔心里冒出这样一个想法。

加尔冷得直发抖，肩、颈和脑袋都感到疼痛。为了忘掉伤口，他努力设想布里陀少校的讨伐队的动向：他们是否已经从盖伊马达斯开拔向圣多山进军？会不会在他到达卡努杜斯前政府军就已经摧毁他心目中的藏身之所？他想："子弹没有打进身体，也没有击伤皮肉，仅仅擦破一点表皮。再说，那是左轮手枪的子弹，一定很小，用来打麻雀还差不多。”那一枪倒没有什么，严重的是那一刀：砍得很深，切断了血管和神经，刺痛和烧灼感就是从那里传到耳朵、眼睛和后脑的。寒战从头到脚传遍了全身。加尔，你是不是要死了？他突然想起欧洲的雪景，如果同这里桀骜不驯的大自然作比较，那里的风景实在太平常了。他想：“在欧洲，有什么地方的风貌也是这般与人为敌吗？”对了，在西班牙南部、土耳其和俄国一定有这种地方。他回忆起巴枯宁蹲了十一个月的监狱之后逃跑的故事，那是他坐在父亲怀里听到的：巴枯宁传奇般地穿过西伯利亚、加利福尼亚，重返欧洲。当他回到伦敦时，提出一个惊人的问题：“这个国家有牡蛎吗？”加尔还回想起欧洲各条道路旁的许多临时住所，那里总会有燃烧的壁炉、热乎乎的饭菜和可以共吸一袋烟、围炉谈天的旅人。他想：“加尔，这怀乡病是懦弱的表现。”

他被一股自我怜悯的郁闷情绪占据了心头。加尔，这真可耻！莫非你还没学会应该死得有骨气？欧洲、巴西或者世界任何一个地方的土地难道有什么不同？死后的结果还不是一样吗？他想：“分解、腐烂、发臭、生蛆，如此而已。如果野狼、饿狗没有啃咬尸体，最后只是剩下一具皮包着的发黄骨架。”他又想：“加尔，你在发烧，可你又浑身打寒战，这叫冷热病。”不是恐惧。不是那枚打鸟的子弹，也不是那迎面一刀，而是这冷热病在捣乱。早在去庄园里会见埃巴米农达时，早在那穿皮夹克的人袭击前，他已经开始生病。这冷热病悄悄地破坏了他身上的某个器官，蔓延到其他部位。他并非伤重，而是病了。同志，这可是件新鲜事。他想：“命运之神要在你死之前强迫你体验某种新鲜生活，从而完成对你的教育。”你首先是个强奸犯！其次是个病鬼！这真是新鲜生活，因为即使在遥远的童年时代，他也不曾有过这种体验。受伤倒是有过几次，在巴塞罗那那一次伤最重，可是从来没有病过。他有这样一种感觉：不知什么时候就会失去知觉。为什么非要这样没有理智地极力思索下去？为什么就在他思索的同时，那直觉依然十分敏锐？他突然想到，胡莱玛会不会已经走了？他十分害怕，仔细一听：她的呼吸声还在，仍然在右边。他看不清她的面目，因为篝火完全熄灭了。

加尔知道自己虽然成了废物，但还是应该鼓起勇气。他低声说，逆境可以激励真正的革命者。他想，应该给《反叛的火花》写一封信，说明要用卡努杜斯事件为巴枯宁给瑞士拉绍德封市的钟表工人和圣地缅谷地的手工业工人的指示精神作补充。巴枯宁认为，大规模起义不会发生在工业最发达的社会里，而是发生在落后的农业国家，因为广大的贫苦农民不会失去任何东西，比如西班牙、俄国，都是如此。那么现在的巴西不也是这样吗？想到这里，他便痛斥埃巴米农达来："你这个资产阶级分子，你的如意算盘一定会落空。早在你的庄园里，当我在你的控制范围下的时候，你就应该杀死我。现在不同了，我一定治好病逃走。"他要治病，他要逃走，那少妇会跟他一道走，会为他偷一匹马。到达卡努杜斯后，他要同资产阶级分子埃巴米农达所代表的一切——自私自利、卑鄙无耻、贪赃枉法等——斗争到底。

第二部

第一章

夜幕虽已降临，闷热却未减退，与以往的夏夜不同，今晚连一丝风也没有。黑夜的萨尔瓦多城如同热锅上的蒸笼。全城一片漆黑，因为根据市政府的命令，每到午夜十二点，街头巷尾的路灯要全部熄灭，喜欢熬夜的人家也刚刚吹熄了烛火。只有在旧城区的高地上，《消息日报》社的各个房间里依然灯火辉煌；那写在入口处玻璃门上的哥特体“消息日报”同屋内的灯光交相辉映。

报社门口停着一辆敞篷马车，马和车夫按着同一节拍在鼾睡。但是，埃巴米农达·贡萨尔维斯的保镖们都是醒着的，他们用臂肘支撑在报社的围墙上，一面吸烟，一面望着墙外的峭壁；他们谈话的声音很低，时不时指指下面某个地方，能依稀看见那里的海滩上一座圣母教堂的轮廓以及撞在礁岩上的飞浪。骑兵巡逻队才过去不久；天亮之前，他们是不会转回来的。

报社里，编辑部和总务处的房间里只有那位年轻、瘦削、欠风度的记者。他那厚厚的近视眼镜、经常打出的喷嚏、不用钢笔而喜欢用鹅毛笔写字的癖好都是同仁间的笑料。他埋头于书案，那一点儿也不漂亮的脑袋完全被罩在油灯的光环里。他弓背驼腰，身体的姿势与写字台形成斜角。他写得飞快，只在蘸墨水时或眼镜几乎贴到记事本上查阅什么的时候方才停笔片刻。那鹅毛笔的刷刷声是静夜中的唯一声响。今晚没有传来大海的涛声。社长办公室里也点着灯，房间里静悄悄的，似乎埃巴米农达·贡萨尔维斯已经伏案而睡。

但是当近视记者在报道上点了最后一个句号，拿起稿件穿过大厅走进社长办公室的时候，发现那位进步共和党的魁首大睁着双眼在等待着他。埃巴米农达双肘支在桌子上，两手交叉在一起。看见记者走进来，那有棱角的褐色脸膛上（线条分明、颧骨突出，刻画出内在的精力，充沛的精力使他能通宵达旦地参加政治会议，白天继续工作而没有任何倦色）的肌肉放松下来，仿佛在说“总算写完了”。

“写完了吗?”他低声问道。

“写完了。”近视记者说着递过来一叠写满字的稿纸，但是埃巴米农达·贡萨尔维斯并没有伸手去接。

“还是您来念吧，”他说，“我一面听，一面体会一下效果如何。请坐在这里，离灯光近些。”

记者刚要开读，突然一个喷嚏袭来，接着又是一个，最后一连串的喷嚏迫使他摘掉眼镜，像魔术师般从衣袖中掏出一块特大号手帕捂在嘴巴和鼻子上。

“这是夏天湿气太重的缘故。”他一面道歉，一面擦擦充血发红的脸颊。

“嗯，请开始念吧。”埃巴米农达·贡萨尔维斯截住了他的话头。

第二章

统一的巴西，强大的国家

《消息日报》

（业主：埃巴米农达·贡萨尔维斯）

1897年1月3日，巴伊亚州府

费布罗尼奥·布里陀少校的讨伐部队在卡努杜斯受挫

最新后续

进步共和党揭露州长及巴伊亚自治党反对共和国

妄图复辟帝国旧秩序的阴谋

英国间谍的尸体

共和党代表团前往里约热内卢

请求联邦军协助清剿狂热的叛乱分子

巴伊亚州各政党致电莫莱拉·西塞上校：“救救共和国！”

由费布罗尼奥·布里陀少校率领，由第九、第二十六、第三十三步兵正规营组成的讨伐部队在腹地受挫。越来越多的迹象表明：英国王室、以自治党为代表的巴伊亚州大庄园主、巴西王朝的遗老正在和卡努杜斯的狂热分子勾结起来。这两件事于星期一夜里在巴伊亚州立法会上掀起了新的风暴。

进步共和党通过该党党主席、尊敬的堂埃巴米农达·贡萨尔维斯众议员先生阁下，正式指控巴伊亚州州长堂路易斯·比亚纳阁下以及同卡纳布拉沃男爵（前帝国部长、前驻英大使）保持着传统关系的集团，在英国的帮助下挑动并武装了卡努杜斯叛乱，企图推翻共和国，复辟君主制。

进步共和党全体众议员要求联邦政府直接干预巴伊亚州事务，以扑灭被尊敬的堂埃巴米农达·贡萨尔维斯众议员先生阁下称“土著高贵血统的叛乱阴谋以及外国白人对巴西主权的觊觎”。此外他们还宣布，由巴伊亚州社会名流组成的代表团已前往里约热内卢，将向普鲁登特·德·莫拉依斯总统转达巴伊亚州各界请求派遣联邦军镇压“劝世者”安东尼奥暴乱活动的呼声。

进步共和党人提醒各界注意：自从布里陀讨伐队被数量和装备均占极大优势的叛乱分子击败以来已经过去了两个星期。不仅如此，尽管已发现有英国步枪运往卡努杜斯的事件，并且在依布埃拉找到了英国间谍加利雷奥·加尔的尸体，但州政府当局，首先是尊敬的堂路易斯·比亚纳州长先生阁下，仍然表现出一种令人怀疑的被动态度与意志消沉的状况，他们没有像巴伊亚州各界爱国同胞所要求的那样立即请联邦军出兵镇压这场威胁着巴西民族精神的暴乱。

进步共和党副主席、尊敬的堂埃利西奥·德·罗盖众议员先生阁下宣读了致巴西军队英雄、镇压圣泰—卡泰里纳君主派叛乱的功臣、弗洛里亚诺·皮索托元帅的优秀助手莫莱拉·西塞上校的电报，简短的电文如下：“请您前来拯救共和国。”尽管多数派议员表示抗议，尊敬的罗盖众议员先生还是念出了在电报上签字的三百二十五位萨尔瓦多城户主及选民的名字。

巴伊亚自治党方面的众议员先生们坚决否认上述指控，并企图以各种托辞贬低反对派的批评。激烈的辩论、插话，相互的讽刺、嘲弄和威胁，使长达五个多小时的会议不断出现极为紧张的形势，其中有几次，两党的众议员几乎真的要到大街上去决斗。

自治党副主席、议长，尊敬的绅士堂阿达尔贝托·德·古穆西奥阁下说道，指控像卡纳布拉沃男爵这样在巴伊亚州受尊敬的人实在是卑鄙行为，本州正是由于男爵的资助，方才修起公路、铁路、桥梁、救济医院、学校和大批公共设施。特别是在男爵本人不在场的情况下，攻击他制造反对巴西主权的阴谋更是可恶至极。

尊敬的众议员堂弗洛里亚诺·马尔蒂阁下说道，议长宁肯给他的亲戚和党魁卡纳布拉沃男爵涂脂抹粉，也不愿意谈谈牺牲在乌亚乌亚和康巴奥山上的士兵，这些人或死于堕落的塞巴斯蒂安教派分子之手，或死于在腹地被缴获的英国枪弹之下，或死于英国间谍加尔的诡计——乡村警备队已在依布埃拉找到了这个间谍的尸体。因此，在这里不由得令人提出疑问：“这套转移视线的做法是否因为上述议题使尊敬的议长先生感到不愉快？”自治党众议员、尊敬的堂爱德华多·格利塞里约先生发言道，共和党因为急于篡权，便臆造出什么间谍阴谋，这只能使巴伊亚州的有识之士发笑。他随即发问：“难道卡纳布拉沃男爵不是这场暴乱中的第一个受害者吗？那些残忍的狂热分子不正是非法强占了男爵的地产吗？”对此，尊敬的众议员堂丹塔斯打断前者的话，反问道：“如果这些土地并非被强占而是租借给叛乱分子的呢？”尊敬的众议员堂爱德华多·格利塞里约先生立刻质问尊敬的众议员堂丹塔斯先生在学校里是否有人教过他不应该打断一位绅士的话。尊敬的众议员堂丹塔斯先生反驳说，他不知道现在有什么绅士在讲话。尊敬的众议员堂爱德华多先生于是叫喊道，这一辱骂将在决斗场上被回敬，除非对方立即道歉。尊敬的绅士堂阿达尔贝托议长劝告尊敬的众议员堂丹塔斯先生，为了议会的和谐与庄严，他应该向同事赔礼道歉。尊敬的众议员堂丹塔斯先生说，他只是说过他不知道现在的巴西还存在着狭义上的绅士、男爵和子爵，因为自从祖国的功臣弗洛里亚诺·皮索托元帅光荣地执政共和国以来（对皮索托元帅的怀念将永远留在巴西人民的心里），所有的贵族头衔早已变成一堆废纸。他也决没有伤害他人之心，更没有伤害议会同事之意。尊敬的众议员堂爱德华多先生对这番话表示满意。

尊敬的众议员堂罗查·塞阿勃拉阁下发言说，他不能允许像卡纳布拉沃男爵这样一位德高望重的人被一群不满分子污蔑，在这些人的履历上，连自治党创始人献给巴伊亚州的财产的百分之一的捐赠也不曾有过。并且他也不能理解，为什么电请一个像莫莱拉·西塞上校那样的雅各宾党人前来巴伊亚州，因为从西塞镇压圣泰—卡泰里纳起义的残暴行径中可以看出，这位上校梦寐以求的是在巴西各地的广场上架设断头台，扮演巴西的罗伯斯庇尔①。这个发言引发进步共和党全体众议员的强烈抗议，他们起立高呼拥护联邦军、拥护弗洛里亚诺·皮索托元帅、拥护莫莱拉·西塞上校的口号，并要求那个谩骂共和国英雄的人必须赔礼道歉。尊敬的众议员堂罗查·塞阿勃拉阁下再次发言。他说，他并没有辱骂莫莱拉·西塞上校之意，他一向钦佩上校在军事方面的功勋，也丝毫不想损害对已故元帅弗洛里亚诺·皮索托的怀念。他一向肯定元帅对共和国做出

① 罗伯斯庇尔（Robespierre，1758—1794），18世纪法国资产阶级革命时期雅各宾派政府的实际首脑。

的贡献。他只想申明，他反对军人介入政治，因为他不愿意巴西重蹈某些南美国家的覆辙，那些国家的历史简直就是一连串的军事政变史。尊敬的众议员堂埃利西奥·德·罗盖阁下打断塞阿勃拉阁下的话，提醒他，正是巴西军队结束了腐朽的君主专制，建立了共和国。这时，在野党的全体众议员再次起立，向联邦军、皮索托元帅、莫莱拉·西塞上校表示敬意。尊敬的众议员堂罗查·塞阿勃拉阁下继续他那被中断的发言，他说，现在请联邦政府介入本州事务是荒唐的，因为堂路易斯·比亚纳州长阁下早已多次肯定，巴伊亚州有条件自行镇压土匪活动以及卡努杜斯所代表的塞巴斯蒂安教派的疯狂行径。尊敬的众议员埃巴米农达·贡萨尔维斯提醒他，叛乱分子在腹地已经两次挫败讨伐部队。他质问尊敬的众议员堂罗查·塞阿勃拉阁下，按照他的看法，要等多少支讨伐队被消灭以后才需要请联邦政府介入？尊敬的众议员堂丹塔斯阁下说，爱国主义精神鼓舞着他和每个爱国者起来同任何一个拆墙脚的人，也就是那些掀起复辟暴乱、反对共和国的人以及同大英帝国勾结的人进行殊死的斗争。尊敬的众议员堂莱利斯·庇达德斯说，卡纳布拉沃男爵没有参加卡努杜斯叛乱事件的最有力证据就是男爵远离巴西国土已经有数月之久。尊敬的众议员堂弗洛里亚诺·马尔蒂阁下说，男爵的不在场不但不能开脱他，反而会暴露他，所谓的不在现场骗不了任何人，因为巴伊亚州的人都明白，在这里，如果没有卡纳布拉沃男爵的批准或命令，将寸步难行。尊敬的众议员堂丹塔斯阁下指出，多数派的众议员们如此顽固地拒绝辩论有关偷运英国武器以及英国王室派遣间谍分子加尔为叛乱分子出谋划策以实现不可告人的企图等问题，实在令人心生怀疑，也很难说明问题。这时，尊敬的议长先生，堂阿达尔贝托阁下开口道，一旦真相大白于天下，仇恨与无知制造的臆测与虚构将不攻自破。他宣布，卡纳布拉沃男爵近日内将抵达巴伊亚州海港。届时，不仅自治党人，而且全城百姓都会前往隆重欢迎，那将是对制造流言蜚语的人的最好回答。那些人妄图将男爵的名字、自治党的名字以及巴伊亚州当局的名字同那可悲的卡努杜斯土匪活动及道德堕落事件联系在一起。对于议长的发言，多数派众议员立刻起立欢呼，并为自治党党主席卡纳布拉沃男爵热烈鼓掌。与此同时，进步共和党的众议员们则稳坐不动，只是敲击椅子靠背，以示谴责。

会议中断了几分钟，让各位众议员凉爽片刻，使头脑冷静一下。但是，就在休会期间，从议会的走廊里传来一阵阵激烈的争吵声和互骂声，原来是尊敬的众议员堂弗洛里亚诺·马尔蒂同尊敬的众议员堂罗查·塞阿勃拉险些挥起老拳，最后终于被各自的朋友劝开。

复会后，尊敬的议长阿达尔贝托阁下提议，由于议程过多，下面应该讨论州政府提请追加新预算的问题，以便将铁路延伸到巴伊亚州内地。这个提议立刻引起进步共和党全体众议员的强烈反对，他们起立高呼："背信弃义！无耻的阴谋！"并且要求继续辩论巴伊亚州的、现在也是全国的最紧迫问题。尊敬的众议员埃巴米农达·贡萨尔维斯阁下警告说，如果多数派企图回避辩论卡努杜斯的复辟暴乱和英王室对巴西事务的干涉，他和他的同志们将退出议会，因为他们决不允许用闹剧欺骗人民。尊敬的众议员堂埃利西奥·德·罗盖阁下说道，尊敬的议长阁下为阻止这一辩论所做的努力足以证明英国间谍加尔及英国《武器议案》给自治党造成的困难。这并不奇怪，因为卡纳布拉沃男爵对君主统治的怀念及其亲英倾向众所周知。

尊敬的阿达尔贝托议长阁下说道，反对派的议员先生们企图以讹诈吓唬他人，这是不能得逞的。巴伊亚自治党从爱国主义出发，比任何人都关心镇压卡努杜斯的塞巴斯蒂安教派狂热分子的问题，也比任何人更希望恢复腹地的和平秩序。因此，自治党非但不回避任何辩论，反而更愿意立即加以讨论。

尊敬的众议员堂若安·赛依查斯发言说，只有那些不懂得什么叫滑稽可笑的人才会没完没了地谈论那个伪称的英国间谍加利雷奥·加尔。据说这个间谍被烧焦的尸体是巴伊亚州乡村警备队在依布埃拉找到的，而这支队伍，据当地人介绍，是由共和党招募、资助和控制的。这一番话引起进步共和党全体众议员的强烈抗议。尊敬的众议员堂若安·赛依查斯补充发言，他说，大不列颠驻巴伊亚州领事馆发出正式声明说，自从获悉那个称作加尔的人犯有前科，他们便照会州府当局，敦促其立即采取措施。这件事是在两个月前进行的，巴伊亚州警察局可以证实此事，因为他们曾将驱逐该人的命令公布于众。命令上说，要求加尔乘法国“马赛号”离境。至于这个加尔不服从驱逐令，后来又死于本州内地，并在他身旁发现枪支，并不能证明任何政治阴谋，也不能证明有什么大国干涉，最多只能证明那个无赖企图把武器偷偷贩运给那些可靠的买主，即“劝世者”安东尼奥的塞巴斯蒂安教派的狂热分子，他们因为多次偷盗抢劫，所以广有钱财。由于众议员堂若安·赛依查斯的发言引起反对派众议员的哄堂大笑（还边笑边装出天使展翅飞翔和上帝背有光环的样子），尊敬的阿达尔贝托议长阁下要求大家遵守会场秩序。尊敬的众议员堂若安·赛依查斯说道，仅仅由于在腹地发现几支步枪就这样大吵大闹，实在虚伪至极，因为大家都知道，倒卖武器这种事，不幸的，在腹地极为普遍。如果并非如此，那么请反对派的议员先生们说说他们的武装保镖和打手们的枪支是从哪里弄来的，这些武装的打手组成了一支私人军队，即所谓巴伊亚州乡村警备队，他们企图背着州政府的官方机构另行其事。尊敬的众议员堂若安·赛依查斯阁下由于出语伤人，遭到进步共和党众位议员的愤怒嘘声，为此，议长阁下不得不再次要求大家遵守秩序。

尊敬的众议员埃巴米农达·贡萨尔维斯起立发言。他说，多数派议员们在自我矛盾和谎言中越陷越深，如同有人在流沙中行路。他感谢上帝，幸亏让乡村警备队截获了枪支和英国间谍加尔。至于乡村警备队，它是一支独立、健全、爱国的队伍，是真正拥护共和制的，它提醒联邦政府当局注意事态的严重性，并为阻止有人销毁本土君主派与英国王室勾结的证据而做了必要的工作。后者这一勾结的目的是有损巴西主权的，卡努杜斯则是这一密谋的急先锋。他说，如果不是乡村警备队，共和国至今无法了解英国间谍的存在以及他们给卡努杜斯复辟分子运送武器的情况。尊敬的众议员堂爱德华多阁下打断了前者的话。他说，所谓英国间谍一案，人们唯一看到的是一绺头发，它可能是一个黄发女人的，也可能是马鬃上的。这番话立刻既在多数派议员席也在反对派议员席上引起哄堂大笑。尊敬的众议员堂埃巴米农达·贡萨尔维斯继续发言道，他赞赏刚才打断他发言的这位议员先生的幽默感，但是当祖国的利益受到威胁时，当为保卫共和国而牺牲在乌亚乌亚和康巴奥山的爱国者们尸骨未寒的时刻，开玩笑也许是不合时宜的。这一席话引起反对派众议员的热烈喝彩。

尊敬的众议员堂埃利西奥·德·罗盖提醒说，现在有不容争辩的证据，可以证明在依布埃拉找到的尸体的身份以及身旁英国枪支的来源。他说，否认这些证据，就如同否认阳光的存在。他还提醒说，有两位认识英国间谍加利雷奥·加尔并在加尔生前曾与其有过交往的人——公民冯·希斯德和杰出的外科医生何塞·包斯诺博士——认出大衣、皮带、皮靴等物的确是那英国间谍的东西，还特别认出了那绺火红的头发，那是发现尸体的乡村警备队的人小心翼翼地剪下来的。尊敬的罗盖阁下还提醒说，两位公民同样作证说那英国人有破坏思想以及明显地企图同卡努杜斯勾结的打算。对于加尔的尸体会在那个地区被发现，两位公民丝毫不表示惊讶。罗盖先生最后提醒说，腹地有许多公民向乡村警备队作证，他们曾经看见那个长着火红头发、说一口怪里怪气的葡萄牙语的外国人在到处寻找去卡努杜斯的向导。尊敬的众议员堂若安·赛依查斯发言说，没有人否认那个叫做加利雷奥·加尔的家伙死于依布埃拉，也并不否认还发现他带有枪支，但令人怀疑的是他是否充当英国间谍，因为他那外国人的身份完全不能说明他自身的情况。为什么他不可能是丹麦、瑞典、法国、德国或印度支那的间谍呢？

尊敬的众议员堂埃巴米农达·贡萨尔维斯阁下发言说，听完多数派议员的讲话，发现他们对于某个外国强国干涉巴西内政、企图破坏共和国、恢复封建贵族旧秩序的明显行径非但不义愤填膺，反而竭力将公众的注意力引向次要的问题，还为肇事者开脱罪责。对于巴伊亚州政府，有充分的证据可以说明他们不会出力镇压卡努杜斯的叛乱，而是相反地，会对这一叛乱感到由衷地高兴。但是，卡纳布拉沃男爵及自治党的阴谋决不会得逞，因为有巴西联邦军在。正如他们将我国南方的反共和国的君主派叛乱全部镇压下去那样，他们也会扑灭卡努杜斯的暴动。他说，当国家主权受到威胁时，讲话是多余的。因此从明天起，进步共和党将开展募捐活动，为联邦军购置武器。接着，他向进步共和党全体议员提议，立刻退出议会大厅，让那些旧秩序的遗老们留下吧。他们要集合前往大广场，到皮索托元帅纪念像前去宣誓，重申为共和主义而奋斗。说罢，全体进步共和党议员立即行动。对此，多数派的众议员先生们感到十分慌乱。

几分钟后，尊敬的议长阁下阿达尔贝托先生宣布闭会。

明天我们将报道进步共和党全体众议员于黎明时分在大广场皮索托元帅纪念像前举行的爱国活动。

第三章

"一个标点也不必改。"埃巴米农达·贡萨尔维斯说道。他的脸色除了满意，还露出松口气的神情，似乎一度担心记者的朗读被喷嚏打断。"我祝贺你。"

"不管是真是假，这可是个稀罕的故事，"记者含含糊糊地说道，他仿佛没有听到社长的话，"一个在萨尔瓦多城的大街小巷里鼓吹骨骼是灵魂的外在形式、在各个酒馆里宣传无政府状态和无神论思想的江湖庸医，最后竟然是英国派来同塞巴斯蒂安教派分子密谋复辟君主制的使者，结果又被活活烧死在腹地。这故事不是很稀罕吗？"

"是的，"这位进步共和党的首脑点头道，"更为稀罕的是，那些看来只是狂热分子的集团居然杀伤和击溃了一个装备有大炮和机关枪的正规营。这的确很稀罕，更危险的是它威胁着我们国家的前途。"

室内的热度升得更高了。近视记者已是汗流满面，他用那块代替手帕的方毛巾擦擦脸，接着又用衣襟拭去眼镜上的湿气。

"我亲自把这篇稿件送到排字工那里，留下来等他们排版，"记者一面整理散落在写字台上的稿纸一面说道，“不会出印刷错误的，您不必担心，先生，放心休息去吧。”

“您在我这里工作比在男爵的报社里要心情愉快些，对吗？”上司直截了当地问，“我知道您在这里挣的钱要比在《巴伊亚日报》多。我指的是工作。您更喜欢这里吗？”

“说真的，更喜欢这里。”记者把眼镜戴上，这时他呆愣了一会儿，半闭着眼睛，半张着嘴巴，耸动着鼻孔，等待着喷嚏的到来。但这是一次假警报。“报道政治新闻比写在里维拉用爆炸法捕鱼造成的损害或者写某巧克力食品厂的大火有趣得多。”

“再说，这是在建设祖国，是为正义的民族事业做出贡献，”埃巴米农达·贡萨尔维斯说道，“因为您是我们中间的一个，对吗？”

“先生，我不晓得自己是哪一边的。”记者回答说。他的嗓音如同他的外表一样变化不定，时而声音细高，时而粗重带有余音。“我没有什么政治思想，对政治也不感兴趣。”

“我喜欢您这坦率的性格，”社长放声笑道，一面起身一面拎起小手提箱，“同您在一起我很高兴。您写的报道完美无缺，准确地说出了应该说的话，来用的方式也是恰如其分的。我很高兴能把这样一个微妙的部门委托给您负责。”

社长举起煤油灯，吹熄了灯火，走出办公室。他身后跟着记者。穿过编辑部和总务处的门槛时，记者一脚踢在了痰盂上。

“那么，先生，我向您提点儿要求，”记者突然开口道，“如果莫莱拉·西塞上校前来平息卡努杜斯的暴乱，我希望作为《消息日报》的特派记者随上校出征。”

埃巴米农达·贡萨尔维斯转身看看记者，一面戴上帽子一面审视着他。

“我估计这能安排，”社长说道，“您瞧，您已经是我们中间的一个了，尽管您对政治并不感兴趣。要歌颂莫莱拉·西塞上校，就必须成为一名完全的共和主义者。”

“我不晓得是不是要歌颂，”记者一面用稿纸当扇子驱赶蚊虫，一面明确地说出自己的意思，“观察一位有血有肉的英雄，同一位大人物在一起，一定很诱人，就好像观察和触摸小说里的人。”

“您可要格外小心，上校并不喜欢新闻记者，”埃巴米农达·贡萨尔维斯向大门口走去，“上校在里约的大街上开枪打死一个辱骂军界的笔杆子后才从政。”

“晚安。”记者低声道。说罢，他快步折向报社的另一侧，那里有一条漆黑的走廊直通排字车间。值夜班的排字工人在等着他的新闻稿，他们一定会请他喝杯咖啡。

第三部

第一章

火车呼啸着驶进盖伊马达斯车站。为了欢迎莫莱拉·西塞上校光临，车站上装点着五颜六色的彩旗，红瓦盖顶的月台上挤满了前来欢迎的人群。一条白色条幅在铁路上空随风飘扬，横幅上写着："盖伊马达斯向英雄的莫莱拉·西塞上校及其光荣的第七步兵团致敬！巴西万岁！"一群光着脚板的儿童手里举着小旗。五六位大员伫立在那里，身穿节日盛装，胸前佩戴着市议会的徽章，帽子拿在手上。大员们周围站满衣衫褴褛、贫困不堪的人，其中有靠乞讨度日的乞丐，也有卖甜食或油炸食品的摊贩。他们都好奇地望着这热烈的场面。

火车进站了。西塞上校手下的官兵有的身背长枪挤在车梯上，有的趴在窗口。站台上的人掌声不绝，欢声雷动。身着蓝色呢制服——制服的织边及佩带是肉色的，纽扣和马刺则是金黄色的——腰挎佩剑的西塞上校纵身一跃，跳至站台。他虽然身材矮小，甚至像患佝偻病似的，但动作十分麻利。别人都热得汗流满面，他却滴汗不出。他双目炯炯有神，步履稳健，仿佛浑身都是力量，这和他那瘦弱的身躯颇不相称。他目光中充满自信，一向自以为是，惯于发号施令。

站台内外熙熙攘攘，热闹异常。人们用纸板遮挡着烈日，儿童们一手摇晃着小旗一手将纸屑一把一把地撒向空中。几位市议会的要员朝西塞上校迎了上去，但西塞上校没有止步，更没和他们握手，只是在一群军官的簇拥下很有礼貌地向他们略一躬身，随即便转向人群，高呼："共和国万岁！弗洛里亚诺元帅万岁！"议员大人们原计划先发表一通演说，随后和西塞上校攀谈一阵。但出乎他们的意料，西塞上校在一群军官的保护下径直进站内去了。议员先生们想随他一道进去，但守卫在门口的士兵将他们拒之门外，门"砰"的一声关上了。忽然传来一声马嘶，原来是一匹白马正从车上下来。白色骏马抖动鬃毛，引颈长嘶，庆幸自己又回到了地面上。孩子们见了，也个个乐得手舞足蹈。现在一队队士兵下车了，行李包、手提箱、枪支、弹药，源源不断地从窗口卸下。乌光闪亮的大炮一出现，顿时招来一片赞叹声。驮运辎重的牛成对成对地被牵了过来。那几位议员呆愣在候车大厅外，脸上显出无可奈何的神情。他们透过门窗窥视着站内，极力想在往来穿梭的大小军官及侍从差役中看到莫莱拉·西塞上校。

整个车站连成一片，站台和候车大厅只有一墙之隔。一位电报员正在墙后发报。车站对面是一幢两层楼房，正面墙上有块牌子，上写"大陆饭店"。弯弯曲曲的依达比古鲁大街——大街直通市中心广场——渐渐挤满了政府军官兵。几十张紧贴在窗玻璃上的脸朝站内张望。士兵们正忙着卸货。第七步兵团的大旗出现了，一名士兵在摇旗，人群里又响起热烈的掌声。大陆饭店和车站之间是一片空地，一名士兵正在空地上洗刷那匹白马。候车大厅的一角安放着一张张摆满杯盘碗盏的长桌，成群的苍蝇在盖着纱布的碗盏上方飞来飞去。桌子虽摆在那里，但并无人理会。大厅内悬挂着五颜六色的彩旗和花环，贴满了巴伊亚州进步共和党及巴伊亚州自治党欢迎莫莱拉·西塞上校、欢迎第七步兵团、拥护共和政体的标语。

莫莱拉·西塞上校在一片沸沸扬扬的欢腾声中脱去了呢子制服，穿着一身军服。两个士兵在遮掩着发报机的那堵薄墙前面围起一道屏风，上校就在这个临时掩体里脱下制服，交给一位副官。副官接过制服，放入箱笼。此时，西塞上校正在一面整衣，一面和以立正姿势站在他面前的三位军官谈话。

“库尼亚·马托斯，你先谈谈部队目前的状况。”

马托斯少校将两个脚跟轻轻一碰，报告道：

“团座，八十三人死于天花及其他疾病，”他一面说一面在一张纸上扫视，“现在实有人数为一千二百三十五人。原有的一千五百万发子弹及七十枚炮弹原封未动。”

“先头部队最晚要在两小时内开进圣多山。”上校的声音干巴巴的，听不出抑扬顿挫，也听不出喜怒哀乐，“奥林皮奥，请你转告那几位市议会议员，请他们原谅。告诉他们，以后我会召见他们的。等一等，再请你告诉他们，我们不能把时间浪费在社交及宴饮上。”

“是，团座。”

奥林皮奥上尉退下。另一位佩戴上校军衔的军官走上前来，这是一位身材矮胖、目光深沉的老将。他报告道：“皮雷斯·费雷拉上尉和费布罗尼奥·布里陀少校已经到达。他们奉命来第七步兵团担任参谋。”

西塞上校沉思片刻。

“第七步兵团可真走运啊！”西塞上校的声音低得几乎听不见。

“塔马林多，请把他们带到这儿来。”

一名勤务兵跪在地上帮西塞上校穿上未戴马刺的马靴。过了一会儿，塔马林多上校带着费布罗尼奥和皮雷斯·费雷拉来到屏风前。两人先将脚跟一碰，“嘎”地响了一声。他们报上自己的姓名及军衔，随后说：“愿听您的吩咐。”此时，屏风已经撤去。莫莱拉·西塞上校把手枪及佩剑挎在腰上，把衬衫的袖子高高挽起，露出两条又短又瘦、汗毛稀疏的胳膊。他以冷漠的目光上下打量来人，一言不发。

“团座，我们想向您，巴西最有声望的军事首领，谈谈我们在这个地区的一些经验。”

莫莱拉·西塞上校紧盯费布罗尼奥的双眼，直盯得他慌了神。

“你们连一帮土匪都打不过，还有什么经验可言？”虽然他讲话的声音并不高，但周围的人仿佛触了电，顿时声息全无。他对待费布罗尼奥少校简直像对待一条小虫，直问得他哑口无言。随后他用一根手指指着皮雷斯·费雷拉道：“这位军官指挥一个连，手下有五百人马，可到头来还是像新上任的指挥官一样吃了败仗。你们败坏了我军的声誉，也就是败坏了共和国的声誉。我们第七步兵团不欢迎你们来。我不准你们参加战斗，只准你们待在后方，照料一下伤病员。你们现在可以走了。”

两位军官脸色铁青。费布罗尼奥浑身冒汗，张口想说点儿什么，但最后还是鞠了个躬，趺趺撞撞地走开了。皮雷斯·费雷拉上尉两眼发红，像个石头人似的呆在原地。莫莱拉·西塞上校从他身边走过时连看都没看他一眼。四周的军官和勤务兵又各自去办自己的事了。桌上放着几张地图和一大堆公文。

“库尼亚·马托斯少校，叫记者们进来。”西塞上校命令道。

马托斯少校把记者们让进候车大厅。这几位记者是和第七步兵团坐同一列车来的，瞧他们那踉踉跄跄的样子就知道疲劳到了什么程度。他们一共五人，年龄不等，身着长筒套鞋和马裤，头戴便帽，手拿铅笔和本子，其中一人还拿着一架带暗盒和三脚架的照相机。五人中最有名气的要算《消息日报》那位高度近视的年轻记者，他嘴上蓄着稀疏的山羊胡，和瘦削的面容显得十分协调。他手里提着一块奇形怪状的写字板，袖子上拴着个墨水瓶，瓶内插着支鹅毛笔。那个拿照相机的记者调整好了照相机，镁光灯一闪，吐出一股烟雾，躲在玻璃窗后的孩子们见了，乐得叫喊起来。莫莱拉·西塞上校躬身向记者们还礼。

“许多人不理解我为什么没有接见萨尔瓦多的诸位要员。”他的语气平淡，仿佛是在和谁寒暄，听上去毫不装腔作势、矫揉造作，“先生们，其实这并没有什么神秘的。为完成巴伊亚州赋予我们的使命，对我们来说，每分钟都是宝贵的。我们一定要完成这项任务。我们第七步兵团将给卡努杜斯的叛匪以应有的惩罚，正如我们严厉惩处了圣克鲁斯城堡及拉热城堡的叛乱分子、严厉惩处了圣泰—卡泰里纳的联邦分子那样。任何企图颠覆共和国的阴谋都是不被允许的。”

人们三五成群地挤在窗下，悄然无声，极力想听清西塞上校在说些什么。大大小小的军官及差役侍从也立在那里倾听着，一动不动。五位记者聆听着，将信将疑。是的，就是他，此刻他就站在那里，有鼻子有眼，和漫画上那副尊容一模一样。他个子不高，体态瘦弱，然而说起话来声若洪钟。他的两只小眼闪射着毫光，咄咄逼人，讲话时总像舞剑似的挥着一条胳臂。两天前在萨尔瓦多城，也和今天在盖伊马达斯一样，成百上千的人殷切地等待着他，他却使所有人都扫兴而归。他既未参加萨尔瓦多人为他举行的宴会和舞会，也未出席当局为他举办的招待会和欢迎会。他除了匆匆忙忙地参观一下军事俱乐部、对路易斯·比亚纳州的州长进行短暂的拜会之外，再没会见过任何人，因为他一直在亲自监督着士兵把辎重弹药由船上运到码头，随即又装车运往卡尔萨达车站，以便翌日就能运至腹地。他经过萨尔瓦多城时，像逃跑又像怕染上时疫一般，而且直到此时才对此举做出解释：时间紧迫。五名记者目不转睛地注视着他的每一个细微动作。他们没去考虑他那番话的含义，而是在回忆着任何有关他的传说和报道，比较着眼前这个声色俱厉、目中无人的矮个儿军人和卡努杜斯那个可恶、却被奉为神明的传奇人物。他们在极力想象着他到底是个怎样的人。

早在青年时代，他就自愿入伍，参加了对巴拉圭的战争。他在那场战争中多次负伤，多次受到嘉奖。升任军官初期（他当时在里约热内卢）因主张军事共和主义、策划颠覆帝制的阴谋而险些被开除军籍，打入监牢。记者们虽然觉得他的目光、表情及说话的声音都表明他是个意志坚强的人，但他们很难想象就是这样一个人竟敢在首都的奥维多大街上连发五枪，打死了那个倒霉的记者，并在法庭上公然宣称为自己的这一举动感到骄傲。他甚至扬言，倘若再有谁敢诬蔑军队，定将遭到同样的下场。然而，更值得回忆的是他从马托·格罗索（他被流放到那里直至帝制倒台）归来后的政治生涯。他曾是弗洛里亚诺·皮索托元帅的右臂，以铁一般的手腕镇压了共和国建立初期的所有叛乱。在那战火纷飞、狼烟翻滚的年代（亦称雅各宾分子猖獗的年代），他捍卫了自己提出的不要议会、政党的独裁共和理论。按照他的这一理论，军队将和昔日的教会一样，成为一个极力反对科学进步的世俗社会的神经中枢。他们在思忖着弗洛里亚诺·皮索托逝世时他在死者墓前致悼词曾晕过去的传说是否真实。当时有人说，文人政权建立，普鲁登特·德·莫拉依斯就任总统，宣判了莫莱拉·西塞及雅各宾分子在政治上的死刑。但那看来只是传闻，并非事实。如果真是那样，莫莱拉·西塞今天就不会受政府之遣，率领着巴西军队中的劲旅前来巴伊亚州执行任务了。有谁会认为他完成此项任务回到里约热内卢后不会高升呢？

“我不是到巴伊亚州来干预当地的政治斗争的，”他一面说，一面看都没看一眼地指指悬挂在屋顶上的共和党、自治党的标语，“军队不参与派系斗争，不参与政治。第七步兵团到这里来是为了镇压一起由复辟派发动的叛乱，因为卡努杜斯的那些盗匪和狂徒正在阴谋颠覆共和国。那些可怜的魔鬼不甘心失去自己昔日享有的特权，不愿让巴西成为一个现代化国家的贵族们的工具。那是某些不甘心政教分离、穷奢极欲的神父们的工具，因为他们不愿把属于恺撒的东西归还恺撒。他们同时也是英国人的爪牙，因为有迹象表明英国人妄图恢复那个腐败的、曾允许他们以十分低廉的价格掠走巴西全部蔗糖的巴西帝国。但是，他们错了。无论是贵族、神父还是英国佬都将无权再在巴西作威作福。军队决不允许他们这样做。”

他讲话的声音越来越高，最后一席话更是讲得慷慨激昂，右手一直按着插在子弹带里的手枪。上校的话讲完了，人们谦恭地等待着，整个站台一片寂静，连苍蝇在碗盏上方飞来飞去的嗡嗡声都能听见。天气燥热，可有位年长的记者依然穿着一件花格子夹克。他胆怯地举起一只手，不知是想发表点儿议论还是想提个问题。但西塞上校没让他讲话。上校打了个手势，两个勤务兵顿时心领神会，将一只木箱从地上抬到桌上，随后打开了箱盖：箱里装的全是枪支。

莫莱拉·西塞上校倒剪双手，开始在五位记者面前踱来踱去。

“先生们，这些枪支是在巴伊亚腹地缴获的，”他像在挖苦某个人似的嘲讽道，“还未能运到卡努杜斯。从哪儿来的呢？是从利物浦来的！他们连出厂的商标都不屑去掉。

“在巴西还从未见过这种枪。只要在上面装一个特殊装置就可以发射达姆弹。这就是那些使外科医生们迷惑不解的窟窿、那些直径达十厘米甚至十二厘米的窟窿产生的原因。它们看上去不像子弹打的，而像手榴弹炸的。难道那些愚昧无知的甲贡索人、那些呆头呆脑的牲口贩子懂得达姆弹？难道他们会制造欧洲人造出来的这些新鲜玩意儿？还有，某些身份不明的人的出现又说明了什么呢？在依布埃拉发现了一具尸体。在卡平·格罗索逮住一个家伙，他包里装的全是英镑，供认曾给一帮讲英语的人充当向导。在贝洛·奥里森特发现有外国人把粮食、弹药运往卡努杜斯。所有这些事件充分说明，有人在阴谋颠覆共和国。敌人并没有缴械投降，但他们只能是枉费心机。先生们，他们在里约热内卢失败了，在南格兰德河也失败了，在巴伊亚等待他们的同样是失败的命运。”

他迈着急促不安的步子，在记者们面前兜了两三个圈儿。此刻，他又回到原来的地方，站在放着地图的那张桌旁。当他再次开始训话时，口气是强硬的、咄咄逼人的。

“你们愿随第七步兵团一起来，这我同意，但你们必须遵守某些规定。你们从这儿发出的电讯稿必须预先经过库尼亚·马托斯少校或塔马林多上校的批准。沿途通过信差带出去的报道也必须如此。我要警告你们，如果有谁未经我助手的许可私自往外发消息，将是严重的违法行为。我希望你们能谅解这一点，因为任何过失、任何错误、任何疏忽都可能给敌人造成可乘之机。目前我们处在战时状态，请别忘了这一点。预祝诸位在第七步兵团逗留期间生活愉快。诸位先生，我的话讲完了。”

接着，西塞上校向司令部的军官们转过身来，军官们立即围了上去，仿佛妖术已经解除。盖伊马达斯车站顿时又活跃起来，人声鼎沸，熙熙攘攘。但五名记者仍站在原处，呆滞木然，面面相觑，显出沮丧的神态。他们不明白莫莱拉·西塞为什么对待他们竟像对待敌人，为什么一个问题都不让他们提，为什么对他们没有任何热情的——至少是礼貌的表示。西塞上校的副官们各自领了命，两个脚跟一碰，朝不同的方向去了。现在只剩西塞上校一人了，他朝四周扫视了一眼。就在这当儿，记者们本以为上校会到他们这边来，但他们错了。西塞上校凝视着贴在玻璃上那一张张饥馑、黝黑、憔悴的脸庞，好像刚刚发现了什么似的。他双眉紧蹙，下唇前突，说不上是一种什么表情。突然，他径直朝最近的一扇门走去。他打开大门，摆着手，招呼那群衣衫褴褛——其中许多人连鞋子都没穿——的老人、妇女、儿童进候车厅，但这些人呆在原地，一动不动，只是用尊敬、畏惧、羡慕的目光望着他。他用力挥着胳膊，要他们进去。他拉他们，拖他们，指着长桌要他们坐到长桌那儿去。那儿摆着市政厅为欢迎他而准备的美酒佳肴，贪婪的苍蝇在上面往来盘旋，构成了一个个光轮，使得那些美味黯然失色。

“请进，请进。”他一面说，一面连拉带拖地把他们拉到座位上，并亲自揭去盖在饭菜上的纱布。

“第七步兵团请你们。请吧，你们别害怕。这些东西全是为你们准备的。你们比我们更需要。请，请，多吃点儿。”

此时无需他再去鼓动了。他们喜出望外，争先恐后地朝那些杯盘碗盏拥去，你给我一肘，我回你一拳，推推搡搡，争着去抢吃那些酒菜。

西塞上校望着他们，心里十分难过。记者们依然呆在原处，瞠目结舌。一个骨瘦如柴的老太婆临走手里拿了块已被啃过几口的面包，脸上漾着感激的神情走到莫莱拉·西塞上校身旁。

“愿圣母保佑您，上校。”她画了个十字。

“保佑我的是这位女神。”记者们听到西塞上校拍着身上的佩剑对那位老妇说。

吉普赛人的马戏班在全盛期有二十个人，如果大胡子女人、矮子、蜘蛛人、巨人佩德林及能吞食活青蛙的儒利昂都可称做人的话。那时，马戏班正坐着一辆红漆双轮大篷车上云游四方，车棚上印着演员的相片，拉车的四匹马全是法兰西兄弟会耍杂技时骑的那种马。马戏班除了拥有吉普赛人沿途搜罗来的那些奇形怪状的人，还有一个小小的动物园：一头五条腿的绵羊、一只长着两个脑袋的猴子、一条眼镜蛇（普通眼镜蛇）及一头长着三排牙齿的山羊。每次演出，佩德林总要用他那两只大手将山羊的嘴巴掰开，让观众瞧瞧。他们演出时从不搭帐篷，一向是趁赶集或宗教节日时露天演出。

在他们表演的节目中，有显示力量和平衡技巧的，有魔术，也有哑谜。黑人索利芒能吞大刀；蜘蛛人能像柔丝一样爬到一根光溜溜的大杆上，倘若观众中有谁也能像他那样爬上去，他就会给谁一张惊人的百万瑞斯券①；巨人佩德林能把锁链挣断；大胡子女人则能让眼镜蛇起舞，还敢和眼镜蛇接吻；马戏班所有的成员都能用烧焦的树皮和大米粉把自己化装成小丑，都能把没有骨头似的傻子折成两截、四截甚至六截。但是，马戏班真正的名角是矮子，他能讲许多情节曲折动人、充满想象、富有浪漫主义色彩的游侠故事：那不勒斯国王的女儿玛格洛娜公主被骑士皮耶尔掳去、一名海员后来在鱼肚里发现了公主的首饰的故事，美女西尔瓦尼娜美貌惊人、她的生父要娶她为妻的故事，查理大帝与法国十二重臣的故事，公爵夫人久婚不育和魔鬼私通生下魔鬼罗伯特的故事以及奥利维罗斯和费拉布拉斯的故事。所有这些故事，他不但会讲，而且讲得绘声绘色，精彩动人。正因为如此，他的节目总是安排在最后，为的是让观众慷慨解囊。

---

① 百万瑞斯券是马戏班为招揽顾客而自己制作的广告。

吉普赛人一定和海滨的警察有什么旧账未清，因为即使在久旱不雨的日子里，他也从不愿到那里去。他性情暴躁，不论事大事小，也不论是男是女，甚至动物，谁触犯了他，他就会狠狠揍谁一通。虽然他这样虐待众人，但马戏班里没有一个人想离去。他是这个马戏班的核心，班子是他搭起来的，是他把这些原来被家人或乡邻当作笑柄、被异乡人视作怪胎或被上帝惩罚的人从各处搜罗到马戏班里来的。他们每个人，其中包括矮子大胡子女人、巨人佩德林、蜘蛛人，甚至傻子（他虽然不懂，但他能感觉）都觉得这个四海为家的马戏班比他们原来的家温暖。他们跋山涉水，跑遍了炎热的腹地。他们无须再担惊受怕，也不再感到羞愧。既然大家都长着一副怪相，就无所谓怪不怪了。

他们谁都无法理解纳杜沃村那个小伙子的想法。那青年满头长发纷乱地交织在一起，两只眼睛乌黑闪亮，两条短腿走起路来东摇西晃。有一次演出，人们注意到吉普赛人一直在凝视着那小伙子，脸上流露着异常兴奋的表情。吉普赛人之所以那样是因为怪物（不论是人或是动物）本身比靠怪物去赚钱对他更有吸引力。他可能在这个由怪物和多余物组成的大家庭里觉得更健康、更充实、更纯洁。演出结束时，吉普赛人问清了青年的住址，找到了他的家，见到了他的父母，并且说服了青年的父母。青年的父母同意让孩子随吉普赛人去学艺。令人费解的是，就在吉普赛人开始教他驯兽节目时，他逃跑了。

久旱不雨，马戏班的艺人们恳求吉普赛人到海滨去，但吉普赛人执意不肯，厄运也就从那时开始了。他们看到的一座座荒芜的村落和尸骨遍野的庄园。他们知道，他们早晚会渴死。然而，吉普赛人拒不接受大家的劝告。有一天晚上，他对大家说："我现在让你们走，谁想走就走吧。可有一条，如果你们现在不走，以后就别在我面前再啰嗦马戏班该到哪里去。”一个都没走，毫无疑问，他们对人比对这场旱灾更害怕。吉普赛人的妻子达迪娃在卡汀珈的多莫拉病倒了。他们无食充饥，只得把马戏班里的动物吃掉。当旱象解除，又开始降雨时，已是一年半以后的事了，他们小小的动物只剩下了眼镜蛇。艺人中，儒利昂和他的妻子萨比娜、黑人索利芒、巨人佩德林、蜘蛛人及小女明星相继死去。那辆车棚上印着人头像的大篷车不见了。他们现在只得把全部行囊堆在两架板车上拉着走。后来，又降雨了，人也渐渐回来了，马戏班开始恢复起来。吉普赛人买了两匹骡子。演出又开始了，虽然挣钱不多，但总算够他们维持温饱。但比起往日，情况已大不相同了。吉普赛人因失去了三个儿子，终日疯疯癫癫，无心多问马戏班的事情。他的三个儿子原是委托给大卡尔德朗村的一家人照管的，但等大旱过后再回来寻找时，村上没有一个人说得出坎皮纳一家及孩子们的下落。吉普赛人没有就此罢休，直至若干年后还一直四处打听，但音信杳然。三个儿子的夭亡——至少大家都认为是死了——把这个性格刚强的人变成了冷漠无情的人。他常常喝得酩酊大醉，而且动不动就大发雷霆。一天下午，马戏班在圣罗莎村演出，吉普赛人表演巨人佩德林从前常演的一个节目：看观众中有没有人能将他推翻在地。当时，人群里走出一条大汉，把他一下子推了个仰面朝天。吉普赛人立即从地上爬起来，说他刚才是滑倒的，要与那汉子再较量一次。那大汉当即又把他打倒在地。吉普赛人再次爬了起来，眼里射着凶光，逼问那汉子敢不敢持刀再来比试一下。那汉子不肯再打，可他气急败坏地再三向那汉子寻衅。那大汉被逼得无计可施，只得应战。和刚才一样，那大汉不费吹灰之力，再次将他打翻在地，脖子上顿时开了个大口子，两只眼成了两颗玻璃球。日后人们才知道，那位对手不是别人，正是强盗彼得劳。这位吉普赛人当时岂不是异想天开？

吉普赛人无论如何总算活下来了，这就应验了“不该死的准有救”那句话（这话是大胡子女人说的），马戏班也没散伙。然而，他现在确实成了这个不景气的马戏班的累赘。横竖他们有了一辆大篷车，由一头骡子拉着。车架几经修补，车篷上也打满了补丁。篷内睡着最后剩下来的几位艺人：大胡子女人、矮子、傻子，此外还有眼镜蛇。他们仍在演出，矮子讲的艳情侠客故事仍和从前一样受欢迎。为了不把那头骡子累坏，他们徒步走路，唯一坐车的是那条被放在竹篮里的眼镜蛇。他们在腹地周游的路上遇到过圣徒、盗贼、香客、退役军人，也遇到过一些长相丑陋的怪人，但像那天上午在里亚乔·达·翁萨一个拐弯处见到的红头发男人，以前还从未遇到过。那红头发男人一动不动地躺在地上，身上裹着一袭青衣，青衣上沾满了灰尘。在离他几米远的地方，有一具正在被兀鹫啄食的驴尸，驴尸旁是一堆已经熄灭的篝火。一名年轻妇人站在火堆旁，凝望着他们朝她走来，看不出她脸上有任何痛苦的表情。拉着大篷车的骡子自动停下，仿佛是谁命令它停下。大胡子女人、矮子及傻子仔细看了看那个躺在地上的男人。他们透过那长长的头发发现，他肩膀上有伤，额上、耳上及胸部有着斑斑血迹。

“死了？”大胡子女人问。

“还没。”胡莱玛答道。

“这片土地将被大火烧成焦土。”“劝世者”一面说一面从床上欠起身来。头天夜里的圣列游行直至午夜后才结束，他们至多只睡了四个小时，心灵耳聪的利昂·德·纳图巴却在睡梦中听到了这清晰的声音。他从地上一跃而起，赶忙找来纸和笔将这句话记了下来。这样的警句是万万不可遗漏的。“劝世者”此刻沉浸在幻梦中，闭着双眼接着说：“可能有四场大火，前三场将由我来扑灭，第四场要留给好耶稣了。”他这次说话时把隔壁屋里的女信徒们惊醒了。就在利昂·德·纳图巴记录时，门开了，玛丽亚·瓜德拉多——除利昂·德·纳图巴及小信徒贝阿迪托，她是唯一无须经过允许，白天黑夜均可进入圣所的人——裹着蓝色长衣进来了。“赞美我主耶稣基督，”圣所圣诗班的女头目玛丽亚·瓜德拉多边画十字边说，“赞美我主。”“劝世者”应声睁开了眼，以凄怆的声调说：“他们可以杀死我，但我绝不背弃上帝。”

利昂·德·纳图巴知道贝阿迪托交给他的这桩差使虽能使他和“劝世者”时刻待在一起，但责任确实非同小可。他一面记录，一面听着隔壁屋里女信徒们叽叽喳喳的声音，她们正焦急地等着玛丽亚·瓜德拉多下令让她们到这边来。她们一共八人，全是圣诗班的成员。她们和玛丽亚·瓜德拉多一样打扮，都穿着没有披肩、没有边饰的蓝色长衣，腰上系着一条白带。她们没有穿鞋，头上裹着一块布，也是蓝色的。她们虔诚，富有牺牲精神，才被世人之母玛丽亚·瓜德拉多选中，专门来服侍“劝世者”。这八位虔诚的女人已经许下宿愿，恪守贞洁，不再还俗。她们就睡在隔壁屋，终日陪伴着德高望重的“劝世者”。而“劝世者”呢？他要监督圣堂的事务，要去圣安东尼奥教堂祈祷，要主持迎神赛会，要主持念珠祈祷及葬礼，有时还要去视察社会福利机构。“劝世者”是个节衣缩食、生活俭朴的人，所以他要她们干的事并不多：洗刷缝补他那深蓝色长衫，照料那头小白羊，清扫圣所的地面和墙壁，掸去那张用几根木桩支起来的床上的尘土。此刻她们进来了，玛丽亚·瓜德拉多随手关上了她刚刚给她们打开的门。亚历杭德里娜·科雷娅牵来了小白羊。女信徒们一面画着十字一面祈祷：“赞美我主耶稣基督。”“赞美我主。”“劝世者”摩挲着小白羊回答。利昂·德·纳图巴跪在地上，手里拿着笔，纸张放在当写字台用的小凳上，两只机灵的眼睛——蓬乱肮脏的头发一直耷拉到脸上，眼睛透过毛发闪着亮光——紧盯着“劝世者”的双唇。“劝世者”要开始祈祷了，但利昂·德·纳图巴未俯下身，也未跪下。他重任在身，可以不祈祷。贝阿迪托曾指示他，要他时时注意，说不定“劝世者”的某句话就是“天意的昭示”。清晨，“劝世者”在默默祈祷。透过屋顶、墙缝及门缝射进圣所的晨光越来越亮，尘埃在金色的光束中飘荡。贝罗山醒来了：鸡在啼，狗在吠，门外传来人们的说话声。毫无疑问，前来拜见“劝世者”或想向“劝世者”请求恩赐的朝圣者及百姓早已在外面排成了长龙。

“劝世者”正襟危坐，女信徒们给他端来一杯羊奶、一片面包、一碗玉米糊糊和一篮芒果。但他只喝了几口羊奶，别的什么也没吃。她们又给他提来一桶盥洗用的水。她们有的干这，有的干那，一声不响，而且井然有序，谁也不妨碍谁，好像预先演习过似的。她们用手蘸了水，给他洗过脸，洗过脚。他一动不动地端坐在那里，全神贯注地思索着，虔诚地祈祷着。她们刚给他穿上睡觉时脱去的麻鞋，贝阿迪托和若安·阿巴德便进门了。

两人本来就一矮一高，一瘦一胖，长相各异，现在站到一处，这种差别就更明显了。一个说着“赞美仁慈的耶稣”，另一个念着“赞美我主耶稣基督”。“赞美我主。”“劝世者”边答边把手伸向他们。就在贝阿迪托和若安·阿巴德吻他手的当儿，他急切地问：

“华金神父那里有消息吗？”

贝阿迪托回答说没有。贝阿迪托身材矮小，老态龙钟，但从他的脸上可以看出是个性格倔强的人。他不仅负责组织各种宗教活动，接待香客，主持行列圣歌，照料祭坛，而且还要抽空谱写赞美诗和祷词。他那件咖啡色长衫已爬满了补丁，缀着许多护符，鬃毛褂裸露在外面。据说，自从小时候“劝世者”把这件鬃毛褂给他穿在身上，他就再也没脱下来过。就在他移步向前要说话的当儿，人称镇长和街道司令的若安·阿巴德向后退了退。

“神父，若安有个想法值得考虑，”贝阿迪托用他那在“劝世者”面前一向使用的胆怯谦恭的语气说道，“刚才在贝罗山发生了一场战斗。大家当时都去迎战了，把你一人留在钟楼里，连个保护的人都没有。”

“上帝在保护着我，孩子，”“劝世者”低语道，“正像上帝在保护着你和所有的信徒一样。”

“我们死了不要紧，可你必须活着，”贝阿迪托又说，“百姓需要你赐福给他们呀，神父。”

“神父，我们想组织一支卫队来保护你，”若安·阿巴德低着头，斟酌着字句，“卫队将负责你的安全，免得你受到伤害。我们要像‘世人之母’玛丽亚·瓜德拉多选择圣诗班成员那样选择卫队队员。加入卫队的人必须是最善良、最勇敢、最值得信赖的人。他们将竭尽全力为你效劳。”

“正如天上的天使为仁慈的天主效劳。”贝阿迪托补上一句。他指指门外嘈杂的人群，又说：“朝圣者一天比一天多，一会儿比一会儿多。眼下等在这里的就有几百人。我们不可能一个个去了解他们。倘若有人行刺你呢？卫队将是你的盾牌。如要真打起仗来，也不会撂下你只身一人了。”

女信徒们默默地跪在地上，一言不发。只有玛丽亚·瓜德拉多站着，贝阿迪托和若安·阿巴德站在她身旁。

就在他们谈话的当口，利昂·德·纳图巴爬到“劝世者”身旁，像条深得主人欢心的狗，将脸偎在“劝世者”的膝上。

“神父，你不要单从自己方面考虑，要为众人想想呀，”玛丽亚·瓜德拉多说，“这个主意出得好，你就采纳了吧。”

“这将是第一支天主卫队，将是保卫仁慈耶稣的唯一卫队，”贝阿迪托道，“他们将是十字军的战士及捍卫真理的战士。”

“劝世者”只做了个几乎令人觉察不到的手势，但大家明白他已同意了。

“谁来当卫队的头？”“劝世者”问。

“如果你认为合适的话，可以让若安·格兰德来当，”若安·阿巴德回答说，“贝阿迪托也认为若安·格兰德合适。”

“他倒确实是个虔诚的教徒。”“劝世者”停顿了片刻。当他再开口讲话时，全然是另一种语气了，仿佛不是对他们中的某个人讲话，而是面对更加众多、永不消失的听众讲话了：“他的身心曾备受苦难。而正是苦难，特别是心灵上遭受的苦难才造就了像他那样虔诚的人的心。”

贝阿迪托转下眼的工夫，利昂·德·纳图巴已将脑袋从“劝世者”的膝上移开，并且像猫逮老鼠那样敏捷地拿起纸笔，将“劝世者”刚才讲的那句话记了下来。写罢，又像猫一般爬回“劝世者”身旁，重新将那毛发蓬乱的头偎在“劝世者”膝上。若安·阿巴德开始讲述过去几个小时内发生的事情了。几个甲贡索人已动身前去打探消息，另有几个带着粮食和探听到的消息已经返回，还有几个烧毁了那些拒不救助耶稣的人的庄园。“劝世者”是否在听他讲述？他双目微闭，一动不动，默然无语。女信徒们也和“劝世者”同样神态，仿佛她们的心早已在为这场对话欢呼。贝阿迪托称此类对话为“将给贝罗山百姓带来启迪和真理、圣灵间的对话”。眼下虽未有再次兴兵动武的迹象，但若安·阿巴德仍在卡努杜斯通向盖莱莫波、乌亚乌亚、康巴奥、罗萨里奥、肖鲁肖及库尔多斯博依斯等地的路口设了岗哨。瓦沙—巴里斯河两岸也在挖掘战壕，修筑堡垒。“劝世者”没问贝阿迪托什么，甚至在贝阿迪托讲述目前正在进行着的这场战斗的情况时也一言未发。贝阿迪托像念咒似的报告着。从昨晚到今晨，朝圣者仍在络绎不绝地到达这里。他们有的来自卡博博，有的来自若科比纳，还有的来自庞孔塞霍或本巴尔。他们在圣安东尼奥教堂等着拜见“劝世者”。“劝世者”也许会在上午去教堂视察之前接见他们吧？贝阿迪托继续讲述着。做拱门用的木材已经用完，故而合顶的工作还不能开始。两个木工已动身到若塞罗去购买木材。幸好不缺石料，所以泥匠们仍在继续砌墙。

“圣堂的工程必须尽快竣工，”“劝世者”睁开眼轻声说道，“这比什么都重要。”

“是的，神父，”贝阿迪托说，“大家都来帮忙了。现在缺的不是劳动力，而是原料。没有办不到的事。木材也会弄到的。如果要我们出钱，我们就给他们钱。大家都准备尽各自的一点力量。”

“华金神父已有几天没有来了，”“劝世者”略显不安地说，“贝罗山也有好多日子没做弥撒了。”

“可能是找导火索去了吧，神父，”若安·阿巴德说，“我们的导火索快用光了，华金答应帮我们到卡萨布矿去买。说不定他已经买好，正等人把导火索运到这里来呢。要我派人去找他吗？”

“华金神父会来的，他不会背弃我们。”“劝世者”回答说。随后，他用目光在人群中找到了亚历杭德里娜·科雷娅。自他们提到贡贝神父华金的名字，她就一直把头缩在脖颈里，显然有点儿慌乱。“孩子，你过来。不要再为这事羞愧了。”

随着时间的流逝，亚历杭德里娜·科雷娅瘦多了，脸上布满皱纹，但鼻子仍和以前一样翘着，显出一副刚强的神情，这和她那俯首听命的举止形成了鲜明对照。她怯生生地走近“劝世者”，不敢抬头正眼望他。“劝世者”把一只手放在她头上，说：

“亚历杭德里娜，这是因祸得福。他从前不好，作了孽，可尝到苦头后决心改过。他还清了欠上帝的债，最后成了天主的忠实信徒。总之，你为他做了件好事。正是因为有华金神父和你在贝罗山的几位兄长，我们才可以经常听弥撒。”

“劝世者”的这最后几句话说得很伤心，也许他连亚历杭德里娜回到自己原来的位置前躬下身去吻他的长衫都没感觉到。很早以前，常有几位神父来卡努杜斯主持弥撒、婚礼，为初生的婴儿洗礼。但自从萨尔瓦多圣芳济会的传教士在这里举行了一次宗教仪式——那次仪式后果十分严重——之后，巴伊亚州大主教便下令禁止神父们再到卡努杜斯来布道。唯一坚持到这里来的只有华金神父。华金神父不仅把宗教活动上的便利带给卡努杜斯，而且常常送利昂·德·纳图巴一些笔墨，送贝阿迪托一些香烛，还常给若安·阿巴德和比拉诺瓦兄弟捎话来。是什么东西促使他从前敢向教会、现在又敢向地方当局提出挑战呢？很可能是为了他孩子们的母亲亚历杭德里娜·科雷娅吧！他每次到这里，总要在圣所或圣安东尼奥教堂同科雷娅进行一次清教徒式的谈话。但也可能是为着“劝世者”。大家看到他在“劝世者”面前总显出一副拘谨不安的神态，像有什么隐痛似的。可能他认为只要到这里来，就可以偿还欠上帝和腹地百姓的债。

贝阿迪托又开始汇报了，他在讲述那天下午即将开始的、为时三天的热血节。正在这时，门外传来一阵喧嚷声，随即有人叩门。玛丽亚·瓜德拉多去开了门。在她转身时，阳光顺着门缝射到她的背上。一群人在极力向门内窥探，贡贝教区的神父华金出现在门口。

“赞美我主耶稣。”“劝世者”急忙站起身来。利昂·德·纳图巴一跃闪到一旁。“正说着您，您就来了。”

“劝世者”朝风尘仆仆的华金神父迎上去，躬身朝他施了一礼，并抬起他的手吻了吻。“劝世者”这毕恭毕敬的样子——他见到华金神父一向这样——使华金神父受宠若惊，茫然不知所措。但“劝世者”今天心神不宁，好像毫未察觉。

“刚刚接到一份电报，”就在贝阿迪托、若安·阿巴德、玛丽亚·瓜德拉多及其余几位女信徒上前吻华金神父的手时，华金神父开口道，“联邦军的一个团已离开里约热内卢，正开赴这里。团长是一位赫赫有名的军人、一位常胜将军。”

“可从来没有人能胜过上帝。”“劝世者”以庆幸的口吻道。

缩在一旁的利昂·德·纳图巴赶忙将这句话记了下来。

鲁菲诺已和赫戈维纳的铁路管理人员谈妥了一桩生意，此刻正带领几名牧人行走在本登戈山——传说曾有一块陨石坠至此山——的羊肠小道间。一伙强人从何塞·贝尔纳多·穆拉乌少校的佩德拉·韦尔梅拉庄园掠走了五六十头牛，他们正是追赶这伙强人去的。但牛还未找到，他们便听说费布罗尼奥·德·布里陀少校的远征军在康巴奥吃了败仗。于是，鲁菲诺一伙只得决定停止追踪，以防碰上从前线归来的甲贡索人。鲁菲诺刚和牧人们分手，便在格兰德山口落入一帮逃兵手中，为首的是贝尔南布戈的军曹。逃兵们抢走了他的猎枪、砍刀、干粮及钱包——钱包里的钱是他当向导挣来的。他们并没有伤害他，甚至告诉他，别走圣多山，因为布里陀少校的残兵败将正向那里集结，会抓他去当兵。

整个地区陷入战争的火海。次日夜里，鲁菲诺听到卡里亚恰河一带有枪声，清晨起来便发现从卡努杜斯来的人焚毁了他所熟悉的圣罗莎庄园，并把庄园洗劫一空。那幢四周围着木栏、木栏外种着棕榈树、阔绰新颖的房子已化为灰烬，畜栏里空荡荡的，大厅和雇工们住的房子也成了一堆瓦砾。住在附近的一位老人告诉他，所有人都带着从火里抢出来的东西赶着牲畜到贝罗山去了。

为了避开圣多山，鲁菲诺只得绕了个大圈子。翌日，去卡努杜斯朝圣的一家人告诉他，一定要小心，因为一队队乡警正在这一带为政府军搜罗年轻人。中午时分，他来到隐没在恩戈尔达山荒坡秃岭间的一座小教堂内。到这个教堂来的人，有的是杀人后来悔罪的，也有的是来上供的，一向如此。教堂很小，孤零零的，连扇门都没有。蜥蜴在白色的围墙上爬来爬去，四壁挂满各种供品：石碗、木雕、人像、蜡做的人臂、人腿、人头，还有凶器、衣服以及其他形形色色的古怪玩意儿。鲁菲诺审视着挂在那里的砍刀、刮刀及猎枪，看中了一把放在那里不久的锋利弯刀。嗣后，他在只摆着一个十字架的圣坛前跪下来，向上帝诉说着要那把弯刀的因由。他对上帝说，他的全部家当已被抢得一干二净，需要借用那把弯刀作为护身之物回家。他声明，这样做绝不是有意抢走属于上帝的东西。他答应一定把弯刀还回来，而且答应归还时另带一把来，作为奉献给上帝的礼物。他声明，他不是强盗，而且一向说话算数。他画了个十字后道："感谢您，仁慈的耶稣。"

他继续赶路。他越过高山，涉过溪水，穿过茂密的丛林。他疾步走着，不知疲倦。那天下午，他猎得一只犰狳，点起一堆篝火，在火上把肉烤熟。他足足吃了两天才把肉吃完。第三天，他来到东北村外，朝村里的一座茅屋走去，那是他从前经常过夜的地方。今天，屋主一家待他格外热情，主妇亲自给他端来了饭。他先向他们叙述了在路上遭逃兵抢劫的情形，随后又谈到了康巴奥战役——看来这一仗伤亡不小——及日后可能发生的事情。就在他们闲聊的时候，鲁菲诺注意到屋主夫妇俩互使眼色，仿佛有什么话要对他讲，可又不敢开口。他止住话题，等待着。屋主咳嗽了一声，问他多长时间没听到家人的消息。将近一个月。母亲是否去世？没有。胡莱玛呢？夫妇俩觑着他。屋主终于又开了腔。据说，有人曾听到从他家里传出枪声，并说他的妻子已跟着一个满头红发的外国人逃走了。

鲁菲诺听罢，谢过他们的盛情款待，当即告辞出门。

翌日黎明，鲁菲诺来到一个山坡上，站在那里就能望到他家的茅屋。他穿过和加利雷奥·加尔首次会面的那片遍地乱石、灌木丛生的小树林，并和往常一样连跑带蹦地爬到一片高地上，他家那间茅屋就坐落在这片高地上。他脸上布满长途跋涉、恼怒和听到不幸消息时的印迹：脸色冷峻、阴沉，脸上的肌肉不住地痉挛。他身上唯一的行李是向仁慈的耶稣借来的那把弯刀。离茅屋只有几米远了，他脸上显出恐惧的神色。畜栏的门敞开着，里面空落落的。然而，鲁菲诺此刻以深沉、探询、惊奇的目光注视着的不是畜栏，而是门前的那块平地。平地上原来什么都没有，现在却有两个用石块堆起的十字架。他走进茅屋，看见了原有的煤油炉、床、箱笼、圣母拉帕的画像、锅、碗、柴堆。所有的东西好像都在那里，甚至像经过整理似的。鲁菲诺又仔细看了看，仿佛要从这些东西上探寻出他离开家的这些日子里究竟出了什么事。家里静悄悄的，听不到狗吠鸡啼，听不到山羊铃铛的叮当声，也听不到妻子的说话声。他在屋内走了几步，细心检查起来。检查罢，他的两只眼红了，出了门，轻轻将门关上。

他朝盖伊马达斯走去。远处的盖伊马达斯在阳光下闪闪发光。鲁菲诺的身影消失在一片高地的拐角处。不一会儿，又出现了。他疾步向前走着，身边闪过铅色的岩石、仙人掌、枯黄的灌木丛及畜栏的尖栏杆。半个小时后，他来到盖伊马达斯镇的依达比古鲁大街，并顺着大街到了中心广场。阳光灿烂，一幢幢乳白色的楼房耀眼袭人，蓝色或绿色的门窗显得格外雅静，到处是在康巴奥吃了败仗退下来的官兵，衣冠不整，一眼就看得出是从外地来的。他们三五成群，有的走街串巷，有的在树下睡觉，也有的正在河里洗澡。鲁菲诺从士兵面前走过时并没去理会他们，也许他压根儿就没看见他们。

他心里装着自己的乡亲：皮肤被晒得黑黑的牧人、正在给婴儿喂奶的妇女、骑马离去的男人、晒太阳的长者、蹦蹦跳跳的孩童。乡亲们向他问好或喊一声他的名字。他心里明白，他走过之后，乡邻们定会回头望望他，指着他嘀咕几句。他不住地点头还礼，但脸上没有笑容，两只眼总望着前方，不愿和任何人搭讪。他穿过洒满阳光的中心广场。广场上有许多狗，四周有许多店铺。他仍不住地点头还礼，完全清楚之后人们对他的议论、对他的看法以及那种目光和表情。他径直走到罗萨里奥教堂对面一间卖蜡烛和神像的店铺门前，摘下帽子，像潜水员下水前那样，先深深吸了口气，随后进了店铺。一个小老太婆正将一包什么东西递给一位顾客，见他进来，顿时睁大了双眼，脸上掠过一丝亮光。但她没立即开口，等那顾客走后才过来和他搭话。

这店铺是个正六面体，壁上有许多洞，阳光透过洞隙一束束地渗进店内。大大小小的蜡烛，有的挂在钉子上，有的摆在柜台上。各种供品琳琅满目，四壁挂满了基督像、圣徒像、圣母像以及其他画像。鲁菲诺跪倒在地上吻着老妇的手道：“早安，妈妈。”她伸出干柴棍儿似的手指——指甲漆黑——在他额上面了个十字。老妇瘦骨嶙峋，满脸皱纹，眸子中闪着凶狠的光，手里抚弄着一串大念珠。虽然天气酷热，她身上仍裹着条披巾。

“凯依法想见你，他有话要对你讲。”不知她是因为心里难过还是因为嘴里的牙齿掉光了，讲起话来显得十分吃力，“这个星期六他要来赶集的。前几个星期六他都来过，一直想看看你回来了没有。虽然路远，他还是来过好几趟了。他是你的好朋友，有话要和你讲。”

“妈妈，那就请您在他来之前，先把您知道的事告诉我吧。”鲁菲诺喃喃地说。

“他们不是来这里杀你的，”老妇当即嗔怪道，“也不是要杀她。他们唯一要杀的是那个外国人。那外国人要自卫，结果误杀了两人。你没看见家门前那两个十字架吗？”鲁菲诺点了点头。“没有人来领尸，所以只好把他们埋在那里。”她画了个十字，“主啊，愿你在天国里保佑他们。你没注意你家里干干净净的？前些日子，我免不了去收拾收拾，免得等你回来时什么都是乱糟糟的。”

“您不应该去收拾呀。”鲁菲诺沉吟道。他低垂着头，手里拿着帽子，又说：“您现在都走不动了，再说那个家从今往后再也不会干净了。”

“这么说，你已经知道了。”老妇一面唠叨一面极力想看看儿子的神色，可他总低着头，躲着她。老妇叹了口气，停顿了片刻，然后接着说：“你的山羊、你的鸡，我全给你卖了，免得人家去偷。卖下的钱放在盒子里。”她又沉默了。她尽量拖延着，不愿将她唯一担心的，也是鲁菲诺唯一关心的那桩事说出口。“世道不好。人人都说你回不来了。有的说你可能被抓去当兵了，说不定早已死在战场上了。你没看见盖伊马达斯驻了多少兵？看来，那里死人不少。费布罗尼奥·德·布里陀少校也到这儿来了。”

但鲁菲诺没有让她继续讲下去。

“您知道是谁叫他们来的吗？我说的是那些到这儿来行凶的人。”

“是凯依法，”老妇回答说，“是凯依法叫他们来的。他要把情况向你解释一下。他已给我讲过了。他是你的好朋友，他们不是来杀你也不是来杀她，是来杀那个红头发外国人。”

老妇不再言语，鲁菲诺也默不作声。昏暗闷热的店铺里静得连在神像间飞来飞去的苍蝇的嗡嗡声都能听见。最后，老妇终于下决心告诉他。

“许多人都看见过他们。”她叹气道。她声音颤抖，双眸中突然放出毫光。“凯依法也见过他们。凯依法给我讲述这件事时，我心里想，我作了孽，给儿子带来这大灾大难，这是上帝给我的惩罚。是的，鲁菲诺，是她，是胡莱玛救了那个外国人，是她挡住了凯依法的手，最后两人搂搂抱抱地一起走了。”她伸手指着外面道，“外边的人都知道了。孩子，我们不能再在这里住下去了。”

鲁菲诺光光的瓜子脸上笼罩着阴影，脸上的肌肉一动不动，眼也不眨一下。老妇挥舞着拳头——她的手指很短，像一节节的葡萄藤——鄙视地朝街上啐了一口：

“他们来安慰我，说你这好那好，每句话都像一把匕首刺在我心窝上。孩子，他们全是毒蛇呀！”她用黑披巾擦擦眼，做出一副哭相，其实眼里并没有泪，“你要报仇，要洗去这耻辱，是吧？她竟干出这种事来，这比挖掉你的眼睛还要可恶，比杀了我还要可恶。你去找凯依法说说吧，这类荣辱之类的事，他懂，他会告诉你的。”她又长叹了一声。她虔诚地吻着念珠，凝视着鲁菲诺，但鲁菲诺仍然低头不语。

“许多人到卡努杜斯去了，”她说话的声调比刚才柔和了些，“圣徒们来过这里。我本来也要走的，知道你会回来，所以留下来了。孩子，世界末日到了，所以世道才成了今天这个样子，才会出现这类乱七八糟的事。我要走了，这两条腿能不能走那么远，要由上帝来决定了。万事都是上帝决定的呀！”

她沉默了，过了一会儿，鲁菲诺再次躬身吻了吻她的手。

“妈妈，路太远了，我看您还是不去的好，”鲁菲诺说，“到处都在打仗，杀人放火的事天天都有。再说，一路上又没有东西吃。可您既然想去，那就去吧。无论如何，您做的事总是对的。忘掉凯依法对您说过的那些话吧。您不要为这件事难过，也没有必要为它害臊。”

卡纳布拉沃男爵和夫人在萨尔瓦多海军基地下了船。他们从欢迎他们的冷落场面明显地感觉到：几个月不在，昔日有着至高无上权力的巴伊亚州自治党以及作为该党党魁和创始人的男爵的势力一落千丈。他昔日是帝国的部长，是驻伦敦的特命全权代表，即使在共和国创立初期，每次回巴伊亚州也都会受到热烈隆重的欢迎。全城的社会名流及许多庄园主都要偕同亲友和侍从，举着欢迎的标语到码头上迎接。有乐队吹奏，有儿童向男爵夫人埃斯特拉献花，当地的行政长官每次必到。欢迎宴会一向在胜利宫举行，而且由州长本人亲自主持。宴会上，宾客满堂，掌声不绝，觥筹交错，笑语绵绵。宴会上有一个节目是从来少不了的：当地诗人为欢迎刚刚归来的人朗诵十四行诗。

然而，这一次，男爵和男爵夫人从船上走下来的时候，欢迎他们的只有两百来人，而且地方的最高行政长官、政界和宗教界的首领都不在场，前来欢迎的只有州议长阿达尔贝托·德·古穆西奥先生、众议员爱德华多·格利塞里约、罗查·塞阿勃拉、莱利斯·庇达德斯及若安·塞依查斯。他们是奉自治党之命前来迎接其党魁的。他们迎上前去，和男爵握手，吻男爵夫人的手，但一个个的脸色像是来送葬。

虽然如此，男爵和男爵夫人依然显出若无其事的样子，形容、举止仍和往常一样。男爵夫人春风满面，正捧着一束鲜花给她那形影不离的女仆塞巴斯蒂娜看，露出激动的神色。男爵同走近他的同僚、亲戚、朋友去拥抱和握手，拍拍他们的肩膀。他呼唤着他们的姓名，向他们问候，向他们的夫人致意，感谢他们不辞劳苦前来迎接他。他不无感慨地说，庆幸自己能重归故里，重新观赏家乡的风光，再次呼吸家乡清新的空气，见到久别的乡亲。汽车早已等在码头上，身着仆役制服的司机见他们走来，多次躬身施礼。临上车，男爵高高举起双臂，向众人表示谢意。男爵上车了，在夫人埃斯特拉及女仆塞巴斯蒂娜——两人的裙子上堆满鲜花——对面坐了下来。阿达尔贝托·德·古穆西奥坐到他身旁。汽车沿着滨海翠绿的康塞普西翁公路驶去。不久，港湾里的船舶、圣马塞洛城堡、市场、正在海里捕鱼捉蟹的黑人及黑白混血种人便一幕幕地闯入他们的眼帘。

“欧洲一向是使人返老还童的乳剂，”古穆西奥祝贺他们，“二位比走的时候年轻了十岁。”

“我看，与其说我们是在欧洲变年轻的，倒不如说是在船上变年轻的，”男爵夫人道，“这是我一生中最惬意的三个星期！”

“相反，你却老了十岁。”男爵透过车窗望着波涛汹涌的大海和散落在海上的岛屿，汽车沿着圣本托路盘旋而上，正驶向上萨尔瓦多。大海、岛屿，越来越清晰了。“事态严重吗？”

巴伊亚州议长古穆西奥先生的脸顿时阴沉下来。“比您想象的要糟得多，”他指着码头道，“我们曾计划在那里举行群众集会，显示一下我们的力量。大家都答应带些人来，有的甚至说要从内地带人来。我们估计会来几千人。现在您已经看到了。”

男爵的汽车驶过神学院门前，几个渔夫摘下草帽，挥手向男爵致意。男爵也摆摆手，向他们告别。随后，他嗔怪地对古穆西奥说：

“在女人面前谈论政治是不礼貌的表现，你是否不把埃斯特拉看作女人？”

男爵夫人失声大笑，那笑声清脆、爽朗，听后会使人觉得她还是个少女。她长着满头栗发，皮肤细白，手指修长，两只手动起来像两只小鸟。女仆塞巴斯蒂娜体态丰腴，满头乌发，妩媚极了。此时她们正眺望着蔚蓝的大海、幽绿的海岸及鲜红的瓦屋顶。

“今天只有州长没有来，他病了，”古穆西奥仿佛没有听到男爵的话，“我们决定他别来。他本想和议员们一起来的，但鉴于目前这种局势，最好还是让他一时超脱凡尘吧①。路易斯·比亚纳仍和过去一样忠心耿耿。”

“阿达尔贝托，我这次给你带回来一本刻有马的版画集，”男爵想给他鼓鼓劲，“我想，政治上的失意大概不会影响你对马的喜好吧？”

男爵一行已开进上萨尔瓦多，正驶往纳萨雷特。一路上，他们总是笑嘻嘻的，不住地朝街上的行人招手致意。男爵被大大小小的车辆和无数骑马的人——其中有的是专门从码头赶来的，有的是一早就等在山坡上的——堵在一条狭窄的街上。街道两旁的行人有的站在人行道上，踮起双脚，有的跑到阳台上，也有的从马车里探出身来，好奇地望着他们。卡纳布拉沃男爵府是一座葡萄牙瓷砖建造的宫殿，红瓦盖顶，阳台四周铁栏环绕，阳台下端有粗壮的人像柱支撑。府第的正面墙上有四座金光闪闪的陶像：两只长毛狮和两个菠萝。那对狮子仿佛在监视着进港的船舶，两个菠萝好像在向游人宣布：风光旖旎的萨尔瓦多城到了。男爵府四周果园环绕，园内生长着弗兰宝阳树②、芒果树、科罗托树及费库树，微风吹过，园内飒飒作响。为了迎接主人归来，府内已用醋消过毒，用香草熏过，四处摆满了鲜花。用人们——呆头呆脑的白人及腰上围着肉色围裙、头上裹着头巾的黑人女人——正站在门口鼓掌迎接。男爵夫人此时已在门口和用人们搭讪上了，男爵正踮起双脚和随行人员告别。随男爵走进府里的只有州议长古穆西奥、众议员爱德华多·格利塞里约、罗查·塞阿勃拉、莱利斯·庇达德斯及若安·赛依查斯。男爵夫人在女仆的陪伴下上楼去了。男人们穿过摆着细木家具作接待用

① 此句后半句为法语。
② 生长在安的列斯群岛上的一种树，开红花。

的前厅，来到书房前。男爵开了门，房内书架林立，卷帙浩繁，从那里可以望到果园的景色。已等在那里的近二十位宾客见他进来，急忙止住话题，站起身朝他鼓掌。州长路易斯·比亚纳第一个上前拥抱了他。

“没去码头接您可不是我的主意，”州长表白道，“不管怎么说，全体州议员和市议员都在这里了。愿听您的吩咐。”他根本没有掩饰自己的忧虑。

路易斯·比亚纳州长膀大腰粗，大腹便便，秃顶已十分明显。男爵和众人寒暄着，古穆西奥关上了房门。男爵入座，屋内渐渐静了下来。他们都在凝视着男爵，目光中除了不安，还饱含着无声的恳求、期待与信任。一向笑容可掬的男爵看着那一张张哭丧着的脸，脸上渐渐布满了阴霾。

“我看，此刻不是我向你们讲述尼采的狂欢节很像我们的狂欢节的时刻。”男爵一面一本正经地说，一面用目光在人群中寻找着路易斯·比亚纳，“就从最糟糕的事情谈起吧。眼下最糟的事情是什么？”

“就在您回来的时候，我收到了一份电报，”州长坐在一张椅子上不安地嘟囔道，“里约热内卢做出派兵到巴伊亚州的决定，将派遣一个团来卡努杜斯。这项决定已在国会一致通过。”

“也就是说，政府和国会都认为着存在叛乱阴谋，”古穆西奥打断了州长的话，“他们扬言，塞巴斯蒂安的党羽企图在埃乌伯爵、保皇派及英国人——当然也包括巴伊亚州自治党在内——的帮助下恢复帝制。雅各宾分子的谎言竟成了共和国行动的全部准则。”

男爵并未流露出不安的神情。

“我对联邦军的到来并不感到奇怪，”男爵说，“事情闹到这种地步，这是必不可免的。我感到奇怪的是卡努杜斯的情况。两次讨伐全被他们挫败了！”他瞅了比亚纳一眼，脸上显出焦虑的神色，“比亚纳，这一点是我无法理解的。对于那帮亡命之徒，要么别去理他们，要么一开始就要置他们于死地，无论如何不能让他们成为一个全国性的问题，我们再也不能像现在这样白白给他们送礼了。”

“五百官兵、两门大炮、两挺机枪还对付不了那帮无赖、那群善男信女？”路易斯·比亚纳激动地反问道，“谁会料到有那么多兵、装备又那么好的费布罗尼奥·德·布里陀竟然败给了那群可怜虫？”

“阴谋是有的，但不是我们说的这种阴谋。”古穆西奥再次打断了比亚纳的话。只见他紧蹙双眉，两手不住地痉挛着。男爵心里想，还真的从未看到古穆西奥为一场政治危机如此苦恼过呢。“费布罗尼奥少校并不像他要我们相信的那样无能。他是故意打败仗。这是一笔交易，是埃巴米农达·贡萨尔维斯和里约热内卢的雅各宾分子的预谋。自从弗洛里亚诺·皮索托倒台，他们一直在兴风作浪，妄图在全国把水搅浑。从那时起，为了让军队解散议会，建立独裁共和国，他们不是一直在散布保皇党图谋叛乱的谎言吗？”

“阿达尔贝托，咱们过一会儿再谈你的这些猜测，”男爵说，“我首先需要知道的是到底发生了什么事，要事实。”

“没有事实，只有猜测和令人难以置信的阴谋，”议员罗查·塞阿勃拉说，“他们指控我们，说我们在煽动、武装塞巴斯蒂安分子，勾结英国，以图恢复帝制。”

“自彼得罗二世倒台到现在，《消息日报》一直这样指控我们，有些说法可能比这还要严重。”男爵笑了笑，脸上露出不以为然的神态。

“问题是过去只有《消息日报》一家，可现在是半个巴西。”路易斯·比亚纳反驳道。男爵发现他在座位上神情恍惚，坐卧不安，不时地用手去摸秃顶。

“更为严重的是，进步共和党捏造的此类无耻谰言很快就会传遍里约热内卢、圣保罗和贝洛奥里藏特。”

大家七嘴八舌地嚷开了。男爵摆摆手，叫他们不要抢着说。他从同僚们的头顶望出去，凝视着自家的果园。他虽然对同僚们的这些话感到关切、不安，但一直在想那果树丛中会不会有变色龙。他很喜欢变色龙，正像有的人喜欢猫或狗。

“埃巴米农达成立乡警的目的昭然若揭，”议员爱德华多·格利塞里约道，“他的目的在于让乡警在适当的时候拿出证据，拿出甲贡索人伙同外国间谍走私枪支的证据。”

“噢，原来您连这事都不知道，”阿达尔贝托·德·古穆西奥望着男爵惊愕的神态说，“多荒唐啊！一个英国间谍会跑到腹地来！虽然他们见到的只是他的灰烬，但硬说他是英国人。他们怎么会知道他是英国人？根据就是他的头发是红的。里约热内卢议会展出了他的头发及所谓在依布埃拉的尸体旁发现的枪支。在里约热内卢，没有人相信我们的话，连我们最要好的朋友也不相信我们，可他们相信谎言。现在，举国上下都把卡努杜斯看作对共和国的威胁。”

“我想，我一定是暗中策划这一阴谋的奇才。”男爵轻声说。

“对您的诽谤比对任何人都厉害，”《巴伊亚日报》主编说，“‘你把卡努杜斯拱手交给了叛匪。’‘你的欧洲之行是为了会见帝国侨民，策划暴乱。’甚至说有一笔用于颠覆活动的‘经费’，其中一半是你出的，另一半是英国提供的。”

“我竟成了和英国王室平起平坐的伙伴，”男爵嗫嚅道，“好家伙，他们把我捧得太高了。”

“您知道他们派谁来镇压这起复辟暴乱吗？”坐在州长椅子扶手边上的莱利斯·庞达德斯说，“他们派来的是莫莱拉·西塞上校和他的第七步兵团。”卡纳布拉沃男爵略向前伸了伸头，眨着眼睛。

“莫莱拉·西塞上校？”男爵翕动双唇，自言自语似的问。他沉思良久后对古穆西奥道："也许你说的是对的，阿达尔贝托，这可能是雅各宾分子的一次大胆行动。自从弗洛里亚诺死后，莫莱拉·西塞便成了他们手里的一张得力王牌，成了他们赖以夺权和篡权的英雄。"

大家又七嘴八舌地嚷嚷开了，但这一次男爵没去阻拦他们。就在同僚们各抒己见、争论不休的当口，他好似在听他们争论，但实际上他的心早已不在那里了。每逢他对一场谈话感到腻烦或认为他想的事比他听的事更重要时，就很容易这样。莫莱拉·西塞上校！来者不善，善者不来呀。西塞是个亡命徒，和所有的亡命徒一样是个危险人物。他记得，就是这位上校四年前以极其残忍的手段镇压了圣泰—卡泰里纳联邦分子的叛乱，当联邦议会要求他到会说明他下令击毙的人数时，他只回了一份电报，电文只有一个字："NO"① ——语言简洁而傲慢的典型。他记得，在那次被这位上校处决的人中，有自己认识的一名元帅、一名男爵及一名海军上将。他记得，共和国一成立，弗洛里亚诺·皮索托元帅便委派他清洗军内所有和帝国有牵连的军官。如今又让这位上校的第七步兵团来对付卡努杜斯！他思忖道："阿达尔贝托言之有理，这样做确实太过分了。"他好不容易才使自己的注意力回到大家的谈话上。

"他来这里的目的不是为了消灭腹地的塞巴斯蒂安分子，而是为了消灭我们，"古穆西奥又说，"是为了消灭您，消灭路易斯·比亚纳，消灭整个自治党，以便最终把巴伊亚州交给这里的雅各宾派核心人物埃巴米农达·贡萨尔维斯。"

"我们没有理由自相残杀，先生们。"男爵打断了他的话。此时，他说话的声音稍稍抬高了些，脸上也不再是刚才那副笑眯眯的样子，而是阴沉着脸，语气十分坚定。"没有理由自相残杀。"他重复了一

---

① 西班牙文，意为不行或没有。此处含义双关。

句。他扫视了一下四周，深信自己那沉着的态度一定会感染在场的其他人。“谁都休想夺走属于我们的东西。全巴伊亚州的政权、管理权、司法权以及新闻权不还掌握在我们这些人的手中吗？全巴伊亚州的大部分土地、财产、羊群不还在吗？这一点，即使莫莱拉·西塞上校来了也无法改变。先生们，要想消灭我们，除非把全巴伊亚州削平。埃巴米农达·贡萨尔维斯及其同伙和这片土地无缘，即使把巴伊亚州这匹烈马的缰绳交给他们，他们也驾驭不了。他们没有钱，没有人，更没有经验。他们会立即从马上摔下来。”

男爵停顿片刻，有人热情地递给他一杯果汁。果汁散发着番石榴味，甜丝丝的。他喝下去，心里美极了。

“您的乐观态度当然会使我们感到高兴，”路易斯·比亚纳开了腔，“但您无论如何必须承认，我们已经受到挫折，必须尽快采取行动。”

“我们无疑要采取行动，”男爵说，“我们马上给莫莱拉·西塞上校去电报，欢迎他来巴伊亚州，告诉他巴伊亚州当局和自治党支持他。难道我们不欢迎他来替我们消灭那帮抢占土地、劫掠庄园、残害百姓的匪徒吗？另外，我们要为官军招兵买马，让他们去对付那帮强盗。”

大家开始议论纷纷。男爵喝着果汁，等着大家静下来。天气炎热，他脸上已渗出了汗珠。

“可是我必须提醒您，我们几年来的政策一直是反对中央政府过多地干涉巴伊亚州的事务。”路易斯·比亚纳最后说。

“好吧，除了自相残杀之外，我们此时唯一可以采取的行动是向全国表明我们既不反对共和，也不敌视巴西最高当局，”男爵高声道，“我们必须立即粉碎这一阴谋，除此之外别无他法。我们要给莫莱拉·西塞和第七步兵团以最热烈的欢迎。热烈欢迎他们的应该是我们，而不是共和党人。”

他用手帕拭去额上的汗珠，再次等着大家安静下来。

“这个转变太突然了。”阿达尔贝托·德·古穆西奥说。男爵此时注意到古穆西奥刚说完，便有几个人点头表示赞同。

“问题是我们在国会及报纸上一向大声疾呼反对中央政府干涉。”众议员罗查·塞阿勃拉说。

“要维护巴伊亚州的利益，就必须把政权握在手里；要把政权握在手里，就必须在策略上有所变化，至少目前应该这样。”男爵平心静气地解释着，仿佛大家的异议无关紧要。他又接着说：“我们的庄园主应与西塞上校采取合作态度，要为第七步兵团提供住房、向导和给养。我们要和莫莱拉·西塞一起消灭维多利亚女王豢养的那些妄图复辟帝制的叛匪。”男爵佯笑着，用手帕拭去额上的汗，“这虽然是一出荒唐可笑的闹剧，但除此之外，我们再无其他选择。等西塞上校把叛匪和卡努杜斯那帮伪君子消灭后，我们再来举行盛大宴会，庆祝大英帝国和布拉甘萨家族①的失败。”

在场没有一个人为男爵的这番话表示祝贺，也没有一个人朝他微笑。大家沉默无言，满脸愁云。然而，他朝四周扫视了一眼，察觉到有些人虽然不同意这样做，但也不得不承认，除此之外再无别的办法。

“我要到卡龙毕去一趟，”男爵说，“虽然我原来并没有这样的打算，但现在只好走一趟。我要亲自告诉第七步兵团，他们需要什么我们就提供什么。那一带的庄园主也都必须这样。要让莫莱拉·西塞看看这里是谁家的天下，谁说了算。”房里的气氛很紧张，看来每个人都有许多疑问，都有许多话要说，但男爵思量，此刻不是讨论

---

① 葡萄牙王室，对巴西的统治一直延至1889年。

这些问题的时机，应待大家酒足饭饱，把下午和晚上的时间全搭上，方可解除大家的疑虑。

“咱们去找太太们共进午餐吧，”男爵一面说一面起身，“咱们回头再谈。政治不应当是生活的全部，娱乐消遣也应当有一定的空间。”

第二章

盖伊马达斯全城变成了一座兵营。街上终日川流不息，热闹异常；疾风吹过，掀起阵阵尘烟；口令声此起彼伏，一列列手持大刀的骑兵在马上耀武扬威，不住地吆喝着；军号声突然响起，划破了黎明前的天空。好奇的人朝依达比古鲁河畔跑去，他们是到圣多山的枯林中看热闹去的：第七步兵团的首批将士整装待发，嘹亮的国歌声传遍四方。

黎明时分，莫莱拉·西塞上校就在候车厅内忙着察看地图，发布命令，签署文件，收阅从各营送来的情况报告。记者们仍然睡眼蒙眬地在车站门口忙着备驴、备马，准备运送行李的车辆。唯有《消息日报》那位又瘦又矮的记者例外。他腋下夹着写字板，臂上挎着墨水瓶，在那里颠来颠去，极力想走近西塞上校。虽然天色尚早，可市议会的六名要员已待在那里等着给西塞上校送行。议员们坐在一条长凳上，军官、侍从从他们身旁走来走去，但无一人理会他们，正像他们会不理巴伊亚州进步共和党及巴伊亚州自治党悬挂在屋顶上的那些标语。但他们对那个稻草人似的记者很感兴趣。记者终于瞅中机会，趁大家静下来时来到了西塞上校身旁。

“上校，我可以向您提个问题吗?”记者带着浓重的鼻音一字一板地说。

“昨天已经举行过记者招待会了。”上校一面回答一面上下打量着这个像是从另一个星球上掉下来的怪物，不知是记者的怪相还是胆量最终打动了上校的心。

“您提吧，关于哪一方面?”

“关于罪犯问题，”记者从侧面瞅了西塞上校一眼，“您正在把强盗及杀人犯网罗到您的部队中来，我不能不对这件事表示关切。昨晚，我和两名少尉一起到监狱里去了一趟，亲眼看见七名罪犯被释入伍。”“有这么回事，”莫莱拉·西塞不解地望着他，“您的问题在哪里呢?”“我的问题是：这是为什么？您为什么释放那些罪犯?”

“因为他们会打仗。”莫莱拉·西塞回答说。他停顿了一下，又说：“这些人之所以走上犯罪道路，是因为没把精力用在正道上。而战争则可以改造人，可以把他们的精力引向正确的方向。只要他们明白了为谁而战，就会十分勇敢，甚至会成为英雄。这一点已得到证实。我想，只要您到卡努杜斯去走一趟，也会证实这一点。”上校又将记者从头到脚打量了一番，“看您这副样子就知道您在腹地连一天都支撑不了。”

“我可以支撑下来，上校。”近视记者退下，一直等在他身后的塔马林多上校和库尼亚·马托斯少校走上前来。

“先头部队已经出发，”塔马林多上校报告说，“据马托斯少校说，费雷拉·罗查上尉率领的侦察兵已侦察过去坦基诺的路，没发现甲贡索人的踪迹。但那条路很难走，炮兵通过时可能会有困难。费雷拉他们正在研究能否绕过那条路，并想派一支工兵小队去清扫沿路的障碍。”

"那几名罪犯都安排好了吗?"西塞上校问。

"已把他们分别安排在不同的连队，而且明确告诉他们不准互相探望、互相说话。"马托斯少校说。

"运输队也已经出发了。"塔马林多上校报告说。他犹豫片刻后，补充道："费布罗尼奥·德·布里陀很伤心，简直快要哭了。"

"要是别人，一定会自杀。"莫莱拉·西塞只淡淡说了一句。他站起身，一名勤务兵赶忙收起摊在作为写字台使用的方桌上的文件。西塞上校在部下的簇拥下朝站台出口走去。有些人拥过来想看看他究竟长什么模样，可他还未走到门口，像突然想起了什么事似的，改变了原来的方向，朝盖伊马达斯那几位议员坐的长凳走去。议员们挺身起立。他们有的出身农家，有的出身行商小贩，形容十分粗俗。他们今天穿上了自己最好的衣服，皮鞋也擦得亮亮的，以示对客人的尊敬。他们手里拎着帽子，显得十分拘谨。

"先生们，谢谢诸位的款待和合作。"西塞上校只是习惯地，甚至是不屑地望了他们一眼，"第七步兵团永远不会忘记盖伊马达斯的盛情款待。为此，我已建议部队留在这里扎营。"

议员们根本未来得及说话，西塞上校也没和他们一一道别，只是将右手举到军帽上向众人敬了个礼，便朝门口走去。

莫莱拉·西塞上校及其随行人员来到部队集合点的铁路线旁。军容整齐的官兵队列延伸向远方。上校一到，队列中立即响起热烈的掌声和欢呼声。有些好奇的人想走近瞧一瞧，但警卫堵住了他们的去路。一匹匹银白色的战马在嘶叫，像急着要出发。塔马林多、库尼亚·马托斯、奥林皮奥·德·卡斯特罗及卫士们先后跨上战马。记者们早已上了马，此时正围着西塞上校。西塞上校再次口授给最高统帅部的电文："今天，2月8日。第七步兵团开始了保卫巴西主权的战斗。团内无任何违犯军纪现象。我们现在唯一担心的是'劝世者’安东尼奥及妄图复辟的叛匪不在卡努杜斯等着我们。共和国万岁！”他在电文上签署自己姓名的第一个字母，以便让电报尽快发出。随后，他向奥林皮奥·德·卡斯特罗上尉打了个手势，上尉立即命令号手吹号。刺耳、忧郁的军号声打破了黎明时分的寂静。

“这是第七步兵团的团号。”库尼亚·马托斯告诉站在身旁鬓发斑白的老记者。

“有名称吗?”《消息日报》的近视记者以刺耳的声音问。他的驴背上搭着个大口袋，口袋里装着那块写字板，从远处看上去活像一只大袋鼠。

“叫《挥刀杀敌》，”西塞上校应声道，“早在巴拉圭战争时期，它就是第七步兵团的团号了。那时由于缺乏弹药，士兵们只得用大刀、砍刀、刺刀去对付敌人。”

西塞上校右手一挥，大部队出发了。骡、马、人、车、武器，浩浩荡荡地向前拥去。刚离开盖伊马达斯时，各营连之间距离还很近，只能从卫队旗标的颜色上看得出他们是哪一部分。突然间，狂风陡起，将士们急忙放下军帽的帽耳，还有的用手帕围上了嘴。这样一来，再也分不出谁是官谁是兵了。营与营、连与连、排与排之间相距越来越远。从车站出发时，全团是一个统一的整体，现在却成了一个个独立的部分；本来像一条在龟裂的土地上蜿蜒行进的长蛇，现在却成了若干条渐渐疏散开去的小蛇，随着地势的起伏上下蠕动、时隐时现。然而，在这个被分割成若干部分的整体内，总有几个骑兵跑来跑去，形成一个转达命令、沟通情况的循环情报系统。从出发到现在才短短几个小时，可部队前哨已远远望到行军路上的第一个村镇：保塞科。西塞上校透过望远镜看到部队前哨已在前方停下：一面旗、两个士兵等候在那里，显然是有情况向他报告。

卫队走在最前面，稍后几米是西塞上校及其参谋部成员。走在参谋人员后面的是那几位记者，他们走在这支军容整齐的队伍中，就像人体贴着一块膏药，显得很不协调。他们也像许多军官那样，下马边走边聊。炮兵夹在队伍中间，二十来个兵士驱赶拉着大炮的一对对公牛。一位指挥官衣袖上戴着炮兵的红色菱形标记，这便是何塞·阿古斯蒂诺·萨洛芒·德·罗沙上尉。当时唯一能听到的噪声就是这些炮兵驱赶牛快走或要它们回到大路上来的吆喝声。队伍里，将士们说话的声音都很低，为的是少耗费气力；有的干脆缄口不语，仔细察看着初次见到的这平原上的荒芜景象。天气炎热，加上军服扣得严严实实的，士兵们觉得背上的行囊和长枪越来越沉，许多人早已累得汗流浃背。他们已接到命令，尽量不动用水壶里的水。他们意识到，第一场战斗——对付缺水——已经打响。到前半晌儿，大部队就赶上了运输队，并把运输队远远甩在后面。运输队是由士兵和牧人共同组成的，他们前一天就赶着牛羊出发了。运输队的指挥官正是费布罗尼奥·德·布里陀少校。只见他满面愁云，双唇不住地翕动，仿佛正在一场假想的对话中和某人争辩或在做什么指示。骑兵队走在队伍的最后，指挥官是佩德莱拉·佛朗哥上尉，他英姿勃勃，纵马驰骋。莫莱拉·西塞上校已有好一阵没言语了，其随行人员也静悄悄的，以防打断上司的思绪。部队已开进保塞科镇，西塞上校看了看表。

“照这样走下去，卡努杜斯的先生们定会在我们到达之前全部溜掉，”西塞上校转身对塔马林多及库尼亚·马托斯说，“到圣多山后，必须把重型武器留在那里，轻装前进。我们的弹药肯定用不完。倘若我们到了那儿看到的只有兀鹫，就太令人失望了。”

第七步兵团当时携带一千五百万发子弹、七十枚炮弹，而且所有辎重弹药全靠骡车载运，这就大大影响了部队的行军速度。塔马林多上校警告说，过了圣多山，部队的行进速度也许会更慢。因为从圣多山起，道路更加崎岖难行——军事工程师多明戈·阿尔维斯·莱特和阿尔弗莱多·德·纳斯西门托也都这样认为。

“此外，到那时将有小规模战斗发生。”塔马林多上校补充一句。灼人的阳光晒得他满脸通红，他掏出手帕擦擦脸上的汗水。他早已超过退役年龄，完全可以不到这种地方来，但他执意随部队来。

“绝不能让他们溜掉。”西塞上校喃喃自语。自从在里约热内卢上船以来，部下已多次从他嘴里听到过这句话。虽然天气酷热，但他脸上并无汗珠；那张小脸显得十分苍白，很少露出笑容；两只眼闪着毫光，有时简直像着了魔。他的声音几乎没有抑扬顿挫，单调、尖细，仿佛牵动那声音的是一条驾驭烈马的短缰。“他们一旦知道我们来了，马上就会仓皇逃命，那将是我们的巨大失败。这是我们所不能允许的。”部下只是静静地听他讲。他朝环视一圈，又说道：“巴西南方的人民已经懂得共和国的建立不可逆转，是我们让他们懂得了这一点。但在这个地方，在巴伊亚州，仍有许多贵族不甘心失败，尤其自皮索托元帅逝世以来，这些贵族以为只要把一个毫无主见的文人捧上台，就可以使历史逆转。看来不好好教训他们一通，他们是不会甘心的。先生们，教训他们的时机已经到了。”

“他们早已被吓破了胆，团座，”库尼亚·马托斯少校说，“自治党在萨尔瓦多组织欢迎我们的盛会，为保卫共和国而募捐。这不是足以证明他们已在夹着尾巴做人吗?”

“一个重要的细节是，他们在卡尔萨达车站搭那座凯旋门称我们是救星，”塔马林多说，“但几天前，他们尚且在那里大吵大嚷，反对联邦军干涉巴伊亚州的事务，现在竟在大庭广众之下奉承我们。卡纳布拉沃男爵还亲自派人来告诉我们，说要到卡龙毕去把他的庄园交给我们使用。”

塔马林多满意地笑了笑，但他的喜悦并未能影响西塞上校。

“这表明男爵比他的朋友们聪明，”西塞上校一语道破了天机，“男爵无法阻止里约热内卢对一起举国皆知的叛乱进行干涉，便采取了拥护共和国的态度，但其真正目的在于防止共和党人把他赶下台。他这是在掩人耳目，混淆视听，以便日后东山再起。先生们，男爵背后有英国佬为他出谋划策。”

保塞科镇到了。镇上空无一人，连家畜也看不见。前哨部队留下的那面旗在一棵光秃秃的树上狂舞，树旁的两个兵士正在朝他们敬礼。西塞上校勒住马，扫视四周的土坯房。有的房子门敞开着，有的已没有了房门，远远可望到屋内的情景。突然，从一间房里闪出一个女人，女人的牙齿已经掉光，光着双脚穿着长袍，透过长袍的洞隙可以看到黝黑的皮肤。两个瘦骨嶙峋的孩子紧紧依偎着她，眼睛骨碌碌直打转，其中一个孩子身上一丝不挂，露着大肚皮。两个孩子望着这些当兵的，眼里充满惊恐的神色。莫莱拉·西塞依然在马上凝视着他们：被遗弃的象征。他的眉头紧皱，显出凄凉、恼怒、愤懑的神情。他每逢见到这类孩童，都要这样命令卫士：

“给他们弄点儿吃的东西，”他随即转身对部下说，“看见了吧？这就是你们的父老乡亲们的处境。”

他声音颤抖，双眸中闪射着亮光。他故弄玄虚地从腰上抽出剑，举到脸前，做出吻剑的架势。这时，记者们伸长脖颈，看着西塞上校在列队行进中像向国旗和最高当局致敬那样，举剑向这三个可怜巴巴的保塞科人致敬。他们随即又上路了。

自打马戏班在兀鹫啄食的驴尸旁遇上胡莱玛和加利雷奥·加尔，加利雷奥·加尔一直处于昏迷状态，不住地说着胡话，有时大喊大叫，有时又喃喃低语，十分令人不安。他白天说，夜里也说，有时竟把傻子吓得浑身发抖。大胡子女人摸摸加尔的身子对胡莱玛说：

“他在发高烧，达迪娃就是这样死的。他活不过今天了。”但加尔没有死，虽然有时翻着白眼珠，像要断气似的。他只能安静一小会儿，随后便又举胳膊伸腿，蹙眉瞪眼，胡言乱语起来。对他们来说，加尔的这些胡话只不过是毫无意义的噪声罢了。有时，他睁开眼，惊愕地望望他们。矮子坚持认为加尔讲的是吉普赛语，可大胡子女人说他的话很像望弥撒时听到的拉丁语。

胡莱玛问他们，能否允许她随他们一起走？不知大胡子女人是出于同情还是纯粹因为懒得啰唆，答应了胡莱玛的请求。他们四个人一起把加尔抬到大篷车上，放到装眼镜蛇的篮子旁，又继续赶路了。傍晚，他们到了克雷拉村，村民们竟肯请他们吃晚饭，这该算新伙伴带来的福音吧。一位老妇给加利雷奥·加尔用烟熏身子，伤口上敷了药，还熬了一剂汤药，断言加尔会好的。当天晚上，他们和村民们欢聚一堂，大胡子女人耍了蛇，傻子表演了滑稽戏，矮子讲了几个游侠故事。翌日，他们又重新上路了。加尔果然能吃点儿东西了。大胡子女人问胡莱玛是否是加尔的妻子。不，她不是加尔的妻子，加尔趁她丈夫不在家奸污了她，所以从那时起，她只得跟加尔在一起了。“我现在才明白你为什么总那么伤心。”矮子十分同情她的遭遇。

他们一直朝北走。算他们走运，一路上都有饭吃。走到第三天，正逢一个村里赶集，他们在那里演了一场。村民们最喝彩的节目是大胡子女人的胡子：算他们没白花钱，他们证实了大胡子女人的胡子不是假的，有的甚至还摸了摸她的乳房，证实她的确是个女人。与此同时，矮子向他们讲起了大胡子女人的身世。她出生在塞亚拉村，小时候和别的姑娘没什么两样，但后来她背上、胳膊上、腿上、脸上渐渐长出许多毛来。自那时起，她便成了全家的耻辱。人们开始议论纷纷，众说不一。有的说她是个阴阳人，也有的说她不是教堂司事的种就是个狗胎。姑娘一气之下，吞下毒狗用的玻璃碴。但她没有死，她活下来了，成了人们的笑柄。后来，杂技之王吉普赛人来了，收留了她，把她培养成了艺人。胡莱玛认为这是矮子在信口雌黄，但矮子向她保证，他讲的全是实情。每逢矮子遇上胡莱玛，两人常坐下来聊聊天。矮子待人礼貌、热情，渐渐赢得了胡莱玛的信任，于是她向矮子倾诉了自己的遭遇。当她还是个姑娘时，便在卡龙毕庄园卡纳布拉沃男爵夫人——一位妩媚善良的贵妇——身前当女仆。灾难是从她丈夫鲁菲诺不愿待在男爵家、跑到盖伊马达斯去当向导开始的。自从他干上这桩倒霉的差事，就成年累月地在外面东奔西跑，很少回家。更倒霉的是她一直未能给他生个孩子。上帝为什么要这样惩罚她，不让她生育？“天晓得！”矮子低声道，“有时上帝的决定令人费解。”

数日后，他们来到位于十字路口的依布埃拉村，并在那里住了下来。村上刚刚发生一件不幸的事情：一位农夫发了疯，先用砍刀砍死了自己的亲生孩子，随后自杀身亡。由于正赶上为被杀害的孩子送葬，马戏班当晚未能演出，但他们商定次日一定要演一场。依布埃拉村很小，村上有间杂货店，四周的居民都要上这里来买东西。几个守护庄园的人天不亮就骑马进了村。大胡子女人被急促的马蹄声惊醒，起身从帐篷下钻出来看看来的究竟是些什么人。这些人的出现同样惊动了依布埃拉好奇的村民。总共来了六个人，个个都骑着马，身上带着武器。从衣着打扮看，不像强盗也不像乡警，而像庄园守护人，因为在他们的马的臀部上可以清楚地看到庄园名称的印记。六人中，最前面的一个穿着皮夹克。他下了马，大胡子女人瞧见他正朝自己走来。胡莱玛刚从被窝里钻出来，吓得浑身哆嗦，目瞪口呆。“那人是你丈夫？”大胡子女人问胡莱玛。“不，他叫凯依法。”胡莱玛回答。“是来杀你的？”大胡子女人又问。但这一次胡莱玛没有回答，她爬出帐篷，直起身，迎着那个庄园守护人跑去。那庄园守护人止住脚步，等待着胡莱玛。大胡子女人怔了一下，她想，这个穿皮夹克的家伙——瘦骨嶙峋、皮肤黝黑、目光冷峻的男人——说不定会打胡莱玛，踢胡莱玛，甚至在杀死加尔——她看见加尔在大篷车上挪动着身子——之前就会先用刀子捅死胡莱玛。但穿皮夹克的男人并没有那样做。他没打胡莱玛，说得更确切些，他摘下帽子，像平日里人们对待自己尊敬的人那样恭恭敬敬地向胡莱玛敬了一礼。另外五个庄园守护人在马上望着他俩，同大胡子女人一样，他们也只能看见凯依法和胡莱玛的嘴在动，听不清他们究竟在说些什么。矮子和傻子也都醒了，在帐篷里窥视着。过了一会儿，胡莱玛转过身，指了指睡着加尔的大篷车。

凯依法和胡莱玛两人一前一后朝大篷车走去。凯依法探头到车篷内，察看着受伤的加尔，脸上未显出丝毫异样。不知加尔是睡是醒，只听他仍在那里和众鬼神攀谈。当时，凯依法和所有惯于杀戮的人一样神色平静，如强盗彼得劳杀死吉普赛人时大胡子见到的那副神色。胡莱玛脸色煞白，焦急不安地盼着他快点检查完。凯依法终于转过身来，和她嘀咕了几句。她同意了。于是，凯依法便让其他五人也下了马。胡莱玛走近大胡子女人，想借她的剪刀用。大胡子女人边找边低声问：“他不会杀你吧？”胡莱玛回答说不会。胡莱玛拿着那把曾经是达迪娃使用的剪刀返回了大篷车。几个庄园守护人牵着马到依布埃拉村的杂货店去了。大胡子女人壮壮胆，走近大篷车，她要看看胡莱玛究竟干什么。接着，矮子和傻子尾随而至。

胡莱玛跪在加尔身旁——车上地方很窄，刚能待两个人——正贴着加尔的头皮往下剪头发。她一手拿着剪刀，一手按着加尔的红色鬈发，剪刀发出咔嚓咔嚓的声响。加利雷奥·加尔的黑色礼服上布满灰尘和鸟粪，凝结着一片片血迹，有几处已被撕破。他躺在那里，身边是五颜六色的布条、盒子、铁环、烟垢、画有星星和半月形图案的纸帽等。他双目微闭，胡子拉碴，胡子上也凝着血迹。他没穿鞋子，袜子上满是窟窿，脚趾露在外面。他的脚趾很长，很白，但趾甲很脏。脖子上的伤口被老妇给他的草药和绷带裹着，从外面什么也看不见。傻子失声大笑，虽然大胡子女人给了他一肘，但他还是笑个不停。傻子没留胡子，形容污秽，目光呆滞，总咧着大嘴，口水顺着嘴角往外淌。他一面笑，一面手舞足蹈。胡莱玛并未注意到傻子在那里，倒是加利雷奥·加尔睁开了眼。加尔见大家围着他，脸上的肌肉紧皱在一起，露出不知是惊奇、痛苦还是恐惧的神态。然而，他的身体太虚弱了，坐不起来，只在原地动了动，嘟囔了几句，身边的人也不知他说了些什么。

胡莱玛好不容易才剪下加尔的头发。趁她剪发的工夫，去杂货店的几个庄园守护人在杂货店听说了那起父亲发疯杀死自己亲生孩子的事，并跑到墓地干了一件令依布埃拉村民毛骨悚然的渎神暴行：挖出杀子者的尸体，将尸体装在箱里驮在马上带走。他们此刻在离几位艺人几米远的地方等。加尔的头发被剪后，脑袋上留下一撮撮长短不齐、亮光光的红发，傻子见了，又哈哈大笑一阵。胡莱玛把放在自己裙上的缕缕红发拢在一起，用自己扎头的带子扎起来。大胡子女人窥见她摸了摸加尔的衣袋，从中取出一只小钱包。胡莱玛曾告诉他们，如果要用钱，就到那小钱包里去拿。她一只手拿着那束剪下的头发，一手拿着钱包，跳下篷车，从他们几个人中间走过。凯依法迎着胡莱玛走来，大胡子女人看见他从胡莱玛手中接过头发，几乎没看就装进了自己的褡裢。尽管他对胡莱玛装出彬彬有礼的样子，两只眼却一动不动，射出咄咄逼人的目光。他一面说话，一面用食指剔着牙齿。此时，大胡子女人能够听清他和胡莱玛在说些什么了。

“这是从他衣袋里找出来的。”胡莱玛边说边把小钱包递到凯依法面前，但凯依法并没有接。

“这东西我不能要，”凯依法仿佛被某种无形的东西触动，“这也应该属于鲁菲诺。”

胡莱玛没表示任何异议，收起钱包放入衣兜。大胡子女人本以为这下胡莱玛要走开了，但胡莱玛没有走。她望着凯依法的双眼，轻声问：

“倘若鲁菲诺已不在人世了呢？”

凯依法沉思片刻，但脸上未露出任何异样，连眼睛都没眨一下。

“即使他死了，也会有人为他报仇雪耻。”大胡子女人听凯依法这样说，仿佛在听矮子讲那些游侠故事。“我是他的好朋友，我俩情同手足。如果需要，报仇雪耻的事，就由我来承担。”

“要是有人把你的行为告诉你的东家呢？”胡莱玛又问。

“他不仅仅是我的东家吗？”凯依法斩钉截铁地回答，“可鲁菲诺远不止如此。他要加尔死，加尔就不能不死。加尔可能会因伤口发作而死，也可能死于鲁菲诺刀下。可这些头发很快就会成为一个死人的头发，谣言也很快会成为事实。”

凯依法转身上了马。胡莱玛抓住马鞍，焦急地问：

“他会杀我吗？”

大胡子女人注意到，凯依法望着胡莱玛，目光中毫无同情，也许还有几分鄙夷。

“我要是鲁菲诺，定会要你的命，因为你也是有罪的。你的罪恶甚至比那家伙更大，”凯依法在马上道，“可我不是鲁菲诺，所以我不知道。也许他明白。”

凯依法用那怪模怪样、臭气熏天的皮靴踢踢马肚，六个庄园守护人朝来时的方向驰去。

圣安东尼奥教堂里，华金神父主持的弥撒一结束，若安·阿巴德便去拿放在圣堂里的那箱导火索。他的脑海里一直萦绕着一个问题：一个团究竟有多少人？他肩上扛着木箱，在贝罗山的崎岖小路上飞跑。许多人走过来问他是否真有官军来了，他一面回答一面脚不停步，继续朝前走去。他走起路来一跳一跳的，生怕踩中跑近脚边的鸡、羊、狗及孩童。他来到杂货店——由原庄园主的一间房子改建而成——时感到肩膀被沉重的箱子压痛了。

挤在杂货店门前的人群让开一条路，他径直进了店铺。他一进来，正和妻子安东尼娅及弟媳阿顺松说话的安东尼奥·比拉诺瓦立即止住话题，朝他迎上去。一只小鹦鹉在鸟架上叽叽喳喳地叫着“恭喜、恭喜”。

“来了一个团，”若安·阿巴德边把木箱放到地上边问，“一个团有多少人?”

“您都把导火索带来了!”安东尼奥·比拉诺瓦高声道。他蹲下去，仔细察看着木箱里的导火索。当他发现木箱里除了一包包的导火索，还有用糯米纸包着的治腹泻用的药、消毒剂、绷带、油脂及酒精时，高兴得笑了。

“真不知该如何感谢华金神父。”比拉诺瓦说着，把木箱搬到柜台上。货架上摆满了罐头、酒、针织品、服装、凉鞋、帽子，琳琅满目，样样俱全。店铺内堆满麻袋和木箱，萨德林哈姐妹和其他一些人整日就在这些麻袋和木箱间转来转去。柜台是用一块木板放在几个大桶上搭成的。柜台上堆放着几本账簿，黑乎乎的，很像庄园里会计手上的老账本。

“这个消息也是华金神父带来的，”若安·阿巴德说，“一个团有一千人吗?”

“对，我听说有一支部队要来。”安东尼奥·比拉诺瓦一面搭讪，一面把箱里的东西摆到柜台上。“一个团嘛，不止一千人，有两千人。”

若安·阿巴德察觉到，比拉诺瓦对政府这次派到卡努杜斯来的官军的数目并不感兴趣。比拉诺瓦稍许有点儿秃顶，人很胖，蓄着大胡子，此刻正以他那特有的手艺整理着那些大包小包、大瓶小瓶。阿巴德从比拉诺瓦的语气里听不出不安，他甚至连听都不屑听。“他要做的事太多了。”若安·阿巴德一面向比拉诺瓦解释马上派人去圣多山的理由，一面思量，“他做得对，打仗的事最好别让他管。因为几年来在卡努杜斯，比拉诺瓦可能是睡觉最少、工作最忙的一个。”自从“劝世者”来到这里，比拉诺瓦起初还只是负责货物买卖，但到后来，在众人的默认下，他管的事愈来愈多，渐渐成为这个新生社会的组织者。朝圣者从全国各地蜂拥而至，要是没有他，大家吃饭、睡觉、生活都会成问题。是他把土地分给大家，让各人耕种，各家盖房；是他告诉大家该种什么庄稼，该养什么家畜家禽；是他把卡努杜斯出产的物品运到其他村镇，换回卡努杜斯需要的物品；是他掌管各地捐赠来的物品及分配，指定哪些该用作耶稣圣堂资金，哪些该用来购置武器或粮草。新到这里来的人一旦从贝阿迪托那儿得到留居此地的许可，便来找他帮助安顿。为老弱病残建立保健所，也是他想出来的主意。在乌亚乌亚战役及康巴奥战役期间，他负责保存缴来的武器并根据若安·阿巴德的指示分配这些武器。他几乎每天都去向“劝世者”汇报，听取指令。他再没到外面去浪荡。若安·阿巴德还听安东尼娅·萨德林哈说，这一点是她丈夫——他从前像被魔鬼缠住似的总在外面闯荡——回心转意的突出标志。他现在是光荣的保管员，而且谁都说不上他安居在家是因为在贝罗山公务繁忙无法脱身还是因为可趁工作之便几乎每天——即使是几分钟——可见到“劝世者”。他每逢见完“劝世者”归来总是眉开眼笑，心中异常舒坦。

“‘劝世者’已同意成立卫队保护他的安全，”若安·阿巴德说，“他也同意让若安·格兰德任卫队队长。”

比拉诺瓦听到这话，顿时转忧为喜，双眸中射出庆幸的光芒。小鹦鹉又在“恭喜、恭喜”地叫了。

“让若安·格兰德来找我吧。我了解所有的人，可以帮他挑选卫队队员。当然，最后还是他说了算。”

安东尼娅·萨德林哈走到他们身边。

“今天早上，卡塔利娜还问起你呢，”她对若安·阿巴德说，“你有空去看她吗?”

若安·阿巴德摇摇头：他此刻没有时间，也许到晚上才抽出空来。虽然他的这个决定可以被比拉诺瓦夫妇理解为他把上帝看得比家庭更重，但他心里还是觉得十分惭愧。环境，或者说上帝的意志，使他对自己的妻子越来越疏远，这件事一直在折磨着他。

“我现在就到卡塔利娜那儿去。我告诉她吧。”安东尼娅·萨德林哈朝他莞尔一笑。

若安·阿巴德走出杂货店，思忖着生活中这些稀奇古怪的事，也许人人如此。“这些事真有点像诗人笔下的诗。”他心里想。他，和“劝世者”邂逅之后，本以为不会再有流血事件，却被卷入一场空前残酷的战争。上帝规劝人类悔罪，难道就是为了这个？毋庸置疑，这是为了继续让人杀人。他让街上的两个顽童去告诉彼得劳和老华金·马坎比拉到盖莱莫波去找他，他去找若安·格兰德之前要先去见见在罗萨里奥路上挖掘战壕的帕杰乌。他在离镇口几米远的地方找到了帕杰乌，帕杰乌当时正在用一棵刺树掩盖一条把路截成两段的战壕。那里有一群人，男人们有的在搬运树枝，有的在掩埋树枝，有的身上还披着长袍；与此同时，几位妇女正在给另外一些坐在地上的男人——看上去他们刚刚换班下来——分发饭食。大家见他走来，立即迎了上去。若安·阿巴德被围在中央，周围是一张张露着探询神色的脸。一位妇女二话没说把一碗羊肉盖浇玉米面粥端到他手上，另一位妇女给他送来一杯水。他太累了——他是跑着来的——所以只好先深深呼了口气，喝了一大口水才开始说话。他边吃边讲，逝去的往事在脑海里萦绕。他在想，倘若是在几年前——在他那一帮和帕杰乌这一帮相互残杀的年代——眼前这些听他讲话的人绝不会这样对待他，纵然不杀他，也会把他打得皮开肉绽。幸好，那种混乱的日子已经成为过去。

帕杰乌听到华金神父说官军要来的消息时，脸上没有任何反应，什么都没问。帕杰乌知道一个团有多少人吗？不，他不知道，正如别的人也不知道。此时，若安·阿巴德再次重申了他的要求：要帕杰乌到南方去侦察来犯之敌的行动，去骚扰敌人。帕杰乌一伙已在这一地区活动多年，对这一带的情况了如指掌。让他深入敌人后方监视敌人，骚扰、牵制敌人，给贝罗山一点准备时间。让他去干这些事岂不再合适不过了吗？

帕杰乌会同意的，但他还未亲口答应。若安·阿巴德望着他那魁梧的身材、泛黄的脸及脸上那道大伤疤，心想他的年纪不会轻，但正当年富力强。不过，他究竟多大年纪呢？

“好吧，”阿巴德听见他说，“我会每天派人来向你报告。让我带多少人去？”

“随便多少，”若安·阿巴德回答说，“这里全是你的人。”

“那是从前，”帕杰乌环视四周眼里闪着亮光的人，“他们现在都是耶稣的人了。”

“大家都是耶稣的人。”若安·阿巴德说。随后，他又急忙补上一句：“你出发前，我让比拉诺瓦给你些枪和炸药。导火索已经弄到手了。”

塔拉梅拉朝前跨了一步。他矮矮的个子，宽宽的背，脸上布满皱纹和伤疤，长着一双眯缝眼，从前是帕杰乌的马弁。

“我愿意和你一起去圣多山，”塔拉梅拉尖声尖气道，“我一直服侍你，而且总是给你带来好运。”

“现在需要你服侍的是卡努杜斯，它比我更重要。”帕杰乌粗声粗气地说。

“是的，你应该关心的是大家的命运。”若安·阿巴德转过身，再次穿过荒野，朝若安·格兰德的住地康巴奥疾步走去。他走着走着，突然想到了自己的妻子。自从决定在所有通路上挖掘战壕和掩体以来，他一直不分昼夜地四处奔波。卡努杜斯成了他穿梭往来的中心，就像它是世界的中心。自打那时起，他就再没见到她。若安·阿巴德初次认识卡塔利娜时，卡塔利娜只不过是追随“劝世者”四处漂泊的许多善男信女中的一个。他们在整个白天劳顿之后，夜幕来临时便围坐在“劝世者”身边，聆听“劝世者”的训诫或随“劝世者”一起祈祷。他们的人数像河里的水，时增时减。就在这些人中，有个身材矮小的女人，穿着寿衣似的白道袍，看上去简直像个幽灵。若安·阿巴德这个昔日的强盗已经多次发现，无论走在路上还是在祈祷或休息时，这女人常常两眼盯着他。女人的目光有时使他心中不悦，有时又使他恐惧万分。女人的双眼满含痛苦，仿佛在威胁他说：她来世定要惩罚他。

一天夜里，这群善男信女已在一堆篝火旁睡下。若安·阿巴德爬到那女人身旁，趁着火光，发现那女人又在两眼紧紧地盯着他。“我想知道您为什么总盯着我。”阿巴德低声说。不知是她太虚弱还是对来人太厌恶的缘故，她竭力振作了一下，才迸出这样几句话：“您去古斯多加报复的那天夜里，我也在场。”她说话的声音低得几乎听不见，“那个高声呼喊、第一个被您杀死的人就是我父亲。我亲眼看见您将刀子捅进了他的肚子。”若安·阿巴德木然了。篝火发出噼噼啪啪的声响，昆虫在吱吱鸣叫，女人发出一声声的长叹，阿巴德极力回忆着很久以前那天黎明时分见到的那双眼睛。过了一会儿，阿巴德轻声问那女人：“那次，全古斯多加村的人不是都死了吗？”“还有三个人没有死，”女人低声回答道，“堂马西亚斯没有死，他藏到自己屋顶的草堆里去了；罗莎太太当场受了伤，后来伤好了，可她精神失常了；另一个就是我。我也差点被你们杀害，算是死里逃生吧。”两人这样叙谈着，仿佛不是在谈论自己，也不是谈这样的事，而像在议论一种更加悲惨、更加非人的生活。“那时您几岁？”阿巴德问。“十一二岁。”女人回答。阿巴德望了她一眼：还很年轻，只是由于饥饿和苦难，过早地衰老了。他们谈话的声音总是低低的，生怕吵醒其余的信徒。他们俩郑重其事地回顾着那天夜里发生的事情，至今仍历历在目：先有三个男人轮奸了她，后来又来了一个男人硬逼着她跪在他那满是牛粪味儿的裤裆前肆意戏弄着她。另一个强盗则用刀子捅了她一刀，但她当时十分沉着。“当时捅您那一刀的是不是我？”若安·阿巴德轻声问。“我不知道，”卡塔利娜低声回答，“虽然当时天已放亮，可我没看清人们的脸，也不知道自己在什么地方。”

从那天夜里起，昔日的强盗若安·阿巴德和古斯多加的幸存者卡塔利娜便常在一起祈祷，一起散步，一起回顾生活中那些在今天看来已是不可思议的往事。后来，在塞吉佩的一个小镇上，卡塔利娜和沿路乞讨的阿巴德正式结为伉俪。那时，在这群善男信女中，除“劝世者”外，就数卡塔利娜柔弱。那是一个骄阳似火的日子，卡塔利娜在路上突然晕倒了。若安·阿巴德背着她一直走到天黑。以后数日，他一路上背着她，并把她能吃下的干粮蘸湿送到她嘴边。到了夜里，听完“劝世者”的训诫，他就像对待孩子似的，给她讲他孩提时代从吟游诗人那里听来、至今仍能清晰回忆起来——也许是他恢复了童心的纯洁的缘故——的故事。她静静地听着，从来不打断。可这样过了若干天之后，有一天她竟用近乎轻浮的口气询问撒拉逊人①是怎么回事，费拉布拉斯和魔鬼罗伯特又是怎么回事。于是阿巴德意识到，魔鬼已闯进卡塔利娜的生活，正如从前闯入他的生活。

她的身体日见康复，能自己走路了。就在这个时期，若安·阿巴德在一天夜里，神色慌张、哆哆嗦嗦地在众信徒面前供认，他曾多次产生过占有她的欲望。“劝世者”把卡塔利娜唤到身前，问她对阿巴德刚才的那番话是否生气。卡塔利娜摇了摇头。在场的人全都缄口不语。于是，“劝世者”又问她对古斯多加那件事是否依然怀恨在心，她又摇了摇头。“你的罪孽已洗涤干净。”“劝世者”说道。随后他让阿巴德和卡塔利娜携手，并且要大家在上帝面前为他俩祈祷。一个星期后，契克—契克镇的神父主持了他俩的婚礼。从那时到现在几年了？四年？五年？他觉得自己的心快碎了。他终于在康巴奥的山坡上看到了几个甲贡索人的身影。他不再奔跑了，而是像漂流四方时那样迈着轻快的步伐继续朝前走去。

一个小时后，他来到若安·格兰德住的地方。他喝着凉水，吃着玉米，向格兰德讲着新近发生的事情。此刻只剩他们俩，因为他把第七步兵团来犯的消息告诉大家后——在场的没有一个人能告诉他一个团究竟有多少人——便要求其他人走开了。若安·格兰德这

① 中世纪欧洲人对阿拉伯人的称呼。

位昔日的奴隶和从前一样光脚穿一条退了色的裤子，腰上别着一把砍刀和一把匕首。衬衫上的纽扣全掉光了，毛茸茸的胸脯裸露在外。他背上背着一支卡宾枪和两排子弹，那两排子弹就像两条项链。当他听说要成立天主卫队保护“劝世者”并要他来当这支卫队的队长时，拼命摇着头。

“你怎么直摇头呢?”阿巴德问。

“我不配。”黑人若安·格兰德回答。

“‘劝世者’都说你配呀，”阿巴德又说，“他比谁都了解你。”

“我指挥不了别人，”格兰德分辩道，“也不愿去学这项本领。还是让别人去当队长。”

“你就当吧，”若安·阿巴德劝道，“没有时间争论了，若安·格兰德。”

若安·格兰德凝望着灰蒙蒙的苍穹下三三两两坐在山坡石头上的人，心里七上八下。

“保护‘劝世者’的责任太重大了，我担负不起呀。”他终于从牙缝里挤出了这样一句。

“要挑最好的人来当卫队队员，要选拔那些在这里时间最长、在乌亚乌亚及康巴奥战役中英勇作战的人，”若安·阿巴德又说，“必须在官军到来前把卫队建立起来，使它成为卡努杜斯的一面盾牌。”

若安·格兰德哑然无语，双唇不住地翕动着，看上去像在咀嚼什么，实际上他嘴里什么都没有。他凝望着四周的群山，仿佛又在山上看到了当年堂塞巴斯蒂安国王手下那些战功赫赫的将士。事情来得太突然，他心里感到惧怕而又茫然。

“不是贝阿迪托要我当队长，也不是‘劝世者’，而是你，”若安·格兰德喃喃地说，“这可不能算是你对我的帮助。”

“确实不能说是对你的帮助，”若安·阿巴德直言不讳地说，“我让你去当队长不是为了帮助你，但也不是为了害你，而是因为你最合适。你现在就到贝罗山去，干起来吧。”

“赞美慈悲的耶稣。”若安·格兰德祷告道。他从原来坐着的石头上站起身，朝黄沙漫地的平原走去。

“赞美耶稣。”若安·阿巴德唱道。顷刻间，他看见若安·格兰德已疾步而去。

“这就是说，你犯了两个错误，”鲁菲诺说，“第一，你没有遵照埃巴米农达的命令将他杀死；第二，你在埃巴米农达面前撒谎，使埃巴米农达相信他已经死了。两大过错。”

“只有第一条可以说是我的错误，”凯依法分辩道，“我交给埃巴米农达的是加尔的头发和另一人的尸体，是埃巴米农达自己和他手下的人没看出破绽。虽然加尔没被杀死，但他很快就会完蛋，所以只能说我犯了一个小小的错误。”

那是一个星期六，和所有的星期六一样，盖伊马达斯制革厂对面淡红色的依达比古鲁河岸上摆满了大大小小的货摊，来自附近村镇的摊贩正在那里高声叫卖。集市上人头攒动，有光脑袋的，也有戴草帽的。摊贩与顾客讨价还价的争执声、马嘶声、狗吠声、驴叫声、顽童的打闹声、酒鬼们的交杯接盏声……吵吵嚷嚷，热闹异常。残腿断臂的乞丐故意装出一副可怜相，嗫嚅着要人们多多开恩；艺人们边弹吉他边唱，有的唱的是艳情佳话，有的唱的是基督的十字军大战异教徒的故事，周围围着一圈看热闹的人。身穿裙衫、腕上戴着手镯的吉普赛女人——有七八十岁的老妇也有妩媚多姿的妙龄女郎——在为人们占卦算命。

“凯依法，不管怎么说，我是应该感谢你，”鲁菲诺说，“你说话算数。正因为你是这样的人，所以大家尊敬你，我也尊敬你。”

“一个人最大的义务是什么？”凯依法说，“是首先对东家负责还是首先对朋友负责？即使是瞎子也会看到我尽了自己的义务。”

鲁菲诺和凯依法两人并肩走着，不理会身边来来往往的人流、杂乱无章的货摊和五光十色的货物。碰上了人，他们也不说让路，有时瞪人家一眼，有时肩膀一擦就过去了。有时，有人在柜台里或帐篷内朝他们吆喝一声，招呼他们，可他们总将头一点，随即扬长而去，所以无人走近他们。他们按照预先商量好的来到一间生意清淡的酒馆。酒馆是用树枝搭起来的棚子，棚里放着几条板凳，摆着几块木板。

“如果我在依布埃拉就结果了他的性命，等于我对你的侮辱。”凯依法仿佛在讲述一件深思熟虑过的事情，“等于不让你自己去报仇雪耻。”

“可第一次你为什么要到这儿来杀他?”鲁菲诺打断了凯依法的话，“为什么要到我家里去杀他?”

“埃巴米农达想让他死在那里，”凯依法回答说，“我们不是去杀你，也不是去杀胡莱玛——而是当时怕伤了她，我的那两个同伙才送了命。”他向空中吐了一口唾沫，稍加思索后又说：“也许我应该对他们的死负责。我没料到他会自卫，而且武艺那么高。真没看出来。”

“是的，”鲁菲诺说，“是看不出来。”

他俩坐下，将两把椅子紧靠在一起，不愿让别人听见他们的谈话。女店主送来两只杯子，问他们要不要喝点白兰地。是的，他们要喝白兰地。女店主拿来半瓶白兰地，鲁菲诺斟满了两杯。两人闷头喝着，谁也没和谁碰杯。这次斟酒的是凯依法。凯依法比鲁菲诺年岁大，两眼呆滞，脸上布满阴霾。他像上次那样穿着皮夹克，从头到脚沾满了尘土。

“是她救了他?”鲁菲诺垂头丧气地问，“是她挡住了你的胳臂?”

“是她爬起来抓住了我的胳臂。他们俩当时对付我一个人。”凯依法回答说。他脸上留着那天黎明搏斗时的伤疤。“于是我醒悟到她已属于他。”凯依法耸耸肩，吐了一口唾沫又道：“既然她已经成了他的，她能不救他吗？”

“是这样。”鲁菲诺说。

“我至今不明白他们当时为什么不杀死我。我在依布埃拉曾问过胡莱玛，可她也说不清是为什么。那个外国人怪得很。”

“是这样。”鲁菲诺说。

来赶集的人中也有当兵的，这些兵是布里陀少校的残部，据说他们是在这儿等大部队到来。他们穿着破烂不堪的军装，像受难的幽灵，四处逛荡，中心广场、车站和河岸都成了他们过夜的地方。他们有时三五成群地出现在集市上，贪婪地望着从身边走过的女人及饭桌上的酒食。本地的百姓根本不理会他们，连看都不看他们一眼。

“许下诺言就等于捆住了自己的手脚，对吗？”鲁菲诺胆怯地说，额上显出一条条深深的皱纹。

“是的，”凯依法回答说，“向耶稣或圣母许下的诺言怎能不算数？”

“向男爵许下的诺言呢？”鲁菲诺边说边把头朝前凑了凑。

“那要由男爵来决定。”凯依法回答。他又斟上酒，两人对饮着。突然，喧闹的集市上传来一阵激烈的争论声，听上去离这里很远，末了又传来一阵笑声。天上乌云密布，仿佛要下雨了。

“我理解你的心情，”凯依法突然对鲁菲诺说，“我知道你每逢和别人坐在一起，正像咱们俩现在这样时，总在想报仇雪耻的事。是这样，鲁菲诺，每个懂羞耻的人都会这样。”

一串蚂蚁井然有序地爬到桌上，绕着喝空了的酒瓶蠕动着。鲁菲诺眼看着它们朝前爬去，直至最后消失。他手里拿着酒杯。“有一点你要记住，”凯依法接着说，“如果你只是把他杀死，就不能洗刷你所受的耻辱。相反，在脸上给他一刀或一鞭，倒是报仇雪耻的办法，因为人的脸如同母亲、妻子一样神圣。”

鲁菲诺站起身，女店主迎过来。凯依法伸手到衣袋内，但鲁菲诺挡住了他，付了钱。两人等着找钱，谁都没言语，各自想着心事。

“你母亲真的动身去了卡努杜斯?”凯依法问。鲁菲诺点了点头。凯依法又说：“去那儿的人不少。埃巴米农达正在到处抓人去当乡警，听说新来的官军在背后支持他。我们家也有人在‘劝世者’那里，和自己家人厮杀打仗可不那么容易。鲁菲诺，你说对吗?”

“我现在要打的是另外一种仗。”鲁菲诺一边喃喃地说，一边把女店主递过来的零钱装起。

“但愿你能找到他。但愿他还没有病死。”凯依法说。

两人消失在盖伊马达斯集市熙熙攘攘的人流中。

“男爵，有一件事我不明白。”何塞·贝尔纳多·穆拉乌上校用脚缓缓摇晃着自己坐着的摇椅，在摇椅上伸伸懒腰说，“莫莱拉·西塞一向是我们的冤家对头。他的到来可以说是埃巴米农达的巨大胜利，是我们一贯奉行的反对里约热内卢干涉巴伊亚州内部事务政策的失败。可我们自治党在萨尔瓦多像欢迎英雄归来似的欢迎他，现在又在和埃巴米农达比赛谁对这个杀人魔王的支持更得力。”

这是一间刚用白灰粉刷过的旧房，墙上已出现裂纹，整个房间给人以杂乱无章的感觉。铜花瓶里的花已经枯萎，地面坑坑洼洼。透过窗子可以望见阳光下绿叶熠熠的甘蔗田，离房子不远处，几个仆人正在备马。

“我亲爱的何塞·贝尔纳多，时代已经令人不可捉摸，”卡纳布拉沃男爵微笑道，“在我们生活的这个大森林里，就连最聪明的人也会迷路。”

“我可从来不是什么聪明人，我们这些做庄园主的本来就不聪明。”穆拉乌上校嘟囔道。他随便指指外面，又说：“我在这儿度过了半个世纪，现在老了，可唯一看到的是一切都要完了。使我感到庆幸的是，我在人世的日子不长了，不会看到这片土地彻底完蛋。”

穆拉乌上校确实早已年过花甲，人很瘦，皮肤闪着光亮。他不时地用那双好像只剩下骨节的手去摩挲胡子拉碴的面孔。他的打扮像雇工，裤子退色，衬衫开了缝，衬衫外面套着件生皮坎肩，坎肩上的纽扣也已掉光。

“厄运很快会过去。”阿达尔贝托·德·古穆西奥说。

“我看不见得。”穆拉乌上校折得两手的指骨嘎嘎作响，“你知道最近有多少人离开这里吗？几百户呀。1877 年大旱，南方的咖啡园和亚马孙河一带的橡胶园没收获任何东西，现在又来了个该死的卡努杜斯。你们知道有多少人去了卡努杜斯吗？他们遗弃了自己的家园、牲畜，放下了手里的农活儿，什么都不要了。他们跑去那里等待启示录，等待堂塞巴斯蒂安国王降临。”他对人们的这种愚蠢行为感到厌恶，扫视众人一眼后又道：“我虽然不是什么先知，但可以预见今后事情会发展到什么样的地步。莫莱拉·西塞一定会把埃巴米农达捧上台，让埃巴米农达当巴伊亚州的州长。随后西塞及其同伙就会来对付我们。到那时，我们只好廉价出售庄园或干脆拱手交出，然后一走了之。”

男爵和古穆西奥面前的小桌上摆着汽水和饼干，但谁都没去尝一口。男爵打开一盒鼻烟，先递给大家，随后自己也痛痛快快地吸了几下。他闭目静息了片刻。

“何塞·贝尔纳多，我们不能把巴西拱手交给雅各宾分子，”男爵睁开眼道，“虽然他们这一招很狡猾，但到头来只能是枉费心机。”

“巴西现在就已成了人家的天下，”穆拉乌打断了男爵的话，“魔鬼派莫莱拉·西塞到这里来不正说明了这一点吗？”

“这项任命是里约热内卢军事俱乐部——雅各宾分子的一个小多面堡——趁莫拉依斯总统生病之机向总统施压的产物，”男爵说，“这个阴谋实际上是针对莫拉依斯总统的。这一点很清楚。卡努杜斯只不过是西塞上校沽名钓誉的阶梯：是莫莱拉·西塞拯救了共和国！是莫莱拉·西塞平息了保皇分子的叛乱！这不正好说明只有军队才是国家安全的保证吗？到那时，军人就会上台，专制共和国将不可避免。”他刚才说话时脸上挂着的笑容消失了，“但这是我们所不能允许的，何塞·贝尔纳多，因为平息保皇派叛乱的应该是我们，而不是雅各宾分子，”他脸上露出厌恶的神态，接着说：“亲爱的，像正人君子那样行事是不行的。政治，政治向来是无耻之徒从事的行当。”

男爵这最后一句话触动了老穆拉乌的某根神经。他像被弹簧弹起一样跳了起来，放声哈哈大笑。

“好吧，各位无耻的先生们，我认输了，”他高声道，“向导、粮草，总之，杀人魔王要啥，我们给啥。我也要给第七步兵团提供住房吗？”

“他肯定不会到你那儿去，”男爵感激地说，“你甚至无需见他的面。”

“我们绝不能在巴西人民中造成我们在反对共和、企图勾结英国复辟帝制的印象，”阿达尔贝托·德·古穆西奥说，“明白吗？何塞·贝尔纳多，必须粉碎这样的阴谋，而且要快。不能拿爱国主义这张牌闹着玩儿。”

“可埃巴米农达玩这张牌了，而且玩得很好。”穆拉乌嘟囔道。

“确实如此，”男爵附和道，“我、你、阿达尔贝托，还有比亚纳，我们几个原来都认为埃巴米农达没啥了不起，事实证明他是个十分危险的敌人。”

“他们把矛头指向我们，这完全是故伎重演。他们的手段太愚笨，太荒谬。”古穆西奥说。

“但直到目前为止，这种办法行之有效。”男爵朝外面望了一眼，“好吧，马已经备好了。”他对同伙们说。男爵此行可谓马到成功，因为他要说服巴伊亚州最顽固的庄园主们的目的已经达到。他现在要去看看埃斯特拉和塞巴斯蒂娜能否立即动身。穆拉乌此时提醒他，从盖伊马达斯来的一个人已经等了他两个小时。男爵早将此事忘到九霄云外，只得说：“啊，是的。”随即命令将那个人带到这里来。

不一会儿，鲁菲诺的身影便出现在门口。他摘去草帽，先向屋主和古穆西奥施了一礼，随后走到男爵面前，躬下身吻了吻男爵的手。

“孩子，见到你真高兴，”男爵亲切地拍拍鲁菲诺的肩，“你来这里看望我们太好了。胡莱玛好吗？你为什么不把她带来？埃斯特拉多么想见到她呀。”

男爵发觉鲁菲诺进门后一直垂着头，草帽紧紧地攥在手里。突然，他又发现鲁菲诺面露愧色，于是便开始猜测教子鲁菲诺这次来访的目的。

“是胡莱玛出了什么事？”男爵问，“她病了？”

“教父，你让我毁约吧。”鲁菲诺突然迸出这么一句。本来心不在焉的古穆西奥和穆拉乌听到这话，心里为之一怔。屋里静悄悄的，气氛紧张而神秘。男爵思忖着鲁菲诺究竟想干什么。

“胡莱玛，”男爵眨巴着眼后退了几步，竭力回忆着，“她做出了什么对不起你的事吗？鲁菲诺，她不会背弃你的，你说是吗？你的意思是说，她做出了对不起你的事，跟一个男人私奔了，是这样吗？”

鲁菲诺轻轻点点头，他的头发又直又脏，披散在脸前。直至此时，男爵才明白鲁菲诺为什么一直不愿在他面前抬起头，才意识到鲁菲诺的心情多么沉重和难过，怜悯之情油然而生。

“鲁菲诺，何必呢？”男爵脸上漾着痛苦的神情，“那样对你有什么好处？倒霉一次不够，还要再来一次？既然她走了，就当她死了呗，当她自杀了。你忘了她，好吗？把盖伊马达斯也暂时忘了吧。你会找到一个忠于你的妻子。跟我们到卡龙毕去，那里的许多人都是你的朋友。”

古穆西奥和穆拉乌好奇地等待着鲁菲诺的回答。古穆西奥给自己倒上一杯汽水，拿到嘴边，但没有去喝。

“教父，你让我毁约吧。”鲁菲诺终于连头也不抬地说。一直在倾听男爵和鲁菲诺这场谈话的古穆西奥发出赞同的热烈笑声，老穆拉乌却打起呵欠来。男爵心中思量，再说也无济于事，必须准备承担这一事件将带来的后果。现在必须答应鲁菲诺的请求，要想说服鲁菲诺改变决定，完全是自欺欺人。他心里虽这么想着，但仍在设法拖延。

“什么人抢走了她？”男爵轻声问，“她是跟什么人一起走的？”

鲁菲诺稍停片刻后开口了：

“一个闯到盖伊马达斯的外国人。”鲁菲诺回答。他停了一会儿后又机警地补充道：“是有人把他领到我家的。他本来是要到卡努杜斯去给甲贡索人送武器。”

古穆西奥手中的杯子掉在地上摔碎了，但无论杯子摔碎的声音还是杯子碎片、溅起的水花都未能分散三人的注意力，他们不约而同地把惊愕的目光转向了鲁菲诺。鲁菲诺依然呆呆地站在那里，低垂着头，一言不发，看来他并未意识到刚才这几句话引起的反响。男爵第一个恢复了镇静。

“一个外国人想把武器送到卡努杜斯去?”他愈是想装得坦然些，说话的声音就愈是含糊不清。

“他想去，但没去成。”鲁菲诺回答。他一直恭恭敬敬地站在那里，低垂着头。“埃巴米农达曾派人去杀他，并且一直以为他已被杀了，但那外国人没有死，胡莱玛救了他。他现在就和胡莱玛在一起。”

古穆西奥和男爵对视了一眼，觉得此事颇为蹊跷。穆拉乌则嘴里咕噜了句什么，极力想从摇椅上站起身来。没等他站起，男爵先已站了起来。男爵脸色苍白，双手颤抖。直到此时，鲁菲诺还未注意到三人听了他的话之后产生的惶惑情绪。

“这就是说，加利雷奥·加尔还活着。”古穆西奥终于拍拍自己的脑袋道，“也是说，焚烧尸体、砍掉脑袋及所有那些可怕的事……”

“先生，并没有人砍下他的脑袋，”鲁菲诺打断了古穆西奥的话，凌乱不堪的屋内再次像触电似的静了下来，“他的头发很长，只要剪下他的头发就足够了。他们找来的那具尸体是一个精神错乱、杀死了自己亲生孩子的人的尸体。加尔还活着。”

鲁菲诺沉默了。虽然古穆西奥和穆拉乌同时向他提了许多问题，鼓励他继续讲讲详细经过，但他仍然一言不发。男爵十分了解自己的乡亲，他知道鲁菲诺已把该讲的话都讲了，谁都休想再从他口里掏出半句话来。

“孩子，你还有什么事要讲吗?”男爵把一只手放在他的肩上，掩饰不住内心的焦虑。

鲁菲诺摇了摇头。

“谢谢你的探望，”男爵说，“你帮了我的忙，帮了我们大家的忙，也就等于帮了我们国家的大忙，虽然你还没意识到这一点。”

鲁菲诺又开口了，语气比刚才更固执。

“教父，我想撤回向您许下的诺言。”

男爵点点头，脸上显出痛苦的神情。他想，此刻他可能在宣判一个无辜者的死刑，但也可能在宣判一个不杀不足以平民愤的罪犯的死刑。他还想，他日后可能会为自己今天这一决定感到悔恨和伤心，但眼下只能这样做。

“你凭着自己的良心去干吧，”男爵轻声说，“愿主与你同在。愿主宽恕你吧。”

鲁菲诺叹了口气，抬起了头。男爵看见他的两只小眼睛红红的，挂着泪花。他的脸犹如刚刚经受了一场严峻考验。他跪到地上。男爵先在他额上画了个十字，随后又伸出手让他吻。鲁菲诺站起身，看都没看另外二人一眼便走出了房门。

古穆西奥首先说话了。

“佩服，佩服，”他边说边看着脚边的玻璃碴，“埃巴米农达这个人真有办法。我们过去的确低估了他。”

“遗憾的是，他不是我们的人。”男爵说，虽然他的这一发现非同小可，但当时心里想的却不是埃巴米农达·贡萨尔维斯，而是胡莱玛——将死于鲁菲诺刀下的女人——以及埃斯特拉知道此事后将会多么伤心。

第三章

“布告是昨天贴的，”莫莱拉·西塞用马鞭指着要百姓向第七步兵团申报各种武器的布告说，“部队今天早上一到，先宣读了一遍，才开始搜查。先生们，你们应该明白在冒什么样的风险。”

被抓来的两个农民背靠背地绑在一起，看不到脸上、身上有什么伤痕，只是光着脚，帽子也没戴，看上去像父子俩，又像叔侄俩或弟兄俩，因为两人不仅长相极为相似，连在公案前受审时的神态也一模一样。刚才审讯他们的三名军官匆匆而来，草草地审了一阵，因为其中两名军官正忙着要到在坎桑斯奥集结的部队去。此刻只剩莫莱拉·西塞一人待在那里，身旁便是那些罪证：两支马枪、一盒子弹、一小包火药。两个罪犯的罪状是私藏武器，打伤一名前来捉拿他们的军人。全坎桑斯奥的村民——几十个庄稼汉——都已被赶到这片荒野，站在荷枪实弹、不准他们走近罪犯的士兵身后。

“为了这破玩意儿，真不值得。”西塞上校用皮鞋轻轻踢了踢那两支马枪，没精打采地说，随即转身对身边的一名军曹命令道：

“给他们弄点酒喝。”他说这句话的语气就像讯问时那样平淡。

记者们离两个罪犯很近，他们夹在人群里，默不作声，脸上露出惊愕、恐惧的神色。那些没戴草帽的人用手帕遮挡灼人的阳光。从荒野另一边传来的依然是平日听到的那些声音：皮鞋和皮靴发出的咯吱声、头盔的碰撞声、马嘶声、关门声、命令声、笑声，仿佛即将发生的事情与这些刚到或正在休息的士兵毫不相干。军曹启开酒瓶盖，将酒瓶递到罪犯嘴边。两名罪犯喝了足足一大口。

“上校，开枪打死我吧。”年纪轻的罪犯突然央求道。

莫莱拉·西塞摇摇头。

“我不能把子弹用在背叛共和国的人身上，”西塞上校说，“鼓起勇气来，死得像个人样儿。”

他手一挥，两个士兵倏地从腰间抽出砍刀，朝前方走去。两个士兵的动作准确而又整齐：各用左手揪住罪犯的头发，随即将罪犯的头猛地向后一拉，只听得年轻罪犯拼命嘶喊，年长罪犯则大声高呼：“好耶稣万岁！贝罗山万岁！”刽子手手起刀落，两颗人头同时落到地上，喊声顿止。

官兵逼近四周的百姓，仿佛不要他们靠近，但他们待在原地一动没动。记者中有的垂下了头，有的惊愕地望着，《消息日报》的近视记者脸上显出厌恶的神态。西塞上校凝视着血淋淋的尸体。

“把他们扔在这张布告下。”西塞上校的语气缓和了些。

西塞上校好像当即忘掉了两个农夫被杀，迅速穿过荒野，径直朝一间茅棚大步走去，那儿已为他准备好了一张吊床。他前脚刚走，记者们立即跟了上去，追上了他。他和记者们走在一起，坦然自若，脸上没有一丝汗。可那些记者不同，天气热，又受了惊吓，一个个满脸红彤彤的。刚才他们离那两个被处决的农夫只有几步远，所以直至此时心情仍未平复：战争、暴行、苦难、命运，这些辞藻都失去了昔日抽象的含义，变成了可以感知、可以捉摸、活生生的现实。

面对这一现实，他们只得缄口不语。他们来到茅棚门口，一名勤务兵给西塞上校送来了洗脸盆和毛巾。西塞擦了擦手和脸。那名一向衣冠楚楚的记者喃喃地问：

“您能否讲讲杀掉这两名农夫的理由？”

莫莱拉·西塞没吱声，不知是没听见还是不屑回答。

“人们实际上还是怕死，”他拭去脸上的汗，声调平淡自然，就像他平日在夜里和部下闲聊，“所以这是唯一有效的办法。当然喽，这办法必须用之得当，目的是要百姓引以为戒，要敌人闻风丧胆。听起来很可怕，这一点我也知道。但只有这样，才能赢得战争的胜利。你们今天接受的是火的洗礼，先生们，现在该明白战争的含义了吧？”

他很快向记者们敬了个礼，态度十分冷淡。记者们明白，会见到此为止。他转身进茅棚去了。记者们从远处望见棚内挤着许多军人，墙上挂着一幅地图，几名副官向他立正敬礼。记者们神情恍惚、思绪烦乱地穿过荒野，朝后勤处返去。每次休息，他们均可在那里得到一份和军官们同样的饭食。但可以断定，他们今天什么也吃不下去。

一路上，他们一直是按行军速度随着大部队走，所以此时已累得疲惫不堪，屁股挪动不得，两条腿像两根棒，皮肤被沙漠炙人的阳光晒得黑黑的。在介于盖伊马达斯和圣多山之间的这片荒漠上，他们只能看到仙人掌和茅草棚。他们想象着那些全靠两条腿走路的士兵——第七步兵团中绝大多数士兵是徒步行军——是怎样坚持走下来的。未能坚持走到底的士兵也为数不少。他们曾看见许多士兵累得晕倒在路上，随后像堆肉泥似的被抬上救护车运走。他们现在才知道那些在路上晕倒的士兵苏醒后会受到极其严厉的制裁。“战争就是这样？”近视记者自问，因为在那两名农夫惨遭杀害之前，他们还从未见到过任何类似的事情。也正因为如此，他们一直不理解西塞上校为什么一路上那样催逼自己的部下。难道这就是通向理想王国的道路？不是纷传甲贡索人在腹地杀人放火、无恶不作吗？他们此刻在哪儿？记者们看到的只是近乎荒芜的村庄，村民们漠然地望着他们走过，回答他们提出的问题时总是支支吾吾。牛群也真像莫莱拉·西塞所说的被敌人掠去了吗？虽然他们对身材矮小、态度冷漠的西塞上校并无什么好感，但上校刚强、充沛的精力——他似乎终日不吃饭也不睡觉——却使他们十分钦佩。夜里，众将士都已钻进睡袋睡觉了，可人们看见他仍着装整齐地伫立在那里；他在一列列酣睡的士兵中踱来踱去，有时停下来和哨兵聊几句，有时找参谋人员嘀咕一阵。清晨，军号声起，大家睡意蒙眬地刚刚睁开眼睛便看见他已站在那里，脸已洗过，胡子也刮得一干二净，或在向从前方归来的通信兵询问情况，或在察看着一门门大炮，仿佛头天夜里根本没去睡觉。到两名农夫遇害为止，他们一直认为西塞本人就是战争，因为只有他一人在谈论战争，而且说得有根有据，致使他们不得不相信战争的危险确实存在、不可避免。西塞上校告诉他们，别小瞧了那些站在门口看部队过路的厚颜无耻的山民，他们中有许多人和那两名被杀的农夫一样，是敌人的同党，在那一双双木然的目光后面总有几个暗探在那里点着官军的人数，估摸着官军的战斗力，比较着敌我双方的装备，而且这些情报很快就会送到卡努杜斯。近视记者想起了老农夫临死前呼喊“万岁”的情景，于是对自己说：“这也许是真的，也许他们就是敌人。”

此次休息时和往常不同，记者们谁都没有去睡。他们思绪烦乱地坐在帐篷旁一个劲儿地抽烟，反复思索着。《消息日报》的近视记者两眼直勾勾地盯着贴有布告的那棵树下的两具尸体。一个小时后，他们再次来到队伍前方，跟随军旗和莫莱拉·西塞上校向战争走去。

是的，在他们看来，战争现已开始。

到达圣多山之前，他们目睹了一件出乎意料的事情。一个十字路口有个字迹模糊的牌子，标着到卡龙毕去的道路。整个部队重新上路后走了六小时到达那里。五名记者中，只有《消息日报》那个稻草人似的记者目睹了这一事件。近视记者已和西塞上校建立了一种特殊的关系，这种关系不能称友谊，也不能叫同情，说得确切些，他们之间的这种特殊关系是建立在相互憎恶、相互吸引——“异”性相吸的吸引力——的基础上。近视记者不仅在把笔伸进那只像猎人狩猎时盛袖镖毒药用的罐子似的墨水瓶里、把写字板放在膝上或马鞍上坐下来写字的时候，而且走路、骑马也都像一幅自身的讽刺画，总给人以快垮下去的印象。虽然如此，他却对小小的西塞着了迷，简直到了神魂颠倒的地步。他无时无刻不在观察着西塞上校的一举一动，只要一有机会就走近他；在和同僚的谈话中，莫莱拉·西塞成了他唯一中意的话题，甚至可以说，他对西塞上校的兴趣远远超过了对卡努杜斯和这场战争的兴趣。那么，在这位年轻记者身上又有什么值得西塞上校瞩目的东西呢？近视记者一身古怪打扮，体态模样也怪里怪气，周身长毛，尖嘴猴腮，长长的指甲里塞满污垢，姿态动作软绵绵的。总之，在他身上没有任何可被西塞上校称之为男子汉、大丈夫气概的东西。然而，就是这样一个长相丑陋、声音刺耳的人物吸引了目光炯炯、性格刚强的西塞上校，虽然上校心里并不情愿如此。上校每逢会见记者，记者几乎是上校唯一的交谈对象，上校甚至常常在晚饭后单独找他谈。白天在行军路上，记者的马常会不由自主地跑到前面，和西塞上校的马并行，此次从坎桑斯奥出发后就是如此，他在簇拥着西塞上校的大小军官及侍从仆役中间坐在马上东摇西晃，活像个木偶。当部队行至通往卡龙毕去的岔道上时，西塞上校将右手一举，下达了停止前进的命令。

卫兵们立即跑步传达上校的命令。军号声响起，部队停止前进。莫莱拉·西塞、奥林皮奥·德·卡斯特罗、库尼亚·马托斯及塔马林多同时下了马，近视记者也跟着从马上爬下来。后面的另外几位记者及士兵们跑到一片水塘边，有的洗脸，有的洗胳臂，还有的洗脚。库尼亚·马托斯少校和塔马林多上校查看地图，莫莱拉·西塞上校举起望远镜凝望着天地相接的地方。太阳正落向远方孤零零的圣多山背后，给圣多山披上了一层神秘的色彩。西塞上校收起望远镜，脸色突然变得煞白，显出极度紧张的神态。

“团座，有什么可担心的吗?”奥林皮奥上尉问。

“时间，”莫莱拉·西塞讲话时嘴里像含着什么东西，“不等我们到那儿，他们就会全部溜掉。”

“他们不会溜的，”近视记者搭讪道，“他们认为上帝站在他们一边。这地方的人好斗得很。”

“人们不是常说应该给逃跑的敌人架银桥吗?”奥林皮奥上尉诙谐地说。

“但这一次不同，”西塞上校吃力地说，“应该教训教训他们，去掉他们复辟帝制的幻想。他们侮辱官军的仇也要报。”

不知为什么，他这番话说得结结巴巴，令人费解。他本来要开口要说什么，但没有说出来。他满脸青紫，瞳孔放大，慢慢坐到一根横在地上的树干上，随后慢慢摘下军帽。正当近视记者也要坐下去的时候，突然看见西塞上校用手捂住了脸，军帽落到地上。他陡地站起身，涨红着脸，摇摇晃晃地解开了衬衫上的纽扣，像透不过气来似的；随即全身痉挛，口吐白沫，呻吟着倒在奥林皮奥上尉和近视记者脚边，吓得两人茫然失措。当他俩俯下身去时，塔马林多、库尼亚·马托斯及几个勤务兵已经跑了过来。

“别动他!”塔马林多焦急地吼道，“快拿条被子来。快去请索扎·费雷罗医生到这里来。别让任何人走近他！朝后站，朝后站！”

库尼亚·马托斯少校先将近视记者推到后面，随即又和勤务兵一道走到另外几位记者那里，毫不客气地要求他们走开。与此同时，人们将一条被子盖到莫莱拉·西塞身上。奥林皮奥上尉和塔马林多上校将自己的军服叠在一起，垫在西塞上校头下当枕头。

“掰开他的嘴，揪住他的舌头。”塔马林多上校告诉奥林皮奥该怎么办，随即转身命令两个卫兵赶快去支帐篷。

奥林皮奥一直双手掰着莫莱拉·西塞的嘴巴，西塞上校仍在不住地痉挛。过了好一阵，索扎·费雷罗医生才赶到那里，带来了一辆救护马车。帐篷已经支好，莫莱拉·西塞躺在一张行军床上。塔马林多和奥林皮奥两人轮流守护在西塞身边，不让他把嘴合上。西塞上校满头是汗，双目紧闭，浑身颤抖，不停地呻吟，每隔一阵就吐出一口白沫。索扎医生和塔马林多上校相互对视了一眼，但谁都没说话。索扎医生一面轻轻脱去外衣，一面示意助手将药箱放到西塞上校床旁。与此同时，奥林皮奥上尉向医生讲述了上校发病前后的情况。为了使医生给病人诊断时更自在，军官们自动走出了帐篷。

帐篷四周布满荷枪实弹的岗哨，把帐篷和兵营的其余部分隔离开。那几位记者就在附近，围住近视记者问这问那。近视记者将自己看到的全部告诉了他们。岗哨和兵营之间是一片无人区，除非得到库尼亚·马托斯少校的许可，否则任何官兵不得通过。库尼亚·马托斯少校倒背双手，在帐篷外踱来踱去。塔马林多上校和奥林皮奥上尉走近马托斯少校，记者们看见三人在帐篷附近转来转去。夕阳的余晖渐渐散去，三位军人的脸上浮漾着紫色的暮霭。塔马林多上校不时地走进帐篷，出来后三人又一起踱来踱去。就这样过了好一阵，也许是半小时，也许是一小时，反正时间不短，因为篝火已经燃起，晚饭号也吹响了。也就在这时，奥林皮奥上尉突然来到记者们待的地方把近视记者叫走。近视记者通过层层岗哨，来到塔马林多上校和马托斯少校面前。

“您熟悉这一带，我们想请您帮个忙。”塔马林多轻声道。然而他此时说话的语气并不像平日那样和蔼可亲，仿佛在极力克制着不愿将此事透露给外人但又苦于无计可施的矛盾心理。“医生认为应该把西塞上校送到一个比较合适的地方去，使他能得到更好的护理。附近有没有庄园？”

“当然有，”近视记者尖声尖气地说，“这你我都很清楚。”

“我的意思是除了卡龙毕，”塔马林多不悦地纠正道，“莫莱拉·西塞上校断然回绝了男爵要部队住到他那里去的请求。到那里去是不合适的。”

“可问题是再没有第二个了呀。”近视记者冷冷地回答。他透过昏暗的原野朝帐篷望去，帐篷内射出一道淡淡的绿光。“从坎桑斯奥到卡努杜斯，这一带全属于卡纳布拉沃男爵。”

塔马林多上校悔恨没及时瞥近视记者一眼。就在这时，索扎医生一面擦着手一面走到帐篷外。索扎·费雷罗医生身着军服，两鬓斑白，额上布满深深的皱纹。几位长官撇下近视记者，朝医生围拢来。近视记者虽仍站在原地未动，但很不礼貌地探过头，眼镜后的两只眼睛睁得大大的。

“他近日来太劳累了，”医生一面抱怨一面将烟叼在嘴上，“从上次发病到现在恰好两年。该他倒霉，被魔鬼绊了一跤。谁知道是怎么回事。我已给他放过血，免得出现溢血现象。但他现在需要洗澡、按摩，需要很好地进行治疗。诸位先生，决定吧。”

库尼亚·马托斯和奥林皮奥望了塔马林多上校一眼。塔马林多干咳一阵，一言未发。

“您明知道男爵就在卡龙毕，可您仍坚持要我们把他送到那儿，是这样吗？”

“我没说一定要到卡龙毕去，”索扎·费雷罗医生反驳说，“我只是把病人的需要告诉你们。诸位，我再补充一句：让他待在这儿，又是这样的条件，简直是胡闹。”

“您对西塞上校是了解的，”库尼亚·马托斯少校解释说，“让他住到叛匪头子家里去，他会生气的。他会感到是对他的侮辱。”

索扎医生耸耸肩说：

“我是部下，听你们的。我已尽到自己的责任。”

四位长官和近视记者听到身后有响动，急忙转身望着帐篷内。帐篷内灯光昏暗，莫莱拉·西塞正在那里大叫大嚷，听不清他在吼叫什么。只见他赤裸着上身，双手扶着床，胸脯上有几个黑乎乎一动不动的东西，那无疑是蚂蝗①了。西塞上校只站了几秒钟，随即便呻吟着跌倒在地上。索扎医生赶忙跪到地上，将他的嘴掰开。与此同时，几位军官也急忙围拢过来，有抬脚的，有抓胳臂的，七手八脚将他抬回行军床上。

“团座，我负责把西塞上校送到卡龙毕去。”奥林皮奥上尉请求说。

“好吧。”塔马林多上校同意了，“你和索扎·费雷罗医生带一支卫队去。但部队在这里扎营，不能到男爵那儿去。”

“上尉，我可以随他们一起去吗？”站在黑暗角落里的近视记者毛遂自荐道，“我认识男爵。到《消息日报》工作前，我在他办的报社里干过。”

那天，骑着马来的那几个庄园守护人带走的唯一战利品就是那

---

① 蚂蝗吸食人和动物的血液，从前医药上用于局部放血。

束红头发。此后，马戏班又在依布埃拉住了十天。加利雷奥·加尔已开始康复。一天夜里，大胡子女人听见他正操着蹩脚的葡萄牙语和胡莱玛说话，问胡莱玛他们现在是在哪个国家，是几月几号。翌日下午，他下了大篷车，还晃晃悠悠地走了几步。到第三天夜里，他竟到了依布埃拉村的杂货店。他已退烧了，虽然形容憔悴，但兴致很高。他向店老板（店老板望着他的脑袋，觉得十分好笑）问这问那，询问着有关卡努杜斯和战争的情况。他近乎疯疯癫癫地多次核实了有关费布罗尼奥领着一支五百人的队伍竟在康巴奥吃了败仗的消息。他听了这个消息后，兴奋异常。胡莱玛、大胡子女人及矮子都以为他又会说起胡话来，但这样的情况并未发生。他和店老板一道喝了杯甜酒，回来后便酣然睡去，整整睡了十个小时。

在加尔的提议下，他们又要上路了。几位艺人本想在依布埃拉再待些时日，因为他们在这里可以给村民们讲故事、演滑稽戏，好歹能挣顿饭吃。但加尔担心如果那帮庄园守护人再次返回，就该要他的脑袋了。他确已完全恢复健康：讲起话来声若洪钟，致使大胡子女人、矮子，甚至傻子常常听得目瞪口呆。他的话很难懂，常需他们去猜。每逢谈起甲贡索人，他总是那样兴致勃勃，艺人们对此十分惊讶。大胡子女人问胡莱玛，加尔是不是云游四方的好耶稣的信徒。不，不是的，他从未到过卡努杜斯，也不认识“劝世者”，甚至连上帝都不信。连胡莱玛也不明白加尔为什么会这样。当加尔告诉他们说他想到北方去时，矮子和大胡子女人便决定随他一起去那里。他们也说不清究竟为什么要随他去，可能像重力作用那样，弱者必然为强者所吸引。或许很简单，因为他们除了屈从于这个好似握有生活指南的人的意志，再无更好的办法，再无别的选择。

他们黎明时上路了。一路上，乱石遍地，荆棘丛生，他们默默地一直从天亮走到天黑。大篷车走在最前面，大胡子女人、矮子和傻子走在大篷车两边，胡莱玛紧靠着车轱辘，加尔走在最后。为了遮挡阳光，他头上戴着巨人佩德林的那顶草帽。他瘦多了，下身的两条裤腿像两条大麻袋，衬衫穿在身上松松垮垮。那枚子弹擦脑袋而过，在耳后留下一片青疤。凯依法的砍刀在他的脖子和肩膀之间留下一条弯曲的伤痕。由于面庞消瘦、苍白，他那双眼睛显得更加混浊。他们行至第四天，在一个叫做花甸的地方遇上了一帮饥民，饥民夺去了他们拉车的骡子。他们那天正行至一个长满牛蒡和荆棘的树林，那地方被一条干涸的河床分为两半，远方是恩戈尔达山的群峰。这帮饥民共有八人，其中几个穿着皮夹克，草帽上饰有钱币图案，身带短刀、马枪及一串串子弹。饥民的头目个子不高，肚皮不小，一副凶神恶煞的模样，看上去活像只猛禽；脸上虽然毛发稀少，别人却都管他叫大胡子。只听他咕噜了几句，一会儿工夫，手下的强人便七手八脚地把骡子宰了，剥下皮，切成碎块，放到火上烤起来。肉烤熟了，他们又一拥而上，狼吞虎咽地吃起来。大概他们已有几天没吃东西了，有几个竟吃得高兴地唱起歌来。

加尔凝视着他们，心里想象着这具尸体将被飞禽走兽啄食，将被风吹雨打，若干年后将变成人们常在腹地见到的一堆溜光的尸骨。加尔由尸骨、屠场、故友及动物想到了自己的归宿。他坐在大篷车上，身边坐着大胡子女人、矮子、傻子和胡莱玛。大胡子摘下饰有闪闪发亮的英镑图案的草帽，示意艺人们也来吃一点。第一个响应的是傻子，他跳下车，伸手就往火堆上抓。大胡子女人、矮子和胡莱玛随后也围了上来。他们和强人们混杂在一起，大嚼大咬，吃得津津有味。加尔移步到火堆旁，连日来风吹日晒，他看上去完全像个腹地人了。他从看见大胡子摘下草帽之时起便目不转睛地瞅着大胡子的脑袋。他就这样凝视着，把第一块肉送到了嘴边。他正要下咽时，胃部突然痉挛起来。

"他只能吃软的食物，"胡莱玛向在场的诸位解释说，"他一直在生病。"

"只有我的仇人才这样看我，"强人头目扯着沙哑的嗓门道，"别老看着我，我讨厌别人这样看我。"

大胡子这样说是因为加尔就连呕吐时也一直瞅着他。众人转身看着大胡子，加尔盯着他，他朝前走了几步，走到加尔身边。

"我唯一感兴趣的是你的脑袋，"加尔轻声说，"让我摸摸。"

大胡子一手按住短刀，像要动武似的。加尔微微一笑，叫他大可不必。

"你就让他摸摸呗，"大胡子女人说，"他会看出你的秘密。"

大胡子惊奇地打量着加尔，嘴里衔着块肉，但并没有嚼。

"你会算命？"他突然一反刚才的凶狠态度，和蔼地问。

加尔又朝他笑了笑，向前迈了一步站在他面前。加尔比他高，他那毛发直立的脑袋还不及加尔的肩膀。艺人们和另几位强人都愣愣地望着。大胡子的手一直按在短刀上，显得惶恐不安。加尔抬起双手，放在大胡子的脑袋上摩挲起来。

"我曾想当个算命先生，"加尔边一字一板地说着边用手指扒拉开大胡子的头发，灵巧地摩挲着他的头皮，"可警方不给我时间。"

"警察在追捕你？"大胡子若有所悟。

"在这一点上，咱俩很相似，"加尔说，"我们面临着共同的敌人。"

大胡子的两只鼠眼里突然充满了恐惧，仿佛自己已成了无法脱身的笼中之鸟。

"我想知道我会怎么死。"大胡子傲慢地说。

加尔用手指摩挲着大胡子的头皮，每逢摸到耳后和耳上，总要停一停。加尔一本正经地抚摩着，像他高兴时那样，双眸闪射着毫光。科学是不会错的：他手指下这颗圆圆的、像由两个半球构成的脑袋清楚地说明，大胡子是个好战、残忍、以斗为乐、不畏风险、不惧生死的家伙，是个狼心狗肺、胆大妄为、复仇心强、破坏力极大的家伙。这个人如果没有道义上的压力，就会成为嗜杀成性的暴徒。他的头怪得出奇：两耳上方有两个硬硬的滚烫滚烫的疙瘩。“这是个介于人与兽之间的家伙。”加尔想。

“你听见没有？”大胡子突然咆哮道，猛地倒退了几步，使得加尔茫然不知所措，“到底我会怎么死？”

加尔摇摇头，谦恭地说：

“我不知道。从你的骨骼上看不出。”

其他强人散去，又回到篝火旁吃骡肉去了。但艺人们没走，仍站在加尔和满腹心事的大胡子身旁。

“我醒着的时候什么都不怕，”大胡子一本正经地说，“可到了夜里就不同了，常常在梦中看见自己的骨骼。我仿佛总在盼望着什么。你明白吗？”

他显出很不高兴的样子，用手摸了摸嘴巴，吐了口唾沫。

他显然有点神经紧张。其他人都沉默着，只听得苍蝇、黄蜂及大麻蝇在骡尸上飞来飞去的嗡嗡声。

“我不是最近才开始做这类梦，”大胡子接着说，“早在我来巴伊亚州之前，小时候在卡里里时就常做这样的梦。我和帕杰乌在一起的那些年也常做这样的梦。可能有时会几年不做这样的梦，但突然又会做起来，而且每天晚上都要做。”

“帕杰乌？”加尔焦虑地望着大胡子问，“是脸上有条伤疤的那个？是……”

“就是他，”大胡子答道，“我和他在一起待过五年，从来没吵过架。动起武来，他是最勇敢的一个，可后来天使看中了他，他变了。

他现在成了上帝在卡努杜斯的使徒。”

大胡子耸耸肩，仿佛表示很不理解帕杰乌的变化或帕杰乌的变化与他毫不相干。

“你去过卡努杜斯吗？”加尔问，“给我讲讲那里究竟出了什么事？卡努杜斯近来情况怎么样？”

“这话说起来就长了，”大胡子吐了口唾沫道，“听说有个叫费布罗尼奥的大兵被他们杀了吊在树上，尸体没人埋，被狗拉走了。听说是这么回事。”

“他们的武器装备好吗？”加尔又问，“如果再次进攻他们，他们能抵挡住吗？”

“能抵挡住，”大胡子低声道，“现在不仅帕杰乌在那儿，若安·阿巴德、塔拉梅拉、彼得劳、华金和他的几个儿子全都在那儿。一句话，这一带最凶猛的山羊都跑到那儿去了。他们从前是你死我活的冤家对头，现在却成了兄弟，都为‘劝世者’效力。他们虽然有罪，可他们会进天堂，‘劝世者’宽恕了他们的罪孽。”

大胡子女人、傻子、矮子及胡莱玛全都听得入了迷。

“朝圣者都希望‘劝世者’在他们的额上吻一下，”大胡子接着说，“贝阿迪托先让他们跪下，随后‘劝世者’请他们站起，接着去吻他们。这叫使徒之吻。于是这些人便会激动得热泪盈眶。既然成了使徒，知道自己会进天堂，到了这种时候，死还算什么呢？”

“你也应该到卡努杜斯去，”加尔说，“他们也是你的弟兄。他们在为扭转乾坤而战，在为铲除你所惧怕的那个地狱而战。”

“我怕的不是地狱，而是死亡，”大胡子心平气和地纠正说，“说得更确切些，我怕噩梦，怕梦见死。这是不一样的，明白吗？”

他又吐了一口唾沫，脸上显出忧郁的神色。随后，他突然指着加尔问胡莱玛：“你丈夫从没在梦中看见自己的尸骨吗？”

“他不是我丈夫。”胡莱玛顶了他一句。

若安·格兰德飞跑着来到卡努杜斯。他心里忐忑不安，觉得刚才交给他的这项任务责任重大。自己从前作过孽，甚至可能是狗的化身（这种担心在他身上时隐时现，犹如冬去春来，四季往复），实在不配当此重任。可又已答应，无法反悔。他在村口止住脚步，不知该怎么办。他想去找安东尼奥·比拉诺瓦，让比拉诺瓦给他讲讲这天主卫队究竟该如何组织，可他那颗受宠若惊的心告诉他，他现在首先需要的不是具体的指导，而是精神上的支持。天色已晚，“劝世者”快要到钟楼上去了，如果快一点，也许会在圣所赶上“劝世者”。于是他又沿着弯弯曲曲的街道跑起来。其时，镇上的男女老少和往日傍晚一样正从家里出来——他们有的住房子，也有的住茅屋、山洞或窝棚——要到圣堂去听训诫。当他路经比拉诺瓦的杂货店时，看见帕杰乌及另外二十来个人全是一副出远门的装束，正在那里和家人告别。他好不容易在圣堂附近空地上的人群中挤开一条路。夜幕降临，家家户户渐渐点上了灯烛。

“劝世者”没有待在圣所，他把华金神父一直送到通往贡贝的路口，便一手牵着小白羊，一手拄着牧杖到健康之家去慰问长者和病人。他现在每次出门都要招来一大群人，因而在贝罗山的这种走访愈来愈困难。这次陪他出门的有利昂·德·纳图巴及圣诗班的女信徒，贝阿迪托和玛丽亚·瓜德拉多留在圣所没有来。

“贝阿迪托，我不配呀！”若安·格兰德气喘吁吁地一进门就叫道，“赞美好耶稣。”

“我已经为天主卫队准备了誓词，”贝阿迪托亲切地说，“这个誓词比前来要求赎罪的那些人读的誓词要深刻得多，是利昂·德·纳图巴亲自写的。”贝阿迪托向若安·格兰德递过一页纸，格兰德用他那双又粗又黑的手接了过来。“你自己先把誓词背诵下来，每个被选中加入卫队的人也要能背诵。天主卫队建立的那一天，大家一齐到圣堂去宣誓，并且举行迎神赛会。”

一直待在角落里的玛丽亚·瓜德拉多拿着破布、提着桶水朝他们走来。

“请坐，若安，”玛丽亚柔声说，“先喝口水，然后我给你洗洗。”

黑人若安·格兰德坐下了。他身材高大，坐着和玛丽亚站着一般高。他满头大汗，神色慌张，咕嘟咕嘟喝了几大口水。玛丽亚给他洗过脸又洗脖子，洗完脖子后又给他洗那斑白的头发，这期间他一直闭着双眼。突然，他伸出一只胳臂，抓住了玛丽亚。

“玛丽亚·瓜德拉多嬷嬷，帮帮我吧，”他满脸愁苦地恳求道，“我不配当这个呀。”

“你过去做过别人的奴隶，”玛丽亚像抚摩孩子似的抚摩着他，“难道现在就不能做好耶稣的奴隶？好耶稣会帮助你的，若安·格兰德。”

“我起誓，我从未主张共和，一向不赞成驱逐皇帝，也不赞成让敌基督取代皇帝，”贝阿迪托十分虔诚地诵道，“我不赞成世俗婚姻，不赞成政教分离，也不赞成十进制。我将不回答俗人提出的问题。我将永远不偷盗，不吸烟，不酗酒，不赌博，不淫乱。我要为我的信仰和好耶稣献出自己的一生。”

“让我背背看吧，贝阿迪托。”若安·格兰德喃喃地说。

正在这时，忽听人声嘈杂，“劝世者”回来了。只见他形容憔悴，满面愁云，一只手牵着小白羊，在利昂·德·纳图巴——他活像个用四只蹄子走路的怪物——及几位女信徒的陪伴下走进了圣所。门外又响起朝圣者急于拜见“劝世者”的嚷嚷声。小白羊跑来舔着玛丽亚的足踝，女信徒们沿墙根蹲下去。“劝世者”朝低垂着头、跪在地上的若安·格兰德走过来。若安·格兰德仿佛在发抖，虽然他跟随“劝世者”已整整十五年了，但每逢见到“劝世者”仍怯生生的，简直像个废物。“劝世者”双手捧住他的脸，强迫他抬起头来。“劝世者”满怀深情地凝视着昔日奴隶的一双泪眼。

“你是个苦人儿啊，若安·格兰德。”

“我不配服侍你，”若安·格兰德呜咽着说，“你让我干什么都行。如果需要，你把我杀了都行。可我不愿因为自己的过失让你出什么意外。神父，你想想，狗魂曾附过我的身子呀。”

“天主卫队就交给你去组织，”“劝世者”说，“交给你指挥。你过去受苦受难，直到今天还在受苦，所以你完全配当此任。我主说过，善人要在恶人的血里施洗双手。若安·格兰德，你现在是善人了。”

“劝世者”心不在焉地等着若安哭诉完，最后伸出手去让他吻了吻。接着，“劝世者”在众人的簇拥下走出圣所，到塔楼上给贝罗山人布道去了。若安·格兰德挤在人群中，起初听见“劝世者”在祷告，随后便听到“劝世者”又在讲述铜蛇的奇迹①：摩西奉主命，造了一条铜蛇；凡被蛇咬的，只要望那铜蛇一眼，伤口就会痊愈。“劝世者”还预言，毒蛇将再次来圣多山残害基督徒。但他又说，凡真心侍主者就会免遭此难。当众人散去，若安·格兰德的心情渐渐平复下来。他记得几年前天下大旱，当时“劝世者”首次讲了这个故事，结果旱灾过去了。他还记得此后又接着出现了另一个奇迹：腹地的蛇灾被平息了。想到这里，他完全放心了。

当若安·格兰德来敲安东尼奥·比拉诺瓦家的门时，他好像完全是另一个人了。阿顺松·萨德林哈给他开了门。当时，比拉诺瓦

---

① 见《旧约全书·民数记》第21章《火蛇与铜蛇》。

及孩子们还有兄弟俩的几个助手正围着柜台吃饭。见他进来，他们给他让了个座位，递过一盘热腾腾的饭。若安吃着，不知道自己吃的是什么，只觉得是在浪费时间。比拉诺瓦告诉他，帕杰乌走时没带火药，只带了些木哨子和毒箭。但他并没留神听，他想，带那些东西去也好，可以有效地扰乱敌人的军心。若安·格兰德边嚼边咽，对自己使命之外的事全不以为意。

吃完饭，几个助手有的到隔壁屋睡觉，有的就在旁边搭张床，或支个吊床，或在货箱上垫床被子便睡下了。若安·格兰德和比拉诺瓦在灯下交谈着。两人一直谈了很久很久，声音时高时低，时而心平气和，时而疾言厉色。就在这时，萤火虫飞进店铺，在黑暗的角落里闪闪发光。比拉诺瓦多次将登记着信徒生辰、到达该地年月的账簿翻开，指名道姓地谈了许多人的情况，可若安还是不放他去休息。若安将手中揉成一团的纸展开递给比拉诺瓦，要他反复诵读。直至自己最后背熟才算罢休。若安早已困顿不堪，靴子也没脱就睡下了。比拉诺瓦听见他躺在柜台下那块空地上反复背诵着贝阿迪托为天主卫队定的誓词。

翌日清晨，比拉诺瓦家的孩子和助手们跑遍了贝罗山——他们正好在那里遇上一群人——逢人就讲愿为“劝世者”效力卖命的都可以申请加入天主卫队。昔日的庄园主宅院前很快聚集了众多前来应选的人，把卡努杜斯唯一笔直宽敞的街道——大地街——挤得水泄不通。若安·格兰德和比拉诺瓦坐在一个货箱上，接待来报名的人。比拉诺瓦高声报着来人的姓名及在本镇居住的时间。若安·格兰德一个个问他们是否愿将自己的财产抵押出去，是否愿像使徒那样为基督放弃自己的家园，接受苦难的洗礼。应选人个个点头同意。

参加过乌亚乌亚和康巴奥战役的人优先，那些连枪膛都不会拆洗、不会装子弹、枪热了也不知道该怎么冷却的人自然在被淘汰之列，年纪太大或太轻的、神经不正常的、怀了孕的女人也被排除在外。入选的人没有一人为追捕的警察做过向导，也没有一个曾靠薪俸为生。每隔一阵，若安·格兰德便带着一些入选的人走到荒野，要他们像殴打仇人那样殴打自己，凡犹豫不决者当即被淘汰。他还让他们相互厮杀搏斗，看谁更勇敢。傍晚时分，天主卫队选中了十八人，其中一人原先是彼得劳手下的一个女人。若安·格兰德先让他们在杂货店里宣誓，然后告诉他们回家去和家人告别，因为从明天起，他们唯一的义务就是保护“劝世者”。

第二天，由于有那些选中的人帮若安考核、维持秩序，所以选拔比第一天进行得快多了。这两天，萨德林哈姐妹一直在设法弄到些蓝布，准备给卫队队员做头巾或袖标。

翌日清晨，帕杰乌派来的信差向若安·阿巴德报告说，官军来了一千二百人，加外几门大炮。敌军头目是人称“杀人魔王”的西塞上校。

鲁菲诺以麻利、准确的动作做完了再次出行的准备。这次出行比以往任何一次都难以捉摸。他脱去拜见男爵时穿着的裤子和衬衫，换了另一身式样颜色完全相同的衣服，并将砍刀、马枪、两把短刀及一条褡裢带在身上。末了，又朝茅屋内的杯盘、吊床、桌凳以及圣母拉帕的画像扫视了一眼。他面无人色，两眼不停地眨着，但没过多久，他长长的脸上便恢复了平日那令人难以捉摸的表情。他手疾眼快地做完了准备，随即用打火机将摆在各个角落的物品点着了，屋内顿时火光四起。他不慌不忙地走到门口，随身只带着武器和褡裢走出了家门。他在门外空荡荡的畜栏旁蹲下来，看着熊熊烈火。风助火势，火借风威，他的家渐渐被大火吞没。大火曾一直烧到他身边，呛得他直咳嗽。他站起身，挎上马枪，将砍刀插到腰间靠近短刀的地方，褡裢背在肩上。最后他转过身上路了，知道自己再也回不到盖伊马达斯。他从车站旁走过时，竟连车站上悬挂着的“欢迎第七步兵团及西塞上校”的旗幡标语都没看见。

五天后，灵巧、机智的鲁菲诺在傍晚时分风尘仆仆地来到依布埃垃。他为了归还上次向耶稣借的短刀，兜了一个大圈子。连日来，他每天平均走十小时的路，只在天气最黑或最热的时候才停下来休息片刻。他只有一天是花钱买饭吃，其余数日均靠猎来的鸟兽充饥。几位长者正坐在杂货店门前闲聊，他们年纪相仿，吸的烟斗也几乎一模一样。鲁菲诺走到他们面前，摘下草帽向他们请了安。几位长者向鲁菲诺问起盖伊马达斯近日的情况，问起那里的人对这场战争都在说些什么，还问他在路上是否见到官军。看上去，他们是认识鲁菲诺的。鲁菲诺坐下，把自己知道的情况一一告诉了他们，还蛮有兴致地问起依布埃拉镇上的人。被他问到的人，有的已经死去，有的想发财已动身去了南方。最近又有两户逃往卡努杜斯去了。天黑了，鲁菲诺和几位老人一起进了杂货店，想喝一杯。炎热的白天已经过去，此时凉爽多了。鲁菲诺转弯抹角地尽量把他们往自己的话题上引。他发问时总是不指名也不道姓，几位老人听着，掩饰不住内心的惊诧。不管鲁菲诺说什么，他们只管点头，而且说起话来总是很有分寸。是的，马戏班曾像幽灵一般来过这里，但它业已衰败，穷途潦倒，很难相信它就是吉普赛人手下那个盛极一时的马戏班。鲁菲诺聆听着几位老人的叙述，露出十分尊敬的神态。但他利用他们停顿的机会又把他们拉回原来的话题。这一次，几位老人仿佛觉得客套话已经说完，只得将所见所闻如实告诉他：马戏班在这里逗留了多久；大胡子女人、矮子、傻子怎样以算命、说书、演滑稽戏为生；加尔拼命打听有关甲贡索人的消息；一帮庄园守护人如何跑到这里剪下加尔的头发又如何盗走了杀子者的尸体；等等。但有一人——不是那些艺人，也不是那个外国人——鲁菲诺一直没有问起，几位老人也闭口不提。虽然在这场谈话中没人提到她，但只要谈到加尔的伤如何治愈、加尔每天都吃些什么，她都是核心人物。他们是否知道她就是鲁菲诺的妻子？他们准知道，要么猜得出，正如他们知道或猜得出哪些话该说，哪些话不该说。谈话结束了，鲁菲诺近乎无意识地问了问那伙艺人离去的方向。店主在店内给他搭了张破床，他在那里睡了一夜。次日清晨便迈着轻捷的步伐上路。

鲁菲诺不慌不忙地走着，在这里，唯一的影子是他自己的身影。影子起初在他身后，后来渐渐跑到他的身前。他阴沉着脸，眯缝着双眼，大风不断掩埋了他的足迹，但他毫不犹豫地径直向前走。暮色临近，他来到一所茅屋前，茅屋周围是一望无际的耕地。屋主和妻子及几个赤裸上身的孩子热情地将他迎到屋内。他和他们一起吃过饭，喝了酒，并向他们讲述了在盖伊马达斯、依布埃拉及其他地方的见闻。他们谈到了去卡努杜斯的朝圣者，并对世界末日到来的可能性发了一通议论。后来，鲁菲诺才向他们问起马戏班和那个被剃光了脑袋的外国人。是的，他们来过这里，但已取道水香山到圣多山去了。女主人对那个光脑袋、黄眼睛、身材瘦削的男人记忆尤为深刻。他的举止像个没有骨架的动物，而且动不动就哈哈大笑。屋主夫妇给鲁菲诺腾出一张吊床，第二天清晨临分手时，还分文未收地给他装了一褡裢食物。

鲁菲诺在路上走了大半天也没遇见一个行人。一路上，天气凉爽，荆棘丛生，鹦鹉在树林中啼鸣。到了下午，他开始遇上牧羊人，有时停下来和他们稍谈数语。过了花甸——这个名字是对这个只有乱石和焦土的地方的极大讽刺——他径直来到一个用树干做成的十字架前，十字架周围摆了许多供品，全是些木刻的圣像。一位双目失明的女人躺在十字架旁，活像一条眼镜蛇。鲁菲诺双膝跪下，女人为他祝福。鲁菲诺给了女人食物，两人便攀谈起来。她不知道他打听的是些什么人，更没看到那些人。鲁菲诺临行前燃着了一支蜡烛，对着十字架深深鞠了一躬。

三天来，他一直打听不到马戏班的去向。他问过农民，也问过牧人，得出的结论是马戏班没去圣多山，不是折到别的地方就是照原路返回了。他们会不会为了混顿饭吃到某个地方赶集去了？他在花甸附近四处打探，逢人便问：有没有人看见过一个披头散发的女人、一个只有五拃高的矮子、一个身体虚弱的傻子、一个讲起话来谁都难以听懂的红头发外国人？但回答都是否定的。他躺在临时栖身处，做着各种各样的猜测：加尔会不会已被人杀掉？会不会由于伤口发作已经死去？鲁菲诺曾经走到坦基诺，又折返，仍找不到马戏班的踪迹。一天下午，他正酣睡，突然有几个人手持凶器，神不知鬼不觉地来到他身旁。一双草鞋踏到他的胸上，把他从梦中惊醒。他发现这伙人身上除了马枪，还带着砍刀、短刀、木哨及一排排子弹。他判定这伙人不是歹徒，至少此刻不是。鲁菲诺费了一番唇舌才使他们相信自己确实不是官军的探子，他从盖伊马达斯到这里来，一路上连个官兵都没看见。他在自我表白中显得对这场战争过分冷漠，致使他们一度以为他在撒谎骗人。有个家伙竟跑过来把短刀架到了他的脖子上。最后，审问结束，大家才相互交谈起来。当天夜里，鲁菲诺就和这伙人一起住下了。他听他们谈到了敌基督、好耶稣、"劝世者"及贝罗山。他知道他们都曾干过杀人、绑架、拦路抢劫的罪恶勾当，也都曾多次潜逃，但现在都已成了圣人。他们告诉鲁菲诺，官军正像瘟疫般朝这里袭来，沿途没收百姓的武器，抓壮丁，要百姓咒骂基督，往耶稣像上吐唾沫。谁敢拒绝，谁就得脑袋搬家。他们问鲁菲诺是否愿意加入他们的行列，他婉言谢绝，说明自己不愿入伙的理由。他们谅解了他。

翌日上午，鲁菲诺和官军几乎同一时间到达坎桑斯奥。他先去找到从前认识的铁匠。铁匠站在火花四溅的炉旁，热得浑身冒汗。铁匠劝他尽快离去，因为政府军正在四处抓丁。鲁菲诺向铁匠说明来意。铁匠十分同情他的处境，表示愿帮他的忙。是的，大胡子不久前来过这里，并且碰到过鲁菲诺要找的人。大胡子和铁匠谈起那个会算命的外国人。大胡子是在什么地方遇上他们的？铁匠告诉了他。鲁菲诺在铁匠铺里和铁匠聊到天黑，又悄悄离开了坎桑斯奥，哨兵未能发觉他。两个小时后，他再次遇上了贝罗山那伙带木哨子的人，他们告诉他，战争果真蔓延到了坎桑斯奥。

索扎·费雷罗医生在一个个玻璃罐里装上酒精，又一个个递给男爵夫人埃斯特拉。男爵夫人头上罩着块头帕，看上去很像一顶风帽。她将罐里的酒精点燃，熟练地扣到西塞上校的背上。西塞上校一动不动，被单上连个皱褶都看不出。

“医生，我自从来到卡龙毕，不止一次当过接生婆，”男爵夫人唱歌似的说，不知她这话是讲给索扎医生听还是说给病中的西塞上校听，“可说实话，拔火罐可是多年没使过了。上校，您觉得难受吗？”

“一点都不难受，夫人，”莫莱拉·西塞极力按捺内心的不悦，“我请您，也请您转告您的丈夫，请你们原谅我们这些不速之客。我是不想来打扰你们的。”

“我们巴不得你们到这儿来呢。”夫人已给他扣好了拔火罐，此时正在给他垫枕头，“我早想亲眼见识一位英雄，当然，我并不希望他病了才到卡龙毕来……”

她的声音温柔、轻飘、醉人。床边摆着一张桌子，桌上放着饰有孔雀图案的杯盘、绷带、棉花、装着蚂蝗的瓶子、做拔火罐用的玻璃罐及其他大大小小的瓶子。晨曦已经照进这间清洁、舒适、挂着白色窗帘的房子。男爵夫人的女佣塞巴斯蒂娜伫立在门口一动不动。索扎医生看了看西塞上校的背，脊背上印着片片斑痕，仿佛刚喷过岩浆的火山。病人的一双眼睛告诉人们，他彻夜未眠。

“好吧，再等半个小时就可以洗澡和按摩了。团座，您一定觉得好些了吧？脸色好多了。”

“浴室已经准备就绪，我这就去。要我干什么尽管吩咐。”塞巴斯蒂娜说。

“我愿意听从各位的吩咐，”男爵夫人接着说，“我要走了。啊，我都忘了，上校，我已向医生给您请了假，让您到我们家去喝茶，我丈夫要向您表示祝贺。医生，您和奥林皮奥上尉也去，还有那个稀奇古怪的小伙子，他叫什么名字来着？”

西塞上校极力在男爵夫人面前装出一副笑脸，可男爵夫人和塞巴斯蒂娜刚刚迈出门槛，他便冲着索扎医生大发雷霆：

“是你把我推进了这个陷阱，我要枪毙你！”

“您要是大动肝火，我就只得给您放血，您就只得在床上多待一天。”索扎医生困顿不堪，瘫倒在摇椅上，“现在，您也该让我喘口气了。我只能休息半个小时，请您别动。”

索扎医生睁开眼时，正好过去了半个小时。他擦擦眼，随即动手给上校取下拔火罐。他很容易就把拔火罐全部拔下来，扣过拔火罐的地方留下一个个圆圆的紫痕。西塞上校趴在床上，脑袋压在交叉着的双臂上。奥林皮奥上尉进来向他汇报部队的情况，但他一言未发。索扎医生一直陪他进了浴室。浴室里，塞巴斯蒂娜已经遵照医生的吩咐把一切准备好了。西塞上校脱去衣服——他的身子白极了，和黝黑的脸庞及双臂迥然不同——毫无惧色地坐进澡盆，咬紧牙关在水里泡了好一阵。洗完澡，医生开始用酒精和芥末膏给他擦身子，最后又要他吸火盆里——火盆里燃着药草——冒出来的烟。在这一治疗过程中，谁都没有言语。但当烟熏疗法结束后，西塞上校为了缓和一下气氛，嘟嘟囔囔说觉得自己像是在接受巫术治疗。索扎医生反驳说在医学和巫术之间本来就没有什么截然的界限。他们俩终于相互妥协了。屋内此时已为他们摆好了水果、鲜牛奶、面包、果酱及咖啡。莫莱拉·西塞随便吃了一点就睡了。醒来，已是正午。《消息日报》的近视记者坐在他身旁，手里拿着副扑克牌，建议教他玩当时在巴伊亚流浪汉中流行的“三各一”①。两人玩着，谁都没有说话，直至索扎医生洗过澡，刮了脸，跑来提醒西塞上校该动身，这场游戏才算结束。西塞上校走进屋主请他喝茶的客厅时，卡纳布拉沃男爵、男爵夫人、索扎医生、奥林皮奥上尉及近视记者全都等在那里。在场的人，唯一衣冠不整的就是近视记者。

卡纳布拉沃男爵迎上前来和西塞上校握手。这是一间十分阔绰的大厅，地面用红、白两色瓷砖砌成，厅内陈设着几件用哈卡兰达②木做的家具，椅子全是奥地利式的，其中有木制的，也有藤编的。小巧玲珑的桌上摆着一盏煤油灯和照片，一只橱柜内陈设着玻璃器皿、各种陶瓷用品及一只镶嵌着天鹅绒蝴蝶的盒子。四壁挂着山水画。男爵向上校嘘寒问暖，宾主相互客套了一番。但应当承认，西塞上校在这方面远不及男爵。夕阳西沉，客厅的窗户敞着。从窗户望出去，正门口矗立着一根根石柱，还有一眼水井。梯地上棕榈树亭亭玉立，罗望子树枝茂叶盛。梯地两侧，昔日曾是关押奴隶的圈棚，现在是自由民的房舍。塞巴斯蒂娜和一个穿花格围裙的女仆端来了茶壶、茶杯、面包、饼干。男爵夫人向索扎医生、近视记者

---

① 流行于 17、18 世纪的一种牌戏。三人打，得分最多的为胜。
② 巴西特有的一种树。

及奥林皮奥上尉诉说费了多年工夫才把建造这幢房子的材料及屋内陈设运到卡龙毕的艰难经过。男爵拿着一本植物标本给西塞上校看，并对西塞上校说，自己从青年时代起就酷爱科学，曾幻想能在实验室或解剖室度过一生。然而，谋事在人，成事在天。他最后不得不从事农业、外交、政治这些自幼就不喜欢的职业。西塞上校呢？他向来就喜欢戎马生涯吗？是的，从他记事起，甚至在那以前，从他在平托蒙昂加瓦镇出生就渴望能有这一天。近视记者从男爵夫人来到男爵和西塞上校身旁，很不礼貌地听着他俩的谈话。

"看见这个年轻人和您在一起，真叫人奇怪，"男爵指着近视记者微笑道，"他有没有对您说过他从前在我的手下干过事？他那时候钦佩维克多·雨果，希望成为戏剧家。他当时把新闻这一行说得一塌糊涂。"

"我至今还在说新闻这一行的坏话。"那个刺耳的声音叫道。

"瞎扯！"男爵吼了起来，"事实是他不仅善于造谣生事，诽谤中伤，而且惯于玩弄权术。他原先在我手下工作，可他后来投靠了我的政敌，跑到对方的报社舞文弄墨去了。从那时起，他就成了我最卑鄙的诽谤者。上校，您要当心，他是个危险人物。"

近视记者神气活现，仿佛男爵刚才的这番话是在夸赞他。

"所有的知识分子都是危险人物，"西塞上校附和道，"他们怯懦，喜欢感情用事，能用最美好的思想为最卑鄙的行径辩解。国家目前需要他们，但对待他们必须像对待易受惊的动物那样。"

近视记者笑得前仰后合，男爵夫人、索扎医生及奥林皮奥上尉都转过身来望着他。塞巴斯蒂娜端来了茶点。男爵抓着西塞上校的胳臂朝一只柜子走去。

"我要送您一件东西。向客人送礼是我们腹地人的习惯。"男爵取出一瓶外面沾满灰尘的白兰地，挤挤眼指着瓶上的商标说，"我知道您想根除欧洲在巴西的影响，但我想您对欧洲的痛恨还不至于连白兰地也包括在内吧?”

两人刚刚坐下来，男爵夫人立即将一杯茶端到西塞上校面前，往里面加了两块糖。

“我的枪是法国造，我的炮是德国造，”莫莱拉·西塞说这番话时态度如此严肃，以致其余在场的人不得不止住谈话，“我不痛恨欧洲，也不痛恨白兰地。但我从不饮酒，也就没有必要把它送给我这样一个不知其妙处的人。”

“您就收下做个纪念吧。”男爵夫人说。

“我痛恨的是那些使这一地区仍处于史前状态的本地地主和英国商人，”西塞上校继续冷冰冰地说，“我痛恨那些关心蔗糖胜过关心巴西人民的人。”

男爵夫人仍在忙着为宾客敬茶递水，脸上毫无异样。但男爵和夫人不同，此时已收起笑脸，虽然仍装出热情的样子。

“对南方人欢迎的美国商人来说，他们感兴趣的是人还是仅仅是咖啡?”男爵质问道。

西塞上校早已准备好了答案。

“美国商人一来，机器有了，技术有了，巴西进步需要的资金也有了，因为进步意味着工业化、就业、资本，如同美国的进步所证明的那样。”他眨了眨两只冷漠的小眼，接着说:“卡纳布拉沃男爵，对于这一点，奴隶主们是永远不会理解的。”

西塞上校说罢，客厅内一片沉寂，只听到勺匙在杯内移动发出的声音和近视记者好像漱口似的咕咕的喝茶声。“可奴隶制并不是共和国建立后才取消的，而是早在帝国时期就已经取消了，”男爵夫人一面给客人敬上几片饼干，一面嘻笑着开玩笑似的说，“在我丈夫庄园里劳动的奴隶正好在法令颁布五年前就已获得自由，这件事您以前知道吗?”

“不知道,”西塞上校回答,“这无疑是值得称赞的。”

西塞上校勉强笑了笑,抿了口茶。客厅内的气氛变得十分紧张,无论男爵夫人的微笑、索扎医生突如其来对蝴蝶标本的雅兴还是奥林皮奥上尉讲的一段关于里约热内卢一位律师为其妻所害的故事都未能使这种气氛缓和。索扎医生的一番客套则加剧了紧张。

“甲贡索人到处杀烧掳掠,所以这一带的庄园主一个个远走高飞了,”索扎医生说,“可您反其道而行之,回到了卡龙毕。真不愧是他们的榜样。”

“我所以回来不是为了别的,而是为了把我的庄园交给第七步兵团使用,”男爵说,“遗憾的是,我的好意不被接受。”

“不管什么人,只要看看这里的和平景象,就不会说这里在打仗,”西塞上校轻声说,“甲贡索人没有来这里骚扰过。您太幸运了。”

“外表不足为信,”男爵仍然心平气和地说,“卡龙毕已有许多人逃往他乡,耕地减少了一半。再说,卡努杜斯是我的故乡,不对吗?我在这一地区付出的代价比谁都大。”

男爵极力掩饰西塞上校刚才的一席话给他带来的恼怒,但此时的男爵夫人却判若两人,又开口说:

“有人说我丈夫把卡努杜斯拱手送给了甲贡索人,我想您大概不会相信这种谎言吧?”她气愤得沉下了脸。

西塞上校抿了口茶,没有承认也没有否认。

“这么说,您是相信这一谎言喽?”男爵轻声道,“难道您真的相信我会支持那些疯狂的异教徒、四处烧杀掳掠的家伙吗?”

莫莱拉·西塞以冷峻的目光望了男爵一眼,急速地用舌头舔了一下双唇。

“那些狂徒用达姆弹杀害官兵。”西塞上校一字一板地说着,仿佛生怕有谁漏听了某个字，“那些杀人放火的家伙拥有非常现代化的枪支。他们在接受英国间谍提供的援助。除了保皇分子，还有谁会策划颠覆共和国的阴谋？”

西塞上校脸色苍白，茶杯在他手中不住地颤抖。除近视记者外，大家都低垂着头。

“问题是，只要他们感到社会秩序是稳定的，只要他们看到天下是太平的，就不会杀人放火，因为他们比谁都懂得遵守法律。”男爵非常肯定地说，“但自从共和国建立，颁布了一系列行不通的法令，搅乱了我们的社会秩序，以狂热的、毫无根据的原则取代了服从、听命的原则。上校，弗洛里亚诺元帅的错误之一就在这里，因为一个理想的社会应是一个安宁的社会，而不是一个疯狂的社会。”

“团座，您是不是觉得身体不舒服？”索扎医生站起身打断了男爵的话。

但莫莱拉·西塞盯了索扎医生一眼，致使医生不敢近前。西塞上校脸色铁青，额上渗出汗珠，双唇青得像咬住了。他站起身，走到男爵夫人身边，从牙缝里挤出这样几句话：

“夫人，我恳求您原谅我。我刚才的举止很不成体统。我出身卑贱，除去兵营，我再没见过别的世面。”

西塞上校扶着桌椅家具摇摇晃晃地走出客厅，身后响起近视记者很不礼貌地要求再端杯茶来的吆喝声。奥林皮奥上尉和近视记者仍然留在客厅里，只有索扎医生尾随西塞上校离去。医生一进房门，看见西塞倒在床上，艰难地呼吸着，显出极度疲倦的样子。索扎医生帮上校脱去衣服，给他服了镇静剂。西塞表示，他第二天天一亮就要归队，无需再议。说罢，他又拔了一阵火罐，洗了个冷水浴，洗后全身哆嗦，用松节油和芥末搓揉一阵后，身子才算暖和过来。他在自己的卧室里吃过晚饭，又穿着便服去客厅待了片刻，以感谢男爵夫妇的盛情款待。西塞上校清晨五点就醒了。他喝过咖啡，告诉索扎医生说觉得好多了，一再警告近视记者——他刚醒，头发蓬乱，还不住地打哈欠——如果谁透露了他卧病的消息就拿谁问罪。西塞上校正要出门，男爵家的仆人来告诉他，男爵请他去书房一趟。他随着仆人来到书房。书房不大，木制写字台上放着卷烟器，除了四周书架上浩繁的卷帙，还可看到短刀、马鞭、手套、皮帽及马鞍。书房门朝外开，趁着晨光可以看见近视记者正在门外和卫兵交谈。男爵穿着便服便鞋。

“虽然我们观点上有分歧，但我仍然认为您是对巴西怀有最良好愿望的爱国将领，”男爵一见到西塞上校就开门见山地说，“不，我不想奉承、讨好您，也不想耽误您的时间。我现在需要知道的是，政府军——至少是您——知不知道我的政敌正在策划针对我和我的同僚的阴谋。”

“军队不介入地方政治纠纷，”莫莱拉·西塞打断了男爵的话，“我来巴伊亚州不是为了别的，而是为了平息危及共和国生存的叛乱。”

他们俩都站着，离得很近，相互对视。

“他们的花招正在这里，”男爵说，“他们的阴谋只是让里约热内卢，让联邦政府，让联邦军相信卡努杜斯意味着对共和国的威胁。问题是卡努杜斯的那些可怜虫没有任何现代化武器，用技术术语来说，你们所说的达姆弹只是用氢氧化铁或叫赤铁制造出来的子弹。这种赤铁矿在本登戈山到处都是，腹地居民的猎枪都是用它造的。”

“难道政府军在乌亚乌亚及康巴奥的失利也是花招吗?”西塞上校反问道，“英国间谍私贩武器，把枪支从利物浦运到腹地，难道这也是花招?”

男爵仔细审视着西塞上校。西塞上校两眼射出凶光，瘦削的脸上显出目空一切的神态。他是不是一个厚颜无耻的家伙？男爵此时尚不得而知，但有一点是清楚的：西塞上校对他持敌视态度。

“不错，枪是英国造，”男爵说，“但那些枪正是英国人在巴伊亚州的狂热鼓吹者埃巴米农达贩来的，可他倒打一耙，胡说什么我们在勾结外国列强和甲贡索人同流合污、图谋不轨。至于依布埃拉的所谓英国间谍事件，完全是他一手捏造的。他派人杀死的只不过是个替死鬼，偏巧长着满脑袋红头发。这些事您以前都知道吗？”

莫莱拉·西塞脸上的肌肉一动不动，眼睛一眨不眨，嘴唇没动一下。他仍盯视着男爵，以此表明他对男爵本人及男爵上述那番话的态度。这比他说什么都更有力。

“这么说，您不但知道，还是同党，也许还是所有这些事件的高参。”男爵曾一度把目光从西塞上校的脸上移开，低下头，好像若有所思。可事实上他脑子里空空的，什么都没想。他终于从怅惘中恢复过来，接着说：“值得这样吗？我的意思是，难道为了建立独裁共和国值得这样造谣生事、玩弄权术，甚至不惜大动干戈吗？您认为用这些办法得来的东西能成为治愈巴西各种社会弊病的灵丹妙药？”

时间一秒一秒地过去，莫莱拉·西塞缄口不语。书房外，早霞满天，天边一片绯红。附近传来人喊马嘶的嘈杂声，楼上有人在踱步。

“共和国的敌人阴谋暴乱，并两次击退了联邦军的讨伐，”西塞上校突然以坚决、冷淡、干巴巴的声音说，“客观地说，有一种人和您一样，他们也主张建立共和国，但目的是为了背叛它，更好地占有它，企图改头换面地维护传统制度。那些叛乱分子正是上述这种人的工具。事实上，他们已经达到了目的。现在有一个文职总统，有置国家于分裂、瘫痪状态的多党制，还有由一些像您这样惯于玩弄权术的人组成的议会。在那里，要求改革现状的意见迟迟得不到答复，甚至被篡改。他们不是已经在庆祝胜利了吗？甚至扬言要把军队裁掉一半。这是多么伟大的胜利！但他们错了。巴西再也不像几个世纪以来那样是任人宰割的属地。军队就是干这个的：维护民族的团结、进步，促进民族之间平等相处，使国家进一步强盛、更加现代化。这些便是联邦军的宗旨。是的，前进的道路上有许多障碍，包括您，包括卡努杜斯，包括英国商人及所有企图阻止我们前进的人需要我们清除。我没有必要向您解释真正的共和党人对共和制的理解，因为您永远不会理解，因为您只代表过去，只知道回头看过去。再过四年，人类将进入二十世纪，可您还在当您的男爵，难道您不认为这是荒唐的吗？你和我是不共戴天的死敌，我们之间的这场战争将是残酷无情的。我们之间没什么可谈的。”

西塞上校鞠了一躬，转身朝门口走去。

“感谢您的坦率。”男爵喃喃地说。他坐在原处一动未动，凝视着西塞上校走出书房，到了外面。勤务兵牵过白马，莫莱拉·西塞上马在卫队的保护下扬鞭策马而去，身后扬起一片尘土。

第四章

那木哨吹起来既像鸟叫，又似人的阵阵悲泣，刺耳而又揪心。夜里，它把官军从梦中惊醒；路上，它使官军却步不前。木哨声是死亡的先兆，随着木哨声而来的是子弹或箭镖。子弹呼啸而过，在空中映出道道红光，也有的未击中目标就已炸成碎片。哨声逝去，随即传来的中弹的牛、马、驴、羊的痛苦嘶叫。偶尔有一两个官兵倒下，但这种情况甚少，因为子弹的主要目标是牲畜，正如木哨声专门袭击官兵的耳朵——思想、灵魂。他们通过刚刚倒下的两头牛发现这些倒下去的牛已无法食用，即便那些身经百战、能吞下石头的将士也不能食用，因为吃了这样的牛肉，来不及找医生诊断便会上吐下泻，一病不起。于是他们醒悟甲贡索人残害牲畜是为了一箭双雕：除了杀死牲畜，还要根除官军食用这些牲畜的可能，断其生路。后来，又有一头牛倒下。费布罗尼奥·德·布里陀少校在死牛身上洒煤油，一把火将牛化为灰烬。离开盖伊马达斯至今短短几天，布里陀少校已判若两人。他形容憔悴，双目失神，阴郁而沉闷。木哨声使他食不甘味，夜不成寐。他也许是官军中受木哨声伤害最严重的人。该他倒霉，牲畜在悲壮的挽歌声中倒下，可这责任需由他来承担。虽然他明知牲畜的死亡意味着饥饿的到来，但不得不亲自下令将受伤的牲畜最后杀死，烧掉、他已尽了全部努力来减少箭镖带来的伤亡。为了保护牲畜，他派人在畜群四周巡逻放哨，下令把未鞣制过的兽皮给牲畜裹在身上。但时值盛夏，牲畜体外裹上这层兽皮，不但又闷又热，行动迟缓，有的甚至晕倒在地。布里陀少校一听到牛叫马嘶，便率领部下四处搜捕。但这是徒劳的，毫无希望的。唯一的结果是再次证实敌人像幽灵般行踪不定、出没无常。那木哨吹起来响彻四野，仿佛敌人有万马千军，但事实上是不可能的。他们怎么会在这树木稀少、坦荡无垠的地方隐踪匿迹？莫莱拉·西塞对此作了如下解释：人数不多的叛匪隐身于山坳、洞穴及丛林之中，但常出没于关键要塞，原野又如此空旷坦荡，所以哨声自然显得格外响亮。我们不应被敌人的鬼蜮伎俩迷惑，因为它无损官军的一根毫毛。但当他收到又有牲畜伤亡的报告，再次命令部队出发时说：

“这样更好，我们可以轻装前进，早日到达目的地。”

西塞上校每逢收到牲畜伤亡的报告总要和记者们说几句逗趣的话，这种沉着镇定的态度使记者们深为感动。甲贡索人可在暗中窥视官军的行踪，官军却看不到甲贡索人的踪影，这种情况使官军日益惶恐，而且成了记者们的中心话题。每当他们问《消息日报》的近视记者关于西塞上校对主力部队及后备部队不断遭到敌人袭击的想法，近视记者总是回答说，西塞上校认为敌人的箭镖、木哨声不值一提，因为他心中只想着一件事：尽早到达卡努杜斯，不给“劝世者”及叛匪逃跑的机会。西塞上校断言，敌人的箭镖和木哨无非是为了诱惑、骚扰官军，为其逃跑争取时间。但对久经沙场的西塞上校来说，他决不会受骗，不会为无谓的搜捕耽搁哪怕一天时间，也不会偏离自己预先制定的行军路线分毫。他告诉为日后军粮担忧的部下，单凭这一点，也应尽早到达卡努杜斯，第七步兵团将从敌人的仓库、农场及畜栏里得到补给。

自重新上路以来，记者们曾看到一位年轻军官不止一次地拿着血淋淋的箭镖跑到队伍前方报告敌人新的暴行。就在今天中午，部队开进圣多山几小时前，布里陀手下的这位年轻军官不仅带来了箭镖，还带来一张弓和一只木哨。部队停在一条干涸的河床里，烈日当头，将士们个个热得满头大汗。莫莱拉·西塞仔细审视着这张弓。这是一张非常原始的弩弓，由粗糙的木料和破绳制成，使用起来也很简单。塔马林多上校、奥林皮奥上尉及几位记者站在西塞上校身旁。西塞上校拿起一枚箭镖，搭在弓上，向记者们演示弩弓的用法。随后又把由竹管挖了切口制成的口哨放到唇边，吹出凄厉的叫声。那年轻军官才讲出事情的真相：

“团座，我们抓到两个俘虏。一个受了伤，另一个还能说话。”

一阵沉默。莫莱拉·西塞、塔马林多及奥林皮奥三人相互对视了一眼。年轻军官接着说：“平日我们总有三支搜捕队时刻待命，一听有哨声便四处搜捕。两个小时前，搜捕队听到哨声，当即奔向不同方向。没等箭镖落下，一支搜捕队便发现几块石头后面躲着两个弩弓手。搜捕队穷追猛赶，直追到敌人面前，想活捉敌人。一个弩弓手负隅顽抗，最后受了伤。”西塞上校听罢，立即朝部队后阵奔去，记者们也尾随而去。记者们心情十分激动，以为总算能见到敌人的面目了。但当他们一个小时之后来到部队后阵时，并未能立即见到俘虏。两个俘虏被关在一间茅屋里，茅屋四周由荷枪实弹的官兵把守，军方不准他们走近。他们围着茅屋转来转去，眼巴巴地望着来往如梭的大小军官，想从军官们那里探听点消息，但军官们对他们提出的问题总是支吾搪塞，不肯正面作答。两三个小时后，莫莱拉·西塞再次来到队伍前阵，终于透露出一些情况。

“有一个伤势很重，”西塞上校说，“也许到不了圣多山就会死去，这确实有点可惜。应该让他们到圣多山去死，因为他们死在那里会有所教益；死在这里简直是白死。”

当近视记者——他总是那副好像感冒初愈的样子——问及俘虏是否提供了有价值的情报时，上校脸上显出未置可否的神态：

“他们口口声声要上帝宽恕，大骂敌基督，还说什么世界末日已经到了，可就是不肯说出同谋和幕后策划人。他们知道的情况不多，这是完全有可能的，全是些可怜虫嘛。他们属于帕杰乌那一伙。”

第七步兵团当即又出发了。他们疾步如飞，傍晚时分便赶到了圣多山。在其他村镇，官军只是匆匆地搜查一下，看有无隐藏的武器，但到了这里就不同了。记者们还未下马，便看见官兵三三两两地朝一幢幢土坯房冲去，又端着长枪闯入房内，如临大敌。记者们在正方形广场上下了马，广场四周长满罗望子树，村里的老幼妇孺挤在树下。虽然他们一副呆滞木然的样子，双眸中闪射着冷漠、怀疑、生疏的光，但是谁好谁歹心里清清楚楚。房前、屋后及房屋两侧站满了士兵，只听一声令下，喊杀声四起，有的用枪托砸，有的用脚踢，门窗应声落地。随后便看到一伙伙乡民被驱赶到由四个哨兵把守的畜栏里，这里就是审讯他们的地方了。记者们只需待在原地便能听到从那里传出的叫骂声、悲叹声、咆哮声以及妇女们极力想凑近畜栏的挣扎声、抽泣声。圣多山顷刻间成了听不到枪响炮轰的奇特战场。记者们在这座竖着大大小小十字架的村庄里从这头跑到那头，又从那头返回这头，但没有一个军官理会他们，也没有一个军官告诉他们究竟出了什么事。他们从这个畜栏跑到那个畜栏，看到的总是同样的情景：乡民被围困在荷枪实弹的官兵中间。时而，一个乡民从畜栏里被推出来带走了；时而，又有一个乡民从家里被抓来，打得遍体鳞伤，难以站立。记者们总是同来同往，生怕有谁被这台机器的齿轮绞住。虽然他们还不清楚究竟出了什么事，但猜想事情定与早上抓的俘虏有关。

两名俘虏被处决的当天晚上，记者们有幸见到了莫莱拉·西塞上校，他们的猜测从西塞上校那里得到了证实。两名俘虏是在罗望子树林中被处决的。处决前，一名军官宣读的一项公告声称，共和国为了捍卫自己的生存，必须对那些图谋推翻共和国的反动分子——不论他们出于贪婪的本性还是出于无知，也不论他们受到宗教狂热的唆使还是上当受骗——予以坚决镇压，因为他们在为一小撮妄图使巴西永远处于落后状态、以图进一步搜刮巴西民脂民膏的保守分子的利益服务。乡民们听得懂这番高论吗？记者们凭直觉感到发布官那声嘶力竭的吼叫对默默站在官兵身后的百姓来说完全是对牛弹琴。两名俘虏已被枪决，乡民们凑近尸体，记者们随西塞上校前往他晚上将要下榻的地方。《消息日报》的近视记者像往常一样，极力凑到上校身旁。

“有必要用这种审讯办法把圣多山的百姓全推到敌人一边去吗？”近视记者问西塞上校。

“他们已经是同伙，已经是敌人了，”西塞上校回答，“前几天，土匪头子帕杰乌带领五十名匪徒到过这里。乡民不仅把他奉为上宾，而且为他提供给养。你们这次该看到了吧？这里的乡民在宗教狂热的驱使下深深地卷入了叛乱。”

上校脸上毫无忧虑。灯光、烛光、篝火照得四周一片通明。第七步兵团的搜捕队像幽灵在黑暗中游荡。

“要将整个圣多山削平，方能把所有的叛匪斩尽杀绝。”西塞上校边说边来到一间小房子外面，塔马林多上校、库尼亚·马托斯少校及另外几位军官早已等候在那里。他挥挥手，要记者们离去。随后他劈头问一位副官："还剩几头牛？"

"十六七头，团座。"

"我们不能让这些牛全被毒死，不如先让部队美餐一顿。你去告诉费布罗尼奥，让他把牛全宰了。"副官飞奔而去。莫莱拉·西塞转身对另外几位部下说："从明天起，要把裤腰带勒得紧紧的。"

西塞上校进屋去了。记者们也返回自己安歇的茅屋。他们在茅屋里喝着咖啡，抽着烟，相互交换着各自的想法。山上教堂里传来村民们为两位死者守夜的祈祷声。后来，他们再次领略了官兵领取牛肉的情景。晚餐十分丰盛。官兵们竟吃得高兴地弹起吉他唱起歌来。记者们虽然也有肉吃，有酒喝，但没有官兵们那股胜利在望的喜悦劲儿。过了一会儿，奥林皮奥上尉来和他们商量，问他们愿意留在圣多山还是继续前进，直至卡努杜斯。如果他们决定去卡努杜斯，就别中途变卦，因为一路上已再无投宿的地方。五名记者中有两人决定暂留圣多山，一名因身体有病决定回盖伊马达斯，其余两名——衣冠楚楚的老记者和近视记者——决定随官军前往卡努杜斯。于是，奥林皮奥上尉劝两位要去卡努杜斯的记者赶快去睡会儿觉，因为部队马上要强行军。

两位记者一觉醒来，已是红日高照，军号阵阵。他们被告知部队前阵出了事——三个士兵轮奸了一位姑娘，西塞上校到那里去了。两位记者当即随塔马林多上校所在的连队赶往出事地点。当他们赶到部队前阵时，那三个士兵已被并排绑在树上挨鞭子呢。其中一个，每打一鞭，他就大叫一声；另外一个嘴里念念有词，仿佛在祷告上帝；而最后一个，虽已被打得遍体鳞伤，血肉模糊，但依然显出满不在乎的神色。

这里是一片空地，四周荆棘丛生，长满曼达卡鲁树、维拉梅树及卡龙毕树。部队前阵的各个连队就集合在这片树林中，官兵们呆呆地看着三个被鞭打的士兵。围观观望的乡民默不作声，只偶尔传来鹦鹉的啼鸣及女人的呜咽声。哭泣的是一位姑娘，是莫里斯克人和欧洲人的混血儿，背有点驼，光着脚板，衣服已被撕破，一片片伤痕裸露在外。她一个人待在那里，无人理睬。近视记者问一位军官，她是不是被奸污的姑娘，军官回答是她。莫莱拉·西塞上校身旁站着库尼亚·马托斯少校，离他们几米远处是他的那匹白马。白马背上没备马鞍，毛光鬃亮，仿佛刚用刷子刷过，一派悠闲自得的神情。

体罚结束，其中两个已失去知觉，唯有那个态度傲慢的仍然显出聆听西塞上校训话的样子。

“士兵们，愿你们以此为鉴，”西塞上校高声道，“军队是而且应该是共和国最纯洁的组织。我们必须对自己提出这样的要求，上至高级将领，下至普通士兵，都应该这样要求自己。只有这样，我们才会受到人民的爱戴。你们知道，我们第七步兵团有这样一个传统，那就是谁违犯军纪，谁就必须受到严惩。我们到这里来是为了保护百姓，而不是来和叛匪们比赛。今后谁若再敢强奸民女，格杀勿论。”

上校的话讲完，人群里默无声响，一片寂静。那两个失去知觉的士兵耷拉在树上，样子十分滑稽可笑。被奸污的姑娘已止住哭声，目光呆滞，不时地发出痴笑。

“给这位不幸的姑娘弄点吃的来。”莫莱拉·西塞指着姑娘命令道。随后，他对凑到身边的两位记者说：“姑娘早已疯了。虽然村民们仇视我们，但我们还是要这样对待她。你们不认为这是一个很能说明问题的例子吗？这不是对那些把我们称作敌基督的人的最好回答吗？”

勤务兵为西塞上校备好马。空地上响起整队集合的口令，部队沿着不同的方向出发了。

“叛乱头子们已露面了，”西塞上校突然抛开强奸事件改变话题，“是的，先生们。你们知道是谁在为卡努杜斯运送枪支弹药和粮食吗？是贡贝的神父，一个叫华金的人。圣衣成了一张理想的通行证、一把开门的钥匙、一种豁免权。先生们，通敌的是一位天主教神父！”

他脸上毫无怒色，说得更确切些，他脸上全然一副自鸣得意的神态。

马戏班的艺人们轮番拉着大篷车在荆棘丛生、乱石遍地的路上艰难地向前走。景色愈来愈荒凉，有时，他们一连几天吃不到一点东西。从花甸起，他们开始遇上一些前往卡努杜斯的朝圣者，这些朝圣者比他们更穷得可怜：他们的全部家当背在背上，也有些残腿断臂的人把家当分成几个行囊在地上拖着。一路上，只要有机会，大胡子女人、傻子及矮子就给山民们占卦、唱歌谣或演滑稽戏，然而人们实在拿不出多少东西来酬谢他们。纷传巴伊亚州的乡警切断了通往卡努杜斯的道路，凡在应征年龄的男人都会被抓去当兵。于是艺人们只好绕道走离贡贝最远的一条路。他们常常看到烟雾，人们告诉他们，那是甲贡索人为了把官军饿死而进行坚壁清野。艺人们同样可能成为坚壁清野的牺牲品。傻子的身体每况愈下，很少听到他的笑声，说话也少多了。

大篷车需由两人拉。他们五个形容憔悴，仿佛患了大病。每逢轮到矮子拉车，他总要在大胡子女人面前抱怨一阵。

“你明知道不该去那里，可硬要我们去。没有东西吃，我们全会饿死在卡努杜斯，”他指着加利雷奥·加尔生气地问，“你干吗要听他的？”

矮子汗流浃背，说话时喘息不止，显得更矮了。他今年多大年纪？连他自己也不知道。他脸上已出现皱纹，瘦骨嶙峋，驼背，鸡胸。大胡子女人望了加尔一眼。

“因为他是个真正的人！”她高声道，“我已和那些魔鬼待腻了。”

矮子失声大笑。

“那你是什么?”矮子笑得前仰后合，“对，我清楚了。你是奴隶，大胡子大姐。你喜欢听别人的摆布，正如你从前喜欢听吉普赛人的摆布一样。”

大胡子女人也哈哈大笑，她本想给矮子一记耳光，可矮子躲过了。

“你就喜欢做他们的奴隶，”矮子高声道，“他抚摩你前额的那天，你就被迷住了。他还对你说，要你做个好妈妈。你不但信了他的话，还掉眼泪呢。”

矮子又纵声大笑起来。他为了不被大胡子女人赶上，开始奔跑起来。大胡子女人朝他扔了一阵石块，不一会儿，他又回到了大胡子女人身旁。这便是他们干架的方式，看上去更像嬉戏，像交流感情。

他们默默地走着，休息或轮班拉车都无定规。谁累得走不动了，或遇上一条小溪、一眼井，或在天热时遇上一个荫凉的地方，便停下来。他们一面走路一面警惕地睁大双眼注视着路两旁，看有无可充饥的东西。偶尔也会捕到一只可食的动物，但此种情况实在不多，于是不得不把所有绿色草木都拿来嚼一嚼。他们一心想找茵布塞罗树。这是加利雷奥·加尔刚发现的一种树，它的根味道香甜，汁液多，吃起来清凉可口，仿佛真正的美味。

那天下午，他们过了棉花庄，遇到一伙在路上歇息的香客。他们把大篷车撂在一边，走到香客们身前。香客中大部分人是棉花庄的，要到卡努杜斯去。为首的是一位传道者，此人年已古稀，上穿圣衣，下穿长裤，脚蹬麻鞋，身上还披着一条很大的披肩。随他一起来的人都以虔诚、胆怯的目光望着他，仿佛他是从另一个星球来的。加利雷奥·加尔蹲到他身旁，不住地问这问那。传道者却以居高临下的姿态不解地瞥了他一眼，随即又和那伙人说起话来。他后来谈到了卡努杜斯，谈到了《圣经》及“劝世者”的预言，并把“劝世者”称作耶稣的使者。他还说，他们将在死后三个月零一天——不会早也不会晚——复活。可“魔鬼”手下的人不同，他们死了就是死了，不会死而复生。这便是两者之间的差别，生与死之别，天堂与地狱之别，永远受苦受难与赎罪洗罪之别。敌基督可以派兵到卡努杜斯来，可又有何用？他们最终的结局只能是腐烂、消亡。信徒们自然也会死，但死后三个月零一天会死而复生。到那时，他们的躯体又将完整无缺，他们的心灵会由于天使的抚摩和耶稣的引导而变得更加纯洁。加尔双目炯炯有神，目不转睛地凝视着老人，生怕漏听了一句话。加尔利用老人喘息的机会插嘴说：“要取得战争的胜利，不仅要有必胜的信心，而且要有武器。那么，卡努杜斯有没有条件抗击代表富人利益的官军呢？”香客们看看加尔，又望望传道者。传道者听到了加尔的这番话，但没抬头去看他。战争结束后，富人将不复存在，或者说再看不出贫富之分，因为到那时大家都是富人。巨石将变为河流，荒山将变成沃土，棉花庄那样的荒漠将像圣多山那样成为鲜花盛开的乐园。眼镜蛇、毒蜘蛛等都将和人类友好相处，正像人类被逐出天堂之前那样。“劝世者”来到人世的目的就是使人们懂得这些道理。

黑暗中有人哭了。那哭声低沉而凄凉，一声接着一声，持续了很久。传道者又开口了，语气比刚才温和多了。精神必定胜过物质，好耶稣代表精神，魔鬼是物质。久盼的奇迹即将出现：贫穷、疾病、丑恶都将从人间消失。他用手轻轻碰碰蜷缩在加尔身旁的矮子。矮子也将像其他人那样魁梧、英俊。此时，有几个人为那人的哭声所动，也哭了起来。传道者将头倚在身旁一个香客的身上睡去。众人渐渐平静下来，香客们相继学着传道者的样子睡了。艺人们回到了大篷车上，不一会儿听到常说梦话的矮子打起鼾来。

加利雷奥·加尔和胡莱玛睡在车篷帆布上，两人中间隔着一定距离。从依布埃拉起，这车篷就没支到车上去。皓月当空，星斗满天。夜静静的，明净而凉爽，只有曼达卡鲁树和芒果树幽幽的阴影在四周晃动。胡莱玛闭着双眼，发出有节奏的呼吸声。加尔躺在她身旁，两手枕在头下，仰望广阔的天穹。如果不去看看卡努杜斯，就在这荒凉的地方止步，未免荒唐。那里的一些事情可能是原始的、幼稚的、充满迷信色彩的，却是非凡的。卡努杜斯是自由的堡垒，那里没有货币，没有老板，没有宪警，没有神父，没有庄园主，也没有银行家，是按照最贫困的贫民的信仰并靠他们流血牺牲建立起来的社会。倘若这个堡垒能存在下去，那么别的问题必将迎刃而解。宗教偏见和对来世的幻想，都将因腐朽无用而最终消失。倘若这个榜样能立住脚，影响就会波及其他地区，就会出现更多的卡努杜斯，谁知道……加尔搔搔自己的脑袋笑了，他的头发已经长到可以用指尖揪住的长度。在被剃成光头的那些日子里，他常常感到忧虑和恐惧。为什么？这得从他在巴塞罗那就诊时挨棍棒说起。医院长廊上挤满被囚禁的精神病患者，一个个被剃光了头，身上穿着拘束衣。看管患者的是刑事犯。这些看守人员不但常常把病人的饭食吃得一干二净，而且动不动就毒打患者，甚至以水龙浇患者取乐。他每逢在镜子、溪水或水井中照见自己的光头，就会立即回忆起那段往事：罪犯和医生沆瀣一气，虐待患者。他当时曾写过一篇题为《反对虐待患者》的文章，并常以此自豪。革命不仅将使人类摆脱资本和宗教的桎梏，而且要消除对疾病患者的偏见。在阶级社会中，患者，特别是精神病患者，是社会的产物，他们所遭受的痛苦和歧视并不亚于工人、农民、娼妓及奴仆。刚才那位传道者自以为在谈论上帝，实质上在谈论自由。他不是说贫穷、疾病、丑恶将从卡努杜斯消失吗？难道这不算革命理想？胡莱玛睁大双眼凝视着加尔，她是否也在思索？

“等他们打完仗，把费布罗尼奥·德·布里陀打败，我一定设法去找他们。”加尔说。他说话声音很轻，好像是在吐露衷肠：“多少年来，我出生入死，一直在奋斗，可在我们的营垒里看到的只是背叛、分裂和失败。我多么希望看到胜利呀，一次也好。我多么想知道我们的胜利会是什么样子、什么味道，而我们又会有什么样的感觉。”

胡莱玛望着他，仍像往常那样显出惊奇和陌生的神情。虽然两人只隔着几毫米，但谁都没去碰谁一下。矮子已经在嘟嘟囔囔地说梦话了。

“你不理解我，如同我不理解你，”加尔说，“你为什么不在我昏厥时开枪打死我？为什么不劝那伙强人砍下我的脑袋带走而是只带走了几缕头发？既然你我信仰不同，你为什么要和我待在一起？”

“杀你的人应该是鲁菲诺，”胡莱玛轻声说，话音里没仇恨，仿佛谈家常，“即使他杀了你，他失去的也比你多。”

“这一点正是我无法理解的。”加尔想。他俩前几次也谈到了这一点，但他总是百思不得其解。在这穷乡僻壤，宗教势力如此猖獗，道德教条如此死板，这些除了身上褴褛的衣衫和虱子之外一无所有的穷汉如何晓得名誉、复仇这类事情？他们又如何懂得荣耀、誓言以及许诺给富人、懒汉及寄生虫的奢侈品和玩物呢？他想起住在盖伊马达斯“仁慈的圣母”旅馆时发生的一件事。有一天正逢过节，他趴在自己房间的窗上听一位吟游艺人讲故事。故事虽然讲得很不连贯，但可以听出讲的是中世纪的一个神话。加尔早在孩提时代就读过这个神话，成年后又看过被改编成抒情说唱剧的《魔鬼罗伯特》。这个神话是如何传到这里来的？看来，世界要比表面看到的更难以预卜。

"我也不理解那伙带走了我头发的强人，"加尔喃喃说，"我是说，我不理解那个叫凯依法的人。难道他让我活下来的目的就是要让鲁菲诺亲自来享受报复的乐趣？这不像农民的作为，而是贵族的伎俩。"

前几次，胡莱玛曾极力向他解释，但她今晚默然了。她可能认为加尔永远不会理解这类事情。

翌日清晨，棉花庄那伙香客尚未动身，他们便又上路了。他们花了整整一天的时间才越过弗朗西亚山。傍晚时分，他们已是又累又饿，再也支撑不住。傻子在路上曾晕倒两三次，第二次晕过去时脸色煞白，一动不动，大家都以为他死了。天黑下来时，他们遇到一片绿幽幽的水塘，至此，一天的辛劳才被驱散。他们先拨开草丛，各自喝了水。随后，大胡子女人盛了一盆水端到傻子面前，又用水淋了淋眼镜蛇，让它也凉快凉快。眼镜蛇一直没受什么苦，因为总可以找到几片树叶或蠕虫给它吃。他们喝足了水，便动手挖树根，折树枝，摘树叶，矮子还设下了捕捉野兽的陷阱。炎热的白天已经过去，微风和着香气轻轻吹过。大胡子女人坐到傻子身旁，让他把头倚在她的膝上。她关心傻子、眼镜蛇及大篷车的命运，如同关心自己的命运。她仿佛觉得自己的生存取决于自己保护傻子、眼镜蛇及大篷车——这三样便是她生活的全部天地——的能力。

加尔、胡莱玛及矮子无可奈何地慢慢地咀嚼树枝和树根，汁液吮吸净了，便吐在地上。加尔发现脚下有个硬邦邦的东西，其中一半埋在土里。是的，是个头颅，黄黄的，上面已有许多裂纹。他过去曾在腹地道路两旁多次看见过类似的头颅，也有人告诉他，腹地义民常将敌人的尸体从土里挖出来暴露在光天化日之下，给野兽当干粮，以为这样就可将敌人的灵魂送进地狱。加尔左右端详着头颅。

“在我父亲看来，人的头就像一本书、一面镜子，”他深有感触地说，“如果他知道我现在到了这样一个地方，来到这样一个国家，会怎么想？我最后一次见到他是在十六岁那年。我当时对他说，行动比科学更重要。这话使他大失所望。他也是一个离经叛道的人，有自己的叛离方式。医生们都嘲笑他，管他叫巫师。”

矮子凝眸注视着加尔，他和胡莱玛一样极力想弄清加尔这番话的意思。加尔仍在满腹心事地一边嚼一边吐。

“你为什么到这里来？”矮子问，“不怕死在外国？你在这里没有亲人，没有朋友，死后不会有人祭奠你。”

“你们就是我的亲人，”加尔说，“甲贡索人也是我的亲人。”

“你不信神，不祈祷，不信上帝，”矮子又问，“可你对卡努杜斯的兴趣为什么这样大？”

“我可不愿和外国人在一起生活，”胡莱玛说，“一个人失去了祖国，等于失去了父母。”

“祖国这个词总有一天会消失，”加利雷奥·加尔当即驳斥道，“以后的人将指着地图上的边界线嘲笑我们这些闭关锁国的人。他们会说：‘那些人多愚蠢啊。’”

矮子和胡莱玛相互对视了一眼。加尔意识到他们的意思是：真正愚蠢的是他。他们边嚼边吐，并且不时做出要呕吐的样子。

“你相信棉花庄那个传道者讲的那番话吗？”矮子问加尔道，“他说，准有一天会出现一个没有犯罪、没有弊端……”

“没有丑恶的世界，”加尔接道，频频点头表示赞同，“我相信这一点，正如其他人相信上帝一样。很久以来，许多人出生入死，为之奋斗的正是这样一个世界，所以我心里一直想着卡努杜斯。我到那儿至多不过是一死，但我死而无怨。”

“鲁菲诺会杀死你的。”胡莱玛低垂着头喃喃地说。随后，她又抬高了嗓门问：“你以为他会忘记你对他的侮辱吗？他正在找我们，这仇他早晚是要报。”

加尔一把抓住了胡莱玛的胳膊。

“咱们俩将一起亲身经历这场报复，是吗？”加尔问胡莱玛。他耸耸肩，又说：“鲁菲诺未能理解我，其实我并不想侮辱他。一个人情欲发作时，一切都会抛到九霄云外：意志、友谊，全会忘记。情欲不取决于一个人自己，它藏在骨子里，也就是人们所说的灵魂里。”他又把脸往胡莱玛那边靠了靠，说：“我至今也不后悔，因为这件事告诉我：我从前信奉的那套东西是虚伪的，快乐和理想并不矛盾，不应该为自己的肉体感到羞耻。你懂吗？不，你不懂。”

“这么说，这可能是真的喽？”矮子打断了他们的话，声音颤抖，眼中闪射着哀求的光，“据说‘劝世者’能使瞎子重见光明，能使聋子重新听见声音，能使麻风病人的伤口愈合。那么，假如我对他说：‘我到这里来是因为知道，你会给我带来奇迹，’只需他碰一碰我，我就会长高吗？”

加尔茫然地望了矮子一眼，找不到一句话——不论是真话还是假话——回答他提出的问题。大胡子女人见傻子那副模样，放声大哭起来。“他已经不行了，”她说，“他既不哭也不笑，愈来愈不行了。”大胡子女人痛哭了一阵，随后睡着了。黎明时分，从卡莱瓦来的一家人叫醒了他们，给他们带来一个可怕的消息：一队队乡警和当地庄园主派出的人共同封锁了去贡贝的道路，正等待官军到来。要去卡努杜斯，唯一的办法是改道北上，绕过马萨卡拉、安西科及罗萨里奥等地。

他们在路上走了一天半，来到了位于马萨卡拉河畔的圣安东尼奥镇。镇上有一座温泉，几位艺人几年前曾到过这里，他们至今还记得当年人们海潮般地拥到泡沫漂浮、臭气熏天的温泉里去治皮肤病的情景。当时，盗匪常来掳掠病人的财物，圣安东尼奥镇便成了盗匪经常出没的场所。今日的圣安东尼奥已是满目荒凉，河边看不见一个洗衣妇，破烂不堪、乱石遍地的街上长满了椰子树、费库树及仙人掌，既看不见行人、狗，也看不见飞鸟。虽然如此，矮子的心情还是很好。他拿起一支短号，吹出十分滑稽的音调，开始招揽顾客。大胡子女人不停地笑，就连身体虚弱的傻子也使出全身力气，用肩扛，用手推，甚至用脑袋去顶，想让大篷车走快些。他咧着嘴，口水直往外流。他们远远地望见一个小老头正在把一只铁环钉到门上。小老头朝他们这边望了望，装作没看见。但当大胡子女人走到他身边并做了个接吻的手势时，他笑了。

他们把大篷车停在一片长满牛蒡的广场上。镇上的居民听到号声，好奇地从门窗上探出身。矮子、傻子及大胡子女人在一堆破布及乱七八糟的东西里翻弄了一会儿，捡出几样东西把自己花花绿绿地打扮了起来，随即又把脸胡乱地涂了涂。他们的那些道具仿佛是从倒闭的家具店里捡来的：蛇笼、铁环、魔术棍及一把纸糊的手风琴。矮子先拼命吹一阵号，再吆喝一阵："演出马上开始了！"他们周围渐渐聚拢来一群愁眉苦脸的观众，一个个骨瘦如柴，分不清男女，也说不上年龄，大部分人的脸上、臂上或腿上有脱疽、伤疤、疹斑或粉刺。他们克服了最初的疑惧心理，有的相互搀扶，有的跌跌撞撞、一跛一瘸地走到这里。"这些人不像奄奄一息的病人，"加尔思忖道，"更像死去多年的故人。"所有的居民，尤其是孩童，显得格外苍老。有几个人正在朝大胡子女人笑。只见她时而把眼镜蛇缠在身上，时而吻着蛇的嘴，时而又让蛇在她背上蜷成一团。矮子紧紧抓着傻子，一起为耍蛇的大胡子女人捧场叫好。傻子一会儿手舞足蹈，一会儿做个鬼脸，一会儿又缩作一团。前来观看的圣安东尼奥居民中，有身强力壮的，也有病恹恹的；有满脸愁云的，也有眉开眼笑的但都赞许地点着头，有时还鼓几下掌。有几个观众回头窥视加尔和胡莱玛，好像在问他们两人何时出场。加尔出神地望着他们，胡莱玛脸上却露出厌恶的神色。她本来一直在极力克制着自己，突然低声对加尔说，看不下去，想走开。加尔没去安慰她，他只觉得双眼火辣辣的，心里乱极了。健康如同爱情、金钱及权力，是属于个人的东西：它常常使一个人只想到自己，把别人置之脑后。是的，一个人可以一无所有，甚至可以没有爱情。但一个人如果失去了健康，哪里还谈得上去拯救危难中的弟兄们？问题堆积如山，魔鬼又长着三头六臂，罪恶的事情更比比皆是。加尔发现胡莱玛脸上露出厌恶恐惧的神色，于是一把抓住了她的胳臂。

“你看看这些人，你看看这些人呀，”加尔激动而愤慨地说，“你看看这些妇女，她们从前也有过年轻、健康、美丽的时代，是谁把她们糟蹋成现在这副样子？是上帝吗？是那些流氓、无赖、富翁！是那些身强力壮的人！是那些极端自私的人！是那些有权有势的人。”

加尔松开胡莱玛的胳臂，没注意到矮子已开始讲那不勒斯国王的女儿玛格洛娜公主的动人故事，便忿忿地径直走到人群中央。只见这个长着红头发红胡子、穿着破衣烂衫、肩脖上有条伤疤的大汉在人群中央发起高论：

“弟兄们，你们不应该丧失信心，不应该绝望。你们这样受苦受难，绝不是因为天上的鬼魂要你们这样，而是因为世道污浊。你们所以成了现在这副样子，是因为你们没有饭吃，没有医生，没有药品，没人关心你们的痛痒，这一切又都因为你们是穷人。你们在遭受剥削、压迫，待遇不公正。弟兄们，你们决不能就此罢休，你们要像卡努杜斯的弟兄们那样，要反抗，要从苦难的深渊中挣扎出来。你们要去抢占土地、房屋；你们要把财产从那些夺去你们青春、健康、人格的人的手中全部夺回来……”

大胡子女人没让他讲下去。她气得满脸通红，用力摇着加尔的身子骂道：

“你这个蠢货！笨蛋！没有人能听懂你在胡扯什么！你的话使他们伤心、难过，他们不会给我们东西吃了！你应该去给他们占一卦，说几句让他们高兴的话，这才是你分内的事！”

雄鸡报晓，贝阿迪托睁开了眼，心里念道：“赞美好耶稣。”他躺在原处没有起床，祈求上帝在新的一天里给他力量。他太柔弱了，实在难以承受如此繁忙的事务。近几天来，香客日增，他白天常常感到头晕目眩。夜里，当他在圣安东尼奥教堂祭坛后的草褥上躺下时，觉得浑身酸痛，难以入睡。有时甚至不得不长达数小时咬着牙关躺在那里，直至睡去才算摆脱了这种痛苦。贝阿迪托虽然体弱，但意志十分坚强，一直在支撑着，不愿在这个除了“劝世者”之外数自己位高任重的城镇里，让任何一个人看出自己体力不支的状况。

他睁开了眼。雄鸡又叫了，晨曦从天窗上透了进来。他睡觉时总穿着玛丽亚·瓜德拉多她们为他缝补过无数次的那件圣衣。他穿上麻鞋，吻过戴在胸前的神符和耶稣心像，然后将孩提时代“劝世者”在本巴尔赐给他的那块有锈斑的苦行带缠到腰上。他叠起草褥，走到教堂门口，叫醒了睡在这里的老总管。老总管是乔罗乔人，他睁开眼，嘟囔道：“赞美我主耶稣。”“赞美我主。”贝阿迪托回答。贝阿迪托将每天清晨向上帝供奉苦难祭用的皮鞭递给总管。总管接过鞭子——贝阿迪托已跪到地上——在贝阿迪托的背上、臀部狠狠抽了十鞭，贝阿迪托没有呻吟一声。两人随后又都画了十字，新的一天就这样开始了。

总管开始清扫祭坛，贝阿迪托朝门口走去，快到门口时听到门外有夜里抵达贝罗山的香客们说话的声音。天主卫队大概在门外看管着他们，等待他来决定他们能否留在这里。无论把一个虔诚的基督徒拒之门外还是把一个会伤害“劝世者”的歹徒接纳进来，都是不可饶恕的大错，这种担心一直在折磨着他，也是他向天主祷告时最忧虑的一件事。他开了门，先听到嘈杂的人声，随后见到了大门外面的几十个人。其中有身背猎枪、臂上挂着蓝袖章或头裹蓝布巾的天主卫队队员，他们齐声呼道：“赞美慈悲的耶稣。”“赞美耶稣。”贝阿迪托低声应道。香客们画着十字，所有没残废、不生病的人都站了起来，一个个的眼里闪射着饥饿、幸福的光。贝阿迪托估计，那里至少聚着五十人。

“欢迎你们到天主和好耶稣的地盘贝罗山来，”贝阿迪托说，“你们是响应‘劝世者’的召唤来的，‘劝世者’要求你们做到两条：一是信，二是真。信，就是在天主的土地上不能有一个不信上帝的人；真，就是人人要说真话。”

贝阿迪托告诉天主卫队放香客们走进教堂。从前，他可以和每个香客单独谈话，可现在只得一伙一伙地谈了。“劝世者”不愿让任何人插手此事。“贝阿迪托，你就是一道门。”每逢他恳求“劝世者”派人手分担这项任务时，“劝世者”总是这样回答他。

进教堂来的是个瞎子和他的女儿、女婿及两个外孙。他们是盖拉拉人，在路上整整走了一个月才到这里。女婿的母亲及一对孪生外孙已死在路上。他们是否为死者举行过庄重的葬礼？是的，棺木入殓，经文相伴。瞎子讲述着一路上的情况。贝阿迪托审视着他们，心想，这是一个团结和睦的家庭，在这个家庭里，长者是受尊重的，因为其余四人一直在静听着瞎子讲话，没有一个人打断他的话，并不住赞许地点着头。五个人脸上露出饥饿和体力不支时的倦容及香客们踏上贝罗山时那种由衷的喜悦表情。贝阿迪托感到了天使的抚摩，决定让他们留下来。他又问了问他们是否在敌基督手下干过事。他们一致发誓，他们从来不主张共和，不同意驱逐皇帝，不赞成政教分离，不接受世俗婚姻，不使用新的度量单位，也不接受人口普查。贝阿迪托拥抱过他们，随后叫来一位天主卫队队员，吩咐把他们带到安东尼奥·比拉诺瓦那里去。临出门时，女儿在瞎子耳上低语了几句，异想天开的瞎子提出：他们何时能见到"劝世者"？瞎子一家等待着贝阿迪托的回答，脸上露出急不可耐的神情，贝阿迪托自言自语："真是好人啊。"他们将在当日下午在教堂见到"劝世者"，将听到"劝世者"的训诫，"劝世者"将告诉他们天主十分高兴地把他们收到圈栏里。贝阿迪托看见他们兴冲冲地离去了。在这个行将毁灭的世界上，恩赐具有洗涤灵魂的作用。五位香客——贝阿迪托知道这一点——此时已忘却死去的三位亲人和种种苦难，觉得活下去还是很有意义的。安东尼奥·比拉诺瓦将把他们的姓名记在本上，瞎子将被送进收养院，瞎子的女儿将被送到萨德林哈姐妹那里去帮忙，瞎子的女婿及两个外孙将去运水。

贝阿迪托一面听另一对夫妇——妇女手上捧着个布包——讲话，一面想着安东尼奥·比拉诺瓦。安东尼奥是个有信仰的人，是个圣人，是天主圈栏里的一只绵羊。他和他的弟弟都是知书达礼之人。他们从前有自己的店铺和牲畜，是有钱人。他们本可以赚钱、买房、置地、雇用仆人，但他们没有那样做。他们情愿和穷弟兄们同甘苦、共患难，做上帝的奴仆。不正是由于上帝的威严，比拉诺瓦这样一个博学多才的人才会来到这里解决了如此繁杂的问题吗？他刚刚解决的水的配给问题就是明证。饮用水须从瓦沙—巴里斯河及维拉庄园的水池运来，然后免费分给各家。他往往让刚到这里的香客担任运水员，这样一来，他们不仅渐渐为人们所熟悉，人们也自然会救助他们；他们也会觉得自己是在为“劝世者”和好耶稣效力。

贝阿迪托从那男人含糊不清的话里听出，他妻子手里抱着的是初生的婴儿，在他们从竹林山下来时刚刚死去。贝阿迪托掀起破布看了看：婴儿全身僵直，脸色蜡黄。他对孩子的母亲说，总算上帝赐恩，婴儿得以死在这唯一不被魔鬼管辖的土地上。夭亡的女婴直到现在还未洗礼，于是大家为她举行了洗礼仪式，起名玛丽亚·欧弗拉西亚，祈求上帝把这幼小的生灵送往天国。贝阿迪托先让夫妻俩起誓，然后让他们去找比拉诺瓦商量安葬女儿的事情。由于木材短缺，死人的安葬早已成为贝罗山的一大难题。贝阿迪托浑身渗出一身冷汗，他担心女婴的尸体会被毫无遮盖地抛在墓穴里。

贝阿迪托继续会见别的香客。圣诗班的女信徒们开始清扫小礼拜堂。亚历杭德里娜·科雷娅给贝阿迪托捎来一罐吃的东西，玛丽亚·瓜德拉多还专门写来一张字条：“这是给你一个人吃的。”玛丽亚之所以要写这张字条，是因为知道贝阿迪托常把自己的一份饭食让给别人。贝阿迪托一面听香客们讲话，一面从内心感谢上帝给了自己一颗如此坚强的心，免受饥渴之苦。他只需吃一点、抿几口就行了。即使在途经大沙漠时，他也未像别的弟兄那样因缺水少食而备受煎熬。所以，除“劝世者”外，他是为慈悲的耶稣斋戒次数最多的一个。亚历杭德里娜·科雷娅告诉他，若安·阿巴德、若安·格兰德和安东尼奥·比拉诺瓦正在圣所等着他。

贝阿迪托又花了近两小时接见香客。在这两个小时中，只有一个从佩德里纳斯来的粮食贩子未获准留居此地，因为他一直靠收租为生。当过兵、为官军充当过向导或为官军运送过物资的，贝阿迪托一般不拒之门外，但靠租税生活的必须离开，而且不准再来，否则格杀勿论。因为后者一向欺压穷人，廉价收购穷人的青苗，抢夺穷人的牲畜；因为他们贪婪成性，将来很可能成为蚕食革命果实的蛀虫。贝阿迪托告诫那个从佩德里纳斯来的粮食贩子，为了获得上帝的怜悯，他必须远离此地，不顾风险只身一人和魔鬼斗争。他又告诉挤在广场上的其他香客说有人在等他，他得走了。时值晌午，金色的阳光洒在贝罗山上。许多人还想缠着他，但他挥挥手，告诉他们他有紧急事情要办。一路上，他有天主卫队护送。起初，他本不想要卫队，但现在看来卫队是非要不可了。如果没有这些弟兄护送，他从小礼拜堂走到圣所就得花上好几个小时，因为缠着他问东问西、求这求那的人太多了。他边走边想，今天上午，有几个香客从阿拉戈阿斯和塞亚拉而来，这岂不有点稀奇？圣所周围挤满了各种年纪的人，他们伸直颈项，望着“劝世者”随时会出现的那扇小门。贝阿迪托和天主卫队的四个卫士被挤在人群中间，前进不得。于是，他们只得挥动蓝色布巾。看管圣所的弟兄们见了，才为贝阿迪托开了一道栅门。贝阿迪托一面在人流中俯身前行一面思忖，要是没有天主卫队，贝罗山可能真会乱作一团，魔鬼也定会趁机而入。

“赞美我主耶稣。”贝阿迪托念道。“赞美我主。”有人随声应道。贝迪阿托觉得“劝世者”四周全然一派升平景象，连街上传来的嘈杂声都成了和谐的乐声。

“神父，让你们久等了，”贝阿迪托轻声说，“到这里来的朝圣者愈来愈多，连和他们谈话都来不及，更别想记下他们的姓名了。”

“人人都有拯救自己的权利，”“劝世者”说，“你应该为他们感到高兴。”

“见香客人数与日俱增，我心里是很高兴的，”贝阿迪托说，“我在生自己的气，恨自己不能很好地了解他们。”

若安·阿巴德和若安·格兰德席地而坐，马枪放在膝上，贝阿迪托在他们两人中间坐下。比拉诺瓦的弟弟奥诺里奥也在场，他风尘仆仆，仿佛刚刚外出归来。玛丽亚·瓜德拉多给贝阿迪托端来一杯水，他喝完了，咂咂嘴。“劝世者”身穿紫黑色圣服，正襟危坐在床上。床脚处是利昂·德·纳图巴，手里拿着铅笔和本子，大脑袋倚在“劝世者”的膝上，“劝世者”的一只手插在利昂纷乱的深褐色头发里。女信徒们一动不动地背靠墙壁蹲下，悄然无声。小白羊在酣睡。

“他是‘劝世者’，是先知，是英雄，是为众人所爱戴的人，”贝阿迪托虔诚地想，“我们都是他的弟子。从前，我们什么都不是，是他把我们变成了虔诚的信徒。”一股幸福的暖流传遍他全身：这是天使再次抚摩他了。

贝阿迪托意识到若安·阿巴德和安东尼奥·比拉诺瓦之间发生了意见分歧。比拉诺瓦不赞成若安·阿巴德的主张，反对焚烧卡龙毕庄园。他说，如果将卡纳布拉沃男爵的卡龙毕庄园烧毁，受害的首先是贝罗山，而不是魔鬼，因为卡龙毕庄园是贝罗山最主要的给养来源地。他说话的声音很轻，仿佛担心自己的话别人听起来刺耳，又好像在透露一件奇闻。“‘劝世者’的威望无与伦比，所以竟能使安东尼奥·比拉诺瓦这样一个人在他面前感到手足无措。”贝阿迪托想。比拉诺瓦在日常生活中已自然而然地成为一种力量，他精力充沛得令人瞠目结舌；他的见解雄辩有力，令人无言以对；他讲起话来声若洪钟，干起活儿来从不知疲倦；他多谋善断，但在“劝世者”面前总是毕恭毕敬。“但他这不是在受难，”贝阿迪托想，“而是在涤罪。”他们听完训诫，在一起徜徉时，比拉诺瓦曾多次向他这样讲过。比拉诺瓦想了解“劝世者”的经历，想知道“劝世者”的教导，贝阿迪托总是一点点讲给他听。贝阿迪托满怀深情地想到了初来贝罗山时那些自由自在的日子。那时，贝罗山是个人烟稀少的小镇，贝阿迪托常和比拉诺瓦从镇子这头走到那头。比拉诺瓦曾向他倾诉过自己的身世，告诉他“劝世者”如何改变了自己生活的方向。“我那时心灰意冷，精神到了崩溃的边缘，脑子都快要爆裂了。可现在，我只要知道他在身边，心里就会感到从未有过的坦然。贝阿迪托，这就叫涤罪呀。”他们现在都公务缠身，没时间谈心了。但愿主的意愿得以实现。

贝阿迪托沉浸在遐思中，竟连比拉诺瓦何时停了口都没注意到。若安·阿巴德此时冲着比拉诺瓦开口了。帕杰乌证实下列消息确凿无疑：卡纳布拉沃男爵在为敌基督效力，他已下令庄园主为官军提供粮食、向导、马匹、驴及守护庄园的人员。卡龙毕正在变成兵营。卡龙毕是这一带最大的庄园，也是最富有的庄园，拥有最好的粮仓，可以为十倍于第七步兵团的官军提供给养。所以必须把它烧毁，不给狗子兵留下任何可利用的东西，否则，他们一来，要保住贝罗山就更加困难。若安·阿巴德和比拉诺瓦一样，两眼凝视着“劝世者”的双唇。没有必要争论了：“劝世者”知道卡龙毕庄园该不该烧。虽然他们俩在这个问题上意见不同——贝阿迪托以前曾多次看见他们这样争执过——但他们的兄弟情谊不会因此受到影响。但“劝世者”还未来得及开口，就有人来敲圣所的门了。来人是从贡贝来的，身上带着枪。若安·阿巴德走出圣所去看看他们带来什么消息。

若安·阿巴德出门后，比拉诺瓦又开口了，但这一次他谈的是关于死人的问题。朝圣者蜂拥而至，死人数目日益增加，原先位于教堂后面的公墓只差几个墓穴就挤满了。为此，需要把卡努杜斯与康巴奥之间的塔博莱里诺那个地段清理、围圈起来，辟为新的公墓。“劝世者”是否同意这样做？他点了点头，表示同意。若安·格兰德鬈发上的汗珠晶莹闪亮，晃动着一双粗大的手嘟嘟囔囔地说，天主卫队已从昨天开始修筑由瓦沙—巴里斯河岸到维拉庄园的双层石壁战壕。他正在说这话的时候，若安·阿巴德回来了。连利昂·德·纳图巴也抬起了头，露出探询的目光。

“官军已于今日凌晨开到贡贝。他们一到那里就打听华金神父，说要找他。看来，华金神父已被他们杀害了。”

贝阿迪托听到有人哭了，但他没去看是谁。他知道是亚历杭德里娜·科雷娅。虽然其他人没去理会她，但哭的人愈来愈多，圣所里顿时哭作一团。“劝世者”木然了。

“让我们一起为华金神父祈祷吧，”“劝世者”终于难过地说，“华金神父到主那里去了。他将在那里继续帮助我们，甚至比他在这个世界上对我们的帮助更大。我们应该为他，也是为我们感到高兴，因为死亡是善人的节日。”

贝阿迪托双膝跪到地上，心中十分羡慕华金神父，因为华金神父此刻已到了那只有好耶稣的殉道者才能去的地方——他已到了天国，无须担忧魔鬼来犯。

鲁菲诺和两支搜捕队几乎同一时间到达贡贝。官兵的一举一动都如临大敌，他们搜查民房，破门而入，谁敢反抗就用枪托打谁。他们敲锣打鼓地张贴布告，声言谁私藏武器就处死谁。他们四处搜查华金神父的下落，鲁菲诺听说他们最后找到了华金神父，毫无顾忌地闯进教堂把他拉出来。为了打听马戏班的下落，鲁菲诺在贡贝兜了一圈后，住到了一个烧砖人家里。烧砖人全家议论着搜查及虐待百姓的情况，其中最令人不能容忍的是对神明的亵渎——闯到教堂里殴打上帝的使者！这么说来，那些反对基督的家伙在为魔鬼效力是毋庸置疑的了。

鲁菲诺离开贡贝时断定加利雷奥·加尔不在贡贝。加尔会不会在卡努杜斯？会不会已落入官军之手？鲁菲诺险些被封锁去卡努杜斯之路的乡警捉住。幸亏遇上几个熟人在乡警面前为他求情，所以不一会儿就放他过去了。他径直朝北走去，但刚走了一阵，就突然听到一声枪响。子弹在他脚下掀起一股尘烟，他醒悟到是朝自己射来的。他立即趴倒在地，匍匐而行，终于看清了向他开枪的人：躲在一块高地上的两个乡警。两个乡警朝他高喊，要他放下手中的武器。只见他一跃而起，躲闪着乡警射来的子弹，最后跑到一个隐蔽之处，才算逃离虎口。但此刻他已迷了路。他确信再无人追赶自己，便困顿不堪地躺倒在地上。他从太阳的位置判断出了去卡努杜斯的方向。在几年前只有驮队和穷途潦倒的商人行走的小径上，可以隐约看见一群群来自四面八方的朝圣者。夜幕降临，鲁菲诺只得和朝圣者们一起露天过夜。此时，一个从圣安东尼奥来的、长着疖疮的小老头正在讲述他目睹的一场马戏表演。鲁菲诺听闻，心怦怦狂跳起来。他没打断小老头的话，不一会儿他就发现自己回到了原路上。

鲁菲诺摸黑到了圣安东尼奥，在马萨卡拉河畔的一口井旁坐下等天亮。这一夜，他心急如焚，坐卧不宁。太阳刚出山，他便开始挨门逐户查访起来。大部分房子里已经空无一人。他遇到的第一个村民告诉了他该到哪里去找。他走进一间臭气熏天、黑黝黝的房子，止住步，定睛看了看。四壁墙渐渐看清楚了，墙上画着一条条的线，有几幅画和一张耶稣心像。看不到家具，看不到花坛，连一盏灯都没有，但能看出这些东西被掠走后留下的痕迹。

一个女人坐在地上，见他进来，微微欠了欠身。女人身边堆着五颜六色的布块、一只竹篮、一个火盆。她裙子上放着个什么东西，鲁菲诺好不容易才认出是个蛇脑袋。鲁菲诺此刻看清了女人脸上的发须和她的两条胳臂。在大胡子女人和墙壁之间横躺着个人，但只能看到这个人的下身和脚。鲁菲诺发现大胡子女人眼里布满阴霾。

他俯下身，十分恭敬地向她打听马戏班的下落。大胡子女人朝他瞅了一眼，但没看清他的面孔。她终于无可奈何地把眼镜蛇递过来，说："您吃了它吧。"鲁菲诺蹲在地上，向她解释说自己不是要抢她的食物，而是想向她打听一件事。大胡子女人告诉他，躺在地上的是个死人。多日来，他重病缠身，苟延残喘，终于在前一天夜里断了气。鲁菲诺听着，不住地点点头。大胡子女人说她心里难过又内疚，因为这个人的死要怪她，也许她早该把眼镜蛇杀了给他充饥。假如她早那样做，是否能救下他这条命呢？从马戏班开办，她就和他及眼镜蛇在一起。大胡子女人的话使鲁菲诺想起了孩提时代在卡龙毕见过的吉普赛人、巨人佩德林及另外几位艺人。大胡子女人听人说，死人如不用棺木收殓就会下到地狱里去，她正在为这事犯愁呢。鲁菲诺主动提出愿为她死去的朋友做一口棺材，挖一个墓穴。大胡子女人忙问鲁菲诺有何要求。鲁菲诺——他的声音在颤抖——把自己的要求告诉了她。"是那个外国人吗？"大胡子女人又问了一遍，"是加利雷奥·加尔吗？"是的，正是他。就在他们从圣安东尼奥往外走时，加尔被几个骑马人掳去了。大胡子女人又在谈论那个死人了，她拖不动他，又可怜他，于是情愿留下来照料他。带走加尔的是官军、乡警还是强盗？她不知道。会不会是在依布埃拉剪去加尔头发的那伙人？不，不是他们。他们要找的是否只是加尔？是的，他们根本没理会马戏班的艺人。他们是去卡努杜斯了吗？不知道。

鲁菲诺用窗上的木板做成棺材，将尸体放在里面，最后又用那些五颜六色的布块裹了。他将这个很不像样的棺材扛在肩上，大胡子女人跟在他身后，便出发了。村民们把鲁菲诺带到墓地，并借给他一把铁锹。他挖了个坑，将棺材埋了进去。大胡子女人祈祷时，他一直呆呆地站在那里。回村后，大胡子女人再三向他表示感谢。

鲁菲诺神情怅惘，突然问：“那个女人也被掳去了吗?”大胡子女人眨眨眼问道：“你是鲁菲诺吧?”鲁菲诺点点头。大胡子女人告诉他，胡莱玛知道他会来。胡莱玛也被掳去了吗？没有，她和矮子一起去卡努杜斯了。旁边有一群人在听他们谈话，其中有身强力壮的，也有体弱多病的，但所有人都觉得这场谈话十分有趣。鲁菲诺突然感到困顿不堪，身子摇晃起来。好心的村民们让他在大胡子女人住的那间屋里睡一会儿，他同意了，并且一觉睡到天黑。鲁菲诺醒来后，大胡子女人和另一对夫妇给他端来一碗稠稠的粥。鲁菲诺和他们谈起了战争及风云变幻的世界。那对夫妇走了，鲁菲诺又向大胡子女人问起加尔和胡莱玛的情况。她把自己知道的全告诉了他，并说她也要到卡努杜斯去。难道她不怕落到狼口里去吗？然而她更害怕孤独。也许她会在那里遇到矮子，可以相互做个伴呀。

翌日清晨，鲁菲诺和大胡子女人互相道别。鲁菲诺动身朝西而去，因为村民们告诉他那帮庄园守护人是朝西走的。他在林木扶疏、荆棘丛生的荒野里走着。上半晌，他在卡汀珈躲过了一支清剿的搜捕队。他常常停下来琢磨着地上的足迹。那一天，他未捕获任何猎物，只能拔些草来嚼嚼。他在里亚乔·德瓦尔吉纳过了一夜，上路不久，就远远望见近来人们纷纷议论的“杀人魔王”的那支军队。他看见远处尘土飞扬，刺刀闪着寒光，听见炮车拖在路上发出吱吱呀呀的声响。他又开始加快步伐，但一直走到天黑才到塞利亚。当地的居民告诉他，不仅官军来过这里，帕杰乌一伙也到过这里，可谁都不记得有一帮庄园守护人带着一个叫加尔的人到过此地。远处传来断断续续的木哨声，一夜没止息。

塞利亚与圣多山之间是一片平坦的灌木丛生的地面，没有什么路。鲁菲诺走着，忐忑不安，担心再次遇上官军。到了下半晌，他找到了水喝，还吃了点东西。不一会儿，他便觉得四周仿佛有人。

他扫视了一眼卡汀珈，朝前走了几步，又返回原地：没发现什么。但又过了一阵，他不再怀疑了：有人在盯着他，而且是几个人。为了甩开跟踪的人，他时而变换前进方向，时而躲到某个地方，时而急走几步。但这一切都属徒劳：跟踪者都是内行，他们虽离他近在咫尺，他却看不见他们。鲁菲诺无计可施，只得大模大样朝前走去，等着他们上来擒拿。过了一会儿，又传来羊叫声。他终于看见一片空地，虽没发现那些手持长枪的人，却看见了那个莫里斯克人和混血欧洲姑娘。姑娘双目失神，一副病恹恹的样子。她的衣服被撕得粉碎，片片伤痕裸露在外。她手里拿着铃铛和羊倌吹的木哨，表情呆滞。当鲁菲诺走近时，站在那里的那二十来个人没有阻拦他，也没和他说句话。他们的形容、打扮不像土匪，而像农民，身上却都带着砍刀、马枪、子弹、短刀及装有火药的牛角。鲁菲诺走近，其中一人站到姑娘面前，笑眯眯的，仿佛怕吓坏了她。姑娘睁大双眼呆望着。来人不住地朝她使眼色，意思是叫她不必害怕。末了，他从姑娘手中取过铃铛和木哨，返回同伴们所在的地方。鲁菲诺注意到他们每个人身上都挎着铃铛和哨子。

他们稀稀拉拉地坐成一个圆圈，开始吃饭。看来，他们对他出现在这里全不以为然，好像他们早已料到他会来。鲁菲诺将手举到草帽上：“下午好。”有几个人依旧继续吃着，另几个人摇了摇头。有一个嚼着满嘴菜饭嘟囔道：“赞美好耶稣。”说话人身材矮胖，皮肤蜡黄，脸上有一道伤疤，几乎连鼻子都看不出来。“这家伙就是帕杰乌，”鲁菲诺暗中思量，“他会杀我的。”看来，不等他动那个败坏了自己声誉的人的一根毫毛，他就得一命呜呼了。想到这里，他不由得一阵心酸。帕杰乌开始审问他了。帕杰乌对他毫无敌意，连他身上的武器都没要他交出，只是问他从何处来，在谁家里干活，打算到哪儿去，一路上都看见些什么。鲁菲诺对答如流，毫不犹豫，只有当帕杰乌打断他问他另一件事时，他才止住话题。其他人仍然在吃饭，只有当鲁菲诺说出自己要找的人的姓名及要找这人的原因时，他们才回首看了看他。帕杰乌再三问他究竟给警察带过多少次路，想从他的话中发现破绽。但由于鲁菲诺从一开始就决心实话实说，所以他的回答并无前后矛盾之处。他是否知道警察要缉拿帕杰乌？知道。帕杰乌——昔日的强盗——告诉鲁菲诺，他还记得捕盗能手马塞多上尉手下的那帮巡警，因为他好不容易才将他们甩掉。“你这个向导不错。”帕杰乌说。“还可以，”鲁菲诺回答，“可比不上你手下这帮人。我怎么都没甩掉他们。”每隔一阵，就有个人蹑手蹑脚地从密林中钻出来，走到帕杰乌面前叽里咕噜几句，随后又悄然离去。鲁菲诺不慌不忙，没问他们将如何处治自己，一直看着他们吃完了饭。甲贡索人站起身，掩埋了篝火的余烬，用树枝拂去了他们在这里待过的踪迹。帕杰乌瞅了鲁菲诺一眼。“你不愿洗涤自己的罪孽？”帕杰乌问。“我现在首先需要洗涤的是我的耻辱。”鲁菲诺回答，但在场的人没有一个笑出声来。帕杰乌犹豫了几秒钟，最后喃喃地告诉他：“你要找的那个外国人已被带到卡纳布拉沃男爵的卡龙毕庄园去了。”说罢，带着自己的人马离去。那个姑娘依然坐在地上，两只老鹰蹲在一棵茵布塞罗树的树冠上，像两个老头似的在那里唠叨。

鲁菲诺动身离开那片空地，但刚走了半小时就觉得浑身无力，累得倒在地上。一觉醒来，脸上、脖子上、手臂上被蚊虫叮得到处是伤。从离开盖伊马达斯到现在，他第一次产生了灰心的感觉，相信一切都是徒劳。他朝相反的方向走去。现在，他正行走在自学会走路时起不知走过多少遍的地方。这里的一条条路他都认识：哪个地方能找到水，哪个地方设陷阱捕捉鸟兽最好，他心里一清二楚。然而就在这样一个熟悉的地方，他却有度日如年之感，烦闷得很。

那天下午梦中的情景在他的脑海中萦绕：地球是个薄薄的壳，随时都会裂开将他吞掉。他神不知鬼不觉地翻过了圣多山，又走了近十个小时才到了卡龙毕。整整一夜，他一直步履不停，有时甚至还要跑一阵。当他来到自己出生、度过童年的卡龙毕庄园时，并没注意到庄园内田园荒芜、人烟稀少的衰败景象。他遇上几个短工，短工们招呼他，可他既不道个好也不回答他们提出的问题。没有一个人上前阻拦他，只有几个人在远处盯着他。

一幢高大的房舍掩隐在棕榈及罗望子树丛中，房子四周的土墙上站着几个带枪的人，还可以看见有些短工在畜栏、粮仓及奴隶住的那排房间里走来走去。短工们一面抽烟，一面聊天。所有窗子的百叶窗都已放下。鲁菲诺慢慢朝前走去，观察着守护庄园的人的神色。没听到命令声，也没听到谁说话，庄园守护人迎着鲁菲诺走来。听不到喊声、威胁声，也听不到鲁菲诺和他们的说话声。鲁菲诺走近了，两个庄园守护人抓住了他的两条胳臂。他们没打他，也没取下他身上的马枪、砍刀和短刀，没有任何失礼的行为。他们只是挡住了他的去路，拍着他的肩膀问候他，劝他不要固执，要通情达理。鲁菲诺脸上已冒出虚汗。虽然他们并没打他，但他还是极力想甩开他们。他刚甩掉两个，朝前走了一步，旁边又上来了两个，直逼着他退了回去。这种拉锯战就这样进行了好一阵。最后，鲁菲诺终于不再挣扎，乖乖地低下了头。庄园守护人松开了他的胳臂。他望了望这幢两层楼的正墙、楼顶及窗棂，这里便是男爵办公的地方。他刚朝前迈了一步，面前顿时又出现了一道人墙。房门开处走出来一个人。

此人他认识，是庄园守护人的头目，总管阿里斯塔科。

“如果你想见男爵，他现在就可以见你。”总管温和地告诉他。

鲁菲诺的胸脯一起一伏。

“他会把那个外国人交给我吗?”

阿里斯塔科摇了摇头说:

“男爵准备把他交给官军,官军会替你报仇。”

“这个仇应该由我自己来报,”鲁菲诺喃喃地说,“男爵知道这一点。”

“男爵不能交给你,也不会交给你,”阿里斯塔科又说,“需要男爵向你说明一下吗?”

鲁菲诺回答说不,他不需要。只见他脸色铁青,额上和脖颈青筋暴露,两眼圆睁,满头是汗。

“请告诉男爵,他已不再是我的教父,”他声音颤抖地说,“也请你转告他,我要去杀我的那个被抢走的女人。”

鲁菲诺吐了口唾沫,转过身,向来路扬长而去。

卡纳布拉沃男爵和加利雷奥·加尔透过办公室的窗子望着鲁菲诺离去的身影,庄园守护人和短工们又回到原来各自的岗位上。加尔此刻穿着一件比他原来那件要好的上衣、一条更整齐的裤子,显得干净多了。男爵回到自己守备森严的办公室。办公室里放着一杯热气腾腾的咖啡,男爵抿了一口,脸上显出心不在焉的神情。随后,他又像昆虫学家被某种奇特的昆虫迷住那样仔细审视着加尔。加尔刚被阿里斯塔科和庄园守护人带到这里时面容憔悴,满脸饥色。从那时到现在,男爵常常以这种目光凝视他。如果是在听加尔说话,就更是这样了。

“假如鲁菲诺刚才蛮不讲理,硬要闯进来,您会下令杀死他吗?”加尔以英语问,“会的,我可以肯定,您会下令杀死他。”

“死人是不能杀的,加尔先生,”男爵说,“鲁菲诺已经死了。您抢走了他的胡莱玛,等于置他于死地。倘若我下令杀了他,就等于对他的恩赐，等于帮他摆脱了耻辱的痛苦。对于一个腹地人来说，再没比这更痛苦的了。”

男爵打开一盒雪茄，一面点燃一支，一面回味着《消息日报》上的标题：《男爵的差役为英国间谍带路》。鲁菲诺成了英国间谍的向导，这真是太好了！这不是他同英国间谍勾结的最好证据吗？

“我过去唯一不能理解的是，埃巴米农达是用什么办法把这个所谓的间谍引到腹地来的。”男爵一边说，一边晃动着手指，好像手指抽了筋，“我万万没有想到上帝会如此开恩，将一个理想主义者交给他。所有的理想主义者都是些怪人。从前，我一个都不认识。可现在，仅仅几天工夫，我就结识了两个。另一个就是莫莱拉·西塞上校。是的，他是个理想主义者，虽然他和您的理想不完全相同……”

外面传来一阵喧闹声，打断了男爵的话。男爵走到窗前，透过铁窗的方孔看见的情形不是鲁菲诺返回来，而是四个带枪的人——阿里斯塔科的庄园守护人围着他们。“是帕杰乌，是卡努杜斯的帕杰乌。”他听加利雷奥·加尔——这个连男爵自己也不清楚是自己的阶下囚还是座上宾的人说道。他望着刚来的四人，其中三人默不作声，只有另外一个正在和阿里斯塔科说话。那人个子不高，膀大腰圆，年纪不算轻，皮肤像牛皮一样，脸正中有一道伤疤。是的，可能就是帕杰乌。阿里斯塔科点了点头，随后朝正屋走来。

“今天的事情可真不少啊！”男爵嘴里叼着雪茄喃喃道。

虽然阿里斯塔科仍是那副令人难以捉摸的面孔，但男爵看出了他心中的慌乱。

“是帕杰乌，”阿里斯塔科简单地说，“他想和您谈谈。”

男爵没有正面回答他，而是转身对加尔说：

“请您暂且回避一下，吃晚饭时我来看您。在我们乡下，晚饭开得很早，六点就吃。”

加尔走后，男爵问阿里斯塔科是否只来了四人。不，至少有五十来个甲贡索人待在庄园周围。是否可以肯定那个胖墩儿就是帕杰乌？是的，就是帕杰乌。

“如果他们要进攻卡龙毕，怎么办？”男爵问，“我们能抗得住吗？”

“我们内部很可能出现自相残杀的情形，”总管阿里斯塔科回答，仿佛早已为自己准备好了这个答案，“许多人已不可信任，随时会跑到卡努杜斯去。”

男爵叹了口气。

“你把他带到我这儿来，”男爵说，“我希望你也参加这次会见。”

阿里斯塔科出去不一会儿，便带着帕杰乌回来了。帕杰乌摘下草帽，停步在离男爵一米远的地方。男爵极力把那双执拗的眼睛、饱经风霜的面孔及其犯下的暴行联系起来。那道大伤疤可能是弹片留下的，也可能是刀砍的或野兽爪子抓的，是他残忍一生的记录。再说，他本可以被当作一个普通百姓，但平民百姓看男爵时常常眨眨眼，随后便垂下头，而帕杰乌一直凝眸注视着男爵，毫无谦卑之意。

“你就是帕杰乌？”男爵终于问。

“是的，我就是。”帕杰乌回答。阿里斯塔科一直像尊塑像似的站在他身后。

“你杀人放火，无恶不作，给本地百姓带来的灾难并不亚于一场旱灾。”

“那是过去，”帕杰乌毫不生气，反而有些内疚地回答，“我自己的罪孽，我自己会来洗涤。我现在已经不为魔鬼出力，而是在效忠上帝。”

男爵听过这种腔调：圣芳济会的传教士、来到圣多山的苦行僧、莫莱拉·西塞和加利雷奥·加尔，全是这副腔调。他想，这是一种绝对自信的腔调，是那些从不犹疑的人所使用的腔调。于是，男爵心中初次涌上了要领教“劝世者”——一个能把无赖变成狂徒的人——一番的念头。

“你来干什么？”

“来烧掉卡龙毕庄园。”帕杰乌直言不讳地回答。

“你是来烧掉卡龙毕庄园？”男爵大惊失色，站起身来问道。

“我是来替卡龙毕赎罪，”帕杰乌慢慢地说，“这片土地流了这么多汗，该休息休息了。”

阿里斯塔科一动没动。男爵此时已镇静下来，仿佛在太平年代借助放大镜观察植物标本中的蝴蝶或植物那样审视着帕杰乌。突然，他心里产生了要了解帕杰乌的性格及其形成过程的念头。与此同时，他脑海中掠过塞巴斯蒂娜在一片火光中为埃斯特拉梳理头发的情景，他的脸色顿时变得煞白。

“以慈善为本的‘劝世者’不知道这样做意味着什么吗？”男爵强忍内心的恼怒说，“难道他看不见由于庄园被烧，将有几百甚至几千个家庭忍饥挨饿、流离失所吗？难道他还没意识到正是由于这种愚蠢的行为才把战争带到巴伊亚来的吗？”

“您说的这些，《圣经》上都有，”帕杰乌心平气和地说，“共和派要来，‘杀人魔王’也要来，天下要大乱。但由于有贝罗山，穷人才会得救。”

“你读过《圣经》吗？”男爵喃喃地问。

“‘劝世者’读过，”帕杰乌回答，“您和您的家属现在可以离开这里了。‘杀人魔王’到过这里，走时带走了人和牲畜。该死的卡龙毕已经投降了魔鬼。”

“我不准你破坏庄园，”男爵说，“我这样做不仅是为了我，也是为了生活在这片土地上的几千名百姓。”

“好耶稣不会放下他们不管，而且会管得比您好。”帕杰乌说。很显然，帕杰乌此刻不愿多惹是非，所以说话时总是极力显出彬彬有礼的样子。看来，他对男爵不愿面对眼前的现实而迷惑不解。“只要您一走，大家都可以到贝罗山去。”

“到那时，莫莱拉·西塞早已将贝罗山夷为平地了，”男爵说，“单凭猎枪和短刀是敌不过官军的，难道这点道理你都不明白？”

不，他永远不会明白。要想说服他，正如想要说服莫莱拉·西塞或加利雷奥·加尔一样，完全是对牛弹琴。男爵想到这里，简直不寒而栗。仿佛世界已失去理智，而主宰人类命运的只能是盲目的、无理性的信仰。

“我给你们送粮，送食品，送牲畜，难道就为的这个？”男爵道，“安东尼奥·比拉诺瓦曾答应我，你们决不动卡龙毕一根毫毛，不来搅扰卡龙毕的百姓。难道‘劝世者’就是这样对待自己的诺言？”

“他得听从主的旨意。”帕杰乌说。

“这么说，是上帝要烧我的家。”男爵轻声说。

“是主，”帕杰乌赶忙纠正说，好像怕被误会，“‘劝世者’不愿您和您的家属受到任何伤害。你们都可以走。”

“你未免太客气了吧？”男爵嘲讽道，“我不走，我也不允许你烧掉我的房子。”

帕杰乌的双目中顿时笼罩上了一层阴影，脸上的伤疤抽动了一下。

“如果您不肯走，那我只好动手把本可以免于一死的人杀掉，”帕杰乌痛心地说，“也只好把您和您的家属杀掉。说心里话，我不愿让你们死。再说，这几乎用不着搏斗。”帕杰乌用指指后面，“您可以问问阿里斯塔科。”

帕杰乌以哀求的目光望着男爵，希望得到一个满意的回答。

“可以给我一个礼拜的时间吗?”男爵终于说,“我能不能把这里的……”

“给您一天的时间,”帕杰乌打断了男爵的话,“您可以把要带的东西都带走,但我不能再等了。魔鬼的军队正向贝罗山挺进,我得赶快回贝罗山去。”他戴上草帽,转过身,像阿里斯塔科陪他跨进这道门槛时那样背对着男爵,告别似的诵道:“赞美好耶稣。”

男爵发现自己抽着的雪茄已经熄灭。他抖掉烟灰,重新将雪茄点燃。他吐了口烟,心中计算着,看来在规定期限内向莫莱拉·西塞求援是不可能了。于是,他——无论如何他也是个腹地人——无可奈何地想,假如埃斯特拉知道他们生活的这幢房子和这片土地将化为灰烬,将会怎么样呢?

半个小时之后,男爵来到餐厅。男爵的右侧是埃斯特拉,左侧是加利雷奥·加尔,三人都坐在高背的奥地利式椅上。虽然天还没有黑,可仆人们已将灯点上。男爵瞟了加尔一眼:加尔无精打采地将一匙匙的汤送到唇边,一副愁眉苦脸的样子。男爵曾告诉加尔,如果他想出去溜达溜达,可以出去。但他除了和男爵谈话,一直待在自己的房内——他住的正是莫莱拉·西塞住过的房间——不停地写呀写呀。男爵曾要他谈谈他和埃巴米农达·贡萨尔维斯见面后到现在的所作所为。“这就是我换取自由的条件?”加尔问男爵。男爵摇摇头:“您现在是我对付我的敌人的最好武器。”加利雷奥·加尔什么都没说,男爵怀疑他是否在写自白书。可如果他不是在写自白书,那又在昼夜不停地写什么呢?烦恼之余,男爵觉得此事有些蹊跷。

“一个理想主义者?”加尔问,“像他那样一个作恶多端的人会是理想主义者?”

男爵意识到,这个苏格兰人正把他们在办公室开始的谈话继续下去,而且颇有不宣而战的态势。

“您对西塞上校是个理想主义者感到奇怪吗?”男爵以英语说，“他是个理想主义者，这一点用不着有任何怀疑。他对金钱、荣誉甚至权力通通不感兴趣。他信奉的是抽象的东西。他所主张的民族主义是病态的民族主义。他崇拜技术进步，认为只有军队能够治理这个国家，只有军队才能把这个国家从混乱和腐败中拯救出来。他是个罗伯斯庇尔式的理想主义者……”

当一名仆人进来收拾碗盏时，男爵缄口了。他心不在焉地玩弄着餐巾，心中思忖着次日夜里他看到的将是一片瓦砾和灰烬。他曾一度希望出现某种奇迹，希望他的对手莫莱拉·西塞率领官军出其不意地出现在卡龙毕，阻止这一罪恶事件的发生。

“他和许多理想主义者一样，为了达到自己的目的不择手段。”男爵接着说，脸上并未流露出内心的痛苦。他的夫人和加尔凝视着他。“您知道他在阿纳托·米兰城堡是如何对付那些推翻弗洛里亚诺元帅的联邦叛乱分子吗?他处决了一百八十五人。他们已是缴了械的人呀!可他不管这一套，他要杀一儆百。”

“他们一个个都是被砍死的呀。”男爵夫人补充道。她的英语没有男爵那么流利，讲得很慢，好像对自己发出的每个音节都没有把握。“您知道农民管他叫什么吗?叫他‘杀人魔王’。”

男爵哑然失笑，看了看刚端上来的一盘菜，但没去理会。

“您想，倘若卡努杜斯那帮所谓亲英的、妄图复辟帝制的叛匪落到他手里，会是什么下场?”男爵忧伤地说，“他知道，他们既不亲英，也不想恢复帝制，但为了雅各宾分子的事业，他需要行动。至于卡努杜斯那帮家伙是否真亲英、是否真想复辟帝制则是次要问题。他为什么要这样做?当然是为了巴西的利益，而且他真是这样认为的。”

他艰难地吃了口菜，脑海里浮现出卡龙毕将化为乌有时的烈焰。他仿佛看见那熊熊烈焰正将所有的一切吞没，仿佛听到烈焰的噼啪声响。

“我对卡努杜斯那些可怜虫是了解的，”男爵觉得手上渗出了汗，“他们无知、迷信，一个牛皮大王就可以使他们相信世界末日已经到来。但他们勇敢，能吃苦，对尊严有一种恰当的本能。他们连皇帝彼得罗二世和十二门徒中的彼得都分不清，只是盼望国王堂塞巴斯蒂安从海底钻出来保护他们，却将被当作保皇分子处决；他们对英国究竟在哪儿都没有概念，却被当作亲英派枪毙。岂不荒唐?”

男爵又将叉子送到嘴上，吃了一口他觉得油烟味很重的东西。

“莫莱拉·西塞说知识分子不可信，”男爵接着说，“我看理想主义者更不可信，加尔先生。”

加尔说话了。男爵觉得加尔像是从很远的地方朝他说话。

“您让我到卡努杜斯去吧，”加尔满脸红光，双目炯炯闪亮，一副异常激动的样子，“我愿为自己最美好的理想，为自己的信仰，为自己一直为之奋斗的事业去死。我不愿像个白痴那样了结自己的一生。您说的那些可怜虫是当今这个世界上最有尊严的代表，是揭竿而起的贫苦百姓的代表。虽然您和我之间有一道不可逾越的鸿沟，但我相信您是可以理解我的。”

男爵夫人向仆人使了个眼色，要他立即拿着杯盘离去。

“我在这儿对您毫无用处，”加尔又说，“我可能是天真的、幼稚的，但我绝不文过饰非。我这话不是讹诈，而是事实。不论您把我交给当局还是交给官军，都对您毫无益处。我什么都不会说。如果需要，那我只好撒谎，起誓说是您买通了我，让我陷害埃巴米农达·贡萨尔维斯。因为即使他是只老鼠，而您是堂堂的正人君子，那我还是喜欢雅各宾分子而不喜欢保皇分子。男爵，请您别忘了，我们是政敌。”

男爵夫人做出要起身的样子。

“你不一定要离开。”男爵拦住了她。虽然他表面上在听加尔讲话，心里想的却是那即将把卡龙毕化为灰烬的大火。如何向埃斯特拉解释这件事呢？

“您就让我到卡努杜斯去吧。”加尔又央求道。

“您到那儿去干什么？”男爵夫人高声道，“甲贡索人会把您当作敌人杀死。您不是说您是个无神论者，是个无政府主义者吗？那您和卡努杜斯有什么关系？”

“夫人，我在许多问题的看法上和甲贡索人是一致的，虽然他们并不了解这一点。”加尔停顿片刻后问：“我现在可以走了吗？”

男爵几乎是无意识地用葡萄牙语对自己的妻子说：

“埃斯特拉，我们该走了。他们要烧掉卡龙毕，已经无法挽回。我没有抵抗，当然也不值得自杀。”男爵看见妻子咬紧双唇，脸色惨白，呆呆地坐在那里。他预料妻子会晕倒。他转身对加尔说：“您瞧，我现在有要紧事和埃斯特拉商量，回头我到您房间去吧。”

加尔立即退出。男爵默默地待在原地。男爵夫人没有开口，她在等待着。男爵把他和帕杰乌的谈话情况告诉了她。他注意到妻子设法装出一副若无其事的样子，但这样做是徒劳的：她面无人色，全身颤抖。男爵一向深深地爱着她，而且在危难时刻，除了爱，还有一种无限的钦佩之情：他从未见她软弱过。虽然从外表上看，她姿色过人，举止文雅，但实际上是个十分刚强的女人。他思量，也许渡过这次难关又得靠她了。他告诉她，他们几乎什么都不能带走，贵重物品须装箱埋藏起来，至于剩下的东西，最好分给仆人和长工。

“再没补救的办法了？”男爵夫人轻声说，仿佛怕自己的话被某个仇家听去。

男爵摇摇头：毫无办法。

“事实上，他们的目的并不是要伤害我们，而是要杀掉魔鬼，给这片土地以喘息的机会。和他们是没有道理可讲的。”男爵耸耸肩。他觉得快要控制不住自己的感情了，于是急忙结束这场谈话：“我们明天就动身，明天中午。这是他们给的期限。”

男爵夫人点了点头，脸上露出冷漠、严肃的神情，额上布满皱纹，牙齿咬得格格直响。

“这么说，今天夜里得忙乎一夜了。”男爵夫人边说边站起身。

男爵一直望着她出了门，他知道她是去找女仆塞巴斯蒂娜。他派人找来了阿里斯塔科，和阿里斯塔科商量了临行前要做的准备工作。后来，他关在自己的书房里好一阵子，对所有笔记本、信件及公文做了处理，随身携带的东西将放在两个旅行包里。他在去加尔房间的路上得知埃斯特拉和塞巴斯蒂娜已开始动手。全家一片忙乱，男仆女佣往来如梭，有的搬运东西，有的把墙上挂着的东西取下来，也有的把衣物装到大大小小的箱子或筐箩里。他们一个个如惊弓之鸟，不住地窃窃私语。男爵没敲门就径直进了加尔的房间。加尔正在床头小桌上写着什么，听他进来，手里还拿着钢笔，便急忙抬起头来探询地望着他。

“我知道，如果我现在放您走，那简直是在发疯，”男爵强颜欢笑——结果是一副怪相——地说，“我现在必须带您到萨尔瓦多和里约热内卢去走一趟，正如他们带着您的头发，带着那具假尸，带着那些所谓的英国造的枪……”

男爵未能把话说完，他太沮丧了。

“请您别误会。”加尔说。他离男爵很近，两人的膝盖快碰到了一起。“我决不会同您合作。我不会帮您解决任何问题。现在是战争年代，所有的武器都用上了。”

加尔讲话时毫无盛气凌人的架势。男爵不解地望着他：个子不高，仪表端正，一副可亲又可笑的神气。

“所有的武器都用上了，”男爵喃喃地说，“这就是我们这个时代的特点，也是即将到来的20世纪的特点，加尔先生。所以那些狂人才会认为世界末日已经来临。他们产生这种想法毫不奇怪。”

男爵发现这个苏格兰人痛苦万状，突然起了恻隐之心。他思忖道：“他唯一的要求不过是像条狗似的死在那伙不理解他而他也不理解他们的人之中。他以为自己会像个英雄那样死去，可到头来只能死得像个白痴——而这一点正是加尔本人所忧虑的。”男爵此刻觉得人世不过是一场无可挽回的误会。

“您现在可以走了，”男爵对加尔说，“我给您派个向导，但我怀疑您最后能不能到达卡努杜斯。”

男爵看见加尔的脸上泛出红光，听他说了句感谢的话。

“我不明白我为什么要放您走，”男爵接着说，“虽然我觉得理想主义者是些很有意思的人，但绝不同情他们。也许您是个例外，因为您是个无法挽救的失足者，您的生命完结将是某种错误的后果。”

但他很快便意识到加尔并没有在听自己讲，而是在忙着收拾桌上写好的东西，递过来对他说：

“这是我的全部经历，是我的思想总结。”他的目光、他的两只手、他的皮肤都显得异常激动，“也许我不该把它留给您，但我身边再找不到更合适的人了。请您先读一读，如果您能按照这上面的地址寄到里昂，我将不胜感激。那是几个朋友办的一份刊物，可我不知道这刊物是否还在出版……”他沉默了，仿佛感到羞怯。“我什么时候可以走？”

“您现在就可以走，”男爵说，“不用说，您会遇到风险。最大的可能是落到官军手里。西塞上校肯定会要您的命。”

“先生，正如您以前说过的，死人是不能杀的，”加尔回答，“请您别忘了，他们在依布埃拉已把我杀掉了……”

第五章

一支政府军在辽阔的沙原上前进着，每个人的眼睛都紧盯着灌木丛，大家的脸上都带着希望的神情，只有近视记者除外。从宿营地一出发，他就料到："一定白跑一趟。"自从实行定量供水以来，他没有吐露半分失落情绪，内心极力克制。食物少，对他来说不是个问题，因为他一向食欲不佳；干渴，他却难以忍受。所以每隔一阵，他便脱下帽子，估摸还差多少时间才到严格规定的饮水时刻。也许正因为如此，他才陪伴奥林皮奥上尉的部队出来找水。如果他明智，本应该利用这几个小时在营地好生休息一下。他不习惯骑马，出来跑这一趟只能令他疲劳，自然更会使他饥渴。但如果留在营地，他会感到凄凉和郁闷。在这儿，至少他得集中精神，以免掉下马来。他知道，他的眼镜、衣服、体态、写字板及墨水瓶都是士兵嘲弄的对象，但他并不生他们的气。

巡逻队的向导找到了一口井。近视记者只需看看向导的表情就知道井已被甲贡索人填平。官兵拿着铁桶推推搡搡地朝井边跑来，近视记者听到铁桶碰在石头上的叮当声，看到士兵们脸上显出失望痛苦的神情。他跑到这儿来干什么呢？为什么不逍遥自在地待在自己在萨尔瓦多的书房里抽抽鸦片看看书呢？

"好吧，还有希望，"奥林皮奥上尉嘟囔道，"四周还有几口井？"

"没有看过的还有两口，"向导脸上显出疑惑的神态，"我看用不着去看。"

"没关系。去看看，"奥林皮奥上尉打断了他，"军曹，你们必须在天黑前返回。"

奥林皮奥上尉和近视记者已远远落在巡逻队后面。他们离开了灌木林，重新踏上了沙原。向导告诉他们，"劝世者"的预言正在变成现实：好耶稣将封锁卡努杜斯，卡努杜斯之外的草木、禽兽，还有人，都将从地球上消失。

"你既然相信这种鬼话，干吗还出来当向导？"奥林皮奥上尉问那向导。

向导清清嗓子回答：

"我害怕的不是魔鬼，而是'杀人魔王'。"

几个士兵失声大笑。奥林皮奥上尉和近视记者离巡逻队越来越远了，他们骑马走了一阵。奥林皮奥觉得近视记者实在可怜，便朝近视记者的坐骑猛抽几鞭，两匹马疾驰而去。近视记者又没能按照规定时间喝水，虽然他只喝了一口，但觉得舒服多了。三刻钟后，他们已能望到营地的草棚了。

两人刚穿过第一道岗哨，就见北面尘土飞扬，另一支巡逻队尾随而至。巡逻队长是个少尉，年纪不大，满身尘土，一脸兴致勃勃。

"怎么样？"奥林皮奥上尉以问候的口吻问那少尉，"找到了吗？"

少尉努了努嘴，把俘虏指给上尉看。近视记者看见了抓来的俘虏。俘虏的两只手被捆绑着，满脸惧色，身上穿的一定是他原来的圣服。他个头不高，但很结实，大腹便便，鬓发斑白，两只眼睛不住地东张西望。巡逻队继续朝前走，奥林皮奥上尉和近视记者仍然走在队伍后面。当那俘虏被带到第七步兵团团长西塞上校的帐篷前时，两个士兵用鸡毛掸替他掸去了衣服上的尘土。俘虏的到来顿时引起一阵骚乱，许多官兵跑来看他。他的牙齿咯咯作响，双眸中闪射着惊恐的光，像怕挨打似的。少尉把他拖进帐篷，近视记者随在后面溜了进去。

"团座，任务完成了。"少尉两个脚跟一碰报告道。

坐在塔马林多上校和库尼亚·马托斯中间的莫莱拉·西塞上校在一张折叠桌后站起身来。他走过来，用冷峻的目光审视着俘虏。虽然他脸上并未露出激动的神色，但近视记者注意到他像往常遇到激动的事情时那样，狠狠地咬了咬自己的下唇。

"少尉，干得好!"西塞上校边说边向他伸过手来，"你现在可以去休息了。"

近视记者发现西塞上校的目光一度落在自己的脸上，担心上校会命令自己走开，但上校并没有那样做。

莫莱拉·西塞仔细打量着俘虏。两人的身材几乎一般高，只是西塞更瘦些罢了。

"你现在该怕了吧?"

"是的，长官，我怕得要命。"俘虏结结巴巴地说。他浑身颤抖，言不成句："我挨了打。作为神父……"

"神父的身份并没有阻止你去为祖国的敌人效力。"西塞上校打断了他。上校朝前走了几步，走到这位贡贝的神父面前。神父低下了头。

"我是好人啊，长官。"被抓来的华金神父呻吟道。

"不，你是共和国的敌人，你在为一个复辟阴谋集团和一个外国强国效劳。"

“一个外国强国?”华金神父失声惊问。

“你认为自己无罪，那是因为你迷信。我却不这样认为，”莫莱拉·西塞倒背双手，和蔼地对华金神父说，“什么世界末日、魔鬼、上帝，全是骗人的鬼话。”

西塞上校踱来踱去，在场的其他人默默地注视着他。近视记者觉得鼻子发痒，这是打喷嚏的预兆。他心里惶惑不安，但他不知道为什么。

“神父先生，既然你怕成这样，说明你是了解情况的，”西塞上校忿忿地说，“说实话，即使是最勇敢的甲贡索人，我们也有办法撬开他的口。看来你是不会让我们浪费时间的。”

“我没有什么可隐瞒的，”华金神父哆哆嗦嗦地嘟囔道，“我不知道自己做的到底对不对，直到现在我也不明白……”

“你先讲讲外面有哪些同党。”西塞上校打断了他，近视记者发现西塞上校背在身后的双手神经质地颤抖着，“庄园主、政治家、军事顾问，本地人也好，英国人也好，都可以讲。”

“英国人?”华金神父瞪大双眼惊叫道，“我在卡努杜斯从来未见过一个外国人呀。我看到的都是些最卑贱、最贫穷的人儿呀！哪里有什么庄园主、政治家会跑到那个穷地方去呢?先生，我可以向您担保这一点，当然，有些人是从远地去的，有从贝尔南布戈去的，也有从彼赫乌依去的，我也不清楚是怎么回事，怎么会有那么多人……”

“有多少?”西塞上校再次打断了他的话。

“有几千吧，”华金神父低声回答，“是五千还是八千，说不准。反正是些最穷、最不幸的人。一个走过许多穷地方、见过许多穷人的人是这样说的。在这儿，天气一旱，到处流行时疫。可在那儿，他们都好像是去赴约的，上帝把他们汇集到那里去了。病人、残障人、没有生活出路的人全聚到那里去了。我作为神父，难道不应该和他们在一起吗？”

“天主教向来的政策是见空就钻，”莫莱拉·西塞说，“是你的主教派你去帮那伙叛匪吧？”

“他们虽然贫穷不堪，但他们是幸福的。”华金神父又喃喃地说，仿佛根本没听到西塞上校的问话。他的目光从莫莱拉·西塞上校身上移到塔马林多及库尼亚·马托斯身上。“先生，他们是我见过的最幸福的人。承认这一点是困难的，对我也是如此，但事实就是事实。‘劝世者’使他们感到心灵平静，甘愿忍受苦难。这不能说不是个奇迹。”

“我们来谈谈达姆弹吧，”莫莱拉·西塞说，“那玩意儿一打到人身上就会像手榴弹一样爆炸，叫人粉身碎骨。医生们还从来没有在巴西见过那样严重的伤势。达姆弹是从什么地方来的？难道也是奇迹？”

“我对武器一窍不通，”华金神父嘟囔道，“长官，这话您可以不相信，但事实确实如此。我以我的圣服起誓，那里发生的一切是了不起的。上帝可怜他们。”

西塞上校的眸子里闪射着讥讽的光。站在角落里的近视记者此刻也顾不得口渴，全神贯注地倾听着华金神父的答辩，好像神父的话对他是生死攸关的。

“能说他们是安分守己、替天行善的良民吗？这是我应当承认的吗？”西塞上校说，“他们焚烧庄园，残害百姓，把共和国称作敌基督，难道这是虔诚的基督徒们应该干的事吗？”

“我不明白您这是什么意思，长官，”华金神父尖声尖气地说，“当然，他们的行为是有些过火，可是，可……”

“可你也是这样干的，”西塞上校低声说，“还有哪些神父在帮他们？”

“我很难说得清楚，”华金神父垂下了头，“起初，我只是去给他们做做弥撒，可我从来没见过望弥撒的人有那么多，而且那么虔诚。先生，他们的虔诚程度是罕见的。倘若我当时对他们置之不理，岂不是造孽？对他们来说，信仰便是生活中的一切。我说的都是心里话。先生，我知道我这个神父不成体统。”

近视记者思量道，要是随身带着纸、墨、笔及写字板，那该多好啊。

“我曾和一个女人同居过，有过多年的夫妻生活，”华金神父闪烁其词地说，“先生，我是个有儿女的人。”

华金神父垂下了头，全身颤抖着。近视记者断定，神父没有看到库尼亚·马托斯少校哑然失笑的神情；神父本人虽然满面污垢，却一定羞得红了脸。

“一个神父有儿女并不稀奇，”莫莱拉·西塞上校说，“我所奇怪的是天主教竟和叛匪站在一起。还有哪些神父在帮助卡努杜斯？”

“是他教育了我，”华金神父接着又说，“是他使我看到一个人可以抛弃一切，一个人应该献身于精神生活，献身于最最伟大的事业。上帝、心灵，难道不应该是占第一位的吗？”

“你说的‘他’是指‘劝世者’吗？”莫莱拉·西塞嘲弄道，“他是个无可非议的圣人，对吗？”

“我不知道，长官，”华金神父说，“自从几年前在贡贝见到他之后，我就一直在想这个问题。最初我想，他不像个神父，而像个疯子。后来，大主教带着几个神父去了解情况。他们也百思不得其解。他们害怕了，也说他是个疯子。但是，那里有那么多人弃旧图新，改恶从善，有那么多穷人与世无争，自觉幸福。先生，所有这一切又该作何解释呢？”

“那么请问，对他们草菅人命、焚烧财物、袭击官军的罪行又作何解释呢?”西塞上校打断了神父。

“是的，这些罪恶是不可饶恕的，”华金神父随即回答，“但是，他们并不是有意作恶。我是说，他们是出于善良的动机，出于对上帝的爱，先生。毫无疑问，这一切太混乱了，我也解释不清楚。”

华金神父吓得战战兢兢，左顾右盼，仿佛说了什么大逆不道的话。

“他们说共和国就是敌基督，这话是谁教给他们的?又是谁把那里的宗教狂热引向针对现政权的军事行动?我要知道的是这些，神父先生。”莫莱拉·西塞的声音愈来愈大，近乎声嘶力竭，“又是谁把那些可怜虫交给了妄图在巴西复辟帝制的政治家手里?”

“他们不是政治家，他们对政治一无所知，”华金神父回答，“他们不赞成世俗婚姻，所以有了个敌基督。先生，他们是地地道道的基督徒。他们不明白既然上帝创立了圣礼，为什么还要有世俗婚姻……”

但是，他嘟囔了一声就缄默了，因为莫莱拉·西塞已将插在子弹带上的手枪拔了出来。西塞上校平静地打开保险，瞄准了华金神父的太阳穴。近视记者的心简直像一面大鼓，由于怕打出喷嚏，憋得太阳穴都痛了。

“你不能打死我!长官，先生，千万不能打死我呀!”华金神父双膝跪到地上。

“虽然我多次警告你，可你还是在磨蹭时间，神父先生。”西塞上校说。

“我说实话:我给他们送过药品、粮食，还为他们托人办过事，”华金神父呻吟道，“此外，我给他们送过炸药、火药和爆破筒，是我在卡萨布矿为他们买的。这无疑是我的错误。先生，我说不清楚，我以前从来没考虑过这事。我从来没见过像他们那样虔诚、善良的人。所以我虽然讨厌他们，可又羡慕他们。你千万不能打死我呀！”

“为他们提供援助的是什么人？”西塞上校问，“哪些人在为他们提供钱粮和武器？”

“我说不清楚，真的说不清楚，”神父哭泣道，“对了，我想起来了，有些庄园主送给他们钱粮。先生，这和对付强盗一样，得给他们点儿好处，让他们到别的地方去，免得他们不停地来骚扰呀！要不然……”

“他们从卡纳布拉沃男爵的庄园得到过资助吗？”莫莱拉·西塞打断了华金神父。

“是的，先生，我想卡龙毕庄园也得应酬他们，向来如此。不过，现在的情况不同了，许多人走了。我在卡努杜斯没见过什么庄园主、政治家或外国人，我所见到的全是些穷人。先生，这就是我知道的全部情况。我和他们不一样，我不想当殉道者，请别杀我。”

华金神父泣不成声，身子不住地抽动着。

“桌上有纸，”莫莱拉·西塞说，“我要一幅详细的卡努杜斯地形图。街道、入口、各个地方的防御设施通通画上。”

“好的，好的，”华金神父爬向折叠桌，“凡是我知道的，我一定讲。我没有理由向您撒谎。”

华金神父爬到座位上画起来。莫莱拉·西塞、塔马林多及库尼亚·马托斯三人围着他。待在角落里的《消息日报》的近视记者此时松了口气：华金神父不会脑袋搬家了。华金神父忐忑不安地画着。西塞上校及其副手不时地询问战壕、陷阱及道路被切断的情况，神父结结巴巴地回答着。近视记者坐到地上，接连打了十来个喷嚏。他觉得头晕目眩，口舌生烟。西塞上校及其副手此刻正在和华金神父谈什么“器械库”“前哨阵地”，看来，华金神父不懂这些名词。近视记者打开水壶，痛痛快快地喝了一口，心里想，又违反喝水的规定时间了。他感到茫然、惆怅，心不在焉地听着几位长官议论着华金神父提供的混乱不堪的情况。西塞上校在说明哪些地方该配备机关枪，哪些地方需要大炮，各连队又如何配合作战，如何左右夹攻，围堵甲贡索人。西塞上校指出：

"我们必须杜绝敌人逃跑的一切可能。"

审讯结束了。两个士兵来带走华金神父。神父出门前，西塞上校对他说：

"你熟悉那个地方，可以帮向导的忙。此外，到时候你可以帮我们辨认那些头头脑脑。"

"我以为您要枪毙他呢。"等士兵将华金神父带走后，坐在地上的近视记者说。

西塞上校瞅了他一眼，仿佛直到现在才发现他。

"到了卡努杜斯，神父先生会是个有用的人，"西塞上校回答，"另外，通过这件事，要让人们晓得，天主教对共和国的支持并不像某些人想象的那样真心诚意。"

近视记者走出帐篷。夜幕降临，皓月当空，月亮的光辉洒满了整个兵营。军号声响起，吃晚饭的时间到了。他朝着与一向怕冷的老记者同住的茅屋走去。军号声在远处回荡，四处已燃起篝火，一路上是三三两两要去吃饭的士兵。近视记者在茅屋内见到了老记者。老记者和往常一样，脖子上依然系着围巾。就在他们排队领饭的当口，近视记者将自己在西塞上校帐篷中耳闻目睹的一切告诉了老记者。领了饭，他们坐到地上边吃边聊。晚饭吃的是稠粥般的糊糊，些许有一股参茨淀粉味，里面有面粉和两块方糖。此外还有咖啡喝，那味道美极了。

"你遇到了什么事这样激动？"老记者问。

"卡努杜斯发生的事是我们所无法理解的，"近视记者回答，"比我原来想象的要复杂得多，混乱得多。”

“得了吧，说什么英王陛下的密使到过腹地，我从不相信这种鬼话，”老记者轻声道，“可我也不相信华金神父的说法，他把那里的一切说成是对上帝的爱。他们拥有那么多枪，造成的灾难那么大，手段又那么高明，所有这一切单靠目不识丁的塞巴斯蒂安分子不可能办到的。”

近视记者一言不发。他们回到茅屋后，老记者随即和衣而卧。然而，近视记者没睡，他把写字板放在膝上，在油灯下写报道，直至熄灯号响过才钻进被窝。此刻，他想象着士兵睡觉的情景：每四人一排，怀中抱着长枪露天而睡，身旁是一门门大炮和圈在畜栏里的战马。近视记者久久不能入睡，又想到了营地里专靠口哨传递消息、四处巡逻的哨兵。然而，就在他躺在行军床上辗转反侧、烦恼苦闷的同时，耳边响起被抓来的华金神父的喃喃低语及他的那些话。西塞上校和老记者的话是对的吗？在卡努杜斯发生的一切是否可以按照关于阴谋、叛乱、颠覆等概念的通常解释理解为政治家们企图复辟帝制的阴谋？今天听了胆怯的华金神父的一席话，他确信不能那样理解。那里发生的一切错综复杂，非同一般，以他的怀疑主义观点来看，既不能称作神圣的事业，也不能称为魔鬼的暴行，又不能简单地视为信仰。那么究竟是什么？他用舌尖舔了舔空空的水壶，随后睡去。

晨曦初露，营地那边响起铃铛的叮当声和羊的咩咩叫声。几棵小树开始摇晃。从第七步兵团防线一侧探出几个脑袋，正要离去的巡逻兵返回来了。从睡梦中被惊醒的士兵用力睁开眼，用手兜着耳朵倾听着。是的，是铃铛声和羊的咩咩声。他们睡意蒙眬、布满饥渴之色的脸上顿时露出渴望和喜悦的神情。他们揉揉眼，相互默默地使了个眼色，随即悄悄起了床，朝灌木林跑去，那是一向出现铃铛声和羊叫的地方。首先挨近灌木林的几个士兵远远就望见在那灰蒙蒙的地方有几只白羊：咩，咩……此时，他们已经抓到了一只绵羊，可就在这时，枪声响了，两个士兵应声倒地，说不清是被马枪还是被箭镖击中。

营地的另一头响起了军号声，大部队又集合出发了。

这场战斗伤亡不大：两人阵亡，三人受伤。追击甲贡索人的巡逻队虽然没抓到一个甲贡索人，但带回十几头羊，总算可以改善一下伙食。但不知是因为粮草日益短缺、饮水日益困难，还是因为离卡努杜斯愈来愈近，事实是部队在这次战斗中显得十分慌乱。遭受伤亡的连队要求莫莱拉·西塞立即处决华金神父，作为对甲贡索人的报复。近视记者发现，围在西塞上校白马周围的官兵一个个哭丧着脸，眼里闪射着愤恨的光，你一言我一语、七嘴八舌地嚷着，西塞上校没去阻拦他们，只是一面听着一面频频点头。西塞上校最后向他们解释道，华金神父不是普普通通的甲贡索人，等部队开进卡努杜斯，他了解的情况对第七步兵团将十分有用。

“仇要报，”西塞上校说，“而且为期不远。你们要把自己的劲儿留着，不要白白浪费。”

但是那天中午，官军还是遇上了渴望中的复仇机会。部队绕行路过一座小山，远远看见山顶就有头牛——此情此景已屡见不鲜——但只见牛头牛皮，不见其他任何东西，牛身上所有能食用的已被秃鹫啄食殆尽。一个士兵心里一怔，顿时意识到这头死牛定是甲贡索人的藏身之处。他刚要说话，几个士兵已离开队伍朝死牛那边跑去，边跑边喊。正在这时，牛身下钻出一个瘦骨嶙峋的甲贡索人。手持砍刀、刺刀的官兵一拥而上，扑向那甲贡索人，并当即砍下他的头，来见西塞上校。官兵向西塞上校提出要用大炮将人头射至卡努杜斯，让叛匪知道官军的厉害。西塞上校趁此机会对近视记者说：

这下看到官军的高昂士气了吧？

加利雷奥·加尔虽然整整走了一夜，但身体并无困乏之感。两匹马虽然又老又瘦，但直到近中午时分才略显疲劳。向导乌尔皮诺是一条身强力壮的大汉，铜褐色的皮肤，嘴里总叼着支雪茄。要和他讲清一件事实在太困难了，他们俩一路上几乎没说什么话，直到中午停下来吃午饭，到卡努杜斯还要走上多久？乌尔皮诺吐掉嘴里的烟蒂，给了加尔一个含糊的答复。如果两匹马都撑得住，两三天就可以到，可那是在平日，现在这种时候就不一定了。他们现在走的不是直路，必须绕着弯走，既要避开甲贡索人，又要躲过官军，因为不论碰上哪一方，都会夺去他们的坐骑。加尔突然觉得困顿不堪，当即倒在路旁睡着了。

几个小时后，他们又上路了。刚走一程，便遇上了一条肮脏不堪的咸水溪。他们就用这溪水洗了洗脸，清爽一下。他们越过沙丘，穿过长满蓟草及仙人掌属植物的原野。加尔一路上心急如焚。回想起那天在盖伊马达斯黎明时的情景。他当时本会被打死，但被他奸污了的胡莱玛救了他。他沉浸在对往事的回忆中。此刻他又惊诧地发现自己失去了时间概念：已记不清今天是几月几日，只知道依然是 1897 年。在他纵横奔波的这片土地上，时间仿佛已被取消，或成了按照自己的节奏运转的另一种东西。他极力回忆着他触摸过的那些头颅，回忆着时间概念究竟出了什么问题。存在不存在一个把人和时间联系起来的特殊器官？当然存在。那么，它是一小片骶骨、一个看不见的凹窝还是一定的体温？他已记不起器官的部位，但还记得如何判定器官的功能正常与否、准时还是不准时、能预见未来还是一贯地临时应付、能有条不紊地安排生活还是过得杂乱无章……“如同我现在这种生活。”加尔思量道。是的，他的人格与众不同，命中注定要漂流四方、终生颠沛，只能混沌不堪地过一生……这一点，他在卡龙毕庄园满怀激情地总结自己的信仰及主要经历时就已得到证实。他曾为无法理清那些令人头昏目眩、光怪陆离的奔劳、景物、信仰、险阻、激情及不幸而心灰意懒，而且非常有可能的是，落入卡纳布拉沃男爵之手的那份自传并不能充分反映他一贯的人生哲学、他的坚贞不渝，反而使本来杂乱无章的东西被人看作条理分明的东西。对革命充满热情，他对如此众多的百姓遭受苦难和凌辱忿忿不平，决心为改变这种状况而贡献自己的一份力量。“您的信条中没有一条是现实的，您的理想和在卡努杜斯发生的事情也毫不相关。”男爵的这句话重新在他耳边响起，这使他十分生气。一个仍然生活得好像法国革命从没发生的贵族庄园主怎么能理解他的理想？什么人才认为“理想主义”是个坏名词儿？一个被腹地义民夺取了一座庄园、另一座庄园也面临被焚毁危险的庄园主怎能理解在卡努杜斯发生的事情？卡龙毕此刻无疑已是一片火海。是的，他可以理解这场大火。他清楚地知道，单凭盲目迷信或狂热是办不到这一点的。甲贡索人正在摧毁压迫的象征。他们虽然愚昧，但凭直觉知道，几个世纪以来的私有制在剥削者的头脑中如此根深蒂固，致使他们认为这种制度神圣不可侵犯，认为庄园主是上等人，是半个上帝。这场大火不正好证明上述这一神话的虚伪性吗？不正好可以消除被剥削者的恐惧心理、使饥寒交迫的劳苦大众看到有产者的权力可以被摧毁、劳苦大众完全有力量消灭私有制吗？“劝世者”及其信徒，虽然身上带着宗教的印迹，但明确自己的矛头所指。他们知道斗争的矛头应指向压迫的根源：私有制、军队、蒙昧主义的道德观念。撰写现在落入男爵手里的那份自传是否是一种错误？不，自传无损于自己的事业，但把这样一件个人的东西交给一个敌人岂不荒唐？因为男爵是他的敌人。虽然如此，他对男爵本人并无敌意。

这或许因为多亏了男爵，他才理解了自己耳闻目睹的一切、自己的话也才能被他人所理解，而这样的事是他自从离开萨尔瓦多以来不曾有过的。他为什么要写那份自传？是因为他知道自己会死吗？是因为资产阶级本身的软弱，不甘心在世界上未留下任何痕迹就悄然逝世吗？当他突然想到胡莱玛可能已经怀孕，心里感到一阵慌乱。他每逢想到“子女”二字，心里就泛起一种厌恶感，也许正是因为这一点，他才在罗马下了不与异性交往的决心。他想，对父道的恐惧是他的革命信仰的产物。一个人有了子女，要责无旁贷地给孩子吃，给孩子穿，要照顾孩子，哪里还谈得上行动自由？在这个问题上，他是始终如一的：不娶妻，不要儿女，不要任何可能限制他自由而削弱他叛逆精神的东西。

此时群星闪烁，他们在一片长满维拉梅和马坎比拉①的树林里下了马。吃干粮时二人谁都没有说一句话，加尔连咖啡都没喝就睡了。加尔做了个噩梦，梦见许多死人。当乌尔皮诺将他唤醒时，天仍然黑黝黝的，远处传来可能是狐狸的叫声。乌尔皮诺已煮好咖啡，备好马。加尔想和乌尔皮诺聊聊。乌尔皮诺在男爵手下干了多久？他对甲贡索人怎么看？乌尔皮诺回答这些问题时总是支支吾吾，闪烁其词，所以加尔不便再问。乌尔皮诺这种不信任态度是加尔的洋腔洋调引起的还是二人在观察思考事物的方法上存在巨大差异而造成的？

这时，乌尔皮诺说了句什么，但加尔没有听懂，他让乌尔皮诺重复一遍。这次乌尔皮诺讲得很清楚：他在问加尔为什么要去卡努杜斯。“因为那里现在发生的事情正是我一生为之奋斗的事业，”加尔对他说，“那里的人正在建立一个既无压迫者也无被压迫者、人人

---

① 均为卡汀珈中的亚热带灌木。

平等自由的社会。”加尔尽量用最通俗易懂的字眼向乌尔皮诺解释卡努杜斯的存在对世界有何重大意义、甲贡索人今天干的事情又如何符合早有许多人为之献出生命的理想。加尔滔滔不绝地讲话时，乌尔皮诺没有打断过他，也没看他一眼。加尔意识到他刚才的一席话犹如微风吹在巨岩上，对乌尔皮诺毫无作用。他终于沉默了。乌尔皮诺歪斜着头——加尔感到十分惊奇——低声说，他原以为加尔是到卡努杜斯去救自己的妻子。更令加尔惊奇的是乌尔皮诺接着向他提出了一连串问题：鲁菲诺不是说要去杀她吗？您会不会袖手旁观看着她死？难道她不是您的妻子？那您为什么把她抢去？“我没有妻子，也没有抢过任何人，”加尔大声争辩道，“鲁菲诺说的是另一个人，那完全是一场误会。”乌尔皮诺又沉默了。

直至几个小时后，他们才又开了腔。他们在路上遇到一伙香客，香客们从车上的水缸中舀了点水给他们喝。当他们把香客们抛到后面时，加尔心里泛起一股沮丧的感觉。这种感觉是由乌尔皮诺那几个出乎意料的问题及其那训诫式的口吻引起的。他不愿去想胡莱玛，也不愿去想鲁菲诺。他此刻想到的是死。他并不怕死，正因为如此，他才多次向死神挑战。如果他在到达卡努杜斯之前被官军抓获，他将奋力反抗，直至逼得他们杀了他，免受严刑拷打之苦，也免受威逼恫吓之辱。

加尔发现乌尔皮诺神色慌张。他们已在闷热的卡汀珈里走了足足半个小时。乌尔皮诺盯着一根树枝低声说道：“我们已被包围了。只好等他们走近再说。”两人下了马。加尔没发现周围有别人的任何迹象。但不一会儿，便见几个手持刀枪弓弩的人从树林中冒了出来。一个上了年岁、膀大腰圆、赤裸身子的黑人向他们打了个招呼——加尔未解其意——问他们由何处而来。乌尔皮诺回答说从卡龙毕来，要到卡努杜斯去，并且指指来路说，他们之所以从那条路来是怕落到官军手里。两人一问一答，加尔听不懂他们在说些什么，但看上去两人的态度不像是不友好。加尔见黑人抓住乌尔皮诺坐骑的缰绳，翻身上了马。就在这当口，另有一人骑到了加尔的马上。加尔朝前跨了一步，站到黑人面前，手持猎枪的甲贡索人当即瞄准了加尔。加尔做了个手势，要他们别动手，他有话要和他们说。加尔告诉他们，自己得马上去卡努杜斯，有重要事情告诉"劝世者"，并说他是去帮他们对付官军的……然而，当发现甲贡索人脸上完全是一副冷漠、厌恶、讥讽的神态时，他闭上了嘴巴。黑人等了片刻，见加尔仍缄口无言，于是嘟囔了一句什么。加尔未听懂。那些甲贡索人和来时一样，悄然而去。

"他说什么呀?"加尔问。

"他说贝罗山和'劝世者'有天父、好耶稣及圣灵的保护，"乌尔皮诺回答，"不再需要别人去帮助。"

接着，乌尔皮诺告诉加尔，离卡努杜斯已经不远，叫加尔不必为找马匹费神。事实也确实如此，由于卡汀珈里草木茂盛，藤蔓攀绕，所以徒步行走和骑马是一样的速度。但马匹被抢走，装着干粮的褡裢也没有了，所以从现在起，只得靠干果和树根充饥。加尔省悟到，自离开卡龙毕以来，由于对往事的回首，他心里一直闷闷不乐，于是按照老办法，尽力去想那些抽象的或不是发生在自己身上的事情。"科学和愚昧水火不容。"历史的结论是：宗教一向只能起到麻痹、阻止人民起来反抗其统治者的作用。但卡努杜斯不正是有趣的例外吗?"劝世者"利用宗教迷信唤起农民对资产阶级秩序及保守思想的仇恨，让他们去向那些一向利用宗教迷信奴役、剥削他们的家伙开战。宗教，如大卫·休谟所云，至多不过是"病人的一场幻梦"，这一点是毋庸置疑的；但在某些情况下——如卡努杜斯现在这样——却可以被用来使那些社会的牺牲品克服自身的惰性，采取革命行动，并在革命过程中用合乎理性的科学真理代替非理性的神话及偶像。有没有机会就这一命题给《反叛的火花》写封信呢？他又想和乌尔皮诺说话了。乌尔皮诺如何看卡努杜斯？乌尔皮奴嘴里嘟着什么，好一会儿没有回答，最后才以事不关己无可奈何的口吻回答：“他们会砍掉所有人的脑袋。”加尔思量道，谈话到此为止。

二人走出卡汀珈，来到一片长满契克—契克树的高地上。乌尔皮诺劈开一只契克果，果肉又酸又甜，可以解渴。那天，他们又遇到过一群群前往卡努杜斯的香客。加尔从香客疲惫的目光中看出，他们个个虽然面带愁容，但内心蕴藏着巨大的热情。加尔为此感到十分欣慰，顿时精神倍增，激动不已。他们抛弃了自己的家园到一个战祸临头的地方去，这不就表明人民的本能是正确、可信的吗？他们之所以去那里是因为他们本能地感到卡努杜斯是他们渴望的正义和解放的象征。他问乌尔皮诺何时能到。如果不出意外，傍晚就可赶到。会有什么意外吗？难道他们还有什么钱财，会有人来拦路抢劫吗？“他们会杀掉我们。”乌尔皮诺说。然而加尔并不因此而气馁。他笑了笑，心想，这次来卡努杜斯虽然失去了两匹马，但无论如何对自己的事业有益。

他们歇脚的地方是一间空荡荡的农舍，残留着大火烧过的痕迹。这里看不见花草，也没有水。加尔揉揉双腿，由于长途跋涉，两条腿都抽筋了。乌尔皮诺突然来了一句：他们已经越过封锁圈。随即指指从前有畜栏、牲畜及牧人而现在一片荒芜的地方。封锁圈？将卡努杜斯和其他地方隔离的圆圈。照他们的说法，圈内是好耶稣执政，圈外是魔鬼当道。加尔沉默不语。无论如何，名称无关紧要，只不过是一种装饰。如果有助于那些没有受过教育的人看清里面所装的东西，即使不用正义与非正义、自由与压迫、解放了的社会与阶级社会等概念而用上帝与魔鬼这两个名词也未尝不可。加尔思量道，马上就要到卡努杜斯了，他将目睹年轻时在巴黎见到的情景：群情激昂的人民为捍卫自己的尊严而浴血奋战。是的，如果他能取得他们的信任和理解，就可以帮助他们，至少可以把他们不懂而自己跑遍天涯海角才学来的那些道理告诉他们。

“如果鲁菲诺要杀您的妻子，您真的不管吗？”乌尔皮诺问加尔，“那您干吗把她抢走？”

加尔怒不可遏，当即吼道，他没有妻子。他已回答过这个问题，乌尔皮诺怎么又来问？他恨透了乌尔皮诺，真想大骂一通。

“这事可实在令人难以理解。”乌尔皮诺嘟囔道。

加尔双腿疼痛，两只脚肿得鼓鼓的，没走多远就说想再歇息歇息。他一面俯下身去一面想：“现在的我不再是从前的我。”他看了一眼头下枕着的那条胳臂，瘦多了，仿佛不像是自己的。

“我去看看能不能找点儿吃的东西，”乌尔皮诺说，“您睡一会儿吧。”

加尔望着乌尔皮诺消失在几棵光秃秃的大树后。他正要闭眼睡觉，突然发现一棵树干上钉着一块木板，木板上的字迹隐约可见：卡拉卡塔。这名字在他脑海中萦绕盘旋，直至睡去。

利昂·德·纳图巴一面侧身聆听，一面思忖：“他要和我说话了。”他那瘦小的身躯高兴得战栗了一下。“劝世者”仍静静地待在床上，但利昂通过他的呼吸声知道他是醒是睡。利昂又在黑暗中听了听。是的，“劝世者”醒着。他的双目可能是闭着的，但他眼内正注视着下凡来找他谈话或他爬上云端晋见的某位神灵：圣人、圣母、好耶稣或天父；他也可能正在思考着明天要讲的那些引人入胜的事情。利昂将把“劝世者”的至理名言记录在华金神父带来的本子上，未来的信徒将像人们现在阅读《福音全书》那样阅读它。

利昂心里想，既然华金神父再也来不了卡努杜斯，那么纸张很快就会用完，到时就只好用比拉诺瓦杂货店里的洇墨纸了。华金神父很少和他说话，从他见到神父起——即神父跟在“劝世者”后面跑到贡贝来的那天上午——曾多次在神父的目光中发现，自己的那副模样一向引起的人们那种惊异、不悦、厌恶的神情，并且总是将目光从自己身上移开。但华金神父现已落入“杀人魔王”率领的官军手里，而且很可能被处死。此事对“劝世者”来说犹如晴天霹雳，所以利昂心里十分难过。“孩子们，我们应当高兴，”“劝世者”那天下午在新教堂布道时说，“贝罗山已经有了自己的第一个圣徒。”但利昂·德·纳图巴后来发现，“劝世者”回到圣所后十分伤心。玛丽亚·瓜德拉多给他端来了饭，但他没吃一口；女信徒们为他清扫房间时，他没像往日那样去抚摩亚历杭德里娜·科雷娅（她已哭得两眼红肿）按在他身边的小白羊；利昂将头倚在他膝上时，他也没伸出手来抚弄。利昂后来听他叹息道：“弥撒做不成了，我们现在成了失去父母的孤儿。”利昂预感到大祸将要临头。

因此，利昂久久不能入睡。会发生什么事情？战祸又将来临，信徒们和魔鬼已在塔博莱里诺较量过，所以此次战斗将更加残酷。双方将进行巷战，伤亡定会更加惨重；而自己呢？很可能成为首批阵亡者之一。他在纳杜沃时曾险些被大火烧死，是“劝世者”救了他的性命，可现在不会有人救他了。当时他出于感激，跟随了“劝世者”；也正是出于感激，他不顾以四肢爬行的痛苦，也不顾山高水长，一直和“劝世者”形影相伴，走遍了天涯海角。利昂知道，他们中的许多人至今在怀念昔日那种游荡生活。那时，他们人数很少，“劝世者”完全属于他们。今非昔比！他想到成千上万的人羡慕他们日夜待在“劝世者”身边。虽然表面如此，他也从来没有得到和“劝世者”单独谈话的机会。“劝世者”可能是唯一始终平等待他的人，因为他从未发现“劝世者”把他看成一个弯脊椎、大脑袋、误落人世的怪物。

利昂忆起多年前在特皮多郊野的那个夜晚。当时围坐在“劝世者”周围的香客有多少？祈祷完毕，他们便开始高声忏悔。轮到利昂忏悔了，他一阵心血来潮，贸然说出几句从前谁都未听他说过的话：“我不相信上帝，不相信天主教。神父，我只相信你，因为只有你使我感到自己是一个人。”一阵静谧。利昂被自己的痴情狂言吓得浑身颤抖，他发现香客们一双双惊愕的目光落在自己身上。就在那天晚上，“劝世者”告诉他：“你所经历的苦难，即便魔鬼见了也会被吓一跳。无人知道你的心灵是纯洁的，因为你一直在洗罪。没什么可后悔的，利昂，你的一生就是悔过的一生。”

他在脑子里重复着：“你的一生就是悔过的一生。”然而，生活中，他有自己无比幸福的时刻。比如发现一本新的读物——一本残缺不全的书、一本旧期刊上的几片散页或任何其他印有文字的纸张，从中看到一些令人神往的东西。又比如，想象阿尔梅娅尚在人世，仍然是纳杜沃的一名娇艳少女；他为她歌唱，她不但没生他的气，反而朝他笑。又比如，把头倚在“劝世者”的膝上，“劝世者”将手指伸到他的头发内，分开头发，抚弄着他的头皮。他昏昏欲睡，全身热乎乎的。他意识到，正是由于伸进他头发里的那只手和他面颊靠着的那几块骨头，他才度过了生活中最艰难的时刻。

他应该感激的不只“劝世者”一人，否则不公正。在他体力不支、无法行走时，别人不是曾背过他吗？为了使他改变信仰，别人，尤其是贝阿迪托，不是再三替他祈祷过吗？玛丽亚·瓜德拉多对他还不够体贴、关怀、亲热吗？他极力想象着这位世人之母对他的爱抚。玛丽亚·瓜德拉多为把他争取过来尽了最大的努力。在那云游四方的日子里，每逢发现他身衰力竭、形容憔悴，她便像给贝阿迪托按摩四肢那样给他按摩身体。在他发烧的时候，她让他睡在怀里，好让他暖和些。他身上穿的衣服是玛丽亚替他做的，脚上穿的用木头和皮革做成的灵巧的手套鞋也是玛丽亚亲自设计的。那他为什么不喜欢玛丽亚·瓜德拉多？无疑，是因为玛丽亚·瓜德拉多在沙漠上一次当众忏悔时承认对他产生过厌恶的感情，说她曾以为利昂相貌丑陋，是魔鬼投胎。玛丽亚呜咽着承认了这些罪孽，捶胸顿足地恳求他饶恕。他说他原谅她，并称她母亲，但心里一直不这样想。"我这个人喜欢记仇，"利昂想，"如果有地狱，我必叫它燃烧几个世纪。"从前他一想到火就感到毛骨悚然，现在却觉得十分平静。

他想起了上次欢迎朝圣者的情景，问自己以后还要不要参加。他受了多少惊吓呀！他有多少次险些被极力想靠近"劝世者"的人闷死、踩死呀！四处火把通明，香烟缭绕，朝圣者如潮涌，一个个伸着手想去触摸"劝世者"。天主卫队好不容易才在人流中开出一条路。利昂被挤倒在地，眼看就要被人流吞没。于是他只得高声呼喊，让天主卫队抬起他来。近来，除了圣所之外，他什么地方都不敢去，因为街上也不保险了。信徒们争先恐后地抢着去触摸他的脊椎，以为会带来好运。人们像抢洋娃娃似的把他抢回家，向他询问有关"劝世者"的各种情况，一缠就是几个小时。难道他的后半生只能关在这四堵泥墙里度过？需知苦难的深渊是无底的，一场灾难过去，另一场随之而来，永无完结。

利昂根据"劝世者"的呼吸声断定他已进入梦乡。他又听了听女信徒们寝室那边：连亚历杭德里娜·科雷娅都入睡了。利昂夜不成眠是因为眼前的战事吗？战争已经迫在眉睫。若安·阿巴德、帕杰乌、马坎比拉、彼得劳、塔拉梅拉以及把守大路和战壕的人都没有来听训诫。利昂看见教堂周围、壁垒后面个个全副武装，有带火枪的，也有带猎枪的，身上背着子弹带，手里攥着箭镖、棍棒、菜刀，来来去去，仿佛随时待命。

雄鸡报晓，晨曦洒在香蒲上。运水人吹起分发饮水的号角。“劝世者”醒了，在床上默祷。玛丽亚·瓜德拉多立即走进门。利昂虽然一夜没合眼，但也已欠起身子，准备记录“劝世者”的至理名言。“劝世者”闭目祈祷了好一阵子，其间，女信徒们给他濡湿双脚，穿上凉鞋。玛丽亚·瓜德拉多给他端来一钵牛奶，他喝了，还吃了个玉米面包，但没去抚弄小白羊。“他这样苦闷不仅仅因为华金神父的事，”利昂·德·纳图巴思量道，“也因为眼下的战事。”

若安·阿巴德、若安·格兰德及塔拉梅拉三人一起进来了。这是利昂第一次在圣所里见到塔拉梅拉。街道司令阿巴德和天主卫队队长格兰德吻过“劝世者”的手便站起来，但代替帕杰乌来的塔拉梅拉仍然跪伏在地。

“神父，塔拉梅拉昨晚得到一些情报。”若安·阿巴德说。

利昂此刻心里想，街道司令大概也是一夜没有合眼。阿巴德满头大汗，风尘仆仆，愁容满面。格兰德正在满意地喝着玛丽亚·瓜德拉多刚刚为他端来的一碗牛奶。利昂想，二人准是奔波了一夜，从这个战壕跑到那个战壕，从这个路口跑到那个路口，一会儿运送火药，一会儿检查武器，一会儿又商量什么问题。利昂自语：“战争可能就发生在今天。”塔拉梅拉仍然跪在地上，手里攥着揉成一团的皮帽。他身上背着两支猎枪，一串串子弹好像狂欢节时佩带的装饰。他紧咬双唇，说不出话来，后来终于喃喃地说，辛蒂奥和克鲁塞斯已经骑马回来了。现在死了一匹马，另一匹可能也完了，因为他临来时看见那匹马汗如泉涌，奄奄一息。山羊不停地跟着跑了整整两天，差一点也送了命。塔拉梅拉沉默了，不知还该说些什么，两只眯缝眼向若安·阿巴德投去求援的目光。

“你把辛蒂奥和克鲁塞斯带来的帕杰乌的口信给神父讲讲。”若安·阿巴德向塔拉梅拉提示道。玛丽亚·瓜德拉多也早给阿巴德端来一碗牛奶和一个面包，所以他刚才说话时嘴里是满的。

“任务已经完成，神父，”塔拉梅拉终于记起来，“卡龙毕庄园已经烧掉。卡纳布拉沃男爵带上全家及几个庄园守护人到盖伊马达斯去了。”

塔拉梅拉极力抑制着在“劝世者”面前的胆怯心理解释说，帕杰乌烧毁卡龙毕庄园后并没有赶到官军前面去，而是埋伏在“杀人魔王”西塞的侧翼，目的是待官军进攻贝罗山时一举扑向官军后方。塔拉梅拉没做更多的解释，随后再次讲到了马被累死的事。他说已告诉守在战壕里的信徒们将死去的马吃掉，并说，如果另一匹马也死去，就把它交给安东尼奥·比拉诺瓦处理……然而就在这时，“劝世者”睁开了双目，塔拉梅拉没再继续说下去。“劝世者”的目光深沉、阴郁，这更增加了塔拉梅拉的紧张。利昂看见塔拉梅拉用力揉搓着手中的帽子。

“好吧，孩子，”“劝世者”低声道，“帕杰乌和你们这些同伴的忠诚及勇敢会得到好耶稣的奖赏。”

“劝世者”伸出一只手，塔拉梅拉吻过后以双手紧握，虔诚地端详了好一阵。“劝世者”为他祝福，他画了十字。若安·阿巴德示意他可以离开了。塔拉梅拉一面后退，一面恭敬地点着头。出门前，玛丽亚·瓜德拉多也像待阿巴德和格兰德那样给了他一杯牛奶喝。“劝世者”探询地望着他们。

“神父，官军已经逼近。”阿巴德一面说一面蹲到地上。他说这句话时声调很高，把利昂和女信徒们吓了一跳。他抽出短刀，先在地上画了个圆圈，随后又画了许多条线，指出官军的来路。

“他们不会从这条路来，”阿巴德指着通往盖莱莫波的村口说，

“所以比拉诺瓦兄弟俩正好把老弱病残运往那里，减少伤亡。”

“劝世者”望了若安·阿巴德一眼，示意他讲下去。若安·阿巴德的手指指到圆圈上。

“我们已在畜栏和莫坎波之间为你造了个隐蔽所，”阿巴德说，“很深，用了不少石头，子弹是穿不透的。你不能待在这儿，他们会到这里来。”

“他们带来了大炮，”若安·阿巴德又说，“我昨天晚上已经看见了。向导带我进去过‘杀人魔王’的营地。圣所和教堂将是他们首先攻击的目标。”

利昂·德·纳图巴太疲劳了，手中的笔滑到了地上。他推开“劝世者”的双臂，将头倚在“劝世者”的膝上，只听得耳边嗡嗡作响。他隐约听见“劝世者”问：

“他们什么时候到这里？”

“最晚今天夜里。”若安·阿巴德回答。

“那我现在就到战壕里去，”“劝世者”平静地说，“让贝阿迪托把圣像、基督像及装着好耶稣的那个盒子都找出来，叫他派人把所有的圣像和十字架都搬到敌基督来的路上去。会有许多人死，但不应该哭泣。对虔诚的信徒来说，死亡就是幸福。”

利昂·德·纳图巴的幸福时刻到了：“劝世者”的手刚刚放到他的头上。他在生活面前妥协了，进入了甜蜜的梦乡。

鲁菲诺转身离开了卡龙毕的深宅大院，此时觉得身上轻松多了：已和男爵一刀两断，达到自己目的的方式更多了。他走出半英里，投宿在孩提时代认识的一户人家里。屋主一家人没提起胡莱玛，也没问他去卡龙毕的因由。他们盛情款待他，次日清晨还给他带了路上吃的干粮。

他在路上整整走了一天，一路上遇到许多前往卡努杜斯的朝圣者，他们总向他要吃的。这样一来，天黑时他的干粮便全光了。他在从前常和卡龙毕别的孩子夜里举着火把烧蝙蝠的山洞旁睡了一夜。翌日，当地的一名百姓告诉他，刚刚有一支官军到过那里，甲贡索人也总在那一带徘徊。他怀着不祥的预感朝前赶路了。

傍晚时分，鲁菲诺来到卡拉卡塔郊外，远处是一座座错落散布在仙人掌和灌木丛中的住宅。被灼人的阳光曝晒了一天，现在坐到芒果树及塞柏树荫下，顿时觉得舒坦极了。鲁菲诺突然注意到那里不止他一人。几个人影鬼鬼祟祟地从卡汀珈里钻出，朝他包抄过来。他们一个个身背马枪，手持弩弓和砍刀，挎着铃铛和木哨。鲁菲诺认出其中有几个是帕杰乌的同伙，但帕杰乌本人并不在场。这伙强人的头目光着脚，长得很像印第安人。他将一根手指伸到嘴边，向鲁菲诺打了个手势，要鲁菲诺跟他们走。鲁菲诺犹豫不决，但那甲贡索人的目光告诉他，他必须跟他们走，这是为了他好。鲁菲诺当即想到了胡莱玛，他的表情告诉了甲贡索人这一点，于是甲贡索人会意地点了点头。鲁菲诺发现树木丛中还埋伏着另外一些人，其中几个身上披着草，把身子遮得严严的。他们有的伏下身子，有的蹲着，也有的趴在地上，窥视着一条条小路及卡拉卡塔村。他们都示意鲁菲诺赶快躲起来。过了一阵子，鲁菲诺忽然听得传来沙沙的声响。

这是一支官军的巡逻队，十个士兵都穿着灰红相间的军服，领头的是一位满头黄发的年轻军曹。有个向导在为官军带路。鲁菲诺心中思量：那向导定是甲贡索人的同党。军曹仿佛预感到了什么，顿时提高了警惕，用手扣住扳机，从一棵树跳到另一棵树后；士兵们也随即向前移动，躲到大树后面。向导在小路上走着。鲁菲诺身边的那些甲贡索人顿时无影无踪，卡汀珈中没有一片树叶在动。

巡逻队来到第一幢宅院面前。两名士兵将院门踢开，走进去，其他士兵掩护他们。向导蹲在官兵身后，鲁菲诺发现向导在向后面退却。不一会儿，那两个士兵出来了，摇着头，打着手势，告诉军曹宅院内空无一人。巡逻队又冲向另一个院落，也照例搜索一番，但结果一样。然而，一所高大的房子门前突然出现了一个头发蓬乱的女人，随后又出现了一个女人。两个女人惊恐地张望着。当官兵发现她俩并举枪瞄准时，她们喊叫着，叫他们别开枪。鲁菲诺惊诧不已，如同上次听大胡子女人提到加利雷奥·加尔的名字时一般。向导趁人不备之际，溜进树林里去了。

官军将那所房子围住，鲁菲诺意识到他们在和两个女人谈话。后来，两个士兵随两个女人走进房内，其余的士兵严阵以待，等候在外面。不一会儿，进去的两个士兵出来了，摆出一副淫荡的姿势，唆使别的士兵也照他们那样去做。鲁菲诺听得官兵们发出一阵狂笑，又喊又叫，一齐朝那所房子走去。到了门口，军曹派两个士兵在门外放哨。

鲁菲诺身边的卡汀珈里开始骚动起来。埋伏其中的甲贡索人时而匍匐在地，时而俯身向前，时而又蹑足而行。鲁菲诺估计他们起码有三十多人。鲁菲诺急忙跟了上去，追到那个头目身边。“我的妻子在那儿吗?”鲁菲诺问。是和矮子在一起的那个女人吗?是的。“那大概就是她了。”头目回答说。正在这时，一阵枪响，门前放哨的两个士兵应声倒地；与此同时，只听得房内哭天喊地，乱作一团，又听见响了一枪。于是鲁菲诺拔出了短刀——这是他身边留下的唯一武器——随着甲贡索人冲了上去。官兵有的冲到门口，有的趴在窗上，边射击边撤退；刚撤出几步，有的被甲贡索人的羽箭或子弹击中，有的被甲贡索人追上，死于利刃之下。这时鲁菲诺滑了一跤，摔倒在地上。当他从地上爬起来时，听到了一阵木哨声，看见甲贡索人正将一具血淋淋的尸体——赤身裸体的官兵的尸体——从窗口扔下来。尸体落到地上，发出一声巨响。

鲁菲诺闯进宅院，一见那惨不忍睹的场面顿时吓得目瞪口呆。几个官兵倒在地上呻吟着，身边围着手持利刃、棍棒和石块的男男女女，他们狠命地打那几个躺在地上的官兵，用刀戳他们；后来闯进来的人在一旁呐喊助威。四五个女人在那里尖声尖气地叫着，正将几个官兵——其中有的早已断了气，有的已奄奄一息——的衣服撕去，要让这些男子当众丢丑。满地血污，臭气熏天。地上有几个洞，甲贡索人可能原本藏在里面等着巡逻队到来。一个女人额上受了伤，缩在一张桌子下呻吟着。

甲贡索人剥下官兵们的衣服，收缴了枪支和干粮袋。鲁菲诺断定自己要找的人不在这间房里，于是急忙拨开人群，朝厢房跑去。三间厢房并排着，其中一间的门敞开着，里面空荡荡的。他走近第二间厢房，透过窗缝瞧见里面有一张木板床，看见女人的两条腿耷拉在地上。鲁菲诺推开门走进去，躲在里面的正是胡莱玛。胡莱玛没有死，她转过脸见是鲁菲诺，顿时吓得魂飞天外，蹙起眉头缩作一团。胡莱玛身旁坐着的矮子——他好像认识鲁菲诺——惊恐万状，显得更加矮小了。满头黄发的军曹倒在床上，虽已动弹不得，但两个甲贡索人仍在用刀捅他，而且每捅一刀他就大叫一声，鲜血直溅到鲁菲诺身上。胡莱玛一动不动，呆呆地瞅着鲁菲诺，她面无人色，鼻涕拖得长长的，眼里充满恐惧和无可奈何的神色。那个长相很像印第安人、光脚的甲贡索人头目来到房内，帮两个甲贡索人将军曹抬起，从窗口掷到街上。甲贡索人收拾起被打死的军曹的军装、枪支及行囊准备走了。当他们走到鲁菲诺身边时，那头目指指胡莱玛低声说：“您瞧，是她吧？”矮子嘟囔了几句什么，鲁菲诺一句也没听懂，他默默地站在房门口，此时此刻，他那张脸仍毫无表情；他的心渐渐平静下来。初进来时，他简直失魂落魄，可此时已完全镇静下来。胡莱玛瘫在地上，站不起身。透过窗户，可以看见男男女女的甲贡索人正向卡汀珈走去。

“他们走了。”矮子低声说道。他的一双眼睛一会儿望望胡莱玛，一会儿瞅瞅鲁菲诺。“胡莱玛，我们也该走了。”

鲁菲诺摇了摇头。

“你走吧，她留下。”鲁菲诺平静地说。

然而矮子并没走，他感到茫然，恐惧，犹疑；他在空荡荡、充满臭气和血腥味的房里踱来踱去，时而诅咒自己的厄运，时而呼叫着大胡子女人，时而又画着十字乞求上帝的怜悯。就在这时，鲁菲诺跑遍了三间厢房，找来了两床草垫。他将草垫拖到一进院门的正房里，从那里可以看到卡拉卡塔村唯一的街道和村上所有的住房。他拖着草垫走进正房，动作完全是机械的，连他自己也不明白打算干什么。但草垫就放在那里，他现在明白了：睡觉。他全身像充满了水、即将沉没的海绵。他拿起一条带钩的绳索，走到胡莱玛面前，命令道：“跟我走。”胡莱玛随在他身后，既不惊奇也不畏惧。鲁菲诺让她在草垫旁坐下，将她的手脚捆在一起。矮子惊愕不已，魂飞魄散。“你别杀她，别杀她呀!”矮子喊。鲁菲诺躺下身去，连瞧都没瞧矮子一眼就命令道：

“你待在那儿。如果有人来，就叫醒我。”

矮子不解地眨眨眼，但不一会儿便同意了，一跃跳到门口。鲁菲诺已闭上双目，但没有睡去。他在想，他之所以还没杀掉胡莱玛，是想看着她受苦还是因为他此刻已将她弄到手、火气消了？他听见胡莱玛——离他有一米远——在另一床草垫上躺下去。他透过睫毛偷偷地瞅了瞅她：她瘦多了，两眼深深陷了下去，一副听天由命的神情；而且衣衫褴褛，头发蓬乱，胳膊上露着一片淤青。

鲁菲诺醒了，他一跃而起，像要摆脱噩梦的折磨似的，但他记得自己并没做梦。他没理会胡莱玛，径直走到矮子身旁。依然待在门口的矮子凝视着他，眼里闪射着惊恐和希望的光。他能不能随鲁菲诺出去一趟？鲁菲诺点头同意了。一路上，二人谁都未和谁说一句话，鲁菲诺趁着夕阳余晖找到一点可以充饥解渴的东西。回来的路上，矮子问鲁菲诺："你会杀她吗？"鲁菲诺避而不答，只是把找来的草、根、茎、叶从褡裢里掏到草垫上。他给胡莱玛松了绑，但没看她，或许看了也全当没看见。矮子嘴上叼着根草，一个劲儿地嚼着。胡莱玛也机械地咀嚼着，吞咽着，并不住地揉搓手腕和脚踝。三人默默地吃着。夜幕降临，虫豸鸣叫得更欢了。鲁菲诺心里想，眼下这股臭味很像那天夜里他设下陷阱捕猎时在一只死虎旁嗅到的那股臭味。突然，他听胡莱玛问道：

"你为什么不一刀杀了我？"

鲁菲诺仍然望着空荡荡的房子，好像根本没听到她的问话。然而，他此刻又在倾听一个气急败坏、撕心裂肺的声音：

"你以为我怕死吗？我不怕。相反，我正盼着你来杀我呢。你以为我还没有活够吗？你以为我还没有活腻吗？要不是怕造孽，要不是上帝阻拦，我早已自尽了。你说，你什么时候杀我？你为什么不现在就杀？"

"不，不。"矮子结结巴巴地说。

鲁菲诺依然一动不动，也不回答。是时天色已晚。过了一会儿，鲁菲诺觉得胡莱玛爬着来到他身旁。她全身颤抖，心里涌上厌恶、希望、怨恨、气愤、思念交织在一起的复杂感情，但她不让这种感情有丝毫流露。

"看在圣母的分上，看在好耶稣的分上，你忘了吧，把过去的事忘了吧，"胡莱玛战战兢兢地说，"那是被迫的，不能怪我。我自卫过呀。鲁菲诺，你别折磨自己了。”

胡莱玛抱住了鲁菲诺，但鲁菲诺当即轻轻推开了她。他站起身，一言未发，重新将胡莱玛绑上，又回到自己原来坐的地方。

“落到我头上的是饥饿、干渴、劳累，令我不愿再活下去了，”鲁菲诺听她哭诉道，“你快杀了我吧。”

“我会杀你，”鲁菲诺说，“但不是在这里，而是在卡龙毕。我要让众人看着你受死。”

胡莱玛呜咽了好一阵，最后才渐渐停息。

“你已不是从前的鲁菲诺了。”胡莱玛喃喃地说。

“你也不是从前的胡莱玛了，”鲁菲诺顶了她一句，“我现在才明白为什么上帝很早就惩罚你，不让你怀孕。”

月光突地透过门窗斜射进来，照亮了飘荡在空气中的尘埃。矮子依偎在胡莱玛脚下，缩作一团。鲁菲诺也躺下了，他咬着牙关苦苦思索了多久？他听到胡莱玛和矮子在说话，以为自己刚从梦中醒来，其实他一直没有合眼。

“既然没有人强迫你，你干吗仍然待在这里？”胡莱玛对矮子说，“你怎么能受得了这股气味？你知道这里会出什么事吗？你最好还是到卡努杜斯去吧。”

“我害怕离开这里，也怕留在这里，”矮子呻吟道，“我不能独身一人。自从吉普赛人把我买来，我就从没有单独一人生活过。我和别的人一样，害怕死呀。”

“连刚才等着官军来的那些女人都不怕死。”胡莱玛说。

“那是因为她们确信自己会死而复生。”矮子尖声尖气地说，“倘若我也有那样的把握，也就不怕了。”

“我可不怕死，尽管我不知道自己会不会复活。”胡莱玛以坚定的口吻说。鲁菲诺知道，她这话是说给他而不是说给矮子听。

天刚蒙蒙亮，鲁菲诺就被什么惊醒了。是风声？不，是别的。胡莱玛和矮子同时睁开了眼。正当矮子要伸懒腰时，鲁菲诺朝他“嘘”了一声，叫他别出声。鲁菲诺躲在门后朝外窥视着。一个长长的男人身影，没带猎枪，沿着卡拉卡塔唯一的街道朝这里走来，并不时地探头到各家去张望。来人走近了，鲁菲诺认出是乌尔皮诺，卡龙毕的乌尔皮诺。他瞧见乌尔皮诺双手伸到嘴边，喊着：“鲁菲诺，鲁菲诺！”鲁菲诺从门上探出头，乌尔皮诺看见了他。乌尔皮诺看清楚了，松了口气，睁大双眼叫着。鲁菲诺一手按住刀柄，朝乌尔皮诺迎了上去。他没向乌尔皮诺问候。他从乌尔皮诺的外表看出是远道而来。

“我从昨天下午一直在找你，”乌尔皮诺非常友好地高声道，“听说你要到卡努杜斯去，但我遇上杀了官军的那伙甲贡索人，整整走了一夜才走到这里。”

鲁菲诺郑重其事地听着乌尔皮诺讲，一言不发。乌尔皮诺眼里闪着同情的光，仿佛在提醒鲁菲诺，他们以前是很要好的朋友。

“我把他给你带到这儿来了，”乌尔皮诺缓缓地说，“男爵本来要我把他送到卡努杜斯去，但我和阿里斯塔科合计了一下，决定如能遇到你，就把他交给你。”

鲁菲诺脸上显出惊愕和怀疑的神情。

“你带来的是他？那个洋鬼子？”

“是那头没皮没脸的山羊，”乌尔皮诺故意装出十分厌恶的神态，朝地上吐了一口唾沫，“现在你杀不杀他抢走的女人，他不管。他不愿谈论这件事。他说她不是他的老婆。”

“他现在在哪儿？”鲁菲诺眨眨眼，用舌头舔了舔嘴唇。他暗自思量，这不会是真的，乌尔皮诺不会把他带到这里来。

但他还是听乌尔皮诺讲述了找到洋鬼子的详细经过。

“虽然这件事和我没有关系，但有件事我很想知道一下，”乌尔皮诺接着问，“你杀掉胡莱玛了吗？”

鲁菲诺摇摇头。乌尔皮诺没再说什么，好像在为自己刚才的好奇感到惭愧。他指指身后的卡汀珈说：

“一场噩梦。他们把在这儿杀死的官兵吊到树上去了，兀鹫正在啄食那些尸体呢。真叫人毛骨悚然。”

“你是什么时候和他分手的？”鲁菲诺急忙打断了乌尔皮诺的话。

“昨天下午，”乌尔皮诺回答，“他快累死了，挪不了窝儿。他也没有地方可去。他不仅脸皮厚，身体也不行，也不认识路……”

鲁菲诺紧紧抓住了乌尔皮诺的手臂。

“谢谢。”他凝视着乌尔皮诺的双眸说。

乌尔皮诺点点头，鲁菲诺松开了他的手臂。两人并未告别。鲁菲诺眼里闪着寒光，奔回刚才那间正房。矮子和胡莱玛见他回来，吓得立即站起身来。鲁菲诺只给胡莱玛解去脚上的绳索，没动手上的。他以迅速、娴熟的动作将绳索套到胡莱玛的脖子上。矮子尖叫一声，双手捂住了脸。然而他并没有勒死她，而是打个活套，要拖着她走。鲁菲诺逼着胡莱玛随他走到外面。乌尔皮诺已经离去。矮子落在后面，一跳一跳地向前追赶着。鲁菲诺转身命令胡莱玛：“别出声。”胡莱玛一会儿撞到石墙上，一会儿被树枝挂住了衣服，但她始终没有开口，一直紧紧跟着鲁菲诺。矮子被他们甩在后边，不时朝吊在树上被兀鹫啄食的官兵尸体喊叫着什么。

“我这一生在乡下见过许多不幸的事情，”男爵夫人望着被毁坏的庄园土地说，“倘若萨尔瓦多城里人见了，一定会被吓坏。”她瞟了男爵一眼。男爵受主人何塞·贝尔纳多·穆拉乌少校——少校躺在摇椅上摇来摇去——影响，也坐到摇椅上摇了起来。“你还记得那头发了疯、朝放学的孩子冲去的公牛吗?我当时被吓晕了吗?没有,我可不是软弱女性。又比如大旱那年,我见过许多可怕的事情,是吧?”

男爵点点头。何塞·贝尔纳多·穆拉乌及阿达尔贝托·德·古穆西奥——他是从萨尔瓦多来彼得拉·维尔梅拉庄园拜访卡纳布拉沃男爵一家的,到此地不过刚刚一两个小时——听着男爵夫人的絮叨,极力显出毫不介意的神态,但男爵夫人那坐立不安的样子着实使他们心里不悦。她是个机敏的女人,一向温文尔雅,喜怒毫不外露,以微笑在她和别人之间筑起一堵看不见的城墙。可此刻她怨天尤人,东拉西扯,喋喋不休,好像得了癔症。就连不时捧着花露水进来给她润湿前额的塞巴斯蒂娜也不能使她沉默。男爵、穆拉乌及古穆西奥都劝她去休息,但她不听。

“我已经准备好了,让灾难一齐来吧。”她把白皙的双手伸向他们,做出一副恳求的架势,“眼睁睁看着卡龙毕成了一片火海,比我目睹母亲临终还要伤心,比我听着她痛苦地呻吟还要难过,比让我亲手灌她鸦片酊还要痛苦。那熊熊大火仍在这儿燃烧。”她拍拍自己的腹部,耸耸肩膀,颤抖着说:“就像他们在那儿焚烧我那几个夭折的孩子呀。”

她左顾右盼,时而看看男爵,时而瞅瞅穆拉乌或古穆西奥,希望他们相信她讲的全是真心话。古穆西奥朝她笑了笑,曾多次想把话题引开,但每次都被男爵夫人拉回卡龙毕被烧一事上来。这次他又想把话题岔开。

“可是,亲爱的埃斯特拉。一个人不管遇到什么灾难都得忍受呀。我不是给你讲过我妹妹阿黛林哈·伊莎贝尔被两个奴隶杀害后我的悲痛心情吗?后来找到了她的尸体,可尸体当时已被匕首戳得千疮百孔、面目全非了。我能不伤心吗?”古穆西奥躺在摇椅上嗓音沙哑地说，“所以，我现在喜欢马胜过黑人。野蛮无耻是下等人、劣等种族的天性，而且这种天性有时会达到无法无天的程度。但是，亲爱的埃斯特拉，说来说去，一个人还是得服从上帝的意志，听从命运的安排，会发现生活中虽然有种种烦恼，但依然有许多美好的事情。”

男爵夫人将右手搭在古穆西奥的一只手臂上。

“真不该让你又想起了阿黛林哈·伊莎贝尔，”男爵夫人亲昵地说，“请原谅我吧。”

“不是你让我想起了伊莎贝尔，是我从没忘掉她，”古穆西奥握着男爵夫人的双手，笑嘻嘻地说，“事情已过去了二十年，可仍然像发生在今天上午似的。我之所以给你讲这件事，是要你看到卡龙毕被烧是一个能够愈合的伤口。”

男爵夫人本想笑笑，但没有笑出来，反倒哭了。正在这时，塞巴斯蒂娜捧着瓶子进来了。她一面把花露水涂在男爵夫人的额上和脸颊上，小心翼翼地抚摩着男爵夫人的皮肤，一面用另一只手替男爵夫人把散乱的头发拢回去。

“从卡龙毕到这儿，她变了，不再是昔日那个年轻、漂亮、活泼的夫人了。”男爵暗自思量。她的两个眼窝儿深深陷了进去，额上出现了忧伤的皱纹，面容憔悴，双眸中活泼、自信的光芒消失了。他对她的要求是否过分了？他是否在为政治利益牺牲自己的妻子？他记得当决定回卡龙毕时，路易斯·比亚纳和古穆西奥都曾劝他别带上埃斯特拉，那里因为卡努杜斯而局势动乱不安。此刻他心里惴惴不安。也许由于他的无知和自私，已给心爱的妻子——他对她的爱胜过对世界上任何人的爱——带来无可挽回的损失。然而，和他并辔而行的阿里斯塔科告诉他们“你们瞧，他们已将卡龙毕点着了”的时候，埃斯特拉纹丝未动呀。他们当时正站在一座高冈上，那是男爵外出狩猎停下来察看地势的地方，是男爵带着宾客们鸟瞰整个庄园的地方，也是众人去估量水灾或虫灾灾情的瞭望塔。夜静风止，满天繁星。他们望着一条条火龙——红的、蓝的、黄的——腾空而起，正在将那幢高大的住宅——它和这几位在场的人休戚相关——化为灰烬。躲在黑暗处的塞巴斯蒂娜呜咽着，阿里斯塔科眼里溢满了泪花，但埃斯特拉没有哭。他肯定她当时没有哭，她挽着他的手臂直立在那里。他曾听她喃喃自语："他们不仅烧住房，而且把畜栏、马棚和仓库点着了。"次日清晨，她便开始高声谈论起这次焚烧事件来，从那时起，就再没有办法使她平静下来。"我永远不能饶恕这一事件的肇事者。"男爵思忖道。

"我要是你，死也要死在那儿，"穆拉乌少校突然说，"除非他们先把我烧死。"

塞巴斯蒂娜一面说"请你们允许，我要走了"，一面走出客厅。男爵暗自思量，穆拉乌少校从前一定十分暴躁，至少比阿达尔贝托暴躁。在奴隶制盛行的年代，他肯定经常严刑拷打不顺从的奴隶和逃奴。

"我这样说倒不是因为彼得拉·维尔梅拉庄园价值千金，"穆拉乌少校看着自家客厅泥灰斑驳的墙壁说，"我也曾想过亲自把它烧毁，因为我太伤心了。一个人，只要他自己愿意，就连财产也是可以毁掉的。但是，如果一帮恬不知耻、胡作非为的强盗对我说，他们要烧我的庄园，说什么我的土地太贫瘠了，需要休养生息，那我可不干，除非他们先让我的脑袋搬家。"

"要是你，也没有别的方法，"男爵极力打趣地说，"他们可以先烧死你，再烧你的庄园。"

男爵思忖道："那帮家伙就像是蝎子。他们把庄园烧毁等于把针刺到自己身上，自取灭亡。他们自己不愿活，也不让我们大家活，究竟为了谁呢?”男爵庆幸地注意到他的夫人已经在打呵欠了。啊，如果她能酣然入睡，将对她的神经大有裨益。埃斯特拉近日来一直夜不成眠。路过圣多山时，她不愿睡教堂里的床，坐在塞巴斯蒂娜怀里哭了整整一夜。从那时起，男爵就心神不安，因为埃斯特拉平日是很少哭的。

“这真是怪事，”男爵夫人已经合上双眼，穆拉乌与男爵及古穆西奥对视了一眼，松了口气，说，“上次当你路过这里去卡龙毕时，我恨的是莫莱拉·西塞上校，可我现在同情起他来了。我恨过埃巴米农达，恨过雅各宾分子，可从来没像对甲贡索人这样恨得咬牙切齿。”他每逢激动起来总是挥动双手，并不时地去搔下颌，男爵正盼他这样呢。穆拉乌少校双臂交叉在一起，俨然一副神父的神态：“他们在卡龙毕、石井、苏苏拉纳、儒阿、库拉尔·诺沃、彼内多和拉戈阿的所作所为实在可恶至极，简直令人难以想象：竟要摧毁国家的文明中心、养育他们的庄园！上帝不会饶恕他们！只有魔鬼才会干出这种事来。”

穆拉乌少校挥动着一只干瘪的手，伸出食指急速地在空中画了个圆圈儿，随即又搔着下颌的皮肤。于是，男爵自忖：“总算盼来你这一着了。”

“别那么大嗓门，何塞·贝尔纳多，”古穆西奥打断了穆拉乌的话，指着男爵夫人问道，“要把她抬回卧室去吗?”

“等她睡沉一些再说吧。”男爵回答。他站起身，挪了挪枕垫，让妻子的头枕在上面，随后又跪到地上，将妻子的双脚搁到小凳上。

“我原来想，最好的办法是尽快把她送去萨尔瓦多，”阿达尔贝托·德·古穆西奥说，“可我不知道再让她长途跋涉好不好。”

“看她明天起床后的情况吧。”男爵一面说一面重新晃动摇椅，和穆拉乌少校同时摇晃起来。

“烧毁卡龙毕！而且是得到过你不少好处的人烧毁的！”穆拉乌又摆动双臂在空中画了两个圆圈儿，搔着下巴说，“我希望莫莱拉·西塞加倍讨还这笔债。我要到那里去亲眼看着西塞处死他们。”

“西塞上校有信来吗？”古穆西奥再次打断了穆拉乌的话，“说不定他已把卡努杜斯夷为平地。”

“是的，我一直在计算着，”男爵附和道，“即使他们脚上拴了秤砣，到卡努杜斯也该有几天了。除非……”男爵发现朋友们都在好奇地凝视着他。“我是说，除非他再次旧病复发，正如他上次被迫住到卡龙毕去那样。说不定他又中风了呢。”

“现在就怕莫莱拉·西塞还没有消灭那帮无赖就先病死。”何塞·贝尔纳多·穆拉乌嘟囔道。

“也可能那里连条电话线都没有留下，”古穆西奥说，“既然他们能把庄园烧毁，让土地闲着，自然也会把电线杆推倒，把电话线割断，免得头痛。西塞上校可能已经和外界断绝了联系。”

男爵脸上泛出一丝苦笑。他们上次在这里聚会时曾认为莫莱拉·西塞的到来意味着巴伊亚自治党人覆灭的开端。可现在呢？他们迫不及待地想知道西塞挫败“复辟派及其英国代理人”的详细情况。男爵一面思索，一面望着沉睡的妻子：面色苍白，神情宁静。

“英国代理人，”男爵突然高声道，“烧毁庄园、让土地休养生息的君子。我听说过这话，可我怎么也不能相信。像帕杰乌那样一个杀人放火、掳掠奸淫、无恶不作的家伙竟成了虔诚的十字军士兵。这些我都是亲眼看见的。现在谁都不会说我是出生在这里并在这里过了大半辈子的人。这片土地成了我的异乡，这里的人也不再是往日我一直交往的那些人。那个苏格兰无政府主义者可能比我更理解他们，可能‘劝世者’也比我更能理解他们。可能只有狂人才能理解狂人……”

男爵做了个失望的手势，没有把话说完。

“我正要谈谈那个苏格兰无政府主义者的问题。”古穆西奥说。男爵心里忐忑不安：他早就知道他们会向他提出这个问题，他已等了两个小时了。“你知道，我从来没有怀疑过你的政治判断力，但你就这样不明不白地放走了那个苏格兰人，我不明白。他是个重要俘虏，是我们对付头号敌人的一张王牌，”古穆西奥眨眨眼，望了望男爵，“难道事情不是这样吗？”

“我们的头号敌人已不是埃巴米农达，不是某个雅各宾分子，”男爵无精打采地说，“而是甲贡索人，是巴伊亚的经济崩溃。如果不制止他们的暴行，巴伊亚的经济就会崩溃。如果土地荒芜了，一切都会见鬼。如果牲畜被吃光了，畜牧业就会完蛋。最可怕的是，如果一个地区没有了劳动力，那就更糟糕，这个地区就会成为一个人烟稀少的地区。现在逃往外地的人不会再回来。我们必须设法改变卡努杜斯给我们带来的倾家荡产的局面。”

男爵看到古穆西奥及穆拉乌双眼闪烁着惊奇和警告的目光，心里十分不悦。

“我知道我已回答了你提出的关于加利雷奥·加尔的问题，”男爵说话的声音很低，“顺便说一下，加利雷奥·加尔并不是他的真实姓名。我为什么要把他放走？这也许是当今这个时代疯狂的又一表现，也是我献给这个充满狂想妄为时代的一份礼物。”男爵无意识地像穆拉乌那样用手在空中画了个圆圈儿，“就算我们把和埃巴米农达的战争继续下去，我怀疑我们能否得到什么好处。”

“继续下去？”古穆西奥抱怨道，“据我所知，一秒钟也没停止过呀。由于莫莱拉·西塞的到来，萨尔瓦多的雅各宾分子现在疯狂极了。《消息日报》要求议会质询比亚纳，还要求成立特别法庭，审理我们的阴谋及非法生意。”

“我并没有忘记进步共和党人给我们造成的损失，”男爵打断了古穆西奥的话，“可问题是事情已经发生了变化。”

“你想错了，”古穆西奥说，“他们希望的就是莫莱拉·西塞和第七步兵团拎着‘劝世者’的脑袋开进巴伊亚，把比亚纳赶下台，把议会关闭，最后来对付我们。”

“埃巴米农达·贡萨尔维斯有什么把柄落到复辟派手里了吗？”男爵微微一笑，“我不但失去了卡努杜斯，而且失去了本地最古老、最富饶的卡龙毕庄园。我比他更有理由把莫莱拉·西塞当作救星来欢迎。”

“所有这些都不能证明你轻易放走那英国人是对的。”穆拉乌说。男爵当即意识到老少校是费了好大劲儿才说出这番话来：“那英国人不正是埃巴米农达肆无忌惮的活证据吗？不正是这个野心家鄙视巴西的有力见证吗？”

“理论上可以这样讲，”男爵说，“可以这么假设。”

“我们本可以带着他到那撮赫赫有名的头发去过的地方走一趟的。”古穆西奥说话的声音很低，却是严厉的、气愤的。

“但在实践中，事实并非如此，”男爵接着说，“加尔不是一般的狂人。是的，你们别笑，他是个特殊的狂人：一个有信仰的狂人，否则他不会当着我们的面公开声明反对我们。他本可以为埃巴米农达对我们的指控作证，置我们于可笑的境地。”

“很遗憾，我不得不对你的这种说法提出异议，”古穆西奥说，“不论是软办法还是硬办法，能让一个人讲出实话的办法多得很哟。”

“但对那些狂热的信徒没有丝毫办法，”男爵回答，“对那些相信自己的事业胜过对死亡的恐惧的人来说没有任何办法。如果对加尔严刑拷打，只能使他更加坚信自己的事业。宗教史上有许多例子……”

“那样，宁可给他一枪，然后把他的尸体带回来，”穆拉乌说，

“可放走他……”

“我倒很想知道他后来的情况，”男爵说，“很想知道是什么人杀死他的。是向导不愿把他送到卡努杜斯，半路杀了他？是被图财害命的甲贡索人杀了？还是被莫莱拉·西塞杀了？”

“向导？”古穆西奥睁大了眼问道，“你还给他派了个向导？”

“我还送给他一匹马，”男爵回答，“完全是出于对他的怜悯和同情。”

“同情？怜悯？”穆拉乌少校一面重复着，一面在摇椅上晃来晃去，“同情一个妄图使世界陷入血与火的无政府主义者？”

“而且从他所写的那些东西来看，还是一个背有几条人命的无政府主义者，”男爵说，“如果他写的那些东西不是谎言，同情他也未尝不可。这个可怜虫相信卡努杜斯到处充满兄弟情谊，是唯物主义者的天堂。他谈起甲贡索人来就像谈起自己的同志。我当时不同情他是不可能的。”

男爵注意到在场的伙伴们愈来愈惊愕地凝视着他。

“我这里有他的遗嘱，”男爵告诉大家，“读起来很困难，有许多地方简直是胡说八道，但很有意思。里面关于埃巴米农达的阴谋写得很详细：埃巴米农达如何将他招来，后来又如何企图杀死他，等等。”

“要是早将这个阴谋公之于世该多好啊！”古穆西奥忿忿地说。

“公布了也不会有人相信，”男爵嗔怪道，“埃巴米农达·贡萨尔维斯通过秘密警察和武器走私贩制造的假象比事实还要真实。晚饭后，我来给你们翻译几段加尔的自传，是用英文写的。”男爵望了妻子一眼——她在睡梦中叹了口气——沉默片刻，又说：“你们知道他为什么要把遗嘱留给我吗？是要我把它转给里昂的一家无政府主义杂志。你们想想，我现在反对的并不是英国的君主政体，而是唯恐天下不乱的法国恐怖主义分子。”

男爵见伙伴们愈来愈恼火，便大笑起来。

“瞧，我们就没有你那么高的兴致。”古穆西奥说。

“这是因为他们烧毁了我的卡龙毕庄园。”

“别假惺惺地说这种戏谑之言了，有什么话就明讲吧。”穆拉乌责备道。

“现在的问题不只是不能伤害埃巴米农达这个粗鲁的村夫，”卡纳布拉沃男爵说，“而是要同共和党人和解。我们之间的战争已告结束，这是形势决定的。不能同时进行两场战争。那个苏格兰人不但对我们毫无用处，而且从长远来看，可能会使问题复杂化。”

“你的意思是要跟进步共和党人和解!”古穆西奥惊愕地瞪着男爵。

“我是用了‘和解’这个词，但我想到的是一种联盟、一种协约，”男爵说，“要明白这一点是困难的，做起来更难，但眼下别无他法。好吧，我看现在可以把埃斯特拉送回她的卧室去了。”

第六章

《消息日报》的近视记者冻得蜷缩在军毯还是泥土上已无法看清。他倾听着大炮的轰鸣。大家之所以都没有入睡，一部分是因为下雨，一部分是因为战斗已经临近。他屏息静听，想听听卡努杜斯的钟是否还在响，但听到的只是隆隆的炮声和“装子弹——杀！”的军号声。从圣多山开始，甲贡索人的木哨声就一直折磨着第七步兵团，这木哨交响乐是否有个名字？近视记者心慌意乱，全身发颤，寒气渗进骨髓。此刻，他想起了同行——怕冷的老记者。老记者已落在大部队后面，和光膀子的童子兵走在一起。老记者曾警告他：“年轻的朋友，即使是炉口上的面包，时间一长也会烤焦。”老记者会不会已经死去？他和童子兵是否已遭到那天下午在这山梁上见到的那个黄头发军曹及其部下同样的命运？正在这时，山下响起了钟声，这是对第七步兵团军号声的回答。雨夜中的这场对话预示着天一亮就会有一场猎枪对步枪的较量。

黄头发军曹及其部下的命运可能就是老记者的命运：当莫莱拉·西塞建议他随同前往时，他差点儿表示同意。他会不会因困顿不堪而免遭此厄运？会不会因某种预感、某种偶然性而免遭此厄运？事情虽发生在前一天晚上，但他觉得仿佛已经很遥远，这是因为直至昨天他还觉得卡努杜斯是遥不可及的。先头部队已停止前进，近视记者记得自己当时两耳嗡嗡直响，两腿打战，双唇溃烂。西塞上校牵着马缰，其余将士个个满身尘土，看不出哪个是官，哪个是兵，哪个是挑夫。他在自己身边看到的只有疲劳、肮脏及痛苦。十一二名兵士离开队伍，迅速地来到西塞上校及库尼亚·马托斯少校面前。为首的仍是抓住华金神父的那名年轻军官，两个脚跟一碰，复述着命令：

“在卡拉卡塔设防，一发起进攻便用交叉火力封锁山口。”年轻军官身材魁梧，精神抖擞，英姿勃勃。近视记者见他一路上都是如此。

“您别担心，团座，我们绝不让一个叛匪从卡拉卡塔逃走。”

军曹身旁站着向导，他不就是带着巡逻队去找水的那个向导吗？他站在那里，被雨淋得湿漉漉的，神色怅惘，心事重重。近视记者思量道，真是凑巧。莫莱拉·西塞上校见他坐在地上，疲惫不堪，写字板放在膝上，瑟缩着身体，于是问：

“你愿不愿和这支部队一起去卡拉卡塔？去卡拉卡塔比跟着我们安全些。”

是什么促使他犹豫片刻后做出了否定的回答？他记得，年轻的军曹以前曾和他谈过几次，问过他关于《消息日报》及他本人的工作情况，并说莫莱拉·西塞是当今最有声望的人物，甚至比弗洛里亚诺元帅有过之而无不及。军曹还告诉近视记者，他和西塞上校都认为文职政治家是共和国的祸患，是国家腐败和分裂的根源，只有军人才能使帝制时期受到践踏的祖国重获新生。

雨停了吗？近视记者眼也没睁，仰过身来。是的，雨已停，冰冷的水滴是风从旁边吹来的。炮声也已停止。此刻，在近视记者的脑海里，年轻军曹的身影已经逝去，代之而来的是一向怕冷的老记者的相貌：淡黄色的头发已经霜白，面容虽然憔悴，但十分慈祥；总是不时地去看自己的指甲，仿佛指甲可以帮他思考；还有他那条围巾。他会不会也被吊到树上去？部队出发不久，一名传令兵便来报告西塞上校说童子兵连那边出了事。“童子兵连！”近视记者暗自思量。第七步兵团把这些近乎孩童的青少年抓来当兵时连年龄都不问一声。他已写好了四五页关于这些童子兵的事迹，放在旅行包底，而此刻他就躺在旅行包上，免得书稿被雨淋湿。第七步兵团为什么要干这种事？据西塞上校说，青少年比成年人瞄得准，也比成年人沉着。他亲眼见过这些被称为童子兵的十四五岁的孩子，并且和他们面谈过。因此，当他听传令兵说他们那边出了事时，便随西塞上校一道来到部队后阵。半个小时后，他见到了这些童子兵。

天气阴冷，他觉得从头到脚出了一身冷汗。急促的钟声和军号声响彻四野，他借着夕阳的余晖凝望着那十来个童子兵。这些入伍的娃娃兵有的蹲在地上，有的躺在乱石上，形容污秽，疲惫不堪。近视记者在童子兵中突然发现了自己的同行，那位怕冷的老记者，顿时惊愕不已。一位蓄着山羊胡子的上尉——看上去内心矛盾重重，怜悯、气愤、踌躇等几种心情交织在一起——迎着西塞起来报告：“团座，他们拒绝继续前进，怎么办？”近视记者曾试图劝老记者努把力，站起身来。“他现在需要的不是劝解，”近视记者思忖道，“倘若他还有一点点力量，一定会站起来走。”他记得老记者当时两腿僵直，脸色青紫，像狗一样喘着粗气。一名童兵哭着说，他们双脚肿胀，脑袋嗡嗡响，寸步难行，情愿被西塞上校下令打死。童兵双手祈祷似的恳求着，刚才没哭的现在也渐渐挪到西塞脚下，捂着脸放声痛哭。他还记得西塞当时的神态，两只小眼睛滴溜溜地瞅着这些孩子们，说：

“我原以为你们到了部队后会很快成长起来，可你们辜负了我的期望。节目最精彩的部分你们看不到了。我现在不把你们当逃兵处治，但我要开除你们。把武器和军装都交出来吧。”

近视记者将自己的饮水分了一半给老记者喝，老记者十分感激，脸上露出一丝笑容。就在两位记者喝水的当口，童子兵用瘫软的双手相互帮着脱下军装、军帽，连同长枪一起还给军械保管人。

“你们不能留在这里，目标太大，”莫莱拉·西塞告诉他们，“你们要设法躲到我们今天上午歇息的那个石坳里，在那里等着我们的部队去救你们。但说实话，去救你们的可能性不大。”

西塞上校转身朝部队前阵返去。老记者送别似的轻声说：“即使是炉口上的面包，时间长了也会烤焦。”他脖子上的那条围巾围得十分滑稽。他坐在那里，仿佛一名班长坐在一班赤身裸体、吵吵嚷嚷的小学生中间。近视记者想：“那里也一定下过雨了。”他想象乌云在天空翻滚一阵后，顷刻而至的滂沱大雨给孩子们带来的喜悦和欢乐。他们将信将疑，个个笑容满面，贪婪地张着大嘴，双手凹作钵形，高高兴兴地接着雨水。他们一反愁眉苦脸，站起身，兴高采烈地相互拥抱着。他们会不会又上了路、又赶上了部队？近视记者缩作一团，下颌碰到膝盖上，对自己说不会的，他们已精疲力竭，即使这场雨也无法使他们挪动半步。

雨下了几个小时？天色渐渐暗下来，先头部队已向卡努杜斯高地发起进攻。整个营地里笼罩着欢乐的气氛，官兵们在雀跃，在拍手叫好，在用钢盔接雨水喝，在把赤裸的双臂伸向雨柱里。西塞上校的白马在嘶叫，在地上开始出现的泥浆中摇头摆尾。近视记者被溅在身上的水滴搅得似信非信，茫然无措，只能抬头、闭眼、张嘴、翘鼻子。他闷头思索着，未听到外面的枪声，连身旁一名士兵滚到地上、痛得捂着脸哀号都未听到。只有当听到外面乱哄哄的声音时，他才俯下身将写字板和旅行袋提了起来，盖住了脑袋。他躲在这个很不像样的掩体里，看见奥林皮奥上尉在用机枪射击，士兵们有的冲向雨地，有的奔跑着寻找避雨的地方。他透过纵横交错的一条条泥腿瞧见——这情景像一张照片般清晰地印在他的脑海里——莫莱拉·西塞抓住马缰，跨上马鞍，不顾身后是否有人随从，只顾挥着马刀向子弹横飞的卡汀珈冲去。“上校高喊共和国万岁、巴西万岁。”近视记者想。天色朦胧，大雨如注，寒风瑟瑟，众官兵和着西塞上校的呼喊开始跑起来——近视记者暂时忘记了身体的寒冷和内心的苦闷，若有所悟地笑了笑，也随在他们后面跑起来，而且也朝卡汀珈跑，也迎战那看不见的敌人。他记得，他当时一面跌跌撞撞地往前跑，一面暗忖自己在愚蠢地奔向一场无法参加的战斗。拿什么去参加？用他那手里的写字板吗？用他那只装着换洗内衣和书稿的皮旅行袋吗？用他那只空空的墨水瓶吗？但事实是敌人还未出现。

“后来出现的情景更加惨不忍睹。”近视记者思量道。其时，他又出了一身冷汗，犹如蜥蜴从背上蹿过。灰蒙蒙的傍晚即将逝去，夜幕开始降临。近视记者眼前又突然出现了一片幻影，他看到恩波拉纳树和法维拉灌木①上吊着一个个人，好像一个个奇异的果实。皮靴、刀鞘、衣服、军帽在树枝上狂舞。有的尸体只剩一副骷髅，眼睛、腑脏、臀部、肌体、生殖器等等已被兀鹫和啮齿动物啄食干净。赤条条的尸体和幽绿、神秘的树木及灰色的土地形成鲜明对照。这奇异的景物突然堵住他的去路，他茫然地在那点缀着尸骨及军装的卡汀珈中踱来踱去。莫莱拉·西塞上校下了马，随之冲锋的官兵也围上来，石头人似的呆站在那里。继刚才的呼喊、奔跑之后，代

① 均为巴西特有的热带树木。

之而来的是深沉的、可怕的寂静。官兵们呆望着，脸上的惊愕、恐惧渐渐散去，露出伤心、愤懑的神情。

年轻军曹的尸体轻轻晃动着，脑袋——虽已失去双目——尚算完整，躯体血肉模糊，一根根骨头裸露在外面，鼻青脸肿，雨水淋在上面犹如鲜血一般。近视记者心中泛起恐惧、怜悯之前，想到了他不能不想到的一个问题，这也正是此刻折磨着他、使他久久不能入睡的问题：他之所以能活下来完全是出于偶然，出于奇迹，否则也会被甲贡索人的利刃戳成肉泥，吊到仙人掌上的尸体也会被兀鹫的尖嘴剥得血肉不存。黑暗中有个人在哭泣，是奥林皮奥·德·卡斯特罗上尉在哭。他一只手里还拎着手枪，另一只手伸到脸上。近视记者趁着昏暗的光看到别的官兵也在为黄头发军曹及其部下哭泣，哭着把一具具尸体从树上解下来。莫莱拉·西塞伫立在那里，望着他们在黑暗中解下尸体，并排掩埋。掩埋好了，又在黑暗中举枪致哀。军号声响过，莫莱拉·西塞用马刀指了指前方的山坡，发表了极为简短的训话：

"士兵们，杀人凶手并没有逃走，他们就在那里等待着受惩罚。我没什么可讲的，还是让刺刀和枪炮来发声吧。"

近视记者又听到大炮在怒吼，好像就在附近。于是他一翻身爬起来，完全醒了。他思量，近日来几乎没有打过喷嚏，甚至在这淫雨绵绵的日子里也没有打。他想，这次讨伐至少有这样的作用：不像前些时候他总是担心自己的性命。他那喷嚏曾搅得同一编辑室的同僚坐卧不宁，自己也彻夜难眠；可现在呢？忧虑减轻，喷嚏减少，也许已经根治。他记得，刚开始吸鸦片时不是为了自我陶醉，而是为了睡觉时不打喷嚏。他自语道："多么庸俗啊。"他侧转身，仰望天空：黑沉沉的，没有一颗星星。周围漆黑一团，连身旁左右两边的两名官兵的脸庞都看不清。然而，他可以听到他们的呼吸声，听到他们的呓语。每隔一阵，便有些士兵起身到山顶去，把另一些人替回来休息。他想，这太可怕了。他将永远无法通过文字将这场面忠实地反映出来。他想，他们一个个仇恨满胸，怒不可遏；他们要报仇雪恨，要让甲贡索人偿还他们经受的疲劳和饥渴，偿还他们失去的战马和牛群，更要偿还死去的战友的生命。几个小时前，他们曾目送这些战友奔赴沙场，前去攻打卡拉卡塔，可现在被碎尸万段，备遭蹂躏。他想，这正是他们怒火万丈的根源，正是这种仇恨心理促使他们咬紧牙关，飞也似的翻过了一个个乱石滚滚的山坡；也正是这种仇恨心理驱散了他们的睡意，使他们紧握手中的武器伫立在山顶，紧盯着黑魆魆的山下，静听着猎物的动静。如果说他们起初仇恨敌人是出于义务，那么现在就是出自内心，而且要亲自报仇雪耻。

第七步兵团攀爬山冈时，官兵们个个疾步如飞，故而近视记者未能跟上一直走在队伍前头的西塞上校、参谋部人员及其卫队。山路崎岖，又没有灯光。近视记者步履艰难地向上爬着，双脚肿胀，太阳穴嘣嘣直跳，心脏像要从嘴里跳出来似的。是什么力量支撑着他、使他多次跌倒了又爬起来继续往山上爬？他想，是惧怕自己只身一人落在后面，是出于对未来事态的好奇心。有一次，他摔倒了，丢了写字板，但没过多久，一个剃光了脑袋——有虱子的士兵都必须剃成光头——的士兵还给了他。墨汁已经用完，最后一支鹅毛笔也在前一天晚上坏了，所以写字板也没有什么用处了。现在雨已经停了。各种各样的声响在他耳边回荡，其中有石头发出的沙沙声。他在想，夜里，各连队是否还要继续向两侧运动？是否还要把枪炮运向别的阵地？先头部队是否不等天亮就要冲下山冈？

近视记者没落到最后，他比许多官兵到得还早。他心里感到一种孩童般的喜悦，仿佛赢了一场赌赛。那一个个看不清五官的黑影已停止前进，正在那里吃力地解着绳带结，取下身上的行囊。他的疲劳、忧虑俱已烟消云散。他东奔西跑，打探参谋部设在何处，最后终于找到了那个用木柱支起、亮着一线微弱灯光的帐篷。夜深了，天上降着瓢泼大雨，他至今还记得爬到帐篷前见到莫莱拉·西塞上校时感到的那份安全感和轻松劲儿。西塞上校一面收阅战报一面下达指示，放着油灯的小桌周围一片忙碌景象。近视记者和前几次一样，坐到帐篷门口的地上。他记得，自己坐在那里很像一条狗，而且毋庸置疑，西塞上校首先会把他和狗联系起来。他看见满身泥浆的军官出出进进，听见塔马林多上校和库尼亚·马托斯少校在高声争论，听见莫莱拉·西塞下达命令。西塞上校披着一件黑外套，在油灯下非人非鬼。他那神秘的病最近是否又犯了？索扎·费雷罗医生一直伫立在他的身旁。

“命令炮兵开火，”西塞上校在命令，“让克虏伯大炮把我们要求会谈的柬帖射去。要在发起进攻前设法软化他们。”

军官们开始走出帐篷，近视记者只好让到一边，免得被踩着。

“让他们见识见识我们的团号。”西塞上校命令奥林皮奥·德·卡斯特罗上尉。

少许，近视记者便听到了第七步兵团从盖伊马达斯开拔时曾发出的那悠长、忧伤、凄凉的军号声。莫莱拉·西塞站起身，半缩在外套里朝帐篷出口走来。他边走边和出征的军官们握手，祝他们旗开得胜。

“好，你算是来到卡努杜斯了，”西塞上校发现了近视记者，“说实话，这可大大出乎我的意料。我从来不相信一名记者能跟着我们走到这里。”

西塞上校随即把他撇在一边，转向塔马林多上校。“装子弹——杀！”的军号声盖过了唰唰的雨声，在山野回荡。号声停歇，突然又响起了钟声。他记得脑海里顿时掠过了官军一直在想的事情：“这是甲贡索人的回答。”“明天的午饭就在卡努杜斯吃了。”他听西塞上校这样说，心里一阵慌乱，因为马上就是明天了。

一阵灼痛把加利雷奥·加尔从梦中唤醒：一串串蚂蚁在他的两条手臂上爬过，皮肤上留下一行行红色斑点。他一面摇摇迟钝不堪的脑袋，一面用手将蚂蚁捏死。他望了望灰蒙蒙的天空和熹微的晨光，想估算一下时间。他一向羡慕鲁菲诺、胡莱玛、大胡子女人及其他当地人估算时间的本领，他们只要看一眼太阳或望一眼星星就知道是什么时辰。他睡了多久？乌尔皮诺尚未回来，时间不会太长，当他看见最初的几颗星星时，不禁大吃一惊。乌尔皮诺出什么事了？他会不会不愿将他送到卡努杜斯而中途溜掉？加尔的心顿时凉了，心里涌上从未有过的感觉。

几个小时过去了，夜空明净，加尔断定乌尔皮诺不会返回了。他站起身，毫无目的地朝界标指向卡拉卡塔的方向走去。蜿蜒曲折的道路形成了一座迷宫，遍地荆棘丛生，在他身上留下一道道伤痕。走了一阵，他又返回原来的空地。他心思满腹，但总算又睡着了。他做过几个噩梦，但醒来后都记不清了。他饥肠辘辘，有好一阵子忘掉了乌尔皮诺，嚼食着野草，直至填饱了肚子。他环视四周，空无一人，只有靠自己去认路了。但这有何难？如能遇上一伙香客，跟着走不就行了？然而，现在这是什么地方？说不定是乌尔皮诺故意把他领到这里来的。他忧心忡忡，不敢再想。他把褡裢背到肩上，拿起一根粗粗的树枝，在树林中给自己开出一条路。突然下起雨来，他喜出望外，舔着掉在脸上的水滴。正在这时，他发现树林中有几个人影。他喊了一声，随即蹚水朝他们跑去。他一面跑一面想，总算又遇到人了。当他认出是胡莱玛和鲁菲诺时，立刻止住了脚步。

他透过雨帘发现鲁菲诺神态自若，像牵牲口那样牵着胡莱玛。他望着鲁菲诺松开绳索，并远远瞧见了惶恐不安的矮子。三人都望着加尔，加尔茫然不知所措，如入幻境。鲁菲诺一手握刀，两眼冒火。

“你不是来保护你老婆的吧?”加尔听鲁菲诺说道，他的话中不完全是气愤，更多的是鄙视，“加尔，你真不要脸。”

加尔此刻更感如置身幻境。他举起那只空着的手，做了个和解、友好的手势。

“鲁菲诺，现在不是谈论这件事的时候。过去的事，我以后再向你解释。当务之急是另一桩事，成千上万的男女可能死于一小撮野心家的屠刀之下。你有义务……”

他醒悟到原来自己讲的是英语。鲁菲诺在朝他步步逼近，他开始向后倒退。地面上已满是泥浆。后面，矮子正设法给胡莱玛解绳。“我现在还不想杀你。”加尔断定鲁菲诺是这样说的，还以为鲁菲诺会在他脸上抽几巴掌，以此作为羞辱。他真想放声大笑。两人距离愈来愈近，于是加尔想：“现在和他理论不清，将来也不会理论清楚。”仇恨和情欲一样，会迷住人的眼睛，使人单凭直觉行事。难道为了一个女人、为了一桩蠢事白白送掉性命?加尔仍保持那个和解的手势，脸上露出惶恐和哀求的神色，与此同时估计着两人的距离。当鲁菲诺再朝前逼近时，他突地将手中的木棍朝对方打去。鲁菲诺应声倒地。胡莱玛高声喊叫着，当她赶到加尔身旁时，加尔又给了鲁菲诺两三棒。鲁菲诺头昏目眩，松开了手中的短刀，加尔立刻捡了起来。加尔阻住胡莱玛，示意他不会杀鲁菲诺。随后，他挥着拳头生气地对鲁菲诺吼道：

“你无知、自私、小气，背叛了自己的阶级。难道你就摆脱不了你那个虚荣的小天地吗?一个人的荣誉并不在他的脸上，糊涂虫。卡努杜斯数以千计的百姓都是无辜的，你的弟兄们正在那里拼命。

你应该明白这个道理。”

鲁菲诺从昏迷中醒过来，摇了摇头。

“你应该设法让他懂得这个道理。”加尔临走时冲着胡莱玛这样吼道。胡莱玛像望着疯子或陌生人那样望着加尔。荒诞、梦幻的感觉重新涌上他的心头。他为什么不把鲁菲诺结果了？可以肯定，这个厚颜无耻的家伙定会追他至天涯海角。他气喘吁吁地向前跑，荆棘划破了衣衫，滂沱大雨浇在头上。他满身泥浆，不知朝哪里跑。木棒、褡裢还在身上，但草帽已不知掉到哪里去了，雨滴直打在脑门上。他不知跑了多久——可能是几分钟，也可能是一个小时——最后停了下来。他开始放慢脚步走起来。遍地是灌木和仙人掌，没有路，也看不到任何可以参考方向的标志。脚下一片泥泞，每走一步都要花费很大气力。汗水和着雨水，浑身湿淋淋的。他默默诅咒自己的背运。天色愈来愈暗，他好不容易才醒悟到已黄昏。他想，这样东张西望，仿佛在向这些灰色的、不结果实的、只长刺不长叶的树木求助。他做了个无可奈何的手势，又奔跑起来。但刚跑出几米远就止住了脚步，气急败坏地待在原处，失声长叹了一声。

“鲁菲诺！……鲁菲诺！……”加尔把双手伸到嘴边高声喊道，“快来哟，快来哟，我在这儿，我需要你！请你帮帮我的忙，把我送到卡努杜斯去。我们别再冒傻气了，一起干点正事吧，日后你可以报复我，打我、杀我都行。鲁菲诺！……”他透过哗哗的雨声听到了自己呐喊的回音。此刻他已成了落汤鸡，冷得要死。他仍在毫无目标的走着，抽动着嘴巴，用木棍拍打着小腿。夜幕很快就要降临，这一切也许只是一场噩梦。脚下的地面在往下陷，他还未跌到底，心里便明白了，自己踩到掩盖着一口枯井的树枝上去了。他掉下后并没有失去知觉，因为下雨，井底是松软的。他直起身，摸了摸手膊和腿，背有点痛。他摸索着找到了从鲁菲诺腰间掉到地上的那把短刀，心想，他本可以用这把短刀戳死鲁菲诺。他想爬上来，可双脚一滑，又掉了下去。他坐在湿漉漉的地上，靠着井壁，渐渐睡着了。脚踏到枝叶上发出的咔嚓声把他从梦中惊醒。他正要呼喊，忽听肩旁“嗖”的响了一声，昏暗中，看见一支羽箭射到地上。

“别射了，别射了！”加尔喊道，“我是你们的朋友，是你们的朋友。”

有人在低语，有人在大声喧哗。加尔继续呼喊着。一根点燃的柴薪落入井中，加尔借着火光看清了晃动的人头。这些甲贡索人个个手持武器，身披用草做成的隐蔽衣。接着，几只手伸下来将他拉到井上。加利雷奥·加尔的脸上显出激动、幸福的神情。被雨淋得湿漉漉的甲贡索人趁着火光从头到脚打量着加尔。甲贡索人披着隐蔽衣，脖子上挂着木哨，身上带着马枪、砍刀、弩弓、子弹带、护符及耶稣心像。甲贡索人审视着加尔，脸上露出惊异的神情。他们见过各种各样的人，但从未遇到过加尔这种人。就在这时，加利雷奥·加尔恳切地提出要他们带他到卡努杜斯去。加尔说他可以为他们效力，可以帮助“劝世者”。他还告诉他们，他们上了资产阶级政客及腐败军人的当。为了弥补自己讲话不清的缺陷，为了使自己的话更加雄辩有力，他讲话时不停地做着手势。他睁大眼，时而看看这几个，时而望望那几个，其意思是：同志们，我早已投身革命，曾多次和人民并肩战斗。我要和人民同甘苦、共命运。

“赞美好耶稣。”加尔仿佛听到有个人这样说。

他们会不会嘲笑他？他讲起话来结结巴巴，笨嘴拙舌，心中对自己的无能大为恼火。他意识到自己讲的事情并不完全是自己想讲的事情，否则他们一定会听明白。尤其当他借着火把的光亮发现甲贡索人在相互交换着狡黠的眼色，露出会意的表情，并龇着牙朝他送来同情的微笑时，他气馁了。是的，他的话似乎是一派胡言，可他们应该相信他！他来这里是为了帮助他们，是费了九牛二虎之力才来到卡努杜斯的！由于有了他们，压迫者以为已经熄灭的火又在世界上燃烧起来了。加尔又沉默了，他为身披隐蔽衣的甲贡索人的友善态度感到迷惑不解，感到失望，因为他觉得他们对自己只怀着猎奇和同情的心理。他摊开双手，眼里充满了泪花。他到这里来干什么呢？他满以为自己到这里来可以为改造世界的伟大事业添砖加瓦，可怎么竟掉进这样一个永无脱身之日的陷阱里来了？有个人来劝他别担心：那些人不过是些共济会成员、新教徒、为敌基督效劳的奴仆，而“劝世者”和好耶稣才是真正伟大的。和他说话的人脸长长的，长着一双鼠眼，一字一板地说，如果需要，一个叫塞巴斯蒂安的国王会从海里出来爬到贝罗山上。他不应该哭，因为无辜者都曾得到天使的抚爱，如果异教徒们敢于将他杀害，天父定会使他死而复生。他本来想回答是的，他从他讲的那些乍听上去像骗人的鬼话中悟出一条真理——这是一场以受剥削、受苦难的劳苦大众为一方，以富翁、官军为另一方的善与恶的斗争。斗争的结果必然会出现一个四海之内皆兄弟的新时代——然而他未找到一句合适的话，只觉得有人在拍着他的肩膀安慰他，因为他们看见他在哭泣。甲贡索人的劝慰，他只模糊地听懂了几句，大意是他总有一天会成为富人，他应该为此祈祷。

“我要到卡努杜斯去，”加尔最后一把抓住那个和他说话的甲贡索人道，“你们带我去吧。我可以和你们一起去吗？”

“不行，”一个人指指山上，“狗子兵就在山上。他们会叫你脑袋搬家。你先躲躲，等他们被杀光了，你再去。”

甲贡索人做了个手势，示意他别动，随即消失了。加尔呆立在茫茫的暗夜中，“赞美好耶稣”一语仍在他耳边回响，好像在嘲弄他。他朝前走了几步，想去追赶甲贡索人，但一个黑影流星似的蹿出来，挡住他的去路，把他打倒在地。他明白了，是在和鲁菲诺厮打。两人你给我一拳，我还你一掌。加尔省悟原来甲贡索人身后那闪闪发光的正是鲁菲诺的眼睛。鲁菲诺专等甲贡索人走后才来揍他？两人气喘吁吁地在泥泞的卡汀珈中厮打着，但谁都不高声叫骂。又下雨了，加尔听到雷声、雨声。无论如何，这场野兽般的搏斗暂时使他摆脱了痛苦，赋予他的生命某种意义。就在他拳打、脚踢、嘴咬、头撞的时候，听到了一个女人的喊声——无疑是胡莱玛在喊鲁菲诺，间或还听到矮子喊叫胡莱玛的声音。但所有这些喊声猝然被山上传来的一阵紧似一阵的军号声及钟声淹没了。号声、钟声——他心里明白这号声、钟声意味着什么——好像要帮他一把。此刻，他越打越来劲，感觉不到疲劳，也感觉不到疼痛。跌倒了，再爬起来，不知道皮肤上流着的是汗、是雨还是伤口上的血。鲁菲诺突地从他怀中滑出，踪影全无，“扑通”一声掉进枯井。加尔一边在地上喘着粗气，一边伸手去摸索在这场搏斗中起了决定性作用的枯井的边缘。他思忖道，这是他几天来遇到的第一桩幸事。

“死脑瓜！糊涂虫！虚荣鬼！顽固蛋！”加尔上气不接下气地喊道，“你的敌人不是我，吹号的那些家伙才是。你听不见吗？”

加尔醒悟到自己刚才讲的又是英语。大雨如注。他用力站起身，张开嘴，让雨滴落在嘴里，觉得十分舒服。他一瘸一拐地向前走去。腿可能是掉进枯井时摔伤的，也可能是两人厮打时打伤的。他在卡汀珈中跌跌撞撞地走着，遍地是树干、树杈。他试图根据那凄厉的军号声或庄重的钟声来确定方向，但那号声和钟声仿佛飘忽不定。这时，突然有什么东西抓住了他的双脚，将他绊倒在地，让他啃了满嘴泥。他想挣脱，踢了一脚，踢得矮子呀呀直叫。矮子紧紧抱住他，恐慌地高声道：

“加尔，你不能扔下我呀，你不能把我一个人丢在这里。你没听到那隆隆声？加尔，你没看见那是什么？”

加尔心中又一次涌上忧伤、梦幻、荒诞的感觉。他记得矮子常躲在黑暗的地方，大胡子女人有时管他叫猫，有时又叫他猫头鹰。加尔仍然趴在地上，精疲力尽。他没把矮子从身边推开，只是听他呜咽着，说不愿意死。加尔将一只手放在矮子背上，一边抚摩他，一边侧耳静听。毋庸置疑，是隆隆的炮声。起初只是隐隐约约，他还以为是鼓声，可此刻他可以断定是炮声。炮不大，可能是迫击炮，但足以把卡努杜斯轰平。他困顿不堪，不知是晕过去还是睡着了，总之失去了知觉。

拂晓时，他苏醒了，冷得全身发抖。他听到矮子牙齿咯咯作响，满是恐惧的双眸在眼眶里滴溜溜乱转。他感到右腿麻木，矮子睡觉时定是倚在他右腿上的。他已渐渐恢复知觉，定睛看了看。树上悬挂着被撕得粉碎的军装、军帽、皮靴、大衣、水壶、背包、刀鞘及粗糙不堪的十字架。矮子呆望着，仿佛看见的不是衣帽，而是一个个穿着衣服、戴着帽子的幽灵。“他们至少把这些官兵打败了。”加尔暗自思量。

加尔屏息静听。是的，是大炮的轰鸣。雨大概在几小时前停了，因为他身边所有的东西都已晾干，只觉得寒风刺骨。他浑身无力，忍着疼痛站起身，发现了插在腰带上的短刀，于是心中思量，和鲁菲诺搏斗时竟没有想到用它。他为什么这次又没杀掉鲁菲诺？他此刻听到了隆隆的炮声和挽歌般凄切的军号声。他仿佛进入梦境般发现鲁菲诺和胡莱玛突然出现在树林中。不知鲁菲诺是因疲劳不堪还是身体受了伤，胡莱玛扶着他。加尔知道，鲁菲诺已在黑黝黝的树林中整整找了他一夜。他痛恨鲁菲诺。鲁菲诺太固执、太狠心了，执意要除掉自己。他们俩对视着。加尔战战兢兢地从腰里拔出短刀，指着号声传来的方向高声道：

“你听见没有？你的弟兄们在流血，一个个像苍蝇一样死去。你缠着我，不让我到那儿去和他们一起死。你把我变成了一个笨拙的小丑……”

鲁菲诺手里握着一根类似匕首、一头尖的木棒。只见他松开胡莱玛，把她推至一边，弓身朝加尔冲了过来。

“加尔，你这个十恶不赦的家伙，”鲁菲诺说，“你张口穷人，闭口穷人，可你背叛了你的穷朋友，做出这种伤天害理的事。”

没等鲁菲诺说完，加尔便怒不可遏地猛扑了过去。两人开始厮打。胡莱玛呆呆地望着他俩，又担心，又厌恶。矮子的身躯像是折叠成了两段。

“我不会为这区区小节死掉，鲁菲诺，”加尔咆哮道，“我的命比你想象的值钱得多，可怜虫！”

正当加尔和鲁菲诺扭在一起在地上滚打时，突然跑来两名官兵。官兵一见他俩，立即止住脚步。他们穿着破烂不堪的军装，其中一个连鞋子都掉了，都把子弹推上了枪膛。矮子两手捂住了脑袋。胡莱玛跑到官兵面前央求道：

“别开枪，他俩不是甲贡索人……”

然而，两个兵痞却突地对准这一对冤家对头开了枪，随即如狼似虎地扑向胡莱玛，将她往一片干燥的、灌木丛生的荒地里拖。加尔和鲁菲诺虽已身负重伤，但仍在厮打。

“我应该感到高兴，因为这意味着身体的痛苦即将结束，我将去见圣父、圣母。”玛丽亚·瓜德拉多思忖着，但她还是害怕得要命，极力掩饰着，生怕女信徒们看出来。倘若被她们看出，她们的情绪定会受到影响，那么服侍“劝世者”的整个架构就会不推自倒。未来的几小时——这一点她完全可以断定——比任何时候都需要圣诗班。“劝世者”和信徒们当时正在举行会议，她乞求上帝宽恕她的胆怯。她像往常一样开始祈祷，并告诉女信徒们随她一起祈祷，但她的心怎么也集中不到教义上。若安·阿巴德和若安·格兰德不再坚持把“劝世者”送往隐蔽所，但阿巴德劝他还是别到战壕里去：“神父，野外没有任何保护，您会白白把命送掉。”

“劝世者”一向不与他们争执，此刻也是这样。他将利昂的头从膝上移开，放到地上。利昂继续酣睡着。他站起身，若安·阿巴德和若安·格兰德也随之站起来。几天来，他瘦多了，看上去比从前更高了。玛丽亚看着他那痛苦的神情，不禁打了个寒战。他双眉紧蹙，微合的嘴上露出一丝苦笑，像有大祸临头。玛丽亚立即决定陪着他。她并不是总能待在他身边，特别是近几周。狭窄的街道上人群总是如潮涌，天主卫队不得不在“劝世者”周围筑起一道人墙。这样一来，她和女信徒们就很难陪伴在他身旁了。但此刻她迫切地感到自己应该去。她做了个手势，女信徒们立即围拢过来。她们丢下仍在圣所酣睡的利昂，跟在男人们身后出发了。

“劝世者”的突然出现使挤在圣所门前的人不知所措，一时没来得及堵住他的去路。这时，身佩蓝色袖标的天主卫队正在位于圣安东尼奥教堂与兴建中的圣堂之间的广场上清点刚刚来到这里的香客。若安·格兰德将手一挥，天主卫队的队员立即上前将“劝世者”围在中央，“劝世者”当时已来到通往乌姆布腊纳斯低地的殉难者街上。玛丽亚·瓜德拉多一面跟在“劝世者”身后，由女信徒们簇拥着跑着，一面回忆着她从萨尔瓦多来到圣多山的情景，想起了那个得到她同情反倒奸污了她的小伙子。这是不祥之兆：她只有在最沮丧的时刻才会想起自己一生中这个最大的过失。她不知为这一过失忏悔过多少次，也曾附在神父耳旁低语过，当众坦白过，还做过专门的忏悔仪式，但心里总免不了有一种负罪感，不时地折磨着她。

她醒悟到，在"'劝世者'万岁"的欢呼声中，有人在呼喊她的尊名——"玛丽亚·瓜德拉多妈妈！""世人之母！"有个人问哪位是她，另一个人朝她指了指。在她看来，自己的盛名完全是魔鬼的捉弄。她起初以为圣多山的香客请自己出面求情是因为她在圣多山待过，他们认识她。后来才明白自己之所以受到尊崇，是因为服侍"劝世者"多年，众人认为"劝世者"早已使她脱离凡尘。

玛丽亚·瓜德拉多看见贝罗山上上下下一片繁忙景象，人人都做着战斗准备，她的忧虑渐渐烟消云散、铁锹、铁镐，那铿锵的锤声都是在为战斗做准备呀。卡努杜斯变了样，仿佛每间房都是战斗阵地。她看见有人在房顶上架起她在卡汀珈中见过的那种空中哨所——吊在树林间，猎手可从上面窥视猛虎的动静。屋内的男人、女人和孩童也没闲着，他们中断手里的活儿画十字，随即忙着挖壕沟、装沙袋，个个带着马枪、火枪、长矛、棍棒及一串串子弹，有的还带着大大小小的石块和各种各样的铁家伙。

位于小河两岸的乌姆布腊纳斯低地此时已面目全非。天主卫队的队员只得领着女信徒们穿过一条条正在施工的壕沟，才算来到一片空地上。除了她在上次迎神赛会中见到的战壕，现在遍地是坑，坑里只能容下一两个人，坑内有石垒，可以做掩护，也可以把枪倚在上面。

"劝世者"的到来引起了一阵骚动。原本在挖壕运料的人都停下手里的活计，跑来听"劝世者"讲话。玛丽亚·瓜德拉多站在"劝世者"刚刚爬上去的马车边，车前是两排天主卫队队员。战壕里有几十个人在酣睡，怀里抱着武器，姿势十分可笑。虽然外面人声嘈杂，仍未能惊醒他们。玛丽亚思忖，他们定是一夜没合眼，站岗放哨、运料挖壕，准备迎战来犯之敌，保卫贝罗山。一股怜悯之心油然而生，她真想去给他们拭去额上的污垢，给他们喝点儿水，让他们吃几个刚出炉的面包，然后对他们说，就凭这种牺牲精神，圣父圣母也会饶恕他们过去的全部罪孽。

“劝世者”开始讲话，四周安静下来。他没讲魔鬼，也没提使徒。他在讲圣母马利亚生下儿子的第八天，按照犹太教教义将儿子带到圣殿，让儿子在割礼节流血时心中掀起的感情狂澜。“劝世者”讲得真切动人，玛丽亚·瓜德拉多深为感动，而且看出众人和她一样激动。他在讲述着给圣婴基督举行割礼时，小耶稣如何向圣母伸出双臂要求抚慰；小耶稣开始嚎哭时，他那羔羊般的哭声又如何使圣母感到撕肝裂肺。众人连声叫好，大家确信，纵使白痴听了“劝世者”的讲述也会动情。他们对玛丽亚·瓜德拉多说，兄弟姐妹们都明白奇迹刚刚发生。“这会不会是一种预兆，妈妈？”亚历杭德里娜·科雷娅低声问。玛丽亚·瓜德拉多点了点头。“劝世者”说，圣母马利亚见这样一朵美丽的鲜花刚刚绽开就受到血洗，顿时悲恸大哭，这哭声从此便成了圣母为万民的罪孽与怯懦哀哭的象征，万民的罪孽与圣堂中的神父一般，使耶稣终日流血不止。就在这时，贝阿迪托带着一些人来了。他们带来了教堂中的圣像和装着耶稣形象的金属盒。来的还有利昂，他疲惫不堪，浑身湿淋淋的，弓着身子，活像一把镰刀。贝阿迪托和利昂都被天主卫队安置在相应的位置上。

朝瓦沙—巴里斯河进发的游行队伍又上路了。大雨滂沱，地面一片泥泞。信徒们浑身是水，满身是泥。圣像、像标、华盖、锦旗顷刻便被淋得一塌糊涂。雨滴在瓦沙—巴里斯河面上激起一个个水泡，“劝世者”站在由几只大桶搭成的讲坛上。他讲话的声音太低了，只有离他最近的人才能听清，把他的话传给身后的人，再传给更靠后的人。由里向外，依次传播，犹如同心的声波。也许这也是一种战争吧。

“劝世者”讲到上帝和教会的关系，说躯体应该和头颅紧密相连，否则不可能成为活的躯体，也不可能有头脑地生活。玛丽亚双脚站在热乎乎的泥浆里，亚历杭德里娜·科雷娅手里牵着的白羊碰到她的膝上。玛丽亚·瓜德拉多明白，“劝世者”的意思是，信徒们和他、他们和圣父、圣子及圣灵在战斗中应该团结得坚如磐石。只要看看四周这些人的神态就可以明白。大家和瓜德拉多一样，完全懂得“劝世者”说虔诚的信徒应该有蛇的谨慎和鸽子的纯朴那番话是冲着他们讲的。“劝世者”咏叹道：“我正像流水般逝去，全身的筋骨俱已损伤，心也像蜡一样熔化在五脏六腑中。”玛丽亚·瓜德拉多听了这话，浑身颤抖了一下。四年前还是五年前，她记不清了，但就在双方发生龃龉、宣告云游四海结束的那一天，她曾在玛塞特山上听“劝世者”咏过这几句经文。

“劝世者”身后的人仍然伫立在瓦沙—巴里斯河畔那长满玉米及牧草的田野里，那是信徒们耕耘、放牧牲畜的地方。难道这一切都将被异教徒毁灭？她看见耕地里也布满壕沟，里面站着荷枪实弹的弟兄。难道异教徒枪中喷出的不是子弹而是水？她知道，“劝世者”的话是不能单从字面去理解的，因为他的话常常是比喻，是令人费解的符号，只有待事情发生后才明白他原本指的是什么。雨停了，火把点起来了，四周一片清香。“劝世者”说道，对信徒们来说，莫莱拉·西塞上校的白马并不是什么新鲜东西。《启示录》不是写着有匹白马要来，骑在马上的拿着弓并获赐冠冕，他便出来胜了又想胜吗？但由于圣母求情，他的胜利将在贝罗山前结束。

“劝世者”就这样由盖莱莫波山口到乌亚乌亚山口，由康巴奥山到罗萨里奥，由乔罗乔街到波依斯养畜场，以自身的光临将火带给百姓。每来到一条战壕前，他都要停一停，所到之处，都受到热烈的欢迎和欢送。在玛丽亚·瓜德拉多的记忆中，这是时间最长的一次圣列游行。天气时雨时晴，她的心也时浮时沉。她和那天的天气一样，整整一天，时惊时静，喜怒不定。

暮霭降临。“劝世者”在科罗罗波讲述了夏娃和马利亚的不同之处：一个好奇、悖逆，另一个善良、温驯，从来无意采摘贻害后人的禁果。玛丽亚·瓜德拉多趁着稀疏的亮光觑见“劝世者”与若安·阿巴德、若安·格兰德、贝阿迪托及比拉诺瓦弟兄站在一起，于是心中思量：说不定和她一样，抹大拉的玛丽亚在儒阿看见了好耶稣及其门徒也像眼前这些人一样谦卑、善良；说不定抹大拉的玛丽亚此刻也和她一样在想，多么英明的主啊，他没选中有钱有势的地主，而是选中了这样一些贫贱的人来改变历史的航向。她突然发觉，门徒中没有利昂·德·纳图巴。她的心为之一怔：他会不会摔倒在地被人踩伤，此刻正挺着那幼儿般的躯体、睁着智者的眼睛在泥泞地上呻吟呢？她咒骂自己不该忘了照顾他，便下令女信徒们当即去找。然而，人群密密层层，女信徒们无法挪动。

归来的路上，玛丽亚·瓜德拉多走近若安·格兰德，说应该赶快找到利昂·德·纳图巴。话音未落，便听到一声炮响。人们止步倾听，许多人茫然地抬起头仰望着天空。突然又传来一声炮响，公墓一带的房子被炸毁了。众人惊恐万状，四散逃奔。正在这时，玛丽亚·瓜德拉多觉得有个奇怪的东西紧紧依偎着她的身子，寻找庇护。她根据那矮小的身躯和头发断定是利昂。她拥抱他，亲吻他，并紧紧抱住他对他说：“孩子，我的孩子，我以为你丢了呢。你妈妈现在太幸福了，太幸福了。”远处传来悠长、凄凉的军号声，夜显得更不安宁。“劝世者”仍迈着同样的步伐朝贝罗山中心地带走去。人人推推搡搡，玛丽亚·瓜德拉多竭力护着利昂·德·纳图巴。她本想将身子贴到骚乱过后重新在“劝世者”周围组成的人墙旁，但她和利昂步履缓慢，趺趺撞撞，渐渐落到人群后面。当他们回到教堂附近的广场上时，那儿已挤满了人。人们有的互相呼喊着，有的在乞求上帝保佑。就在这时，若安·阿巴德抬高嗓门，命令将卡努杜斯的全部灯火熄灭。卡努杜斯顷刻陷入一片黑暗之中，玛丽亚·瓜德拉多连利昂的面目也看不清了。

“这下我反倒不害怕了。”玛丽亚·瓜德拉多思忖道。战争已经开始，炮弹随时会落到头上，她和利昂将被炸得粉身碎骨，葬身瓦砾之中。然而，她毫不惧怕。“感谢圣父、圣母。”她祈祷道。她和其他人一样，抱着利昂坐到了地上。她侧耳静听，但没听到枪炮声。那为什么要将全部灯火熄灭？她说话时定是声音很高，因为利昂扯着嗓子对她说：“为的是不让他们瞄准我们，妈妈。”

基督圣堂的钟声响了，那铿锵有力的声响淹没了官军用以吓唬贝罗山百姓的军号声。响彻夜空的钟声犹如一股强劲的风，给大家以慰藉和信心。“神父此刻就在钟楼上。”玛丽亚·瓜德拉多说。聚集在广场上的人听到那激励人心的钟声，个个高兴得欢呼起来。玛丽亚·瓜德拉多暗自思忖，“劝世者”真乃智慧过人，竟能在一片恐怖气氛中使信徒们沉着镇静，给信徒们以希望。

又是一声炮响，黄色的火光照亮了广场上空。玛丽亚听到炮声，先站起身，然后又坐回地上，只觉得炮声在耳边回响。就在火光升起的一瞬间，她看清了妇孺们脸上的表情。他们仰望天空，仿佛看到地狱一般。她突然想到，被炸飞的是乔罗乔的鞋匠欧弗拉西奥的家呀。欧弗拉西奥住在公墓旁，亲生和过继的子孙济济一堂。炮声过后，一阵静谧，无人奔跑。古钟发出欢快的鸣响。利昂·德·纳图巴紧紧依偎在玛丽亚·瓜德拉多的怀里，好像要躲进她那老朽的身躯里，使玛丽亚觉得十分惬意。

一阵骚动，几个人影拨开人群喊道：“分水员！分水员！”玛丽亚听出是安东尼奥·比拉诺瓦和奥诺里奥在喊，顿时明白过来他们这是要去哪儿。两三天前，安东尼奥·比拉诺瓦告诉“劝世者”，作为战斗准备，他已指示所有分水员：倘若战斗打响，就把伤员集中起来抬到医疗所，而把死者运到改造成停尸所的马棚里，以便日后隆重安葬。负责照料伤员、埋葬死者的分水员们此刻已开始工作了。玛丽亚·瓜德拉多一面祈祷，一面思量道："一切都在按照事先晓谕的那样进行着。"

不远处好像有个人在哭泣。只有妇女和儿童仍留在广场上。男人们到哪里去了？可能早已跑到木栅或钻到战壕及街垒里去了，此刻可能正拿着棍棒刀枪待在若安·阿巴德、马坎比拉、帕杰乌、若安·格兰德、彼得劳、塔拉梅拉及其他头目身后，在茫茫暗夜中等待着敌基督的到来。玛丽亚心中对这些即将遭到魔鬼咬啮甚至可能殉难的人充满了感激和怜爱之情。塔楼上的钟又响了，她为他们祈祷。

暴雨断断续续地下了一夜，雷声常常淹没了钟声和朦胧的炮声。炮响处，准有一两幢茅屋燃起熊熊大火，直至再来一阵大雨将火熄灭。整个卡努杜斯烟雾弥漫，呛得人们的嗓子和眼睛火辣辣的。玛丽亚·瓜德拉多在昏迷中听到怀里的利昂被呛得又咳嗽又吐唾沫。突然有人推了推她，她睁开眼，发现圣诗班的女信徒们全围坐在她身旁。光线暗淡，天仍然黑乎乎的；利昂在依着她的双膝睡觉；钟声在暗夜中回荡。女信徒们一直在找她，她们现在抱着她、喊着她的名字。可她太疲劳了，近乎麻木不仁，听不到她们的呼喊。利昂醒了，凝望着她，藏在蓬乱的头发后面的一双大眼睛睁得大大的，闪着亮光。他俩好不容易才从地上站起来。

广场的一部分已经空落落的，亚历杭德里娜·科雷娅告诉她，安东尼奥·比拉诺瓦已经让教堂里容纳不下的妇女各回各家或钻到山洞里去了，因为天快要亮了，敌人会炮轰广场。利昂·德·纳图巴及玛丽亚在女信徒们的陪伴下朝基督圣堂走去。天主卫队放他们进去了。这所兴建中的圣堂的墙只砌了半截，房梁尚未上完，构架上仍然黑乎乎的。玛丽亚·瓜德拉多注意到缩在这里的不仅有妇女和孩童，而且有携带武器的男人：若安·格兰德背着马枪和一串串子弹在这里跑来跑去。她不由自主地朝脚手架走去。架上的人很多，都在观察着外面的动静。一双粗大的手在将她往架上扶，利昂的身子不时地从她怀里滑出，但她一直没松手，只听得他在“妈妈”“妈妈”地叫她。她还没爬到钟楼上，便听到又有一枚炮弹落在远处的爆炸声。

玛丽亚·瓜德拉多终于在钟楼的平台上见到了“劝世者”。“劝世者”正跪在地上祈祷，四周竖起一堵人墙，不准任何人通过楼梯，但她和利昂过去了。她俯下身吻了“劝世者”的脚，他脚上的凉鞋不见了，成了两个干泥壳。她站起身，发现天已大亮。她走到用石头和木材筑成的窗户前，定睛看了看。灰、蓝、红三色组成的人潮正朝卡努杜斯扑来。在那里轮班敲钟的人个个双眉紧蹙，沉默无言。玛丽亚·瓜德拉多没去问他们，因为她心里明白，狗子兵来了。怒不可遏地向贝罗山袭来的狗子兵将再次大肆屠杀无辜的人。

“他们不会杀我。”胡莱玛思忖道。两名官兵紧紧攥着她的手腕，把她拖进一个荆棘丛生、遍地烂泥的迷宫。她滑倒了，再爬起来，歉意地望望两个衣衫褴褛的兵士。她从他们的眼里及微闭着的嘴角看到了曾在盖伊马达斯看到的——那天上午，一阵枪响过后，加利雷奥·加尔便朝她扑来——改变了她生活进程的那种神态。她以连自己都感到吃惊的镇静思量道：“只要他们显出这副样子，只要他们想干这种事，就不会杀我。”她忘记了鲁菲诺和加尔，一心想着拖延时间，想着求情……她又滑倒在地，这一次，一名士兵松开了她，并叉开腿跪到她身上，挥着枪警告她：如果她敢叫喊，就毁掉她的容颜。她脸上泛出红光，完全是一副服从的样子，顿时变得软绵绵的，一动不动，轻轻摇了摇头示意他放心。和上次同样的目光，同样急不可耐的表情，同样如狼似虎的架势，她微闭起双眼。此刻，胡莱玛心中闪过各种各样的念头。她不但听到士兵的喘息声，还听到了雷声、钟声以及军号声。兵痞压得她透不过气来，感觉到伤筋动骨般的难受。他那胡子拉碴的脸在她脸上蹭来蹭去，还在咀嚼着野草的发绿的嘴巴紧紧地贴到她的嘴上。她厌恶至极，但又极力掩饰着。她全神贯注，尽量不惹他生气，没发现身披隐蔽草衣的甲贡索人来到了身边，也没察觉到甲贡索人将短刀搁到兵痞的脖子上并一脚把他从她身上踢了下来。只有当她换了口气、失去身上的重负后才看到了甲贡索人。甲贡索人站在四周的树林中，总共有二三十人，也许更多。他们俯下身，给她收拾好裙子，先帮她坐起来，随后又扶她站起身。他们的话讲得很亲切，态度也十分和蔼。

从两个兵痞朝她扑来到现在只过去了短短几分钟，可她觉得仿佛长途旅行后刚刚归来。鲁菲诺、加尔和矮子现在怎么样了？她朦胧地记得鲁菲诺和加尔厮打时两名官兵朝他俩开了枪。那个从她身上被赶下来的兵痞正在几步开外处受审。审讯的人个儿不高，膀大腰圆，是个成年人，脸色灰中透黄，嘴和眼之间有一条直直的伤疤。胡莱玛暗自思量："此人定是帕杰乌。"她今天第一次感到恐惧。兵痞惊恐万状，随问随答，叩头作揖，迭声求饶。在帕杰乌审问他的当口，另有几个甲贡索人在剥他的衣服。他们先剥去他那破烂不堪的上装，然后剥掉他那已被撕成碎片的裤子，只是没有打他。胡莱玛看着这情景，不喜也不悲，仿佛仍在幻梦中。兵痞的衣服一俟被剥光，帕杰乌只一个眼色，几个甲贡索人的短刀顿时戳向兵痞的背上、肚子及脖子上。兵痞还未来得及喊叫便呜呼哀哉了。胡莱玛不喜也不悲，也无任何恶感。她醒悟到没有鼻子的大胖墩儿在和她讲话。

“你是一个人来贝罗山还是和别的香客一起来的?”帕杰乌讲得很慢，好像是怕对方听不懂或听不清，“你是什么地方的人?”

胡莱玛讲起话来很吃力。她喃喃地回答说，她从盖伊马达斯来。那声音仿佛是出自另一个女人。

“路可不近，”大胖墩儿好奇地上下打量着她，“再说，一路上有那么多官兵。”

胡莱玛点点头。她本想对帕杰乌说几句客气话，感谢他的救命之恩，可她心里太害怕了，没说出来。虽然她身边的甲贡索人都披着隐蔽草衣，拿着武器和木哨，但她觉得他们不同常人，个个都像传说或梦幻中的人物。

“你去贝罗山，不能走这儿呀。”帕杰乌说，脸上露出一副怪相，那大概就是他的笑容吧，“那些山冈上有异教徒。你最好兜个圈子，走盖莱莫波那条路，那一带没有官军。”

“我丈夫……”胡莱玛指着树林喃喃地说，可话没说完便呜咽起来。她径直朝前走去，伤心地回想着遇上两名官兵的情景。突然，她认出了竖在一旁的就是等着轮到自己的那个兵痞：一丝不挂地吊在树上，血肉模糊；军装也挂在树枝上，迎风狂舞。胡莱玛听见响动，循声寻去。果然，不一会儿便在点缀着军服的一片树林中找到了鲁菲诺和加利雷奥·加尔。两个人周身是泥，虽已精疲力竭，但仍在厮打。两团肉泥滚在一处，你撞我一下，我回敬你一下；你踢我一脚，我还你一脚；你咬我一口，我也啃你一口；你抓我一把，我也抓你一把，但两人的动作都很慢，像在开玩笑。胡莱玛在他俩身旁停下。大胖墩儿和其他甲贡索人围成一圆圈儿，瞧着两人搏斗。这是一场即将结束的战斗。两个泥人儿扭在一处，分不清哪个是加尔，哪个是鲁菲诺；两人此刻已动弹不得，但也没有任何迹象表明他们知道自己身旁围着几十人。只见他们气喘吁吁，满身是血，衣衫已被撕得粉碎。

“原来你叫胡莱玛，是盖伊马达斯的向导鲁菲诺的妻子，”站在她身旁的帕杰乌兴致勃勃地说，“这么说，他已找到你了。或者说，他已找到了从前一直在卡龙毕的幽灵。”

“他就是昨晚掉进枯井的那个疯子，”站在圈子另一边的一个甲贡索人说，“他可害怕官军了。”

胡莱玛觉得一只胖胖的手在用力捏她。这是矮子在捏她，他凝望着胡莱玛，眼里充满喜悦和希望，好像她就是他的救星。他全身是泥，紧紧依偎在她身旁。

“别让他们再打了，别让他们再打了，帕杰乌，”胡莱玛说，“我求求你，求你救救我的丈夫，救救……”

“你要我把两人都救下？”帕杰乌讥讽道，“你要他俩都属于你？”

胡莱玛听到其他甲贡索人听了帕杰乌的话哈哈大笑。

“这是男人们的事情，胡莱玛，”帕杰乌平心静气地对她说，“这是由你引起的。你别管他们了，让他们自己去解决两个男人之间的事情吧。如果你丈夫死不了，他定会把你杀死；如果他死了，罪名自然落在你头上，那你就必须在主的面前讲个明白。你到了贝罗山，‘劝世者’会劝你赎罪。你现在就去吧，马上就要打仗了。赞美好耶稣！赞美‘劝世者’！”

卡汀珈中一阵骚动，甲贡索人顷刻消失在丛林中。矮子仍然攥着胡莱玛的手，和她一样愣愣地出神。胡莱玛发现有一柄利刃别在加尔的肋上。号声、钟声、木哨声在她耳边回响，突然，两人停止搏斗，加尔大喊一声，滚到离鲁菲诺几米远的地方。加尔摸起短刀，大吼一声，将刀抽出鞘外。加尔凝视着鲁菲诺，鲁菲诺也瞪着加尔；滚在地上的鲁菲诺咧着嘴，目光呆滞。

“你还没打我的脸呢。”加尔挥着手中的刀对鲁菲诺说。

胡莱玛觑见鲁菲诺在点头，于是暗自思量：“他们相互谅解了。”她不知道自己为什么这样想，但她确是这样想的。鲁菲诺慢慢朝加尔这边爬来。他能爬到加尔身边吗？他在用双肘和双膝匍匐前进，满脸泥浆，活像一条蚯蚓；与此同时，加尔在挥着刀给他鼓劲儿。“这是男人们的事情，”胡莱玛回味着帕杰乌的话，“罪名自然会落到我头上。”鲁菲诺爬到加尔身边，没等加尔的刀戳来便向加尔脸上击去一掌，但巴掌落到加尔脸上时已失去力量，好像抚摩似的，也不知是因为体力已经耗竭还是因为沮丧。加尔也在打鲁菲诺，一巴掌、两巴掌，最后他的手落在鲁菲诺头上不动了。两人扭在一起，对视着，挣扎着。胡莱玛仿佛看到两张脸相距只有几毫米，还在相互微笑呢。号声和木哨声被密集的炮声淹没了。矮子嘟囔了句什么，胡莱玛没有听清。

“鲁菲诺，你现在已经打了他的脸，”胡莱玛思忖道，“可你得到了什么呢？鲁菲诺，你死了，把我一个人留在人世，这种报复有什么用？”她没有哭，也没有动，只是目不转睛地望着奄奄一息的加尔和鲁菲诺。加尔放在鲁菲诺头上的那只手使她回想起在盖伊马达斯的那次，加尔当时也是用手拍了一下她丈夫的脑袋，占了一卦，如同男巫波尔菲略用咖啡叶、堂娜卡尔西达用水钵算命一样。不幸的是，上帝就这样让加尔给她的丈夫招来了麻烦。

“这次跟随莫莱拉·西塞上校来卡龙毕的随行人员中，有个人你们知道是谁吗？”卡纳布拉沃男爵说，“就是曾在我手下干过，后来投靠埃巴米农达成了《消息日报》记者的那个家伙。他带上那副眼镜活像穿上了潜水衣，一身小丑打扮，走起路来东摇西晃。阿达尔贝托，你还记得这个人吗？他喜欢写诗，还喜欢抽鸦片。”

但穆拉乌上校和古穆西奥都没在听他讲话。古穆西奥正紧紧倚在烛台前专心阅读男爵刚译好的加尔的自传。烛台放在餐桌上，桌上的空咖啡壶还没撤去，老上校穆拉乌昏昏欲睡，正坐在桌子另一头的椅子上摇晃，仿佛仍坐在客厅的摇椅上。但男爵知道，老上校是在索取他给他读过的加尔的自传。

男爵一面穿过黑暗空旷的大厅，朝晚饭前不久安顿夫人的卧室走去，一面琢磨着这份酷似遗嘱的东西给这两位伙伴造成的印象。通道两边是一间间的卧室，他被通道上破碎的石板绊了一跤。他思量道："到了萨尔瓦多，还会有人问及此事。我解释放走他的原因时，给人一种说谎的感觉。"为什么要放走加利雷奥·加尔？是因为他愚蠢？是因为他精疲力竭？是因为他现在对一切感到厌倦？是因为他同情加尔？加尔和近视记者的形象同时浮现在他脑海中，他想："一般来讲，我在这些怪物面前是软弱的。"

男爵站在门槛前，小桌上的油灯发出昏暗的光，塞巴斯蒂娜的身影首先映入他的眼帘。她坐在床边一张有枕垫的安乐椅上。即使她从来不喜言笑，此刻表情也未免太冷峻了，致使男爵见后大吃一惊。塞巴斯蒂娜见他进来，急忙站起身。

"她一直睡得很沉？"男爵边问边掀起蚊帐，俯下身去端详着。他的妻子闭着眼，昏暗的灯光照在她脸上，看上去虽然苍白，却很沉静。被单随着她的呼吸轻轻起伏着。

"倒是一直睡着，可不怎么安稳。"塞巴斯蒂娜随他到卧室门口低声道。她说话的声音很低，男爵从她流光泛彩的双眸中发现她有点心神不定。"她老做梦，老说梦话，而且总是那么几句。"

"焚烧、火、火焰，这几个词不能在她面前提到，"男爵忧虑地思量道，"一提起这几个词，埃斯特拉就会联想到卡龙毕被烧毁的情景。难道这几个词将成为忌讳，必须在家里下道命令禁止使用这几个词吗?”他抓住塞巴斯蒂娜的胳臂，本想安慰她一番，但一句话也没说出来。他抓着塞巴斯蒂娜的胳臂，觉得她的皮肤细腻而柔软。

“不能让夫人待在这儿，”塞巴斯蒂娜低声说，“您应该把她送到萨尔瓦多去。应该去看医生，吃些药，别让她脑子里总想着这件事。不能再这样白天黑夜地让她担惊受怕。”

“这我知道，塞巴斯蒂娜，”男爵说，“但路途遥远，太辛苦了。我看，她现在这个样子去这么远的地方实在太危险了，虽然得不到治疗也许更危险。明天再说吧，你现在应该去休息了。你几天没有合眼了。”

“我要陪着夫人在这儿过夜。”塞巴斯蒂娜赌气似的回答。

男爵见塞巴斯蒂娜重新坐回埃斯特拉身旁，心中暗自思量，她还是那么健壮、美丽，身段保持得那样好。“她和埃斯特拉一样。”他自语道。他满怀深情地回忆起结婚初期，见埃斯特拉和塞巴斯蒂娜二人那样情深意长，缱绻缠绵，自己竟大发过醋意。当他正要返回餐厅，突然从窗里发现乌云漫天，看不见一个星斗。他记得，正是由于那种醋意，他曾要求埃斯特拉辞掉塞巴斯蒂娜，并为此吵了婚后最厉害的一架。他步入餐厅，昔日，妻子为女仆辩解时伤心、神圣不可侵犯的样子和她板着面孔郑重声明如果要塞巴斯蒂娜走她也要走的情景再次活生生地浮现在他眼前。在很长一段时间里，他每逢想起此事，欲念就如被火星点燃。此刻他正感到欲火上升，神魂颠倒。他真想大哭一场啊。他发现伙伴们正在就他交给他们读的那份东西做着各种各样的推测。

“一个吹牛大王、一个幻想家、一个异想天开的无赖、一个满口仁义道德的骗子，”穆拉乌少校吼道，“即使在小说中也很少见到这样腾云驾雾的人物。我唯一相信的是他和埃巴米农达合伙往卡努杜斯运送武器。他本是走私犯，却为自己捏造了一部无政府主义者的历史，粉饰辩解。”

“辩解？”古穆西奥从座位上跳了起来，“这就更不得了啦。”

男爵在他们身旁坐下，极力想听听他们在说些什么。

“他们想取消私有制，取消宗教，取消婚姻，取消伦理。你瞧这还了得？”古穆西奥接着说，“这比贩运武器严重得多。”

“婚姻，伦理。”男爵思忖道。他在想，倘若埃斯特拉和塞巴斯蒂娜二人那样亲密无间的事发生在古穆西奥家里，古穆西奥会不会允许？他想起了妻子，心情又沉重了。他最后下决心，翌日上午就启程。他为自己斟了一杯波尔多葡萄酒，痛痛快快饮了一口。

“他在自传中讲到了逃跑、暗杀、海盗般的出行及禁欲这样一些非凡的事情，而且讲得流利自如。根据这一点，我倾向于认为他讲的是事实。他本人没意识到这些事是非同寻常的，这样人们自然会相信他是经历过这些事情的。如他所说，他现在认识到那些全是危害上帝、家庭及社会的罪恶勾当。”

“他现在无疑是这样认为的，”男爵边说边品尝着甜滋滋的波尔多葡萄酒，“我在卡龙毕多次听他这样讲过。”

老上校穆拉乌再次斟满酒杯。他们晚饭时没有饮酒，但喝过咖啡后，穆拉乌取出了这瓶波尔多葡萄酒，此刻已所剩无几。对男爵来说，喝得酩酊大醉是不是不去想埃斯特拉健康状况的好办法？

“他把现实和理想混为一谈。他不知道理想由何而始，现实从何而终。他讲这些事情时可能是诚心诚意的，可能是坚信不疑的。这倒关系不大，因为他观察这些事物不是用眼睛，而是凭理想和信仰。你们记得他关于卡努杜斯和甲贡索人的那番话吗？他在别的问题上大概也如此。他可能会把巴塞罗那的一伙无赖或马赛的一帮走私犯与警察的摩擦看作被压迫者对压迫者的斗争，看作被压迫者打碎人类枷锁的斗争。这一点是完全可能的。”

“那怎么解释禁欲呢?”穆拉乌温和地问道。他的身体已开始发胖，两只小眼闪着毫光，“他禁欲十年，你们对此为何只字不提？难道他过了十年的禁欲生活不是在为革命养精蓄锐吗?”

穆拉乌愈讲愈激动。男爵暗忖，说不定什么时候穆拉乌会讲出几句令人羞愧的话来。

“那些神父呢?”男爵问，“他们不也出于对上帝的爱而过着禁欲生活吗？加尔很像神父。”

“穆拉乌是在以己度人，”古穆西奥朝主人转过身来开玩笑地说，“在你看来，忍受十年的禁欲生活是不可能的。”

“不可能，”穆拉乌哈哈大笑，“人生本来就没有多少乐趣，如果把这一点乐趣也放弃，岂不太愚蠢?”

烛台上的一支蜡烛开始闪烁，冒出一股股黑烟。穆拉乌欠起身将蜡烛熄灭，顺便为每人斟了一杯酒，把瓶中剩下的一点酒倒了个精光。

“他把十年禁欲生活中积蓄的力量全用到了一个笨女人身上，给她招来了天大的麻烦。”穆拉乌双目炯炯闪亮，发出粗鲁的笑声。随后，他踉踉跄跄地走到一只柜橱面前，又取出一瓶波尔多葡萄酒。烛台上的其余几支蜡烛即将耗尽，屋里渐渐暗下来。“使加尔开戒的是向导鲁菲诺的老婆，她现在怎么样了?”

“我好久没看见她了，”男爵回答，“她很瘦，是个温顺、胆怯的姑娘。”

“屁股很大吧?”穆拉乌上校哆哆嗦嗦地举起酒杯嘟囔道，“那是这片土地上的精华。虽然她们一个个身材矮小、体弱多病、未老先衰，可屁股总是第一流的。”

阿达尔贝托·德·古穆西奥赶紧转变话题。

“如果按你所讲的那样，要和雅各宾分子讲和，那么事情将是困难的，”古穆西奥对男爵说，“我们的伙伴们不会甘心和多年来一直攻击我们的人共事。”

“当然是困难的，”男爵感激地对古穆西奥说，“尤其要说服自以为是胜利者的埃巴米农达。但大家终究会明白，除此之外，没有别的路可走。这是关系到我们生死存亡的问题……”

附近传来了马嘶声和马蹄声。男爵沉默了。俄顷，便听到急促的敲门声。穆拉乌皱了皱眉头，脸上显出不悦的神态。“哪个鬼东西闯到这儿来了？”穆拉乌一边说一边吃力地站起身，拖着双脚走出餐厅。男爵又斟上了酒。

“我还是第一次看你这样饮酒，”古穆西奥说，“是为了卡龙毕被烧一事吗？世界并没有毁灭，仅仅遭遇一次挫折。”

“是为埃斯特拉，”男爵回答，“在这件事上，我永远也不能原谅自己。这都怪我呀，阿达尔贝托，我对她的要求太过分了。我不该不听你和比亚纳的劝告，把她带到卡龙毕去。我太自私、太不明智了。”

这时，门口传来拉门闩的声音和嘈杂的人声。

“她的病是暂时的，很快就会好，”古穆西奥说，“何必责怪自己？”

“我已决定明天动身去萨尔瓦多，”男爵说，“她在这儿得不到医疗，会更危险。”

何塞·贝尔纳多·穆拉乌又出现在门槛上。他好像突然酒醒了，表情异样。男爵和古穆西奥朝他迎了上去。

“有莫莱拉·西塞的消息？”男爵一把抓住穆拉乌的胳臂，想看他如何反应。

“不得了，不得了。”老庄园主穆拉乌嘟囔着，仿佛见了鬼。

第七章

晨曦初露，近视记者抖掉身上的尘土时，首先发现身子比前一天夜里更疼了，仿佛挨了一夜棍棒，他随后又发现，官兵往来如梭，运动频繁，四周一片寂静，同整夜炮声、钟声及军号声在耳边鸣响的情景迥然不同。他将皮囊扛在肩上，将写字板挟在腋下，开始朝山上莫莱拉·西塞上校住的帐篷走去。他两腿酸痛，不住地想打喷嚏。一个喷嚏打出，只觉得耳鸣眼花，头晕鼻痒。他思忖道："是天气潮湿的缘故吧。"身背背包、手拎长枪的兵士与他擦肩而过，可听到军令下达的声音。

他在山顶上一群军官中发现了莫莱拉·西塞上校。这时的西塞上校正站在一个制高点上，透过棱形望远镜向山坡下眺望。四周一片混乱。备着马鞍的白鬃烈马在步兵和骑兵中乱撞乱奔；军官们来来往往，喊声不绝；近视记者直打喷嚏，耳边嗡嗡作响，听不清他们在嚷嚷些什么。西塞上校发话了："库尼亚·马托斯，炮兵怎么了?"马托斯的回答淹没在阵阵军号声中。近视记者放下皮囊及写字板，挨到前沿，想望望卡努杜斯。

前一天夜里，他未能看到卡努杜斯。他当时心里想，再过几分钟或几小时，谁都别想再看到那个地方。他急忙用衣角擦了擦模糊的镜片，俯瞰山下。山峦间灰蒙蒙的，看不到山坳里的卡努杜斯。好不容易才看清山坡的尽头，看清山下的田园及广阔的石滩上星罗棋布的茅舍及营地。然而，他一眼望见两座教堂，一高一矮，塔楼巍峨壮观，中间是一片正方形的空地。正当他透过熹微的晨光极目眺望毗邻的那片地方时，只听一声炮响。他顿时跳起来捂住了耳朵。但他并未把眼闭上，只是愣愣地望着，突见火光处砖块瓦片横飞，木片碎屑在空中噼啪作响，几座茅屋霎时化为乌有。炮声愈来愈紧，卡努杜斯及四周的山坡上空烟雾缭绕，炮声响处，火花飞迸，墙倒屋塌。近视记者呆呆地想，倘若那烟雾升至面前，刺激鼻子，自己又会打喷嚏。

“七支队怎么没有动静？还有九支队！十六支队！”听起来，莫莱拉·西塞发话的地方很近。近视记者回头看了看，西塞上校及其随从果然就站在身旁。

“团座，七支队已发起攻击。”奥林皮奥·德·卡斯特罗上尉在一旁答道。

“九支队和十六支队也已发起冲锋。”站在上校身后的一名军官急忙回答。

“你将因目睹了这一场面而闻名。”莫莱拉·西塞上校从他身边经过时拍着他的肩膀道。他还未来得及答话，西塞上校及其随行人员便将他撇在一边，朝山下走了几步，停在一片高地上。

“七支队、九支队、十六支队，”他思量着，“是营、连、排？”但他立即明白了。附近山坡上的三路兵马——刺刀闪闪发亮——正开向沟底硝烟弥漫的卡努杜斯。火炮已经停止轰鸣，四周静悄悄的。就在这时，他突然听到了急促的钟声。众将士一面射击，一面连蹦带跑、连滚带爬、漫山遍野地朝山下袭去。山坡上也已硝烟滚滚。莫莱拉·西塞赞同地晃了晃他那红蓝两色的军帽。近视记者拿起自己的皮囊及写字板，朝山下走了几米，最后在西塞上校一伙与上校的白马——勤务兵牵着马缰——之间的洼地里停了下来。他只觉身不由己，昏昏欲睡，脑海里掠过一个荒诞的想法：他看到的不是眼前的那幅情景。

微风开始吹散笼罩在卡努杜斯上空的滚滚硝烟。只见那团团烟雾被风一吹，由浓变淡，散开，飘向盖莱莫波山口。此刻部队的行动，他看得一清二楚。右侧的部队已到了河边，正在过河；漂荡在河里的人形有红色的、绿色的和蓝色的；人群渐渐变成灰色，慢慢消失，随后又出现在河的对岸。正在这时，那些人影和卡努杜斯之间突然掀起一片尘雾。几个人影倒下了。

"快钻入战壕!"有人喊。

近视记者朝西塞上校一伙跟前凑了凑。西塞上校朝山下走了几步，换下潜望镜，举起望远镜瞭望着。红日照射着这座舞台。《消息日报》的高度近视记者无意中发现自己不再战战兢兢，爬到一块大石头上要看个究竟。于是，他开始猜度起战斗的进展。最初涉水过河的几列兵士被暗堡中射出的枪弹打得头破血流，那里此刻正在进行着一场激战。另一支队伍——几乎就在他脚下——展开队形、向前挺进时，突地也被从地下钻出来的枪弹堵住了去路。子弹是由暗处射来的。他看见甲贡索人了。那一个个人头——头上是戴的帽子还是裹的头巾？——猛然冒着浓烟从地下钻出，虽然硝烟滚滚，看不清他们的面庞和身影，但可以断定有的已被子弹击中，有的滑到沟内，一定在那里进行肉搏战呢。

近视记者接连打了好几个喷嚏，好像要晕倒。他弯着腰，紧闭双眼，手里拿着眼镜。打过喷嚏，他便张着大嘴，绝望地往肺里吸气。他终于直起身来，吸了口气，觉得有人在他背上拍了一下。他戴上眼镜，见是西塞上校。

“我们以为你受伤了呢。”莫莱拉·西塞道，脸上漾着得意的神情。

近视记者被军官们围在中央，不知该说些什么。他们竟然会以为他受了伤，真是太妙了。这仿佛是说他也参加了这次战斗，也在经受着枪林弹雨的考验。

“怎么回事，怎么回事!”高度近视的记者结结巴巴地说。

“九支队已经攻进卡努杜斯，现在七支队也正攻城。”西塞上校说道，眼睛没有离开望远镜。

近视记者气喘吁吁，太阳穴怦怦直跳，仿佛感觉到一切都近在咫尺，可以摸到大战的脉搏。卡努杜斯边缘的民房已陷入一片火海，两队兵士冒着枪林弹雨攻进卡努杜斯，随即消失在瓦屋、茅舍、窝棚组成的战火纷飞的迷宫中。“他们正在将所有未死于炮火之下的人化成厉鬼。”他暗自思量。从圣多山到这里，他们曾多次遭到伏击，那木哨声直捉弄得他们心惊胆战，许多兵士被吊死在卡汀珈中。这仇岂能不报？这耻岂能不雪？此刻官兵复仇的怒火可想而知。

“教堂里有暗堡，”他听西塞上校喊道，“让库尼亚·马托斯上去把它拿下。”

钟声仍在当当作响，高度近视的记者一直在倾听着配乐般的枪炮声。蜿蜒于茅屋间的小巷里，有人在跑动；几个身着军服的人时而集合在一起，时而散开。“库尼亚·马托斯此刻定在那个地狱里奔跑厮杀呢。”近视记者思忖道。塔马林多上校和奥林皮奥上尉也会在那儿吗？他寻找着，但未发现塔马林多上校，只见到奥林皮奥上尉和莫莱拉·西塞的随从人员待在一起。他松了口气，连他自己也不知道这是为什么。

“让后续部队和巴伊亚的警察攻击另一翼。”西塞上校命令道。

奥林皮奥·德·卡斯特罗上尉及三四名兵士正朝山上跑来，几名号兵开始吹号，远处也响起了同样的军号声。此时此刻，他才醒悟：命令是靠号声传递的。他本想将这一点记录下来，免得忘记，但突然听到几个军官在齐声呼喊。他回首望了望，只见教堂间的空地上有十几名身穿红蓝相间军服的兵士正跟在两名军官身后跑着。他们手提出鞘的刀，显然是要进攻那座围着脚手架、有着高高的白塔楼的教堂。正当他想定睛看看跑在前面的那两名军官——他肯定见过他们多次——是哪两位时，那里突然响起密集的枪声，多数人应声倒地，只有少数几个转身消失在滚滚硝烟中。

“他们本来就应该用机枪作掩护，”莫莱拉·西塞冷冰冰地说，“那儿有个暗堡……”

教堂中钻出许多人影，朝倒下去的人一拥而上。“他们在挖他们的眼，在割他们的生殖器，在结果他们的性命。”近视记者思量着；就在这当儿，他听得西塞上校喊道：“这些疯子，他们在剥他们的衣服。”“在剥他们的衣服？”近视记者心里念叨着。黄头发军曹及其部下被吊在树上的情景又出现在他的眼前。他都快要冻死了。介于两座教堂间的那片空地淹没在尘埃中。近视记者朝四周望了望，极力想知道山下究竟发生了什么事。已经开进卡努杜斯的那两支队伍——一支由他的左侧，另一支从他的脚下——此刻已消失在那收缩在一起的蜘蛛网中。与此同时，第三支队伍正从他们的右翼攻入卡努杜斯。他们利用漫天飞舞的烟尘，得以继续向前挺进。这漫天的硝烟沿着街巷向四下里蔓延，可以猜出硝烟中有对射，有搏斗，有撞倒门板的枪托声，有翻箱倒柜、砸窗户拆屋顶的乒乓声。战争中的插曲就是在成千座茅屋变成废墟的时候杂乱无章地谱写而成的。

他头天夜里没吃饭，那天上午连口水都没喝，此刻觉得腹胃空空，饥肠辘辘。烈日当空，过了这么多小时才到正午？莫莱拉·西塞及其随从又向山下深入了几米，近视记者跌跌撞撞地挨到他们身边。他抓住奥林皮奥·德·卡斯特罗的胳膊，打听战斗到底进行了几个小时，此刻战况如何。

“后续部队和巴伊亚地方警察已开进去了，”莫莱拉·西塞答道，眼睛仍然没有离开望远镜，“他们从那儿逃不了。”

近视记者看到，在东倒西歪、垣断壁残的民房的另一端，一些蓝色、绿色、金黄色的人影正朝那个直至此时尚未受到侵犯的地方跑去。那里看不到烟雾，看不到火光，也看不到人。战火已经遍及全卡努杜斯，到处是燃烧着的房屋。

“拖延的时间太长了。”西塞上校道，近视记者突然注意到他那不耐烦甚至激愤的表情，“让骑兵队去帮库尼亚·马托斯一把。”

近视记者顿时觉察——军官们的脸上显出惊讶与愠怒的神情——西塞上校的这一命令是出乎意料的、冒险的。没有人反驳，但众人的神色胜于雄辩。

“你们都怎么了？”莫莱拉·西塞扫视了一眼身边的众军官，冲着奥林皮奥上尉道，“有什么异议？”

“没有，团座，”奥林皮奥上尉答道，“只是……”

“说下去，”莫莱拉·西塞呵斥道，“这是命令。”

“团座，骑兵队是我们现在唯一后备力量。”奥林皮奥上尉终于说。

“把它留在这儿做什么？”莫莱拉·西塞指着山下道，“战场不是在那儿吗？那些还没死的家伙一见骑兵就会吓得四散逃奔，到了那里就该我们收拾他们。让他们立即发起冲锋！”

“我恳求您让我和骑兵队一起去吧。”奥林皮奥上尉嗫嚅道。

“我要你待在这儿。”西塞上校冷冷地答道。

号声又响了，几分钟之后，骑兵队出现在他们所在的山头上。每十名或十五名骑兵为一小队，每一小队由一名军官率领，从莫莱拉·西塞身旁经过时向他举刀致意。

“你们要把教堂削平，逼他们向北逃。”西塞上校高声道。

近视记者正思量着那一个个神情紧张的青年——其中有白人、黑人，也有的很像印第安人——就要卷入那旋涡时，突然又是一连几个喷嚏，比刚才那阵还要厉害，眼镜被甩出去老远。他只觉得透不过气来，胸部、两鬓像要爆炸似的，鼻子痒痒的，心里十分害怕。他想，如果眼镜被人踩碎，以后的日子就该是一片漆黑了。喷嚏停了，他跪到地上，焦急地在地上摸索着，终于摸到了眼镜。幸好，眼镜完好无损。他擦擦干净，戴上它望了望。上百名骑兵已经下了山。怎么会这么快就下去了？然而，他们在河边遇上了麻烦，尚未渡过河。战马下水了，骑兵们狠命地拳打脚踢，舞刀挥鞭，催马前行。但那战马腾空而起，不肯前进，仿佛受了惊。战马在河中团团乱转，把几名骑手摔下马。

“一定是他们设了陷阱。”一位军官说。

“他们在那个死角里射击呢。”另一个喃喃地说。

“带马来！”莫莱拉·西塞高声喊道。近视记者见他将望远镜交给一名勤务兵。他一边上马，一边厌烦地补充道：“需要给小伙子们鼓把劲儿。奥林皮奥，你来指挥。”

高度近视的记者见西塞上校扬刀跃马朝山下飞奔而去，心跳得更厉害了。然而上校刚跑出五十米远，就见他全身缩在马鞍上紧紧抓住战马的脖子。战马突然停了下来。近视记者见西塞上校让战马在原地转了个圈儿，是要返回指挥岗位？但那战马仿佛接到主人前后矛盾的命令，在原地转了两三个圈儿。近视记者后来才明白为何当时那些军官和卫兵大喊大叫、背着机枪朝山下跑去。莫莱拉·西塞跌下马，奥林皮奥上尉及别的军官几乎同时围住上校，将上校驮在马上，朝近视记者所在的地方奔来。枪声大作，喊杀声连天，乱哄哄了一阵。

近视记者一直傻呆呆地看着那白马拖着缰绳随在人群后朝山上驰来。此刻只剩他一人。他惊恐万状，只得连滚带爬、跌跌撞撞朝山上爬去。他来到山顶，朝帐篷奔去，模糊地意识到山顶几乎没有士兵，除了拥在帐篷门前的一群士兵，只能偶尔看到一两个哨兵朝这里张望着。“您能帮帮索扎·费雷罗医生的忙吗？”虽然和他说话的是奥林皮奥上尉，他却未听出上尉的声音，也未看清上尉的面容。他点点头，奥林皮奥将他一推。由于用力过猛，他和一个士兵撞了个满怀。他进了帐篷，看见伏在床上的索扎·费雷罗医生的脊背和西塞上校的两只脚。

“护士吗？”索扎医生回过头来，见来人是近视记者，脸顿时沉下来。

“我已和您说过了，没有护士，”奥林皮奥上尉一边推搡着近视记者一边冲着医生吼道，“护士都随部队到山下去了。让他来当您的助手。”

近视记者为众人的紧张神情所感染，真想捶胸跺脚，痛痛快快地喊几声。

“必须把子弹取出来，否则枪伤感染，很快会要他的命。”索扎·费雷罗医生啜泣道，他左顾右盼，仿佛等待出现什么奇迹。

“您尽量想办法吧，”奥林皮奥上尉边说边朝外走，“我不能放弃指挥。我得告诉塔马林多上校，让他……”奥林皮奥上尉话没说完就走了。

“卷起袖子，给他一点麻醉剂。”索扎医生朝近视记者吼道。

记者赶忙笨手笨脚地卷起袖子，随即又脱去帽子，茫然地跪到地上，先将几根胶皮管蘸上乙醚——这使他想起了波利特亚马城的狂欢节——然后把几条绷带缠在西塞上校的鼻孔和嘴上。西塞上校不省人事了，索扎医生开始给他动手术。“别哆嗦，笨蛋，把乙醚举在鼻子上方。”索扎医生多次朝他吼。他全神贯注地履行自己的职责——打开管子，蘸湿纱布，然后放到那尖尖的鼻子和那流露着无限苦痛的唇上。索扎医生的脸埋在上校开了膛的肚子上，好像在嗅什么或舔什么。他心里想，上校此刻一定疼痛难忍。每过一阵，他都要自觉或不自觉地看一眼医生衬衫上、手上、军服上以及床单和自己裤子上的血斑。这样一个小小的身躯里存有多少血啊！乙醚味搅得他头昏目眩，直想呕吐。他思忖道：“我肚子里没有东西可吐。”他又想：“我怎么不觉得饿也不觉得渴？”身负重伤的西塞上校双眼紧闭，但又不时地在原处动弹着。每逢这时，医生就大声吼道：“加乙醚，加乙醚。”然而最后一根乙醚管几乎空了，他以内疚的口吻告诉了索扎医生。

勤务兵端来几盆热气腾腾的水，医生用一只手在盆里洗过手术刀、针、线、剪刀。他给西塞上校缠裹绷带时，多次听到索扎医生在自言自语，咒骂自己的母亲不该将自己带到人世。他困倦不堪，快要睡着了。索扎医生大吼一声：“浑蛋，现在不是睡觉的时候。”他说了句请求宽恕的话。勤务兵第二次端水进来时，他恳求他们让他喝一点。

他觉察到，此刻帐篷里已不止他们三人。将水壶放到他嘴边的是奥林皮奥·德·卡斯特罗上尉。塔马林多上校和库尼亚·马托斯少校也在那里，只见他们衣衫褴褛，愁容满面，背靠帆布站着。“再加点乙醚？”他问完又觉得自己太浑了，因为管里的乙醚早已空了。索扎·费雷罗医生先给莫莱拉·西塞缠好绷带，随后又给他把被子盖好。近视记者惊愕地想：“已是深夜了。”那里有几个人影，其中一人将一盏灯搁在支撑帐篷的柱子上。

“他现在怎么样?”塔马林多上校低声问。

“腹部被打穿了,”医生喘着粗气回答说,“我担心……”

近视记者一面将衬衫袖子放下,一面思忖道:“时间怎么过得这么快?天刚亮一会儿就又是中午了。”

“我甚至怀疑他能否苏醒过来。”索扎·费雷罗补充道。

莫莱拉·西塞上校动了动身子,好像回答他。众人围拢过来。是缠着绷带不舒服吗?上校眨眨眼。近视记者想,西塞上校定是看到了人影,听到了什么声音,想弄清楚到底发生了什么事而在极力回忆着。近视记者也回想起过去自己吸了鸦片静静睡了一夜后醒来时的情景。上校也必须经过这样一个缓慢、艰难、不稳定的过程才能醒来。莫莱拉·西塞睁开双眼,焦急地审视着衣冠不整、垂头丧气、脖子上带着抓伤的塔马林多上校。

“卡努杜斯攻下来了?”西塞上校闷声闷气地问。

塔马林多上校低垂双眼,摇了摇头。莫莱拉·西塞紧紧盯着马托斯少校、奥林皮奥上尉及索扎医生的脸。近视记者发现,西塞上校也在审视着他,像想给他解剖似的。

“我们攻过三次,团座,”塔马林多上校嗫嚅道,“官兵们已尽了最大力量。”

莫莱拉·西塞上校欠起身——他的脸色更苍白了——扭着痉挛的手愤愤地说:

“再攻一次,塔马林多。立即发起进攻!这是我的命令!”

“伤亡很大,团座。”塔马林多上校感到无地自容,仿佛这一切都要怪他,“我们的阵地已守不住了,应当撤到一个安全的地方,请求援兵……”

“你必须在军事法庭上对此作出回答,”莫莱拉·西塞上校抬高嗓门呵斥道，“让步兵第七团在一小撮坏蛋面前退却？你把指挥剑交给库尼亚·马托斯吧。”

“他肚子上开了刀，怎能这样动来动去？”近视记者思忖道。就在众人缄默不语、塔马林多上校以目光向其他军官求援的当儿，库尼亚·马托斯走到西塞上校的床前道：

“开小差的人很多，团座，军心不稳。倘若甲贡索人发起进攻，我们的营地就保不住。请您下令撤退吧。”

近视记者透过索扎医生和奥林皮奥上尉的身影看见莫莱拉·西塞仰面瘫倒在床上。

“你也要叛变？”西塞绝望地说，“这场战役事关重大，大家都很清楚。难道你要我白白地损坏自己的声誉？”

“我们已经名誉扫地了，团座。”塔马林多上校喃喃地说。

“你们知道，我是出于无奈才与那些腐败透顶的政客们共事的，”西塞上校以荒唐可笑、令人作呕的声调说，“难道要我在国人面前说谎吗？”

“请您听听外面，团座。”库尼亚·马托斯少校高声道。他思量道，其实他一直在听着那交响乐般的军号声、钟声以及东拼西杀、四处逃奔的声音，只是为了不折磨自己，才未去理会罢了。“这是有人在溃逃。如果我们不有序撤退，就有全军覆灭的危险。”

在一片喊杀和逃跑声中夹杂着木哨声和钟声。莫莱拉·西塞上校望望这个，瞅瞅那个，脸色铁青，瞠目结舌。没人听清他说了句什么。近视记者醒悟道，西塞上校眨着凶狠的双眼正盯着自己。

“你，你，喂！”西塞上校冲着他道，“拿纸和笔来。你没听见？我要把这一卑鄙的行为记录下来。写吧，准备好了吗？”

直到这时，近视记者才想起了自己的写字板和旅行包，像被毒蛇咬了一口似的到处寻找着。他觉得自己仿佛失去了身体的某一部分，失去了护身符。他想起来了，纸笔行囊放在山坡上，上山时没带来，但他不能再想下去了，因为奥林皮奥·德·卡斯特罗——两眼充满了泪水——正将几张纸和一支铅笔放在他手里，索扎·费雷罗医生给他拿着灯。

“准备好了。”他嘴上回答着，心里却在想他写不了，他的双手会发抖。

“我身为第七步兵团团长有权声明，停止攻打卡努杜斯的决定违背我的意志，是由几个没有负起历史重担的部下作出的。”莫莱拉·西塞在床上直起身子只一会儿，便又躺了下去，“千秋功罪，后人自有公论。我相信，会有共和派人士为我伸张正义。我的所作所为旨在捍卫共和政体。要使我们的国家走向繁荣，它就应处处显示出自己的权威。”

西塞上校说话的声音低得几乎听不见，近视记者只好写写停停，过一阵子才能弄清他的话的意思。写，这是一种手工劳动，如同把蘸过乙醚的纱布放在西塞的鼻子上；它对近视记者来说是件好事，他可以借此消遣，免得自寻烦恼去冥思苦想第七步兵团为什么攻不下卡努杜斯、为什么要撤退之类的问题。他抬起头，发现索扎医生正将耳朵贴在西塞上校的胸口并摸着他的脉搏。医生站起身，做了个明白无误的手势。顷刻间，帐篷内一片混乱。库尼亚·马托斯开始和塔马林多大声争论；奥林皮奥上尉在叮嘱索扎医生千万别随便动西塞上校的尸体。

“天这么黑，现在撤退简直是胡闹，”塔马林多上校高声道，“撤到哪儿去？从哪儿往外撤？他们整整战斗了一天，现在已筋疲力尽，这不是要他们去送死吗？明天……”

“明天，这儿恐怕连死人都没有了，”库尼亚·马托斯愁眉苦脸地说，“你没看见部队由于失去指挥正在瓦解吗？如果我们现在不把他们重新集结，敌人就会像抓兔子一样把他们抓去。”

“你爱怎么办就怎么办，去集结吧。反正我要在这儿待到天明，然后有组织地撤退。”塔马林多上校转身对奥林皮奥·德·卡斯特罗道，“你要设法赶到炮兵部队那儿去。那四门大炮不能落到敌人手里，让萨洛芒德·罗沙把它们毁掉。”

“是，团座。”

奥林皮奥上尉和库尼亚·马托斯少校一起走出帐篷。近视记者也像个机械人似的随他们走了出去，简直不敢相信听到的话。

“等到明天再撤退，这是发疯，奥林皮奥。应该马上就撤，否则谁都别想活到明天。”

“我得想办法赶到炮兵阵地去，”奥林皮奥上尉打断了他的话，“我是发疯，不过我得服从新团长的命令。”

近视记者摇着奥林皮奥上尉的一只手臂低声道：“拿您的水壶来，我快要渴死了。”他贪婪地大口大口地喝着，这当儿奥林皮奥上尉劝他道：

“你不要跟着我们了，马托斯少校说得对，情况不妙！走吧。”

走？天黑乎乎的，四周是卡汀珈，他又是一个人，上哪儿去？奥林皮奥上尉及库尼亚·马托斯踪影全无，他心里感到恐惧、茫然，像个石头人。他身边有人在奔跑，有人在急匆匆地走着。他一会儿朝东走几步，一会儿朝西走几步，最后朝营地的帐篷返回。但有人推了他一下，使他改变了前进的方向。“你们先别走，让我和你们一道去吧！”他喊道。一名士兵头也不回地朝他喊：“快跑，快跑，敌人已经上山了。你没听到哨声吗？”是的，他听见了。他开始跟在他们后面跑起来，但是他跌跌撞撞，被远远地抛在后面。他靠在一个像大树一样、黑乎乎的东西上，但他刚挨上去，就觉得那东西在动。“看在上帝的分上，您放了我吧！”他听到一个人这样喊。他听得出这是贡贝的神父华金的声音，这声音和他回答莫莱拉·西塞的审讯时一样充满了恐惧。“您放了我吧，您解开我吧，我快被蚂蚁咬死了。”

“好，好，”近视记者结结巴巴地回答着，庆幸有了个伴儿，“我来给你解开，我来给你解开。”

“我们快走吧，”矮子央求道，“胡莱玛，我们走吧。正好现在没有炮轰。”

胡莱玛一直站在那里凝视着鲁菲诺和加尔。雨停了，金色的阳光洒满了卡汀珈，丛林和大气中荡漾着雾霭。但这一切，胡莱玛都没意识到。矮子在摇晃着她的胳臂。

“到哪儿去呢？”她回答道，感到困顿不堪，胃里沉甸甸的。

“去贡贝，去盖莱莫波，随便什么地方。”矮子拉着她说道。

“去贡贝，去盖莱莫波，怎么走呢？”胡莱玛喃喃道，“我们知道该怎么走吗？你知道吗？”

“没关系！没关系！”矮子拉着她尖声尖气地道，“你没听甲贡索人说吗？这儿要打仗，子弹落到这里会要我们的命。”

胡莱玛站起来，朝那件蓑衣走去。甲贡索人把她从那两个士兵手里救出来后曾把蓑衣盖到她身上。蓑衣已经湿透。她拿起来，盖到鲁菲诺和加尔的尸体上，把伤得最厉害的部位——头和躯干——遮上。然后，她如梦初醒般径直朝曾看见帕杰乌离去的方向走去。她当即感到一只胖乎乎的小手拉住了她的右手。

“我们到哪儿去？”矮子问，“遇上政府军怎么办？”

胡莱玛耸耸肩膀。不是政府军就是甲贡索人，有什么办法？她厌恶一切，厌恶所有人，唯一的愿望是忘掉她目睹的那个场面。她揪着树枝、树叶，吮吸着它们的汁液。

“枪声，”矮子道，“枪声，枪声。”

枪声大作，炮声隆隆，顷刻间，整个卡汀珈火光四起，浓烟滚滚。然而四周不见一个人影，只有一处台地，上面荆棘丛生，到处是被风吹雨打的枯枝败叶。水塘泥泞不堪，里面长满伸着魔爪般枝杈的马坎比拉树、树顶尖削的契克—契克树和曼达卡鲁斯树。胡莱玛不知在夜里什么时候已将鞋子丢失，虽然她一生多半是光着脚走路的，可此刻还是觉得两脚疼痛难忍。山势越来越陡峭了。阳光照射在她脸上，她的肢体好像又复苏了。矮子的指甲直嵌进胡莱玛的肉里，胡莱玛由此断定准是又出了什么事。离他们四米远的地方，一个树皮裹身、树枝为臂、头上插着一撮草蒿的人正举着一支大口径短火枪向他们瞄准。

“滚开，”甲贡索人从伪装中露出脸大声道，“帕杰乌不是告诉你到盖莱莫波去吗？”

“我不知道该往哪儿走。”胡莱玛答道。

唰啦唰啦，她当即听到几个地方传来这样的声响，仿佛灌木丛与仙人掌都开始说话。接着，有几个脑袋从树丛中探了出来。

“快让他们躲起来。”她听到帕杰乌命令道，也不知那声音是从哪里来的。一个人上来将她按倒在地，一面将自己的伪装盖到她身上，一面向她发出嘘嘘声。她半闭着眼，一动不动地在那里窥视着。甲贡索人的呼吸声就在她耳边作响。她暗自思忖，要是矮子也能像她此刻这样该多好啊。政府军出现了。见他们离自己那么近，胡莱玛不由得心里一怔。他们每两人一排，上身一律着蓝色制服，下身穿红黑条纹军裤，脚蹬黑皮鞋，枪上亮着明晃晃的刺刀。她屏住呼吸，闭上眼睛等着枪响，但谁都没有开枪。于是她又睁开眼，看见面前总有士兵通过。有的士兵由于焦虑，两眼冒火；有的则由于睡眠不足而目光暗淡；有的士兵神气十足；有的则惊恐万状。这一切，胡莱玛都一清二楚，连士兵们说话时的只言片语都能听得见。那么多兵走过，却未发现甲贡索人就在身边，甚至差一点就要踩到他们身上，这岂非令人难以置信？

突然，一声炮响，卡汀珈火光四起。她立即回想起盖伊马达斯的圣安东尼奥节，回想起马戏班来时放烟火的情景。她从一排排枪林中望出去，看到一群群身披伪装的人纷纷跃起，朝着政府军猛扑过去。在硝烟与枪声中，她发觉自己摆脱了原来那个按住她随后又拉起她一道跑的人。与此同时，有人朝她喊："弯下身去，弯下身去。"她俯下身，抱着头拼命跑起来，时刻准备着枪弹击中自己的背部，甚至希望挨上一枪。她跑得大汗淋漓，心脏快要跳出来。也就在这时，她看到了没鼻子的胖墩儿就在她身边，望着她嘲讽地说：

"谁赢了？你丈夫还是那个疯子？"

"两个都死了。"胡莱玛气喘吁吁地道。

"这样对你最好。"帕杰乌道，脸上漾出一丝微笑，"现在，你可以在贝罗山另找丈夫了。"

矮子就站在她身旁，也在那里喘着粗气。她望了卡努杜斯一眼。卡努杜斯近在眼前，每个角落都被隆隆的爆炸声、跳跃的火舌和弥漫的硝烟所包围。与这乱糟糟的情景相反，蔚蓝的天空明净如洗，太阳射出夺目的光辉。她两眼涌起一层泪翳，五内俱焚。她恨这个城镇，恨所有此刻在狭窄的街道上相互残杀的那些人。她的不幸就是从这里开始的。加利雷奥·加尔是为了去卡努杜斯才到了她家，从那时起，灾难接踵而至，最后落到家破人亡、举目无亲的地步。她多么希望出现一个奇迹能使她和鲁菲诺重归于好，仍像从前他们在盖伊马达斯时那样，仿佛没发生过任何事。

"别哭，姑娘，"帕杰乌对她说，"你不知道吗？死者会复活的。你没听说过吗？躯体是可以再生的。"帕杰乌说话的声音很平静，仿佛他和部下没有刚和政府军打过仗。胡莱玛用手拭去眼泪，扫视了四周一眼，想辨认一下那是什么地方。那是一条蜿蜒于山峦间的小路，像一条隧道。她左边是一条光秃秃的石岭，将大山隐在后面；她右边是草木稀疏的卡汀珈，向下延伸，最后消失在一片石滩上。大河对岸是凌乱地挤在一处、奇形怪状的红瓦房。帕杰乌把一个东西放在她手里，她也没看看是什么东西就随手送到嘴里。果子的肉又软又酸，她慢慢吃了下去。身披伪装的甲贡索人四下散开，有的趴在灌木丛生的地上，有的钻进事先挖好的掩体里。那只胖胖的手又找到了她的手。她为这只熟悉的手的出现而感到悲喜。“钻到那儿去。”帕杰乌扒拉开几根树枝命令道。当他们蹲进坑里时，帕杰乌指着山岩对他们说：“狗子兵就在那儿。”坑里另有一个甲贡索人，那人不高兴地朝坑壁靠了靠，给他们让出个空间。他手里拿着一张弓和一筒羽箭。

“要出什么事？”矮子低声问。

“别说话，”甲贡索人道，“你没听见吗？那帮异教徒就在我们上面。”

胡莱玛朝树丛中望了望。枪声还在响，零星的、断断续续的。那里仍然烟雾弥漫，火光冲天。但是从他藏身的地方无法看到她曾见过的那些渡河后消失在卡努杜斯的兵士。“别动。”甲贡索人道，这是政府军那天第二次从天而降。这次来的是骑兵，两人一列，那些灰色、黑色、奶黄、花斑的坐骑嘶鸣着并排挤在一起，从她左面的石岭上下来，向河边急驰而去。那战马就像快要滚到陡峭的山崖下似的，却用两条后腿像制动器那样保持着身体的平衡，急驰而过。卡汀珈中人喊马嘶，地动树摇，胡莱玛被一张张骑兵的脸和军官们挥舞的马刀搅得头昏目眩，不知所措。身披伪装的甲贡索人从树丛及坑里钻了出来，有的开枪，有的放箭，箭镖呼啸而过，犹如蛇鸣。

和他们在一起的那个甲贡索人此刻顺坡滑了下去。她清楚地听到帕杰乌在喊：“射马，朝那些拿马刀的射击。”骑兵看不见了，但她可以想象他们正在人喊马嘶中冒着枪林弹雨渡河。隐蔽在她身边的甲贡索人正在将子弹和羽箭神不知鬼不觉地射向他们的脊背。几个甲贡索人站起来，将马枪和弩弓倚在曼达卡鲁斯树的树枝上。那个没鼻子的胖墩儿并没有射击，而是冲着别的甲贡索人时而挥手要他们向右，时而要他们向下。正在这时，有人拦腰抱住了帕杰乌。矮子紧紧地抱着他，使他连气都换不过来。矮子哆哆嗦嗦的，帕杰乌双手摇晃着他道：“你瞧，他们已经跑了，他们已经跑了。”但是，当她也抬头看时，那里另有一人正骑着一匹白马从山上下来。那个矮小的军官一手抓着马缰，一手挥舞着马刀。他离胡莱玛很近，故而胡莱玛看清了他的面庞：双眉紧蹙，两眼闪射着亮光。但少顷，她便见他像泄了气的皮球，脸上的红光突然消失了。帕杰乌一直在瞄准他，胡莱玛思量道，他定是被帕杰乌打中的。白马急转回身，前蹄腾空而起，原地旋转了几个圈——很像牧马人在集市上炫耀的那样——随即脖子上吊着那个矮个子军官朝原路驰去，爬上山坡消失了。正在这时，胡莱玛又看见帕杰乌在瞄准他，毋庸置疑，帕杰乌要开枪打他。

“我们走吧，走吧。我们也卷进这场战争中来了。”矮子又紧紧地依偎着她哭哭啼啼地说道。

胡莱玛冲着矮子骂道：“住口，混账东西，胆小鬼!”矮子无言以对，站到一边，惊愕地望着她，眼里闪出求饶的目光。爆炸声、枪声、钟声及军号声仍在响着，甲贡索人连蹦带爬地都跑到通往河边和卡努杜斯的山坡上。她找了找帕杰乌，可是帕杰乌也不见了，只剩她和矮子二人了。怎么办？待在这儿？随甲贡索人一起去？还是寻找一条小路离开卡努杜斯？她感到困顿不堪，腰酸背痛，动弹不得。她将身子倚在掩体的湿壁上，闭上了眼，迷迷糊糊地进入了梦乡。

矮子把她推醒。她听见矮子嘴里嘟囔着求她原谅，说他不该将她叫醒。她吃力地动了动身子，觉得浑身酸痛，只好揉揉脖子。太阳喷洒着淡淡的柔辉，树影歪歪斜斜，已是下午了。那熙熙攘攘的喧闹声不像是在梦中呀。“怎么回事?”胡莱玛问，她觉得舌头火辣辣的。“他们上来了，你没听见吗?”矮子指着山坡低声说道。“应该去看一看。”胡莱玛说道。矮子紧紧抓住她，不让她去。但当胡莱玛走出掩体后，他也跟着爬了出去。她一直走到曾看见帕杰乌的那个荆棘丛生、乱石遍地的地方蹲了下来。虽然尘土飞扬，硝烟滚滚，她还是看见对面山坡上有密密麻麻的黑点在移动，于是她思量道，冲下山来的政府军增多了。然而她很快发现，他们不是朝山下冲去，而是在朝山上爬，在逃离卡努杜斯。是的，他们从河里爬上岸，正在朝山上跑。河对岸，一群群甲贡索人正在巷内追击政府军，边跑边向逃往河边的兵士射击。是的，政府军正在逃窜，此刻是甲贡索人在追击政府军。“他们跑到这儿来了。”矮子呻吟道，胡莱玛醒悟到自己刚才只顾看对面山坡，没察觉到脚下的瓦沙—巴里斯河两岸也发生了战斗。此时，她的心凉透了：这就是她以为在梦中听到的那种喧闹声。

飞扬的尘土和弥漫的硝烟把人们的身影与面孔弄得奇形怪状。头晕目眩的胡莱玛隐隐约约地看见有的战马已倒在河边，有的战马仍在河里求救似的摇晃着长颈，做着最后的挣扎，拼命想从混浊的河水里爬上岸来。一匹只有三条腿、没人骑的战马发疯似的跳着，想拼命咬住自己的尾巴。有的兵士正头顶长枪过河，有的则正呐喊着冲进卡努杜斯。街道里，他们三人一伙、两人一帮地跑着，有时则像蝎子似的倒退着跑。有的士兵跳到水里，企图爬到她和矮子所在的山坡上。有几名兵士号叫着倒下，那定是有人朝他们开了枪。另有几名兵士开始朝山上爬来。

“胡莱玛，他们会杀死我们。”矮子哭道。

“是的，”胡莱玛思忖道，“他们会杀死我们。”她站起身，拉起矮子，然后高声道：“快跑，快跑。”她沿着卡汀珈中树木最密的地方朝山顶跑去。她很快就累了，但一想起上午被兵士强奸的情景，便顿时有了力量，继续朝前跑去。实在跑不动了，就一步步地往前走。当她想到矮子一定累得筋疲力尽时，不由得涌上一股怜悯之心。虽然矮子腿短，但一直紧紧拉着她的手拼命地跑，没听到他抱怨一声。当他们停下来时，夜幕已降临。他们来到另一道山坡上，有的地方还算平坦，草木也十分茂盛。喧嚣的战场已落在远方。她卧倒在地上，随便抓起一把草填到嘴里，慢慢地咀嚼着，直至尝到酸酸的草汁为止。她吐出渣滓，又抓一把来嚼，以此充饥解渴。瘫作一团的矮子也照样做。“我们已经跑了几个小时。”她对矮子说，但矮子没有说话，于是她想，矮子一定是连说话的气力都没有了。她摸了摸矮子的胳膊，矮子感激地紧紧握了握她的手。他们这样一点一点地嚼着，吐着，吮吸着，直到亮晶晶的星星出现在稀疏的树木上空。胡莱玛凝望着，想起了鲁菲诺和加尔。二人可能被兀鹫、蚂蚁、蜥蜴叮啄了整整一天，可能开始腐烂了。她再也见不到那些尸骨了。也许，二人就在离她几米远的地方，仍然抱在一起。泪水顺着她的面颊滚落下。这时，她听到有人在说话，而且就在附近。她寻找着，发觉矮子的手在发抖。随即，看见两个人影，其中一个人影扑到矮子身上。矮子大叫一声，如同被人刺了一刀。

“不要开枪，不要杀我们，”有个声音哀求道，“我是华金神父，我是贡贝的神父，我们是良民！”

“我们这儿只有一个女人和一个‘矮子’，神父，”胡莱玛一动没动地说，“我们也是良民。”

她终于说出话来。

那天夜里，安东尼奥·比拉诺瓦听到第一声炮响时的反应先是一怔，随即用自己的身体遮住了“劝世者”。若安·阿巴德、若安·格兰德、贝阿迪托、华金·马坎比拉以及他的弟弟奥诺里奥也全和他一样。于是，他和他们一起手挽着手，将“劝世者”围在中央。他们估计第一枚炮弹大约飞向圣西皮里亚诺巷附近，那是贝罗山所有巫婆及医道不甚高明、专开草药或专门使用烟炙疗法的庸医们居住的地方。住在这里的老妇用朱莱玛及玛纳卡树汁调成的药水医治眼病，也有用按摩的办法接骨的。那么，刚才是哪位老妇或哪几位老妇的茅舍被炸毁了？“劝世者”把他们从迷惘中唤醒：“我们到圣堂去。”他们手挽手地经过大广场朝教堂走去。就在这当儿，若安·阿巴德开始高喊着要各家将灯光熄灭，因为光亮常常招来敌人。喊声此起彼伏，灯火渐渐熄灭。当他们离开坐落在大广场四周的圣灵街、圣奥古斯丁街、圣基督街、教皇街及抹大拉的玛丽亚街时，所有住宅陷入了一片黑暗。他们来到殉道者坡前，安东尼奥·比拉诺瓦听若安·格兰德对街道司令若安·阿巴德说道：“你来指挥战斗，我们负责他的安全。”然而，若安·阿巴德还未和他们分手便飞来了第二枚炮弹，只见瓦砾四溅，尸体横飞，熊熊烈火照亮了卡努杜斯上空。看来，炮弹是落在以经营果园为生的农民居住的圣伊内斯区，也可能是落在邻近黑人、黑白混血种人及卡夫索人居住的莫坎波区。

到达基督圣堂前时，“劝世者”和众人分手了，但就在他进入圣堂时，跟进去了一群人。安东尼奥·比拉诺瓦在黑暗中觉察到，院内挤满了因在教堂无安身之所而随他们一起来的人。“我难道害怕了？”比拉诺瓦思量道。他对自己为什么会那样疲惫、为什么那样想和自己身边的善男信女蹲在一起而感到惊奇。不，他没什么可惧怕的。他在经商的那些年代里，曾多次冒着风险带着钱和货物往返于腹地各处，从没惧怕过。自从来到卡努杜斯，正如“劝世者”常常提醒他的那样，他在这里领略了综合分析事物的含义。正因为如此，他才那样精心尽力，得以摆脱旧日的恐惧，不再像从前那样夜里常被吓得浑身直冒冷汗。此刻他感觉到的不是惧怕，而是悲伤。一只有力的大手推了推他：

“安东尼奥·比拉诺瓦，你没听见吗?”若安·阿巴德对他道，“你没看见他们已经来这儿了吗？我们不是一直在准备迎接他们吗？你还在等什么?”

“请原谅，”安东尼奥·比拉诺瓦摸摸自己秃顶的脑袋说，“我一时昏了头。好，好，我这就去。”

“应该让人们从这里走开，”若安·阿巴德来回摇动着他的身子道，“否则大家都会被炸成肉酱。”

“我去，我去，你放心，万事都会办到的，”安东尼奥说，“我绝不辜负众人的期望。”

他跌跌撞撞地在人群中喊着他的弟弟奥诺里奥。不一会儿，他便听弟弟在说：“我在这儿，老哥。”他和奥诺里奥行动起来了，一面催促大家钻到家里的防空洞去，一面命令分水员去收拾担架。随后他们又穿过大广场回到了杂货店。然而，即使在做这些事时，安东尼奥也一直在和自己沉痛的心搏斗着。已经有许多分水员在等着他了。他把用龙舌兰绳和树皮做成的担架分发给他们，把其中的一些人派往爆炸地点，让另一些人暂时等待。他的妻子和弟媳到收容所去了，奥诺里奥的几个孩子都在乌姆布腊纳斯的战壕里。他打开了从前是马棚现在成了卡努杜斯武器库的门，助手们将一箱箱的弹药搬至店后。他指示他们，只能将那些辎重交给若安·阿巴德或由若安·阿巴德亲自指定的人。他让奥诺里奥负责分发弹药，自己带着三个助手朝圣埃洛伊、圣彼得及圣婴基督河畔跑去。一周以来，铁匠们根据他的命令，已停止制造马掌、锹、镰刀及短刀，改为夜以继日地将铁钉、铁盒、铁片、铁钩及所有能搜罗到的各种金属品制成枪弹或其他武器。他发现铁匠师傅们一个个慌了手脚，不知熄灭灯火的命令是否也适用于自己。他先帮他们堵好了朝山一面的缝隙，随即让他们点燃冶炼炉，重新开始工作。在他扛着一箱散发着硫黄味的枪弹返回杂货店的路上，两枚炮弹掠过天空，落向远处畜栏一带。他思量道，一定有几只山羊，或许还有某个牧人遭了厄运，被炸成齑粉。说不定许多绵羊被惊得跑出畜栏，此刻正在乱树丛中拼命奔跑呢。这时他才意识到自己悲伤的缘由。“一切将被再次摧毁，一切将再次化为灰烬。”他思忖道。他觉得嘴里有股烟灰味儿。他想：“这多么像阿萨雷流行时疫、若塞罗久旱不雨或卡汀珈·多莫拉暴雨成灾时的情景啊。”然而今夜炮击贝罗山的敌人更凶恶，比自然灾害带来的损失更大。“感谢上帝，是你让我真正感到了魔鬼的存在，”他祷告道，“感谢我主，因为这让我知道了你的存在。”教堂的钟声急促地鸣响起来，他听到后觉得心里舒畅了许多。

安东尼奥·比拉诺瓦发现若安·阿巴德正和二十来个人运送辎重弹药，看不清他们的脸，只看见一个个黑影默无声响地来来去去。又下起雨来，滴滴嗒嗒地落在屋顶上。“你要全部带走？”比拉诺瓦不解地问道，因为若安·阿巴德本人一直主张杂货店应是分发枪支弹药的中心。街道司令阿巴德拉着比拉诺瓦来到泥泞不堪的大广场上。“他们正向这一侧逼近，”若安·阿巴德指着法维拉山及康巴奥山对他道，“他们将从这两侧分兵夹击我们。如果华金·马坎比拉的人马抵挡不住，首先陷落的就是这里。最好现在就把子弹分发下去。”安东尼奥·比拉诺瓦同意了。“你现在到哪里去？”比拉诺瓦问。“四处跑跑。”若安·阿巴德回答道。人们手里抱着箱子和袋子在那里等着。

“祝你走运，若安，”安东尼奥·比拉诺瓦道，“我到收容所去看看。有什么话要我转告卡塔利娜吗?”

若安·阿巴德略微踌躇片刻，慢慢对他说：

“如果我被杀害，一定要让她知道。古斯多加的事，虽说她宽恕了我，但我从没有宽恕自己。”

若安·阿巴德消失在茫茫雨夜中，黑暗中又传来了一声炮响。

“你明白若安捎给卡塔利娜的口信吗?”奥诺里奥问道。

“那是一桩过去的事了。”安东尼奥·比拉诺瓦答道。

他们在烛光下一面收拾粮食、绷带、药品，一面倾听着钟声与军号声，有时还夹杂着炮声的对白，谁也不和谁说话。不一会儿便听到安东尼娅·萨德林哈尖声尖气地说，许多伤员被带到圣安娜收容所来了。安东尼奥叫弟弟先休息一会儿，因为真正的硬仗在天亮之后。说完，他便带着一只药箱——药箱里装着委托华金神父买来的碘酒、杨酸铋及甘汞——走了。

建在圣安娜坡上的收容所简直成了疯人院。哭声、呻吟声响成一片，来到这里的老弱病残、做饭的安东尼娅·萨德林哈、卡塔利娜以及另外一些妇女被伤员的亲友纠缠得几乎动弹不得，他们你拉我扯，要她们好生照料自己的亲人。伤员们人挨人地躺在地上，有时竟被人们从身上踏过。安东尼奥和分水员们一起先将闯进收容所里的人赶了出去，让分水员守住大门，随后便帮着包扎伤员。伤员中有的被炸掉了指头或手，有的身上开了口子，其中有位妇女竟被炸掉了一条腿。安东尼奥·比拉诺瓦一面拿酒精给她闻一面思量道，怎么还会活着？实在太痛苦了，真不如早点死了好。药剂师到来时，那位妇女正好死在他的怀里。药剂师从另一个收容所来，据他说，那里的伤员和这里一样多。比拉诺瓦当即下令将尸体移到鸡棚那里去，因为他只需看一眼就知道哪些人已经死去。他是卡努杜斯唯一受过医学教育的人，他的到来使整个收容所安静下来。安东尼奥·比拉诺瓦发现卡塔利娜正在给一个佩带着天主卫队袖标的小伙子——一块木片打穿了他的颧骨并打瞎了一只眼睛，小伙子孩子似的紧紧依偎在她的身旁——含糊地哼着小调。

“若安托我给你带来个口信儿。”安东尼奥对她说。随后他便把若安·阿巴德的话对她说了一遍。卡塔利娜只是轻轻点了点头。这个瘦削、忧伤、沉默寡言的女人对他来说是个谜。她温顺、虔诚，仿佛对任何人、任何事都很漠然。她和若安·阿巴德住在圣婴基督街一幢由两间木板房合在一起的茅屋里。他们喜欢单独在一起，安东尼奥曾多次看见他们在莫坎波区后面的田野里散步，兴趣盎然地聊着。“你能看见若安吗？”卡塔利娜问。“也许。你有什么话要我告诉他？”“你告诉他，如果他现在仍感到内疚，那么我也会感到内疚。”卡塔利娜轻声细语地说。

后半夜，安东尼奥·比拉诺瓦一直忙着布置设在通往盖莱莫波路上的两幢民房里的医疗站，为此，只好让原来的住户搬到邻居家里去住。他和助手们一起清理场地，把木板、床、被单、水桶、药品、绷带往这里搬运的过程中，那种悲伤感又涌上心头。为了使这片土地重新造福于人类，他花费了许多心血呀！垦荒、施肥、开凿运河，最后终于在这片石滩上种出了玉米、菜豆、蚕豆、甘蔗、香瓜和西瓜，这需要付出多么艰苦的劳动！把山羊、绵羊带到这里放牧、饲养，直至它们开始繁殖，这又谈何容易！辛勤的劳动、坚定的信仰、这么多人的共同奋斗才使这些农田和畜栏成了现在这个样子。然而这一切正被敌人的炮火化为乌有，一些为生活所迫到这里来寻找生路的百姓也会被即将到来的政府军化为幽灵。他尽量不去想这些事，因为想起来令人恼怒，而这种恼怒是被“劝世者”所斥责的。一个店员来告诉他说狗子兵下山了。

时值黎明时分，军号声响彻四方，身着蓝上装、黑红条纹裤的官兵在山坡上移动。安东尼奥·比拉诺瓦将左轮枪从枪套内抽出，朝坐落在坎坡·格兰德街的杂货店跑去。当他赶到那里时，发现在离他五十米远的地方，敌人已经过了河，正在拼命向华金·马坎比拉所在的战壕扫射。

奥诺里奥和其他五六个人已经在杂货店里了，躲在店内的大桶、柜台、破床、货箱及沙袋后面。安东尼奥及其随从由里面的人扯着，四肢一起努力从上面爬了进去。他气喘吁吁地在一个便于瞄准的地方站好。枪声震耳欲聋，奥诺里奥虽然近在咫尺，却听不清大家在说些什么。他透过用家什筑成的屏障看到：尘土翻滚，黑压压的一片人群离开河边，正通过大广场及圣约翰、圣安娜两道坡坎朝这边袭来。火光四起，烈焰冲天，敌人正在焚烧房屋，想把人烧死。他暗忖道，妻子和弟媳就在下面的圣安娜坡，也许和收容所里的伤员一样，此刻正被烧得焦头烂额，奄奄待毙。想到这里，他不由得怒火万丈。烟雾中闪出几名兵士，拼命东张西望。他们穿着蓝上衣，红黑裤子，长枪上的刺刀闪闪发亮。一名兵士将一只火把扔到屏障上。“快把它灭掉。”安东尼奥一面朝身边的小伙子吼道，一面瞄准了离他最近的那个兵士的胸膛。他射击着，在滚滚的烟雾中几乎什么都看不见，只有两耳嗡嗡作响，直至射完了最后一枚子弹。就在他靠在一只酒桶上装子弹的当儿，发现佩德林——他刚才命令熄灭火把的那个小伙子——倒在一块木板上，背上鲜血直流。但是他不能去救他，因为他左边的屏障已经开了个缺口，两个士兵正挤在那里，动弹不得。“小心，小心。”他一面喊，一面朝两个兵士射击，直至枪膛射不出子弹为止。两个士兵已经倒下，当他握着短刀赶到那里时，三个甲贡索人正边骂边用利刃结果那两个家伙的性命。他朝四周扫视了一眼，发现弟弟奥诺里奥安然无恙，正朝他微笑。他心里不由得一阵高兴。“一切顺利，伙计?”他问弟弟。奥诺里奥点点头。他去看佩德林。佩德林虽然没有死，但除背部受伤外，双手也都被烫伤了。安东尼奥把佩德林背到旁边的一间屋里，放在被子上。佩德林满脸淌着虚汗。他是孤儿，是安东尼奥·比拉诺瓦和安东尼娅在卡努杜斯定居后不久收养的。安东尼奥听到枪声又起，便给佩德林盖好被子，离开时说：“佩德林，回头我再给你医治。”

安东尼奥来到屏障后，他的弟弟正拿着一支从敌人手里缴来的枪射击着，几个帮手也已将缺口堵上。他再次把枪装上子弹，站到奥诺里奥身边。奥诺里奥对他道：“你认为安东尼娅和阿顺松还活着吗?”正在这时，他发现屏障对面的泥地里躺着个士兵，那士兵一手紧抱着长枪，一手攥着把马刀。

“我们需要那样的武器。”他说。他们给他打开一个缺口，他便冲到街上。当他俯下身要取那支长枪时，那士兵企图举刀砍他。他毫不犹豫，迅即朝那士兵猛扑过去，将匕首刺进他的腹部。敌兵被压在他身下，倒出一口粗气，咕噜了句什么，随后便瘫在那里一动不动了。他将尸体上的匕首、马刀、长枪及草料粮袋通通卸下，与此同时，他审视着那张灰黄灰黄的脸——这是一张他在牧人和农民中多次看到过的脸，悲痛感又涌上心头。奥诺里奥及其随从正在外面缴另一个士兵的械。这时，他听到了若安·阿巴德说话的声音。街道司令若安·阿巴德风尘仆仆地来了，身后跟着两个人，三人都浑身血污。

“你们现在有几个人?”若安·阿巴德边问边示意他们站到庄园大院墙下去。

“九个，”安东尼奥答道，“佩德林受伤了，在里面。”

“你们随我来，”若安·阿巴德边转身边说，“小心，好多屋里都有官兵。”

然而若安·阿巴德本人满不在乎，直挺挺地在大街上快步走着，一边走一边喊着说官兵正从河一侧向教堂和公墓袭来，要设法阻击他们，不能让他们挨近这里，否则“劝世者”就会陷入孤立无援。他想在圣安东尼奥教堂拐角处的殉道者大街上筑起一道街垒，阻止敌人通过大广场。

他们离那里约三百米远时，安东尼奥发现伤亡惨重，不由暗自吃了一惊。只见墙倒屋塌，梁焦瓦碎，一片烟雾弥漫中，不时可以看到一具具尸体。敌人所到之处，顿时狼烟滚滚，火光四起。安东尼奥爬到若安·阿巴德身边，把卡塔利娜的一番话告诉了他。若安·阿巴德头也没回地点了点头。不料，他们在抹大拉的玛丽亚街口遇上了一队官兵，若安连蹦带跑地将手中短刀扔了过去，犹如比赛飞刀一般。安东尼奥也箭也似的跑了起来。子弹在他们身边嗖嗖飞过，忽然，安东尼奥跌了一跤，摔倒在地。但是他又站起身，躲过了朝他捅来的刺刀，并把那士兵拖进了泥塘。他和那士兵厮打着，也不知短刀是否还在手里。突然，他觉得和他搏斗的那士兵不动了。若安·阿巴德把他扶了起来。

“把敌人那些武器都收拾起来，”若安·阿巴德命令着，“刺刀、草料袋、子弹，通通都要。”

奥诺里奥及两个随从俯身到另一个随从阿纳斯达西奥身边，想把他扶起来。

“没用，他已经死了，”若安·阿巴德拦住他们，“把尸体都拖去堵住街口。”

说毕，他便拖起脚边的一具尸体朝殉道者街走去。街口，许多甲贡索人已经开始用身边能找到的任何东西构筑街垒。安东尼奥·

比拉诺瓦立即动手，和他们一起构筑起来。枪炮声仍在轰鸣，不一会儿，天主卫队的一个小伙子来报告若安·阿巴德——他正和安东尼奥抬着木板车的车轮——狗子兵们又冲基督圣堂来了。“都上那边去！”若安·阿巴德喊道，甲贡索人随即跟在他后面跑了起来。就在他们来到广场上时，几名官兵正从公墓摸向这里，为首的是一位黄头发青年，挥舞着马刀，握着左轮枪。正在兴建的那座教堂的礼拜堂里，甲贡索人从塔楼和屋顶上射出密集的枪弹，堵住官军的去路。“追上去，追上去！”若安·阿巴德吼道。几十个人也从别的教堂冲了出来，向敌人追去。安东尼奥·比拉诺瓦看见身材魁梧的若安·格兰德光着脚赶上了若安·阿巴德，边跑边和阿巴德说话。官军已在公墓后面筑起工事，因此甲贡索人进入圣西皮里亚诺区时遭到了敌人火力的阻击。“他会被打死的。”趴在地上的安东尼奥见阿巴德打着手势，要跟在身后的人躲到屋里去或趴到地上而自己却站在大街上时，暗自寻思道。后来，阿巴德匍匐到安东尼奥身边，蹲着对他说：

“你回街垒那儿去，要保住街垒。把他们从这里引开，教他们到帕杰乌那边去。去吧，别让他们从另一边摸到这儿来。”

安东尼奥点了点头，顷刻便和奥诺里奥、杂货店里的帮手及另外十个人一起朝殉道者街及大广场街奔去。他仿佛终于从迷惘中清醒过来。“你是善于组织的，”他自语道，“而现在需要的正是这个。”他命令把广场上的尸体及碎砖烂瓦运到街垒那儿去。就在他和众人一起搬运那些东西时，听到一幢房里有人在喊叫。他第一个进了屋，一脚踢开房门，开枪打死了蹲在那里的士兵。他愣了一阵才看清被打死的那个士兵原来正在那里吃东西，手里还攥着一块腌肉，无疑是刚从炉上取下来的。屋主是一位老人，肚子被敌人戳了一刀，正倒在炉边挣扎着。三个孩子号啕大哭。“这小子准是饿坏了，”安东尼奥寻思道，“否则他不会不顾一切，为了一块肉送了命。”他带着五个人挨门逐户地搜查着从街口到广场的住宅。每一家都是一个战场：房顶开了洞，墙壁裂了缝，家什被打得粉碎，到处乱糟糟的。手持棍棒的老人、妇孺见他们到来，顿时显出松了口气的神情，叽叽喳喳地攀谈起来。他在一户人家发现了两桶水，先让众人喝了个够，随后便提着到街垒那里去了。他看到了奥诺里奥和其他人饮水时的高兴劲儿。

面前就是街垒，他透过家什和尸体朝外瞭望。卡努杜斯唯一直直的街——大广场街——渺无人迹。右侧，枪声不绝，浓烟滚滚。“莫坎波区正打得带劲儿呢。”奥诺里奥道。他的脸红红的，流满汗水。安东尼奥朝他笑了笑说道：“他们没办法把我们从这里赶走，不是吗?”“那当然。”奥诺里奥答道。安东尼奥坐到一辆木板车上，就在他往左轮枪里装子弹时——他围在腰间子弹带里的子弹已所剩无几——注意到大多数甲贡索人使用的武器是从敌人那里缴来的。他们正在赢得这场战争的胜利。安东尼奥想起了待在圣安娜坡的萨德林哈姐妹。

“你留在这儿，告诉若安说我到收容所看看。”安东尼奥·比拉诺瓦告诉弟弟。

他踏着被无数苍蝇叮食着的尸体来到街垒的另一端，四个甲贡索人也跟随而至。“谁让你们来的?”他朝他们吼道。“若安·阿巴德。”其中一个回答道。他未来得及与他们理论，因为圣彼得街的枪声已响成一片。室内室外，房上房下，战斗进行得十分激烈。安东尼奥一伙只好返回大广场街，从那儿到圣安娜坡的路上未遇到官兵，但圣安娜坡有枪响。他们躲在一幢烟雾腾腾的房子后面，安东尼奥朝四处察看了一番。收容所那里另有一股浓烟，子弹就是从那里射出来的。“你们在这里等着，我摸过去看看。”安东尼奥说。但是他匍匐前行时发现另几个甲贡索人也在随他往前爬。他最后终于发现，就在几米远的地方有五六名官兵，不是在向他们射击，而是在向百姓的住宅射击。他站起身，手指扣着枪机拼命向敌人奔去，刚要开枪，恰好有士兵回过头来。他连发六枪，最后将刺刀掷向朝他扑来的另一个士兵。他卧倒在地，紧紧抓住了那个士兵——也许是另一个士兵——的两条腿；他也不知道是怎么搞的，最后终于掐住了那士兵的脖子，并竭尽全力按着。“安东尼奥，你结果了两个狗子。”一个甲贡索人说道。“把他们的枪和子弹都解下来。”他回答道。门户渐开，一群群百姓跑了出来，他们咳嗽着，微笑着和他们相见。他的妻子安东尼娅和阿顺松站在那里，再后面是若安·阿巴德的妻子卡塔利娜。

“你瞧，”一个甲贡索人推了推他，“敌人跳进河里去了。”

他朝左右一看，有的官兵正经过波状起伏的圣安娜坡急急忙忙地朝山上跑，有的则扔掉武器跳进河里。然而最令他注意的是夜幕很快就要降临。“去夺他们的武器，”他竭尽全力地呼喊着，“走，伙计们，办事要有始有终。”几个甲贡索人随他朝河边跑去，其中有一个高喊：“打倒共和制！打倒敌基督！‘劝世者’万岁！好耶稣万岁！”

近视记者似醒非醒，似睡非睡，这使他回想起夜里在萨尔瓦多自己那所杂乱无章的住房里吸过鸦片后的情景。他此刻全然没有睡过觉的感觉，而是觉得似乎听到卡汀珈中那些和他同命运、面目不清的人说过话，而且自己也说了什么。对他来讲，最可怕的不是自己交了厄运，不知道天亮后究竟会出什么事，而是丢掉了皮包及一卷卷写好的、夹在换洗衣服里的书稿。他确信，他曾对他们讲过一些令人难堪的事情：两天前，他的墨水用完了，最后一支鹅毛笔也坏了，那时他哭了，仿佛死了亲人。他也确信——当然他这种想法也是模糊的、缺乏事实依据的、经不起推敲的，仿佛一个人吸了鸦片后言谈举止都迷迷糊糊了——夜里他在咀嚼一把把的野草、枝叶、虫豸以及同伴递到他手上的、无法辨认的东西（其中干的、湿的、硬的、软的全有）时毫无厌恶之感。他也确信，他从同伴那里听到许多肺腑之言。“除她之外，我们大家都被吓得魂飞魄散。”他暗忖。和他背靠背躺着睡的华金神父也承认，直到今天他被绑在树上听着枪响、看着来来去去的官兵及一个个伤员时才真正感到了惧怕，他对任何人、任何事——包括魔鬼及地狱——都从来没有像今天这样恐惧过。华金神父说这番话时是否哭天叫地？然而，据她说，最惧怕的算矮子，他一直扯着那怪声怪气的嗓子——正如那稀奇古怪的身材——不停地哭泣着，梦呓般不住地喊着大胡子女人、吉普赛人、大力士及好像没有骨头的蜘蛛人。矮子此刻怎么样了？她是不是他的母亲？这二人跑到这儿来干什么？她怎么可能毫无恐惧？她内心中是否有比恐惧更深的伤痕？因为近视记者已从她不断发出的低语中注意到某种更可怕、更令人不安、更令人痛心的东西。在她那低语中，谈的不是对死的恐惧——唯一有现实意义的事情——而是对暴尸荒野、正在遭受风吹雨打虫蚁叮食的死者的挑战。她是否过去经受的恐惧太多，已被折磨疯了，所以现在成了个不再感到恐惧的疯子？

他觉得有人在推他，当即想到：“我的眼镜。”他看到眼前泛起一片绿光，许多影子在晃动。他在自己的身上及四周摸了摸，听到华金神父在说：“醒醒，天亮了，我们要设法找到去贡贝的路。”他终于在两腿间找到了自己的眼镜，完好无损。他擦了擦镜片，站起身，喃喃地说：“走吧，走吧。”当他戴上眼镜看清四周的事物时，发现矮子就在眼前：果然身材矮小，完全像个十来岁的孩子，脸上却布满皱纹。她——看上去不知到底多大年龄，披头散发，瘦骨嶙峋——握着矮子的手。二人衣衫褴褛，浑身是泥。近视记者暗想自己是否也像他俩及身材魁梧、决心朝太阳升起的方向走去的华金神父那样给人以头发蓬乱、狼狈不堪、走投无路的印象。“现在已过了法维拉，”华金神父道，“我们应当从这儿岔到通向本登戈的路上去。愿上帝保佑，别让我们碰上官兵……”“会碰上的。”近视记者思量道。即使碰不上官兵，也会遇上甲贡索人。他心里想道：“我们什么都不是，既不属于这一帮，又不属于那一伙。他们会杀死我们。”他一边走，一边看着面前的女人和矮子纤细的身影。他急匆匆地走着，生怕落在后面，然而他奇怪的是自己毫无倦意。他们就这样一言不发地走了好一阵。晨曦初露，百鸟啁啾，虫豸鸣叫；零星的枪声、钟声、嘟嘟的军号声，有时还夹杂着爆炸声和喧哗的人声，融汇成一片嘈杂纷乱、五光十色的氛围。华金神父径直向前走着，看来他是认识路的。卡汀珈渐渐变得稀疏，荆棘、仙人掌愈来愈少，直至最后成了光秃秃的陡峭山野。右侧的一条石岭挡住了他们的视线，他们沿着和石岭平行的路向前走去。半个小时之后，他们到了岭上。华金神父惊叫一声，近视记者这才发现他喊叫的原因：官兵几乎就在他们身旁，前后左右却全是甲贡索人。“有好几千人。”近视记者喃喃地说。他想坐下来，闭上眼，什么都不去想。矮子尖声尖气道：“胡莱玛，你瞧，你瞧。”为了缩小目标，华金神父跪在地上，和他结伴而行的几个人也都蹲了下来。“我们正好落在战争的中心。”矮子低声道。“这不叫战争，”近视记者自忖着，“这叫溃逃。”当他望到岭下的场面时，不再感到恐惧了。原来官兵根本没去理会库尼亚·马托斯少校的命令，没在昨夜撤退，而是直到现在才按照塔马林多上校的意思撤退。

乱纷纷的官军正行进在岭下一片宽阔的平地上，有的地方拥挤不堪，有的地方却稀稀拉拉，真是一派失魂落魄的景象。他们抬着担架，驱赶着运载伤员的马车，有的把枪胡乱地挂在身上，有的干脆把枪当拐杖拄着，一点不像他记忆中莫莱拉·西塞手下那支纪律严明、军容整齐的第七步兵团。莫莱拉·西塞是否已被埋葬在山上？那些担架或马车上有无他的尸体？

“双方会不会已经讲和？”华金神父在他身旁低声问道，“也可能停战了，会吗？”

虽说双方媾和的想法是荒唐的，但山下的确出现了一种奇特的现象：没有战斗。然而官军和甲贡索人近在咫尺，而且彼此的距离越来越近。近视记者那模糊的双眼贪婪地望着那一伙伙甲贡索人，只见他们个个衣冠不整，手持猎枪、马枪、棍棒、砍刀、柴耙、弩弓、石头，头上裹着乱七八糟的破布，和他们所追击的，更准确地说，应该是他们所护卫或陪伴着的官兵那乱糟糟的状况没有两样。

“官军投降了？”华金神父问，“被俘虏了？”

大股大股的甲贡索人顺着山坡两侧朝走投无路的官军渐渐包抄过来，然而未听到枪响，虽然有时也传来一两声零星的枪声，但至少未听到像昨天在卡努杜斯那样密集的枪炮声。那喧闹的声音除了是回荡在山谷中的人声又会是什么？近视记者突然在这支一败涂地的队伍中认出了萨洛芒·德·罗沙上尉。走在队尾的一伙士兵保护着四门大炮，大炮由驴拉着；虽然他们拼命鞭打毛驴，但离别的官兵越来越远，最后陷于孤立无援的境地。正在这时，一伙甲贡索人朝山下跑去，插在这队官兵和大部队之间。大炮已停在那里不动，近视记者断定那个军官——他挥着马刀、手枪，从紧傍着毛驴和大炮行进的官兵这头跑到那头——无疑是在向他们发号施令，或在给他们打气鼓劲。与此同时，甲贡索人渐渐逼近了他们，逼近了萨洛芒·德·罗沙。近视记者还记得罗沙上尉的山羊胡总是修剪得整整齐齐，同伴们都叫他美男子。此外他还有一个癖好，那就是爱谈论众人皆知的康布拉茵炮的先进性能和克虏伯炮的命中率，而且给所有的炮命名。山下冒起阵阵烟雾，他知道双方已经开始对射，只是由于风在朝另一个方向刮，所以他或者他们才未听到枪声。“这段时间一直刀光剑影，杀声阵阵，我们却未曾听到。”近视记者想，但他想不下去了，因为带着几门大炮的那伙官兵突然被步步逼近的甲贡索人打成了哑巴。近视记者眨眨眼，瞠目结舌地看到挥着马刀的那个军官被长矛、铁锹、砍刀、镰刀、刺刀砍杀一阵，便和他的部下一样活活被甲贡索人打死了。甲贡索人在那里蹦蹦跳跳，无疑是在高兴地大喊大叫，只是他听不见罢了。反之，他听到了毛驴的嘶吼，却没看见。

他醒悟到，他只身一人待在那个街垒里看着第七步兵团的大炮被缴获，官兵被打死。贡贝的华金神父顺着山坡，胡莱玛和矮子跟在身后距他二三十米，都径直向甲贡索人所在之处跑去。他满腹疑团，但害怕独自一人落在那里，于是站起身也朝山下跑去。他跌倒了，再爬起来，努力保持着平衡。许多甲贡索人已瞧见了他们，有的侧过身，有的抬起头，向他跑来的山坡上望着。他们见他那副跌跌撞撞的样子，都觉得十分好笑。此刻，华金神父距离甲贡索人只有十米远了。他说了句什么，随后又高声喊着，比画着。“他会不会在告发自己？为了讨好甲贡索人，他会不会说自己是官兵，让甲贡索人……”近视记者又像个机器人似的向下滚动起来。他翻着筋斗，酒桶似的滚着，既感觉不到疼痛，也不觉得羞赧，他唯一关心的是自己的眼镜。当他最后停下想站起身来时，发现眼镜竟奇迹般牢牢地挂在耳上。然而他遍体鳞伤，失魂落魄，站不起身来，直至几双臂膀将他搀扶起来。“谢谢。”他轻声道。他注意到甲贡索人又惊又喜，有的在拍华金神父的肩，有的在亲吻他的手，有的在拥抱他。“他们认识他，”近视记者暗想，“如果他出面为我求情，他们一定不会杀我。”

“是我，是我！若安，一点都不差。”华金神父对着一个人说道。只见那人膀大腰粗，皮肤黝黑，满身是泥，被一些胸前挂着子弹带的人围在中央。“我不是鬼，他们没杀我，我逃出来了。我现在要回贡贝去，若安·阿巴德，我要离开这儿，帮帮我的忙吧……”

“这不可能，神父，太危险了，你没见到处都在打仗吗？”那人道，“先去贝罗山吧，等打完仗再说。”

“若安·阿巴德？”近视记者思量道，“若安·阿巴德也在卡努杜斯？”四周突然响起密集、激烈的枪声，当他听到若安·阿巴德在问“那只长着四只眼睛的绵羊是谁”时，顿时吓得浑身冰凉。“啊，他是记者，曾帮我逃跑，不是官兵。那个女人和那个小矮子……”枪声大作，若安未能把话说完。“您回贝罗山去吧，神父，那里已经平静了。”若安·阿巴德边说边和其他甲贡索人一起朝山下跑去。趴在地上的近视记者突然发现远处塔马林多上校抱住脑袋，一群官兵将他围在中央。到处是一片乱哄哄的场面，整个部队溃不成军，乱作一团。官兵惊慌失措地四处奔逃。近视记者趴在地上，沾了一嘴泥土，望见密密麻麻的人群东冲西撞，一会儿散开，一会儿又挤到一起；有的倒下了，有的还在负隅顽抗。他的视线多次落到塔马林多上校倒下去的地方。几个甲贡索人俯着身子，是在结果他的性命？但他们蹲在那里好久没有动静。近视记者极目眺望，终于发现他们正在剥他的衣服。

近视记者觉得一种怪味扑鼻，有点透不过气来，这才醒悟到他一直在机械地咀嚼着趴在地上时吃进嘴里的泥土。他一边啐一边注视着混乱不堪的官军，他们四处奔逃，有的还在打枪，有的干脆把武器、弹药箱及担架丢弃。虽然他们已经远去，但他仍然可以瞧见他们一面慌忙逃命，一面将军帽、军装、背包带、子弹带扔掉的情形。为什么要将这些东西通通扔掉？他们这是发什么疯？他凭直觉意识到，他们在把所有可能会作为官兵身份的东西丢弃，企图假冒甲贡索人蒙混过去。华金神父站起身，又像刚才那样跑起来。然而，这一次他的跑法怪得很：摇着脑袋，挥着双手，口里念念有词，还不住地向逃跑的官兵和追击的甲贡索人喊着。“他正在向相互厮杀的乱军跑去。”近视记者暗想。他的目光和胡莱玛的目光相遇，她惊愕地望着他，问他该怎么办。这时，他仿佛被什么刺了一下，站起来朝她吼道：“应该随他一起去，唯有他能救我们的命。”她站起身，拉着矮子跑起来。满脸灰尘的矮子边跑边拼命喊叫。近视记者凭着两条长腿，或是由于极度恐惧，很快把他们甩到后面，只身跑到前面去了。他撅着屁股，低着脑袋，飞也似的跑着，心中恍惚地想，那灼人的、呼啸而过的子弹正在朝他飞来。他模模糊糊地看到那些短刀、斧头、砍刀、刺刀堵住去路。然而，他仍在滚滚尘烟中奔跑着，华金神父粗壮的身影在前方时隐时现，仿佛长了翅膀。突然，他再也看不到神父了。他喃喃咒骂着，咬牙切齿地想道：“他到哪儿去了？为什么要这样跑？为什么他自己死不算，还要我们跟着他一起死？”虽然他已上气不接下气——舌头伸在外面吞吸着尘土，眼镜上沾满灰尘，几乎什么都看不见——但仍然摇摇晃晃地跑着，身上的一点余力告诉他：他能否活着回去，要看华金神父的态度了。

当他倒在地上——可能是跌倒的，也可能是太累了，两腿实在支撑不住——突然产生一种得救的感觉。他将头倚在两条胳臂上，喘着粗气，倾听着心脏的跳动，宁可死也不能再跑了。他渐渐镇静下来，觉得太阳穴跳得不像刚才那样剧烈了。他觉得头晕、作呕，但并没有呕吐。他取下眼镜擦了擦。他太累了，已顾不上害怕、担心，更顾不得想这想那。谁都没有注意他。甲贡索人在打扫战场，收集枪支、弹药、刺刀，但他的眼睛是不会看错的，从一开始，他就发现甲贡索人在到处用砍刀将一具具尸体上的脑袋砍下来扔进麻袋，卖力程度就像他们平日砍牛羊的头；或者用那些被打死的官兵使用的刺刀、长矛将头颅串在一起，官兵带这种武器本来是准备把甲贡索人的头颅串在一起或把头发捆在一起带走的。与此同时，另外一些甲贡索人点燃篝火，无头尸体开始在熊熊大火中焚烧、作响、蜷缩，发出噼噼啪啪的爆裂声，最后被烧得焦黑。有一堆篝火就在身旁，他看见几个头裹蓝布的人正将几具尸体扔到火中的两具尸体上。“现在该轮到我了，”他暗想，“他们会过来的。他们会砍下我的脑袋，串在一根棍上带走，然后将我的尸体扔进火堆。”他仍然因极度疲劳而神志不清，虽然甲贡索人在说话，但他听不清他们说些什么。

这时，近视记者看见了华金神父。是的，是华金神父，他不是到别处去，而是正朝这里来。他没有跑，而是大步流星地走着。起风了，近视记者觉得鼻子痒痒的，仿佛又要打喷嚏了。华金神父迎着狂风，扮出各种怪相，一会儿指指这儿，一会儿指指那儿，他的那些手势不似专对着某人，倒像冲着所有人，甚至包括那些被烧焦的尸体。只见他头发蓬乱，遍体是伤，浑身是泥。当他走到近视记者面前时，近视记者站起身对他说道：“您不要走，让我跟您一道去吧！您不要让他们把我的脑袋砍下来，不要让他们把我烧……”华金听到这些话了吗？华金神父自语着，或者说在和幽灵攀谈着，比比画画地反复念叨着一些不可思议的事、一些陌生人的名字。近视记者紧紧傍着他，觉得走在他身旁身上，就有了力量。近视记者注意到光着脚板的胡莱玛和矮子就在他们的右侧。胡莱玛和矮子衣衫破烂，满身尘土，形容憔悴，像两个梦游病患者。近视记者无论看到什么，听到什么，都不为所动，无所恐惧，对一切漠然视之。这就叫精神失常吗？他沉思道：“在萨尔瓦多，即使是鸦片……”一路上，他看见甲贡索人正在把军帽、军装、军大衣、军用水壶、军毯、背带、皮靴挂在道路两旁的树上，好像在装点圣诞树，然而他无动于衷。当他来到已是一片废墟的卡努杜斯，看见道路两旁一串串被虫蚁叮食的官兵的首级时，心情仍十分平静，毫无惊奇、恐惧之感。即使一个荒诞的人——竖立在农田里吓鸟的稻草人——堵住他的去路，抑或认出塔马林多上校血迹斑斑的赤裸身躯和首级被钉在一根树枝上，他脸上也没有显出任何异样。但是，没多一会儿，他突然停下来，平静地审视着一颗爬满苍蝇的头颅。毋庸置疑：是莫莱拉·西塞的头颅。

一阵剧烈的喷嚏突然袭来，致使他未来得及用手去捂，也未来得及按稳眼镜：它朝前冲了出去。喷嚏一个接着一个，他只得弯下腰。他确信，听到了眼镜撞在卵石上的声响。喷嚏一止，他便蹲下去摸索，当即就摸到了眼镜，可镜片碎了。直到此时，夜里及黎明时分的那种沉重心情才又涌上他的心头。

“站住，站住，”他边喊边把眼镜戴上，看到的却是一个支离破碎的世界，“我什么都看不见，我求求你们。”

他觉得有一只手拉住了他的右手，根据手的大小和手劲判断，这只手只能是那个光着脚板的女人的。她一言不发，拉着他，在这个突然变得动荡不定、漆黑一团的世界里为他指引着方向。

当埃巴米农达·贡萨尔维斯跨进从未造访过的卡纳布拉沃男爵府时，首先感到惊奇的是府中那股醋味和香草味。黑人用人手持一盏油灯照路，把他引入一间书房。房内，卷帙浩繁，绿色的玻璃灯给椭圆形墙壁及所有家什器皿披上了一层淡绿色，使人觉得犹如进入森林。他观赏着一张旧地图，发现上面写着“卡龙毕”几个字。正在这时，男爵进来了。他们冷冷地握了握手，仿佛刚刚相识。

“谢谢您的光临，”男爵边说边请埃巴米农达就座，“也许这次会见在一个中立地区举行会更好。但我自作主张，邀您光临寒舍，这是因为我的夫人身体欠安，我不便外出。”

“希望她早日康复，”埃巴米农达边说边把男爵递过来的烟盒推到一边，“全巴伊亚都希望再次看到她仍像以前那样健康、美丽。”

男爵消瘦、衰老多了。《消息日报》的主人埃巴米农达心里想，男爵脸上那些皱纹、那副无精打采的神情，到底是因为斗败了还是由于最近形势突变？

“事实上，埃斯特拉的病已经痊愈，她的身体已经恢复，”男爵激动地说，“只是由于卡龙毕庄园被焚，她精神上受的刺激太大，所以至今仍不太好。”

“这是一场关系到全巴伊亚的灾难，”他抬起头，注视着起身斟香槟的男爵，“我在议会上是这样讲的，在《消息日报》上也是这样说的。毁坏资产，无论对我们的盟友或政敌都是犯罪。”

男爵点点头，把酒杯递给埃巴米农达。喝酒前，两人轻轻地碰了碰杯。埃巴米农达已将酒杯放在桌上，然而男爵仍然一直拿在手里，温暖着、摇晃着那红色的汁液。

“我想过了，最好坐下来谈一谈，”男爵慢条斯理地说，“共和党和自治党的谈判成功与否，就看您我能否达成协议。”

“我要提醒您，今天晚上我无权和您磋商任何问题，因为我的同志没有授权我。”埃巴米农达·贡萨尔维斯打断了他的话。

“您无需授权，”男爵嘲笑道，“我亲爱的埃巴米农达，我们别玩中国人的皮影戏了。没时间了。局势是严重的，这一点您是清楚的。无论在里约热内卢还是在圣保罗，君主派的报馆都遭到了袭击，报馆的主人受到严刑拷打。全巴西的太太们都在竞相变卖首饰和长发，以资助巴伊亚的官军。我们干脆摊牌吧。如果我们不想自取灭亡，就只能这样干。”

男爵又饮了一口香槟酒。

“既然您愿意开诚相见，那我也只得坦白地告诉您：如果没有莫莱拉·西塞丧生卡努杜斯这件事，我不可能来这儿，两党也不可能举行什么会谈。”埃巴米农达·贡萨尔维斯附和道。

“关于这一点，我同意您的看法，”男爵说，“此外，联邦政府在全国调兵遣将，要到巴伊亚来。这一举措在政治上对巴伊亚意味着什么，我想我们之间的看法是一致的。”

“我不知道我们的看法是否一致，”埃巴米农达端起酒杯喝了一口，咂咂嘴，冷冰冰地道，“这当然意味着您和您的同僚的倒台。”

“更是你们的倒台，埃巴米农达，”男爵彬彬有礼地道，“您还不清楚吗？莫莱拉·西塞战死，使雅各宾分子遭到了一次致命的打击。他们失去了自己队伍中唯一有威望的人物。是的，我的朋友，甲贡索人帮了普鲁登特·德·莫拉依斯总统和议会的忙，帮了你们这个由‘文人学士’和‘世界主义者’组成的、想以专制共和政体取而代之的政府的忙。莫拉依斯总统及保守派定将利用这次危机，清洗军队和政府中的雅各宾分子。你们本来人数就不多，现在更是群龙无首。您也将在这次清洗中被赶下台。为此，我才把您叫到这里来。一支庞大的官军的到来将把我们置于十分困难的境地。联邦政府将把莫拉依斯总统的某个亲信安插到巴伊亚州，充当军事和行政首脑。议会即使不关闭，也会因无所事事而被削弱。巴伊亚的各种地方权力都将被篡夺，我们将成为里约热内卢的附庸。即使您再主张中央集权，我想，您也不甘束手待毙，被赶出政界吧？”

“这是看问题的一种方法，”埃巴米农达神态自若地说，“您能告诉我您对付这一危险的办法，谈谈您拟议的统一战线吗？”

“如果我们能团结一致，莫拉依斯就不得不同我们谈判、妥协；

巴伊亚就不会被捆住手脚，落入军人总督的控制，”男爵道，“此外，这也为您提供了上台的机会。”

“和……”埃巴米农达·贡萨尔维斯说。

“您一个人，”男爵纠正道，“巴伊亚的权力由您独掌。路易斯·比亚纳将不再参加竞选，您将是我们的候选人。我们将制定巴伊亚州参众两院联合名单。这不正是您长久以来的奋斗目标吗？”

埃巴米农达·贡萨尔维斯的脸上泛起红晕。这红晕是因为饮多了香槟酒还是因为天热？是因为听了男爵刚才的一席话还是因为另外想到了什么？他心不在焉地沉默了一阵。

“您的同党会同意吗？”他终于低声问。

“如果他们明白为什么应该这么干，就会同意，”男爵说，“我负责说服他们。这下您该满意了？”

“我需要知道您的交换条件。”埃巴米农达·贡萨尔维斯说。

“在农村不触动地产，在城市不触动商业。”卡纳布拉沃男爵当即答道，“我们将和你们团结起来，反对没收和征用土地及工商企业，反对随意抬高土地税或商业税。这是唯一的交换条件。”

埃巴米农达·贡萨尔维斯深深地吸了一口气，好似喘不过气来。他将杯中残酒一饮而尽。

“那您呢，男爵？”

“我？”男爵好像在谈一个鬼怪，低声说道，“我将退出政界。我不会成为任何障碍。再说，您也知道，我下周就要去欧洲，将在那里无限期地待下去。这下您该放心了？”

埃巴米农达·贡萨尔维斯没有回答。他站起来，倒背着手在书房里走了几步。男爵显出漠然的神态。这位《消息日报》的股东并不想掩饰自己内心纷乱的感情，他满脸红彤彤的，显得很庄重，两只眼睛不仅闪射着平日那种坚定的光，而且充满不安和好奇。

“我虽然没有您那样经验丰富，可也不是毛孩子，”埃巴米农达挑衅般地望着主人，“我知道您在欺骗我，您的建议中有陷阱。”

男爵毫不生气地点了点头。他站起身把两只空杯斟满了酒。

“我知道您不会相信。”男爵手中握着杯，开始在屋里踱来踱去，最后站立在朝向果园的窗前。他开了窗，一股热乎乎的气息扑进书房，随即传来了蟋蟀的聒噪声及远处的吉他声。“这很自然，但我可以向您保证，没有任何陷阱。事实是，到了这种地步，我相信只有您能左右巴伊亚的政局。”

“我应该把您的话看作对我的赞扬吗?”埃巴米农达·贡萨尔维斯带着讥讽的表情问道。

“我认为，从前那种执政办法现在行不通了，”男爵接着说，仿佛没听到埃巴米农达的话，“我承认，我的一套办法已经过时。过去讲究的是百姓守法遵命，是磋商、规劝，是通过外交途径及其他方法解决问题。我那时干起来得心应手，也确实干得不错。当然，这些都已成为过去。现在需要的是行动，需要胆量、暴力，甚至犯罪，需要把政治和伦理道德完全分开。既然事情到了这种地步，那么，只有您能出头维持本州的社会秩序。”

“我早就猜到您不会说我的好话。”埃巴米农达·贡萨尔维斯边说边坐了下来。

男爵在他身旁坐下，听着蟋蟀的鸣叫，屋外还传来汽车驶过的嗡嗡声、鸣笛声、守夜人单调的呼号声及狗的汪汪声。

“从某种意义上来说，我很佩服您。”男爵眼里闪过一瞬即逝的光，“我亲自领教了您的果敢，亲自看到了您对待政治事务如何纵观全局，态度冷静。是的，在巴伊亚，只有您能对付眼前这种局面。”

“您能干脆直率地告诉我，究竟要我干什么吗?”共和党党魁埃巴米农达说，他的声音中包含着某种戏剧性的东西。

“要您代替我，”男爵斩钉截铁地说，“如果我对您说，我对您甘拜下风，您不会不相信吧？我并不承认自己真的垮了，因为我们和莫拉依斯总统及联邦政府内的圣保罗派达成妥协的可能性要比同巴伊亚的雅各宾派大得多。但在心理上，我认输了，埃巴米农达。”男爵抿了一口酒，扭转脸。

“有些事连做梦也未想到，”男爵自言自语道，“全巴西赫赫有名的第七步兵团竟被那帮一钱不值的善男信女打得一败涂地。这种事，谁能理解？一名伟大的军事家刚上阵就被碎尸万段……”

“确实令人难以理解，”埃巴米农达·贡萨尔维斯附和道，“今天下午，我曾见到过库尼亚·马托斯少校。情况比官方报道的更糟。您知道具体数字吗？伤亡三百至四百人，相当于全部兵力的三分之一。几十名军官惨遭屠杀。从大炮到短刀，全部军火尽被掠去，幸存者逃到圣多山时，有的穿着短裤，有的干脆光着身子，还在那里说梦话呢。这就是第七步兵团！当时您在卡龙毕，离得近，您见过的。卡努杜斯近况如何，男爵？”

“我不知道，也不明白，”男爵沉痛地说，“一切都出乎意料。虽然如此，我自信还是了解这个地方、了解这些人的。这样的失败再也无法解释为一群饿鬼的狂热，一定还有别的原因。”男爵再次茫然地瞥了埃巴米农达一眼，“我在想，你们极力宣扬的那一套——说卡努杜斯有英国军官，保皇派在提供武器——可能有些道理。不，我们现在不谈这个，这已是过去的事了。我之所以这样讲，无非是要您看到，莫莱拉·西塞的死使我怅然若失。”

“说得更确切些，我感到震惊，”埃巴米农达说，“既然他们有能力把巴西最优秀的第七步兵团打得落花流水，那么完全有能力把这种无政府状态扩展到整个巴伊亚州，扩展到邻近的几个州，直至最后扩展到……”男爵耸耸肩，脸上显出无可奈何的神情。

“唯一的解释是，成千上万的农民——甚至有外地的农民——在愚昧、迷信、饥饿的驱使下，加入了塞巴斯蒂安集团，”男爵道，“之所以这样，是因为如今不同往日，没有了制止这种暴行的法律。这就意味着战争，倘若政府军真的要来，就意味着巴伊亚的覆灭。”男爵一把抓住埃巴米农达的胳臂，“所以，您必须代替我。面对目前这种动乱的局面，需要一个像您这样的人把仁人志士团结起来，保卫巴伊亚州的利益。巴西其他地区对莫莱拉·西塞阵亡一事十分不满。据说，袭击里约热内卢君主派报馆的狂徒竟高呼‘打倒巴伊亚’的口号。”

埃巴米农达急速地摇晃着酒杯，久久没有说话。

“在内地，已有许多人破产，”男爵说，“我已失去了两座庄园。这次内战将使许多人家破人亡。如果我们再相互残杀下去，后果会怎样？我们将失去一切。逃往南方和马拉尼翁河一带的人将大量增加。到那时巴伊亚会变成什么样？是时候休战了，埃巴米农达。我劝您忘掉雅各宾派的尖刻措辞，别再去打那些可怜的葡萄牙人，也别再要求什么商业国有化了，还是实际一点吧！莫莱拉·西塞一死，雅各宾派也就随之完蛋了。您应该挑起掌管巴伊亚这的重任，让我们在这山河破碎的时刻共同维护社会秩序吧！绝不能让共和制像在其他拉丁美洲国家那样把巴西变成政治腐败、狼烟四起、群魔乱舞的舞台……”

他们手中举着酒杯，思索着，倾听着，沉默了很久。有时，屋内响起脚步声和说话声。时钟敲响数。

“感谢您邀请我到这里来，”埃巴米农达边说边站起身，“您今天讲的，我都记在心里，让我考虑一下。我现在还不能回答您。”

“那当然，”男爵边说边起立，“您先想一想，我们以后再说。当然，我希望能在动身前再见到您。”

“我后天给您答复。”埃巴米农达说着，朝门口走去。他走出大厅时，掌灯的黑人用人来了。男爵一直送埃巴米农达到门口。他在门口问埃巴米农达：

“您有随莫莱拉·西塞来的那个记者的音信吗？”

“那个怪物？”埃巴米农达道，“没听说。我估计可能已经被杀了。您知道，他是个不知感恩的人。”

两人施礼作别。

第四部

第一章

当仆人禀报卡纳布拉沃男爵，有怎样一个人前来拜访他，男爵没有像通常那样吩咐转告来人：他既不访客也不会客。他连忙奔下楼梯，穿过沐浴在晨光里的宽敞庭院，一直来到街门看看自己是不是听错了：原来正是他。男爵向他伸出手，没有说话，让他进来。往事顿时使他想起了几个月前竭力忘怀的那件事：卡龙毕的大火、卡努杜斯、埃斯特拉的危机和他从社交界的隐退。

男爵沉默不语，克制着因这位不速之客的来访和对往事的回顾而产生的惊讶心理，把客人引进往常进行重要会晤的房间：他的书房。虽然天色尚早，可已经热了。远处，阳光掠过果园里的蓖麻、芒果、榕树、番石榴和姚金娘树的枝头，将大海照得像一块巨大的钢板，泛着白光。男爵放下窗帘，房间里于是有了荫凉。

“我知道这次拜访会使您吃惊。”客人说，男爵认出了那用假嗓子说话的喜剧演员式的声音，“我听说您最近从欧洲回来了，才敢……这样冒昧。恕我直言，我是来向您请求工作的。”

“请坐。”男爵说。

听着客人讲话，他仿佛做梦似的。他并不留心对方的言语，而是仔细打量他的身躯，把他和上一次自己所见到的稻草人进行比较。那天早晨，此人是同莫莱拉·西塞上校及其小卫队一同离开卡龙毕的。“既是他又不是他。”男爵想。曾先后为《巴伊亚日报》和《消息日报》撰稿的记者是个小伙子，而这个戴着大眼镜、一坐下来似乎就要散架的人却是个老头子。他满脸皱纹，白发苍苍，给人弱不禁风的印象；穿一件少纽缺扣的汗衫、一件无袖坎肩（上面布满了陈年污痕和油渍）、一条绽了线的裤子和一双牛皮鞋。

“我想起来了，”男爵说，“有人写信告诉我，说您还活着。我是在欧洲的时候知道的。他们告诉我：‘出现了一个幽灵。’尽管如此，我还是以为您已经失踪、死去了。”

“我既没死也没失踪，”来访者说，没有了幽默诙谐和鼻音假嗓的痕迹，“在同一天里听了十次您刚才说的话，我发觉人们对于继续生活在这个世界上已经绝望了。”

“如果您愿意听我直言相告，说老实话，您的生或死对我无关紧要，”只听男爵用令人吃惊的粗暴语气说道，“或许我更愿意您死掉。我恨一切使我想起卡努杜斯的事物。”

“我早就知道您妻子的事，”近视记者说，男爵预料到他会说出这个难以避免的可恶话题，“听说她失去了理智。这是您生活中极大的不幸。”

男爵看他的眼神使他沉默，使他害怕。记者清清喉咙，眨眨眼，然后摘下眼镜，用汗衫的边缘擦拭着。男爵终于克制住要把他撵出去的冲动，心中对此感到欣慰。

“一切都恢复了，”男爵客气地说，“两个月前，埃巴米农达·贡萨尔维斯来信告诉我，您回来了。”

“您跟那个卑鄙的家伙通信？”近视记者那细声细气的鼻音响了

起来，“现在你们真的成盟友了。”

“您这样议论巴伊亚州的州长吗?”男爵笑了，“不正是他想恢复您在《消息日报》的职务吗?”

“更确切地说，他提议给我加薪，”近视记者回答，“但是有个条件：我得忘记卡努杜斯。”

记者大笑，像异乡的鸟叫。男爵看到笑声紧接着变成了一连串喷嚏，使得他一再从座位上弹起来。

“要么是卡努杜斯使您变成了真正的记者，”男爵嘲笑着说，“要么是您变了，因为我的盟友埃巴米农达一如既往，丝毫没变。”

他等着记者从口袋里费力地掏出一块蓝色的破布擤鼻涕。

“在那封信中，埃巴米农达说您是跟一个奇怪的人一起出现的。是侏儒或类似的人?”

“是我的朋友，”近视记者表示同意，“我欠他的情。他救了我的命。您想知道他是怎样救我的吗?靠讲述查理大帝、法兰西十二重臣和玛格洛娜公主，靠说唱魔鬼罗伯特可怕而又具有典范意义的故事。”

近视记者急促地说着，揉搓着手，蜷缩着身体坐在位子上。男爵想起了查莱斯·德阿塞维多教授，几年前他在卡龙毕时，这位学术界的朋友曾去拜访他。教授一连几小时入迷地听着从集市上请来的说唱艺人的演唱，把艺人的唱词和故事一一速记下来。教授断言，这些中世纪的罗曼采谣曲是第一批葡萄牙探险者带到这里并由腹地的传统文学保存下来的。这时，男爵觉察到客人忧郁的表情。

“还能抢救，”男爵听见记者说，看到他用疑惑不定的目光乞求着，“小矮子得了肺结核，但还可以做手术。葡萄牙医院的马伽尔哈埃斯医生救过不少人，我想叫医生给他做手术。正因为这个，我需要工作。但更是为了……糊口。”

近视记者面露愧色，似乎坦白了什么不光彩的事情。

“我不懂我为什么要帮助那个侏儒，”他喃喃地说，“也不知为什么要帮助您。”

“当然，没有任何理由，”近视记者摊开双手，立刻答道，“我不过是下决心来碰碰运气。我原想，会感动您。您从前有过慷慨大方的名声。”

“那是政客的庸俗手段，”男爵说，“现在我不需要名声了，已经退出了政界。”

正在此时，透过果园的窗户，他看到了那只变色龙。他平时极少看见它，或者更确切地说，这一次他认出了它，因为他总是把它和石头、杂草、灌木或树枝混淆起来，有时差点就踩着它。每天傍晚时分，他总叫埃斯特拉和塞巴斯蒂娜一起去芒果树和榕树下乘凉。变色龙是男爵夫人绝妙的开心丸，她坐在草编的摇椅上一心一意地指出那变化多端的小动物，像从前那样，很容易就把它从杂草和浮土中认出来。男爵和塞巴斯蒂娜看见夫人在微笑，因为当他俩前去验证是否真的是变色龙时，那小动物便溜掉了。此时此刻，那条变色龙就在那儿，在一棵芒果树下，介于绿色与褐色之间，光闪闪的，下巴在颤动，简直无法从杂草中将它认出来。男爵心里说：“亲爱的变色龙，光溜溜的小动物，我的好朋友，我衷心地感谢你使我的妻子有了笑声。”

“除了身上穿的，我一无所有，”近视记者说，“从卡努杜斯回来时，房东太太把我的东西全拍卖了，用来抵偿租金。《消息日报》也不愿负担这笔开销。”停了一下，他又补充说：“连我的书籍也卖掉了。我偶尔在圣巴巴拉市场上还能认出一本。”

男爵想，书籍的损失会使此人格外伤心。十几年前他就说过，有一天他会成为巴西的奥斯卡·王尔德。

“好吧，”他说，“您可以回到《巴伊亚日报》。不管怎么说，您不是个坏编辑。”

近视记者摘下了眼镜，点点头，脸色惨白。他无法用其他方式表示谢意。“有什么关系？”男爵想，“难道我是为了他或那个侏儒决定这么做的吗？我是为了那条变色龙。”他望着窗外，寻找那小动物。他大失所望：变色龙不在了。或许它觉察到人们在找它，就伪装得和周围的环境一模一样。

“小矮子是个非常怕死的人，”近视记者重新戴上了眼镜，嘟囔着说，“这倒不是因为热爱生活。您听我说，他的生活一直是卑贱的。从小被卖给吉普赛人，成了马戏团的稀罕物、观众眼里的怪物。可是他对死亡的惧怕是那么大，非比寻常，这竟使他能够死里逃生。他也怕我。”

男爵马上就后悔了，不该给他工作，因为这样一来就在自己和那个家伙之间建立了某种联系，而他不愿和任何与卡努杜斯有关的人来往。然而他没有让来访者意识到会晤已告结束，而是不假思索地说：

“您一定看到了好多可怕的事。”他咳嗽了一声，对自己屈从于好奇而感到不快，却又补充说：“我指的是您在卡努杜斯的时候。”

“实际上，我什么都没看到。”这个骷髅式的人物很快回答，弯弯腰，又直起来，“他们打败第七步兵团那天，我的眼镜被打碎了。我在那里的四个月里看到的只是人影、模糊不清的东西和幽灵。”

他的口气是那样带有讽刺意味，使得男爵寻思：他这样说话是有意激怒自己，还是因为自己生硬而令人反感的方式使他意识到自己不想说话？

“我不明白您为什么不笑，”他听到记者这样说道，那挑衅的口气更加刺耳了，“每当我说没看见卡努杜斯发生的事是因为眼镜被打破的时候，无论谁听了都会笑起来。毫无疑问，这是很滑稽的。”

“对，是的，”男爵站起来说，“但我对这个话题不感兴趣。这是因为……”

“虽然我没看到，可是我感觉到、听到、摸到、闻到了那里发生的事，”记者说，从镜片后面注视着，“其余的，我猜到了。”

男爵看见他又笑了。记者现在是以一副狡黠的表情毫无顾忌地盯着他的眼睛，于是男爵又坐下了。

“您真的是来向我要求工作、谈论那个侏儒吗?”他说，“那患肺结核的矮子真的还活着?”

“他在吐血，我想帮助他，”客人说，“但是我还有别的事要谈。”

他低下头。男爵看着他那蓬乱、灰白、沾满了头皮屑的长发，同时想象到了那盯着地面的、水汪汪的眼睛。他疑神疑鬼地猜测，来访者可能给他带来了加利雷奥·加尔的口信。

“人们正在忘掉卡努杜斯，”近视记者说道，那声音像是回声，“随着狂欢节的到来，人们对卡努杜斯的记忆将在波利特阿玛大剧院的诗情与乐声中烟消云散。”

“卡努杜斯?”男爵喃喃地说，“埃巴米农达做得对，要大家别提那段往事。最好把它忘掉。那是一段不幸的、不明不白的、不是不非的插曲，毫无用处。历史应当是有教育意义、借鉴作用的。在那场战争中，谁都不光彩，谁都不明白发生的事。人们决定拉下帷幕，这是明智的、有益的。”

“我将不让人们忘记，”记者说，用犹豫不定的目光望着男爵，“这是我许下的诺言。”

男爵笑了。这并不是因为来访者突如其来的肃穆，而是因为在书房和帘子外，在花园晶莹闪光的绿茵上，在疙疙瘩瘩的桃金娘树的树干下，变色龙又出来了。长长的、静止的，满身山峰般的尖形凸起，几乎是透明的，像宝石在闪光。“欢迎你，朋友。”他心里想。

“您打算怎么做?”男爵之所以这样问，是为了不致冷场。

“保存事件的唯一方式是把它写下来。”男爵听见客人嘟嘟囔囔地说道。

“我也想到了这个办法，”男爵赞同说，“您想当诗人、剧作家。您打算写下没有看见的卡努杜斯的历史吗?”

“埃斯特拉失去了动人的光彩和聪明才智，可这个可怜虫又有什么过错?”他想。

“自从我摆脱那些讨厌的家伙和好奇的人，就每天去历史研究院的阅览室查阅报刊，搜集一切有关卡努杜斯的消息;《消息日报》《巴伊亚日报》《共和主义杂志》，我都看。”近视记者说道，“我阅读了别人写的一切和我自己写的一切。这……很难表达的。太不真实了。您看到了吗?似乎是一个所有人都参与了的阴谋、一个普遍的全面的误会。”

“我不明白。”男爵已经忘记了变色龙，甚至忘记了埃斯特拉，只是惊奇地观察着这个人:他浑身瑟缩，好像在抽噎，下巴都挨到膝盖上了。

“狂热的乌合之众、血腥而龌龊的腹地、食人生番、退化的种族、可悲的妖怪、人类的垃圾、疯狂的败类、残杀子女的人、灵魂肮脏的人……”来访者一字一板地背诵着，“其中有些形容词是我用过的。我不仅写了，而且相信了。”

“您要作一首卡努杜斯的颂歌吗?”男爵问道，“我总觉得您有点疯狂。但使我难以相信的是，您竟然疯到了如此地步，竟要求我在这方面帮助您。您知道卡努杜斯使我付出的代价吗?您不是知道吗?您知道我失去了一半财产吗?卡努杜斯使我遭到最大的不幸，因为埃斯特拉……”

他感到自己的声音在犹豫，不说了。他看看窗户，向那里求援。他找到了：它还待在那里，在阳光明媚的上午，镇静、美丽、古朴、永恒、安详，介于动物和植物之间。

“但那些形容词是大家喜欢用的，至少人们是那样想的。”记者说道，好像没听见他的话，“现在，一句话也甭说了。在智利街的咖啡馆，在市场上，在酒吧间，还有人议论卡努杜斯吗？人们更喜欢谈论被圣丽达·德卡西亚孤儿院院长夺去童贞的幼女，要么就谈论西尔·利玛医生的抗梅毒药丸，或者克拉尔克斯商店最新出售的俄国肥皂或英国皮鞋。”他看看男爵的眼睛，后者在他的近视眼中看到了愤慨和恐怖。“关于卡努杜斯的最新消息刊登在十二天前的日报上。您知道是什么吗？”

“自从脱离了政界，我就不读报了，”男爵说，“连我自己的报纸也不读。”

“关于首都招魂术中心派遣的招魂团回到里约热内卢的事，这个中心想依靠巫术的魔力帮助政府军灭绝甲贡索人。好了，他们已经乘坐‘里约维尔梅奥号’回到了里约市，带着三条腿的桌子、玻璃球和乱七八糟的东西。从那以后，就一点消息也没有了。结束还不到三个月。”

“我不想再听下去了。”男爵说，“我说过了，卡努杜斯对于我来说是一个痛苦的话题。”

“可我需要了解您所知道的事，”记者迅速地以知情者的语气打断了他，“您知道许多事，还曾经给他们运去了几车面粉，送过牛群。您曾经同他们有接触，还和帕杰乌谈过话。”

是讹诈吗？记者是来敲竹杠吗？男爵扫兴了，他觉得解释那么神秘的事情、费那么多的唇舌有点俗不可耐。

“你真的托安东尼奥·比拉诺瓦给我捎了口信?”若安·阿巴德说，他从卡塔利娜纤瘦的手指引发的激情中清醒过来，她正把手指伸进他的头发缝里捉虱子。

“我不知道安东尼奥·比拉诺瓦给你传了什么口信。”卡塔利娜回答，一面不停地在他的头上搜索。

“她挺高兴。”若安·阿巴德想。他对妻子相当了解，能够从她语气的细微变化和褐色眼睛的闪光中体会到她的喜怒哀乐。他知道人们在议论她的满面愁容，谁也没见她笑过，连听到过她说话的人都寥寥无几。何必去纠正他们的误解?他，真的看到过她微笑、说话，尽管她总是偷偷地这样做。

“他说，如果我在折磨自己，你也在折磨自己。”他喃喃地说。

就像每当在他的头发缝里找到了窝藏着的虱子并用指甲将它挤死时那样，女人的手指停下不动了。过了一会儿，她的手指又开始工作了。若安再次陶醉在宠爱的温柔中。他光着脚，赤裸着身子，狭小的房子是用木板和圣婴街上的泥土盖起来的，简陋的床铺是用木棍支起来的，女人跪在他身后给他捉虱子。他对人们的胡说八道感到恼火。无需说明，他们夫妻间互相倾诉的事比卡努杜斯最爱嚼舌头的女人说的都多。日上三竿，阳光透过门板缝和蓝色粗布帘上的小洞照耀着这间孤零零的草房。外面，人声嘈杂，小孩在跑动，人们在忙碌，这里似乎是唯一的和平世界，好像不久前在卡努杜斯不曾死那么多人。其实他们整整忙了一个星期才把死者掩埋，才把士兵的尸体拖到野外给兀鹫会餐。

“对了，”卡塔利娜在他耳边说，呼出的热气使他直发痒，“我叫他转告你：如果要下地狱，我愿和你一起去。”

若安伸长了胳臂，搂着卡塔利娜的腰肢，叫她坐到自己的膝盖上。他的动作体贴入微，或是因为她极度瘦弱，或是由于心中的内疢，只要一碰到她就想马上放开，总是忧心忡忡地感到会伤害她，就连拉拉她的胳膊都会遇到这种内心的抵制。他知道肉体关系是她所不能忍受的，并学会为了尊重她而克制自己的欲望，因为他爱她。尽管他们共同生活了那么多年，可是很少有过性爱，至少很少有过完全的性爱。但是今天早晨，当他出其不意地搂着她的腰肢时，卡塔利娜没有拒绝，相反，她蜷缩在他的膝盖上。他感到了她瘦弱的身躯、突出的肋骨、几乎没有乳房的胸脯紧紧地贴着自己的身体。

“在救护站，我为你担惊受怕，”卡塔利娜说，“当我们照料伤员时，当我们看到士兵们一边开枪射击一边扔掉火把从身旁经过时，我为你……担惊受怕。”

她说这番话时，并没有激情满怀，而是无动于衷，就像在说别人。可若安·阿巴德感到非常激动，这激动很快就变成了欲望。他将手伸进了卡塔利娜的上衣，抚摩着她的脊背、两肋和小小的乳头，同时用没有牙齿的嘴吻她的脖子和面颊，寻找她的双唇。卡塔利娜让他吻着，但是抿着自己的嘴唇。当若安要她躺在小床上时，她挺直了身子。若安立刻放开了她，喘着气，闭上眼睛。卡塔利娜站起身，整好上衣，将掉在地上的蓝头巾戴好。茅屋的顶棚是那么低，她连腰都直不起来。角落里放着的口粮时常短缺：腊肉、面粉、豆类、甜食。若安看着她做饭，盘算着他们有多少天——或多少周——没有像现在这样在一起忘掉战争和敌基督的存在了。

过了片刻，卡塔利娜端着一木盆儿豇豆糊来了，在床上坐在他旁边，手里拿着一把木勺儿。两个人合用这把勺儿，他吃两三口，她吃一口。

“米兰德拉的印第安人真的从‘砍头队’的屠刀下拯救了贝罗山？”卡塔利娜细声细气地问，“这是华金·马坎比拉说的。”

“也要感谢莫坎波的黑人和其他人，”若安·阿巴德说，“不过，他们确实勇猛，米兰德拉的印第安人既没有卡宾枪也没有步枪。”

由于任性、迷信、怀疑或者其他原因，那些印第安人不愿意要枪支。他、比拉诺瓦兄弟、彼得劳、若安·格兰德、马坎比拉一家人三番五次地想送给他们枪支、弹药和炸药包。酋长使劲地摇头，摊开双手，做出一副恶心的表情。他本人就曾自告奋勇教他们如何安装、擦拭、使用猎枪、火炮和步枪，他们拒不接受。若安·阿巴德曾断言卡里里人这次不会参战，他们不愿在乌亚乌亚与狗子兵对垒。当远征军从康巴奥山进来时，他们连草房都不出，好像战争与他们毫不相干。“贝罗山没在那方面设防，”若安·阿巴德曾说，“我们请求好耶稣不叫他们从那里入侵。”可是他们从那里来了。“那里是唯一没有设防的地方。”若安·阿巴德寻思。就是那些褐色皮肤、零零散散、不可思议的小子们只用弓箭、长矛和大刀就把“砍头队”挡住了。这难道是奇迹？若安寻找着妻子的眼睛，问道：

“你还记得咱们和‘劝世者’第一次进入米兰德拉时的情景吗？”

卡塔利娜点点头。吃罢饭，她将木盆和勺子放在炉子角上。然后，若安见妻子向自己走来——瘦弱、严肃，赤着脚，脑袋擦着满是烟尘的顶棚——上床躺在自己的身边。他小心翼翼地将胳膊从她的脊背下伸过去，使她感到舒适。他们很平静，听着卡努杜斯附近的及遥远的声音。他们能这样一连待上好几个小时，这也许是他们共同生活中最美满的时刻。

“那时候我那么恨您，就像您恨古斯多加。”卡塔利娜喃喃地说。

十八世纪，马萨卡拉教区的圣弗朗西斯科教派传教士将印第安人聚集起来，建立了米兰德拉村。这是卡努杜斯腹地奇异的飞来村，与本巴尔相隔二十二公里，其间全是沙地和茂密的、带刺的卡汀珈。有的地方是无法进去的，炎热的天气使人嘴唇开裂、皮肤发干。卡里里人的村庄屹立在一座高山上，周围环境异常险峻，多年来那里都是血腥争夺的战场，印第安人和巴里的白人往往为了抢占最好的土地而互相残杀。印第安人聚集在村子里，住在“阿森西翁的上帝”教堂及其空旷的土广场周围的零散茅屋里。教堂是两世纪前的石结构古建筑，草盖的屋顶，蓝色的门窗，广场上只有寥寥几棵椰子树和一个木十字架。白人住在村子周围的庄园里，邻居之间并非和睦相处，而是穷兵黩武，无休止地互相侵犯、抢掠和残杀。米兰德拉的几百个印第安人过着衣不蔽体的生活，说当地的土话，唾沫星子是语言的装饰品。他们用投枪和毒箭狩猎，是有着褐色皮肤的穷苦人群，一向盘踞在用伊科叶子盖起来的小草房和玉米地的范围内，穷得连强盗和散兵游勇都不去抢劫。后来他们成了异教徒。几年前，圣弗朗西斯科教派和圣彼森特教派的神父们打算举行一次“圣会”，但没有成功，因为附近几乎没来过传教士。印第安人带着妻儿都藏到卡汀珈树林里去了，致使那些苦苦修行的人只能专向白人传道。若安·阿巴德不记得“劝世者”是什么时候决定去米兰德拉的。对他来说，传教的时间不是直线延伸，而是螺旋形的，是日期和相应事件错综复杂的重复。然而事情发生的经过，他却记忆犹新。本巴尔的小教堂重建后，一天清晨，“劝世者”沿着连绵不断的陡峭山峦向北走去。山峦直通印第安人的堡垒米兰德拉，一个白人家庭在那里刚被杀掉。谁也没跟他说话，因为从来没有任何人询问他的抉择，但是许多人都像若安·阿巴德一样，以为在那阳光简直要晒裂脑门的炎热日子里，接待他们的不是一座荒无人烟的山村就是一阵箭雨。

两种情况都没发生。“劝世者”和朝圣者们上了山，排着队唱着对圣母马利亚的赞歌进了村子。印第安人既无恐惧，也无敌意，而是以一种表面上的无动于衷接待了他们：看着他们安顿在自己茅屋对面的空场上，点起了火堆并聚集在它的周围；看着他们进入“阿森西翁的上帝”教堂。做了卡尔瓦里奥①祈祷。再往后，那些脸上有着伤痕和白色绿色道道的人就在自己的小屋里、圈栏中或耕地上聆听“劝世者”的布道。他们听他讲“圣灵”即马利亚的自由和苦难，听他颂扬节俭、清贫和牺牲精神等美德，听他解释今生为上帝受的苦都会变成来世的报偿。后来他们又听了“好耶稣”的朝圣者们向圣母马利亚做的一连串祈祷。第二天上午，他们仍然不靠近“劝世者”，不作任何欢笑或友好的表示，看着他们到墓地去并在那里停下来祭扫坟墓，剪锄杂草。

“‘劝世者’那次去米兰德拉是上帝的启示，”若安·阿巴德说，“在那里撒下了一粒种子，这种子就生根开花了。”

卡塔利娜沉默着。可若安知道她像自己一样，在回想着那一百多个印第安人意外地出现在贝罗山的情景。他们拖家带口，扶老携幼，老年人躺在担架上，从本登戈方面来到此地。多少年过去了，可是谁也不怀疑这些半裸着身体、浑身画得花花绿绿的人的到来是“劝世者”传道的结果。卡里里人是由米兰德拉的一位白人——烟火匠安东尼奥——领到卡努杜斯来的，他们就像到了自己的家一样，在邻近莫坎波的旷野上安营扎寨，那是安东尼奥·比拉诺瓦给他们指定的地方。他们在那里搭起了草棚，并在房舍间开荒种地。他们去听“劝世者”宣讲。为了和其他人打交道，他们在言语中掺进了足够的葡萄牙语，组成了另一个世界。“劝世者”时常去看望他们——他们跺着脚，以特殊的舞蹈方式接待他。比拉诺瓦弟兄也常去，卡里里人用自己的产出和他们做买卖。若安·阿巴德一向把他们看作外乡人，可是现在改变了看法。因为在“砍头队”进犯那天，他亲眼看见他们狙击了敌人的三次进攻，两次从瓦沙—巴里斯方面，

① 卡尔瓦里奥是耶路撒冷附近的一座山，耶稣在那里被钉上十字架。

一次从盖莱莫波方面，正好都在他们的居住区。当他率领二十人的天主卫队赶去增援时，在茅屋间，讨伐军的数目和印第安人的骁勇都使他大吃一惊。卡里里人在房顶上抵抗，手握石斧、投石器和木柄长矛向敌人扑去。他们缠住侵略者进行战斗，他们的妻子也扑到敌人身上，连咬带抓，抢夺步枪和刺刀，还吼叫着，肯定是在咒骂对方。战斗结束时，他们至少有三分之一的人阵亡。

一阵敲门声使他从沉思中清醒过来。卡塔利娜挪开用铁丝固定的门板，在烟、噪音和白色的光线中，奥诺里奥·比拉诺瓦的一个孩子探头进来：

“我伯伯安东尼奥想见街道司令。”他说。

“告诉他，我就去。”若安·阿巴德回答。

好景不常，他心里想。从妻子的脸上，他知道卡塔利娜也这样想。他穿上有皮带的粗布裤子、衬衫和草鞋出去了。正午的阳光晃得他睁不开眼睛。像往常一样，小孩、妇女以及坐在家门口的老人都和他打招呼，他和他们连连说再见。他从妇女和男人们中间穿过。妇女们围成圆圈，在磨盘上碾玉米；男人们则一边扯着嗓子聊天，一边搭着脚手架，将泥堆在上面，修补剥落的墙。在某一处，他还听到了弹吉他的声音。不用看他就知道，此时此刻，在瓦沙—巴里斯河两岸，在盖莱莫波村口，有几百人蹲在那里平整土地，打扫果园和圈栏。街上几乎没有瓦砾了，被烧毁的茅屋重新盖起来。他想：“这是安东尼奥·比拉诺瓦的功劳。”在贝罗山，庆祝打败共和国倒行逆施者的胜利活动还没结束，安东尼奥·比拉诺瓦就领着志愿者小队和天主卫队去掩埋死者，清除瓦砾，重建茅屋和车间，找回吓跑的绵羊、山羊和羊羔。“是他们共同的功劳，”若安·阿巴德又想，“他们是克己奉公的人，是英雄。”现在他们就在眼前，安安静静地和他打招呼，对他微笑，黄昏后去好耶稣圣堂听“劝世者”

布道，好像家里没有人在战争中阵亡或受伤，好像在那些挤在救护站、权当诊疗所的圣安东尼奥教堂里呻吟的人当中没有他们的亲属。

这时，突然有什么东西促使他停住了脚步。他闭上眼睛，听着。没有搞错，这不是梦。那声音单调、尖细、还在背诵着。从他记忆的深处涌出了高涨的瀑布，汇成了河流，形成了动人心弦的故事，变成了刀光剑影、金碧辉煌的宫殿和富丽豪华的卧室。“这是奥利维罗斯骑士与费拉布拉斯之战。”他想。这是《法兰西十二重臣》中最引人入胜的故事，他很久没听过关于这场决斗的故事了。说书人的声音来自大广场与神圣小巷的交界处，那里聚集着许多人。他走过去。人们认出他，都为他让路。吟唱奥利维罗斯被囚并与费拉布拉斯决斗的是一个孩子，不，是一个侏儒。他瘦小枯干，唱得就像弹吉他一样，还做着动作，表演长枪相碰、骑士奔驰、宫女向查理大帝请安的场面。地上坐着一个长发女人，两腿中间有一个罐头盒，身旁有一个皮包骨的瘦子，蜷着身子，满身泥泞，像瞎子那样看着。他认出了他们：跟华金神父一起来的三个人，安东尼奥·比拉诺瓦让他们住在库房里。他伸出手，拍了一下正在沉默的小矮子：

“你会说魔鬼罗伯特可怕而又堪称楷模的故事吗？”他问道。

小矮子犹疑了一下，做了个肯定的表示。

“我想听你说一回。”街道司令使他安心，说完跑了起来，以弥补耽误的时间。大广场上到处都是弹坑，古老高大的房屋墙壁上嵌着弹洞。

“好耶稣保佑。”若安·阿巴德坐在帕杰乌旁边的一只桶上小声说。那卡波克洛人①的表情难以捉摸，可是他看到安东尼奥、奥诺

① 印第安人的一支，这是指帕杰乌。

里奥·比拉诺瓦、年长的马坎比拉、若安·格兰德和彼得劳都紧锁双眉。华金神父站在他们当中，从头到脚被蓬乱的头发和长起来的胡须遮盖着。

“神父，在霍阿塞罗打听到什么消息?”他问，“政府军又增加了?”

“马克西米里亚诺神父来了消息从盖伊马达斯给我带来了清单。”华金神父咳嗽了一声，从口袋里掏出一张纸，一面读着，一面喘气，“第一旅：陆军第七、第十四和第三营，由华金·曼努埃尔·德梅德罗斯上校指挥。第二旅：陆军第十六、二十五和第二十七营，由伊格纳西奥·马里亚·果维阿上校指挥。第三旅：第五炮兵团、第五和第九步兵营，由奥林庇奥·德西尔维拉上校指挥。师长：胡安·德西尔瓦·巴尔波萨将军。远征军司令官：阿瑟·奥斯卡将军。”

他停止了宣读并看着疲惫发呆的若安·阿巴德。

“神父，到底有多少人?”这位从前的强盗问道。

“好像五千多人，”神父吞吞吐吐地说，“不过这只是在盖伊马达斯和圣多山方面的，还有从北边塞吉佩来的。”他颤颤悠悠地又读起来：“克拉乌迪奥·德阿马拉尔·萨瓦赫特将军指挥的部队，三个旅：第四、第五、第六旅，由第十二、第三十一、第三十三营和一个炮兵师，第三十四、第三十五、第四十、第二十六、第三十二营和另一个炮兵师组成。这差不多又是四千多人。他们从阿拉卡胡登陆，向盖莱莫波开来。马克西米里亚诺神父没搞到指挥官的名单。我跟他说没关系。没关系吧，若安?”

“当然没关系，华金神父，”若安·阿巴德说，“您从那里得到了很好的情报。上帝会报答您。”

“马克西米里亚诺神父是主的高尚信徒，”华金神父轻声说，“他坦白地告诉我，做这件事情，他很害怕。我对他说，我比他更怕。”

神父强颜欢笑，紧接着说：“他跟我解释说，盖伊马达斯的问题很多，要供养的人太多，运输没有解决。那么庞大的部队没有车辆，没有地图。他说要拖延几个星期才能行动。”

若安·阿巴德表示赞同。谁也不讲话，好像大家都在全神贯注地看着苍蝇的嗡嗡乱飞和一只黄蜂的杂技表演。它终于落在若安·格兰德的膝盖上。那黑人用手一拍，把它赶走了。若安·阿巴德突然想起了比拉诺瓦兄弟那只多嘴多舌的鹦鹉的叫声。

“我还去了阿基拉尔·德纳西门托博士那里，”华金神父又补充说，“他叫我转告大家，唯一可行的就是在这钳形攻势开始前叫大家解散，各回本村。”他停顿了一下，向七位尊敬地注视着他的好人不安地扫了一眼，“不过尽管如此，你们若迎击讨伐军，他还是愿意效劳的。”

神父垂下了头，似乎疲劳或恐惧不允许他再讲。

“一百支步枪、二十五箱弹药，”安东尼奥·比拉诺瓦说，“还没开箱呢，是政府军的，在工厂的箱子里。可以从乌亚乌亚那边运过来，那条路还畅通。”他淌着大粒的汗珠，一面用手擦着前额一面说，“要求用毛皮、耕牛和山羊来偿付，可这些在卡努杜斯都没有了。”

“有金银首饰。”若安·阿巴德说，他从商人的眼睛里看出，在自己之前，他大概已经这样说过或想过了。

“那是圣母和圣婴的，”华金神父喃喃地说，声音几乎无法听见，“那不是亵渎神灵吗？”

“‘劝世者’知道，神父，”若安·阿巴德说，“要去问问他。”

“人的恐惧是无止尽的。”近视记者想。这就是那些没有时辰的日子、没有脸庞的形象、被云层遮住的光线给他的极大教育。他一直瞪着眼睛想看透那云层，直到感到火烧火燎，才不得不闭上，到阴暗处去休息片刻。他沉浸在失望中，发现了自己是多么怯懦。他的《消息日报》《巴伊亚日报》和《共和主义杂志》的同事们对此会如何评论？在他们中间，他是以胆大无畏著称的，因为他总是去猎取新鲜的经验：无论坎东布莱斯人①的聚会将在哪条秘密小巷或茅屋里举行，他总是第一批前往参加，而在当时，黑人的宗教活动引起了巴伊亚白人的反感和恐惧；他是顽固地坚持经常走访巫师和巫师活动的人；他是第一批吸鸦片烟的人；是他出于冒险精神，自告奋勇地去霍阿塞罗采访皮雷斯·费雷拉中尉指挥的讨伐幸存者的行动；是他亲自向埃巴米农达·贡萨尔维斯毛遂自荐，与莫莱拉·西塞同行。“现在我是世界上最胆怯的人。”他想。矮子继续叙述着奥里维罗斯和费拉布拉斯的冒险、不幸和潇洒。那些模糊的人影，他连男女都分不清。他们鸦雀无声，显然听得出了神，将时间的流逝和卡努杜斯都置之度外了。此时此刻，在世界的末日，怎么可能还在这里听一个绝对不识字的侏儒背诵梅萨冬达的骑士们的风流韵事？这样的书可能是几世纪前某个航海者或科英布拉②的中学生放在褡裢里带来的。这里真是无奇不有！

他感到胃里一阵绞痛，心里琢磨着听众会不会给他们饭吃。在这些富有教益的日子里，他的另一个发现是：吃饭可以成为一块心病，可以使他时刻感到抬不起头来，可以时刻成为比那半盲人状态更大的苦恼。眼镜被打碎后，他就成了半盲人，到处碰壁，到处撞人。由于和眼前模糊的东西相碰，他浑身都是青斑，而且不得不向人们道歉说“我看不见”“很对不起”，以平息任何可能的恼怒。

① 巴西黑人的一个支系。
② 葡萄牙古城，12 世纪成为葡萄牙新王国的第一个首府。

矮子停顿了一下——想出乞讨伎俩的是他——说为了继续说书，他的身体需要补充热能。记者的各个器官都活动起来了。他向胡莱玛伸出了右手，并摸到了她。这个动作，他每天要做好多次。只要发生了新的情况，在前途未卜的关键时刻，埋藏在心底的恐惧就使他想起了自己的王国。这只是瞬间的抚摩，那女人是慰藉他心灵的最后一线希望了，现在的华金神父好像完全不可企及，胡莱玛就是关照和保护他的人。矮子和他都是胡莱玛的累赘。她为什么不抛弃他们自己走？是出于慷慨仗义？不，肯定是由于一时懈怠，由于她所遭遇的凄凉冷漠。不过矮子至少还能靠滑稽相赚几把玉米面或羊肉干使他们糊口，只有他是个彻头彻尾的废物，那女人迟早会丢下他。

讲了几个并未引人发笑的笑话，矮子书归正传。近视记者感到胡莱玛的手要伸过来了，就张开了手指，接着把一块像是硬面包的东西放进嘴里。他用力地、贪婪地咀嚼着，全部力气都集中在嘴里那块土豆上，艰难而又幸福地往下吞。他想："要是能幸存，我会恨她。就连与她同名的花，我都会诅咒。"因为胡莱玛对于他胆怯到了什么程度、对于胆怯促使他干出了何等无以复加的荒唐事是一清二楚的。他一边慢慢地、吝啬地、幸福地、受宠若惊地咀嚼着，一边回忆着到达卡努杜斯的第一个夜晚。那时他精疲力竭，两腿发软，模模糊糊，跌跌撞撞，磕磕绊绊，向"劝世者"欢呼的声音震得他的耳朵里嗡嗡直响。突然，他感到自己被强烈的气味、被散发着油腻味的火星、被越来越高的祈祷声抛起来了。突然，又像刚才那样，一下子鸦雀无声。就是他，他就是"劝世者"。他的手紧紧地抓住一整天都没有放开的那只手，那女人不得不说："放开我，放开我。"然后，当那嘶哑的声音停止，人们开始分散，他、胡莱玛和矮子又躺在空场上。一到卡努杜斯，他们就找不到贡贝的神父了，人们将他抢走了。在讲道的过程中，“劝世者”感谢苍天使华金神父回来，使他复活。近视记者猜想，华金神父可能也在那里，在圣徒的身旁，在圣徒讲道时所在的圣堂、平台或钟楼上。总而言之，莫莱拉·西塞说得对：神父是甲贡索人。那时他哭了起来，抽泣着请求那女人帮助他离开卡努杜斯，就连小时候他都没这样哭过。只要别丢下他这个半瞎的、饿得半死的人不管，他答应给她衣服、房子，随便她要什么都行。是的，她很清楚，恐惧把他变成了废物，为了赢得怜悯，他什么事情都做得出来。

矮子讲完了。他听到一些人的掌声，听众开始解散。他心情紧张，竭力想听出是否有人伸出援手，给点儿什么。但是他伤心地感觉到没有人这样做。

“什么也没给？”当感到只剩下他们时，他喃喃地问。

“什么也没给。”胡莱玛用一向无动于衷的语调说。

近视记者站起身，一看到她——他回忆起那长长的脸蛋、散披着的头发和撕成了碎条的衬衫——开始走，就跟着迈开了脚步。矮子在他身边走着，脑袋才到他的肘部。

“他们的处境比咱们还狼狈，”只听矮子嘟嘟囔囔地说，“胡莱玛，你还记得西坡村的事吗？这里比那儿还要糟。你从没见过这么多断臂的、瞎眼的、瘫痪的、哆嗦的、患白化病的、没耳朵的、少鼻子的、没头发的、有那么多伤疤的人吧？胡莱玛，你大概都没发觉。我可发觉了，因为在这里，我感到自己是正常人。”

他笑了，兴致勃勃。有好一阵儿，近视记者听见他吹着欢乐的口哨。

“今天还给我们玉米面吗？”他突然焦躁地问。不过他又想着别的事，痛苦地补充说：“如果华金神父真的离开这里，就没人帮咱们了。他为什么那样对待咱们？为什么丢下咱们不管？”

“他为什么不丢下咱们?”矮子说，“难道我们和他有什么关系吗？他原先认识咱们吗？多亏了他，咱们才有这房子住。”

的确，神父给他们帮了忙，多亏了他，他们才有房子住。他们曾露天冻了一夜，浑身酸疼。要不是华金神父，第二天怎么会来了一位体魄健壮、满脸胡须的人呢？这个人用与形象相称的洪亮声音对他们说：

“来吧，住到仓库来吧，但不能离开圣多山。”

他们被囚禁了吗？他、胡莱玛和矮子，谁也没向那位善于发号施令的人问一声。他只用简单一句话就为他们安排了一切。他也没多说一句话，就把他们带到近视记者影影绰绰看见的一个巨大、阴暗、炎热且堆满了东西的地方。在他离开前——既没问他们是什么人也没问他们是干什么的、想要干什么——再一次告诉他们不能离开卡努杜斯，要小心武器。矮子和胡莱玛告诉他，周围全是步枪、火药、迫击炮和子弹箱。他知道这是从第七团缴获的。睡在那堆战利品中间不荒唐吗？不，生活已经失去了逻辑，因此任何事都不荒唐。这就是生活：要么依从，要么自杀。

那天下午，他第一次听“劝世者”讲话，看见他置身在人群中。人们一听到他那深邃、高亢、平和的声音，就像花岗岩那样纹丝不动；那寂静简直能摸着。从那以后，他想：这里是由一种不同于理智的东西支配着人、事、物、时间和死亡。说它狂热，是不公道的；说它是信仰、迷信，又太笼统。听到“劝世者”的言语和气势磅礴的声调之前，记者就已经被人们听他讲话时的安详肃穆打击、窒息，感到头脑发昏。他就像……就像……他绝望地搜索着储存在记忆深处的、恰当的字眼，因为他确信自己的头脑里一闪现什么念头就能明确地表达出来。是的，坎东布莱斯就是这样。在萨尔瓦多黑人的简陋茅屋里或卡尔萨达车站后面的小巷中，他曾去参加人们用失传的语言唱歌狂热宗教派别的仪式，他曾体验过生活的某种结构，人、事、时间、空间和完全脱离了逻辑，脱离了常人感情，脱离了理智的人类经验。在这个匆匆而逝的夜晚，在那些四散而去的人的身上，他又有了同样的体验。“劝世者”的声音安抚着他们，给他们信念，给他们力量。那声音深邃、低沉，使人心碎，对人类的物质需求如此轻蔑，如此骄傲地集中在精神上，集中在一切既不能吃也不能穿又不能用的东西上，集中在思想、激情、感情和品德上。一听到那声音，近视记者就自以为理解了卡努杜斯，理解了卡努杜斯的不轨行为为什么这么持久。但是那声音一停，人们的狂热一冷，他又和从前一样糊涂了。

“这是一点面粉，”他听出是安东尼奥或奥诺里奥的妻子的声音，她俩的声音完全一样，“还有牛奶。”

他不想了，不胡思乱想了。他只是个贪吃的人，只会用指尖把玉米面一小撮一小撮地送到嘴里，品着滋味，让它长时间地留在硬腭和舌头之间，然后咽下去。他只是吮吸羊奶时感到舒适、感恩戴德的人体各种器官的总和。

他们吃完了，矮子打着饱嗝儿，近视记者听见他兴冲冲地笑了。“吃饱就高兴，否则就伤心。”他想。他也一样：他的幸福与不幸在很大程度上取决于肚皮，这是普遍发生在卡努杜斯的基本事实。然而能说这些人追求物质生活吗？因为连日来，另一个难以驱散的念头恰恰是：通过漆黑的途径，甚至是错误和挫折，这个社会终于摆脱了肉体的、经济的、眼前生活的忧虑，摆脱了一切所谓世上头等大事的羁绊。这个高尚而又贫困的肮脏天堂将是他的坟墓吗？初到卡努杜斯的那几天，他还幻想着贡贝的神父会惦记着他，给他雇几名向导和一匹马，幻想着能回到萨尔瓦多。然而华金神父没来看望他们，现在又听说他出远门了。每天下午，他已不在施工的圣堂看台上露面，早上也不主持弥撒了。他从未能穿过武装起来、用蓝色破布遮身、围在“劝世者”及其随从周围的密集男女去接近华金神父，现在谁也不晓得他是否还回来。如果他能跟神父交谈一下，自己的命运会有所不同吗？跟他说什么呢？难道跟他说“华金神父，我害怕待在甲贡索人中间，救救我吧，把我送到政府军和警察能为我提供安全的地方去”吗？他似乎听到了神父的回答：“记者先生，政府军和警察又能为我提供什么安全？难道您忘了我能躲过‘砍头队’的杀害纯粹是奇迹吗？您想我能回到有政府军和警察的地方去吗？”他不禁歇斯底里地笑起来。听到自己的笑声，他吃了一惊，心想这笑声会惹恼此地不明事理的人。由于受到感染，矮子也哈哈大笑起来。记者想象着他那瘦小、驼背、缩成一团的样子。使他生气的是，胡莱玛依然很严肃。

“好吧，世界不大，后会有期。”传来一个粗犷的男人的声音，近视记者发现几条黑影向他们走来。其中最矮的一个拿着一块红色的东西，大概是头巾，站在胡莱玛面前：“我以为狗崽子在山上将您杀死了呢。”

“他们没有杀我。”胡莱玛回答。

“我很高兴，”那男人说，“否则就太遗憾了。”

“他爱上了她，要把她带走了。”近视记者很快想到。他两手捏了一把汗。他要是将胡莱玛带走，矮子就会跟他们去。他哆嗦起来：想象自己孤独一人，半瞎着眼，半死不活，磕磕碰碰，提心吊胆地挣扎。

“除了小个子，您还带来了另一位伙伴，”他听那男人说道，像称赞，又像嘲讽，“好吧，再见了。好耶稣保佑。”

胡莱玛没有回答。近视记者缩在那里，小心地等着——他也不明白为什么——人家踢他一脚、打他一拳或啐他一口。

“这不是全部，”一个与刚才不同的声音说，一秒钟后，他听出了这是若安·阿巴德，“皮革仓库里还有呢。”

“真够多的。”第一个讲话的人又说，现在语调中性了。

“不多，”若安·阿巴德说，“如果他们真的来八九千，那就不多。再增加两三倍也不算多。”

“那倒不假。”第一个说。

近视记者觉得他们在活动，在围着他们三人转圈。他猜想他们在动那些步枪，拿起来，抚摩着，端到眼前，看看缺口和准星是否在同一条线上，弹仓是否干净。八九千？来了八九千政府军士兵？

“并不是都能用，帕杰乌，”若安·阿巴德说，“看见了吗？有的枪管弯了，有的扳机折了，有的枪托掉了。”

帕杰乌？在那里活动、说话的那个人，跟胡莱玛说过话的那个人原来是帕杰乌。他们在谈什么关于圣母的首饰，点着什么阿基拉尔·德纳西门托博士的名，声音随着脚步移动时远时近。腹地的强盗都跑到这里来了，都变成了虔诚的信徒。谁能理解这是怎么回事？他们从他面前走过，近视记者能看到触手可及的那两条腿。

“您现在想听魔鬼罗伯特可怕而又堪称楷模的故事吗？”他听见矮子说，“我会说，我说过千百遍。要我给您说吗，先生？”

“现在不行，”若安·阿巴德说，“改天可以。你为什么管我叫先生？难道你不知道我的名字？”

“知道，知道，”矮子结结巴巴地说，“请原谅……”

他们的脚步声消失了。近视记者曾经想过：“他是个割耳朵、削鼻子的人，是个将对手阉割并给他们文身的人，是个将全村人杀光以体验做魔鬼滋味的人。而帕杰乌呢？是刽子手、杀人犯、偷牲畜的强盗、伪君子。”可他们刚才就在这里，就在他身旁。他感到迷惑不解，非常想动笔。

“看到他怎样和你说话、怎样看你了吗?”他听见矮子说，“胡莱玛，你真有福气。他会把你带走的。你和他一起生活，就有吃有住了，因为帕杰乌在这里是指挥官。”

而自己会怎么样呢?

“不是每人十只苍蝇，而是上千只，”皮雷斯·费雷拉上尉想，“它们知道自己是打不垮的。”因此当天真的人驱赶它们时，它们根本不予理睬。这是世界上独一无二的苍蝇：当人们在相距几毫米的地方轰它们时，它们竟然一动不动。它们的眼睛都盯着那倒霉的人，向他挑衅。这个人当然可以毫不费力地拍死它们，可他又能从这坊秽的举动中得到什么?在它们被拍扁的地方，马上会出来十只、二十只。最好还是听之任之，像腹地居民那样任它们在自己的饭菜和衣服上爬来爬去，任它们将自己的房屋和食物弄得污黑，任它们在初生婴儿的身体上安营扎寨，只有当它们落在马上要吃的点心上时才把它们赶走，只有当它们钻进嘴里时才把它们吐出来。它们的个头比萨尔瓦多的苍蝇大，它们是这里唯一肥胖的，这里的人和其他活物的体形都小到不能再小。

在大陆旅馆，他赤条条地躺在自己的床上。从窗户看车站和站牌：盖伊马达斯、圣安东尼奥、比拉贝拉。苍蝇和盖伊马达斯，他更恨谁?他预感自己将在这里忧劳成疾，终日思考着关于苍蝇的哲学，绝望地度过有生之年。在这样的时刻，苦恼使他忘了自己是个享有特权的人，因为在成千上万的官兵垂涎的大陆旅馆，他有自己小小的单人客房，而其他人要么是两人一间或四人一间地挤在军队租用或征调的民房里，要么——绝大多数是如此——住在依达比古鲁河两岸的窝棚里。因为他资格老，才有幸在大陆旅馆占用一个单间。自从第七团从盖伊马达斯开拔，莫莱拉·西塞上校把他留在后方从事收容病号的不光彩工作，他就待在这里了。从这扇窗户，他看到了最近三个月来使腹地、巴伊亚和整个巴西震惊的事件，他看到了莫莱拉·西塞向圣多山进军，看到了大难不死的幸存者匆匆返回，看到了惊恐和痴呆的眼睛，后来看到了火车一星期又一星期地将来自全国各地的职业军队、警察部队和志愿军团倾泻到这个苍蝇为所欲为的村镇上，为死去的爱国者报仇，拯救被凌辱的国家，重振共和国的权威。然而从这座大陆饭店，皮雷斯·费雷拉上尉也看到了这些热情地渴望着行动的连队如何被捆住了手脚，失去了生气，动弹不得，陷入了与鼓舞他们前来的、慷慨无私的理想毫无共同之处的重重忧虑：事故、抢劫、露宿、缺粮、交通阻塞、敌人和女人。前一天晚上，上尉参加了第三步兵营的军官会议，这是为了一件极大的丑闻——一百支康布拉茵步枪和二十五箱弹药不翼而飞——而召开的，华金·曼努埃尔·德梅德罗上校宣读了一项命令，警告肇事者：如不立即交回，将被处决。然后告诉他们那个老大难的问题——将远征军的大量辎重运往卡努杜斯——尚未解决，因此何时出发毫无准信。

有人敲门，皮雷斯·费雷拉上尉说声“进来”。传令兵来提醒他对士兵克鲁斯的处罚。他一边穿衣服，一边打着呵欠，极力想回忆起那士兵的面孔。他确信在一星期或一个月前，他或许因为同样的错误而责打过他。什么错误？他非常清楚：偷团里或尚未离开盖伊马达斯的人家的东西，与其他部队的士兵斗殴或企图开小差。连队的长官时常委托他来处罚士兵，借以维护因厌恶和疾苦而日益遭到破坏的纪律。用军棍责打士兵并不是使上尉开心的事。不过现在也并不使他扫兴，而是变成了盖伊马达斯日常生活的一部分，就像饮食起居、教士兵分解枪支、组成攻防阵容和思考苍蝇问题。

出了大陆旅馆，皮雷斯·费雷拉上尉走上依达比古鲁大街，这是直通上方的圣安东尼奥教堂、布满石子的斜坡。从用绿色、白色或蓝色油漆刷过的小房子的屋顶上方，他观察着盖伊马达斯周围长满了干枯灌木的小山。可怜的步兵连队正在烤焦了的山坡上展开全面训练，让新兵成百次地往山里钻。他看到他们汗流浃背，有的甚至失去知觉。特别是从寒冷地区来的志愿兵，在沙地里背着背包，扛着步枪，没走几步就像小鸡那样累倒了。

此时此刻，盖伊马达斯的街道不再像前一段时期的晚上，不再像蚁穴那样盘踞着军队，不再像是巴西本地乡音的样品展览——那时官兵们都拥上街头聊天，弹吉他，听听家乡的音乐，品尝千方百计花高价买来的烧酒。现在到处都有一组组敞衣露怀的士兵，可在去玛特里兹广场的路上，一个居民的影子也没有，只有广场上婀娜多姿的棕榈树上永远沸腾不息的鸟雀。市民几乎走光了。只有个别牧牛人，老迈多病或孤独无依，在大概已被不速之客闯入的家门口用毫不掩饰的仇恨目光看着。其他人都不见了。

在“仁慈的圣母”旅馆——门面上写着：不穿衬衣者禁止入内——的拐角，迎面走来了一位青年军官，脸被太阳晒得脱了皮。皮雷斯·费雷拉认出了他是自己所在营的平托·索萨上尉。他刚到一个星期，还保持着初来者的热烈劲儿。他们已经成了朋友，晚上常一起散步。

“我拜读了你关于乌亚乌亚的报告，”索萨上尉说着，便和皮雷斯·费雷拉一起朝营房走去，“真可怕。”

皮雷斯·费雷拉用手遮着阳光，看着他：

“对于我们这些住在那里的人，毫无疑问，是可怕的。对可怜的安东尼奥·阿尔维斯·德·桑托斯医生来说，尤其如此，”他说，“不过要和费布罗尼奥少校及莫莱拉·西塞上校的遭遇比起来，就不值一提了。”

“我不是指死亡的人，而是你报告上说的关于军装和武器的事。”平托·索萨纠正他说。

“噢，是这个呀……”皮雷斯·费雷拉上尉喃喃地说。

“我真不明白这是怎么回事，”他的朋友惊叫道，“上级为什么毫无作为。”

“第二次、第三次远征也和我们一样，”皮雷斯·费雷拉说，“不用甲贡索人，炎热、荆棘和风沙就把他们打垮了。”

他耸了耸肩膀。上次失败后，他一回到霍阿塞罗就眼含着泪水起草了那份报告，希望他的经验对战友们有所裨益。他十分详尽地叙述了暴晒、雨淋和风沙如何使军装变得破破烂烂，法兰绒上装和麻呢长裤都变得令人恶心，被卡汀珈的枝条刮得支离破碎。他指出，士兵们的鞋和帽子都丢了，在大部分时间里不得不赤脚走路。然而他特别详细、认真、反复阐明的是武器问题：“虽然准确性十分出色，但曼利夏步枪很容易出故障——只要弹仓里进去几粒沙子，枪机就失灵了。另外，如果连续射击，高温使枪膛膨胀，弹仓就发紧，六发一排的弹夹就卡不进去了。由于过热，子弹会卡壳，只好用手把弹壳取出来。最后，枪托那么脆，一碰就断裂。”他不仅写下来，而且向一切询问过他的机构说明，在数十次私人谈话中一再重复。有什么用？

“起初我以为他们不相信我，”他说，“以为他们会认为我这样写是为自己开脱。现在我明白上级为什么不予理睬了。”

“为什么？”平托·索萨上尉问道。

“他们会给巴西所有的军队通通换装吗？大家穿的不都是法兰绒和麻呢吗？他们会把军鞋全扔到垃圾堆里去吗？会把我们用的曼利夏步枪扔到大海里去吗？不管是否适用，都只能用下去。”

他们来到了设在依达比古鲁河右岸空地、第三步兵营的营地。

这片营地就在村边，其他营地都在河流的上游，离盖伊马达斯较远。草棚排成了一条线，对面是红土和巨石杂间的山坡，脚下是墨绿色的河流。连队的士兵都在等着他。处罚士兵时，总有许多人来看热闹，因为这是营里为数极少的消遣活动之一。士兵克鲁斯早准备好了，光着脊背站在与他开玩笑的士兵中间，笑着回答他们的问话。两位军官一到，大家顿时严肃起来。皮雷斯·费雷拉上尉在那个即将受处罚的士兵眼里看到了突如其来的恐惧，尽管那士兵极力装出满不在乎、不肯服输的表情。

“三十军棍，”上尉读当天的记事簿，“够多的，谁下的处罚？”

“华金·曼努埃尔·德梅德罗上校，长官。”克鲁斯吞吞吐吐地说。

“你干了什么坏事？”皮雷斯·费雷拉问道。为了不在手上磨出泡，他戴上了皮手套。克鲁斯眨着眼睛，很不自在，用眼角的余光环视着左右。有人在轻轻发笑，有人在窃窃私语。

“什么也没做，长官。”他支吾搪塞。

皮雷斯·费雷拉用眼神询问围成一圈的上百名士兵。

“他企图强奸第五团的一个小号兵，”平托·索萨上尉没好气地说，“一个还不满十五岁的小孩子。上校亲自抓住的。克鲁斯，你这败类。”

“不是那么回事，长官，不是那么回事，”士兵摇着头说，“上校误解了我的意图。我们是在河里很正常地洗澡。我发誓。”

“那么小号兵为什么呼救？”平托·索萨说，“别不害臊。”

“因为小号兵也误解了我的意图，长官。”士兵一本正经地说。可是由于爆发了哄堂大笑，他自己也忍不住笑了。

“早动手早完事。”皮雷斯·费雷拉说着，抄起了第一根军棍，传令兵在他手头预备了好几根，他在空中试了一下，棍子一抖，发出了蜂群飞舞似的嗡嗡哨音。周围的士兵直向后退。“是把你捆起来，还是像条汉子那样忍着?”

“像条汉子那样，长官。”克鲁斯说，脸色苍白。

“像条搞小号兵的汉子那样。”有人解释说，又是一阵大笑。

“转过身去。好吧，护住你的要害。”皮雷斯·费雷拉命令说。

前几棍，他用力打，当士兵的脊背被打红的时候，他看到克鲁斯快挺不住了。由于用力，他也直冒汗，就轻轻地打。士兵们合唱着《军棍谣》。还不到二十棍，克鲁斯背上的紫泡就出血了。打到最后一棍，士兵跪下，但又原地站起，摇摇晃晃地转向上尉:

“多谢，长官。”他喃喃地说，两眼红肿，脸上全是汗。

“想想我和你一样疲惫不堪，你就感到安慰了，”皮雷斯·费雷拉喘着气说，“到卫生所去，叫他们给你上点消炎药。别再惹小号兵了。”

那一圈士兵散开了。有人给克鲁斯披了一条毛巾，跟他一起走了;另一些人下了陡峭的土坡，到依达比古鲁河里凉快去了。皮雷斯·费雷拉在传令兵提来的一桶水里洗了脸，在报告上签了字，表明处罚已经执行。他还回答着平托·索萨上尉的问题，后者仍然在纠缠着他关于乌亚乌亚的汇报。那些步枪是旧的还是新买的?

“不是新的，”皮雷斯·费雷拉说，“1894 年在圣保罗和巴拉那战争中使用过。但陈旧不是产生那些缺陷的原因，问题在于曼利夏步枪的构造。它是在欧洲生产的，那里的环境和气候与这里很不一样，那里的军队保护武器的能力是我们的战士所没有的。”

所有军营的司号员同时吹起的号声打断了他们的谈话。

“全体集合!”平托·索萨说，“出人意料。”

“可能是关于盗窃那一百支康布拉茵步枪的事吧，司令部气疯了，”皮雷斯·费雷拉说，“说不定抓到盗窃者了，要执行枪决。”

“也许是作战部长来了，”平托·索萨说，“宣布过他要来。”

他们向第三营的集合地点走去，在那里被告知他们要和第七、第十四营，也就是整个第一旅的军官一起集合。他们向设在制革厂的司令部跑去，在依达比古鲁河上游一公里多远的地方。沿途，他们发现各个军营的举动都不同寻常，军号吹得越来越响，令人很难琢磨出是什么意思。制革厂里已经聚集了几十名军官，有的是午睡时被惊醒的，还在往裤子里塞衬衣的衣襟或扣上装的纽扣。第一旅的旅长华金·曼努埃尔·德梅德罗上校站在板凳上做着手势，正在高声讲话。不过皮雷斯·费雷拉和平托·索萨没听清他说什么，因为周围有人大喊大叫，为巴西欢呼，为共和国喝彩。有些军官将自己的法国军帽抛向空中，表达兴奋的心情。

“怎么回事？怎么回事？”平托·索萨上尉问。

“两小时后开往卡努杜斯！”一位炮兵连长兴冲冲地向他喊道。

第二章

“疯狂、误解？不，这不足以解释一切，”卡纳布拉沃男爵喃喃地说，“还有狡诈和凶残。”

亨梯尔·德·卡斯特罗那和蔼的脸庞、红润的面颊和黄色的络腮胡子顿时浮现在他的眼前。当他是皇帝的臣子时，在宫廷节日里曾躬身吻过埃斯特拉的手。他像妇人般纤细，像幼儿般天真。他心地善良，温顺谦恭。除非用愚蠢和邪恶，否则怎么能解释发生在亨梯尔·德·卡斯特罗身上的事情呢？

“我想不仅在卡努杜斯，在整个历史上，那样的事情多的是。”他重复说，做出一副不高兴的样子。

“除非相信上帝说的，”近视记者打断了他，沙哑的声音使男爵想起了他的存在，“就像那里的义民。那时一切都清清楚楚：饥馑、轰炸、开膛、饿死。是魔鬼还是圣父？反耶稣还是好耶稣？大事当前，他们立刻知道属于前者还是后者、是善还是恶。您不羡慕他们吗？只要能区分善恶，一切就都迎刃而解。”

“我一下想起了亨梯尔·德·卡斯特罗，”男爵喃喃地说，“想到当他知道自己的报馆被踏平、住宅被捣毁的原因时会多么惊讶。”

近视记者伸了伸脖子。他们面对面地坐在两把皮面椅子上，中间隔着一张茶几，上面摆着一瓶木瓜和香蕉制成的清凉饮料。上午快过去了，照耀果园的已是正午的太阳。叫卖食物和鸟雀、代人祈祷、充当差役的喊声越过围墙传到院中。

“这一段历史是清楚的，”那个好像折叠着的人讥讽地说，“在里约热内卢和圣保罗发生的事情合乎逻辑、顺乎情理。”

“只因一些狂热的教徒在几千公里外打败了一支远征军，一群人就拥上街头捣毁报馆、抢劫民宅，屠杀连卡努杜斯在地图上的位置都指不出来的人，难道合乎逻辑、顺乎情理？就这么合乎逻辑、顺乎情理吗？”

“他们中了宣传的毒，”近视记者坚称，“您没读报，男爵。”

“我是通过一个直接受害者了解发生在里约热内卢的事情，”后者说，“此人也差一点被他们杀掉。”

男爵曾在里斯本与沃罗·普莱多子爵相遇。他与年迈的帝制派首领谈了整整一个下午。子爵是在第七团战败、莫莱拉·西塞上校丧生的消息传到里约热内卢并在那里度过了可怕的时日后，仓皇地从巴西逃到葡萄牙避难的。这位多疑、糊涂、吓破了胆的尊贵遗老亲眼目睹过在德阿伯朗特斯侯爵大街上的游行，示威者就从瓜纳芭拉男爵夫人的阳台下走过，当时他正在那里做客。游行从军人俱乐部开始，举着标语牌，要求把他的脑袋当作共和国在卡努杜斯失败的祸根加以铲除。片刻后，就有人来报信，说他的家和其他帝制派著名人物的家一样，和《消息日报》及《自由报》一样，遭到了浩劫。

“依布埃拉的英国间谍、”近视记者背诵着，用指关节敲着桌子，“在腹地发现的运往卡努杜斯的步枪、只有英国船只才能运来的甲贡索人使用的克罗帕特切克掷弹筒和炸弹……谎言日夜散布，成了事实。”

“您高估了《消息日报》的作用。”卡纳布拉沃男爵微笑了。

“里约热内卢的埃巴米农达·贡萨尔维斯，真实姓名是阿雷因多·瓜纳芭拉，他办的日报叫《共和国日报》，”近视记者肯定地说，“从费布罗尼奥少校战败起，《共和国日报》没有一天不公布帝制派与卡努杜斯关系复杂的确凿证据。”

男爵只听到了一半，因为沃罗·普莱多子爵披着被子，说话不利落。子爵告诉他：“令人痛心的是，我们从未认真对待亨梯尔·德·卡斯特罗。在整个帝制时期，他都无足轻重，从未被赐予头衔，从未出人头地，也没担任过公职。他对帝制深有感情，丝毫不受现实的影响。”

“比如关于在米纳斯赫莱斯的塞特拉瓜斯的武器和牛群的确凿证据，”近视记者继续说，“难道它们没运往卡努杜斯？帝制派军阀的卡潘伽斯人著名首领曼努埃尔·若安·伯兰达沃没把它们运去？这个家伙没为华金·纳布科和沃罗·普莱多子爵效劳过？阿雷因多给逮捕伯兰达沃的警察起了名字，复制了他们交代一切的供词。伯兰达沃根本不存在，也从未发现那样的运输，这又有何妨？白纸黑字就是事实。依布埃拉间谍案在重演，愈演愈烈。您看到如何合乎逻辑、顺乎情理了吧！对您是不会私刑拷问的，男爵，因为在萨尔瓦多没有雅各宾派。巴伊亚人只热衷于狂欢节，政治与他们毫不相干。”

“看来，现在您能在《巴伊亚日报》工作了，”男爵开玩笑地说，“您已经对我们对手的无耻行为了如指掌。”

“你们也不比他们强，”近视记者低声说，“您忘了埃巴米农达是您的盟友？忘记了内阁成员中您的那些老朋友？”

“政治就是肮脏的东西，您发现得晚了点儿。”男爵说。

“对‘劝世者’来说并非如此，”近视记者说，“对他来说，政治是纯洁的。”

“对可怜的亨梯尔·德·卡斯特罗也同样纯洁。”男爵轻声说。

从欧洲回来后，他在写字台上看到了一封信，是几个月前从里约热内卢发来的。亨梯尔·德·卡斯特罗在信中亲笔工整地写道：“卡努杜斯发生的是怎么一回事？我亲爱的男爵，在您可爱的北方土地上发生着什么事情？人们把形形色色的阴谋、谎言强加到我们头上，我们却无法为自己辩护，因为我们感到莫名其妙。谁是‘劝世者’安东尼奥？实有其人？激进派硬说我们与塞巴斯蒂安派的强盗有牵连，可他们又是何许人？如蒙指点，不胜感激……”现在那个名叫亨梯尔的老人因武装、资助旨在恢复帝制、让英国奴役巴西的叛乱已长眠地下。几年前，当他开始收到《消息日报》和《自由报》的时候，卡纳布拉沃男爵曾写信给沃罗·普莱多子爵，责问他在举世皆知帝制已被彻底埋葬时竟然还要出版两份缅怀帝国的报纸，这是何等荒唐。“您说怎么办？我亲爱的……这可不是我的主意，也不是若安·阿尔弗雷多的，也不是华金·纳布科的，不是任何一位您在这里的朋友的主意，而是亨梯尔·德·卡斯特罗上校一个人的主意。他决心将自己的钱花在出版这些报纸上，目的是保卫我们这些曾经为皇帝效劳的人，我们这些曾经受过侮辱的人。我们都认为此时此刻重提帝制非常不合时宜，可又如何打消可怜的亨梯尔·德·卡斯特罗的念头？我不知您是否还记得他，一个善良的人，从来不出风头……”

“消息传到首都时，他不在里约热内卢，而是在贝特罗波利斯，”沃罗·普莱多子爵说，“我让儿子阿尔丰索·塞尔索对他说千万别想回来，他的报纸被毁了，家被抄了，在奥维多和圣弗朗西斯科大街上，一群乌合之众要求处死他。单凭这一点，亨梯尔·德·卡斯特罗就决心要回来。”

男爵想象着两颊红润的亨梯尔正在收拾箱子，向车站走去。与此同时，在里约热内卢的军人俱乐部里，二十几名军官正在圆规和三角板组成的共济会的标志前把他们的血混在一起，宣誓要为莫莱拉·西塞报仇，拟定了一份要处决的叛徒的名单，为首的就是亨梯尔·德·卡斯特罗。

“在梅里迪车站，阿尔丰索·塞尔索给他买了报纸，”沃罗·普莱多子爵继续说，“亨梯尔·德·卡斯特罗能读到前一天晚上在联邦首都发生的一切：群众集会，商店和剧院关闭，降半旗，阳台上挂起黑绸子，冲击报馆，还发生了抢劫活动。当然，还有《共和国日报》上蛊惑人心的消息：‘在《消息日报》社和《自由报》社查获的步枪与卡努杜斯人用的是同一个牌号和口径。’您想他对此会有什么反应？”

“我没有选择的余地，只有将教父教母打发到阿雷因多·瓜纳芭拉去，”亨梯尔·德·卡斯特罗上校剪着白色的小胡子，喃喃自语，“简直太卑鄙了。”

男爵笑起来。“那时他想拼命，”他想，“想和里约热内卢的埃巴米农达·贡萨尔维斯决斗。当人们正寻找并要处死他的时候，他想的却是穿着深色衣服的教父教母，想的却是宝剑，是对手一受伤就罢手还是一拼到底。”他笑得流出了泪水。近视记者吃惊地看着他。当那一切发生的时候，他到萨尔瓦多去了。他胆战心惊，的确如此，表面上是由于莫莱拉·西塞的失败，实际上是由于对埃斯特拉的牵挂。他数着还差几小时才能到达葡萄牙医院和医学院，盼望着那里的医生们使他放心，向他担保男爵夫人只是偶染疾病，仍将是一位快乐、高雅、有活力的女性。妻子的事情使他如坠悬崖，失魂落魄。记得他和埃巴米农达·贡萨尔维斯多次洽谈，获悉将全国总动员严惩甲贡索人，心情就像梦境一般。那时他获悉要从全国各州派遣整营整营的部队组成志愿军团，要组织公开的义卖和抽彩，太太们可以在那里拍卖自己的珠宝首饰，捐献出来组建新的连队，以派去保卫共和国。当他察觉那一举动的规模，那些失误、迷途和凶残的错综复杂时，又一次感到如坠悬崖，失魂落魄。

“一到里约热内卢，亨梯尔·德·卡斯特罗和阿尔丰索·塞尔索就悄悄溜进了靠近圣弗朗西斯科·哈维尔车站的一个朋友的家，”沃罗·普莱多子爵补充说，“我去那里与他们偷偷会面。当时我东躲西藏，逃避街上的人群。所有的朋友费了不少唇舌劝亨梯尔，告诉他唯一的出路就是尽快地逃离里约热内卢和巴西。”

说好在六点半，也就是火车开往贝特罗波利斯前的几秒钟，把子爵和上校乔装改扮送上车。人们为他们逃往国外做准备时，他们将待在附近的庄园里。

“但是运气在凶手们一边，”子爵嘟囔着说，“火车误点半小时。那时，我们这群易了装的人终于引起了人们的注意。示威的人来了，沿着站台走过，高呼“弗洛里亚诺元帅万岁”和打倒我们的口号。我们刚登上车厢，一群手持自动步枪和匕首的人就包围了我们。火车开动时响了几枪，所有的子弹都射向亨梯尔·德·卡斯特罗。我不知道自己怎么还活着。”

男爵想象那脸色红润的老人头颅和胸部被打开花，不禁想画十字。也许那死亡并不使上校扫兴。那是君子之死，不是吗？

“也许是吧，”沃罗·普莱多子爵说，“不过我敢肯定，葬礼使他扫兴。”

由于当局的劝告，他是被偷偷埋葬的。阿马罗·卡瓦尔甘迪部长向死者亲属警告，由于街上的骚乱，如举行隆重的葬礼，政府将无法保障亲友的安全。帝制派人物谁都没参加，亨梯尔·德·卡斯特罗的遗体是由一辆普通四轮马车送往墓地的，只有一辆双座四轮马车护送，里面坐着他的花匠和两个侄子。他俩害怕雅各宾派赶来，连悼亡经都没让神父念完。

“我看此人在里约热内卢的死给您留下了极深的印象，”近视记者又一次使他从沉思中醒来，“相反，其他人的死对您却无关紧要，因为在卡努杜斯有许多人死。”

他的客人什么时候站起来了？他低着头，弯着腰，站在书架前。这个莫名其妙的人从厚厚的眼镜后面用愤怒的眼光看着他？

“想象一个人的死比想象一百人或一千人的死容易，”男爵小声说，“死的人多了，悲痛就抽象了。被抽象的事情感动不容易。”

“若亲眼看见一个人的死引来了十人、百人、千人、万人的死则不然，”近视记者说，“如果亨梯尔·德·卡斯特罗之死是荒唐的，那么在卡努杜斯，许多人的死同样是荒唐的。”

“死了多少人？”男爵低声问道。他知道这是永远也无法弄清的。如同任何历史事件，数字是历史学家和政治家按照学说的演变和个人利益的需要而随意增减的，只不过在这里他不能不问一句罢了。

“我力图搞清楚，”说着，记者向他身边走去，颓唐地坐在椅子上，“没有明确的数字。”

“三千？五千？”男爵絮絮叨叨地说，寻找着记者的视线。

“两万五千到三万之间。”

“您连伤病员也算上了？”男爵抱怨说。

“我说的不是军方的死亡人数，”记者说，“关于他们的死亡有准确的统计。连死于瘟疫和意外事故的在内，共八百二十三人。”

一阵沉默。男爵垂下了眼帘。他倒了一点清凉饮料，然而几乎没喝，因为饮料已经热了，简直和汤差不多。

“在卡努杜斯，不可能有三万生灵，”他说，“腹地的任何村落都容纳不了这么多人。”

“相对来说，统计方法是简单的，”记者说，“奥斯卡将军让人清点了民宅，您不知道吗？报上公布了：五千七百八十三户。每户几口人？至少五六口吧。也就是说，死了两万五千到三万人。”

又是一阵长长的沉默，后来这沉默被大麻蝇的嗡嗡声打断。

“在卡努杜斯，没有伤员，”记者说，“所谓幸存者，那些由您的朋友雷利斯·比耶达德领导的爱国委员会分配到巴西各地去的妇女和儿童，当时都不在卡努杜斯，都在附近的其他地方。从包围圈逃出来的总共只有七个人。”

“这您也清楚？”男爵抬起了眼睛。

“我就是七人中的一个，”近视记者说，为了避免另一个问题，他连忙补充说，“甲贡索人所关心的是另外一个统计数字：多少人死于枪弹？多少人死于白刃？”

沉默了好一会儿，他一摆头，轰跑了一只小虫。

“当然，这是无法统计的，”记者搓着双手，继续说，“但有人能为我提供线索。这是一个很有意思的家伙，男爵，他曾加入莫莱拉·西塞上校的第七团，又指挥着南格兰德河的一个连队和第四次远征军归来。他就是马拉纳沃少尉。”

男爵望着他，几乎猜到他要说什么。

“您知道砍头是高乔人的专长吧？阿尔弗雷斯·马拉纳沃和他的部下都是砍头专家。在他身上，技艺和爱好融为一体。他用左手抓住甲贡索人的鼻子，叫他抬起头，接着就是一刀。一下就把颈动脉砍断，砍进两厘米半，人头就像布娃娃的脑袋一样掉下来。”

“您想打动我的心吗？”男爵说。

“如果阿尔弗雷斯·马拉纳沃说明他和部下砍了多少人头，就能知道有多少甲贡索人进了天堂，多少下了地狱。”近视记者打了个喷嚏，“砍头还有另一个不好的地方，就是把灵魂打发到地狱里去。”

晚上，帕杰乌率领三百人——他从未指挥过这么多人——离开卡努杜斯，命令自己不要想那女人。他意识到自己肩负的使命的重要性，他的伙伴们也知道。这些人是从卡努杜斯最擅长奔走的人当中挑选出来的，因为要走许多路。到达法维拉山脚下时，他们停止前进。帕杰乌指着黑暗中几乎看不见、在蟋蟀和蛙声中颤动的山梁告诉部下，就是要把敌人引诱到这里来，引他们上山，然后将他们阻挡住，好让若安·阿巴德、若安·格兰德以及其他没有和彼得劳及比拉诺瓦兄弟一起到盖莱莫波去迎敌的人从附近的山坡和平地上将他们打个落花流水，甲贡索人已经在那些弹药充足的战壕里各就各位了。若安·阿巴德说得对：这样就能给那帮坏蛋以致命的打击，把他们赶到荒山秃岭中去。敌人将无处藏身，射手们既能瞄准他们又不暴露自己。"要么敌人落入陷阱，被我们打垮，"街道司令说，"要么我们自己垮台。如果他们包围了贝罗山，那么我们既没有足够的兵力，也没有武器能阻止他们进来。小子们，一切全靠你们了。"帕杰乌告诫部下要节省子弹，一定要瞄准那些佩戴臂章或手持马刀骑在马上的恶狗，并且不要暴露自己。他把他们分成四组，约好第二天下午在阿拉卡底附近的朗赫湖会合。他估计昨天从圣多山出发的敌方先头部队届时将抵达那里。倘若碰上敌人的巡逻队，谁也不许交战，要隐蔽起来，放他们过去，最多只派一个人将敌人引开。无论如何也不能忘记自己的使命：把恶狗们引向法维拉山。

留下来和他在一起的小组由八十人组成，继续赶路。他又要去打仗了……从他懂事时起，多少次深夜里这样出来，追捕别人或逃避别人的追捕，这一次他并不比从前更担心。对帕杰乌来说，生活就是这样：明知道现在或将来，在自己身前身后的时间和空间里总会有枪弹和伤亡，要么逃避对手，要么迎上前。

那女人的脸庞又一次——纠缠不休而又突如其来——浮现在他

的脑海里。这位卡波克洛人努力驱散那张苍白的脸、那双温柔的眼睛、那散披在背上的平直的头发，并贪婪地寻求着自己思慕的奇事。塔拉梅拉走在他旁边，身材小巧，精力充沛，心中不住地思索，因跟随着帕杰乌而感到幸福，就像当年投身绿林时那样。帕杰乌焦急地问他带没带蛋黄膏，那是医治响尾蛇咬伤的灵丹妙药。塔拉梅拉提醒他说，和另外几组人分手时，他亲手将膏药分给了华金·马坎比拉、马内·瓜德拉多和费利西奥。“不错。”帕杰乌说。塔拉梅拉不说话了。看着他，帕杰乌想了解另外几组的泥制小灯是否齐备，有了这些小灯，他们就能在深夜里既保持距离又彼此保持联系。塔拉梅拉又笑着提醒他说，他亲自在比拉诺瓦兄弟的库房里检查了小灯的分配情况。帕杰乌叹息着如此健忘说明自己已经老了。“或者因为在恋爱。”塔拉梅拉开玩笑说。帕杰乌的脸有点发烧，好容易赶走了那女人的脸庞，现在又回来了。他对自己的行为感到羞愧，心想：“我还不知她叫什么名字，也不知她是哪里人。”等回到贝罗山，要去问问她。

八十个甲贡索人跟在他和塔拉梅拉的身后，有的不声不响，有的窃窃私语，声音非常低，连小石子滚动以及凉鞋、草鞋有节奏的行走声都听得见。他们当中有的人自绿林时期就曾和他在一起，也有的是若安·阿巴德或彼得劳与敌人周旋时的伙伴，有的是巡警的脚夫，甚至是农村宪兵或陆军中开小差的士兵。誓不两立的仇敌走到了一起，这是天上的圣父和地上的“劝世者”的功劳，他们创造了这个奇迹，让仇人变成了弟兄，让笼罩着腹地的仇恨变成了手足之情。

帕杰乌加快了速度，通宵保持充满活力的步伐。拂晓时，他们到达了卡克萨曼果山，在契克—契克和曼达卡鲁斯树栅栏的掩护下停步吃饭。这时，大家都累得抽筋了。

四小时后，塔拉梅拉唤醒了帕杰乌。来了两名年轻的侦察员，他们疲惫不堪，说话时上气不接下气，其中一个还揉着肿胀的双脚。他们告诉帕杰乌，他俩从圣多山就一直跟踪政府军。果然不出所料，来了成千上万的士兵。敌人共分九路，由于武器、车辆和帐篷的拖累而行程缓慢，特别是由于大炮拖住了他们的手脚，走一步陷一步，使他们不得不加宽小路。至少有四十头耕牛拉着大炮，一天最多走二十五公里。帕杰乌打断了他们。他关心的不是来了多少人，而是他们前进的方向。揉脚的小伙子回答说，敌人在里约贝克诺停下来，在卡尔德拉沃·格兰德过夜；然后取道基第拉纳，在那里又停下来；最后几经周折，到了胡阿，在那里住了一夜。

恶狗们的方向使帕杰乌大吃一惊。和前几次讨伐的方向完全不同，他们不从本登戈、康巴奥或卡纳布拉沃来，而要从罗萨里奥来？倘若这样，一切更容易了，只要甲贡索人给他们几次打击，略施小计，就能从那条路把他们引到法维拉山。

他派遣一名侦察员去贝罗山，将刚才所听到的一切向若安·阿巴德汇报，然后继续赶路。他们在崎岖不平、荆棘丛生的地带走到黄昏。到达朗赫湖时，马内·瓜德拉多、马坎比拉和费利西奥的小组已经在那里等候。第一组曾与敌人的一支骑兵巡逻队相遇，他们是去侦察从阿拉卡底到胡埃特的情况。甲贡索人当时就蹲在一堵仙人棍的篱笆后面看着敌人过去，两小时后又回来。这就毫无疑问了：既然往胡埃特方向派了巡逻队，就表明他们选择了罗萨里奥那条路。年迈的马坎比拉搔着脑袋：他们为什么选一条最远的路？为什么要多走七八十公里绕个大圈子？

“因为路比较平坦，”塔拉梅拉说，“从那里来几乎没有上下坡，比较方便大炮和车辆通过。”

他们同意这可能是最大的理由。当其他人休息时，帕杰乌、塔拉梅拉、马内·瓜德拉多和费利西奥在一起交换意见。因为几乎可以断定敌军是从罗萨里奥来，便决定由马内·瓜德拉多和华金·马坎比拉去那里埋伏。帕杰乌和费利西奥从阿拉卡底山监视敌人。

天一亮。马坎比拉和马内·瓜德拉多带领一半人手出发了。帕杰乌让费利西奥带着七十个甲贡索人到阿拉卡底山去，把这些人分散在两公里多长的路上，认真监视敌军的动静。他自己原地不动。

朗赫湖实际上并不是湖——也许很久以前曾经是——而是一片潮湿的洼地，可以种植玉米、木薯和豆类。帕杰乌对此记忆犹新，因为他曾多次在那些小房子里过夜。现在那些小房子已全被烧掉了，只剩下一间还有完整的墙壁和屋顶。一个印第安人小伙子指着房子说，那些瓦可以用来为好耶稣建圣堂。现在贝罗山已经不烧瓦了，因为所有的火炉都用来铸造枪弹了。帕杰乌表示同意，吩咐去拆房瓦。他将部下布置在周围，正叮嘱派往卡努杜斯的侦察员时，忽然听见马蹄声和一声嘶鸣。他扑倒在地，藏在碎石堆中。隐蔽后，他看到自己的人在敌军巡逻队出现前都藏好了，只有拆瓦的人没来得及。只见十几名骑兵追逐着三个甲贡索人，后者拐着弯向不同的方向逃跑。三个人在乱石堆中消失了，看来安然无恙。可是第四个没能从屋顶上跳下来。帕杰乌竭力想认出他是谁：不行，太远了。敌人举枪向他瞄准，他看了一下，然后把手举到头顶，做出投降的姿势。突然，他向一名骑兵扑去。他想夺马飞驰而去吗？没成功，因为那名骑兵将他拖到地上。甲贡索人左右开弓乱打起来，直到骑兵小队长近距离向他开了枪。可以看出敌人不愿开枪，大概想为上司抓个俘虏。隐蔽起来的人眼睁睁地看着敌人巡逻队撤退。帕杰乌满意地想：自己的人到底克制住了干掉这一小撮恶狗的念头。

他让塔拉梅拉留下掩埋死者，自己转移到去阿拉卡底途经的高地。他不许部下在一起行动，而是分成若干小股，并且在路上要拉开距离。他刚到大石堆——很好的制高点——敌军先遣队就出现了。帕杰乌觉得脸上的伤疤一阵火烧火燎，好像要裂开。每逢危机时刻，每逢有特殊的事情发生，他都有这样的感觉。用尖镐、铁铲、砍刀和刀锯装备起来的士兵在前面开路，他们平整路面，砍掉树木，搬走石块。在怪石嶙峋、崎岖坎坷的阿拉卡底山上，他们有活可干。他们赤裸着上身，将衬衫系在腰上，三人一排，由骑马的军官率领。单是给他们开路的就有二百多人，狗子兵肯定不少。帕杰乌还望见费利西奥的一个侦察员也紧紧尾随着敌人的工兵。

当他们与九支敌军中的第一支相遇时，天刚过午；等最后一支敌军过去，照耀着腹地的一轮柔和的金黄色圆月周围已是满天星斗。敌军有时合在一处，有时相隔数公里，他们穿着颜色和款式各不相同的军装——浅绿的、蓝底红道的、灰色的、金色纽扣的、有武装带的、戴法国军帽的、打裹腿的、穿皮鞋的、穿草鞋的——有的徒步行走，有的骑在马上。帕杰乌——脸上的伤疤始终火烧火燎——数着武器和辎重：七辆木轮大车，每辆由好几头牛拉着；四十三辆驴车；两百多个背驮肩挑的脚夫，其中许多是甲贡索人。他知道那些箱子里装的全是枪弹，当他想估算一下贝罗山的每个居民分到几发子弹时，脑海中出现了一座数字的迷宫。

他的人纹丝不动，大家都屏住呼吸，瞪着眼睛，谁也不开口。他们鸦雀无声，毫无动静，和遮掩他们的石头、仙人掌、灌木丛融为一体，听着号兵把命令从一个营传到另一个营，看着警卫部队的旗帜随风飘摆，听着运送大炮部件的人大喊大叫，连公牛、骡马和毛驴都披上了蓝色。每一支队伍都分成三路，两翼在前，中路在后。为什么要采取这种使他们耽搁时间、既像进又像退的行动？帕杰乌明白，这是为了避免从两翼受到突袭，避免重蹈“砍头队”的覆辙，他们曾在两翼受到甲贡索人的攻击。当他观察那声音嘈杂、色彩缤纷的场面时，慢慢地脱了鞋，光了脚，反复地思索着同一个问题：他们究竟从哪条路来？难道要成扇形从十个不同的地方同时攻进卡努杜斯？

等先遣队的卫队过去，他吃了一口炒面和干粮，往回退了十一公里，在胡埃特等候敌军主力到来。大约走了两个小时，在路上，帕杰乌觉得人们在嘟嘟囔囔地评论着那门大炮的体积，管它叫“杀人魔王”。他让大家安静，的确，那门炮真够大，一炮准能轰掉几座房屋，也许连正在兴建的圣堂的石壁都能穿透。要把“杀人魔王”的情况事先通知若安·阿巴德。

不出他所料，政府军果然在朗赫湖安营扎寨。帕杰乌和部下紧贴着他们的帐篷走过，甚至能听见哨兵对当天事情的议论。午夜前，他与塔拉梅拉在胡埃特会合。他们在那里见到了马内·瓜德拉多和马坎比拉的通信兵：他俩都已到达罗萨里奥。他们在路上看到了敌人的骑兵巡逻队。借着月光，人们在胡埃特的小水塘里喝水，洗脸。这里从前是本乡的牧羊人放牧羊群的地方。帕杰乌派一名侦察员去给若安·阿巴德报信，然后躺在塔拉梅拉和一位老人中间睡了。老人还在谈论着“杀人魔王”。要是让敌人抓住一个甲贡索人，而后者告诉他们通往贝罗山的所有路口都被封锁，只有法维拉山不设防，就好了。入睡前，帕杰乌一直在盘算着这个主意。梦中，那女人拜访了他。

天刚亮，费利西奥的人就到了。他曾与跟随敌人纵队护送牛羊辎重的巡逻兵遭遇。他们化整为零，没有伤亡，只是耽搁了不少时间才会合，而且有三人下落不明。听到朗赫湖的情况后，一个不满十三岁的孩子失声痛哭，这个小通讯员就是那个上房拆瓦时被恶狗们抓住并杀害的甲贡索人的儿子。

向罗萨里奥进发时，他们分成更小的小组。帕杰乌走近那小孩的身边。小孩竭力忍住泪水，可有时还是不禁抽泣。他开门见山地问那孩子是不是愿意为“劝世者”效劳、为他父亲报仇。孩子坚毅地看着他，已经不需要回答了。他向孩子说明了自己的意图。甲贡索人围成一圈，听他讲话，时而望着他，时而又望着那稚气的小孩。

“问题要不仅是让他们把你抓住，”帕杰乌说，“还要让他们相信你是不得已才被抓住的。问题不是你自己开口，而是要让他们相信你是被逼不过才开口的。也就是说，要让他们打你，甚至砍你；要让他们相信你被吓坏了。只有这样，他们才会相信你说的话。你能做到吗？”

那孩子有一双严肃的眼睛和一副成人的表情，似乎在五分钟内长了五岁。

“我能做到，帕杰乌。”

他们在罗萨里奥外围与马内·瓜德拉多和马坎比拉会合了，那座庄园的前厅和正房已是颓垣断壁。在一个山口，帕杰乌将部下布置在小路的右侧，传令说，只有当敌人能看见他们向本登戈方向溃逃时才可交战。那小鬼就在他身边，两只手放在几乎和个头一样高的火枪上。工兵过去了，没有发现他们；稍后便是第一营。枪声大作，烟尘四起。帕杰乌等着，待硝烟散开些再射击。他镇定自若，瞄准敌人，把曼利夏枪的六发子弹一枚枚地射出去，中间间隔几秒钟。这杆枪从乌亚乌亚起就一直伴随着他。他听着嘈杂的口哨声、军号声、呐喊声，看着敌军乱作一团。混乱有所好转后，由于长官督战，士兵们开始跪在地上还击。响起了疯狂的军号声，敌人的援军就要到了，连敌军官命令部下深入卡汀珈追击突袭者的声音他都听得见。

那时，他推上子弹，站起身，走到路中间。其他甲贡索人都跟在他后面。他面对着相距五十米的敌军，瞄准了，扫过去。他的人都在周围，像他一样地射击。又有新的甲贡索人在灌木丛中出现。敌军终于过来了。那小鬼从未离开帕杰乌，他将火枪对准脚下，眼睛一闭，向自己开了一枪。霰弹使他浸在血泊里。

“把我的枪带走，帕杰乌，”小鬼说着，把火枪递给他，“给我保存好。我要逃回来，我要回贝罗山。”

他倒在地上，捂着脸，开始哀叫。帕杰乌跑起来——子弹从四面八方嗖嗖掠过——甲贡索人都跟着他，在卡汀珈丛中消失了。一连敌军向他们冲过来，他们让敌人追了好一阵，把敌人引入契克—契克和曼达卡鲁斯树形成的灌木丛，直到敌人的背后受到马坎比拉弟兄的攻击，只有退却。帕杰乌转回头，像往常那样将弟兄们分成四组，命令他们回去，赶到敌军前方，在距罗萨里奥五公里的百克萨斯等候他们。途中，大家都谈论着那小鬼的勇敢刚强。敌人会相信是他们把他打伤的吗？会审讯他吗？要是因中了埋伏而恼羞成怒地把他乱刀砍死呢？

几小时后，他们休息、吃饭、清点人数，发现少了两个人，另有十一人负伤。帕杰乌和塔拉梅拉看见敌人的先遣队从百克萨斯灌木丛生的开阔地上开过来，那小鬼一瘸一拐地走在队伍前面，一个骑马的人在旁边用一根皮绳牵着他，周围是一群步兵簇拥着他。他头上裹着绷带，垂着头走路。“他们相信他，”帕杰乌想，“既然让他走在前头，就是当上向导了。”小鬼使他感到非常难过。

塔拉梅拉用胳膊肘捅了他一下，小声告诉他狗子兵的番号和在罗萨里奥时的不一样。果然，前卫队的旗帜是红金两色，而不是红蓝两色了，而且大炮——包括“杀人魔王”在内——都走在了前面。为了保护大炮，有些连队在收拾卡汀珈。照这样走下去，有的连队会突然与他们遭遇。帕杰乌指示马坎比拉和费利西奥向比加里奥庄园前进，政府军肯定会在那里宿营。老人和费利西奥匍匐前进，一点声音都没发出，丝毫没有打破树枝的安静。他们渐渐远去，消失。突然响起了枪声。敌人发现他们了？帕杰乌没动弹，从荆棘的缝隙中看到五米开外有一队骑马的共济会成员，手持金属枪头的劣等木柄长矛。听到枪声，敌军士兵加快了步伐，马蹄声和军号声响成一片。枪声持续不停，越来越激烈。帕杰乌不看塔拉梅拉，也不看任何一个卧倒在地、缩成一团的甲贡索人。他知道，那一百五六十人都和自己一样，屏住呼吸，一动不动，想着马坎比拉和费利西奥可能会被消灭……一声巨响使他浑身战栗，然而比那炮声更使他吃惊的是爆炸声使他身后的一个甲贡索人发出一声尖叫。他没有转过身斥责，由于人喊马叫，敌人可能没听见。炮响之后，枪声停止了。

此后的一段时间里，他的伤疤火烧火燎，一阵阵地燃烧着他的神经中枢。他选错了地方。巡逻队两次从他背后经过，带着当地的砍刀手将灌木丛砍光。敌人眼看就要踩着他手下的人，却居然没有发现，这是奇迹吗？还是那些砍刀手是好耶稣挑选的？敌人一旦发现他们，那就都跑不掉了，因为成千上万的士兵很容易将他们包围起来。他担心的是部下未完成使命就大量伤亡，这使他脸上的伤疤像被揭了皮。然而此时此刻，唯一明智的做法就是一动不动。

当天色暗下来，他数了：过去了二十二辆驴车；还有一半队伍没过去呢。他看到走过了五个小时的士兵、大炮和牲畜。他从没想到世界上竟有这么多士兵。红色的火球很快地坠落，半小时后，天就黑了。他命令塔拉梅拉带领一半人马去比加里奥牧场，约好在藏有武器的山洞会合。他紧紧拉住战友的手臂，小声说：“多加小心。”甲贡索人出发了，三四个人一组，弯着腰，胸脯几乎碰到了膝盖。

帕杰乌留在原地，直到天上缀满星星。又过去了十辆车，毫无疑问：敌军显然全部从此经过。他将木哨放到嘴边，短短地吹了一声。他太长时间没活动，浑身酸疼。动身前，他用力揉了揉腿肚子。

当他摸草帽时，发现已经没了。他想起来丢在了罗萨里奥：一枚子弹把它打飞了。子弹飞过时，他甚至感到了热度。

从百克萨斯到罗萨里奥有十一公里，他们疲倦地缓缓行进，在道路附近鱼贯而行，不时停下脚步，像一条蚯蚓在旷野上爬行。到了后半夜，才到达目的地。帕杰乌没有走进传教士的住宅——此地因这所住宅而得名——而是拐弯向西，去寻找那多石的峡谷，两侧的山头有岩洞，那里是会合点。不仅华金·马坎比拉和费利西奥——和敌军遭遇时只损失了三人——在等他，若安·阿巴德也在那里。

山洞里，人们围着一盏小油灯席地而坐，帕杰乌一边喝着皮囊里略带咸味的水——这味道他非常熟悉——吃着带有新鲜油香的芸豆，一边向若安·阿巴德讲述自从离开卡努杜斯后所看到、做过、担心和怀疑的一切。阿巴德听他讲着，不打断他，而是等他喝水或咀嚼的间隙向他提问。周围是塔拉梅拉、马内·瓜德拉多和年迈的马坎比拉，老人也插进来讲那吓人的“杀人魔王”。外面，甲贡索人都躺在地上睡着了。夜色明朗，听得见蟋蟀的叫声。若安·阿巴德说，从塞吉佩、盖莱莫波开来的部队只是这支庞大敌军的一半，不过两千多人。彼得劳和比拉诺瓦兄弟在科罗罗波等候他们。“那里是向他们发动进攻的最佳地方，”他说，“再过去就是平地了。”倘若彼得劳和比拉诺瓦兄弟不能在科罗罗波把政府军挡住，整个贝罗山三天前就在原来有栅栏的地方挖好战壕备战。他同意他们的意见：如果敌军主力已经到了比加里奥牧场，明天就将通过安西科山，因为如果不从那里走，他们还得向西再走五十五公里才能找到大炮通过的道路。

“过了安西科山，就危险了。”帕杰乌嘟囔着说。

像以往那样，若安·阿巴德用他那把刀的刀尖在地上画地图：

“如果他们拐弯向塔博莱里诺，我们就全完了。咱们的人都在法维拉山一带等着他们呢。”

帕杰乌想象着石棱遍布的安西科山后的山坡分成了两岔。如果不从庇冬巴斯走就到不了法维拉山。但敌人为什么一定要走庇冬巴斯？他们很可能走另一条路，那条路直通康巴奥和塔博莱里诺。

“除非他们在这里碰到铜墙铁壁，”若安·阿巴德解释说，用小灯照亮了画着图的地面，“从这里过不去，他们就非走庇冬巴斯和翁布拉纳斯不可了。”

“那么我们就到安西科山口去等他们，”帕杰乌说，“我们从右侧叫他们一路上尽吃子弹，他们就会认为道路被封死了。”

“光这样还不行，”若安·阿巴德说，“你们还要抓紧时间去里亚乔增援若安·格兰德。安西科山那边有不少人，可是里亚乔那边人不多。”

疲劳和紧张突然向帕杰乌袭来，若安·阿巴德立刻发现他靠在塔拉梅拉的肩膀上睡着了。塔拉梅拉将他平放在地上，把他腿上的步枪和小鬼的火枪挪开。若安·阿巴德匆匆地说了声“好耶稣‘劝世者’保佑”就告辞了。

帕杰乌醒来时，峡谷的山头已经发亮，但周围仍是一片黑暗。他推了推塔拉梅拉、费利西奥、马内·瓜德拉多和马坎比拉老头，他们也都在山洞里睡着了。当一道霞光在山头上空铺展，他们赶忙用天主卫队事前埋藏的弹药补充了在罗萨里奥的损耗：每个甲贡索人都在皮袋里装了三百发子弹。帕杰乌向他们反复叮咛应该做的事。四个小组分头出发了。

攀登安西科山陡峭的山坡时，帕杰乌的一组人——他们将是发动攻击的第一组，要让敌人一直追击到庇冬巴斯，其他组在那里埋伏——听到了远处传来的军号声，敌军主力出发了。他叫两个甲贡索人留在山顶，自己隐蔽在山脚，敌人必须从他对面的斜坡上经过，那是他们的马车唯一能够通过的地方。他将部下分散在灌木丛中，包围住折向西行的岔道，又叮嘱他们这一回可不能跑了。跑，是以后的事。首先要顶住枪林弹雨，要让敌基督相信在他们的前方有几百个甲贡索人；然后要故意把自己暴露给他们，要逃跑，要引诱他们一直追到庇冬巴斯。一个留在山顶的甲贡索人报告说，来了一支巡逻队，共有六个士兵。放他们过去了，没有开枪。其中一个人从马上滚下来，因为山坡很滑，特别是在早晨，积了一夜的潮气。此后，又过了两支巡逻队，然后便是拿着铁铲、尖镐和大锯的工兵。第二支巡逻队向康巴奥方向去了。糟糕！这表明他们要从那里开过去吗？敌先遣队几乎马上就到了，距离开路的人很近。九支部队的间隔都这样近吗？

帕杰乌已经将步枪抵住了肩窝，估算着与那位老骑手的距离，他大概是个军官。这时突然响了一枪，又响了一枪，接着便是一连串的射击。他一边看着斜坡上的敌人乱成一团、互相践踏，一边射击，一边在心里说，一定要查出是谁提前开了第一枪。他沉着镇静地瞄准，打完了子弹带里的子弹，心里想着：由于那首先开枪的人的过失，狗子兵有时间退却，藏到山顶去了。

山坡上的敌人一走光，枪声立刻停止。山顶上蓝红两色的军帽和刺刀的闪光隐约可见。躲在岩石后面的士兵企图找到他们。他听到了武器、人和牲畜发出的声音，还有谩骂。突然，从山坡上冲出来一支人马，为首的军官用马刀指着卡汀珈。帕杰乌看见他残暴地用脚后跟磕着那匹紧张地用前蹄刨地的坐骑。尽管弹如雨下，却没有一个骑手滚下马，都冲到了山脚下。但是刚到灌木丛，敌人就全部倒下了，被打得落花流水。手持马刀的军官被刺穿了好几个洞，敌人吼叫着："胆小鬼，你们出来！""出来好叫你们打死？"帕杰乌想，“这就是无神论者的所谓男子气吗?”真是异想天开。魔鬼不仅凶恶，而且狡猾。他顶上了子弹，由于连续射击，枪膛都发热了。斜坡上又布满了士兵，又一批人从岩石上跳了下来。瞄准时，帕杰乌总是那么沉着，计算着至少有一百个敌人，甚至一百五十个。

他用眼角的余光看见一个甲贡索人和一名士兵扭在一起厮打，心里说，这家伙怎么到了这里呢?他将刀叼在嘴里——自从落草以来，这已成了他的习惯。他又感到了伤疤的存在，听到了从附近传来的喊声：“共和国万岁!”“弗洛里亚诺元帅万岁!”“打倒英国!”甲贡索人则回答：“打倒反耶稣者!”“‘劝世者’万岁!”“贝罗山万岁!”

“我们不能待在这里了，帕杰乌。”塔拉梅拉说。这时，两个连队前来抵抗卡汀珈里的甲贡索人，在他们的掩护下，一群密集的士兵、一些牛车、一门大炮和一支骑兵下了山。担任掩护的士兵扑过来了，放着枪，用刺刀往灌木丛中乱刺，希望能刺着看不见的敌人。“不马上走就走不了了，帕杰乌。”塔拉梅拉再三强调，声音并不惊慌。帕杰乌想判断敌人是否真的要从庇冬巴斯经过。是的，毫无疑问，敌军潮水般毫不迟疑地向北拥去。除了收拾灌木丛的，没有任何人向西拐。从嘴上取下刀之前，帕杰乌射出了最后的子弹，然后用全力吹响了木哨。霎时间，甲贡索人从一处处冒了出来，他们躲躲闪闪，匆匆忙忙地匍匐着，奔跑着，跳跃着，面向着敌人倒退而去。他们从一处藏到另一处，有的干脆从敌人的腿脚之间溜过。“我们毫无损伤。”他又惊又喜地想。他又吹起了哨子，然后自己也撤退了。塔拉梅拉紧跟在他后面。他耽搁了许多时间吗?他不是一直向前跑，而是在画曲线，兜圈蛇行，使敌人很难瞄准。他隐约看见左右两侧的敌人在举枪瞄准或端着刺刀追击甲贡索人。一进灌木丛，他就放开了最大速度，这时又想起了那女人，想起为了争夺她而互相残杀的那两个男人：她也是一个给男人带来不幸的女人吗？

他感到精疲力竭，心都要裂开了。塔拉梅拉也气喘吁吁。这位忠实的伙伴、多年的朋友在身边非常有益，他俩从没争吵过。这时，他面前出现了四个狗子兵、四杆步枪。“卧倒！卧倒！”他叫道。立刻扑倒在地，打起滚来，觉得至少有两支枪开了火。他刚隐蔽好，手中的枪就已瞄准了向他走来的士兵。他的曼利夏卡壳了：扣了扳机，却不响。他听到响了一枪，一个敌人捂着肚子应声倒地。“好，塔拉梅拉，你救了我的命。”他心想，同时将步枪当作大棒，向剩下的三个敌人扑去，看到敌人因同伙受伤而有点惊慌失措。他一棒打去，使一个家伙站立不住，其余两个却扑到他身上。他感到一阵火烫，被刺中了一刀。突然，一个敌人的脸上血花四溅，并听到他在号叫。塔拉梅拉流星似的猛扑过来，正站在那里。与他搏斗的士兵不是帕杰乌的对手：太年轻了，浑身直冒汗，镶边的军装使他几乎无法动弹，挣扎着，直到帕杰乌将他的枪夺过来才逃跑。塔拉梅拉气喘吁吁地和另一个在地上厮扭。帕杰乌过去用力一刺，将刺刀捅进了敌人的脖子，只有刀柄露在外面，那家伙哆嗦着，嗓子里咕噜咕噜直响，然后不动了。塔拉梅拉受了好几处伤，帕杰乌肩膀上流着血。塔拉梅拉给他贴上膏药，并用一个死者的衬衣给他进行了包扎。“你是我的救命星，塔拉梅拉。”帕杰乌说，“是的。”对方同意。现在他们跑不动了，因为除了步枪，每人又拿了敌人的一杆枪和干粮袋。

不一会儿，他们又听见了枪声。开始时稀疏，但很快激烈起来。敌先头部队已到达庞冬巴斯，遭到了费利西奥的狙击。他想象着当敌人看到“砍头队”的军装、皮靴、帽子和皮带挂在树上，看到兀鹫啄食他们的尸体时，一定会气急败坏。在他们奔赴庞冬巴斯的征途中，枪声几乎没停。塔拉梅拉评论说：“谁像他们似的，有的是多余的子弹，为了打枪而打枪。”枪声突然停止了。费利西奥该撤退了吧？他要充当诱饵，把敌人引去翁布拉纳斯，马坎比拉老头和马内·瓜德拉多在路上再用枪林弹雨款待他们。

当帕杰乌和塔拉梅拉——他们应该休息一下，因为步枪和口袋的超负荷使他们加倍地疲劳——到了庇冬巴斯的丛林，仍有甲贡索人分散在那里。他们向敌人的主力部队放冷枪，可是敌军不予理睬，在黄色烟尘中继续向山沟纵深处前进。那里从前是河床，腹地居民都叫它翁布拉纳斯之路。

“帕杰乌，你笑的时候疼得不厉害吧？”塔拉梅拉说。

帕杰乌吹着木哨，暗示甲贡索人他已经到达。他想自己没有无权利微笑的。狗子兵不是一营接一营地向翁布拉纳斯走去了吗？这条路不是必然要把他们引到法维拉山吗？

帕杰乌和塔拉梅拉待在光秃秃的悬崖下一片林木丛生的开阔地上。他们无须隐蔽，因为他们不仅在死角里，而且阳光在保护着他们——敌人若朝这个方向看，正好晃得睁不开眼睛。他们看着敌军主力将下面灰色的土地盖上了蓝红两色。稀疏的枪声从未停止。甲贡索人都爬起来了，从山洞里出来了，从伪装成树木的木桩上跳下来了。人们挤在帕杰乌的周围。有人递给他一只盛着牛奶的皮囊，他用嘴吸吮着，嘴角上挂着一丝牛奶。没有人问他伤势如何，他们干脆不看他的伤口，好像那是个耻辱。帕杰乌吃着人们放在他手里的一把野果：荠哈瓦、一段一段的翁布、曼卡瓦，同时听着西个人结结巴巴地汇报情况，他们是费利西奥到翁布拉纳斯去增援华金·马坎比拉和马内·瓜德拉多时留下的。那时候，狗子兵对从开阔地射来的子弹迟迟没有反应，因为他们觉得攀登那个斜坡并把自己暴露在对手面前有点冒险，或者因为他们认为那些小股敌人无足轻重。然而当费利西奥及其部下前进到悬崖边缘时，敌人看到开始有了伤亡，便派了几支连队去围剿。官军企图上去，而甲贡索人顶住了他们。直到最后，敌人让他们从一处处溜走并眼睁睁地看着他们在丛林中消失。紧接着，费利西奥转移了。

“刚才，”一个汇报者说，“这一带还漫山遍野全是敌军呢。”

塔拉梅拉已清点了人数。他告诉帕杰乌，还有三十五人，要等其他人吗？

“来不及了，”帕杰乌说，“马内和华金·马坎比拉需要我们。”

他留下一名通讯员，好为后来的人充当向导，又分发了带来的枪支和干粮袋，就沿着峡谷找马内·瓜德拉多和马坎比拉去了。休息后，吃饱喝足，他感觉很好，肌肉不疼了，伤口也不那么发烧了。他大摇大摆，健步疾行，沿着羊肠小道蜿蜒向前。在他们的脚下，敌人的大部队在继续推进，队首已经很远，也许上了法维拉山，因为向前望去没遮没挡，没有尽头。士兵、马匹、大炮和车辆的洪流无休无止。“这是一条响尾蛇。”帕杰乌想。每个营是一道环，军装是鳞片，火药是喷向受害者的毒汁。他真想把自己想象的这一切告诉那女人。

这时他听到了枪声。一切都像若安·阿巴德运筹的那样。他们从翁布拉纳斯的岩石后面向那毒蛇开火，最后把它推向法维拉山。当他们在一个山头巡视的时候，看到一小队骑兵正在上来。他们开始向牲口开枪，好让敌人滚下悬崖。多好的马呀，那么陡峭的山坡都能上。打倒了两匹，但仍有几匹到达了山顶。帕杰乌下令撤退。他们一边跑一边想，岩石后的人会感到不满，因为自己剥夺了他们一次轻而易举就能取得的胜利。

当他们终于到达甲贡索人分散把守的山口时，帕杰乌发现战友的处境十分困难。好容易找到的马坎比拉老人告诉他，敌人炮轰山头，引起了塌方，每一支路过的连队都派新的连队来对付他们。“我们的损失相当大。”老人说，一边用力摆弄着步枪，一边小心翼翼地从一只牛角里取出弹药推上枪膛。“至少损失了二十人，”他嘟囔着，“我不知道能不能顶住敌人的下一次冲锋。怎么办?”

帕杰乌从他所在的地方看到法维拉山及其前方的马里奥山形成的一组山头离此不远。那些灰色和褐色的山头已经变成了浅蓝色、红色和绿色，还在蠕动，像充斥着蛆虫。

“他们三四个小时前开始上山，”马坎比拉老头说，“连大炮都抬上去了，包括‘杀人魔王’。”

“那么，我们已经完成了任务，”帕杰乌说，“现在去增援里亚乔吧。”

当萨德林哈姐妹问胡莱玛是不是愿意和她们一起去为守在特拉波波和科罗罗波准备迎敌的人做饭时，她答应了。她机械地回答着，像她平时说话、做事时一样。矮子为此而责怪她，近视记者则像每次受到惊吓时那样发出介于呻吟和漱口声之间的声响。他们在卡努杜斯待了两个多月，还从未分开过。

胡莱玛以为矮子和近视记者会留在镇上，可是当由四头骡子、二十个脚夫和十二名妇女组成的运输队准备就绪时，他俩也站到了她的身边。他们走的是盖莱莫波方向那条路。对这两位没带武器也没带挖战壕用的铁铲和镐头的陌生人的出现，没有人感到不快。经过重新搭起来又饲养了山羊和羊羔的圈栏时，大家唱起了据说是虔诚的小信徒谱写的歌曲。胡莱玛沉默地走着，透过凉鞋感觉路上的石子很多。矮子和众人一样歌唱。近视记者呢?聚精会神地看着会踩到什么东西，一只手在右眼上把着玳瑁镜架，镜片已经掉了好几块。这个显得比旁人更加骨瘦如柴的人趔趔趄趄地走着，戴着破碎的眼镜，靠近人或物时就像要撞过去，使胡莱玛有时忘掉了自己的厄运。在那几个星期里，胡莱玛是他的眼睛、拐杖和安慰。她曾想，他就像自己的儿子。把那大懒虫当作儿子的想法是她的秘密游戏，使她感到好笑。上帝使她结识了形形色色的怪人，对他们的存在，她连想也不曾想过，像加利雷奥·加尔、杂技艺人或这个刚刚绊了一跤磕破了脑袋的人，等等。

在山里，每走一段路就碰上一组组全副武装的天主卫队战士，那时她就停下来，将炒面、水果、点心、腊肉和子弹分给他们。不时看见通讯员停下奔跑，和安东尼奥·比拉诺瓦说话。后者的经过引起了人们的窃窃私语。话题不约而同：战争和来讨伐的狗子兵。她终于知道来的是两路人马：一路经过盖伊马达斯和圣多山，另一路经过塞吉佩和盖莱莫波。在过去的几天，已有数百个甲贡索人奔赴这两个方向。在每天下午的传教会上，“劝世者”奉劝人们为他们向上帝祈祷。这些活动，胡莱玛一向准时参加。她看到了一场新战争的到来所引发的忧虑。可她想的只是：多亏了这场战争，那个卡波克洛族的成年人，那个面带伤疤的粗犷汉子才离开此地，而且暂时不会回来。他的一双小眼睛使她害怕。

天黑时，运输队到了特拉波波，给据守在岩石间掘壕的义民们送了饭，并留下三名妇女，然后安东尼奥·比拉诺瓦下令继续向科罗罗波进发。最后一段路是在黑暗中走完的。胡莱玛把手伸给了近视记者。尽管有她的帮助，记者也一再摔跤，安东尼奥·比拉诺瓦只好让他骑上一头骡子坐在玉米口袋上。一进入科罗罗波狭窄的山沟，彼得劳便迎面走来。他是个彪形大汉，几乎和若安·格兰德一样，是个上了年纪、肤色发白的穆拉托人，肩上挎着一根古老的狼牙棒，连睡觉时都不摘下来。他赤着脚，裤管垂到脚跟，上身穿着一件坎肩，粗壮的双臂裸露在外，肚子鼓得像个球，一说话就在上面搔着。由于流传着他在瓦尔塞·德埃玛的八卦，以及他和那些与他形影不离的难友们如何在那里作恶多端，所以胡莱玛一见他就有些惴惴不安。尽管彼得劳、若安·阿巴德和帕杰乌等人现在成了圣徒，她总觉得在这样的人身边不安全，就像和豹子、眼镜蛇或毒蜘蛛待在一起。它们出于阴暗的本能，随时会抓、咬或刺人。

现在彼得劳好像一点也不盛气凌人。他隐在黑暗中，和安东尼奥及奥诺里奥谈话，像幽灵似的突然从岩石后面冒出来。许多条黑影和他一起来了，纷纷从悬崖绝壁上跳下，帮助搬运工将背上的箱子卸下来。胡莱玛帮忙点燃了火盆。人们打开了子弹箱和火药袋，分发导火索。她和其他妇女一起开始做饭。义民们饿得等不及开锅，他们聚集在阿顺松·萨德林哈周围。她往他们的小锅或罐头盒里倒开水，别的妇女分给他们一点木薯。由于秩序有点乱，彼得劳命令他们安静。

胡莱玛整整忙碌了一夜，一次又一次地支起锅，炸着肉块，热着豇豆。那一批一批人就像同一个人分蘖出来的，十人一群，十五人一伙。当有人在炊事员中认出妻子，二人就躲到一旁说话去了。为什么鲁菲诺从来不像那么多的腹地居民那样想来到卡努杜斯？如果来了，他也许还活着。

只听一声雷鸣。空气很干燥，不可能下雨。她明白了，那是大炮的轰响。彼得劳和比拉诺瓦兄弟命令熄火，叫吃饭的人都回到高处去。可是等他们一走，人们仍然原地不动，留在那里说话。彼得劳说敌人在坎切郊外，过一阵子才能到达。敌人不在夜间行动，他从西玛奥·迪亚斯就跟踪他们，对他们的习惯了如指掌。天刚黑，他们就搭起帐篷，设哨加岗，第二天才起程。天亮时，动身前先向空中射击，这大概就是为什么刚才响了一炮。敌人可能从坎切出发了。

“他们人很多吗？”从地面上发出了一个鸟叫似的声音，打断了他，“他们有多少人？”

胡莱玛看到近视记者站起身来，站在她和那些汉子之间。他又瘦又高，竭力用破镜片看着。比拉诺瓦兄弟和彼得劳都笑起来，像那些守着坛坛罐罐和残羹剩饭的女人们一样。胡莱玛憋着不笑出声。她可怜近视记者，还有比她的儿子更孤苦伶仃、胆小怕事的人吗？他什么都怕。碰着他的人、乞求仁慈的瘫子、疯子和麻风病患者以及仓库里来回穿行的老鼠，这一切都会使他发出尖叫，大惊失色，寻找她的手。

“我没数，”彼得劳哈哈一笑，“既然我们要把他们全部干掉，还数什么？”

又是一阵笑声。山顶，天开始发亮了。

“妇女们最好离开。”奥诺里奥·比拉诺瓦说。

他和他哥哥一样，除了步枪，还穿着高帮靴，挎着手枪。胡莱玛觉得，在卡努杜斯，比拉诺瓦兄弟无论谈吐、衣着乃至仪表，都与众不同，然而谁也不把他们当外人。

彼得劳把近视记者忘在了一边，叫女人们都跟他走。一半搬运夫上山去了，剩下的背着口袋留在那里。一道彩霞从科罗罗波山后冉冉升起。当运输队在岩石间跟随战士们转移时，近视记者待在原处，摇着头。胡莱玛拉起他的手：那手湿漉漉的。他痴呆的、犹疑的眼睛感激地看着她。“咱们走吧，”胡莱玛拖着他说，“咱们落后了。”他们还得叫醒矮子，他伸着腿睡得正香。

当他们到达山峰附近的避风高冈时，政府军的先头部队已经进入峡谷。战斗打响了。比拉诺瓦兄弟和彼得劳都不见了，风雨侵蚀的岩石间只剩下妇女、近视记者和矮子，他们听着枪声，很远，也很分散。胡莱玛听到声音从左右两侧传来，心想大概是风将爆炸声刮过来的，因为传到这里时已有气无力。她什么也看不见，一堵长了青苔的石墙挡住了射手。战争，尽管近在咫尺，却显得遥远。“他们人多吗?”近视记者嘟囔说，仍然抓着她的手。胡莱玛回答不知道，帮着萨德林哈姐妹卸驮子，安置水缸、饭锅、绷带、药布及药剂师放在箱子里的膏药和药品。她看见矮子在爬山，近视记者坐在地上捂着脸像在哭。但是当一名妇女叫他去拾搭屋顶用的树枝时，他便急忙站起身来。胡莱玛看见他在努力寻找，在地面上摸着枝条、树叶和杂草，然后磕磕绊绊地给她们送来，那来来回回、跌跌撞撞、用怪里怪气的眼镜看着地面的样子是那么滑稽，妇女们禁不住指着他发笑。矮子在石块中间消失了。

突然，枪声密集、靠近了。妇女们原地不动，倾听着。胡莱玛看到，噼噼啪啪的声音和不停的射击使她们严肃起来，早把近视记者丢在脑后，惦记着自己的丈夫、父亲和儿子了。他们就在山坡的对面，正是那火力射击的目标。鲁菲诺的脸庞浮现在她眼前，她咬紧了嘴唇。枪声使她不知所措，但并未使她恐惧。她觉得那场战争与自己没有关连，因此子弹会尊重她。她感到一阵头晕目眩，便在萨德林哈姐妹身边靠着岩石缩成一团，似睡非睡，朦朦胧胧，却对那使得科罗罗波地动山摇的枪声很清醒，同时一次又一次地梦着以前的枪声：盖伊马达斯那个上午的枪声、险些死于卡潘伽斯人之手的那个黎明，那时那个操着怪腔怪调的外乡人强奸了她。她梦见当时自己知道要发生什么事，央求他别干那种事，因为那样一来就导致她的毁灭、鲁菲诺的毁灭和那外乡人的毁灭，但是后者不懂她的话，不理睬她。

醒来时，近视记者在她脚下，像马戏团里的傻瓜似的看着她。两个义民喝着缸里的水，妇女们围着他们。她站起身去打听出了什么事。矮子还没回来，枪声震耳欲聋。有人来运弹药，紧张和疲劳几乎使他们说不出话：峡谷中敌人尸横遍野，他们每次向山头冲锋都像苍蝇一样败了下去。一次又一次的进攻都被打退了，敌人连半山坡都没有到达。说话的人个头不高，稀疏的胡须有些花白。他耸了耸肩膀：他们人太多了，无法使他们后退。义民们呢？弹药快用光了。

“要是他们攻占了山坡呢？”胡莱玛听近视记者低声问。

“在特拉波波挡不住他们，”另一个义民清清嗓子说，“那里几乎没人了，都来援助我们了。”

这一来，似乎提醒他们该走了。他们说了声“好耶稣保佑”，胡莱玛见他们攀着山岩消失了。萨德林哈姐妹说该热饭了，因为随时会有更多的义民到来。给她们帮忙时，胡莱玛觉得近视记者紧贴着她的裙子在颤抖。她猜到了他的恐惧，他生怕身着军装的士兵会突然从岩石上跳下来将眼前的一切赶尽杀绝。除了步枪射击，还有炮弹轰炸，炸得岩石四处翻滚，声音恰似地震轰鸣。胡莱玛想起了几个星期来她可怜儿子的无所适从，不知如何才能保住性命，不知该去该留。他想走，那是他所渴望的。夜里，躺在仓库的地板上，当他们听见比拉诺瓦一家鼾声大作时，他总是颤抖着对他们说：他想走，想逃到萨尔瓦多、贡贝、圣多山、盖莱莫波去，他在那里能求人帮助，让朋友们知道他还活着。但是人们不允许他那样做，如何走？他孤身一人，又是半瞎，能到哪里去？他们会抓住他，把他杀掉。在那些夜间的窃窃私语中，他几次想说服她把他带到随便哪里可以雇到向导的村庄。如果她帮助他，他将用世上的一切来酬谢她。然而他顷刻间又改变了主意，说想逃走是发疯，因为人家会找到并杀掉他们。从前是义民使他发抖，现在是官军使他哆嗦。“我的儿子，真可怜啊！”她想。她感到悲伤、泄气。官军会杀掉她吗？这无关紧要。当贝罗山的男人或妇女死去时，天使真的会把他们的灵魂带走吗？然而无论如何，死亡将是休息，将是没有痛苦的梦，总比她自从离开盖伊马达斯以来的生活略胜一筹。

妇女们全站起身来。胡莱玛看着她们注视的目标：从山顶上跳下来十几个甲贡索人。炮声如此激烈，胡莱玛觉得头都要炸了。她像其他妇女们那样向义民们跑去，原来他们是来取弹药的：没得打了，义民们急得不行。当萨德林哈姐妹回答“哪里还有弹药”——因为最后一箱弹药刚刚被两个义民抬走了——他们面面相觑，其中一人气急败坏地吐了一口唾沫，跺了跺脚。妇女们给他们端来了饭，可他们只用一个大勺子轮换着喝水，一喝完就跑上山去。女人们见他们喝水、离开、汗流浃背、紧锁双眉、青筋暴露、眼睛通红，便什么也没问。最后一个人向萨德林哈姐妹说：

“你们最好回贝罗山去。我们坚持不了多久，他们人太多，我们又没子弹了。”

迟疑片刻，妇女们没有向骡子走去，而是急急忙忙地上了山。胡莱玛糊涂了。她们到战场去并不是发了疯，而是因为她们的亲人在那里，是去看看他们是否活着。她没再想别的，跟着她们跑去。叫近视记者——他已经目瞪口呆，仿佛泥塑木雕——等着她。

她向山上攀登，手扎破了，还滑倒了两次。山坡陡峭，她心里发慌，喘不上气来。头上，只见赭石色、铅灰色、橘黄色的云朵随风飘舞，忽聚忽散；耳边，只听枪声时响时停，近在咫尺，夹杂着听不懂的人声。她爬下了一片没有石头的慢坡，想看看找到两个靠在一起的巨石，躲在后面窥视那弥漫的硝烟。她慢慢地看着，观察着，猜测着。义民们离此不远，但难以辨认，因为他们和山坡的颜色一样。她渐渐找到了：他们缩成一团，藏在石板或仙人掌的后面，趴在坑穴里，只露出头。在对面的山头上，她能在浓雾中认出这些庞然大物，那里也有许多分散隐蔽的义民在射击。她感到自己要聋了，那些爆炸声将是她最后听到的声音。

那时她才发现，悬崖下方五十米处密林般阴暗的地方原来全是士兵。没错，正是他们：一片向上移动的阴影，其中有闪烁、反射着的光芒和红色的火星，大概是射出的子弹；有刺刀、利剑，还朦朦胧胧地看见了时隐时现的脸庞。她向两边看了看，右面的阴影已经到达她所在的高度。她感到胃里有什么东西，一阵恶心，吐到一只手臂上。她只身一人在山中，军装汇成的潮水很快就会将她吞没。她不假思索地坐下来向下滑，一直滑到离义民们最近的据点：在一个坑里，有三顶帽子——两顶皮帽、一顶草帽。“别开枪！别开枪！”她一面滚一面喊，然而当她跳进石头掩体保护着的坑穴时，没有人回头看她。那时她才发现三个人中有两个已经死了。一个被炮弹打中，脸部血肉模糊；另一个抱着他，眼睛和嘴里爬满了苍蝇。他们依然挺立着，像曾经掩护她的两块巨石。过了一会儿，活着的义民瞥了她一眼，闭着一只眼睛瞄准，射击前还估算着，每次射击时枪托都向他的肩窝坐一下。他没有停止瞄准，只是嘴唇动了动。胡莱玛不懂他在对自己说什么。她向那义民爬过去，可是没用。耳朵里嗡嗡地响，这是她唯一能听到的声音，只见甲贡索人指着什么东西，她终于明白了，他想要那个面部血肉模糊的尸体旁边的口袋。胡莱玛将口袋递给他，只见那义民盘腿坐着，擦步枪，上子弹，沉着镇静，似乎掌控着所有的时间。

“敌人上来了！”胡莱玛叫着，“天啊！会怎么样？会怎么样？”

甲贡索人耸了耸肩膀，重新趴在掩体后面。她应该离开战壕回到另一侧，逃到卡努杜斯去吗？她身不由己，两条腿不吃劲儿，一站起来就得摔倒。官军为什么还不端着刺刀上来？她明明见他们离得很近，为什么耽搁这么长时间？那个甲贡索人动着嘴唇，可她只听见模糊不清的嗡嗡声，还有金属发出的声音：是军号声？

“我什么也听不见，什么也听不见了，”她全力喊叫，“我聋了。”

甲贡索人表示同感并向她打手势，好像说有人走了。他是个青年，长长的鬈发在帽檐下飘动，皮肤有点发青，戴着天主卫队的袖标。“什么？”胡莱玛叫着。他向她做手势，叫她从掩体那儿往下看，她推开尸体，从石头缝里探出头。士兵们更往下了，走了。“既然他们胜了，为什么要撤退？”她想，一边看着扬起的烟尘正在将他们吞没。为什么不上来将幸存的人斩尽杀绝，反而走了？

当弗鲁克托索·梅德拉多班长——十二营一连——听到撤退的号音时，以为自己发疯了。当天在科罗罗波西面山坡上进行的第五次白刃战中，他那班的步兵冲在全连的前头，他所在的连队又冲在全营的前头。这一次，他们已经占领了山坡的四分之三，用枪刺和马刀将英国人从藏身处挑了出来，他们躲在那里使政府军伤亡惨重。可恰恰在这个节骨眼儿上命令他们撤退。尽管弗鲁克托索班长的脑袋很大，可对此他无论如何也想不通。然而无须怀疑：许多军号在同时命令撤退。硝烟弥漫中，他的十一名部下一边躲藏一边看着他。梅德拉多班长看到他们和自己一样惊奇。指挥部发昏了吗？就差山顶没扫平了，却剥夺了他们的胜利。英国人很少，而且几乎弹尽粮绝。弗鲁克托索·梅德拉多班长从高处望见他们从潮水般扑过去的官军士兵中逃脱，望见他们不再开枪射击，而是装模作样地挥舞大刀和砍刀，投掷石块。“我还没杀掉我的英国人呢。”弗鲁克托索想。

“第一班不执行命令还等什么？”连长阿尔梅达喊着，来到他的身边。

“第一班，撤！”班长立刻吼道，十一名部下向山下奔去。

他不慌不忙，与阿尔梅达连长一同下山。

“我对命令感到意外，长官，”他走在连长的左边，嘟囔说，“上这么高了还撤退，谁能理解？”

“我们的义务是服从，而不是理解。”阿尔梅达连长不高兴地说，用鞋后跟向下滑着，将马刀当作手杖。然而顷刻间，他又毫不掩饰愤怒地补充说：“我也不懂。就差将他们杀掉了，已是唾手可得！”

弗鲁克托索·梅德拉多想，自己如此喜欢的戎马生涯中有许多不当之处，其中之一就是上级决策的神秘性。他参加过对科罗罗波的五次进攻，然而并不厌烦。今天从拂晓起，他的营连续战斗了六个钟头。他们是全纵队的开路先锋，一入峡谷就处于步枪的交叉火力中。在第一次进攻中，这位班长跟在第三连后面，亲眼看见阿尔弗雷斯·塞普尔维达的士兵被不知来自何方的子弹扫倒。第二次进攻伤亡惨重，只得退下来。第三次进攻是第六旅的第二十六和三十二营发动的，但是卡洛斯·马里亚·德希尔瓦·泰勒斯上校叫阿尔梅达的连队耍了一个诡秘的花招。没有奏效，因为当他们攀登背后的山梁时，发现那山梁像刀削一样，下面是长满荆棘的深涧。回来时，班长觉得左手发烫：一枚子弹正好打掉了他的小拇指的指尖，并不疼痛。到了后方，当营里的医生给他消炎时，他还说了不少笑话，以提高担架上的伤兵的士气。在第四次进攻中，他自告奋勇，说要报这一指之仇，并杀死一名英国人。他们到达了半山腰，但损失如此惨重，不得不又一次撤退。然而这一回，他们将对手全线击溃，为什么要撤退？或许要让第五旅来收拾残局，将荣誉全部让给萨瓦赫特将军的宠儿多纳希亚诺·德·阿拉乌赫·潘托哈上校？“也许是。”阿尔梅达连长含含糊糊地说。

山脚下，你拥我挤，到处是试图重新集结的连队，想把拖炮、拉车、运伤员的牲口套上车的驭手，号叫着的伤兵以及传达截然相反的命令的号手。弗鲁克托索·梅德拉多班长发现突然撤退的原因了：从盖伊马达斯和圣多山方面来的纵队中了埋伏，第二纵队已不能从北面攻占卡努杜斯，不得不去将他们从困境中解救出来。

弗鲁克托索班长十四岁入伍，参加过对巴拉圭的战争，并在帝制垮台后在使南方陷入混乱状态的革命中打过仗，因而在战斗一天之后，从一个陌生地带撤退的念头并不使他担心。然而这打的是什么仗！匪徒们是勇猛的，他承认。他们顶住了好几门大炮的轰击而毫不动摇，迫使政府军不得不和他们进行白刃战，进行残酷的肉搏：和巴拉主人一样的打法。部下与他不同，他喝了几口水、吞了几口饼干后就觉得凉爽了，他们却显出疲惫不堪的样子。都是新兵，是最近六个月内刚从巴赫招募来的。这是对他们的洗礼，他们的表现不错，没有一个害怕的。他们怕他胜过怕英国人？他对部下很严厉，他们一有闪失就要受到他的惩治。班长不喜欢正规的处罚——不许外出、关禁闭、打棍子等——而喜欢打脑袋、揪耳朵、踢屁股或将他们赶到养猪的泥塘里去。他们训练有素，今天已经证明了这一点。全班没有任何伤亡，士兵克罗茵梯奥除外，他是自己撞在石头上的，腿瘸了。这个士兵骨瘦如柴，行军时被背包压得躬腰缩背。克罗茵梯奥心地善良，胆小怕事，殷勤听话，起得很早。弗鲁克托索·梅德拉多对他特别宠爱，因为他是弗罗丽萨的丈夫。班长觉得心里痒痒的，不禁暗暗发笑。“弗罗丽萨，你真是个婊子，”他想，“真是个婊子，离得那么远，又在打仗，也能使我心痒起来。”对自己的胡思乱想，他想放声大笑。他看着克罗茵梯奥瘸着腿，被背包压弯了腰，不禁想起了自己十分蛮横地出现在洗衣妇的茅屋的那天：“弗罗丽萨，要么你跟我睡觉，要么我让克罗茵梯奥每星期受处罚，不能见任何人。”弗罗丽萨抵抗了一个月，最初只是为了能见到丈夫，才让了步。可是现在，弗鲁克托索相信这女人看上了他，因为她一直在跟自己睡觉。他们就在那间茅屋或她洗衣服的河湾干那种事。当弗鲁克托索喝醉时便对这种关系洋洋自得。克罗茵梯奥起了怀疑？不，他什么也不知道。即便他怀疑，又能把一个班长、他的顶头上司怎么样？

他听到右边响起了枪声，就去找阿尔梅达连长。命令是继续前进，去驰援第一纵队，以防暴徒们将之歼灭。那些枪声是转移视线的伎俩，匪徒们已在特拉波波重新集结并企图拖住他们。萨瓦赫特将军已命令第五旅的两个营来对付这种挑衅，其他各部一律向奥斯卡将军所在地继续急行军。弗鲁克托索问连长是否遭受什么损失，阿尔梅达对此感到十分烦恼。

“伤亡惨重，”连长低声说，“两百多人受伤，七十人阵亡，其中包括特里斯塔奥·苏古比拉少校。萨瓦赫特将军本人也受了伤。”

“萨瓦赫特将军?”班长说，“我刚才还看见他骑在马上，长官。”

“因为他是条硬汉子，”连长回答，“他的肚子被子弹穿了个洞。”

弗鲁克托索回到本班的士兵中间去了。伤亡那么多，他们真算运气：除了克罗茵梯奥的膝盖和他的小手指以外，大家都安然无恙。他看看那指头。不疼，但在出血，纱布已经浸上红色。当他想知道是否会因残废而被退伍时，为他治疗的医生聂里少校笑了：“难道你没看见有那么多缺胳膊断腿的军官和士兵吗?”的确，他看到了。一想到会被退伍，他就毛骨悚然。那时他怎么办？他没有妻子、儿女、父母，军队就是他的一切。

行军途中，在卡努杜斯山头附近，第二纵队的步兵、炮兵和骑兵听到了几次枪声，都是从荆棘丛生的悬崖峭壁上传来的。有一支连队停下来打了几炮，其余的继续前进。傍晚，第十二营终于停下来。三百人都卸下了背包和步枪。他们累极了。这一夜与往常不同，与他们从阿拉卡胡出发后途经圣克里斯托瓦尔、拉卡多、依达波兰加纳、西玛奥·迪亚斯、盖莱莫波和坎切等地向这里进发的任何一个夜晚都不同。那时只要停下来，士兵们就切肉、打柴、找水，夜里到处是吉他声、歌声和说话声。现在谁也不说话，连班长都困乏了。

对他来说，休息的时间并不长。阿尔梅达连长召集班长们了解子弹消耗情况，补发了弹药，每个人出发时背包里都要有两百发子弹。连长向他们宣布，他们所在的第四旅现在是先头部队，而他们营是先行的先行。这个消息又点燃了弗鲁克托索·梅德拉多班长的热情，但是他知道，担任先行这件事不会在部下中间引起任何反应。重新上路时，他们一个个哈欠连连，一声不吭。

阿尔梅达连长说，他们将在黎明时和第一纵队接上头。然而走了不到两小时，第四旅的先头部队就望见了法维拉山的巨大身影，据奥斯卡将军的通讯员说，将军就被匪徒们围困在那里。军号声划破了温和平静的夜空，顷刻间，远处响起了回答的号音。全营欢声雷动：第一纵队的战友们就在那里。弗鲁克托索班长看到部下激动了，他们挥舞着法国军帽，欢呼“共和国万岁”“弗洛里亚诺元帅万岁”。

希尔瓦·泰勒斯上校命令继续向法维拉山挺进。“这种在陌生地区扑向狼口的做法违反军事条例和战术原则，”阿尔梅达连长怒气冲冲地向班排长们说，同时给他们最后的忠告，“要像蝎子似的前进，慢慢地，眼观六路，耳听八方，保持距离，防止突袭。”弗鲁克托索班长认为，明知道敌人处在第一纵队和他们之间还要在夜间行军，是不明智的。即将发生险情的念头占据了他的整个头脑：在他们头顶，左右两侧全是扔出头来的巨石。

忽然枪声大作，又近又急，淹没了引导他们的来自法维拉山的军号声。“卧倒！卧倒！”班长吼叫着，紧贴在石头上。声音尖得刺耳，枪声从右边来的？是的，从右边来的。“在你们右边，”他叫道，“干掉他们，小伙子们。”他支撑在左肘上，一边射击一边想：亏了这帮英国强盗，他才能看到眼前这些稀罕事：打了胜仗却要撤退；摸黑进攻，以为上帝会把子弹引向侵略者；等等。难道子弹不会射向别的士兵？他想起了几条最重要的教诲：“浪费子弹是削弱自己，只有发现了目标才能射击。”他的人大概在冷笑吧？顷刻间，枪声里夹杂了咒骂和呻吟声。终于传来了停止射击的命令，也响起了从法维拉山传来的号声。确信匪徒已被击退前，阿尔梅达连长叫连队原地趴着。弗鲁克托索·梅德拉多班长的士兵在前面开路。

“连与连间隔八米，营与营间隔十六米，旅与旅间隔五十米。”可是黑夜里谁能保持准确间隔呢？条令上还说，班长在行军时走在后面，在进攻时冲在前面，在方队里走在中间。然而弗鲁克托索班长行军时走在前面，因为他担心若自己走在队尾，部下会乱了阵脚。黑夜行军，又随时会响起枪声，他们很紧张。每半小时、一小时，也许每十分钟——他已经说不清，因为那些闪电袭击转眼即逝，与其说在伤害他们的躯体，不如说在伤害他们的神经，使他的时间概念模糊了——就有一阵弹雨逼迫他们卧倒并进行同样的还击，与其说为了伤害对方，不如说为了保全面子。他怀疑袭击的人很少，甚至只有两三个人。不过黑暗对英国人有利，因为他们能看见政府军，政府军却看不见他们，这使得弗鲁克托索班长垂头丧气，疲惫不堪。经验丰富的班长尚且如此，他的部下又该如何？

有时法维拉山的号声显得远了。相互联系的号音使行军时进时退。途中有两次短暂休息，好让士兵们饮水，清点伤亡人数。阿尔梅达连长的队伍未受损失，不像诺罗纳连长的部下，有三人负伤。

“看到了？幸运的家伙，没吃任何苦头吧？”班长给部下打气。

天亮了。在微弱的晨曦中，他们感到挨黑枪的噩梦过去了。现在已能看清脚下的道路和向他们发起进攻的敌人了，这使他们露出了笑容。

最后一段路程和之前相比简直像玩耍。法维拉山的山坡就在旁边，在升起的晨光中，弗鲁克托索班长已能认出第一纵队那些渐渐变成了人、牲口和车辆的斑影。那场面可以说十分混乱，一塌糊涂。

弗鲁克托索·梅德拉多心里说，这种人海战术似乎不大符合条令和战术原则。当他向阿尔梅达连长评论说——各班已集合在一起，连队四人一伍，走在全营的前面——敌人已经不见踪影的时候，突然在几步之内，从地上、灌木丛的枝干间冒出了脑袋、胳膊、喷火的步枪和卡宾枪的枪管。阿尔梅达连长用力从枪套里拔出左轮手枪，弯下腰，张着嘴，像断了气似的。弗鲁克托索·梅德拉多班长那思绪万千的大脑袋很快就明白：在地上卧倒等于送死，因为敌人太近了；若转身，同样没有好下场，因为人家正瞄准他们呢。于是他手持步枪声嘶力竭地喊道："冲啊！冲啊！冲啊！"身先士卒地跳向英国人的战壕。战壕的坑道口就开在石头路肩的后面。他跳进战壕后，感到枪机失灵了，但确信刺刀扎进了一个人的身体，却拔不出来。他扔了步枪，急忙向离他最近的人扑去，掐那人的脖子，还不停地叫喊："冲呀！冲呀！杀呀！"同时连敲带撞，又咬又抓，陷入一片混乱。其间，不知谁在背诵条令上关于正确有效地组织进攻的基本要领：巩固阵地，取得支援，组织预备队，注意警戒。

不知过去了一分钟还是一个世纪，当他睁开眼睛时，嘴里还在重复：巩固、支援、预备队、警戒。可那是混合进攻，狗娘养的。人们在说辎重运输？他清醒了。他不在战壕里，而是在干涸的峡谷里，眼前只见一道道悬崖峭壁和一丛丛仙人掌，头上是蓝天和那鲜红的火球。他在这里干什么？他怎么会到这里来了？什么时候离开了战壕？关于运输队的谈论仍如泣如诉地在耳边萦回，他使出了超人的力气才抬起头。那时他看见了那个小兵，感到轻松了；他生怕是个英国人。那个小兵趴在地上，离他不到一米，嘴巴朝下在说胡话；他几乎听不懂小兵在说什么，因为他的嘴唇贴着地面。"你有水吗？"他问道。弗鲁克托索班长连脑袋都感到针扎似的疼痛。他闭着双眼，竭力抑制着恐惧。他受了枪伤？在什么部位？他又吃力地看着：腹部露出一截木柄。好一会儿，他才发现那弯曲的矛头不仅刺透了他的腹部，还把他钉在了地上。“我被穿透了，被钉住了。”他想。他寻思：“将给我颁发勋章。”手和脚为什么不能动弹？他怎么既没看到也没感觉就被弄成这副样子？他流了许多血吗？他不想再看自己的肚子了，转过脸来对小兵说：

“帮我一把，帮我一把，”他请求说，感到脑袋像裂开了，“把它拔出来，别让我钉在这儿。我们必须攀上这道悬崖。互相帮助吧。”

他马上觉得说攀上悬崖很愚蠢，因为他现在连手指头都动不了。

“辎重全被抢走了，军需物资一点没剩，”那小兵哭哭啼啼地说，“这不是我的过错，阁下，这是坎佩罗少校的过错。”

他听到小兵像孩子似的啼哭，心想他大概喝醉了。这狗娘养的不去求援，反而麻木不仁地在这里哭哭啼啼，使他又恨又恼。小兵抬起头，看了他一眼。

“你是第二步兵营的吗？”班长对他说，觉得舌头僵硬，“是希尔瓦·泰勒斯上校旅的吗？”

“不，阁下，”小兵哭丧着脸说，“是第三旅第五步兵营的，是奥林庇奥·德·西尔维拉旅的。”

“别哭，别犯傻了。过来，帮我把这玩意儿从肚子上拔下来，”班长对他说，“来呀，婊子养的。”

小兵却把头埋到地上，哭了。

“也就是说，你是我们要从英国人手下搭救的人之一，”班长说，“过来，现在你来救救我吧，蠢东西。”

“他们把我们抢光了！什么都抢走了！”小兵哭着，“我对坎佩罗上校说过，运输队不能离这么远，他们会切断我们和纵队的联系。我跟他说了！我跟他说了！可事情还是变成了这样，阁下！他们连我的马都抢走了！”

“把他们抢劫辎重的事忘掉吧，先把这东西给我拔出来，”弗鲁克托索叫道，“你愿意我们像狗一样死掉吗？别犯傻，好好想想！”

“脚夫背叛了我们！向导背叛了我们！”小兵啼哭着说，“原来他们都是奸细，阁下，他们拿出了猎枪。您算算看，二十车弹药，七车盐、面粉、糖、酒和苜蓿，四十袋玉米，还抢走一百多头牛，阁下！您看坎佩罗上校不是发了疯吗？为此，我提醒过他。我是曼努埃尔·波尔托连长，我从不说谎，阁下，完全是他的过错。”

“您是连长？”弗鲁克托索·梅德拉多张口结舌地说，“千万请您原谅，长官，我没看清您的军阶。”

回答只是鼻子里哼的一声。他的伙伴一声不吭，一动不动了。“他死了。”弗鲁克托索·梅德拉多想，觉得自己冒了一阵冷汗。他想：“一个连长！好像是刚提升的。”他自己也不知什么时候就会死。弗鲁克托索，英国人战胜了你，那些狗娘养的洋鬼子把你杀死了。正在这时，他看见悬崖边上出现了两条人影，汗水使他看不清他们是不是穿着军装，但是他喊道：“救人啊！救人啊！”他竭力想活动，想欠起身子，好让他们看到自己还活着，好来救他。他的大脑袋像个火盆。人影跳下来了，一见他们穿着浅蓝色军装，戴着法国军帽，他觉得自己要哭了。他想叫：“小伙子们，把这杆长矛从我肚子上拔下来呀！”

“您认识我吗，班长？知道我是谁吗？”那士兵说，他没有蹲下来给他拔那杆长矛，而是粗鲁地把刺刀尖架在他的脖子上。

“克罗茵梯奥，我当然认识你，”他叫道，“还等什么，蠢货？把它给我从肚子上拔下来！啊！你要干什么？克罗茵梯奥！”

在另一名士兵厌恶的目光下，弗罗丽萨的丈夫将刺刀扎进了他的脖子。弗鲁克托索·梅德拉多也认出了另一个士兵是阿尔基米罗。他还来得及寻思：原来克罗茵梯奥早已经知道了那件事。

第三章

“既然当时在卡努杜斯村口目睹真实情况的人都相信，怎么里约热内卢和圣保罗那些曾经走上街头痛打帝制派的人倒不相信?”近视记者问道。

他已经从皮椅上滑到地面，蜷曲着双腿坐在地板上，用一个膝盖支撑着下巴说呀说呀，仿佛男爵不在场。时已过午，从朝向花园的窗纱透进来的闷热阳光照着他们。记者按照自己思路的轻重缓急不时地突然变换话题，不加说明地从一件事跳到另一件事。男爵对此已经习惯了，对这不连贯的谈话已经不大在乎。谈话有时紧张激烈，然后陷入冷场，因为有时是他，有时是记者，有时是双方都要为了思考或回忆而停顿片刻。

近视记者一面讲，一面摇头晃脑，不晓得是什么动作使他全身的瘦骨都晃动起来，似乎每个骨节都在抖动。他一面飞快地眨着镜片后面的眼睛，一面解释说：“新闻记者本来能够看到，却没看到。他们只看到了想看的东西。尽管我没去那里，但去过的人并非一两个。大家都找到了帝制派和英国人狼狈为奸的真凭实据。这如何解释？”

“只能用轻信、猎奇和幻想欲来解释，”男爵说，“总要找出一种方式来解释这不可思议的事：为什么农民和流浪汉的乌合之众竟打败了正规军的三次讨伐，抵抗国家武装力量长达好几个月？出于舆情需要，人们发明并相信了帝制派和英国人狼狈为奸的神话。”

“您应该读一读接替我的记者在《消息日报》上写的报道，”近视记者说，“埃巴米农达·贡萨尔维斯以为我死了，就把他派去接替我。他是一个好人，忠诚老实，不凭主观想象，不感情用事，也不自以为是。他是对那里发生的事情做客观、不带感情色彩报道的理想人物。”

“当时在流血，双方在互相残杀，”男爵善意地看着他，小声说，“在一场战争中，能不动感情地客观报道？”

“他在第一篇报道中说，奥斯卡将军所率纵队的军官在卡努杜斯的高山上抓到了四名衣冠楚楚的黄头发观察员，他们和甲贡索人混在一起。”记者不慌不忙地说，“在第二篇报道中说，萨瓦赫特将军所率纵队在甲贡索人的尸体中发现一名白人，黄头发，扎着军官用皮带，戴着一顶手工织的帽子。谁也认不出他的军装，因为政府军中从来没人穿过。”

“大概是仁慈的皇帝陛下的军官吧？”男爵微笑了。

“在第三篇报道中则说，发现了一封信，是从一个被俘的甲贡索人的衣袋里搜出来的，虽然没有签名，但肯定出自贵族手笔。”记者没听见男爵刚刚说的话，继续说，“是写给‘劝世者’的，向他说明为什么需要建立一个保守的、敬畏上帝的君主制政府。一切都表明这封信的作者就是您。”

“您真的天真得以为报纸上写的都是事实？”男爵问，“您不是记者吗？”

"还有那篇关于闪光信号的报道，"近视记者不回答他，接着说，"正是由于它，甲贡索人能在夜里通过远距离联系。神秘光线时明时暗，巧妙传递着信息。政府军的技术人员一直没能破译这些密码。"

的确，尽管对鸦片、乙醚和黑人舞蹈有着夸张的偏好，但毫无疑问，他仍是个天真无邪的人。他为人不古怪，经常在知识分子和艺术家圈子里出没。当然，卡努杜斯使他变了。把他变成了什么样的人？伤感、多疑的，甚至狂热的人？

近视记者的眼睛从镜片后面盯着他。

"重要的是那些报道的言外之意，"那高亢、尖锐、金石般的声音终于又往下说，"重要的不是言语，而是留给人们想象的弦外之音。记者们去看英国军官，而且见到了。我和我的替代者谈了整整一个下午。他从不说谎，没意识到自己在说谎，只是没写自己所看到的，而写了自己相信和感受到的，也是他周围的人相信和感受到的。于是他编出了那个千头万绪无法理清的、神吹胡诌的故事。所以，人们如何知道卡努杜斯的历史？"

"看到了吧？最好忘掉它，"男爵说，"不值得为它浪费时间。"

"犬儒主义也不是办法，"近视记者说，"另外，我不相信您的那种态度——蔑视已发生的事实——是真诚的。"

"不是蔑视，是无动于衷。"男爵纠正他。好长一段时间里，他把埃斯特拉忘在了脑后，但此时此刻她又出现在他的脑海中，随之而来的是酸溜溜的、恼人的痛苦，这使他变得沮丧和颓唐。"我对您说的是，卡努杜斯发生的事情对我没有一点影响。"

"对您有影响，男爵，"近视记者的细嗓音又颤抖地响起来，"就像对我一样：卡努杜斯改变了我的生活。由于卡努杜斯，您的妻子精神失常；由于卡努杜斯，您失去了大部分财产和权势。这对您当然有影响。正因为如此，您才没把我撵走；正因为如此，我们才谈了这么长时间……”

的确，他也许有道理。卡纳布拉沃男爵觉得嘴里有一股苦味。尽管他对这位来客已经腻烦，而且没有理由让会见持续，可又不能下逐客令。是什么在阻止他？他终于向客人坦承：他不想一个人待着，不想只剩下他和埃斯特拉，不想只剩下他和那可怕的悲剧。

“不过他们不只看见了不存在的事，”近视记者补充说，“也没看到那里真正存在的事。”

“颅相学家吗？”男爵轻声说，“苏格兰的无政府主义者吗？”

近视记者说：“没有人提到神父们，然而他们在那里为甲贡索人刺探情报或与他们并肩战斗，为他们传递消息或携带药品，偷运制造炸药的硝石和硫黄。这不使您吃惊？这不重要吗？”

“您能肯定？”男爵产生了兴趣。

“我认识一个这样的神父，几乎可以说，我们成了朋友，”近视记者表示同意，“华金神父，贡贝教区的神父。”

男爵用询问的目光看了客人一眼：

“那个有一堆孩子的小个子神父？那个酒鬼、破了‘七戒’的家伙在卡努杜斯？”

“这是‘劝世者’具有说服力的好证明，”记者肯定地说，“他不仅将强盗和凶手变成了圣人，还说服了腹地那些堕落的、买卖圣职的神父。那是一个不甘寂寞的人，对吗？”

一桩往事从时间的底层浮上了男爵的脑海。他和埃斯特拉由一支武装小卫队护送着进入贡贝，一听到召唤人们做星期日弥撒的钟声，就一刻不停地向教堂走去。那位赫赫有名的华金神父尽管竭力掩饰，还是露出了大概在吉他、烧酒和女人的裙带中度过了一个通宵的痕迹。他想起了神父的吞吞吐吐、错误百出引起了男爵夫人的不快。在履行圣职的过程中，神父竟然得了胃痉挛，匆匆忙忙地跑出去呕吐，甚至去看他的姘妇的脸：不就是那个因为善于发现地下水源而被视为有特异功能的姑娘？那个恶习成性的人也变成了劝世主义者？

“是的，成了劝世主义者，而且在某种意义上成了英雄。”记者像以往那样放声大笑，像一些小石子滑下了他的喉咙。同往常一样，笑声以打喷嚏告终。

“他是个造孽的神父，但并不笨，”男爵寻思道，“当他克制自己的时候，可以跟他交谈。他很精明，甚至知书达理。真难以相信他会被那饶舌鬼的伪善伎俩迷住，与腹地的文盲毫无二致……”

“文化、智慧、书本与‘劝世者’的历史毫不相干，”近视记者说，“不过这还是次要的。令人吃惊的不是华金神父变成了义民，而是‘劝世者’把那原来的懦夫变成了勇士。”他慌乱地眨着眼睛说，“与他交谈是最困难、最神奇的。我敢这样说，我知道什么叫害怕。对害怕的感觉、对恐惧的生活，贡贝的神父是个相当富有想象力的人，然而……然而他一连几个月甚至数年，到各个村镇、庄园和矿山购买火药、炸药和引信。为了使这如此引人注意的采购合理合法，他编造了各种谎言。当腹地挤满了政府军时，您知道这醉汉玩出了什么把戏吗？将火药桶藏在储存教堂圣物的箱子里，放在圣体龛、盛祭品的大金杯、耶稣受难像、十字架和圣服中间。这件事就发生在国民警备队和政府军的眼皮底下。您能想象一个胆怯、发抖、出冷汗的人居然能做出这样的事情究竟意味着什么了吧？您能想象这需要有怎样强大的自信心了吧？”

“教义摘要中满是类似的故事，我的朋友，”男爵低声说，“中了箭的、被狮子吞食的、被钉上十字架的……不过，华金神父竟为‘劝世者’做出那样的事情，我真的难以想象。”

“这需要笃信不疑，”近视记者重复说，“需要发自内心的、彻底的信心，您肯定从未体会过的信仰。我也说不……”

他像一只不肯安静的母鸡，又摇了摇头，直起身子，两只骨瘦如柴的胳膊垂到皮椅子上。他玩弄着自己的双手，迟疑了一会儿，才继续说：

“教会曾正式谴责‘劝世者’，说他是异端邪说，传播迷信，蛊惑人心。巴伊亚州大主教曾指使各教区的神父禁止他在讲道台传道。作为一名神父，和教会背道而驰，和大主教分庭抗礼，去冒风险帮助‘劝世者’，这需要有绝对的信心。”

“什么事使他如此不甘寂寞？”男爵说，“他真的相信‘劝世者’是耶稣转世、再一次来拯救黎民百姓吗？”

他是无意说出来的，话一脱口，就觉得不自在了。他是想开个玩笑吗？可他自己和近视记者都没笑。只见记者摇了摇头，这可能是回答，也可能是驱赶苍蝇的方式。

“我也想过，”近视记者说，“他是上帝还是上帝派来的？上帝是不是存在？……我不清楚。总之，这一次没有留下门徒去宣传神话，去向异教徒布道。据我所知，只有一人幸存，我怀疑他能……”

他又一次放声大笑。为了不打喷嚏，已憋了好长一阵子。等打出来时，鼻子眼睛都憋得通红。

“不过除了他可能具有神的品格之外，我考虑的更多的还是他在人们中间所缔造的那种兄弟般相互支援的精神和牢不可破的关系，”近视记者用感伤的语气说，“真令人惊叹，感人至深。7月18日以后，只剩下乔洛乔和里亚乔方面两条路尚可通行。什么是正常的逻辑？是趁这两条小路被封锁前想办法逃出去，不是吗？然而恰恰相反。在政府军完成包围前，人们却从四面八方奔赴，绝望地、急不可耐地钻去那个老鼠洞、那个地狱。您看到了吗？那里一切都是反常的。”

“您刚才说的是神父们，用了复数。”男爵打断了他。那个话题、那种义民们共同的相互声援和牺牲精神使他心烦意乱。谈话中，有好儿次提到这一话题时，都像现在这样被他岔开了。

“我不认识其他神父，”记者轻轻地反驳，像以往人们强迫他改变话题时一样，“不过是有的，华金神父从他们那里得到情报和帮助。最后他们甚至到了卡努杜斯，分散在甲贡索人中间。有人跟我谈起过一个叫什么马丁内斯的神父。您知道他是谁吧？还有，很多年以前您就认识她，在萨尔瓦多杀害婴儿的小姑娘。您明白点儿了吗？”

“在萨尔瓦多杀害婴儿的女人？”男爵问。

“我去听过审判，那时我还穿短裤衩呢。我父亲当时是辩护律师，是穷人的律师，为她辩护。尽管没再见面，尽管过了二十多年，我却一眼就认出了她。那时您一定看报纸吧？整个东北部都为玛丽亚·瓜德拉多——在萨尔瓦多杀害婴儿的女人——的案子而群情激愤。皇帝将她的死刑减为无期徒刑。您不记得她吗？她也在卡努杜斯。您看，这不是一个永远说不完的故事吗？”

“我已经知道了，”男爵说，“一切对法律、良心、上帝欠债的人都会在卡努杜斯找到藏身之处，这是自然的。”

“他们逃去那里避难是自然的，不错，但他们变成新人可不是自然的。”好像不知该把身体往哪儿放，记者将长腿一弯，又溜到了地上，“她是圣女，是‘世人之母’，是照顾‘劝世者’的女信徒的首领。人们把许多奇迹归功于她，说她曾跟随‘劝世者’朝圣各地。”

在男爵的记忆中，那段历史渐渐恢复了本来的面貌：一个引起了多少流言飞语的著名事件。当时她是一位公证人的女仆，憋死了主人初生的儿子：因为婴儿啼哭不止，她怕因此而被辞退，就把一个毛线团塞在小孩的嘴里。婴儿的尸体藏在床下好几天，直到女主人闻到气味才发现。小姑娘马上全招了。在审讯过程中，她态度温顺，以善良诚恳的意愿回答了所有的问题。男爵想起了小姑娘的人格在两派人中间引起的争论：一派人维护“不知者无罪”，另一派人则认为她是“天生邪恶”。那么，她从监狱里逃跑了？记者又一次转回了话题：

“7月18日以前，许多事物都是可怕的，不过，实际上只是在那一天，我才触到、嗅到并把恐惧的感觉一直咽到肚里。”男爵看到近视记者捶了一下胃部。“那天我碰到了她，和她谈了话，知道她就是我小时候梦见过多次、杀害婴儿的姑娘。她帮了我，因为我当时无依无靠。”

“7月18日我在伦敦，”男爵说，“对战争一无所知。那天情况怎样?”

“他们明天进攻。”若安·阿巴德气喘吁吁，他是跑着来的，当时他想起了什么重要的事情，“慈悲的耶稣保佑。”

一个月前，政府军到了法维拉山。战争旷日持久：一般在晚钟响起时胡乱放枪、开炮；拂晓、中午和傍晚，人们只是在一些地方巡逻，渐渐就习惯了，对什么都会习以为常的，不是吗？不断有人死去，每夜都有葬礼。狂轰滥炸使大批房屋倒塌，使老人和幼儿——那些无法进入战壕的人——开膛破肚。似乎一切会这样持续下去，无止无休。但并非如此，而是每况愈下，街道司令刚刚说了。近视记者形单影只，因为胡莱玛和矮子都给帕杰乌送饭去了，那时指挥作战的人都在仓库里：奥诺里奥·比拉诺瓦、若安·格兰德、彼得劳和帕杰乌本人。他们个个局促不安，只要闻一闻他们的气息就够了，那气氛表明发生了紧急的事情。然而当若安·阿巴德宣布敌人明天进攻时，谁都没有吃惊。他对一切了若指掌。敌人将通宵开炮，破坏卡努杜斯的防御工事；政府军将于凌晨五时发起攻击，他知道他们从什么方向来。他们镇静地谈论着，重复着地名：你在这里等着他们；那条街要封锁住；我们在那儿建起路障：狗子兵要是从这边来，我最好从这里转移。男爵能想象他当时听到这些的心情吗？那时又发生了纸条事件。什么纸条？是帕杰乌的一个小鬼拼命跑着送来的一张纸条。有秘密集会。他们问记者懂不懂。他透过破碎的镜片，在一支蜡烛的暗光下尽力想破译，但没成功。于是若安·阿巴德派人去找利昂·德·纳图巴。

"'劝世者'的助手中没人识字？"男爵问。

"安东尼奥·比拉诺瓦识字，可他当时不在卡努杜斯，"近视记者说，"他们去找的那个人也识字，利昂·德·纳图巴是'劝世者'的另一个心腹，也是他的门徒，能读会写，是卡努杜斯的文化人……"

他不说了，一连串喷嚏打断了他。他不得不弯下身子捂住胃部。

"我看不清他长得怎样，"然后他喘着气，嘟囔着说，"只是模模糊糊能看到他的外形，或者说，他外形的缺陷。其余就可想而知了。他用四肢爬行，有一个特大号的脑袋，是大驼背。他们派人去叫他，他就和玛丽亚·瓜德拉多一起来了。他念了纸条，是敌司令部关于拂晓进攻的指令。"

那深沉、悦耳、镇静的声音在念着战斗部署：各团的位置，人与人、连与连之间的距离，信号，号音。与此同时，恐惧和无穷的渴望渐渐占据了记者的心，他焦急地盼望着胡莱玛和侏儒回来。利昂·德·纳图巴还没读完，政府军进攻计划的第一步已付诸实施：摧毁性的轰炸。

"现在我知道了，那时只有九门炮，最多不过十六门，"近视记者说，"可那天夜里就像有一千门炮，像天上的星星都在轰炸我们。"

大炮的轰鸣使铁皮屋跳动起来，隔门和柜台乱颤；坍塌、崩溃，尖叫声和奔跑声响成一片。间歇时，不可避免地听到孩子们的喊叫声。“进攻开始了。”一位义民说。义民们出去看看，又回来，对玛丽亚·瓜德拉多和利昂·德·纳图巴说，他俩不能回圣堂了，因为路上一片火海。但记者听到那女人坚持要回去，若安·格兰德劝阻了她，向她发誓说只要炮声稍一减弱就亲自把他们护送回圣堂。甲贡索人都走了。他知道胡莱玛和矮子——如果他们还活着——不能从比加里奥牧场回到他这里。他知道在无限的恐惧中，只能在卡努杜斯的圣女和四脚怪物的陪伴下忍受一切。

“您笑什么?”卡纳布拉沃男爵问道。

“简直不好意思对您讲。”近视记者含糊其词。他陷入沉思，突然又抬起头来，叫道：“卡努杜斯改变了我对历史、巴西和人类的看法，但主要是对我自己的看法。”

“从您说话的语气看，您的看法不是更好了?”男爵喃喃地问。

“正是这样，”记者细声细气地回答，“卡努杜斯使我自惭形秽。”

在某种意义上，男爵不也一样?卡努杜斯不是像好战的旋风般打乱了他的生活、思想和习惯吗?不是摧毁了他的信心和理想吗?埃斯特拉的形象又出现了：在她二楼的房间里，塞巴斯蒂娜坐在她的摇椅旁，也许在给她反复朗读她喜欢的小说的段落，也许在为她仔细梳妆，或者在给她听奥地利音乐家的演奏。她曾经是他生活中最大的幸福。她那文静、含蓄、不可企及的脸庞——那个女人对他来说就是生活乐趣、美、热情和高雅的象征——又使他的心里充满了苦水。他努力克制着说出了脑海中闪现的第一个念头：

“您提到安东尼奥·比拉诺瓦，”他急促地说，“他是商人，对吗?一个少有的唯利是图、精打细算的人。我对他们兄弟俩非常了解，他们曾是卡龙毕的供应商。他也成了圣徒?”

“他们不是去那里做生意的，”近视记者又露出了带有讽刺意味的笑容，“在卡努杜斯做买卖很难，那里不流通共和国的货币。您没看出那被视为畜生、魔鬼、无神论者、新教徒和共济会的货币吗？您想想，为什么义民只解除政府军的武装而不缴他们的钱袋？”

男爵想：“也就是说，那位颅相学家加利雷奥·加尔并非误入歧途。或者说，他自己的疯狂劲儿使他预感到了卡努杜斯的疯狂劲儿。”

“比拉诺瓦当时没有画十字，也没有捶胸顿足，”近视记者接着说，“他是实干家，说到做到。他一直在活动、策划，看到他就使人想起永动机。在那漫长的五个月里，他负责卡努杜斯的吃饭问题。他为什么要在枪弹和腐肉中做那件事情？没有其他解释，‘劝世者’触动了他的某根秘密神经。”

“像对您那样，”男爵说，“‘劝世者’差点把您也变成了圣徒。”

“直到最后，他都在为大家找饭吃，”记者说，没有理睬男爵，“他和几个人偷偷地出去，穿过封锁线，去偷袭运输队。我知道他们是怎么干的：用长铳枪的可怕声响使牲口受惊，乱跑，在混乱中把十头或十五头牛赶回卡努杜斯，为了让那些为慈悲的耶稣献身的人多战斗一些时间。”

“您知道那些牛是从哪里来的吗？”男爵打断了他的话。

“是政府军从圣多山派往法维拉山的运输队运来的，”近视记者说，“和义民的枪支弹药一样。这是这场战争中的一个奇怪现象：政府军既供给自身，也供给对手。”

“甲贡索人的抢劫是抢劫的抢劫，”男爵嘟囔说，“那些牛羊中的一大批都是我的，极少是买去的，几乎都是高乔套马手从我的牧牛人那里抢去的。我有庄园主朋友穆拉乌老人因为政府军士兵吃了他的牛羊而向国家提出控告。他要六千万瑞斯，只多不少。”

睡梦中，若安·格兰德嗅到了海的味道。一股暖流涌遍全身，他觉得有一股说不出的幸福感。这些年来，多亏了“劝世者”，他为魔鬼效劳的灵魂所受的煎熬才获得了平静，只是不时地怀念一件事。他有多少年没看到、嗅到、亲身感觉到大海了？他对此已没有概念。不过他知道，从他最后一次在甘蔗林环绕的高高山冈上看到大海，迄今已很久了，那时阿黛林哈·伊莎贝尔·德·古穆西奥小姐上来看彩霞。断断续续的枪声提醒他战斗并未结束，但他没有感到不安：灵感向他表明，就算醒着也无济于事，因为他和所有缩在战壕里的天主卫队成员一样，已经没有卡宾枪的子弹，没有猎枪的弹丸，连卡努杜斯的铁匠们制造的供爆破武器用的炸药都没有了。客观需要使那些铁匠变成了武器制造者。

在法维拉山的山沟里有成群结队的狗子兵，他们还待在高冈上那些山洞里干什么？他们在协助执行若安·阿巴德的命令。当阿巴德确信敌第一纵队已全部进入法维拉山、并被包围了山头的义民从掩体、战壕和隐蔽处打得焦头烂额、无法动弹的时候，就去缴获敌人运输队的弹药、粮食和牛羊。由于地形阻碍和帕杰乌的骚扰，运输队与官兵大部队离得很远。在翁布拉纳斯等候偷袭敌人运输队并将之引到卡努杜斯的若安·阿巴德曾要求若安·格兰德，不管天主卫队付出多大代价，也要阻挡住法维拉山的敌军，使其不能折回。朦胧中，这个从前的奴隶寻思，狗子兵一定非常愚蠢，或者伤亡惨重，因为直到现在连一支护路队都没到达翁布拉纳斯，否则起码该回来看看运输队的情况吧？天主卫队的成员都明白，政府军只要有撤离法维拉山的企图，就要扑过去用大刀、砍刀、刺刀甚至指甲、牙齿封住他们的退路。埋伏在政府军及其车辆、大炮前往法维拉山必须经过的小路另一侧的老华金·马坎比拉和部下也将采取同样的行动。敌人不会有返回的企图，因为他们太集中了，要对付正面和两侧的火力并炮轰卡努杜斯，无暇顾及后路。“若安·阿巴德比他们都聪明。”他在梦中想到。他们将狗子兵引到法维拉山的主意不是很好吗？不是他想到了叫彼得劳和比拉诺瓦兄弟到科罗罗波峡谷去等候其他的魔鬼吗？他们在那里大概也将敌人击溃了。从鼻孔吸进去、令人陶醉的大海气味使他离开了战争，他看着海浪，皮肤上感到吐着泡沫的海水的抚摩。这是他在激战了四十八小时后第一次入睡。

两小时后，华金·马坎比拉的一名勤务兵唤醒了他。这是华金的一个儿子，年轻、秀气，头发长长的。他蹲在战壕里，耐心地等候若安·格兰德清醒。他父亲需要弹药，父亲的部下几乎既无子弹也无火药了。若安·格兰德刚刚醒来，舌头还不利索，含含糊糊地向他解释说他们也没有弹药了。收到若安·阿巴德的消息没？没有。彼得劳呢？年轻人告诉他：他们不得不撤出科罗罗波，弹尽粮绝，伤亡很大，在特拉波波也未能阻止狗子兵。

若安·格兰德终于清醒了。这意味着盖莱莫波的政府军要到这里来了？

“会来的，”华金·马坎比拉的儿子说，“彼得劳和幸存的战士们已经到贝罗山去了。”

如果另一支敌人向此地开来，天主卫队也许应该回卡努杜斯去抵御看来已不可避免的对“劝世者”的进攻。华金·马坎比拉会采取什么行动？年轻人不知道。若安·格兰德决定去和老人谈谈。

夜深了，满天星斗。吩咐手下原地别动后，这位从前的奴隶和马坎比拉的儿子一起悄悄地下了遍地碎石的山冈。倒霉的是，星光如此明亮，他能看清那些被开膛破肚、被老鹰啄食的马匹和那位老太太的尸体。昨天一整天和昨晚的部分时间里，他都在看那些军官的坐骑，它们是枪战的第一批牺牲品。他确信自己也杀死了好几匹。那些马非杀不可，因为它们打扰了上帝、“劝世者”好耶稣和贝罗山，那是他平生所做的最有价值的事。今后只要有需要，他就这样干。然而他心里在抗议，看到那些畜生哀鸣着倒下，看着它们一连数小时地挣扎，看着它们的五脏六腑在地上流淌，腐臭毒化着空气，他感到难过。他知道内疚从何而来：他感到自己在造孽，当他向敌军官的坐骑射击时就满怀这种感情。这是对庄园里他精心爱护过的马匹的回忆，那位主人阿达尔贝托·德·古穆西奥把对马的崇拜强加给其家属、职员和奴隶。当若安·格兰德和小马坎比拉躲躲闪闪地穿过羊肠小道，看到那些畜生的尸体零落的影子时，他不禁自问；上帝为什么让他罪恶过往的某些事情——诸如对大海的怀念、对马匹的热爱——如此强烈地保留在头脑中？

这时，他看到了那位老太太的尸体，感到胸中的血往上冲。他只看了一秒钟，见她的脸上反射着月光，怒目圆睁，披头散发，仅有的两颗牙龇出嘴唇，前额和眉宇间充满怒气。他不知老妇人的姓名，但对她很熟悉。她迁居贝罗山很久了，和她一起来的有儿子、女儿、孙子、侄儿、侄女和她收容的孩子，一大家子住在圣心街一间小小的土屋里，那是被“砍头队”的大炮轰平的第一间房屋。当时老太太正在参加宗教游行，回去时，她的家已经变成一堆瓦砾，下面埋着她的三个女儿和所有的孙子、孙女，十几个孩子一个压一个地躺在两张吊床和地面上。三天前，当天主卫队到达那里时，她和他们一起进了翁布拉纳斯的战壕，等候政府军。她曾和其他妇女一起为义民送水烧饭，但是当枪战开始时，若安·格兰德及其手下看见她突然在硝烟中踏着碎石磕磕绊绊地下去了，一直走到小路上，不慌不忙、大摇大摆地在政府军的伤兵中逛来逛去，用一把小小的匕首将他们杀死。只见她在穿军装的尸体上扒着，被子弹击中前，她剥光了几具尸体，并将其生殖器割下来塞进他们的嘴里。战斗中，若安·格兰德一边看着政府军的士兵和骑手冲过来，看着他们射击、互相碰撞、践踏伤兵和死尸、躲避枪弹，沿着唯一可通行的道路——去往法维拉山——逃窜，同时不住地回头看着那具刚刚留在后面的老太太尸体。

到了一片长满法维拉树、仙人掌和茵布塞罗树的泥塘附近，小马坎比拉把一只木哨放进嘴里，吹出了类似鹦鹉叫的声音。另一个相同的声音回应了他。小伙子拉着若安的胳膊，把他领过没膝的泥塘。顷刻后，那从前的奴隶就拿着一只皮囊在喝甜水了。他和华金·马坎比拉蹲在一棵树下，周围闪烁着许多双眼睛。

老人焦躁不安。当若安·格兰德发现他的焦躁完全是由于看到了那门又宽又长、明亮闪光、在胡埃特路上由四十头牛拖动的大炮时，大感吃惊。“倘若‘杀人魔王’开火，好耶稣圣堂的塔顶和墙壁都得被炸塌，贝罗山就完了。”他忧心忡忡、含糊其词地说，若安·格兰德全神贯注地听。华金·马坎比拉使他肃然起敬，他身上有令人敬佩的长者风度。他年事已高，拳曲的白发垂到肩头，苍白的小胡子映着黝黑的脸膛，有一只葡萄藤状的鼻子，眼睛周围布满皱纹，洋溢着无限活力。在科罗罗波和特拉波波之间，他曾是一大片木薯和玉米地的主人，那个地区正巧也叫马坎比拉。他和十一个儿子耕种那些土地，和邻居为地界打过官司。一天，他抛弃了一切，拉家带口迁到了卡努杜斯，在公墓对面占了六间房屋。贝罗山的所有居民对老人都望而生畏，因为他的倔强是有名的。

华金·马坎比拉不止一次派人去问若安·阿巴德：鉴于当时的情况，是继续留守翁布拉纳斯还是撤退到卡努杜斯？但无回音。他怎么想？若安·格兰德吃力地摇摇头，不知所措。一方面，如果敌人从北面进攻，迫在眉睫之事是赶回贝罗山去保护“劝世者”；另一方面，若安·阿巴德不是说过无论如何都要保护后方吗？

“可是，用什么呢？”马坎比拉叫道，“用两只手？”

“是的，”若安·格兰德顺势谦恭地说，“既然没有别的家伙。”

他们一致决定，收到街道司令的命令前，先待在翁布拉纳斯。分手时，他们不约而同地说了声“赞美好耶稣‘劝世者’”。若安·格兰德再次走过泥塘时，又听到了类似鹦鹉叫声的哨音，指示义民放他过去。他在泥泞中摇摇晃晃地走着，觉得脸上、胳膊和胸部都有蚊子叮着，同时尽力想象着那使马坎比拉如此担心的“杀人魔王”。那一定是杀伤力极强、震耳欲聋的庞然大物，是喷吐火焰的钢铁巨龙，以致勇猛无畏的老人吓住了。这些妖魔鬼怪的确法力无边，强大无比，能派遣数目越来越多、武器越来越好的敌人来攻打卡努杜斯。上帝对天主教徒的信仰考验到何时算完？他们受的苦难还少吗？他们不是挨够了饿、死够了人、遭够了罪吗？不，还不够。“劝世者”说过：惩罚和罪孽是对等的。由于他的罪孽比别人严重，无疑要偿还得更多。但是知道自己是在慈善事业的一边，是和圣豪尔赫一起战斗而不是与恶龙为伍，总是很大的安慰。

他回到战壕时，天快亮了，除去岩石间隐蔽着的哨兵，其他人都分散在山坡上睡着。若安·格兰德瑟缩着身躯，又困又乏，一阵马蹄声使他一跃而起。烟尘中，十来个骑兵向他驰来。是敌人的侦察兵或保护辎重的先头部队吗？在微弱的晨曦中，弓箭、投枪、石块、梭镖雨点般从山坡上向敌人的护路队投去，马坎比拉所在的泥塘那边也响起了枪声。骑兵们掉转马头，退回法维拉山。现在没错了，他相信运输队的援兵随时可能出现，而且人数会很多，是他们这些只剩下弩弓、刺刀和大刀的人阻挡不住的。他祈求上帝保佑若安·阿巴德有时间完成计划。

一小时以后，敌人的援兵来了。那时天主卫队已经用骡马和人的尸体以及斜坡上滚下来的石块、杂木和仙人掌将山口堵死，敌人不得不派两个连的工兵在前方开路。这对他们来说可不容易，因为不仅华金·马坎比拉用最后的弹药向他们开火并逼他们两次退却，而且当那些工兵要在障碍物上实施爆破时，若安·格兰德和手下的一百多人也爬到他们身边，同他们展开了肉搏战。在其他士兵到来前，他们已给政府军造成了伤亡，缴获了枪支和珍贵的子弹。当若安·格兰德一声哨响，然后喊叫着命令撤退时，好几个甲贡索人已在山口阵亡或在那里挣扎。这位从前的奴隶已经回到上面了，大石块挡住了敌人的弹雨，他得以有时间确认自己没有受伤。他浑身是血，不错，是旁人的血；他用细纱布将血擦去。战斗了三天都没擦破一点皮，是神灵保佑吧？他趴在地上喘着粗气，看见山口终于被打开，政府军四人一组向若安·阿巴德的所在地进发。数以十计、百计地过去。毫无疑问，他们保护辎重去了，不管天主卫队和马坎比拉如何挑衅，他们都不爬上山坡或陷进泥塘，只是派小股的射手在两翼散开，一条腿跪在地上打枪。若安·格兰德不再迟疑，他对街道司令已爱莫能助。当确信撤退的命令已经传达到了所有人，他就在巨石和小山包之间连蹦带跳，从战壕到战壕，从山背面下去，看看烧饭的妇女们是不是已经撤退。她们已不在那里。于是他起程回贝罗山。

他们沿着瓦沙—巴里斯河蜿蜒的支流返回，只在涨水时那河床才被淹没。在布满卵石的肮脏河道里，若安觉得早晨的气温升高了。他走在后面，察看死尸，想象着“劝世者”、贝阿迪托和“世人之母”得知那些兄弟将在恶劣的气候中腐烂时会感到多么痛苦。想到那些年轻人使他难过。他们中的许多人跟他学过射击，现在没得到安葬和祈祷就变成了兀鹫的食物。然而他们的遗体又如何运得回去？

一路上，听得见从法维拉山方向传来的枪声。一个甲贡索人说，在那条战线上狙击狗子兵的帕杰乌、马内·瓜德拉多和塔拉梅拉怎么会放那么多枪？这很奇怪。若安·格兰德提醒他，大部分弹药都分给了贝罗山和法维拉山之间战壕里的人，甚至连铁匠都带着铁砧和风箱搬去那里，在战士们身边继续铸造铅弹。然而刚刚望见硝烟下的卡努杜斯——太阳升高了，圣堂的塔楼和新粉刷的房屋反射着阳光——若安·格兰德就预感到了新的喜讯。他眨着眼睛注视着、估摸着、比较着。真的，从好耶稣的圣堂，从圣安东尼奥教堂，从公墓的围墙后方，和从瓦沙—巴里斯河及维拉庄园的悬崖峭壁上一样，人们在不停地射击。哪里来的这么多弹药？几分钟后，一个小孩给他们带来了若安·阿巴德的消息。

“这么说他回到卡努杜斯了？”从前的奴隶叫了起来。

“带回来一百多头牛，还有好多支枪，”小孩兴冲冲地说，“还有子弹箱、手榴弹箱和大火药桶，都是从狗子兵那里抢来的。现在整个贝罗山都在吃肉。”

若安·格兰德克制着激动，将一只肮脏的大手放在小孩的脑袋上。若安·阿巴德吩咐天主卫队去维拉庄园增援帕杰乌，让那从前的奴隶到比拉诺瓦家和他碰头。若安·格兰德将他的人送到去维拉庄园的路上，叫他们沿着瓦沙—巴里斯河的峭壁走，那里是可以避开敌人从法维拉山射来的枪弹的死角，借助崎岖不平、弯弯曲曲的地形，通过那坎坷隐蔽、坑坑洼洼的一公里山路。那里是贝罗山的第一道防线，离政府军不到五十米。卡波克洛人帕杰乌一回来就负责那条战线。

到达贝罗山时，狂风大作，地暗天昏，若安·格兰德几乎什么都看不清。枪声激烈，爆炸声中掺杂着瓦片被打碎、墙壁被轰塌以及洋铁桶滚动时发出的阴阳怪气的响声。小孩拉着他的手，知道从哪里走枪弹打不着。在这两天的轰击中，人们找到了安全地带，只有从某几条街的某个角度走动，才能躲避机关枪的扫射。若安·阿巴德带回来的牛都在圣灵街屠宰，那里的圈栏变成了屠场，老幼妇孺都排着长队等候着领取自己的一份。那时，大广场像座军营，堆着大批装有步枪的箱子和大大小小的铁桶，中间有一大群情绪激动的甲贡索人。将辎重拉回来的骡子带着醒目的部队番号和鞭痕，听到轰鸣声就惊叫。若安·格兰德看见一群瘦狗正在密密麻麻的苍蝇的包围下吞噬着一头死骡子。他认出了待在高地上的安东尼奥和奥诺里奥·比拉诺瓦，他们连喊带叫、比手画脚地分配着那些弹药箱。年轻的甲贡索人贴着北边的住宅跑步运送箱子，每次两箱，他们中有的和这个不许他走近比拉诺瓦兄弟的小孩一样小。小家伙吓唬他，说要把他送到庄园的老房子去，街道司令在那里等着他。让卡努杜斯的儿童当通信兵——大人管他们叫小鬼——是帕杰乌的主意。就是在这间仓库里，当他提出这个主意时，若安·阿巴德说这是在冒险，孩子们不负责任，会记错事情。但是帕杰乌坚持自己的意见，反驳说：根据他的经验，孩子们动作敏捷，说到做到，而且豁得出去。“帕杰乌是有道理的。”看着那只将自己拉到若安·阿巴德面前才松开的小手，若安·格兰德想。当时街道司令正靠在柜台上边喝边嚼，听彼得劳讲话，十几个甲贡索人围在他的左右。若安·阿巴德一看见格兰德就示意他过去，用力握住他的手。若安·格兰德想告诉他自己想到的一切，向他表示感谢，祝贺他缴获了那么多的武器、弹药和食物。但是像往常一样，似乎有什么东西制止了他，使他胆怯而羞愧：只有“劝世者”能打破那从他懂事以来就一直阻止他向人倾吐衷肠的障碍。他向其他人点点头，或拍拍他们的肩膀表示问候。他突然感到疲惫不堪，蹲在了地上。阿顺松·萨德林哈把满满一碗肉和炒面及一罐水放在他手上。他一时忘掉了战争，忘掉了自己是谁，幸福地又吃又喝。吃完，他看出若安·阿巴德、彼得劳和其他人都默不作声，等着自己讲话。他感到茫然不知所措，吞吞吐吐地请求大家原谅。

格兰德向大家讲述发生在翁布拉纳斯的事，这时，一声难以形容的轰鸣将他从原地抛起来又落在原地摇晃。几秒钟后，大家都呆若木鸡，缩作一团，双手捂着脑袋，觉得仓库里的石头、屋顶都在颤动，似乎一切都将被不停的颤动震得粉碎。

“你们瞧瞧，看到了吗？”华金·马坎比拉老汉叫嚷着进来，他已浑身泥土、面目全非，“看到‘杀人魔王’的厉害了吧，若安·阿巴德？”阿巴德没有回答，而是命令那个给若安·格兰德当向导、被爆炸的气浪抛到彼得劳怀中、惊恐万状地挣出来的小孩去看看好耶稣的圣堂是否因炮击而受到损坏，然后示意马坎比拉坐下来吃东西。老人如痴如狂，一边啃着安东尼娅·萨德林哈递给他的那块肉，一边继续以仇恨和恐惧的口吻谈论着“杀人魔王”。若安·格兰德听他含含糊糊地说：“我们若不想办法，就将被它葬送。”

忽然，在恬静的梦中，若安·格兰德看到一群健美的枣红马在沙滩上驰骋，践踏着喷吐白沫的海浪。一股甘蔗林的清香像新酿的蜂蜜，又像散发芳香的蔗渣。然而看到那些出色的牲畜在清凉的海浪中高兴嘶鸣的幸福转眼即逝，突然从海底钻出那长长的“杀人魔王”，像在莫坎波的坎东布莱斯被奥克索西用金光耀眼的宝剑斩掉的恶龙般喷吐着火焰。似乎有人大喝一声：“魔鬼必胜！”他被惊醒了。

在摇曳不定的油灯下，透过布满眼眵的眼帘，他看见三个人在吃饭：和华金神父一起来贝罗山的女人、瞎子和矮子。夜幕降临，他睡了很长时间，周围没有其他人。内疚使他完全清醒了。“发生了什么事？”他叫道，站起来。瞎子手里的那块肉落在地上，只见他在地上摸着。

“我叫他们让你睡好。”他听见若安·阿巴德的声音，黑暗中闪出他健壮的身影。“赞美慈悲的耶稣‘劝世者’。”昔日的奴隶小声说，并开始道歉，但是街道司令打断了他：“若安·格兰德，你需要睡觉，活人不能不睡觉。”他坐在一只木桶上，紧靠着油灯。若安·格兰德见他面容憔悴，眼窝深陷，脑门上镶嵌着抬头纹。“可我梦见马群时，你却在作战、奔跑、帮助别人。”他想。他感到如此惭愧，几乎没发现矮子将一只小水桶递给他们。若安·阿巴德喝过后递给了他。

“劝世者”在圣堂里安然无恙，政府军没离开法维拉山，不时地发生枪战。若安·阿巴德的脸上笼罩着不安。“怎么了，若安？我能干点什么？”街道司令亲切地看着他。虽然他们谈话不多，但那从前的奴隶知道，自朝圣以来，这个从前的强盗就很器重自己，在许多场合，他都使自己感受到了这一点。

“华金·马坎比拉和儿子们要到法维拉山去，要取消‘杀人魔王’的发言权。”他说。三个坐在地上的人都不吃了，瞎子伸长了脖子，将右眼贴在那块镜片上，这镜片成了一块玻璃的七巧板。“他们很难上去。不过只要他们到达那里就能报销它。这倒容易：把引信搞坏，或者将炮膛炸掉。”

“我能跟他们一起去吗？”若安·格兰德打断了他，“我给它放上炸药，炸掉它。”

“你可以帮助马坎比拉他们上去，”若安·阿巴德说，“你别跟他们一起干，若安·格兰德，帮他们上去就行了。这是他的计划、他的决策。好，咱们走吧。”

他们要走时，矮子拉住若安·阿巴德，用甜蜜的语调献媚地说：“若安·阿巴德，你什么时候想听，我就什么时候给你讲魔鬼罗伯特的惊险故事。”那从前的强盗推开了他，没有回答。

外面，夜深了，乌云密布，连一颗星星都没有。听不见枪声，大广场上不见人影，住宅里也没有灯光。天刚擦黑，那些牛就被从莫坎波后面拉走了。圣灵街上充满了腐肉的恶臭和血腥味。若安·格兰德听马坎比拉父子讲着他们的计划，感到在狗群撕啃着的尸体上有无数只苍蝇的眼睛在闪动。他们走上大广场，一直走到教堂前的开阔地，那里成了要塞，四面筑起了两道甚至三道用砖石、木箱、木桶、房门、铁罐、木棍和翻倒的车辆垒成的围墙，武装起来的人聚集在墙后。他们躺在地上休息，在小小的火盆旁聊天。在一个拐角处，一群人在吉他的伴奏下唱着歌。“在拯救灵魂或为了求得永生而捐躯的紧要关头，怎么我连坚持不睡觉这样区区小事都做不到?”格兰德一面寻思，一面感到十分内疚。

圣堂门口前方是一堵用土袋和木箱筑起的高墙，他们一边等候马坎比拉父子，一边和天主卫队成员交谈。老马坎比拉、他的十一个儿子和儿媳，都在“劝世者”那里。若安·格兰德在心里斟酌哪几个小伙子将陪老人一起去。他想，老人一定很喜欢听“劝世者”对他们全家说，你们是为慈悲的耶稣献身。当他们出来时，老人的眼睛焕发着光彩。虔诚的小信徒安东尼奥和玛丽亚·瓜德拉多一直把他们送到高墙边，祝福了他们。马坎比拉众兄弟拥抱了他们的妻子，女人们拉住他们哭了起来，但是华金·马坎比拉说出发时间已到，从而结束了那个场面。女人们和贝阿迪托一起到慈悲耶稣的圣堂去祈祷。

在去维拉庄园战壕的路上，他们拿起若安·阿巴德命令预备好的装备：梯子、扁担、炸药包、斧头和锤子。老人和孩子悄悄地分配工具时，若安·阿巴德向他们解释说，当他们向“杀人魔王”匍匐前进时，天主卫队将发起佯攻以吸引狗子兵的注意力。“我们看看小鬼们提供的位置是不是准确。”他说。

没错，位置是准确的，帕杰乌在维拉庄园迎接他们时证实了这一点。“杀人魔王”就在马里奥山后的第一个制高点上，和敌人第一纵队的其他大炮在一处。敌人将这些大炮排成一行，周围用装满石头的麻袋和木桶保护着。两个小鬼爬到了那里，而且数清楚：在无人地带和死亡射手的防线后面，在法维拉山近乎笔直的山坡上，有敌人的三个哨卡。

若安·格兰德让若安·阿巴德、马坎比拉父子同帕杰乌待在一起，自己溜进了沿着瓦沙—巴里斯河岸挖出的错综复杂的坑道。正是在这些坑道里，甲贡索人向政府军发起了最猛烈的攻击。政府军官兵还没登上山顶，还没看到卡努杜斯的影子，就急忙沿着山坡向山脚下的城市逃去。可怕的射击使他们立刻停住，使他们一退再退，互相拥挤，互相践踏，乱成一团；使他们发现自己既不能进，也不能退，还不能从侧翼逃，唯一可行的是趴在地上并筑起防御工事。

若安·格兰德在睡着的甲贡索人之间行走，每走一段距离，就有一个哨兵下来和他说话。这位从前的奴隶唤醒了四十名天主卫队队员，向他们说明将要做什么。得知这条战壕里几乎没有伤亡时，他一点也不惊奇。若安·阿巴德早已预见，以保护义民而言，那里的地形比任何地方都优越。

他和四十个小伙子回到维拉庄园时，若安·阿巴德与华金·马坎比拉正在讨论。街道司令想让马坎比拉父子换上官军的制服，说这样他们到达大炮跟前的可能性更大。华金·马坎比拉拒不接受，火冒三丈。

“我不愿下地狱!”他叫道。

“你不会下地狱，这是为了让你们活着回来。”

“我和儿子的性命是我们自己的事。”老人咆哮道。

“那就照你说的办，”若安·阿巴德让步了，“那么，愿圣父与你们同在。”

“赞美‘劝世者’好耶稣。”老人告辞说。

他们进入无人地带时，月亮出来了。若安·格兰德从齿缝里诅咒着，听到部下的窃窃私语。那是一轮金黄色的巨大圆月，柔和的光亮驱走了黑暗；月光下，只见一片没有灌木遮盖的土地一直延伸到法维拉山黑暗的阴影里。帕杰乌护送他们到山脚下。若安·格兰德一直在想同一个问题：当大家都不能入睡的时候，自己怎么会睡着了？他偷看帕杰乌的脸：他有三四天没睡觉了吧？他从圣多山就开始骚扰狗子兵，在安西科和翁布拉纳斯狙击他们；回到卡努杜斯后，又从那里驱赶他们，两天来夜以继日；现在他清醒、镇静、沉着，和两个小鬼一起为他们充当向导。到了山坡上，两个小鬼接替他。“他没睡过吧？”若安·格兰德想，“是魔鬼叫我睡着的。”他又惊又怕。虽已时隔多年，而且“劝世者”使他的生活获得了宁静，但一个疑虑仍时时刻刻地折磨着他。他怀疑很久以前的那个中午钻进他体内并使他杀死阿黛林哈·德·古穆西奥的魔鬼依然隐藏在他灵魂的深处，等待适当的时机加害于他。

突然，眼前的山地陡峭起来，直上直下。若安寻思着马坎比拉老人能不能攀登上去。帕杰乌将死去的敌人散兵指给他们，死尸在月光下依稀可见，那是许许多多的政府军士兵，是先头部队，在同一个高度上被甲贡索人的枪弹扫倒。昏暗中，若安·格兰德看见他们皮带上的纽扣和帽子上的帽徽在闪光。帕杰乌用头部做了一个难以觉察的动作，告别众人，两个小鬼开始顺着山坡往上爬。若安·格兰德和华金·马坎比拉也跟在他们后面爬，再往后便是天主卫队。他们爬山是那样轻巧，连若安自己都感觉不到。他们发出的响动、碰得滚动起来的卵石就像轻风的杰作。从他们的背后，从贝罗山，传来不间断的、隐隐约约的人声。是人们在广场上祈祷吗？是每天晚上卡努杜斯埋葬白天的阵亡者时唱的赞美诗吗？前方，已经出现了人影和光线，听到了声音，他全身的肌肉顿时紧张起来，担心不知会发生什么事情。

两个小鬼叫他们停下。他们接近了一个哨卡：四个士兵站在那里，后面有许多人，火堆的光焰映在他们的脸上。马坎比拉老人爬到他旁边。若安·格兰德听见他吃力的喘气声：“你一听见哨响，就向他们开火。”他答应道：“愿慈悲的耶稣帮助你们，堂华金。”只见马坎比拉父子十二人消失在阴影中。他们趴在地上，身上带着锤子、梯子和斧头，一个小鬼给他们带路；另一个小鬼留下来和若安的人在一起。

格兰德在人群中紧张地等候着哨音，那提示马坎比拉父子已到了“杀人魔王”面前。等了好久，那从前的奴隶似乎觉得永远也不会听到哨音了。突然，一声长长的吼叫声压倒了其他一切声音，他和手下一齐向哨兵射击。四周响起了雷鸣般的枪声。一阵大乱之后，士兵们熄灭了火堆。敌人从上方打枪，但是不知道甲贡索人在哪里，所以那些子弹没有射中他们。

若安·格兰德命令手下前进，片刻后就向敌人的营地射击并投掷炸药包。黑暗中，那里的跑步声、呐喊声、命令声混成一片。子弹一打光，若安就隐蔽起来聆听。上方，马里奥山那边好像也有枪声。是马坎比拉父子跟敌人的炮兵打起来了？不管怎样，没必要继续待在那里了，同伴的子弹也打光了。他用哨音下达了撤退的命令。

到了半山腰，一个小鬼奔跑着追上了他们。若安·格兰德将一只手放在他蓬乱的头上。

“把他们带到‘杀人魔王’那里了吗？”他问。

“带到了。”小鬼回答。

背后枪声大作，好像整个法维拉山都进入了战争状态。小鬼一句话也不再多说，若安·格兰德又一次想到了腹地的怪现象：人们更喜欢沉默而不愿说话。

“马坎比拉父子怎样了？”他终于问道。

“被杀死了。”小鬼低声说。

“全被杀死了？”

“我想是的。”

他们已经到了无人地带，正走在通向战壕的途中。

彼得劳的部下撤退时，矮子发现近视记者正躲在科罗罗波的山沟里啼哭。矮子于是拉着他的手，领着他走在全速奔向贝罗山的甲贡索人之中，那些人确信，特拉波波的屏障一旦被打通，敌军的第二纵队就会攻城。第二天清早，穿过羊栏前的战壕时，他们在人群中碰见了胡莱玛，她走在萨德林哈姐妹中间，吆喝着一头驮着筐篮的毛驴。三个人互相拥抱，心潮澎湃，矮子感觉到胡莱玛拥抱他时嘴唇吻在了他的面颊上。那天夜里，他们躺在仓库里的木桶和木箱后面，听着不停地射向卡努杜斯的枪声。矮子告诉他们，从他记事时起，这是头一次有人吻他。

那隆隆的炮声、密集的弹雨、翻滚的浓烟和给钟楼造成破坏的爆炸已经持续多少天了？三天、四天、五天？他们在仓库中踱来踱去，看着比拉诺瓦兄弟和其他人夜以继日地出出进进，听着他们在讨论，在下命令，却什么也听不明白。一天下午，矮子往小口袋和牛角里装猎枪和火枪的弹药时，听见一个甲贡索人指着炸药对安东尼奥·比拉诺瓦说："但愿你这堵墙壁结实，安东尼奥·比拉诺瓦。否则，一枚子弹就能把它点着，将全区报销。"他没把这话告诉他的伙伴。为什么要让近视记者更害怕呢？在这里的共同遭遇使矮子对两个伙伴产生了感情，对马戏班里的人也不曾这样好过。

轰炸期间，他两次去找吃的东西。他紧贴着墙壁，人们都躲在那里悄悄地走着。他挨家挨户地乞讨，风吹得他两眼模糊，枪声吓得他惊慌失措。在圣母教堂街上，他亲眼看见一个孩子是怎样死的：小孩跑着出来追一只扑扇着翅膀的母鸡，没跑几步，突然瞪着眼睛向上一跳，似乎毛发都竖起来，当即倒地死去，原来子弹打中了他的腹部。矮子将尸体送进一户人家，他看见小孩是从那里出来的。屋里空无一人，他只好将孩子放在一张吊床上。矮子没能抓住那只母鸡，但由于若安·阿巴德给贝罗山找来了牛肉，虽然前途未卜，死人甚多，但当他们能吃到食物时，三个人的情绪还是好多了。

夜幕降临，枪声停下来，玛特里兹广场上的祷告声也停止了。他们三人没有入睡，躺在仓库的地板上交谈着。突然，一个静静的人影手提一盏泥制小灯站在门口。矮子认出了帕杰乌的伤疤和那敏锐的小眼睛，肩上扛着猎枪，腰间插着大刀和砍刀，子弹带交叉绑在衬衣上。

“我真心实意地，”他低声说，“希望您做我的妻子。”

矮子觉得近视记者叹息了一声。他觉得那个如此倔强、阴郁、冰冷的人会说出这类情话，真是妙极了。他看出那张被伤疤弄得变了形的脸上隐藏着强烈的渴慕之情。那时已听不到枪声、犬吠声和祈祷声，只听见一只金龟子碰撞墙壁的声音。矮子的心怦怦地跳着，并非因为恐惧，而是因为一种甜蜜的激情，因为他看到油灯下那张被刀劈过的脸注视着胡莱玛，期待着她的回答。他感到近视记者在可怕地喘息着。胡莱玛一言不发。帕杰乌又一字一板地重新开口。他从没有像教会、上帝和“劝世者”指示的那样结过婚。他的眼睛一刻也不离开胡莱玛，眨也不眨一下。矮子心想，对那么可怕的人产生怜悯之情，真是傻瓜。然而在那时刻，帕杰乌显得特别孤独。他曾有过短暂的、没有留下痕迹的爱情，但不曾有妻室儿女。他的生活不允许那样。他总是到处奔波，逃命，搏斗，因此当“劝世者”说由于人们一味地索取，疲劳的大地已经枯竭，总有一天会要求休息的时候，他非常理解。对他来说，贝罗山就是他向往的地方，就像大地所要求的宁静。他的生活缺乏爱情，但是现在……矮子看到他在咽唾沫，想到萨德林哈姐妹已经醒了，正在暗处听帕杰乌讲话。夜里常常想到的事情使他不安：自己的心由于缺乏爱情而干枯了吗？帕杰乌结结巴巴地说完，矮子心想：“对他来说，我和‘大近视’都不存在。”帕杰乌的心并没有干枯：他在灌木丛中一看见胡莱玛就明白了。他的伤疤有点异常；当小小的灯火摇曳不定时，他的脸部更难看了。“他的手在发抖。”矮子吃了一惊。那一天，帕杰乌的心、感情和灵魂都说话了。有了胡莱玛，他才发现自己的感情没有枯竭。他感到了自己的脸、身体和声音就在这里。他粗鲁地敲敲自己的脑袋，拍拍自己的胸脯，小油灯的光随之上下跳动。他又沉默了，静候着答复。金龟子的嗡嗡声及其与墙壁的碰撞声又响起来了。胡莱玛还是一言不发。矮子斜视着她：她旁若无人，采取守势，抗拒着那卡波克洛人的视线，表情十分严肃。

“现在我们暂时先不结婚。眼下有别的事情要干，”帕杰乌补充说，似乎在表示歉意，“等狗子兵撤退了再办。”

矮子又听到了近视记者的叹息。这一次帕杰乌仍全神贯注地盯着胡莱玛，对她旁边的伙伴视若无睹。但还有一件事……这些天，当他跟踪那些不敬上帝之徒，当他向他们射击时，他想了许多。这是一件使他心花怒放的事。他不做声了，羞愧了，经过内心斗争之后才说了出来：胡莱玛能不能把饭和水给他送到维拉庄园去？这是令人羡慕的事，矮子都想做。她会做吗？

“会，会，她会做的，会给您送去的，”矮子听见近视记者茫然失措地说，“她会做的，会做的。”

但就连这一次，卡波克洛人也没看近视记者一眼。

“他是您的什么人？”只听帕杰乌问道，这一次他的声音斩钉截铁，像一把钢刀，“不是您的丈夫，对吗？”

“不是，”胡莱玛的语气异常柔和，“他……就像我的儿子。”

夜里一片枪声。炮火一阵接着一阵，非常猛烈。呐喊声、跑步声，又是一声巨响。

“我很高兴能到您这里来，跟您讲话，”帕杰乌说，“现在我得走了。赞美好耶稣!”

顷刻间，库房又被黑暗淹没，金龟子的声音已经消失，听到的只有无休无止、忽远忽近的子弹呼啸声。比拉诺瓦兄弟待在战壕里，只有要和若安·阿巴德开会时才出来；萨德林哈姐妹一天中的大部分时间都待在救护站或去给战士们送饭，矮子、近视记者和胡莱玛是仅有的不去那里的三个人。仓库里又堆满了若安·阿巴德从敌人的运输队缴获的武器弹药，一座沙石影壁保护着仓库的大门。

“你为什么不回答他?”矮子听见近视记者不安地说，“他对你说那些话时非常紧张，是很为难的，你为什么不回答他？你没看到在那种情况下爱会变成恨，他会打你、杀你、不放过我们吗?”

他不吭气了，一连打了一个、两个……十来个喷嚏。打完，枪声也停止了，夜游的金龟子又在他们的头上盘旋。

“我不愿意做帕杰乌的妻子，”胡莱玛好像不是对他们讲话，“他若逼我，我就自杀，像卡龙毕女人那样用契克—契克树的一根尖刺尖刺。我永远不会做他的妻子。”

近视记者又打了一连串喷嚏。矮子心中不安：要是胡莱玛死了，他可怎么办?

“咱们应该不失时机地逃出去，”他听见近视记者在叹息，“否则就再也离不开这里了。咱们将可怕地死掉。”

“帕杰乌说官军会退走的，”矮子低声说，“他讲话时信心十足。他了解情况，他在战斗，能看出战争发展的趋势。”

若是往常，记者会反驳他：他也和那些乐天派一样发疯了吗?他也相信他们会打败巴西政府军吗？也像他们一样相信堂塞巴斯蒂安国王会和他们共同战斗吗？然而现在他沉默不语。矮子则不像记者那样有把握地认为政府军不可战胜。难道他们进入了卡努杜斯?若安·阿巴德不是缴获了他们的武器和牛群吗？听说政府军在法维拉山像苍蝇一样死去，四面受敌，粮草断绝，在消耗最后的弹药。

然而，从前四处流浪的生涯使得矮子在屋里坐不住，在之后的日子里，尽管有中弹的危险，他还是到街上去，并渐渐看出卡努杜斯没有取胜的迹象。他常常在街上碰到一具尸体或一名伤员，要是枪声密急，就得等上几小时后才能把他们送到救护站去——眼下所有的救护站都搬到莫坎波附近的圣伊内斯大街去了，除了帮助护士们运送伤员，矮子是不到那里去的，因为那里堆放着白天阵亡的人的尸体，只有到夜里才能掩埋——墓地在火线上。救护站里伤员的哭叫和年迈老人的惨状叫人目不忍睹，瘟疫也非常可怕。那些老人已残疾无用，专管驱赶兀鹫和野狗，不让它们去吞噬已经布满了苍蝇的尸体。每天晚上，好耶稣圣堂的钟声一响，葬礼准时举行。安葬前，先举行祈祷和布道。现在是摸黑举行，不像从前那样点着火烛闪烁的蜡烛了。胡莱玛和近视记者也常和矮子一起去听布道。不同的是，“劝世者”的布道演说一结束，他们就马上回库房，矮子却要跟随人们到墓地去。安葬仪式以及亲属们要在死者身上放一块木头再掩埋的奇特做法使他入迷。因为大家都在打仗，没人做棺材了，所以都是将尸体裹在吊床里掩埋，有时是两三具尸体裹在一起合葬。亲属们往吊床里放一块木板、一截树枝或随便一个木制品，以便向上帝表明心迹：他们本想用棺材进行体面的葬礼，只是恶劣的环境不许可。

有一次闲逛回来，矮子在库房里看到胡莱玛、近视记者和华金神父在一起。自从神父回来，他们已有好几个月没单独和他在一起了。他们时常看见他在好耶稣圣堂的钟楼上站在“劝世者”的右边，在宗教游行时为玛特里兹广场上合颂《玫瑰经》的人群祈祷，做弥撒；天主卫队护卫着他。葬礼上，他用拉丁文颂《悼亡经》。他们听说华金神父没有露面是因为他到腹地的各个角落周游去了，去为甲贡索人办事并寻求援助。自从再次开战以来，华金神父经常在街上，特别是在圣伊内斯街上出现，到救护站去听危在旦夕的伤病员们忏悔，为他们行涂油礼。尽管矮子几次与神父相遇，却从未跟他说话。可是这一次当矮子走进库房，神父向他伸出手并寒暄了几句。神父坐在挤奶用的小板凳上，胡莱玛和近视记者盘腿坐在他面前的地上。

“任何事情都不容易，就连这件世界上看来最容易的事情也不容易。”华金神父气馁地对胡莱玛说，方嘴唇发出“啧啧”的声音。

“我原以为这会使你很幸福，以为人们会把我当作报喜的人来接待。”他停顿了一下，用舌头舔了舔嘴唇，“我一向是带着圣像到人家里为死者瞑目，看着人们受罪。”

矮子想，几个月来，神父已经变成了小老头。头发几乎已经脱光。在耳朵上方，在拳曲的白色茸毛之间，他的头皮已被晒黑，布满了斑点。他已经瘦到了极点：磨损了的蓝色长袍敞开着，使胸部的骨骼突显出来；脸上又黄又瘦，尽是白胡子茬儿。在他的脸上，除了饥饿和衰老，还有着无限的疲倦。

“我不会跟他结婚，神父，”胡莱玛说，“他若逼我，我就自杀。”

她镇静地说着，像那天晚上和他们讲话时一样。矮子知道贡贝的神父一定听她说过同样的话了，因为他一点都不吃惊。

“他不会逼迫你，”神父低声说，“他压根儿没想到你会拒绝他。他像所有人一样，以为卡努杜斯的任何一位妇女都会因为能叫帕杰乌看中、组成家庭而感到幸福。孩子，你知道帕杰乌是什么人，对吧？你肯定听人家讲过他的事。”

神父望着地面，显出内疚的神色。一只小蜈蚣在他的凉鞋中爬着，又黄又瘦的脚趾露在外面，黑色的指甲长得老长。他没有踩它，让它爬远，消失在一捆捆摞在一起的步枪中。随后，他又没精打采地补充说：“那些暴行、凶杀、偷盗、抢掠、报复，那些无缘无故的野蛮行为如割耳朵、剜鼻子，那疯狂的魔鬼生涯都是事实，名副其实。然而在这里，帕杰乌像若安·阿巴德、塔拉梅拉、彼得劳和其他人一样……‘劝世者’创造了奇迹，把狼变成了羊，使它们归了圈。正是因为把这些狼变成了羊，使这些只知道恐怖、仇恨、饥饿、罪行和抢劫的人改变了生活方式，使这块土地上的野蛮变成了高尚，政府才一再派兵来消灭他们。这样的不义居然能够得逞，巴西和世界是多么地混浊啊！不正因为如此，人们才相信‘劝世者’有理，才相信巴西被恶魔控制，才相信共和国是敌基督的吗？”

神父不慌不忙地说着，也不提高嗓门儿，既没有生气，也没有伤心，只是有些沮丧。

“不是固执，也不是恨，”矮子听胡莱玛以坚定的语气说，“如果不是帕杰乌，而是别人，我同样不接受。我不想再结婚了，神父。”

“好吧，我懂了，”贡贝的神父叹了口气，“我们会处理好的。既然不愿意，就甭跟他成亲，可也不必自杀。在贝罗山，都是由我为人们举行婚礼，这里没有法律程序。”他似笑非笑，眼中闪着狡黠的光芒，“不过我们不能一下子和他说掰。不要伤害他。像帕杰乌这样的人有一个很厉害的毛病，就是过于敏感；还有一点使人吃惊，就是过分自尊。这是一个碰不得的创伤。他们一无所有，但自尊心很强。这是他们的财富。好吧，我们先跟他说你刚刚丧偶，目前不能再订婚；让他等着。不过有件事对他至关重要，就是你给他把饭送到维拉庄园去。他跟我说过这件事，他需要一个女人关心他。这不过分，让他高兴一下吧。至于另外那件事。让它慢慢地凉下来。”

上午是平静的，现在又开始听到稀疏、隐约的枪声了。

“你激起了一种热情，”华金神父补充说，“一种强烈的热情。昨晚帕杰乌到圣堂来了，请求‘劝世者’允许他和你成亲。他说他接受你的两位朋友，既然他们和你是一家人，就把他们也带去和他一起生活……”

她猛地坐起来。近视记者被一连串的喷嚏震得浑身发抖，矮子却笑了起来，津津乐道地想着当帕杰乌的干儿子：那就永远不愁吃喝了。

“不管怎样，我不会跟他结婚。”胡莱玛毫不动摇地重复说。然后她垂下头，补充道：“不过，如果您认为应当，我可以给他送饭。”

华金神父点点头，转过身去。这时近视记者一跃而起，抓住了他的胳膊。矮子一看他那着急的样子就猜到了他要说什么。

“您帮帮我吧，”他环顾左右，低声说道，“为了您的信仰，帮帮忙吧，神父。我和这里发生的事情毫不相干。我是由于偶然的原因才到卡努杜斯的。您知道我既不是士兵也不是间谍，我什么也不是。我求求您，帮帮我。”

贡贝的神父同情地看着他。

“离开这里吗?”他喃喃地说。

“是，是的，”近视记者点头称是，结结巴巴地说，“他们不让我走。这是不合理……”

“您应该逃出去，”华金神父叹口气说，“那时还是可能的，那时并非到处都有兵。”

“您没看到我的处境吗?”近视记者指着发红的、突出的、含泪的、回避他人视线的眼睛唉声叹气地说，“您没看到我没有眼镜就是瞎子吗？我能一个人跌跌撞撞地逃出腹地吗?”他的声音变成了尖叫：“我不愿意像一只老鼠那样死掉。”

贡贝的神父眨了几下眼，而矮子就像近视记者每一次预言大家都会暴死时那样感到背上冒出了冷汗。

“我也不愿意像老鼠那样死掉，”神父一字一板地说，做了个鬼脸，“我和这场战争也不相干，可是……”他摇着头，就像在驱赶什么形象似的。“尽管我愿意帮助您，可是做不到。只有武装小组才能离开卡努杜斯去作战。难道您跟他们一起去?”他做出一副苦相，“如果您相信上帝，就求上帝保佑吧。现在只有他能搭救我们。如果您不相信上帝，我的朋友，恐怕就没有谁能帮助您了。”

华金神父拖着双脚，弯腰驼背，伤心地走了。他们没有时间评论他的光临，因为比拉诺瓦兄弟到库房里来了。他们后面跟着几个人。从他们的谈话中，矮子听出甲贡索人正在维拉庄园的西面沿着瓦沙—巴里斯河的弯道在塔波莱里诺对面修筑一条新的战壕，因为一部分官军已经放弃了法维拉山，向康巴奥山迂回，很可能在那里构筑工事。比拉诺瓦兄弟取了武器出去了。矮子和胡莱玛再三安慰近视记者。和华金神父的谈话使他非常苦恼，眼泪顺着面颊流淌，牙齿也在打战。

就在那天下午，矮子陪着胡莱玛到维拉庄园给帕杰乌送饭去了。她要求近视记者陪她去，但是对卡波克洛人的恐惧和穿过整个卡努杜斯的危险使他拒绝了。甲贡索人的饭菜都是在圣西皮里亚诺小巷里做的，若安·阿巴德抢回来的牛还剩下一些，也在那里饲养着。人们排着长队，一直排到卡塔利娜那里。街道司令瘦骨嶙峋的妻子和其他妇女一道在那里分发肉块、炒面以及小鬼们在圣彼得的池塘里灌满水的皮囊。卡塔利娜给他们一只装有食物的篮子，他们就会合到开往前沿的队伍里去了。他们要穿过圣克里斯宾小巷，沿着瓦沙—巴里斯河的峭壁弯腰或匍匐前进，起伏不平的地形就是他们抵御枪弹的盾牌。一到河边，妇女们就不能成群结队地走了，而是要一个个单独行进，拐着弯地向前跑，还有更谨慎的干脆在地上爬行。悬崖和战壕之间有三百米，矮子一边紧贴着胡莱玛跑，一边看到自己右边好耶稣圣堂的钟楼上布满了射手，左边的法维拉山上肯定也有成千上万支步枪在瞄准他们。他汗流浃背地来到战壕边上，帕杰乌用双臂将他抱下坑道。矮子看清了他那被砍伤过的脸庞。

看来帕杰乌对于见到他们并不感到意外。他帮助胡莱玛，把她像一根羽毛那样举起来，向她点头致意。他没有笑容，表情自然，仿佛她已经来过了好多次。帕杰乌接过篮子，叫他们往旁边靠一靠，免得妨碍妇女们的行动。矮子在甲贡索人中间向前走着；这些人蹲着吃饭，和刚到达的妇女们交谈着，或通过空管子、空树干监视敌情，这样既可以射击敌人又不暴露自己。坑道终于进入了一个半圆形的空地。那里不大拥挤了。帕杰乌坐在一个角落里，示意胡莱玛坐到他身旁去，还向不知该不该上前的矮子指指盛饭的篮子。于是他坐在帕杰乌和胡莱玛旁边，和他们共同享用水和食物。

有好长一会儿，卡波克洛人没说话。他边吃边喝，看也不看身旁的两个人。胡莱玛也不看他。矮子心想，拒绝这样一个能为她解决一切问题的人做丈夫真是傻瓜。他长得丑，可又有什么关系？他不时地端详着帕杰乌：他沉着冷静地嚼着饭，一副无动于衷的表情；他已经将步枪靠在坑壁上，可身上还带着大刀、砍刀和一排排子弹。他居然会用颤抖和绝望的声音向胡莱玛求爱，简直令人难以置信。此时没有交火，只有零星的枪声。矮子的耳朵对此已经习惯了，他不习惯的是大炮的轰鸣，那炮声带着疾风呼啸而过，接着便是房倒屋塌、天崩地裂、婴儿可怕的哭声，常常还有血肉横飞的尸体。每次大炮一响，他是第一个趴在地上的人。他紧闭双眼，一动不动，直冒冷汗；要是胡莱玛和近视记者在身边，他就抓住他们，拼命地祈祷。

为了打破冷场，矮子怯生生地问："华金·马坎比拉父子被打死前真的将'杀人魔王'干掉了吗？"帕杰乌回答：没有。可是没过几天，"杀人魔王"就把负责开炮的三四个共济会成员炸死了，这也许是上帝对先烈们的奖赏。卡波克洛人避免看胡莱玛——她好像没听他讲话。帕杰乌总是面向矮子，补充说法维拉山上的敌情每况愈下，饥饿和疾病置敌人于死地，对天主教徒给他们造成的伤亡一筹莫展。夜间，甚至从这里都能听到他们叫苦连天、痛哭流涕的声音。这就是说，他们很快就会撤走？

帕杰乌做了一个不置可否的表情。

“问题在后面，”他用下巴指指南面，喃喃地说，“从盖伊马达斯和圣多山又来了更多的敌人、更多的枪支大炮、更多的牛羊和粮食。又来了一支运输队，带来了增援物资和食物，而我们已经弹尽粮绝了。”

他那苍白而发黄的脸上的伤疤轻轻地抽动了一下。

“这一回，我要去狙击他们。”他说，转向了胡莱玛。矮子突然觉得自己被推开了好几里远。“遗憾的是偏偏在这个时候我不得不出发。”

胡莱玛的脸上挂着温顺、心不在焉的表情，以此来抵御从前的强盗的目光，一言不发。

“我不知要在外面待多久。我们将从胡埃特进攻，至少三四天。”

胡莱玛张了张嘴，可什么也没说。自从到了这里，她就没说过话。

这时，战壕里一阵骚动，先是一阵嘈杂的喧声，然后矮子发现骚动传到了这里。帕杰乌起身抄起了步枪。好几个甲贡索人毫无秩序地从坐着、蹲着的人中间冲到他们这里，围住帕杰乌，看了他一会儿，谁也不说话。一个颈后长着个多毛黑痣的老人终于开了口：

“他们杀死了塔拉梅拉，”他说，“吃饭时，一枚子弹打穿了他的耳朵。”他吐了口唾沫，看着地面，嘟囔说，“帕杰乌，你的运气已经用完了。”

“伤兵死亡前，伤口会溃烂。”年轻的特奥托尼奥·莱亚尔·卡瓦尔甘迪高声说道。他心里这样想着，以为没说出声来。不过他并不担心伤员们听见，尽管设在法维拉山和马里奥山之间凹槽里的第一纵队野战医院应对战火的防御工事很好，但由于半拱形的山峰引发回音，以致枪声，特别是炮声在这下面更大声，并且响个不停。这就对伤员有个要求：要想让别人听见自己的话，非喊叫不可。否则根本不会有人听到。

死前将会溃烂的想法折磨着特奥托尼奥。出于对共和制的狂热信仰，他自愿应征报国，开赴卡努杜斯。当时他是圣保罗医学院应届毕业班的大学生，可想而知，他是见过伤员、病危者和死尸的。然而解剖学的课程、阶梯教室里的尸体解剖、外科实习时医院里的患者怎能和法维拉山这耗子洞里的惨状相比？在这里，伤口感染的速度令人惊奇，短短几小时内就会看到伤口恶化，蛆在蠕动，顷刻间便化脓。

“这有益于你的职业，”父亲在圣保罗车站与他告别时对他说，“你会获得紧急救护的实习机会。”然而更确切地说，他获得的是木工的实习机会。三个星期以来，他学到的只是：伤员更多地死于感染，只有及时进行截肢和烧灼，手臂和腿——被截断的肢体——中弹的人最有可能得救。只在头三天，能用氯仿麻醉剂进行人道的截肢手术。那几天，特奥托尼奥将脓包划破，把一只棉球蘸满麻醉药水，用它堵住伤员的鼻孔后，外科主任阿尔弗莱多·伽马医生便气喘吁吁地锯断肢体。氯仿用完了，就用一杯烧酒来麻醉。现在烧酒也用完了，手术就在寒冷中进行，希望患者能很快失去知觉，以免外科医生手术时被哀叫声分神。现在是由特奥托尼奥·莱亚尔·卡瓦尔甘迪锯断感染者的脚、腿、手和胳膊了；伤员失去知觉前，由两名护士按着他。截肢后，也是他在残肢上点燃一点火药或用滚热的脂肪进行烧灼，就像阿尔弗莱多·伽马主任在那次愚蠢的举动前教给他的那样。

的确，那是一次愚蠢的举动，因为伽马主任知道炮兵有余而医生奇缺，特别是像他那样在战地急救方面富有经验的医生更是稀少。他曾在巴拉圭森林中学习过，是大学时作为志愿人员到那里去的，就像现在年轻的特奥托尼奥来到卡努杜斯一样。但是在那场与巴拉圭的战争中，阿尔弗莱多·伽马医生，据他承认，不幸染上了"打炮的瘾"。七天前，炮瘾结果了他的性命，将救护两百多名伤病员和生命垂危者的繁重任务推到他年轻助手的肩上。那些患者挤在野战医院的岩石上，半裸着身体，传播着瘟疫，被蛆虫啃咬，只有极少数人有被子盖。第一纵队的救护队分为五组，阿尔弗莱多·伽马主任和特奥托尼奥是其中一组，负责医院北部区域。

炮瘾使阿尔弗莱多·伽马医生不能聚精会神地救护伤员。他突然中止治疗，急不可耐地爬上了马里奥山顶，人们好不容易将第一纵队的火炮全部拖到了那里。炮兵允许他发射克虏伯大炮，甚至让他发射"杀人魔王"。特奥托尼奥记得他预言说："一名外科医生将炸掉卡努杜斯的钟楼！"主治军医带着新的光彩回到了凹槽地带。他是一个健壮、面色红润、忘我、快活的人，自特奥托尼奥到军营来的那天起对他就很亲热。他那热情洋溢的为人、快活的性格、冒险的生涯以及富有传奇色彩的轶事对这位大学生都有极大的吸引力。来卡努杜斯的路上，他想象着像自己所崇拜的偶像那样一毕业就过上了军旅生活。当他们团在萨尔瓦多做短暂停留时，伽马医生带特奥托尼奥去参观了巴伊亚州医学院，它坐落在巴西利卡大教堂广场，在那座有蓝色拱形大窗户的黄色建筑物对面。在弗兰波树、椰子树和蓖麻树下面，医生和大学生在地面铺着黑白石块的小商亭间喝着果子露酒，周围都是卖便宜货和小吃的商贩。他们欣喜若狂，在黑白混血的妓女窑子中一直喝到天亮。一登上开往盖伊马达斯的火车，医生就叫他的弟子吞下一剂呕吐药水，按着他的说法，是“为了避免染上非洲梅毒”。

特奥托尼奥一边擦汗，一边给一个烧得说胡话的麻子喝奎宁水。这边有一名士兵，肘部的骨头裸露在外面；那边有一个腹部中了枪弹，由于肌肉缺乏控制力，粪便都出来了，臭味和远处烧焦的尸体的煳味混在一起。野战医院的急救站里只剩下奎宁和苯酸，三碘甲烷和三氯甲烷都用光了。由于缺乏消毒剂，医生们已经在使用亚硝酸铋盐和氯化亚汞，现在这两种东西也快用光了，特奥托尼奥就用水和苯甲酸的溶液为伤员洗伤口。他蹲着洗，用双手从盆里捧出溶液。他要另一些人吞下半杯奎宁水。由于对疟疾有所预见，他们带来了大量奎宁。伽马医生说疟疾是“巴拉圭战争的并发症”，它曾在那里给部队造成大量死亡。然而疟疾在这里的干燥气候中是不存在的，只在极为少见的水塘周围才有蚊子滋生。特奥托尼奥知道奎宁对伤员们一点用处也没有，不过至少可以给他们一种会痊愈的幻想。正是在出事那天，由于没有别的药物，伽马医生开始发奎宁。

他琢磨着那事故为什么发生以及怎么发生。他当时不在场，别人告诉了他。从此，那件事就和那些腐烂的尸体一起，成了打扰他好不容易入睡的几小时里的噩梦之一。他梦见快活的、精力充沛的外科主任在点燃三十四英寸口径的克虏伯火炮，由于匆忙，炮栓没有关好，雷管爆炸时，炮弹从半开着的炮栓射向一只弹药桶。他听炮兵说，他们看到伽马医生被抛出去好几米高，落在二十步开外，变成了一团模糊的血肉。同他一道丧命的有奥迪龙·科里奥拉诺·德·阿塞维多上尉、阿尔弗雷斯·何塞·阿·德·阿马拉尔上尉和三名士兵，另有五人被烧伤。特奥托尼奥到达马里奥山顶时，尸体正在火化，是按照保健站的意见办的，因为极难将死者全部掩埋。

这里全是裸露的岩石，挖一个坟坑要耗费巨大的精力，锹和镐刨在石头上只是冒出火星而已。焚尸的命令在奥斯卡将军和第一纵队的神父之间引发了激烈争论，卡普契诺神父里萨尔多把焚尸叫做“共济会的邪恶”。

年轻的特奥托尼奥认真保存着伽马医生的一件遗物：一条森霍尔·德·邦伊的神奇腰带，是那天下午在巴伊亚的巴西利卡大教堂广场上走钢丝的杂技演员卖给他们的。如果能回到圣保罗，他将把它送给医生的遗孀。但是特奥托尼奥怀疑还能不能再看见自己出生、学习并为了浪漫主义的理想——为祖国和文明服务——而在那里入伍的城市。

几个月来，一些看来牢固的信仰被彻底地动摇了。比如说，他的爱国主义思想，他从前以为这是在来自巴西的各个角落的所有人血液中激荡着的感情，他们是为了保卫共和国并反对蒙昧主义、叛变阴谋及野蛮暴行而来。第一次失望是在盖伊马达斯产生的。在两个月漫长的等候中，在那个变成了第一纵队司令部的腹地村镇的混乱状态中，他和阿尔弗莱多·伽马主任及另一些外科医生一起在保健站工作，在那里他就发现许多人借身体不好来逃避作战。他看到他们为了说明自己不能参战便假装生病，模拟症状，像高明的演员那样背诵病情。那位医生兼炮手教他怎样拆穿那些人制造发烧、呕吐和腹泻的拙劣手段。这些人并非都是列兵，即没文化的人，其中也包括军官。这使特奥托尼奥感到震惊。

爱国主义并不像他想象的那样广泛存在。这是他待在那老鼠洞里三个星期以来形成的一个想法。并非说人们不在打仗，他们打了，而且还在打。他看到了人们在安西科是多么勇猛地抵抗了神出鬼没的怯懦敌人的攻击，这些敌人不面对面地作战，不承认战争的规矩和打法。他们埋伏起来从侧面进攻，隐蔽起来射击，等政府军还击时却无影无踪。三个星期以来，尽管远征军伤亡了四分之一，尽管食物匮乏，尽管大家对新的增援已不抱希望，可仍在坚持战斗。

但是爱国主义和那肮脏交易岂能相容并包？在保卫最崇高的事业——祖国和文明——的人之中竟允许那些肮脏交易存在，算什么对巴西的爱？这是使特奥托尼奥失去道德信念的另一种现实：在物资缺乏的情况下，人们讨价还价、投机钻营的那些手段。起初只是倒卖烟草，越卖越贵。就在那天上午，他看到有人从一名骑兵大尉手里只买了一小把烟草就付了一万两千瑞斯……一万两千瑞斯！这是城里一盒精细烟草价钱的十倍。后来，所有的物价都直线上涨，一切都成了高价拍卖的对象。因为伙食极差——军官吃无盐的青玉米，士兵吃马料——人们用昂贵的价格购买食品：三四万瑞斯买一条小羊腿，五千瑞斯买一根玉米，两万瑞斯买一块点心，五千瑞斯买一杯炒面，一千至两千瑞斯买一条茵布塞罗树的根或一个能榨出汁来的卵形仙人掌。射手牌香烟每包卖到一千瑞斯，一杯咖啡要五千瑞斯。更糟糕的是他本人也卷入那投机倒把的勾当中去了。他也由于饥饿和烟瘾，花光了所有积蓄，用五千瑞斯买了一勺盐，直到现在他才发现这东西竟是如此不可缺少。当他知道那些产品的绝大部分是用非法手段弄来的，是从纵队储藏室里偷来或是从窃贼那里偷来的时候，真叫他不寒而栗……

在这种情况下，在每一秒钟都有生命危险的时候，在真理应该使他们更加纯洁和高尚的时候，居然会那么贪得无厌，爱财如命，这难道不令人吃惊吗？特奥托尼奥想：“追求私利和贪婪的行为在死亡面前愈演愈烈，这绝不是精神高尚，而是下流无耻。”在这几个星期中，人的道德观念被粗暴地玷污了。

不知是谁在他脚下哭起来，打断了他的思路。此人与众不同，不是呜咽，而是饮泣，仿佛害羞似的。这个人跪在他身旁，是一名老兵，他刺痒得实在受不了了。

“我挠过了，医生，”他喃喃地说，“要感染就感染，爱怎样就怎样吧。”

此人是那些食人生番鬼名堂的牺牲品之一，大批政府军士兵的皮肤被咬烂了。起初好像一种自然现象，命该如此，当晚上天气凉爽的时候，那些叫做“卡卡莱”的蚂蚁就从藏身处出来，在熟睡的人身上施虐，把皮肤叮得火烧火燎，全是红斑。但是后来人们发现原来是甲贡索人将泥球状蚁窝带到政府军的兵营，然后将泥球摔裂，让那些贪吃的蚁群在休息的士兵身上制造灾难……那些食人生番派年纪很小的孩子爬着去放蚁窝！有一个这样的孩子被捉住了。人们告诉年轻的特奥托尼奥，那个甲贡索人在将他俘获的人的臂膀中像野兽那样挣扎，用最肮脏的流氓语言辱骂他们……

撩起老兵的衬衫检查他的胸部时，特奥托尼奥看到昨天的片片青痕已经变成了一片红斑，带有继续恶化的脓包。那些脓包越来越多，使可怜的士兵刺痒钻心。特奥托尼奥已经学会了装假，学会了撒谎，学会了微笑。他保证脓包会好的，但尽量别挠。他叫患者喝了半杯奎宁水，向他担保这种药水会使刺痒减轻。

他继续巡视，想象着那些孩子。缺德鬼们派他们深更半夜去施放蚁窝，野蛮、粗鲁、不文明，只有不通人性的人才会这样教唆天真无邪的孩子。不过年轻医生对卡努杜斯的看法也起了变化。难道他们真的要复辟帝制？他们真的与白金汉宫①和主张实行奴隶制的人合谋了？难道那些野蛮人真的成了顽固的大不列颠的工具？尽管听到他们高喊“打倒共和国”的口号，特奥托尼奥对此已不那么确信无疑。他对这一切都困惑了。他原以为在这里会发现英国军官指

① 英国王宫。自 1837 年起，英国历代君主都住在此地。

导甲贡索人，教他们使用现代化武器，而且会发现这些武器是从巴伊亚州沿海走私来的。然而在假装治疗伤员的过程中，他发现有被蚂蚁咬伤的，有被投枪、毒箭和原始弹弓射出的尖石刺伤的！因此，那种所谓受到英国军官支援的帝国军队的说法如今弄得他莫名其妙。“我们面前只有愚蠢的野人，”他想，“然而我们却在吃败仗。这次在山里遇到埋伏时，要不是第二纵队前来增援，我们可能早就完蛋了。”怎么理解如此荒唐的事情？

“是特奥托尼奥吗？”一个声音使他中止了思索。这是一名上尉，从军服的绒穗上能看出他的军阶和服役地点：陆军第九营，萨尔瓦多。从第一纵队到达法维拉山那天起，他就住进了野战医院，那时他是第一旅先头部队的一员。在法维拉山，华金·曼努埃尔·德·梅德罗上校愚蠢地派他们向通往卡努杜斯的斜坡上往下冲。甲贡索人从看不见的战壕里给他们造成的伤亡非常可怕，在半山坡可以看到冲在第一线的士兵化做了石雕，进攻就是在那里被扼制的。皮雷斯·费雷拉上尉脸部被炸伤，举起的双手被炸掉，双目失明。那是第一天，阿尔弗莱多·伽马医生还能用吗啡给他进行麻醉、锯掉残肢并给面部溃疡消了毒。皮雷斯·费雷拉上尉幸运的是得到了纱布的保护，防止了尘土和小虫的感染。他是一名模范伤员，特奥托尼奥从没听到他哭泣或埋怨过。每天，当问他感觉如何，总是听他回答：“好。”当问他还需要什么时，他只说：“什么也不要。”夜里，特奥托尼奥经常躺在他身旁的碎石地上，一边和他聊天，一边望着卡努杜斯天空中总是稠密繁多的星星。由此，他知道皮雷斯·费雷拉上尉是这场战争中的老兵，是为数不多的、经历了共和国向甲贡索人发动的四次远征的幸存者。他知道对这位不幸的上尉来说，眼下的悲剧是一系列耻辱和失败的终结。于是他明白了上尉痛苦的根源，明白了他为什么能以禁欲主义的毅力来忍受使其他人的精神和尊严崩溃的苦难。对他来说，最大的创伤不是肉体上的。

“是特奥托尼奥吗?”皮雷斯·费雷拉再次问。绷带遮住了他的半张脸，但是没遮住嘴和下巴。

“是我。”医科大学生说着，在他的身旁坐下。他用药箱和皮口袋示意两名护士去休息一会儿。两名护士走开了几步，躺在碎石地上。“我来陪你一会儿。需要什么吗?”

“有人听咱们讲话吗?”缠着绷带的人低声问，“这是秘密，特奥托尼奥。”

此时此刻，山的另一侧响起了钟声。年轻的特奥托尼奥看着天空。是的，天黑了，是卡努杜斯敲钟、祈祷的时候了。每天都出奇地准时，从无差池。要是没有枪炮轰鸣，顷刻间，狂热的万福马利亚的祈祷声就会传到法维拉山和马里奥山的兵营。这时，在野战医院里笼罩着一种令人肃然起敬的安宁：一听见钟声，许多伤病员就画十字，嘴唇翕动，和敌人同时祈祷。就连特奥托尼奥，尽管他是个心灰意懒的天主教徒，但每天下午一听到这祈祷的钟声也不禁产生一种奇怪的、难以言表的感觉。即使不是信仰，也是对信仰的怀念。

“这就是说，敲钟人还活着，”他喃喃自语道，没有回答皮雷斯·费雷拉上尉，“还没能叫他倒下。”

阿尔弗莱多·伽马主任常跟他谈起敲钟人。有两次，他看见敲钟人爬上圣堂塔顶的钟楼，另一次是在祈祷厅的小钟楼。他说那是一个毫不起眼、沉默寡言的老头儿，摇摆着钟锤，对政府军用来回应钟声的枪击置之不理。伽马医生说，轰倒那挑衅性的钟楼、使那令人恼怒的老头儿不再做声，是马里奥山顶所有炮手梦寐以求的愿望，一到祈祷时间，大家都将步枪瞄准敲钟人。还没把他打死吗?或是换了新的敲钟人?

“我对你要求的，不是绝望的结果，”皮雷斯·费雷拉上尉说，“不是什么失去了理智的人的要求。”

他的声音平静而又坚定。他躺在铺在碎石地上的被子上一动不动，脑袋枕在用干草做的枕头上，裹着纱布的残肢放在肚子上。

“不要失望，”特奥托尼奥说，“你将是第一批撤出去的人。援军一到，运输队一回来，马上就会用救护车把你送到圣多山，送到盖伊马达斯，送到你的家。奥斯卡将军来救护站时已经答应了。别灰心，曼努埃尔·达·希尔瓦。”

“我对你说，是因为在世界上我最尊敬你，”他温和而坚定地说，“为了上帝，为了你的父亲，为了你的使命，我才要求你。为了那位你为她赋诗的未婚妻，我才要求你，特奥托尼奥。”

“你想怎么样呢，曼努埃尔·达·希尔瓦？”年轻的圣保罗人喃喃地说，目光离开了伤员，心情沮丧。他完全清楚将听到什么。

“在太阳穴上给我一枪，”那温和坚定的声音又说，“我从灵魂深处请求你这样做。”

这显然不是第一个要求他这样做的人，而且他知道也不会是最后一个，然而他是第一个如此安详、毫不做作地求他这样做的人。

“我没有手，没法自己做，”缠纱布的人解释说，“替我来一下。”

“勇敢一点，曼努埃尔·达·希尔瓦，”特奥托尼奥说，发现自己的声音因激动而局促不安，“别要求我做违背原则、违背职责的事。”

“那么就让你的助手来干吧，”皮雷斯·费雷拉上尉说，“把我的皮包送给他，里面大概有五万瑞斯。还有我的皮靴，还没穿破。”

“死亡会比你想象的坏。”特奥托尼奥说，“你会被撤走的，会痊愈，会恢复对生活的热爱。”

“没有眼睛和双手吗？”皮雷斯·费雷拉温和地反问。特奥托尼奥有点羞愧。上尉半张着嘴说：“那还不是最糟的，特奥托尼奥。最糟糕的是苍蝇。我一向恨它们，特别恶心它们。现在，我对它们无可奈何。它们在我的脸上爬，往我的嘴里钻，钻进纱布，一直爬到伤口上。”

他沉默了，特奥托尼奥见他用舌头舔了舔嘴唇。听这位模范伤员如此一说，他非常感动，因为上尉口渴时连水袋都不向护士们要。

“在匪徒和我之间产生了个人纠葛，”皮雷斯·费雷拉说，“我不愿叫他们的如意算盘得逞。特奥托尼奥，我不允许他们让我变成这个样子。我不能当一个无用的怪物。从乌亚乌亚时起，我就知道有某种悲惨的东西挡住了我的去路。一种诅咒，一种妖术。”

“你要水吗?”特奥托尼奥轻声说。

“没有双手，没有双眼，很难自杀，”皮雷斯·费雷拉继续说，“我想往岩石上撞，不行；在地上舔，也不行，因为没有能吞得下去的石头和……”

“别说了，曼努埃尔·达·希尔瓦。”特奥托尼奥将手放在他的肩上，然而安慰一个似乎是世间最平静的人使他觉得虚伪，这个人说话不慌不忙，声调也不抬高，说自己的事就像在说旁人。

“你能帮我的忙吗？我以友谊的名义请求你。在这里产生的友谊是神圣的。你帮我的忙吗?”

“好吧，”特奥托尼奥低声说，“我帮你的忙，曼努埃尔·达·希尔瓦。”

第四章

“‘劝世者’的脑袋呢?”卡纳布拉沃男爵一再追问。他站在面向果园的窗前，借口越来越闷热，说要开窗，才走到窗前。然而，他实际上是要找那条变色龙，它的失踪使男爵闷闷不乐。男爵的目光扫视着果园的各个方向，仔细寻找。变色龙又一次无影无踪了，好像在跟他玩耍。“‘劝世者’被斩首的消息在伦敦《时代报》上登出来了。我在那里看到了。”

“是碎尸万段。”近视记者纠正他。

男爵回到扶手椅上，心中感到痛苦，但是对来客所说之事又发生了兴趣。“劝世者”是色情受虐狂吗？这些事勾起男爵的回忆，撕开了他的创伤，然而他愿意听。

“您单独见过‘劝世者’吗?”男爵问道，寻找着记者的眼睛，“他是什么类型的人，您有定论吗?”

最后一座碉堡失陷后仅仅两天，他们就找到了他的坟墓。他们终于使贝阿迪托指出了安葬他的地方。酷刑之下，诸事皆明。不过不是一般的刑罚。贝阿迪托是天生的殉道者，光靠脚踢、火烤、阉割或割断舌头、砸瞎眼睛等暴行，他是不会开口的。有时他们放走的甲贡索人战俘就没了眼睛、舌头或生殖器，他们以为这种残暴行为可以摧毁继续抵抗者的斗志，然而，结果适得其反。对贝阿迪托，他们找到了他唯一不能忍受的刑罚：狗群围攻。

“我以为我认识所有的惯匪头目，”男爵说，“帕杰乌、若安·阿巴德、若安·格兰德、塔拉梅拉、彼得劳、马坎比拉，可这个贝阿迪托是谁?”

狗群的故事可以独立成章。那么多的人肉，那么多尸体的筵宴，长达数月之久的围困，使它们变得像狼和鬣狗那样凶恶。一群群吃人肉的恶狗进入了卡努杜斯，它们肯定会到围困者的营地去寻找人类食物。

“那一群群恶狗不正应验了《新约》里地狱恶人的所作所为和那些预言吗?”近视记者捂着肚子，含糊其词地说，“大概有人告诉了他们，贝阿迪托特别怕恶狗，更确切地说，是怕恶魔，狗是恶的象征。他们把他放到一群疯狗面前，无疑，他们说，要让恶狗将他撕成碎块带到地狱里去。在这种威胁下，贝阿迪托把他们领到了埋葬‘劝世者’的地方。”

男爵忘掉了变色龙和夫人埃斯特拉。在他的头脑中，一群群咆哮着的疯狂恶狗在成堆的尸体里搜寻，用嘴拱着生了蛆的腹部，啃着瘦瘦的软骨，在狂吠声中互相争夺着胫骨、软骨和头颅。越过开了膛的尸体，另一群恶狗冲进了毫无戒备的村庄，扑向牧牛人、牧羊人和洗衣妇，寻觅新鲜的肉和骨头。

他可能会想到“劝世者”埋葬在圣所里。能埋在别的什么地方呢？他们在贝阿迪托指点的地方挖掘，在三米——这是深度——的地方碰到了他：穿着蓝色的长袍、生牛皮的凉鞋，裹在一领席子里，头发很长，呈波浪形。掘尸记录是这样说明的。所有的军官都在那里，首先是阿瑟·奥斯卡将军，他命令第一纵队的艺术摄影师弗拉维奥·德·巴罗斯先生为尸体拍照。整个行动进行了半个小时。尽管有瘟疫流行，但没有谁中途离开。

“人们可以想象：当看到共和国的敌人、粉碎三次军事远征的刽子手、国家治安的破坏者、白金汉宫的同谋者的尸体时，那些将军和上校们会有怎样的感受？”

“我早就认识他。”男爵喃喃地说。他的交谈者却保持沉默，饱含泪水的眼睛射出询问的目光。“不过他之于我，有点像你在卡努杜斯眼镜破了之后遇到的情况。我辨不出他，他在我面前消失了。那是十五或二十年前的事了。他曾和一小批追随者到过卡龙毕，似乎我们曾给他们饭吃并给他们一些旧衣裳，因为他们打扫墓地和小教堂。他们身上的破衣烂衫比他们本人给我的印象更深刻。从卡龙毕路过的善男信女太多了，在那么多的人当中，我怎能猜出他就是那个重要人物？怎能知道他就是那位超群之人？怎能想到就是他吸引了成千上万的腹地人？”

“《圣经》里的国度同样充满了受到上帝启示的信徒和异教徒，”近视记者说，“所以才有那么多的人竟把自己同基督混为一谈。他们不了解基督，也感觉不到耶稣……”

“此话当真？”男爵探了探头，“您相信‘劝世者’真是上帝派遣来的？”

近视记者却继续用柔和的声音讲故事。他们在“劝世者”的尸体面前打开一本记录簿。尸体已经腐烂不堪，人们不得不用双手或手帕捂住鼻子，因为他们感到恶心。四位外科医生给他检查，量出身长是一米七八，牙齿全没了；还证实他不是死于枪弹，因为干瘪身体上唯一的伤痕是左腿上的一块瘀斑，是一块碎弹片或石头擦伤造成的。短暂的秘密磋商之后，他们决定砍下头颅，好对他的大脑进行科学研究。他们将头送到巴伊亚医学院，让尼那·罗德里格斯医生进行检查。但是在锯下头颅前，他们先处决了贝阿迪托。是在圣所里处决的，艺术摄影师弗拉维奥·德·巴罗斯拍了照，然后把他推下坑穴，“劝世者”的无头尸体也扔在那里。对贝阿迪托来说，同自己如此敬仰、如此效忠的人埋在一起无疑是件美事。然而在最后的时刻，他有点害怕。他知道自己会像牲畜那样被埋葬，没有任何仪式，没有祈祷，没有棺木，而这正是那里的人所关心的事。

又一阵喷嚏打断了近视记者的叙述，恢复镇静后，他更加激动地讲开了，有时舌头都绕住了。他的眼珠在镜片后惶恐地乱转。

四位医生交换了一下意见，看看由谁动手。掌锯的是战区医疗保健主任米兰达·库里奥大尉，其他几位医生把住尸体。他们想把那颗头浸在酒精容器里，可是由于残存的皮肉开始脱落，就把它放在石灰口袋里了，就这样运到了萨尔瓦多。运送头颅的美差交给了平托·索萨上尉，陆军第三营的英雄，初次交战就被帕杰乌重创的部队中屈指可数的幸存军官之一。平托·索萨上尉把它交给了医学院。尼那·罗德里格斯医生领导科学家小组对它进行了观察、测量和称量。在阶梯教室里检查期间，消息灵通人士没有对外界走漏风声。官方公报简单得令人生气，要对此事负责的恰恰正是尼那·罗德里格斯医生本人，正是他起草了使舆论不满的那几行字，干巴巴地说：科学化验在“劝世者”安东尼奥的头颅中未见任何异常结构。

“这一切使我想起了加利雷奥·加尔。”男爵说，向果园投去期望的目光，“他对头颅形状也狂热地相信，认为它能证明性格特征。”

但是尼那·罗德里格斯在萨尔瓦多的同事并不同意他的结论。例如霍诺拉托·内波穆塞诺·德·阿尔布尔克尔克就准备了一篇与科学小组的报告截然不同的论文，认为那颗头颅是典型的圆脑袋；按照瑞典自然科学家雷特秋斯的分类，属于智力低下、性格倔强

（比如狂热）的类型。另一方面，那头颅的弯曲程度正好符合本尼迪克特学者指出的癫痫患者的特征，据科学家萨姆特描写，他们手不离弥撒经典，口不离上帝名号，心上却打着罪恶和匪性的烙印。

“您发觉了吗？”近视记者说，好像刚刚费了很大力气似的吸了一口气，“卡努杜斯不是一个故事，而是一棵故事之树。”

“您不舒服吗？”男爵毫不热情地说，“我看出谈论这些事对您同样不好。您会晤过所有医生吗？”

近视记者像一条毛毛虫似的蜷曲着身子，缩成一团，似乎冻得要死。医生检查后产生了一个问题。那些骨头怎么办？有人建议将骷髅头作为历史奇物送到国家博物馆去，遭到一致反对。谁反对？共济会成员。他们说，有邦芬主①就够了，东正教占一个圣位就够了。那颗放在玻璃窗里展出的骷髅会使国家博物馆变成第二座邦芬主教堂，变成异教徒的圣所。军方同意这种观点：不能让那骷髅留下后患，变成未来动乱的胚胎。要让它绝迹，但是用什么办法呢？

“显然，不能埋掉。”男爵喃喃自语。

的确，狂热的人迟早会发现埋葬的地方。有什么地方比海底更可靠、更遥远？骷髅被放进一个装满石头的口袋缝好，在夜间由一名军官用小艇运到大西洋一个距富埃尔特·圣·马尔塞罗和伊塔帕里卡岛等距离的地方，扔到海底的淤泥里，给石珊瑚做底座去了。负责这项秘密行动的军官正是平托·索萨上尉：故事到此结束。

近视记者流了那么多的汗水，脸色又如此苍白，以致男爵想：“他要昏倒了。”这个木偶对“劝世者”怀有什么样的感情？是尊敬、着迷还是简单的好奇呢？他真的以为他是上天的使者？他为什么和

---

① 邦芬主（Senhor Bonfim），传说是一位能治病救人的圣者，以他名字命名的邦芬主教堂位于巴西萨尔瓦多市，是举世闻名的天主教堂。

卡努杜斯一起受苦受难？他为什么不像大家那样试图忘却？

“您说加利雷奥·加尔吗？”只听他说道。

“是的，”男爵看着他狂热的眼睛和光光的脑袋，听着他隐晦的演说，附和道，“那段历史，加尔大概懂得。他相信人们的秘密存在于头骨之中。他最后到达卡努杜斯了吗？如果到了那里，一旦知道那并不是他梦寐以求的革命，对于他将是可怕的。”

“不是，也是，”近视记者说，“那是蒙昧主义的王国，又是极不寻常的自由、博爱的世界。加尔也许不会太失望。”

“您知道他结果怎样了吗？”

“他死在离卡努杜斯不远的一个地方，”记者说，“在这一切发生之前，我常见到他，在下城区一个叫‘强者’的酒吧里。他口若悬河，绘声绘色，疯疯癫癫，挠着脑袋预言着动乱。我认为他是个骗子，谁也没料到他变成了悲剧人物。”

“我有一份他的手稿，”男爵说，“是他在卡龙毕我的家里写的一份回忆录，或是一份遗嘱。我应该把它们交给他的同伙，但是我无法办到。并不是因为我不尽心，为了此事我还去了趟里昂。”

男爵为什么要从伦敦去里昂亲自将加尔的手稿交给《反叛的火花》的编辑们？无论如何，不是出于对那位颅相学家的感情。他对加尔的感情只是好奇，只是对人类的这个奇怪变种抱着研究的兴趣。他不辞劳苦地到里昂去，是为了看看那位革命家的伙伴们的面容，听听他们的声音，看看他们是否同他一样，是否相信并谈论同样的事情。然而那是一次徒劳的旅行，男爵所打听到的一切只是：不定期出版的《反叛的火花》早就停刊，它是由一家小厂印刷的，厂主三四年前已被送进监狱，罪名是伪造纸币。如果他在欧洲的生活也是写些文章寄给并不存在的幽灵，然后在无人知晓的情况下悄悄死去，那么他与加尔的命运岂不完全相似？

"狂人的历史，"男爵含糊地说道，"'劝世者'、莫莱拉·西塞、加尔。卡努杜斯使半个世界发了疯，我想也使您发了疯。"

然而有个想法堵住了他的嘴："不，他们在这以前就疯了。卡努杜斯只是使埃斯特拉发了疯。"男爵竭力不让眼泪流出来。他不记得儿时和青年时代的啼哭，然而自从男爵夫人发生不幸，他在办公室里，在不眠之夜，哭过许多次。

"与其说是狂人的历史，不如说是误解者的历史，"近视记者又纠正他说，"我想知道一件事，男爵。我请求您对我说实话。"

"自从我脱离政界，我几乎总是说实话，"男爵低声说，"您想知道什么？"

"'劝世者'和帝制派之间是否真有联系？"近视记者提问，同时窥视着他的反应，"我并不是指那一小批怀念帝国的人，他们像亨梯尔·德·卡斯特罗那样天真地宣布自己是帝制派。我是指像您这样主张自治的人，掩盖着真面目、诚心诚意的帝制派。他们真和'劝世者'有联系吗？他们煽动过他吗？"

男爵以嘲笑的神态听他讲完，笑了起来。

"您在卡努杜斯的那几个月没对此进行调查？在甲贡索人当中，您见过巴伊亚、保利斯塔纳或卡里约加斯的政治家吗？"

"我说过了，我在那里没见过什么大事情，"记者回答说，"但是我知道您曾经从卡龙毕送过玉米、食糖和羊群。"

"那么你大概也知道那不是我自愿干的，是不得已而为之，"男爵说，"为了不让他们将我们的庄园烧掉，那个地区所有的庄园主都不得不那样做。那不是在腹地对付土匪的办法吗？如果不能将他们杀掉，就只有花钱雇用他们。倘若我对他们真有影响，他们就不会将卡龙毕摧毁，我的妻子就不会失去健康。狂热分子们既不是帝制派，也不知道帝国为何物。您连这都不懂，真使人难以置信，尽管……"

这一回，近视记者没让他讲下去：

“他们不懂，但他们确是帝制派，尽管他们的行为是任何帝制分子都不理解的，”他眨着眼睛很快地说，“他们知道君主专制废除了奴隶制。‘劝世者’赞美伊莎贝尔公主给奴隶们以自由，他们似乎确信帝制是由于废除了奴隶制才垮台。在卡努杜斯，所有人都相信共和国主张奴隶制，要复辟奴隶制。”

“您想，我和我的朋友会给‘劝世者’灌输类似的东西吗？”男爵又微笑了，“倘若有人向我们这样建议，我们会认为他是白痴。”

“然而这可以解释许多事情，”记者提高了嗓门儿，“比如他们对人口普查的仇视。我曾绞尽脑汁力图弄清此事，现在明白了：种族、肤色、宗教。共和国为什么要调查人们的种族和肤色？还不是为了将黑人再次变成奴隶？调查宗教还不是为了查清信徒后进行屠杀？”

“这就是卡努杜斯的误解吗？”男爵说。

“这是其中之一，”近视记者喘了口气，“我知道甲贡索人不曾被任何政客这样欺骗过，但是我想听您谈谈。”

“您已经听到了。”男爵说。如果他的朋友们能提前知道这件美事，会说什么呢？腹地的男女贱民武装起义，口不离堂娜·伊莎贝尔公主的名字，向共和国发起进攻！不，这太离奇了，任何一个巴西的君主专制主义者做梦也不会想到。

若安·阿巴德的信使在胡埃特郊外追上了安东尼奥·比拉诺瓦，这位从前的商人正和十四个甲贡索人埋伏在那里，窥伺着运送牛羊的车队。情势是那么严重，安东尼奥决定返回卡努杜斯，没有完成他到这里来的使命：搞饭吃。自从敌人到达，这项工作他已经干了三回，每回都取得了成功：头一回获得了二十五头牛和几十头山羊；第二回是八头牛；第三回是十几头，还有一大车面粉、咖啡、糖和盐。他坚持领导这项为甲贡索人提供口粮而奔波劳碌的工作，理由是若安·阿巴德、帕杰乌、彼得劳和若安·格兰德在贝罗山都是不可缺少的人物。三个星期以来，他一直在狙击敌人从盖伊马达斯和圣多山出发、沿罗萨里奥路线为法维拉山运送食品的运输队。

相对来说，这是一件容易的事情。这位从前的商人以他有条不紊、深谋远虑和组织才能做得尽善尽美，达到了登峰造极的科学程度。这一成功特别要归于他所收到的情报，归于政府军的向导和脚夫的合作，他们大多是甲贡索人，是从杜卡诺到依达比古鲁沿途各地雇来或抓来的壮丁。他们使他随时掌握运输队的动向，帮助他决定进行袭击的地点，那是整个行动的高潮。在适当的地点（一般是峡谷或密林的深处，总是在夜里），安东尼奥和他的手下突然冲进畜群，用长铳枪发出巨响，点燃炸药包，接着哨音大作，使牲畜受惊，在卡汀珈中狂奔乱跑。这时，安东尼奥和手下吸引敌军，向他们射击。向导和脚夫们则尽力将牲口抢过来，并把它们通过安全的捷径——卡龙毕方向最近又最可靠的路线，政府军对此一无所知——赶到卡努杜斯。安东尼奥和其他人随后追上他们。

要不是传来了狗子兵随时可能进犯卡努杜斯的消息，他们早就那样干了。安东尼奥和十四名同伴咬紧牙关，紧皱眉头，加快了步伐，一个坚定的信念激励着他们：当敌人发动进攻时，他们要和其他人一起待在贝罗山，在“劝世者”的周围。街道司令怎么会知道敌人的进攻计划？那位信使，走在比拉诺瓦身旁的一位老向导对他说，是两个穿着政府军的军装在法维拉山到处游荡的甲贡索人送来的消息。他讲这件事时很自然，似乎好耶稣的孩子化装成魔鬼在魔鬼中间活动很正常。

“他们习以为常，已经不在意了。”安东尼奥·比拉诺瓦心想。可是若安·阿巴德第一次试图说服甲贡索人穿政府军的军装时差点发生一场暴乱①。安东尼奥本人对此建议就一点兴致都没有。将那象征世界上的罪恶、无情和可恨的东西穿在身上使他从心底里厌烦，他深知卡努杜斯人决不肯披着狗皮去死。“然而我们错了，”他想，“像往常那样，还是若安·阿巴德有理。”因为那些将蚂蚁、眼镜蛇和蝎子撒到敌营并往敌军水囊中投毒的高尚的“小鬼”搞来的情报比真正的敌人，特别是从敌军中退缩和开小差的人的情报更准确。是帕杰乌解决了问题，在一阵争论过后，他穿着班长的军服来到了比加里奥牧场的战壕，声称要突破敌人的前哨。大家知道他不是粗心大意的人。若安·阿巴德问甲贡索人，为了给他们树立榜样，打消他们对那些带纽扣的破布的恐惧，是不是让帕杰乌去牺牲，他们就舒服了？于是，从前是强盗的卡波克洛人的好几名手下便自愿穿上了军装。从那天起，街道司令就能毫不费力地让甲贡索人打进敌人内部。

几个小时后，他们停下来休息，吃饭。天开始黑了，阴沉的夜幕下，康巴奥和起伏的卡纳布拉沃山轮廓分明。甲贡索人盘腿坐成一圈，打开带皮穗的口袋，掏出一把生橡子球或干肉默默地吃着。安东尼奥·比拉诺瓦觉得双腿劳累、抽筋且发胀。他老了吗？这是他近几个月来的感受，或许是紧张，是战争所引起的狂热活动造成的？体重减轻了那么多，他在皮带上又多钻了好几个眼儿，两件衬衫穿在身上来回逛荡，都成袍子了，安东尼娅·萨德林哈只好给他改小。但是贝罗山的男男女女不都是如此吗？身材魁梧的若安·格兰德和彼得劳不也都消瘦了吗？奥诺里奥不是已经驼背并添了白发吗？若安·阿巴德和帕杰乌不也都更老了吗？

靠近北方响起了大炮的一声轰鸣。稍停片刻，又是一连几炮。

① 此处指前文马坎比拉父子十二人潜入敌军前拒绝换上政府军的军装。

安东尼奥和甲贡索人一跃而起，甩开大步重新赶路。

走了五个小时，炮声几乎不断。天亮时，他们通过塔波林哈，靠近了卡努杜斯。在水塘处，那里开始有房屋了，一个信使在等候着把他们带到若安·阿巴德那里。他们在维拉庄园的战壕里找到了他。现在有双倍的人手赶来增援，大家都手扳枪机，居高临下，在晨曦中，在法维拉山坡上等着看敌军溃散。“赞美‘劝世者’好耶稣。”安东尼奥喃喃地说。若安·阿巴德并不回答，而是问他沿途是否看见了政府军士兵。没有，连一支巡逻队也没有。

“我们不知道他们从哪里进攻，”若安·阿巴德说道，从前的商人看出了他极大的不安，“我什么都知道，就是不知道这一关键。”

街道司令估计敌人会抄捷径进攻，所以率领三百甲贡索人来增援帕杰乌。这一公里长的弯曲战壕，从马里奥山直达塔波林哈。

若安·阿巴德告诉他，彼得劳守卫贝罗山东侧、畜栏和播种地区，还有通向特拉波波、马坎比拉、科罗罗波和盖莱莫波等地山头的蜿蜒小路。若安·格兰德的天主卫队守卫的卡努杜斯在街巷和十字路口修筑了新的工事，教堂和圣所的四周得到了加强，那里将是敌军集中攻击的重点，也是炮弹轰炸的中心。

不管安东尼奥多么想提问，都知道没有时间了。他该做什么？若安·阿巴德告诉他，马里奥高地和盖莱莫波出口以东、与瓦沙—巴里斯河峡谷平行的地段由他和奥诺里奥负责。街道司令没有多解释，而是要求他在行动中如果发现了官军，要立即报告，因为及时发现敌人将从哪里进攻是非常重要的。安东尼奥和十四名手下跑着离开。

疲倦像巫术般烟消云散。这大概是圣灵显圣的又一个先兆在安东尼奥身上的又一次非凡体现：如果不是因为圣父、圣灵或好耶稣，这又如何解释？自从知道了敌人进攻的消息，他一直在奔走。刚才穿过西坡洼地时，他两腿发软，心跳得厉害，担心自己会昏倒。而此时此刻，在黎明前，他又在这高低不平、遍布石头的地方奔跑了，敌军发射的炮弹划破黑暗，响彻夜空。他感到休息过来了，精力充沛，有使不完的劲，而且知道跑在他身旁的十四个人也是如此。当环境需要的时候，除了上帝，还有谁能使他们产生这种变化，返老还童？他已不是初次这样了。近几个星期，有好几次，每当他感到要垮下去的时候，就突然感到好像有一股新的力量将他举起来，使他焕发了青春，将生命之风注进了他的体内。

在他们时跑时走地赶到瓦沙—巴里斯河的战壕里的半小时中，安东尼奥·比拉诺瓦看到了卡努杜斯的火焰。他想的不是大火会不会烧到他的家，而是他那使大火不能蔓延的主意有没有灵验。为了灭火，他们在街道巷口设置了几百个盛有沙子的大桶和箱子。留守城池的人都知道，一听到爆炸声，应立刻跑出去用沙土灭火。安东尼奥亲自在每个居民区组织了妇女、儿童和老人来承担这项任务。

在战壕里，他碰到了弟弟奥诺里奥，也见到了妻子和弟媳。萨德林哈姐妹和其他妇女搬到一间棚子里去了，周围全是食物、药品和纱布。“欢迎你，老哥。”奥诺里奥拥抱他。安东尼奥和他待了一会儿，津津有味地吃着萨德林哈姐妹给刚来的人做的锅巴。吃罢简便的小吃，这位从前的商人就把手下的十四个人安置在周围，劝他们睡一会儿，便和奥诺里奥观察地形去了。

他们是最不善战的战士，若安·阿巴德为什么把这段边界交给他们守卫？肯定是因为这里离法维拉山最远，敌人不会从这里进攻。要是他们从山坡上下来攻打维拉庄园，路程远上三四倍；而且在到达河边前要通过一段险峻陡峭、荆棘丛生的地段，会使敌人崩溃瓦解。异教徒是不会这样作战的，他们总是组成方阵集结冲锋，正好给隐蔽在战壕里的甲贡索人当靶子。

“这些战壕是我们挖的，”奥诺里奥说，“还记得吗，老哥？”

“当然记得。至今还没派上用场呢。”

这里崎岖蜿蜒，河流和墓地之间既没有树木也没有荆棘，正是他们领导散布在这个地区的小组修筑了两三个射手合用的坑穴。他们一年前就挖了第一批掩体。政府军每一次围剿后，他们就挖一批新的坑穴。最近他们又挖了坑道，将坑穴连接起来，这样人们就可以从一个坑穴爬到另一个坑穴而不被敌人发现。坑穴的确原封未动：在这一带，一场仗都没打过。

一道镶着黄边的蓝色光亮从地平线上扩散开来。响起了雄鸡咯咯的啼声。“炮击过去了。”奥诺里奥边想边说道。安东尼奥接着说：“这就是说，他们上路了，老弟。”坑穴分布在半公里宽、几百米长的地带，每隔十五到二十步一个。躲进掩体的甲贡索人两三个一伙，隐蔽得很好，只有当他们弯着身子与比拉诺瓦兄弟说话时，后者才能望见他们。许多人都携带着金属管、直径很粗的竹竿和掏空了的树干，不用探头就能观察外面的情况。大部分人在睡觉或打盹，曼利夏枪、毛瑟枪、火铳、子弹带和装火药的牛角放在手边。奥诺里奥沿瓦沙—巴里斯河安排了岗哨，有几个下了峭岸侦察河床——那里完全干涸了——和对岸，没有遇到巡逻队。

他们谈着话向隐蔽处走回。长时间的轰炸过后，寂静得只有鸡鸣倒反常了。安东尼奥评论说，自从敌人的那支援军——看来有五百多人——毫发无损地到达了法维拉山，他就预感对卡努杜斯的进犯不可避免。虽然帕杰乌拼命在卡尔德朗一带骚扰他们，但也只是抢了一些牛而已。奥诺里奥询问，敌军是不是真的在胡埃特和罗萨里奥留下了部队？从前他们很乐意从那里通过。是的，是这样的。

安东尼奥解开了腰带，用一只胳膊当作枕头，用草帽盖住脸，在他们弟兄俩合用的战壕里缩成一团。由于一动不动，他的身体很放松，但听觉依然保持警惕，竭力想在这刚刚开始的一天听出官军的动静。顷刻间，他就将他们忘在一边，脑海中浮现各种各样虚无缥缈的形象。然后他突然将注意力集中在紧靠着自己身躯的那个人身上：比自己小两岁，浅色鬈发，文静、谨慎。奥诺里奥不仅是他的兄弟、连襟，还是他的战友、伙伴和最可信任的知己。他们从来没有分开过，也从来没有真的争吵过。奥诺里奥之所以来到贝罗山，是否也像他一样出于对“劝世者”及其代表的一切——宗教、真理、正义和对灵魂的拯救——的拥护？或是单纯地出于对兄长的忠诚？他在卡努杜斯待的这些年里，从没有过这个念头。当天使抚摩了他，他抛弃了自己的事业，为卡努杜斯的人而奔忙的时候，他以为自己的弟弟和弟媳像自己的妻子一样愉快地接受生活的变化是很自然的，就像每一次当不幸使他们确定新的方向时所做的那样。事实正是如此：奥诺里奥和阿顺松毫无怨言地服从了他的意志。但是在莫莱拉·西塞进攻卡努杜斯的时候，在那度日如年的日子里，当他在街道上战斗时，那念头第一次开始折磨他：奥诺里奥也许不是为了自己所信仰的东西，而只是为了尊敬兄长而准备战死在那里。当他跟弟弟谈及这个话题时，奥诺里奥嘲笑说：“你以为我只是为了待在你身边才拼命吗？你变得多爱虚荣啊，老哥！”但是那些玩笑非但没有解除疑虑，反倒加重了。他曾对“劝世者”说过：“出于个人主义，我安排奥诺里奥和他全家的生活时从没问过他们的需求，好像他们是家具或山羊。”“劝世者”找到了安抚这伤痛的说法：“如果是这样，是你帮助他们做了能够升天堂的好事。”

他觉得有人摇晃他，却没立刻睁眼。阳光在天空闪耀，奥诺里奥正把一根手指放在嘴唇上叫他保持安静：

“老哥，敌人来了，”他用沙哑的声音喃喃地说，“轮到我们招待他们了。”

“不胜荣幸，老弟。”他用柔和的声音回答道。

他跪在战壕里。晨光中，瓦沙—巴里斯河陡峭的对岸上，一片蓝色、铅灰色、红色军装的海洋，挟着纽扣、剑和刺刀的闪光向他们涌来。鼓号齐鸣，那是他的耳朵在片刻前就已听到的。“好像直奔我们而来。”他想。天空晴朗，尽管相隔较远，他仍能看清敌军分成三队铺开，其中有一队，即中间的那队，好像是列好阵势直接向这些战壕扑来。嘴上有什么黏乎乎的东西使他说不出话来。奥诺里奥告诉他已经派了两名小鬼去维拉庄园和特拉波波山口通知若安·阿巴德和彼得劳：敌人从这边攻来了。

“我们要顶住他们，”只听他说道，“顶住他们，直到若安·阿巴德和彼得劳退守贝罗山为止。”

“只要他们不同时进攻法维拉山。”奥诺里奥嘟囔说。

安东尼奥不相信会那样。前方，从干涸河流的峭岸上拥下来好几千士兵，有三千多，也许四千，大概是狗子兵全部顶用的力量。甲贡索人通过小鬼和探子知道，法维拉山和马里奥山之间的山沟医院里有将近一千名伤病员，一部分敌军留在那里保护医院、大炮和装备。这支部队一定是前来讨伐的全部敌军了。他对奥诺里奥说话，却没有看他，眼睛盯着峭岸，同时用手指检查左轮手枪是否上满子弹。虽然有卡宾枪，可他还是喜欢用这支左轮，来到卡努杜斯至今，他一直用它进行战斗。奥诺里奥却不同，他把步枪支在壕沿上，竖起标尺，手扣扳机。在坑道里，所有其他的甲贡索人大概都是这样，他们牢记命令：敌人不到跟前不开枪，以节省弹药，更好地进行突袭。这是唯一对他们有利的方式，是唯一能缩小与敌人在数量和装备上实力悬殊的方式。

一个小孩爬到了战壕里，给他们送来了一皮囊热咖啡和一些玉米饼。安东尼奥认出了那双活泼迷人的眼睛和灵活的身体。他叫塞巴斯蒂安，干这些活颇为老练，曾给帕杰乌和若安·格兰德当过通信兵。安东尼奥一边喝咖啡——这饮料使他恢复了体力——一边看着小孩带着皮口袋和褡裢像蜥蜴那样默默地、飞快地爬走，消失。

“他们若一起来，密密麻麻的一团，”他想，“在那没树木、没荆棘、连岩石也没有的地方近距离地用冰雹般的枪弹把他们干掉，多容易呀。”洼地对他们起不了什么作用，因为甲贡索人的战壕在高岗上，从那里能控制那块地方。但他们没一起来。中间的一队走得最快，像船头一样首先过了河道，向峭岸上爬。一些蓝色的人影儿，长裤上带着红线和闪光的点点，从离安东尼奥不到两百步的地方冒出来。这是侦察连，一百多人，都是步行，三人一伍分成两路，大摇大摆地迅速前进着。他看见他们伸着脖子注视着贝罗山教堂的塔顶，丝毫没察觉到趴在地上向他们瞄准的射手。

“还等什么，老哥？”奥诺里奥说，“等他们看见我们吗？”安东尼奥开了枪，霎时，像回声一样，他的周围枪声大作，将鼓号声压下去。硝烟加上尘埃，使侦察兵们茫然失措。安东尼奥不慌不忙地射出每一枚子弹，闭着一只眼，瞄准掉头逃跑的士兵。他看到另一些人过了峭岸，从三四个不同的方向靠近了。枪声停止。

“没看见我们。”弟弟对哥哥说。

“他们面朝太阳，”他回答说，“一小时后，他们就什么都看不见了。”

两个人都上满子弹。枪声稀稀落落，是甲贡索人想结果那些伤兵。安东尼奥见他们在碎石上爬行，想到达峭壁。而峭壁上，政府军士兵的头、胳膊和躯体仍在出现，在坑坑洼洼、起伏不平的地面上前进，队列在崩溃、解体、变形。官军开始射击，但是安东尼奥看出敌人仍没发现自己所在的掩体，他们站在甲贡索人的头顶朝卡努杜斯开枪，以为挫伤他们攻势的弹雨是从好耶稣的圣堂上射过来的。枪击使硝烟变浓，棕色旋风霎时遮住了敌人，使他们失去了踪影。他们躲躲藏藏，互相拥挤，步枪林立，上好刺刀，踏着鼓点的节奏和“步兵！冲啊!”的喊声前进。

安东尼奥·比拉诺瓦两次打光左轮枪膛里的子弹，手枪又热得烫手了。于是他把手枪装入枪套，开始用英制卡宾枪。他瞄准，射击，在敌群中总是寻找那些从马刀、肩章穗或举止姿态能看出是指挥官的人。那些惊慌失色、魂不附体的异教徒一个、两个、十个地倒下去，浑然不知枪弹从哪里来。他产生了同情心。即将踏平贝罗山的人怎么可能引起他的同情？但的确，此时此刻，他看着他们倒下，听着他们呻吟，瞄准并杀死他们时，他对他们没有仇恨：他预料到他们精神上的贫困、人格上的耻辱，知道他们是牺牲品，是愚蠢盲目的工具，是受了邪恶伎俩的蒙蔽。每个人不是都会碰上这样的事吗？他本人若不是碰上“劝世者”，天使不是也不会来抚摩他吗？

“左边，老哥。”奥诺里奥用肘部捅他一下。安东尼奥看见举着长矛的骑兵有两百名左右，也许更多。他们从左边距离他半公里处穿过了瓦沙—巴里斯河谷，在狂乱的军号声中排成小队准备进攻。敌人处于防线以外。刹那间，比拉诺瓦明白了要发生的事。长枪手们从长满茅草的山头劈杀过来，直逼墓地，因为在那个方向没有战壕阻截，他们顷刻便能到达贝罗山。一旦看到畅通无阻，步兵也会走那条路线。那样一来，无论彼得劳、若安·格兰德还是帕杰乌都来不及撤退去增援隐蔽在教堂和圣所房顶及塔楼工事里的甲贡索人。他一时不知该怎么办，怒火中烧，身不由己地抓起子弹带跳出坑穴，向奥诺里奥叫道：“要把他们拦住，跟我来！跟我来!”他弯下身子，跑起来，左手左轮手枪，右手卡宾枪，肩上是子弹袋，那样子就像在做梦，像喝醉了酒。那时，对死的恐惧——有时一场普通的谈话会使他浑身冒汗或血液凝结——已经消失，对中枪或从生者中消失的念头的蔑视支配着他。他向骑手们直奔过去。他们组成小队，拐着弯地跑着。烟尘四起，随着地势的起伏，他时而看得见时而看不见敌人，想法、回忆和形象在他头脑的煅炉里迸发着火花。他知道那些骑手是高乔人，是南方长枪营的人，他曾见过他们在牛群后面转悠。他寻思那些骑手谁也不可能践踏卡努杜斯，因为若安·格兰德的天主卫队、莫坎波的黑人或卡里里的弓箭手将把他们的马匹杀死，那是多好的靶子啊。他想到妻子和弟媳，她们大概和别的女人一起回到贝罗山了吧。在那些面庞、希望和幻影当中出现了阿萨雷，在塞亚拉的边界上。自从他为了躲避瘟疫逃出来就再没回去。在这样的时刻，当他感到自己触到了某种界限、踩到了某种边缘、再往前只剩下死亡或奇迹之时，故乡便常常浮现在他的脑海中。

他的腿再也迈不动步了，便卧倒在地，也不找掩体就把步枪抵住肩窝开始射击。他不会再有时间装填子弹，所以每一次都仔细地瞄准。他的射程只能达到与敌距离的半程。这些骑兵在烟尘中从他面前通过，于是他想：自己是横穿过来的，而且一面跑一面朝他们开枪，怎么他们会看不见自己？长枪手们谁也不朝他这边看。然而仿佛他的想法提醒了他们，走在前头的小队突然转向了左边。只见一名骑手好像在召唤他、问候他似的，用马刀画了一个圈，一列长枪手向他奔来。步枪没有子弹了。他用双手拿起了左轮手枪，肘部撑在地面，决定等那些马匹到了眼前才开枪。由于狂怒而变了形的魔鬼的脸庞就在那里，他们刺马时的凶狠、抖动的长竿、被风吹鼓的灯笼裤，就在他的眼前。他朝那个手持马刀的人射击，一枪、两枪、三枪，都没打中。他想，无论如何也无法避免被长枪刺穿、被马蹄踏碎了，这些马蹄正踏在碎石上。但是发生了什么事情，他又预感要出现奇迹了。他身后出现了许多条人影，他们开枪射击，挥舞砍刀、大刀、斧头，一齐砍向那些畜生及其坐骑，在飞速的旋风中向敌人刀劈斧剁，杀将过来。甲贡索人拉住骑手的长矛和大腿，砍断他们的缰绳，只见他们连人带马在地上翻滚；吼叫起、马嘶声、谩骂声和枪声混成一片。在他尚未站起身投入战斗前，至少有两名长枪手从他头顶越过而没有踩到他。打完左轮手枪里的最后两枚子弹，他拿起卡宾枪当作棍棒，向离自己最近、在地上扭作一团厮打的异教徒和甲贡索人奔去。他朝扑在义民身上的一个官军士兵就是一枪托，把他打得失去了知觉。他帮那个义民站起来，两人一起跑过去支援奥诺里奥，一名骑兵正挺着长矛追他，一见他们扑来，那高乔人就拍马奔驰，在贝罗山方向消失了。有好长一会儿，安东尼奥在旋风中从一处跑到另一处，帮助倒下的人站起来，给自己的左轮手枪装填子弹再射击。有的战友受了重伤，有的已阵亡，身上还插着刺穿身体的长矛，其中一个的鲜血从马刀砍出的伤口直往外涌。安东尼奥像在梦中，用枪托——另一些人用砍刀——将落马的高乔人杀死。当敌人全被消灭，混乱结束，甲贡索人集合在一起。安东尼奥告诉大家该回到战壕里去了，但是话刚说到一半，就看到在红色烟尘的迷雾中，无边无际的敌人连队正从他们原先埋伏的地方通过。

比拉诺瓦身边只有五十人。其他人呢？能走动的都回贝罗山去了。“但是走的人并不多。”一个牙齿掉光的甲贡索人——铁匠索西莫嘟囔着。看到这老人也在战斗行列中，安东尼奥吃了一惊。以他的高龄和虚弱，本该让他去救火或往卫生站里运送伤员，现在留在这里已经没有意义了，骑手们新的进攻会把他们全部报销。

“咱们去帮助若安·格兰德。”他对大家说。

他们三四个人一组，搀扶着那些瘸了的人隐蔽在低洼处，开始往回走，安东尼奥、奥诺里奥和索西莫断后。滚滚的烟尘、刺目的阳光、敌人急不可耐要侵占卡努杜斯的模样，莫非说明无论是左侧前进的敌军还是在右侧眺望的骑手都不会来杀死他们？因为敌军肯定看见了他们，就像他们看见了敌军。他向奥诺里奥问起萨德林哈姐妹的情况。奥诺里奥回答说，离开战壕前，他派人叫妇女们全部撤走了。距离住宅区还有一千多步，他们走得如此之慢，要安然无恙地走到那里是很困难的。但是双腿的颤抖和血脉的跳动都告诉他，无论是他本人还是任何一个幸存者都不可能走得更快了。年迈的索西莫摇摇晃晃，处于暂时的昏迷状态。他轻轻拍了老人一下，给他打气，搀扶着他走。被天使抚摩前，这老人真的差一点在纳杜沃自焚？

“老哥，你看烟火匠安东尼奥的房子那边。”

一阵激烈、嘈杂的枪声从住宅区传来。这片住宅区坐落在古老墓地的前方，街巷错综复杂，如象形文字。在卡努杜斯，唯有这里的街巷不以圣徒的名字而以特罗维罗故事中的名字命名：玛格洛娜公主、魔鬼罗伯特、希尔瓦尼娜、卡尔罗玛格诺、费拉布拉斯及法兰西贵族等，新来的朝圣者都聚居在那里。是他们从那里向异教徒射击吗？屋顶、房门、街口都在向官军喷射怒火。突然，在或蹲或站、弯腰弓背的甲贡索人的身影中，安东尼奥发现了彼得劳那无法被混淆的身影——手持滑膛枪从这里跳到那里。他确信，在震耳的枪声中，自己能听出这位穆拉托大个子手中武器的轰鸣。彼得劳总是拒绝用能连续射击的卡宾枪或毛瑟枪来替换他当年当土匪时使用的那杆旧枪，尽管这些新式枪可以连发五枚子弹，装填又很迅速。他每次使用那滑膛枪前都要擦枪膛、装火药并封口。子弹也是荒唐可笑的：铁块、矿石块、玻璃碴、铅块、蜡块甚至石块。然而彼得劳对此得心应手，快得简直神了，如同他射击时出奇地准确。

看见彼得劳使他高兴。既然彼得劳及其部下有时间撤回来，那么若安·阿巴德和帕杰乌也不会例外，这样贝罗山的防御就很坚固了。离第一线战壕只剩下两百多步，走在前面的甲贡索人挥舞双手，叫喊着表明自己的身份，以免防御者向他们射击。有些人跑起来，他与奥诺里奥也跑了起来，但马上又停住了，因为年老的索西莫追不上他们。他俩架着老人的胳膊，拖着他，弯着腰跌跌撞撞地向前走。他们冒着冰雹似的弹雨，安东尼奥觉得那是向他们三人射来的。他到了一个街口，现在成了一堵用石头、沙桶、木板、瓦片、砖头和各种杂物堆起来的矮墙。他从上面望见一队密集的射手，许多双手向他们伸来，帮他们爬上去。安东尼奥觉得自己被拉起来，被放到战壕的另一侧。他坐下来休息。有人递给他一只盛满水的皮口袋，他闭着眼睛吸吮着，当液体润湿了他鲨鱼皮般的舌头、口腔和咽喉时，感到悲喜交集。嗡嗡作响的听觉渐渐恢复了，他听到了枪声、对共和国和异教徒的咒骂声以及对“劝世者”和好耶稣的欢呼声，但在一阵阵的呐喊声中——极度的疲劳渐渐减轻了，他将很快站起来——也听到了甲贡索人决不会喊的“共和国万岁！”“弗洛里亚诺元帅万岁！”“打倒叛徒！”“打倒英国佬！”难道敌人真的离得这么近，连他们的喊声都能听见？军号声同样在他耳朵里轰鸣。他一直坐在那里，往左轮手枪弹仓里压上五枚子弹。给卡宾枪压子弹时，他看到这是最后一条子弹带了。他一用力，全身的骨头就疼。借助胳膊肘和膝盖，他站起来爬到街垒的顶上。人们给他打开一个豁口。在不到二十米的地方，有一伙敌人排着密集的队形向前冲来。他没有瞄准，也没有寻找军官，估摸着差不多，就将左轮手枪里的子弹全射出去，又射出了卡宾枪的子弹，枪托的每一次后坐力都使他的肩部异常疼痛。他一面抓紧时间给左轮手枪上子弹，一面环视周围。敌人从各个方向发起了进攻，在彼得劳那边靠得更近，有的刺刀已伸到了街垒的边沿。有的甲贡索人突然站起身，拿着棍棒和铁器拼命地打。他没看见彼得劳。在他的右侧，烟尘迷漫中，官兵潮水般冲向圣灵、圣安娜、圣约瑟、圣托马斯、圣丽达和圣华金街。无论从其中哪一条街道走，他们都能在几秒钟之内到达圣彼得罗街或大广场，即贝罗山的心脏，并能进攻教堂和圣所。有人用力拉了一下他的脚。一个小伙子叫喊着告诉他，街道司令想在圣彼得罗街见他。小伙子接替了他在街垒中的岗位。

当他一溜小跑上了圣克里斯宾街的斜坡，看见街道两边的妇女正往木桶和木箱里装沙子，然后扛在肩上。周围全是灰尘，在倒塌的房子、烟熏火燎百孔千疮的墙壁和其他土崩瓦解东倒西歪的建筑物之间是一番奔跑匆忙、混乱不堪的景象。疯狂运动是有意义的，他一到达与大广场平行、从瓦沙—巴里斯河到墓地将贝罗山一分为二的圣彼得罗大街就发现了这一点。街道司令在那里，把两杆卡宾枪交叉放着。所有朝向河流的街口都设有街垒，封锁着。若安·阿巴德向他伸出手并直截了当地——但是安东尼奥想，他不慌不忙地保持应有的冷静，是为了让自己准确地了解——要他指挥所有能调动的人，负责封锁那些横穿圣彼得罗大街的小巷。

“增援下面的战壕不是更好吗?”安东尼奥·比拉诺瓦指着自己来的方向说。

“我们在那里坚持不了多久，那是开阔地。”街道司令说，“在这里，他们将作茧自缚，受到阻击。这里将成为一座真正的城墙，又厚又高。”

“不用担心，若安·阿巴德。好吧，我负责。”当对方转过身时，他又问道：“帕杰乌呢?”

“活着，”若安·阿巴德没有转身，“在维拉庄园。”

“在守卫水塘吧。”比拉诺瓦想。要是把他们从那里调出来，义民们就滴水皆无了。除了教堂和圣所，为了生存下去，最重要的就是水塘了。那从前的强盗沿着通向河边的斜坡消失在烟尘中。安东尼奥转过身，望着好耶稣圣堂的钟楼。由于非常害怕钟楼已不复存在，所以自从回到贝罗山，他还没看过那钟楼。它仍在那里，虽然破损，却依然巍峨屹立。石头结构牢固地经住了狗子兵枪弹、炮弹和炸药的攻击。甲贡索人从钟楼、房顶、看台上不停地射击，另一些人或蹲或坐地也从圣安东尼奥教堂的钟楼和屋顶开火。在从圣所的掩体里开火的天主卫队的一组组射手中，他望见了若安·格兰德。那一切都使他充满了信心，恐惧已烟消云散。当他听若安·阿巴德说官兵将不可避免地越过下面的战壕，在那里没有机会阻击敌人时，他直从脚底板往上冒凉气。比拉诺瓦没再耽搁时间，他喊叫着命令成群的妇女、儿童和老人开始推倒圣克里斯宾、圣华金、圣丽达、圣托马斯、圣灵、圣安娜、圣约瑟等街口的所有房屋，将贝罗山的那区域变成一片错综复杂的森林。他将步枪当作撞锤，给他们做示范。修战壕、筑工事是建设和组织工作，干这些事情，安东尼奥·比拉诺瓦比打仗内行。

由于所有的枪支和弹药都被运走，库房的空地扩大了三倍。巨大的空间使近视记者感到更加无所依靠。炮击使人们失去了时间概念，他和玛丽亚·瓜德拉多及利昂·德·纳图巴一起关在库房里多长时间？他听到了利昂用牙齿咯咯作响的声音朗读那张写有攻克卡努杜斯作战部署的纸片。那声音仍在耳际萦绕。从那时起，大概已经过去了一夜，天该亮了。流逝的时间不可能少于八小时或十小时，然而恐惧使每一秒钟延长，使每一分钟停止不动了。从若安·阿巴德、彼得劳、帕杰乌、奥诺里奥·比拉诺瓦和若安·格兰德一听到在那张纸上被称做“摧毁性炮击”的头几声就跑出去算起，也许不过一小时。他记起了他们的匆匆离去，记起了他们的争论和那要回圣所的女人——他们是怎样地强迫她待在那里呀！

不管怎样，这毕竟是一个鼓舞。既然他们将“劝世者”的两名心腹留在这里，那么这里就比其他地方更安全可靠。然而此时此刻还想什么安全地点岂不滑稽？这并不是有目标的射击，而是盲目的炮轰，是为了放火、摧毁房屋、使街上遍布尸体和废墟，以此对居民进行恫吓，使他们在政府军向卡努杜斯发起冲锋时丧失抵抗的意志。

“这是莫莱拉·西塞上校的哲学。”近视记者想。他们可真蠢、真蠢、真蠢。他们不懂这里发生的事情的意义，不想想这里都是些什么样的人。对黑暗中的城镇进行无休止的炮轰，只能把他这个大近视吓软。他想：“一定把半个或四分之三个卡努杜斯报销了。”然而直到现在，也没有任何炮弹击中仓库。他有十几回闭上眼睛，咬紧牙关，心想：“这一次要命中了！这一次要命中了！”当瓦片、白铁皮和立柱震动时，当尘土飞扬，四周的一切都好像在解体、破碎、崩溃时，他的身体也随着上下跳动。然而仓库依然屹立，经受着爆炸带来的剧烈震动。

玛丽亚·瓜德拉多和利昂·德·纳图巴在谈话。他只知道他们在抱怨，听不清在讲什么。那声音很刺耳。炮击一开始，他们就默不作声了。有时他想象他们已经被子弹击中而自己在守护着他们的尸体。炮击已经震聋了他的双耳，他觉得耳朵里嗡嗡作响，有小小的爆炸声。胡莱玛和矮子现在又在哪里？他们白白地跑到维拉庄园去为帕杰乌送饭，可他来库房开会了。他们会碰上他的。他们还会活着吗？想到他们在帕杰乌的战壕里，在炮击中蜷缩着身体，肯定在惦记着自己，正如自己惦记着他们一样。想到这里，一股汹涌的暖流、一股充满激情和痛苦的热流传遍了他的全身。他们是他的一部分，他也是他们的一部分。他怎么会对那与自己毫无共通之处且在社会出身、所受教育、感情经验和文化方面极不相同的人感到如此深厚的眷恋和强烈的感情？几个月甘苦与共的生活使他们建立起一种关系：终日厮守在一起。这是他们做梦也没想到的、非自愿的，不知怎么就被那奇异、梦幻般的因缘，被偶然、意外、巧合的锁链或曰历史的必然性一起抛进了非同寻常的事件，抛进了濒临死亡的生活。正是这些因素把他们紧密地联结在一起。他想："我再也不和他们分开了。以后我要和他们一起去给帕杰乌送饭，和他们一起去……"

然而近视记者有一种荒唐滑稽的感觉。从今夜的情形看，以后还能按照往日的常规生活吗？即使能平安地躲过炮击这一关，也能幸免利昂·纳图巴宣读的敌方作战部署的第二部分吗？他预感到成群结队、成千上万的敌军会端着刺刀从山头冲下来，从各个街口冲进卡努杜斯。他感到一个冰凉的铁器会顶到他干瘦的脊背上，那时他要高声说明他是谁。他们可能不听，那他就要大声喊道："我是你们的人，一个文明的人，一名知识分子，一名记者。"他们可能既不相信也不明白他的话，于是他就要高叫道："我与这些疯子、野人毫不相干！"但是可能没用。他们不会容他开口，会让他作为甲贡索人死在甲贡索人的无名尸骨堆中。那不是荒唐到了极点吗？不是天下头号蠢材的明证吗？他竭力思念着胡莱玛和矮子，急切地盼望他们来到自己身旁。他要跟他们说话，也要听他们讲话。仿佛听力又恢复了，他十分清楚地听到了玛丽亚·瓜德拉多在说：有的过失无法抵偿，有的罪孽不能赦免。在她那知罪、顺从、苍老、痛苦的声音中，似乎有某种由于年深日久而养成的忍耐力。

"在这场大火中，有个位置是留给我的，"只听她重复说，"我不会糊涂的，孩子。"

"没有天主不能饶恕的罪行，"利昂·德·纳图巴迅速地回答，

“圣母已经为你求情，天主已经饶恕了你。别难过，玛丽亚。”

他的声音铿锵有力，自信流畅，富有发自肺腑的音乐感。记者想，这个标准的、有节奏感的声音使人联想到他一定是个正直、坚定、果敢的人，可自己从没和他谈过话。

“他是那么小，毫无自卫的能力，娇嫩得像刚刚出生的小羊羔，”那女人背诵道，“他母亲没有奶，而且心地很坏，是个把灵魂出卖给魔鬼的人。我借口不忍看他受罪，把一个毛线团放进他的嘴里。这不同于其他的罪孽，孩子，这是不可饶恕的罪孽。你将看到我永生永世被烈火焚烧。”

“你不相信‘劝世者’吗？”卡努杜斯的书记员安慰她，“他没跟上帝说吗？他没说过……”

爆炸声淹没了他的话。近视记者挺直身体，闭上眼睛，尽管浑身颤抖，却仍然听着那女人讲话，将他所听到的与遥远的记忆联系起来。随着她祈求的话语，那埋藏在他脑海深处的记忆浮了出来。是她吗？他又听到了二十年前曾经在法庭前听到过的声音：温柔、痛苦、自然、客观。

“您是萨尔瓦多那个杀害婴儿的女人吧？”近视记者问道。

近视记者对自己说出的话刚刚感到有些后怕，就听见两声巨响，仓库可怖地叫了起来，仿佛马上就要倒塌。一股强风袭来，似乎全都吹在他的鼻子上，他开始打喷嚏，越打越响，越来越凶猛、有力、快速，迫使他弯腰蹲在地上。由于缺氧，他的胸部快裂开了。他一面打喷嚏，一面双手捶胸，同时像在梦中一样从蓝色缝隙中隐隐约约地看到天的确亮了。太阳穴绷得快裂开了，他想这回是要完了，要憋死了。打着喷嚏憋死真是一个愚蠢的去世方式，但他认为这总强过死于政府军刀下。他仰卧在地上，一直打着喷嚏。一秒钟后，他的头已经在一个温暖的、女性的、爱抚的保护者的怀抱里。那女人把他放在自己的膝盖上，给他擦干前额，像母亲哄儿子睡觉那样摇动他。他心中茫然，十分感激，喃喃地说：“世人之母。”

一连串的喷嚏、浑身疼痛、呼吸困难和体弱无力反而使他产生了摆脱恐惧的能力。他觉得炮击与自己无关，对死亡也无动于衷了。那女人的双手、低语和气息，她的手指对他的头颅、前额、眼睛的抚摩，使他完全平静下来，回到了依稀记得的童年。他已经不打喷嚏了，但鼻孔发痒——两处开口的溃疡——表明它们随时有可能卷土重来。在那深沉的陶醉中，他想起了往事，想起了过去犯病时曾有过死亡临近的念头，想起了巴伊亚那些放荡不羁的夜晚。那些突如其来的喷嚏仿佛有意在提醒他，他常常中断那消磨时光的夜生活，是因为他打喷嚏总是引起朋友们，也就是那些诗人、记者、流浪汉、演员等夜游神的哄堂大笑。他想起了自己怎样开始吸乙醚，因为在那些使他精疲力尽、自惭形秽、神经紧张的打击之后，乙醚给他带来了安静；后来鸦片又以暂时充满幻觉的安宁将他从喷嚏中解救出来。那个女人——他年轻时在一家报社工作的时候，她杀死了自己的主人，如今她是卡努杜斯的神职人员——的柔情、细语、安慰和气味好似和鸦片、乙醚一样，是一种温柔的、催眠的东西，是一种令人心旷神怡的陶醉。他自问儿时那不相识的母亲可曾这样抚摩过自己，可曾使他对世上的危险处之泰然、无动于衷。他的脑海中也浮现帕德雷斯·萨莱西亚诺斯学校一排排的教室和院落，由于他的喷嚏，他在那里无疑和矮子及在场的丑八怪书记官一样是他人的笑料和牺牲品，是冷嘲热讽的对象。由于喷嚏折磨和视力低下，他被排除在体育、游戏和远足旅行之外，被当作残障，因此变得怯懦起来。由于那控制不住的鼻子，他不得不使用床单那样大的手帕；同样由于这个毛病和迟滞的眼神，他不曾有过女友、恋人和妻子——由于总是感觉自己过着滑稽可笑的生活，他不敢向爱慕的姑娘表白爱情，不敢把自己为她们写的诗歌寄出去，只好胆怯地一一撕掉。由于那鼻子和近视，他只拥抱过巴伊亚的妓女，只知道那短暂的、肮脏的商品式爱情，结果两次染上了淋病，接受探针治疗时疼得他尖声怪叫。他也是丑八怪、瘫子、残障和畸形人之一。他来到了世界上瘫痪者、不幸者、畸形者和受难者聚集的地方，这不是偶然的，而是不可避免的，因为他是他们中间的一个。

他缩成一团，失声痛哭，抓住世人之母的双手，嘟嘟囔囔地抱怨自己的厄运和不幸一边流着涎水抽泣啼哭，一边急切地倾诉着过去与现在的痛苦和绝望，倾诉着青春逝去的悲伤，倾诉着体力和脑力付诸东流的哀怨。他以从前对自己都不曾有过的推心置腹向瓜德拉多讲述着。他还告诉她，他不曾享受过爱情，没有成为自己渴慕成为的剧作家和诗人，现在又知道自己将以有生以来最愚蠢的方式离开人间，这是多么痛苦和可悲。只听他气喘吁吁地说："不公道，不公道，太不公道了。"他发现她在吻自己，吻自己的前额、面颊、眼皮，细声细气地讲着温柔、甜蜜、不连贯的话，就像人们为了用声音使初生婴儿快活、幸福而对他们讲的话。他真的感到一种极大的宽慰，一种美妙的感激之情，听着这些具有魅力的字眼："宝贝儿，宝贝儿，孩子，小鸽子，小羊羔……"

但是他突然被抛回了现实中，抛回残酷的战争中。一声掀翻房顶的、雷鸣般的爆炸声使他一下子看到了天空、闪耀的太阳、云彩和晴朗的早晨。木片、砖块、碎瓦和弯曲的钢筋四处纷飞，近视记者觉得浑身上下、脸上、手上都被卵石、土块和石头击中。然而无论是他还是瓜德拉多或利昂·德·纳图巴都没有被压伤。他们站立着，紧靠着，拥抱着，而他竭力在口袋里找破镜片。他以为压碎了，那么今后连那一点点方便也没有了。然而镜片还在，依然如故。他一直抓着圣诗班的指挥和利昂·德·纳图巴，从他们受伤害的形象上，他渐渐觉察到轰击带来的灾难。除了房顶，正面的一堵墙也倒塌了，只剩下他们所待的角落。库房变成了一堆瓦砾。从倒塌的围墙上方，他看到了其他的瓦砾、硝烟和奔跑的人影。

这时，那里挤满了武装的人，戴着袖标和蓝色头巾。其中，他隐约看见若安·格兰德半裸、结实的形象。记者的瞳孔紧贴着镜片，当看到若安·格兰德拥抱玛丽亚·瓜德拉多和利昂·德·纳图巴时，他发抖了：他们要把他俩接走了，自己将被抛弃在这片废墟上。他抓住那位女人和纳图巴，毫无羞耻、毫无顾忌地哭泣着祈求不要撇下他。当大黑个儿若安·格兰德命令撤离时，世人之母便拉着他的手，把他拖在后面。

杂乱无章，烟雾弥漫，声音嘈杂，堆堆瓦砾。他在一片混乱中小跑。他已经不哭了，感觉全都集中在那危险的任务：躲避障碍物，以免碰撞、溜滑、跌倒、松开那女人。从大广场到教堂，他走过几十次，却什么也认不出了：断壁、坑穴、石块、这里那里的杂物、来来往往的人，好像在射击、奔跑、怒吼。他听到的不是炮击，而是枪声和婴儿的啼哭。他不知在何时、何地松开了那个女人，突然发现自己已不再抓着她，而是抓着另一位体态不同、小跑着、和自己一样气喘吁吁的人——利昂·德·纳图巴。他们被甩在后面。他用力抓住利昂·德·纳图巴，一点也不能放松，要是放开就全完了。当他跑着、跳着、躲闪着的时候，只听利昂求他别再跑了，求他可怜自己这个生活不能自理的人。

近视记者突然被什么东西绊倒了，他以为是断墙，其实是人墙。他感到被截住、推开，这时他听到那个女人要人们放他进去。人墙打开了，他觉察到周围有木桶、沙袋和正在射击、高声说话的人。他从大木桩做成的一扇小门进去，走到世人之母和利昂·德·纳图巴所在的荫凉处。瓜德拉多摸着他的脸，对他说："就待在这里，别怕，祈祷吧。”随后他看到她和利昂·德·纳图巴在第二扇小门那里消失了。

他瘫倒在地。他感到精疲力尽，又饥又渴又困，急于忘掉那场噩梦。他猜想：“我在圣所。”他又想：“‘劝世者’就在这里。”他对自己能来到这里感到吃惊，心想自己是享受特权的人，能这么近地看到、听到席卷巴西的风暴的中心，能看到那个在全国最出名、最被仇视的人并听他讲话。这对他又有什么用？难道他能有机会向外界报道？他竭力想听到圣所里在说什么，然而外部的嘈杂使他什么也听不见。从芦苇中透进来的阳光是明亮的，强烈的，温度很高。政府军大概抵达了这里，大街上在进行战斗。尽管如此，在这阴暗、孤单的堡垒中却笼罩着深沉的寂静。

门框“吱”地响了一下，他隐约看见一个戴着头巾的女人的身影。她在记者的手上放了一碗饭和一个盛有液体的罐头盒。他喝了，发现是牛奶。

“世人之母在为您祈祷，”只听见她说道，“赞美‘劝世者’好耶稣。”

“赞美。”他说，没有停止咀嚼和吞咽。在卡努杜斯，他一吃东西，下颌就疼，好像由于缺乏练习而变得僵硬了。这是一种喜人的痛苦，因为身体感到舒服。吃完，就侧身躺在地上，枕着胳膊睡着了。吃和睡，这是现在有的幸福。枪弹声忽近忽远，好像在周围飞舞，还有急促的奔跑。莫莱拉·西塞上校瘦小、紧张、苦行僧式的脸庞就在这里，就像他多次骑马走在记者的身边或在饭后的晚上在军营里谈话。他毫不迟疑地听出了上校的声音，铿锵有力的语调：为了使共和国减少牺牲，总攻前要进行炮击，一有脓包就要立即毫不留情地挤破，否则炎症会使整个肌体溃烂。同时他知道射击会使伤亡增多，破坏加重；想着自己会不会被践踏，武装的人会不会从自己身上越过，会不会带来他情愿弄不懂的战争的消息，因为那全是坏消息。

当证实那咩咩的叫声是一只舔着自己的手的白羊发出的，他确信已不在做梦。他抚摩着毛茸茸的羊头，那动物任他摸，不惊不怕。在他身旁，有两个人在窃窃私语。他把眼镜贴到眼前，睡觉时他一直拿在手里。在摇曳的光线中，他辨认出华金神父和一位穿着白色长袍、戴着蓝色头巾的赤脚妇女的身影。贡贝的神父双腿夹着一支步枪，脖子上挂着一条子弹带。从他能感觉到的一切看来，这是一副经历了战斗的人的模样：稀疏的头发蓬乱不堪，被泥垢粘得又挺又硬；长袍成了破布条，系凉鞋的已不是牛皮鞋带，而是一条小绳。他显得筋疲力尽，正谈着一个叫小华金的人。

“他和安东尼奥·比拉诺瓦一道弄吃的去了，”只听他有气无力地说道，“我知道，有若安·阿巴德在，全组人都会平安回来。他们都到瓦沙－巴里斯河的战壕去了。”他哽住，干咳了一声，“就是打埋伏的战壕。”

“那么小华金呢？”女人重复问道。

是亚历杭德里娜·科雷娅。关于她，有那么多的传说：说她能发现地下淡水，说她是华金神父的情妇。他看不清她的面孔。她和神父坐在地上。圣所的门敞开着，里面似乎没有人。

“他没回来，”神父低声说，“安东尼奥回来了，奥诺里奥和许多埋伏在瓦沙—巴里斯的人都回来了。小华金没回来。谁也没告诉我，谁也没看见他。”

“至少，我想掩埋他，”女人说，“别叫他像没主的牲畜那样死在野地里。”

“也许他没死，”贡贝的神父喃喃地说，“既然比拉诺瓦兄弟和其他人能回来，小华金怎么就不能？也许他在塔顶上，或者在圣彼得罗的街垒中，要不就是和他哥哥在维拉庄园里。政府军还没能攻克那些战壕。”

近视记者很高兴，想向他打听胡莱玛和矮子的下落，然而他克制了，感到自己不该破坏这亲热的场景。神父和修女谈话的语气完全是听天由命、非常自然的。白羊舔着他的手，他欠身坐了起来，然而华金神父和那女人对于他醒着并听他们谈话并不在意。

“如果小华金死了，最好阿塔纳西奥也死了，”女人说，“在阴间，他们好搭个伴儿。”

他听到很近的地方在敲钟，听到无数的喉咙在合唱万福马利亚。战斗几乎进行了一整天，钟声、祈祷声和枪声混成一片，从未间断，有一些爆炸声就在他头顶。此时人们重视死更甚于生。他们已经在比无依无靠更加无依无靠之中生活过了，此时此刻，全部的奢望只是一个好的埋葬。怎样埋葬他们？也许一个人如果活得像他此时此刻这样，死亡就是补偿的唯一希望，就像“劝世者”所说，是一种欢乐。贡贝的神父看着他：

“孩子们不得不去杀人和被杀，两者同样可悲，”他听到神父说，“阿塔纳西奥十四岁，小华金还不满十三岁。他们杀人已有一年了，这不可悲吗？”

“是的，”近视记者吞吞吐吐地说，“可悲，可悲。我睡着了。战斗怎么样了，神父？”

“敌人在圣彼得罗大街被挡住了，”贡贝的神父说，“今天上午，在安东尼奥·比拉诺瓦修筑的那个街垒。”

“也就是说，在此地，在城里？”近视记者问。

“离这里三十步。”

圣彼得罗大街，那条将卡努杜斯从河流到墓地分开的街道，与大广场平行，是为数极少的、与它的名字相称的街道，离这里只有三十步，政府军就在那里。他感到冷。祈祷声时大时小，时隐时现，近视记者以为那声音停下时，又听到外面“劝世者”沙哑的声音或贝阿迪托短笛般的声音，妇女、伤员、老人、奄奄一息的人和正在射击的甲贡索人合唱的万福马利亚回答着他们。政府军的士兵们对那祈祷作何感想？

“一位神父不得不拿起步枪也是可悲的。”华金神父说，一面敲着武器，像甲贡索人那样将步枪放在膝盖上，“我从前不会放枪。马丁内斯神父也没放过枪，连杀死一关小鹿都不会。”

这是近视记者曾经见过的、在莫莱拉·西塞上校面前吓得要死、哭哭啼啼的老头儿吗？

“马丁内斯神父？”他问。

他看出了华金神父的犹疑不决。那么，在卡努杜斯还有别的神父。他想象着他们在装填弹药，瞄准射击。难道教会不是站在共和国那边吗？“劝世者”不是被大主教革除了教籍吗？各个教区不是都宣读了对卡努杜斯狂热的异教徒的谴责吗？怎么还会有神父为“劝世者”去厮杀？

“听见他们说的了吗？你听：狂热分子！塞巴斯蒂安分子！吃人的野兽！英国佬！杀人犯！是谁跑到这里来杀害儿童和妇女、砍掉人们的脑袋？是谁逼得十三四岁的孩子变成了好战分子？您好生生地在这里活着，不是吗？”

他吓得浑身哆嗦。担心华金神父会把他交给甲贡索人，叫他们出气。

“您是和‘砍头队’一起来的，不是吗？”神父补充说，“然而我们给您吃的、住的，热情款待。政府军会这样对待彼得劳、帕杰乌或若安·阿巴德中的任何一个人？”

记者用哽塞的声音吞吞吐吐地说：

"是，是，您说得对。人们给我这么大的帮助，我非常感激。华金神父，我发誓，我发誓。"

"他们成十成百地死去，"贡贝的神父指着街道说，"为什么？为了信仰上帝，为了使他们的行为符合上帝的法律。这是对无辜者的又一次屠杀。"

神父会痛哭流涕、又踢又闹、绝望得在地上打滚吗？然而近视记者看到他很安详，竭力克制，低着头，听着枪炮声、祈祷声和教堂的钟声。他相信还听见了军号声。他没有打消恐惧就怯生生地向神父问起胡莱玛和矮子。神父摇摇头，作为回答。这时，他听到身旁响起一个男中音，声若洪钟：

"他们在圣彼得罗大街帮忙修街垒呢。"

在圣所的小门旁边，破碎的眼镜片模模糊糊地给他勾画出了利昂·德·纳图巴的形象，不知是坐着还是跪着，反正缩在沾满灰尘的长袍里，瞪着大而明亮的眼睛看着他。他在这里待了半天还是刚刚露面？那个怪人，半人半兽，使他茫然无措，以致连一句感激的话都没对他说。尽管从木桩的缝隙中透进一道微弱的光线，照在卡努杜斯的书记官浓密蓬乱的鬈发上，他还是几乎看不清利昂·德·纳图巴，因为阳光已经暗下来。

"'劝世者'说的话我全记录了，"只听他用悦耳动听、节奏鲜明的声音说，尽量客气地走向记者，"他的思想、他的劝告，他的祈祷、他的预言、他的梦想。这是为了后人，好给《圣经》再添一部福音。"

"是的。"近视记者精神恍惚，喃喃地说。

"但是在贝罗山已没有纸墨，最后一支笔也折断了。不能使他的话流芳百世了。"利昂·德·纳图巴接着说，毫不苦恼。这种心安理得的表情是近视记者曾经在此地人的身上见过的，他们就是这样处世的，似乎不幸如下雨、黄昏、涨潮等自然现象，反抗它们是愚蠢的。

“利昂·德·纳图巴是极聪明的人，”贡贝的神父喃喃地说，“上帝把从他的腿上、背上和肩上去掉的东西都弥补在他的智慧上了。是不是，利昂？”

“对。”卡努杜斯的书记员点头称是，近视记者——利昂的那双大眼睛一刻也没有离开他——确信这是真的。“弥撒缩写本和圣母祷词我读了许多遍，还有从前人们作为礼物带给我的一切杂志和书籍，我都读了许多遍。这位先生也读过许多书吗？”

近视记者感到特别别扭，真想跑出去离开这里，尽管会碰上枪弹。

“读过几年书。”他不好意思地回答，心想：“可是一点用处也没有。”这是近几个月来他发现的一件事：文化、知识、谎言、绊脚石、遮眼罩。念了那么多书，却对帮助他逃走、摆脱这个陷阱毫无用处。

“我知道什么是电，”利昂·德·纳图巴骄傲地说，“如果这位先生想学，我可以教他。而这位先生，同样，可以教我我所不懂的事情。我知道什么是原理或阿基米德定律、木乃伊是如何制成的、天体之间相距多远。”

在不同的方向同时响起了强烈的枪炮声，近视记者发现，多亏了枪炮声，那个人默不作声了。他的声音、他的接近、他的存在真叫人反感。为什么有人只是想说说话，想表白一下自己的品德、情操以赢得同情，却使他那么不愉快？“因为我像他，”他想，“因为我和他在同一条锁链上，而他是其中最弱的一环。”

贡贝的神父跑向外面的小门，打开，射进来傍晚的光线，照出了利昂·德·纳图巴的另一些特征：深色的皮肤、瘦削的脸形、下巴颏儿上的一绺胡须、钢铁般坚毅的眼神。然而他的体形不堪入目：脸陷在两个皮包骨的膝盖里，脑后的驼背像脊背上背着一个包袱，手和脚又瘦又长，像蜘蛛的脚。一个人的骨骼怎么会折叠得那么畸形？那脊梁、肋骨和骨骼被扭得多么离奇！华金神父喊叫着和外面的人说话：敌人又发起一次进攻，有地方请求增援。神父回到房间里，记者隐约看到他拿起了步枪。

“他们从圣西皮里亚诺和圣克里斯宾进攻街垒，”他听见神父在喘气，“到基督圣堂去吧，你会受到更好的保护。再见，再见，愿圣母拯救我们。”

神父跑出去了。近视记者看见修女抓住小白羊，它吓得咩咩叫。亚历杭德里娜·科雷娅问利昂·德·纳图巴愿不愿意跟她一起走，那悦耳的声音回答说要留在圣堂。而他？他自己呢？和那怪物一起留下吗？跟那女人跑出去吗？可是她已经走了，小木房里又笼罩着一片黑暗，热得人透不过气来。枪声越来越紧。他想象着政府军通过了沙石筑成的街垒，践踏着尸体，洪水般迫近他所在的地方。

“我不想死。”他一字一板地说，感到哭都哭不出来了。

“如果先生愿意，我们立个协定，”利昂·德·纳图巴胸有成竹地说，“我们和玛丽亚·瓜德拉多立了协定，可是她没时间回来了。您愿意和我立个协定吗？”

近视记者哆嗦得张不开嘴。在密集的枪声中，他听见钟声与万福马利亚悠扬的赞美声，就像一支缓慢的、时隐时现的乐曲。

“为了不被铁器打死，”利昂·德·纳图巴向他解释说，“铁器捅进喉咙，像宰牲口放血般将人杀死，对尊严是极大的侮辱。这会折磨人的灵魂。先生，您愿意和我立个协定吗？”

利昂等了一会儿，由于记者没有回答，他便明确地说：“一旦感觉到他们到了圣所的门口并肯定要进来，咱们就互相杀死。每人都堵住对方的嘴和鼻子，直到肺炸了为止。要不然就用手掐死或用凉鞋带勒死对方。我们立这个协定吗？”

枪声打断了利昂·德·纳图巴的话。近视记者的脑袋像开了锅，闪现出来的一切念头无论是矛盾的、危险的还是凄惨的，都加剧了他的苦恼。他们在沉默中听着枪声、奔跑声和嘈杂声。光线迅速地暗下来，他已看不清书记员的面容，只能勉强看出他朦胧的轮廓。他不能立那个协议，他办不到。一听到政府军到了，他就会叫起来，说他是甲贡索人的俘虏；就会喊救命、帮忙、共和国万岁、弗洛里亚诺元帅万岁；就会扑向那手足不分的怪物，按住他并把他献给政府军，以证明自己不是甲贡索人。

“我不明白，不明白你们是怎么回事？”只听记者抱着头说道，“待在这里干什么？在他们包围之前，为什么不逃跑？在老鼠洞里等着他们来杀你们，真是发疯了。”

“没处逃，”利昂·德·纳图巴说，“我从前逃过，所以才到了这里。这里就是藏身的地方，没别的地方了，现在他们连贝罗山也不放过。”

枪声压倒了利昂的声音。天几乎全黑了，对于近视记者来说，夜晚似乎来得更快。他情愿死，也不愿再过一个像前一天那样的夜晚。他产生生物惯有的、痛苦的急迫感：要待在他的两个伙伴身边。他很不理智地决心去寻找他们，一面磕磕绊绊地向门口走去，一面喊道：

“我去找我的朋友了。我要和我的朋友们死在一起。”

他推开小门，一阵凉风迎面扑来。他凭直觉意识到，在弥漫的硝烟中，一群模模糊糊的人影正卧倒在街垒后面保卫着圣所。

“可以出去吗？可以出去吗？”他乞求道，“我要去找我的朋友。”

“可以，”有个人说，“现在枪声停了。”

他扶着墙壁刚刚走了几步，突然被什么软软的东西绊倒在地。他一爬起身，便被一个女人抱住。她很瘦，紧紧地贴在他的怀里。尽管她没开口，但光凭气味，凭她那喜出望外的劲头，他就知道那女人是谁。他一拥抱那个同样拼命拥抱自己的女人，恐惧就变成了兴奋。他们的嘴唇紧紧地贴在一起，不分开。他们互相亲吻着。“我爱你，”他含含糊糊地说，“我爱你，爱你。对死，我已经不在乎了。”他又问起了矮子的下落，一面仍反复说他爱她。

“我们找了你一整天，”矮子抱着他的双腿说，“整整一天。你还活着，多么让人高兴啊！”

“我也对死不在乎了。”胡莱玛说。两个人的双唇仍在亲吻着。

“这是烟火匠的家。”阿瑟·奥斯卡将军突然叫道。正向他报告进攻中（按照将军的命令，进攻暂停了）伤亡情况的军官迷惑不解地望着他。将军指着做了一半的大爆竹，它们是用竹桶和木块做的，架在龙舌兰上，分散在住宅的四周。“就是给你们准备烟火的那个人。”

在政府军花了几乎十二个小时才攻克的那八个街区——如果那无法辨认的一堆堆瓦砾还可以叫做街区的话——中，这座被木桩隔开的单间茅屋是唯一差不多可以算是立着的，因此被选定为司令部。围在远征军司令官周围的传令兵和军官不明白他为什么在为艰巨的一天做总结时谈论烟火。他们不知道烟火是奥斯卡将军的秘密弱点，是他童年时的怪癖顽症。在彼阿乌依时，他不放过任何一次爱国庆祝活动，让人们在司令部的院子里燃放烟火。在来这里的一个半月中，他曾从法维拉山顶羡慕地欣赏夜晚的宗教仪式，欣赏卡努杜斯天空中瀑布般的光焰。准备如此精彩烟火的人是一位能工巧匠，在巴西的任何一个城市都会过上舒适的生活。烟火匠在今天的战斗中死了吗？他这样想着，同时倾听着或出出进进或待在那间小屋里的上校、少校、上尉报告的数字。小屋已经被阴影笼罩，他们点燃了一盏油灯。一些士兵在面朝敌人的墙壁前面堆着沙袋。

将军计算完毕。

“比预想的还坏，先生们。”他对那扇形的人群说。他胸中压抑，感到军官们在期待着。“一千零二十七人阵亡！部队的三分之一！死了二十三名军官，包括卡洛斯·泰尔和塞拉·马丁内斯两位上校。看到了吗？”

无人回答，然而将军知道大家完全明白，这样的阵亡数字等同失败。他看到了部下的沮丧、愤怒和惊讶，有些人的眼睛灼灼闪光。

“继续进攻可能意味着覆灭。现在你们明白了吗？”

奥斯卡将军对甲贡索人的抵抗感到震惊，估算到救国军的伤亡已极为惨重，加上泰尔和马丁内斯上校的死亡对他的打击，因而命令部队只是坚守已经取得的阵地。此时，军官中的许多人感到愤怒，将军因而担心有人会不服从命令，连他的副官，陆军第三营的平托·索萨上尉都抗议说：“胜利已唾手可得，阁下！”并非如此。阵亡三分之一，这是极高的、灾难性的比例，尽管攻克了八个街区并给狂热分子造成了损失。

他忘掉了烟火匠，开始和参谋部一起工作。他叫军官、副官和进攻部队的代表们退下，再次向他们重申坚守已克阵地，不能后退一步，筑起与敌对峙的街垒。那阻挡他们的街垒是几小时前当人们预见到城池不会失陷而建造起来的。他决定让守护法维拉山伤员的第七旅来增援“黑色战线”，这是军事行动中的新战线，已嵌入那暴乱的心脏。在油灯圆锥形的光焰下，他俯视参谋部绘图员特奥托尼奥·科里奥拉诺上尉绘制的地图，通过战报和他自己的观察了解形势。卡努杜斯已被攻克五分之一，这是从一直在甲贡索人手中的维拉庄园的战壕到被占领的墓地之间的一个三角地带，墓地上的爱国力量距圣安东尼奥教堂已不到八十步。

“战线不过一千五百米长，”吉马良斯上尉毫不掩饰失望，“可我们并没有把他们包围住，连四分之一都没围住。他们能够出来、进去，接收装备。”

“没有增援，我们就不能延长战线，”卡雷诺少校抱怨说，“阁下，他们为什么把咱们扔下不管?”

奥斯卡将军耸耸肩膀。从遭到伏击那天起，一到卡努杜斯，一看到部下遭受的伤亡，他就发出了全面告急的呼吁，甚至夸大形势和局势的严重性。上级为什么不派兵增援?

“如果我们不是三千人，而是五千人，卡努杜斯早在我们手里了。”一名军官高声自语道。

将军使他们改变了话题，他通知他们，他要去视察前线和那天上午刚刚建立的救护医院，它靠近瓦沙—巴里斯河的峭壁，甲贡索人一从那里撤出，医院就建起来了。离开烟火匠的家前，他喝了一杯咖啡，听着狂热分子们的钟声和万福马利亚的合唱，那和声近得使他难以置信。

五十三岁的奥斯卡精力充沛，很少感到疲劳。从清晨五点钟部队放弃法维拉山起，他就通过望远镜注视着进攻的每一个细节。他跟在先锋营的后面，废寝忘食，喝几口军用水壶中的水就心满意足了。午后，一枚流弹打伤了他身边的一个士兵。他走出茅屋。夜幕降临，一颗星星都没有。祈祷声淹没了一切，鬼使神差般止住了最后的枪声。尽管他下达了不许在战壕里点燃火堆的指示，然而在由四名军官护卫、缓慢而错综复杂的巡视中，在蜿蜒逶迤、如象形文字般弯弯曲曲、由部队用瓦砾、黏土、石头、罐头盒和一切能利用的东西和器具筑起来的街垒——那里的士兵们背靠砖堆坐成一条线，互相挤在一起睡着，有的还起劲地唱着，或者把头伸到墙上对那些躲在碉堡后面的匪徒进行谩骂；他们之间，一些地方才相距五米，另一些地方相距五十米，有的地方简直能互相碰着，对方大概在听着吧——的多处，奥斯卡将军还是看到了火盆，一群群士兵在用残羹剩饭烧汤，热一块块咸肉或让伤兵取暖，他们烧得浑身发抖，由于不幸的状况而没能被送到救护医院。

他与营连的军官交谈。他们精疲力尽，在所有人的身上，他都发现了同样的苦恼，夹杂着惊愕。他本人也对这场令人诅咒的战争中许多不可思议的事感到惊奇。当他向一名旗手祝贺其在进攻中的英雄举动时又重复了多次说过的话：“我是在恶时辰里领命的。”

他在盖伊马达斯与缺乏运输条件、拉车牲畜和运粮车辆的鬼问题纠缠，后来又在那里耽搁了枯燥得要命的三个月。奥斯卡将军曾听说，军方和共和国政府将远征军指挥权授予他之前已有三位现役将军拒绝接受此任务。如今他明白了为什么让他来做此事。他曾天真地以为这是一件美差，是一件使他完美结束戎马生涯的礼物。他一边和官兵握手，交换感想，夜色使他看不见他们的面孔，一边想自己是多么愚蠢，竟相信上司将他从彼阿乌依军事长官的职位上——他去那里服役，十分安静地度过了近二十年——调出是奖赏，让他在退役前去领导一次光荣的军事行动：镇压巴伊亚州复辟独裁的暴乱。不，这并非对多次不给他晋升的补偿，也不是对他的功劳的最终承认——像宣布这次新的职务时他向妻子所说的那样——而是因为其他将军不愿陷进类似的泥潭玷污自己，才把这个职务授予他。一种希腊式的礼物。当然是那三位将军做得对！难道作为一名职业军人，他是被培养来对付这样一场荒谬绝伦、粗暴无礼、不讲任何作战规则和章法的战争吗？

城墙的一端，士兵在屠宰一头牛。奥斯卡将军坐到一圈军官当中吃几口牛肉，和他们谈起卡努杜斯的钟声和刚刚停止的祈祷。那是这场战争中的奇闻轶事：祈祷、宗教游行、钟声和匪徒们浴血奋战去捍卫的那些教堂。他又一次感到不自在。不管怎样，那些堕落的食人生番也是巴西人，也就是说，在实质上，他和他们差不多是一样的。这使他不舒服。但尤其使他（一名虔诚的教徒，严格地遵守宗教法规，怀疑自己不能晋升的原因之一是顽固地拒绝成为共济会成员）厌恶的是，那些土匪撒谎自称天主教徒。那些对信仰的表达（祈祷、宗教游行和对好耶稣的欢呼）使他迷惑、痛苦，即使里萨尔多神父在部队的所有弥撒中都声色俱厉地斥责那些无耻之徒，说他们在信仰上假冒伪善，是狂热分子和亵渎神灵的人。尽管如此，奥斯卡将军在敌人面前依然无法摆脱不自在的心境。那些敌人使得这场战争与自己所期待的如此不同，把它变成了宗教战争。然而使他感到茫然并不意味着他放弃了对那不同寻常、无法预料的对手的仇视，他们使他丢了脸，没有像他接受使命时坚信的那样一击即溃。

夜里，他穿过通向瓦沙—巴里斯救护医院的空地视察街垒归来后，对敌人更加仇恨了。归途中，他看到那些七十五毫米口径的克虏伯大炮，它们参与了整个进攻，不停地向那座钟楼轰击，敌人正是从那里给部队造成了巨大损失。奥斯卡将军和炮兵们谈了一会儿。尽管已是深夜，他们仍在埋头挖掘工事，加固阵地。

视察过干涸河道岸边上的救护医院后，奥斯卡将军感到闷得喘不过气来。他必须克制自己，使医生、护士和危重病人看不出来。他暗暗庆幸这时的昏暗，因为提灯和篝火仅照亮他身边种种场面的一小部分。伤员们比在法维拉山时更加缺乏保护，他们像刚被运到时那样一群群地躺在泥土和碎石上。医生们向将军解释说，最糟糕的是整个下午和晚上的一部分时间里，大风常把红色烟尘刮进敞开的伤口，没有东西包扎，不能消毒，也不能缝合。哀怨、呻吟、哭泣和发烧引发的胡话到处可闻，臭气熏天，呛得那个陪同他的科里奥拉诺上尉突然犯了胃痉挛。将军听他一面打嗝，一面表示歉意。每走一段路，他都停下来对伤员说些热情关怀的话，拍拍这个的肩头，握握那个的手，夸奖他们勇敢，以共和国的名义感谢他们做出的牺牲。但是当他们走到卡洛斯·泰尔和塞拉·马丁内斯两位上校的尸体面前停下脚步时，将军沉默不语了，因为他们将在明天下葬。前者是在渡河进攻时胸部中了一枪而丧命，后者是在傍晚身先士卒攻打甲贡索人的掩体的在一场肉搏战中阵亡。人们告诉他，这位上校浑身全是匕首、矛头、砍刀制造的伤口，他的生殖器、耳朵和鼻子都被割掉了。每当这样的时刻，听说一位出色、勇敢的军人受到那种凌辱，奥斯卡将军就想对所有被俘的塞巴斯蒂安分子说：采取灭绝政策有两层正确性：一方面，他们是强盗而不是士兵，如果是后者，他能使他们尊重荣誉；另一方面，口粮不足使他别无选择，因为若让他们饿死将更残酷，若剥夺爱国者的口粮来供养魔鬼则更荒唐。他们将重现在那位上校身上所犯下的罪行。

巡视结束时，他在一名可怜的士兵面前停下。两位护士正按着这名伤兵给他截去一只脚。外科医生蹲在那里拉锯，将军听见他要求给他擦去眼睛上的汗水，可无论如何还是看不大清楚，因为又起风了，篝火被吹得摇曳不定。医生站起身时，将军才认出那是年轻的圣保罗人特奥托尼奥·莱亚尔·卡瓦尔甘迪。他们互相打了招呼。当奥斯卡将军返回时，那大学生饱经忧患的瘦削面孔一直跟随着他。年轻的圣保罗人的忘我精神受到他的同事和患者的赞扬。几天前，这个他还不认识的青年跑来自首："我杀死了我最好的朋友，我愿接受处罚。"他的副官平托·索萨上尉也参加了接见。当上尉听罢医生出于怜悯而在朋友的太阳穴上开了一枪，并且知道了那军官的姓名时，脸都青了。那场面使将军颤抖起来。特奥托尼奥·莱亚尔·卡瓦尔甘迪用沙哑的声音说明皮雷斯·费雷拉上尉的情况——双目失明，失去双手，肉体和精神都被摧毁了，为了结束痛苦，乞求医生结束他的生命——以及医生做完此事后所感到的内疚。奥斯卡将军命令他要绝对保密并继续工作，就像没发生任何事情。等军事行动结束后，再决定如何处理此案。

将军回到烟火匠的家，躺在吊床上时收到了刚从法维拉山回来的平托·索萨上尉的报告。第七旅一早已前来增援“黑色战线”。

奥斯卡将军睡了五个小时。第二天早晨，他喝着咖啡吃了一把玉米面饼干，这是他储藏室中的珍宝。他感到疲劳解除，精力充沛。整个前线笼罩着奇怪的寂静。第七旅的各营就要开到了，为了掩护他们通过开阔地，将军命令克虏伯大炮轰击钟楼。开头的几天，他在要求上级在派遣增援部队的同时，就给大炮配备莫内达·德·里奥工厂生产的七十五毫米钢弹头特制霰弹，用以在 9 月 6 日这天打穿敌堡的外壳。为什么上级不理睬他？他向上级说明了榴霰弹和汽油弹都无法摧毁那些用顽石建造的塔顶。他们为什么装聋作哑？

这一天平静地过去了，只有稀疏的枪声。奥斯卡将军一整天忙于将第七旅的生力军布置在“黑色战线”上。在参谋部的一次联席会议上，他坚决主张如援军不到决不发动新的进攻。他将坚持一场阵地战，主张从右翼——从表面上看，那里是卡努杜斯最薄弱的环节——发动局部进攻，稳扎稳打而不暴露全军。他还决定向圣多山派出一支部队，将凡是能忍受旅途劳顿的伤员都送去那里。

中午，当人们正在将卡洛斯·泰尔和塞拉·马丁内斯上校安葬在河边的同一个墓穴中并立上两个小小的木制十字架时，有人给将军带来了一个坏消息：刚刚，内利上校在“黑色战线”的一个十字路口大便时，臀部被一枚流弹打伤。

那天夜里，一阵激烈的枪声将奥斯卡惊醒。甲贡索人攻打开阔地上的两门七十五毫米克虏伯大炮，步兵三十二营飞奔前往增援炮兵。黑暗中，甲贡索人从哨兵的眼皮底下越过了“黑色战线”。战斗十分激烈，持续两小时，伤亡很大：七名士兵死亡，十五名负伤，其中有一名少尉。然而义民中有五十人死亡，十七人被俘。将军决定去看望他们。

黎明时分，一道彩虹装点着山峦。寒风刺骨，以致将军快步巡视开阔地时穿上了披风。幸好大炮完好无损。然而战斗的残酷和战友的伤亡使炮兵和步兵们怒不可遏，所以奥斯卡将军看到俘虏们都被打得半死。俘虏都很年轻，有的还是孩子，其中有两名妇女，个个瘦得皮包骨。奥斯卡将军证实了众俘虏的供词：匪徒口粮奇缺。他们告诉他是妇女和儿童在射击，因为男人们忙着用矛头、大锤、木棒和石头去毁掉大炮或用沙子填塞炮膛。好兆头，这是他们第二次图谋此事，大炮成了他们的心病。妇女和小孩一样，穿着破蓝布衣裳。在场的军官们对这极端的野蛮感到厌恶，认为派小孩子和妇女前来是人间卑鄙之最，是对战场道德和军事艺术的嘲弄。离开时，奥斯卡将军听说俘虏们得知将被处决时都高呼“好耶稣万岁”。是的，三位不肯前来作战的将军早就知道会作些什么。他们预料到将与妇女和儿童打仗，并且因为他们杀人，还得把他们杀掉；妇女和儿童高呼“耶稣万岁”而死。这一切对任何一名士兵而言都不是开心的事情。他口中苦涩，好像嚼过烟草。

那天，“黑色战线”无战事。因此，远征军司令想，援军到来之前，会按照这样的常规度日：零落的枪声从两个互相挑衅、阴沉忧郁、犬牙交错的街垒飞来飞去；争相辱骂的话会越过掩体飞向对方，尽管看不见对方的面孔；此外还有对教堂和圣所的炮击，现在的轰击时间之所以很短，是因为弹药不多了。实际上，什么吃的都没有了。在法维拉山后搭起的圈栏里，几乎连十头牛都不到，还有几口袋咖啡和粮食。部队的食物已相当少，伙食标准缩减了一半。

然而那天下午，奥斯卡将军得到了一个奇怪的消息：一个十四口的甲贡索人家庭来法维拉山军营自动投诚。自开战以来，第一次发生这种事情。这个消息使将军极为振奋，看来精神崩溃和饥饿正在瓦解那些食人生番。他亲自到法维拉山审问甲贡索人。他们是三位破产的老人、一对成年夫妇和肚子肿胀的瘦弱孩子，都是依布埃拉人。按照他们的说法（他们回答问题时害怕得上牙打下牙），他们来卡努杜斯才一个半月，逃到这里来，不是出于对“劝世者”的崇拜，而是出于大军压境时所感到的恐惧。出逃时，他们让匪徒们相信他们是去通往科罗罗波的路口挖战壕，直到前一天晚上，他们一直在干这个。他们利用彼得劳的疏忽，逃出来，费了一天的时间到了法维拉山。他们向奥斯卡将军介绍了那洞穴中的全部情况，向他描绘了一幅关于那里发生的事情的凄惨画面，比将军预想的——饥饿、到处可见的伤亡、普遍的恐惧——还要坏。他们保证，要不是若安·格兰德、若安·阿巴德、帕杰乌和彼得劳等暴徒发誓要将开小差的人诛灭九族，人们早就投降了。然而将军对他们所说的并不全信。显而易见的是，他们极端恐惧，为了引起他的同情，什么谎话都说得出。他下令将他们关在牲口圈里。以这些人为样板，前来投降的人都可留得活命。他的军官也乐观起来，有些人预言在援军到来前，洞穴就会从内部瓦解。

但是第二天，部队却遭到了严重的挫败。从圣多山送来的一百五十头牛极其愚蠢地落到了甲贡索人手里。由于过分谨慎，也为了不成为从腹地招募来的向导的牺牲品（这些人几乎总是在敌人伏击时充当帮凶），保护牛群的长枪手连队干脆按部队参谋绘制的地图行军。好运气没有伴随他们。他们没有走通向法维拉山的罗萨里奥和翁布拉纳斯，而是误入康巴奥和塔博莱里诺，走着走着，突然陷进甲贡索人的战壕。长枪手们进行了卓绝的战斗，才免于被歼灭，然而牛全丢了，狂热分子们急忙用皮鞭把它们赶到卡努杜斯去了。从法维拉山，奥斯卡将军用望远镜看到了这一不寻常的场面：在叛逆者响亮的祝贺声中，那一小股队伍奔跑着进入卡努杜斯，人声四起，尘土飞扬。他盛怒之下，一反常态地当众斥责了丢失牛群的部队军官。此次失败是他一生中的耻辱！为了惩罚甲贡索人（他们侥幸获得了白送的一百五十头牛），今天的炮击加倍猛烈。

由于食品供应出现危机，奥斯卡将军及其参谋决定派遣高乔长枪手——他们作为出色的牧牛人，声誉向来不坠——和步兵第二十七营"随便从什么地方以随便什么方式"去搞食物，因为饥饿在部队中已造成肉体和精神上的损害。傍晚，长枪手们赶着二十头牛回来。将军没问是从哪里弄来的，就命令立刻屠宰，分给法维拉山和"黑色战线"。将军和助手们还下令改善两个军营和前线之间的联络，建立安全路线，设立哨卡和标志，并继续增援街垒。以他一贯的作派，还做好了伤员起程的准备，做了担架、拐杖，整顿了医疗队，拟订了要转移的伤员名单。

那天晚上，奥斯卡将军睡在法维拉山上的茅屋里。第二天早晨，他吃早点——咖啡加玉米面饼干——时发现下雨了。他张着嘴，观察那奇迹。这是一场暴雨，伴随着呼啸的大风。浑浊的雨丝被刮得摇来摆去。他出去淋透了衣服，欣喜若狂，看到整个军营都冒雨在泥里狂热地戏水。这是好几个月以来第一次下雨，在几周的邪热和干渴之后是一次真正的福音。所有连队都把容器拿出来贮存这宝贵的甘露。他想通过望远镜看看发生在卡努杜斯的事，但浓云密布，连那钟楼都看不见。雨没下多久，几分钟后，又是夹杂着尘土的黄风。他曾想过多次，当这一切结束时，他永远也忘不了这使人意志消沉、头晕脑涨、无休无止的旱风。当他脱下皮靴，叫传令兵去掉上面的泥巴时，他将这没有绿色、连一花一草都没有的荒凉景色与在彼阿乌依驻防时周围茂盛的植物进行了对比。

“谁说我不会怀念我的花园？”他向正在筹划当天行程的平托·索萨上尉不打自招地说，“我从来弄不懂妻子对花的热情。她一天到晚地剪枝、浇水，我认为那是恋花症。现在，面对如此荒凉，我懂了。”

整个上午的其余时间，他一边和不同的下属处理军务，一边不时地又想起那迷人眼、令人窒息的风尘。这种折磨即使在茅屋中也不能幸免。他想：“要是不吃尘土加烤肉，就得吃烤肉加尘土，而且总是以苍蝇做调料。”

傍晚，一阵枪声使他从那些哲理中解脱出来。一伙甲贡索人从地下冒出来，他们好像在“黑色战线”下方挖了一条地道，突然扑向街垒的交叉路口，企图将它切断。对政府军来说，这是一场突袭，他们放弃了阵地。然而一小时后，甲贡索人被打退了。伤亡巨大，以致奥斯卡将军和军官得出了结论：袭击的目的是要保护维拉庄园的战壕。因此，所有军官都建议占领那些战壕，这将导致洞穴中的敌人更快地投降。奥斯卡将军将三挺机关枪从法维拉山移到了“黑色战线”。

那天，高乔长枪手又赶着三十头牛回到营房。部队美餐了一顿，大家的情绪都有所好转。奥斯卡将军视察了两所救护医院，那里正在做着运送伤员起程的最后的准备工作。为了避免事先出现丢人的场面，起程者的名单到了动身时才公布。

那天下午，炮兵们兴高采烈地给他抬来满满四箱七十五毫米的克虏伯炮弹，是一支巡逻队在路上发现的，这些炮弹个个完好无损，奥斯卡将军批准了法维拉山炮队负责人马塞多·索阿雷斯上尉的“烟火计划”。将军坐在炮手旁，像他们那样用棉花塞住耳朵，亲临射击六十发炮弹的现场，每一发都射向了叛逆者的中心阵地。在爆炸扬起的烟尘中，他迫不及待地观察着高高的庞然大物。里面挤满了狂热分子，尽管它表面剥落，弹洞累累，但依然顽抗。圣安东尼奥教堂的钟楼简直像过滤器了，比著名的比萨斜塔的倾斜度还大，怎么竟然不倒塌？在整个炮击过程中，他焦急地等待着那座钟楼变成废墟。上帝应该送给他这件礼物，为他的精神注射一点激素。然而钟楼没有倒掉。

第二天早上，他站在晨光中送别伤员。六十名军官和四百八十名士兵远行，医生们认为他们都能够到达圣多山。其中有第二纵队的长官萨瓦赫特将军，腹部受伤使他刚到达法维拉山就成了废物。看到他离开，奥斯卡将军感到欣慰。尽管他们关系密切，但他在那位将军面前还是感到不自在，因为若没有他的援助，他确信第一纵队早就全军覆没，匪徒还会把他送往那种屠场。他们的战术是那么巧妙，虽然缺少证据，但是奥斯卡将军仍这样想：甲贡索人可能有帝国军官甚至英国人做顾问。尽管这种可能性在军官会议中没有人提起。

起程的伤员与留守者的告别没有像他担心的那样又哭又闹地丢丑，而是非常严肃。一些人默默地互相拥抱，交换地址；哭泣的人都竭力装作没有哭。他曾安排让每个起程的伤员分到四天的口粮，但物资的匮乏使他不得不减为一天。高乔人的长枪营和伤员们一起出发，沿途为他们提供给养；步兵三十三营护送他们。天刚破晓，将军看着他们走远：饥饿着，穿着破破烂烂的军装，一副寒酸相；许多人赤着双脚缓缓而行。他想，等他们到达圣多山——没有惨死在路上——情况会更糟，那时上级也许就会了解形势的危急并派援军来。

伤员们的起程给法维拉山军营和“黑色战线”留下凄凉、伤感的气氛。部队的斗志由于食物匮乏而低落，人们吃捕获的眼镜蛇、狗，甚至吞食烧烤的蚂蚁来充饥。

战争只限于街垒间从这一区域向那一区域零星射击。士兵们只限于从各自的阵地上互相窥测，看到一个人影、一个人头、一只手臂就爆发一阵枪击，但只持续几秒钟，然后又是令人麻木、昏昏欲睡的寂静。从钟楼和圣所里射出的冷枪使他眼花缭乱，这些子弹并没有明确的目标，只是射向士兵占据的住宅和废墟，穿透木桩和泥巴薄墙，往往杀伤正在睡觉或穿衣的士兵。

那天晚上，在烟火匠的家里，奥斯卡将军和平托·索萨上尉、内利上校（他已伤愈）及参谋部的两名上尉玩纸牌。在一盏油灯下，他们在箱子上玩，不料掀起了一场关于“劝世者”安东尼奥和匪徒的争论。一名来自里约热内卢的军官说，卡努杜斯事件的起因在于人种混杂，黑人、印第安人、葡萄牙人逐渐混血，使种族退化，以致智能低下，容易接受迷信思想，盲听盲信。这种意见遭到内利上校的强烈驳斥：难道在巴西的其他地方不是同样混血吗？为什么就没有类似的现象？他同莫莱拉·西塞上校的看法相同。他非常崇敬上校，简直奉若神明，认为卡努杜斯事件是共和国的敌人、帝国的复辟者、老牌奴隶制的卫道士和特权享受者们所为，他们煽动、蛊惑这些无知的可怜人，向他们灌输对进步的仇恨。“卡努杜斯事件的起因不在于种族，而在于无知。”他断言说。

奥斯卡将军兴致勃勃地听他们谈话。当问他的意见时，他感到茫然，迟疑片刻后，终于说道：是的，民众的愚昧使得贵族们得以煽动那些可怜虫，让他们奋起反对威胁他们利益的东西，因为共和国保障人人平等，和贵族制的世袭特权不相容。然而，他对自己的话从心眼儿里感到怀疑。别人离开，他在吊床上思考起来：如何解释卡努杜斯事件？是卡波克洛人血液里的毛病吗？是没文化吗？是习惯暴力、生来就抵制文明的野蛮天性还是与宗教、上帝有什么关系？没有答案。

第二天，他正在刮脸，既没有镜子也没有肥皂，用的是一把理发师用的、他自己在石头上磨的折刀。这时，他听到奔驰的马蹄声。他曾下令在法维拉山和“黑色战线”之间来往要步行，因为骑手是钟楼上的敌人极易射中的靶子，因此出来训斥违反命令的人，却听见一片热烈的欢呼声。刚刚抵达的三名骑手平安通过了开阔地，在他身旁下马的上尉将鞋后跟磕得直响。他自我介绍是季拉德将军增援旅的侦察队长，援军先遣队两三个小时后就会到达。上尉还补充说，季拉德将军的十二个营的四千五百名官兵已迫不及待地等候命令，准备打垮共和国的敌人。他的——也是巴西的——卡努杜斯噩梦，终于……终于要结束了。

第五章

“胡莱玛?”男爵吃惊地问，“是卡龙毕的胡莱玛?”

“事情发生在可怕的八月，”近视记者岔开话题，“七月，甲贡索人在卡努杜斯挡住了政府军。可是八月，季拉德旅也开到了，又来了五千名官兵，十二个营带去几千件武器、几十门大炮，还有充足的食物。甲贡索人还能有什么指望?”

然而男爵没有听见他这番话，只是重复说：

“是胡莱玛?”男爵能看出来访者脸上的高兴劲儿，能看出他避免回答问题时表现出的得意劲儿。他还发现，这股高兴劲儿和得意劲儿是由于他提到了那女人的名字，这个话题使得他发生了兴趣，因为现在轮到男爵来强迫他非谈起那个女人不可。“就是盖伊马达斯的向导鲁菲诺的妻子?”

这一次，近视记者还是没有回答他的问题：

“另外，八月，陆军部长卡洛斯·马恰多·比登柯特也亲自从里约前来部署战斗。”记者接着说，他对男爵的急不可待感到高兴，“我们在那里不知道这些情况，不知道比登柯特元帅亲临圣多山，督办运输、给养和医院。我们当时不知道志愿兵、志愿医生、志愿护士正纷纷拥到盖伊马达斯和圣多山，也不知道元帅亲自指挥季拉德旅。这一切，都是八月里的事。当时好像天都裂开了，要把大灾难降临到卡努杜斯。”

“可在那场灾难中，您是幸福的，”男爵喃喃地说，因为这正是近视记者曾说过的话，“因为那个女人吗?”

“是的，”男爵看出记者的幸福已不再是秘密，如今这种幸福的心情使记者难以启齿，难以流利地说出口“您还记着胡莱玛，这是应当的，因为她总是想着您和您的妻子，总是对你们怀着敬意和感激之情。”

如此说来，就是她，那个在卡龙毕长大、服侍埃斯特拉的细高个儿、黄皮肤的小姑娘，后来他们把她嫁给了一名诚实倔强的雇工，就是鲁菲诺。他已记不得这个人了。那个农村的野丫头，那个离开埃斯特拉的房间后可能变坏的粗人，竟和他面前这个人的命运搅和在了一起。鉴于记者确实说过诸如此类不可理解的话：“恰恰在世界开始崩溃、恐惧到达高潮的时候，虽然您会觉得这是谎言，但我开始成了幸福的人。”那种梦幻、虚构、不现实的感觉又一次占据了男爵的心。卡努杜斯经常使他陷入这样的状态，那些偶遇、巧合和接触把他弄得焦躁不安。记者知道加利雷奥·加尔强奸过胡莱玛吗?他没问。想到那个光怪陆离的世界，想到那个秘密的地域，想到那个随心所欲地使这些人与那些人接近、疏远、敌对、联合而个人和民族却无法探索的历史规律，他就困惑不解。男爵心里想，巴伊亚州腹地的那个可怜姑娘做梦也不会想到自己竟成了搅乱他人生活的工具，这些人又是如此地不同，想都不可能想到自己竟成了导致如此不同的人——鲁菲诺、加利雷奥·加尔和眼前这个面带微笑、愉快地回忆着她的稻草人——如此坎坷的生活变迁的工具。他突然产生了想重新看到胡莱玛的念头：看看那位姑娘或许对男爵夫人有益处，夫人从前是那样地喜爱她。男爵还想起塞巴斯蒂娜正是为此才对胡莱玛怀恨在心，见她跟那向导去了盖伊马达斯才感到轻松些。

“真的，我没料到此时此刻还能听到有人谈起爱情和幸福，”男爵喃喃地说，在座位上晃动了一下，“更没想到与胡莱玛有关。”

记者又谈论起战争。

“称之为季拉德旅不是咄咄怪事吗？因为据我所知，季拉德将军从没到过卡努杜斯。还有一件更怪的事，这场战争中最怪的事：八月，新来的十二个营开始出现在卡努杜斯，但仍有信徒匆匆忙忙地赶去那里，因为他们知道，新的军队一到，包围圈将最后合围，那样一来就再也进不去了！”男爵又一次听到他那荒唐的、奇怪的、做作的哈哈大笑，只听他重复地说：“不是说出不来，请听明白，而是进不去。这才是问题所在：他们不怕死，但要死在卡努杜斯。”

“而您是幸福的……”男爵说。这人会不会比往常显得更疯癫？所有那些谈话会不会是一连串的谎言？“甲贡索人看见政府军开到了，看见他们在各个山头延长战线，并且一个接一个地占领了当时还能进出的通道。大炮开始每天二十四小时从东南西北向镇上轰击，但由于各组炮群相距太近，造成了互相杀伤，因此都去轰击钟楼，因为当时它还没有倒塌。”

“胡莱玛呢？胡莱玛呢？”男爵叫道，“卡龙毕的小姑娘给了您幸福，她使您从精神上变成了义民吗？”

厚厚的镜片后面，像鱼儿在鱼缸里那样，那双近视眼睛不安地眨动了几下。天色已晚，男爵已在这里待了好几个钟头，应该起身去问问埃斯特拉的情况了，自从发生那出悲剧，他还从没和她分开过这么久。然而他仍在焦躁不安地等待着什么。

“事情可以这样解释，就是我当时已经听天由命了。”他听到记者用几乎听不见的声音说道。

“对死亡吗？”男爵说，他知道来访者想的并不是死。

“我情愿不爱任何女人，也不被任何女人爱。”他猜记者是这样说的，因为他把声音压得更低了，“我甘心当个丑陋的人、怯懦的人；甘心永远不拥抱不花钱的女人。”

男爵在皮椅上惊呆了。他的脑海里闪电般忽然闪过一个念头：在这间书房里讲述过那么多秘密，策划过那么多阴谋，可从没听过有人向他坦白如此意外而令人吃惊的。

“这是你们所不能理解的事情，”近视记者说，仿佛是在责备他，“因为毫无疑问，您从很年轻的时候起就知道什么是爱情。应该有许多女人爱过您，敬过您，委身于您。您肯定能在众多的美貌佳人当中挑选自己的配偶，她们只等您一声允诺便会投入您的怀抱。您不会懂得发生在我们身上的事情。我们不像您那样引人瞩目、装饰华丽、家境豪富、深得宠幸。您不会懂得一个人深知自己使女人感到厌恶、滑稽可笑，因而被排除在爱情和欢乐之外，只好去嫖妓的滋味。”

“爱情和欢乐。”男爵心烦意乱地想：生活中，这是两个令人不安的字眼、两颗倏亮即逝的流星。他觉得那两个美丽的、被遗忘的字眼从那个令人发笑、草鹭般盘着两条腿蜷缩在座位上的人的口里说出，真是亵渎神明。一个腹地的野丫头能使一个无论如何都有教养的人谈论爱情和欢乐，岂非滑稽而又荒唐？这样的字眼难道不会让人联想到因阅读、旅游和教育的指引而想象出来的豪华、高雅、情感、高贵、礼仪和智慧吗？那不是与卡龙毕的胡莱玛不相容的字眼吗？他又想到了男爵夫人，这刺伤了他的心。他努力回到记者所说的事情上来。记者又一次突然转话题，重新谈起战争。

“水用光了，”记者总像在和他吵架，“卡努杜斯的全部饮用水来自维拉庄园的水塘，就是靠近瓦沙—巴里斯河的水井。人们在那里筑起了战壕，用拳头和牙齿捍卫它们。但就连帕杰乌也无法阻止新来的五千官兵冲向那里，于是水源断了。”

帕杰乌？男爵颤抖了一下。那张像极了印第安人的脸就在那里，白中带黄，鼻子那里有一道伤疤。他站在那里，语气平静地向他宣告，要以上帝的名义焚毁卡龙毕。帕杰乌，那个象征凶恶、愚蠢的人使埃斯特拉成了牺牲品。

“是的，帕杰乌，”近视记者说，“我当时恨他。我怕他甚于怕子弹，因为那时他爱上了胡莱玛，只要动一根手指就能将她从我的手里抢去，叫我不复存在。”

记者又笑了，短暂的一笑，尖声怪气，神情紧张，最后变成带着嘶音的喷嚏。男爵对这句话漫不经心，他也仇恨那个狂热的暴徒，那桩无法补偿的罪孽的肇事者怎么样了？他感到害怕，不敢发问，害怕听说那个人得救了。记者重复着“水”这个字眼。他费了很大的力气才不再走神，终于听懂了。是的，瓦沙—巴里斯河边的水井。他非常清楚那些与河床平行的水井是什么样的：涨水的时候，水就贮存在那里，在瓦沙—巴里斯河干涸的漫长日月里常年供人、鸟、山羊和奶牛饮用。帕杰乌呢？帕杰乌呢？在战斗中死掉了？被俘了？问题到了嘴边，他却没有提出。

“应该理解那些事情，”这时近视记者自信地、用力地、愤怒地说着，“当然，我几乎没有见到他们，我也没能理解他们。”

“您在说谁？”男爵说，“我走神了，糊涂了。”

“妇女和小鬼，”近视记者接着说，“大家称呼他们小鬼。政府军占领水井后，小鬼和妇女夜间一起去偷几桶水，好让甲贡索人能继续战斗。只有女人和孩子去偷。还有，吃的就是那肮脏的剩饭。您听明白了吗？”

“我该表示惊讶吗？”男爵说，“我该表示钦佩吗？”

“您应该尽力去理解，”近视记者喃喃地说，“是谁这样部署的？是‘劝世者’、若安·阿巴德还是安东尼奥·比拉诺瓦？明知道水塘那里有大量官兵等着向他们瞄准射击，明知道派去十个只有一两个能回来，可谁决定非得让妇女和儿童爬到维拉庄园去偷水？谁决定战士们不必做这种低级的自杀而只有战死这种高级形式才与他们的身份相符？”男爵看到他又在郁悒地搜寻着自己的视线。“我怀疑既不是‘劝世者’也不是首领们。这是自发的、不约而同的、无名者的决定，否则没人遵守，也不会如此自信地走向刑场。”

“真是一群狂热分子，”男爵说，意识到自己话中的轻蔑口吻，“狂热的思想推动着人们去这样干。英雄主义的理由并不总是崇高的。偏见、心胸狭窄、愚蠢的思想也可以是理由。”

近视记者盯着男爵，前额沁出汗水，似乎在寻找一个强有力的回答。男爵以为会听到某种不入耳的话，却只见记者点头赞同，仿佛要甩掉优越感。

“可想而知，那是士兵们难得的体育活动、烦闷生活中的消遣，”他说，“他们埋伏在维拉庄园，等候着月光将匍匐着前来打水的人影暴露出来。我们听着枪声，听着子弹打穿罐头盒、器皿和锅子的响声。黎明时分，水塘里塞满了尸体和重伤员，但是，但是……”

“但是，您根本没看见。”男爵打断了他。记者说话时的激动神情深深地触怒了他。

“胡莱玛和矮子看见了，”近视记者说，“我听得见他们的声音，听得见妇女和小鬼带着铁盒、水壶、坛子和瓶子动身去维拉庄园，和自己的丈夫或父母告别，互相祝福，约定在天堂见面。他们活着回来时，我听得见那里发生的事情。铁盒、水桶、坛子里的水不是给半死的老人和渴得要命的婴儿喝的。他们到战壕去给那些还能拿得动步枪、能坚持战斗几小时或几分钟的人喝。”

“那么您呢？”男爵说，近视记者谈及义民时那副既崇敬又恐惧的神情使他的不快越来越强烈，“您怎么没有渴死？您不是战士，对吗？”

“我想过，”记者说，“在这段经历中，按照正常逻辑，我该在那里死好几回了。”

“爱情是不能解渴的。”男爵有意伤害他。

“是不能解渴，”对方附和道，“但可以增强忍耐力。不过，我们也喝一点东西，是能吸出水的东西，各种鸟的血，哪怕是兀鹫的血。我们嚼树叶、树枝、树根，嚼一切有汁液的东西，当然还有尿。”他寻找着男爵的目光，后者又想：“好像在谴责我。”

“您不知道吧？即便是一个不需要液体的人也撒尿，这是那里的一个重要发现。”

“请谈谈帕杰乌，”男爵说，“他怎么样了？”

近视记者吃惊地滑到地上。谈话过程中，他好几次滑到地上。男爵寻思这姿势的变化可能是由于他心中不安或肌肉失去控制。

“您说他爱上了胡莱玛？”男爵固执地问道。突然，他有一个荒唐的念头：他原先的卡龙毕侍女可能是腹地唯一的女人，是注定不幸的女性，去卡努杜斯的所有男人迟早会坠入她无意识的摆布。

“帕杰乌为什么不把她带走？”

“也许是由于战争，”近视记者说，“帕杰乌是首领中之一。随着包围圈逐渐缩小，他越来越忙。而且我想，可能兴致少了。”

他肆无忌惮地大笑起来。男爵推测，这一次他的笑声不会变成喷嚏，而要变成哭泣了。但是二者都没有出现。

“所以我常常希望战争持续，甚至恶化，好让帕杰乌不得空闲，”他吸了一口气，“我希望战争或什么东西将他杀掉。”

“他后来怎样了?”男爵依然不放过这个问题，可对方并不理睬。

“可是，即便打仗，他也完全能将她带走，让她做自己的老婆，”记者望着地面，思考着，想象着，“其他的甲贡索人不是也干那件事吗?在枪炮声中，在夜里或白天，不是听到过他们在吊床上、简陋的床上或地上玩自己的女人吗?”

男爵感到脸发烧。他从来不曾容忍这些在男人间司空见惯的话题，就连在他最要好的朋友间也不曾。谁要是不停地谈这样的话题，他就叫他住口。

“所以打仗不是原因，”记者转过脸来看看他，好像想起男爵还在那里，“帕杰乌成了圣徒，看到了吗?人们都这样说：他变成了圣徒，天使吻了他，抚摩了他，感召了他。”男爵几次表示赞同。也许他不愿强行占有她，这是另一种解释，无疑更令人难以置信，但也许就是这样。

“他希望一切都按照上帝的安排行事，一切都符合教义后，再同她成亲。我听到过他向她求婚的事。大概是这样吧?”

“他后来怎样了?”男爵慢慢地又一次问，加重了语气。

近视记者紧紧地盯着他。男爵看出了他的惊讶。

“是他烧了卡龙毕，”男爵缓缓地解释说，“是他……死了吗?怎么死的?”

“我想他是死了，”近视记者答道，“他怎么会不死?他、若安·阿巴德、若安·格兰德，这些人怎么会不死?”

“您没死，而且按照您跟我说的，比拉诺瓦也没死。他能逃跑吗?”

“他们不愿意逃，”记者难过地说，“他们愿意进去、留下并死在那里。比拉诺瓦是个例外。他不愿意离开，尽管人家命令他那样做。”

因为记者无法向他证实帕杰乌是否已经死了，男爵想象着帕杰乌重操旧业，再次自由自在地领着一伙强盗四出造孽，在塞亚拉、贝尔南布戈或更远的地方为他那无休止的罪恶历史增添新的篇章。

“安东尼奥·比拉诺瓦。”“劝世者”低声说。圣所里于是像触了电。“他说话了，说话了。”贝阿迪托想，激动得毛骨悚然，“赞美圣父，赞美好耶稣。”他和玛丽亚·瓜德拉多、利昂·德·纳图巴、华金神父和圣诗班的信女一起拥向那张用棍棒支起来的木床。在黄昏微弱的光线下，大家的眼睛一齐盯着那张阴沉的、拉长的、毫无表情地依然闭着眼睛的脸。的确不是幻觉：他说话了。

贝阿迪托看到那瘦得连嘴唇都没有了的可爱的嘴张开，重复说着：“安东尼奥·比拉诺瓦。”大家明白了，一齐说：“是，是，神父。”并一齐拥向圣堂的门口，叫天主卫队去叫安东尼奥·比拉诺瓦来。好几个人在工事石堆和土袋之间奔跑着去了。这时，枪声停了，贝阿迪托回到了“劝世者”的床头：他又沉默了，安详地仰卧着，闭着双眼，手和脚都露在外面，骨骼在深紫色长袍下突出来，一道深深的皱纹显示了他可怕的消瘦程度。“他更像幽灵而不是肉身了。”贝阿迪托想。圣诗班的队长因听到他说话而受到鼓舞，给他端来了一点牛奶，只听她满怀虔诚和希望喃喃地说：“神父，你想喝一点吗?”这些日子里，她这样问过他许多次，但这一次与往常不同，“劝世者”沉默不语，瘦骨嶙峋的脑袋摇了摇，以示不要，灰色长发乱蓬蓬的。一股幸福的热血温暖着贝阿迪托的心。他活着，会活下去。这些日子里，尽管华金神父定时去给他摸脉搏，听心跳，告诉他们他还在呼吸，尽管他身上仍不断分泌出那种脓液，可是在他的沉默和毫无动静面前，贝阿迪托难免会想：“劝世者”的灵魂早已升天。

一只手从地上拉了他一下。他看到了利昂·德·纳图巴那双闪亮的、渴望的大眼睛透过蓬乱的头发盯着他。“他会活下去吗，贝阿迪托?”贝罗山的书记员是那样心焦，贝阿迪托几乎想哭出声来。

“会，会的，利昂，为了我们，他会活下去，会活很久。”

然而他知道不会。在他的心里，有什么东西对他说，这已经是那个人的最后几天甚至最后几小时了。那个人改变了他的生活，改变了圣堂里所有人的生活，也改变了所有在外面的洞穴和战壕里死去、挣扎、战斗着的人的生活，整个贝罗山变成了战壕和洞穴。他知道末日到了。从维拉庄园失陷、“劝世者”在圣堂里昏厥那一刻他就知道了。贝阿迪托会解释各种象征，别人看不出来的那些巧合、意外和偶然现象中的秘密信息，他都能看破。他有一种直观能力，使他在一无所知、错综复杂的情况下，能立刻看出现象后面的深刻变化。那天他在圣安东尼奥教堂，开战以来，那里已变成了救护站，他正在为当地的伤员、病号、产妇和孤儿念《玫瑰经》。他提高嗓门，好让流着脓血的患者和半死的人能在枪炮轰鸣中听到他祈祷的“万福马利亚”和《天主经》。那时他看到一个小鬼和亚历杭德里娜·科雷娅同时从尸体堆跑进来。小鬼先开口：

“狗子们进了维拉庄园，贝阿迪托，若安·阿巴德说要在殉道者大街的街角筑一道高墙，因为那些不信神的家伙现在可以从那里随便进来。”

小鬼还没转过身，那个从前会“行云布雨”的女人的声音比脸色更可怕，跑进来悄悄对着贝阿迪托的耳朵说出一个他已预感到更加严重的消息：“‘劝世者’病倒了。”

“像那天早上一样。”已经有十几天了——贝阿迪托双腿发抖，口干舌燥，胸口发闷，花了好大劲才使双脚迈动，跟在亚历杭德里娜·科雷娅后面跑。他跑得气喘吁吁，来到圣堂时，“劝世者”已被抬到了床上，睁开了眼睛，安详地看着受惊的信女们和利昂·德·

纳图巴。事情发生在“劝世者”祷告几小时之后，当他像往常那样欠起身，双臂一伸，突然摔倒在地。信女们、利昂·德·纳图巴、玛丽亚·瓜德拉多看到他把一只膝盖跪到地上时是那么费力：他先用一只手，然后用另一只手帮助自己，由于吃力或站立时的疼痛而脸色苍白。突然，他再次像一口袋骨头似的倒在地上。已经有十来天了？那时候，贝阿迪托领悟了：大限到了。

自己为什么那样自私？“劝世者”安息了，要去接受他在此地的所作所为的报答了，自己怎么反倒不高兴？难道不应该唱一曲上帝的赞歌吗？应该，可他做不到，他的灵魂受了刺激。“我们成了孤儿。”他这样想。那时，从“劝世者”身下的木床发出的细微声音转移了他的注意力。并没有传来圣徒身体动弹的声音，然而玛丽亚·瓜德拉多和信女们已经跑到他的身边，撩起了神父的长袍，给他弄干净，恭顺地收拾着。贝阿迪托想，那不是粪便，因为粪便是肮脏、不洁净的东西，他身上的任何东西都不会那样。十几天来，他不停地排泄出来的、稀稀的液体怎么会是肮脏、不洁净的？难道这几天“劝世者”吃了什么吗？他的器官里有什么不洁净的东西要排泄吗？“那流出来的是他的精华，是他灵魂的一部分，是他留给我们的东西。”从那件事的一开头，他就有这样的感觉。在那突发的、柔和的、长长的声音中，在那伴随着腹泻、无休止的症状中，有一点神秘的、神圣的东西。他猜到了：“那是恩赐，不是粪便。”他非常清楚地懂得了圣父、圣灵、好耶稣、圣母或“劝世者”本人想叫他们经受的考验。他怀着幸福的心情向前一步，将手从信女们中间伸过去，将手指头在排泻物中蘸湿，一面唱着赞美诗，一面送到口边：“圣父，你愿意你的奴隶这样接受圣餐吗？这不是给我的甘露吗？”圣诗班的所有信女都像他那样领了圣餐。

圣父为什么让“劝世者”忍受那种煎熬？尽管从他的身体里流

出来的是神赐圣物，但为什么让他临终前不停地排泻？利昂·德·纳图巴、玛丽亚·瓜德拉多和修女们不明白。贝阿迪托为他们解释并开导他们："圣父不愿意他落到狗崽子们手里。把他带走，是为了他不受屈辱。但是天主不愿我们以为他脱离了痛苦和惩罚，因此赎罪前叫他受苦。"华金神父说他开导得好——他也怕"劝世者"之死会引起思想混乱，使人们发出不恭的抗议，做出有损于他灵魂的反应。魔鬼在暗中窥伺着，不会放过任何可乘之机。

他发现枪声又响起来：激烈，密集，四面八方响成一片。这时，圣堂的门打开了，安东尼奥·比拉诺瓦站在那里。和他一起来的有若安·阿巴德、帕杰乌和若安·格兰德，一个个精疲力竭，汗水淋淋，带着火药气味，却精神焕发：他们知道"劝世者"说话了，他活着。

"安东尼奥·比拉诺瓦来了，主啊。"利昂·德·纳图巴说，踮起脚尖凑到"劝世者"面前。

贝阿迪托屏住了呼吸。挤满了房间的男男女女——是那样拥挤，一抬手就得碰上周围的人——都聚精会神地注视着那张无唇无齿的嘴巴和那张死人般的脸上的动静。他要说话吗？要说话吗？尽管外面响着断断续续的枪声，但贝阿迪托又一次听见了那独特的细微响声。玛丽亚·瓜德拉多和信女都停下，给他清理。大家一动不动，俯身在床前，等待着。圣诗班的领队将嘴凑到他那被灰发盖着的耳边，重复说：

"安东尼奥·比拉诺瓦来了，神父啊。"

他的眼皮微微一动，嘴半张开。她明白他在为说话而挣扎，虚弱和痛苦使他发不出任何声音，因而在请求上帝赐予他那个恩惠，他可以为此而接受任何磨难。她又听到了那可爱的声音，那样微弱。所有人的头都凑到跟前听：

“你在这儿吗，安东尼奥？听得见我的话吗？”

从前的商人比拉诺瓦单腿跪在地上，捧起了“劝世者”的一只手，虔诚地吻着：“听得见，听得见，神父啊。”他浑身冒汗，头脑发涨，四肢颤抖，心口发闷。比拉诺瓦感到朋友们在羡慕自己。为什么偏偏叫他？为什么是他而不是贝阿迪托？他为这种想法而自责，并担心“劝世者”叫别人出去而和他单独谈话。

“安东尼奥，你以见证者的身份去周游世界吧，别再回到这个包围圈里来了。我和羊群留在这里。你到外面去吧。你是见过世面的人，走吧，去教那些忘记学习的人做加法吧！愿圣灵引导你，天主保佑你。”

比拉诺瓦带着啼笑皆非的表情抽泣起来。“这是他的遗嘱。”贝阿迪托想。他十分清楚此时此刻的严峻形势及其影响。他所看到、听到的一切将被处于各种环境下、属于各个不同种族、操各种语言的人牢记几年、几百年，还将被尚未出生的人永远牢记。比拉诺瓦一边拼命吻着那皮包骨头的手指和长长的黑手掌，一边用嘶哑的声音请求“劝世者”不要打发他离开。应该提醒他，此时此刻是不能对“劝世者”的遗嘱进行讨论的。贝阿迪托走上前，将一只手放到他朋友的肩上，亲切的压力就足以使他安静了。比拉诺瓦用哭红了的眼睛看着他，求他帮助，求他说情。“劝世者”沉默不语。还能听到他的声音吗？他又一连两次听到他排泄时发出的微弱声音。他想过许多次，每次排泄时，“劝世者”是否会感到绞痛、刺痛、牵动内脏的痉挛？魔犬是不是在咬他的肚子？现在他知道的确如此。他放屁时，憔悴的脸上微微露出的怪相足以表明：这是伴随着火烧与刀绞般的煎熬而发生的。

“将你全家带走，免得寂寞，”“劝世者”声音微弱地说，“把华金神父带来的朋友也带走。让他们各自努力逃生，像你一样，孩子。”

尽管贝阿迪托着迷地听着“劝世者”的话，但还是察觉到了帕杰乌脸上紧张的表情：那道伤疤好像肿胀起来、裂开，嘴巴颤动着要问什么，甚至表示异议。他大概在想，他要娶的那个女人要离开贝罗山了。妙极了。贝阿迪托明白了，为什么在这最关键的时刻，“劝世者”想起了受华金神父保护的外乡人。为了拯救一个信徒！为了将帕杰乌的灵魂从那个对他来说可能意味着堕落的女人的手中拯救出来！或者仅仅对卡波克洛人进行考验？或者想让他以苦难来赢得宽恕？帕杰乌仍然不露声色，铁青着脸，平静、安详、毕恭毕敬，手里拿着牛皮礼帽，望着病床。

现在贝阿迪托确信那张嘴不再说话。“只有他的另一张口说话了。”他想。十几天来，那不断水泻、排气的肠胃意味着什么呢？想到那些响屁和水泻中留有给他的信息而他可能误解或没听到，就十分苦恼。他知道任何事情都不是偶然的，偶然性是不存在的，一切都有深刻的含义，都有根源，其结果总是归到上帝那里。如果能达到相当圣洁的程度，就能预见上帝在世上建立的神秘秩序。

“劝世者”又沉默了，好像从来没讲过话。华金神父在床头的一角动着嘴唇，默默地祈祷。大家的眼睛都闪着光，谁也没动一动，尽管大家都意识到圣徒已经说了要说的话。大限到了。贝阿迪托怀疑从白羊被一枚流弹打死时起——那是在讲道之后，亚历杭德里娜·科雷娅拉着小白羊陪“劝世者”回圣堂时发生的——那个时辰就临近了。那是“劝世者”离开圣堂的最后几次中的一次。“再也听不到他的声音，他已经在橄榄园里了。”那时，每天下午，“劝世者”以超人的努力离开圣堂，爬上讲台去祈祷、布道，但他的声音只是窃窃私语，他身边的人几乎听不清楚。贝阿迪托本人在天主卫队的活动墙壁内只听到零散的单词。当玛丽亚·瓜德拉多问他要不要把那只因他的抚摩而变得神圣的小动物埋在圣堂里时，“劝世者”回答说“不用”，吩咐把它给天主卫队食用。

这时，“劝世者”的右手动了，他在寻找什么？骨节突出的手指抬了起来，又落在干草垫上，收拢，伸开。他找什么？他要什么？贝阿迪托在玛丽亚·瓜德拉多、若安·格兰德、帕杰乌和信女的眼睛里看到了和自己一样的焦灼不安。

“利昂，在吗？”

贝阿迪托感到胸部被刺了一刀。他真想献出一切好让“劝世者”呼唤自己的名字，让“劝世者”的手也伸向自己。利昂·德·纳图巴直立起来，将披头散发的大脑袋向那只手凑过去吻它。但是那只手没给他时间，因为他一感到那张脸靠近，就很快摸过去，将手指伸进浓密的散发中。泪水模糊了贝阿迪托的眼睛，眼前发生的一切都变得朦胧了，不过他用不着看，就知道“劝世者”在利昂·德·纳图巴的脑袋上给他搔痒、灭虱，用最后的力气抚摩他，像几年来他所看到的那样。

震撼圣堂的，雷鸣般的怒吼使得贝阿迪托闭上眼睛，缩成一团，在雪崩似的石块面前举起双手。在一片黑暗中，他听到了喊叫声和跑动声。他想自己是不是死了，发抖的是不是自己的灵魂。终于听到若安·阿巴德说话了：“圣安东尼奥教堂的钟楼倒了。”他睁开双眼。圣堂里布满灰尘，一切都挪动了位置，闪开了一条通向病床的通道，人们知道什么在等着他们。灰尘中，贝阿迪托看见那安详的手放在利昂·德·纳图巴的头上，后者依然原地跪着。他还看见华金神父将耳朵贴在“劝世者”瘦削的胸脯上，过了一会儿，神父直起身，脸色难看地说：

“他将灵魂交给上帝了。”他的声音很轻，但对在场的人来说，这句话比外面猛烈的枪声更震撼。

没有人放声大哭，没有人跪倒在地。大家都变成了泥塑木雕，互相躲避着目光，似乎目光相遇时会彼此看到污秽，会在这最终的时刻、在眼睛里留下深深的耻辱。灰尘从房顶和墙壁上撒下来，贝阿迪托的耳朵像是旁人的，继续听着外面、远处和近处的叫声、哭声、奔跑声、吱呀声、呐喊声以及战壕里的官兵为欢呼炮击了那么久的教堂钟楼终于倒坍而发出的怒吼声。战壕的所在地就是原先圣彼得和圣西皮里亚诺街道和旧墓地。贝阿迪托的头脑像是别人的，想象着和钟楼一起倒下去的几十名天主卫队的汉子、几十名伤员、病号、残废、产妇、初生婴儿和百岁老人。此时此刻，他们将在砖坯、石头和房梁下被压扁、压碎、压伤而死去。他们要么得到了拯救，光荣的躯体登上了殉道者通向圣父的宝座；要么在废墟里、在可怕的痛苦中挣扎。然而，实际上，贝阿迪托既没听也没想。世界已空洞无物，他已经没有肉体，没有骨骼，成了一根在深渊的旋涡中飘浮、无人关心的羽毛。他看到——就像是用别人的眼睛看到——华金神父从利昂·德·纳图巴的头发中拿下“劝世者”的手，将它和另一只手放在遗体两侧。于是，贝阿迪托开始用低沉、浑厚的语调说话，他曾用这种语调在教堂和宗教典礼中唱过圣歌。

“我们把他送到他吩咐修建的圣堂里，为他守灵三昼夜，好让大家都瞻仰他。我们安葬他的葬仪要经过贝罗山的所有住宅和街道，好让他的身体最后一次从城市中清除魔鬼的污秽。我们要把他安葬在好耶稣圣堂的祭坛之下，要将他亲手在沙漠中制作的十字架立在他的坟墓上。”

他虔诚地画十字。大家也都画十字，目不转睛地注视着病床。贝阿迪托听到的第一声抽泣是利昂·德·纳图巴发出的，那畸形的、不协调的小小身躯由于痛苦而整个儿抽搐起来。贝阿迪托跪下了，大家也都跪下了；这时又听到了其他的抽泣声。但这时华金神父在用拉丁语祈祷，这声音响彻了整个圣堂，在好长一段时间里将外面的声音淹没了。他一面祈祷，一面两只手一起慢慢地活动，使自己的听觉、视觉、身躯和那似乎已经失去了的世俗生活恢复正常。贝阿迪托自从小时候听莫拉埃斯神父说因为自己是私生子而不能成为教士以来，从来没感到像现在这样绝望过。“父啊，你为什么在这个时候抛弃我们?”“没有你，我们可怎么办?”他想起了圣徒在本巴尔给他系在腰上的铁丝。他还带着，已经生锈、变形，和他的肉长在一起，都说这是宝贵的圣物了，就像圣徒在所到之处曾触摸过、穿过或说过的其他东西。

“不能那样做，贝阿迪托。”若安·阿巴德坚定地说。

街道司令跪在他身旁，眼睛肿了，声音也变了，但是话语中有一种果敢的自信：

“我们不能将他运到好耶稣的圣堂，也不能像你说的那样安葬。贝阿迪托，我们不能当着人们的面那样做！你想在他们的脊背上砍一刀吗？你要告诉人们，他们即使没有了弹药和粮食也依然为之战斗的那个人死了吗？你要做那么残酷的事情吗？那不是比敌人的恶行更坏吗?”

“贝阿迪托，他说得对，”帕杰乌说，“我们不能跟他们说他已经死了。现在不能说，此时此刻不能说，要不然就全完了。人们会惊慌失措，会发疯。我们若想让他们继续战斗，就不能声张。”

“不单是为了那个。”若安·格兰德说道。这是最使贝阿迪托吃惊的声音，那个腼腆的大个子什么时候开口发表过意见？一向不都是逼他他才开口吗?“难道狗子们不会以天下最大的刻骨仇恨来寻找他的遗体进行侮辱吗？谁都不该知道他埋在哪里。贝阿迪托，你想让异教徒们找到他的身体吗?”

贝阿迪托觉得牙在打战，像在发烧。的确，他极力想为可爱的师尊举行其当之无愧的守灵和葬礼时竟忘了狗子们近在咫尺，而且真的会像饿狼般扑向猎物。现在他明白了——好像屋顶裂开，进来了一道耀眼的光线，天主在中间照亮了他——为什么上帝偏偏在此时将他带走，明白了信徒们的义务：保存他的遗体，不让魔鬼玷污。

“对，对，”他情不自禁而又内疚地叫了起来，“请原谅，痛苦把我搞糊涂了，也许是鬼迷心窍了。现在我懂了，现在我知道了。我们不说他死了，就在这里为他守灵，就把他葬在这里。我们为他挖墓，除了我们，谁也不知道他在哪儿。那是上天的旨意。”

片刻前，由于若安·阿巴德、帕杰乌和若安·格兰德反对殡葬仪式，贝阿迪托还对他们颇为不满，这时反而感激他们，因为他们帮助他解开了那信息之谜。他那矮小、瘦削、虚弱的身体立刻充满了活力，急不可待地奔走于信女和信徒之间，一边推搡着他们劝他们不要啼哭，一边催促他们打破这魔鬼安排的麻痹人心的圈套，央求大家赶快行动起来，拿起尖镐和铁锹，为“劝世者”开挖墓穴。“没时间了，没时间了。”他吓唬大家。

就这样，他感染了大家。他们站起身，擦干眼泪，打起精神，互相看着，用胳膊肘碰碰，点头同意。若安·阿巴德以一贯的实干精神，向为捍卫圣堂而战斗在街垒中的人编造了一个并无恶意的谎言：他们要像在贝罗山诸多住宅里所做的那样，开一条联结战壕和房屋的地道，以防狗子兵包围圣堂。若安·格兰德出去拿了几把铁铲回来，他们立刻动手在床边挖起来。其他人也跟着这样干，四人一组，轮流换班，一放下铁铲就跪下祈祷。这样一连干了几个小时，不觉外面天色已黑。世人之母点起油灯，外面的枪声和或仇恨或欢乐的喊声时断时续，此起彼伏。伴随着坑穴加深，每当有人在堆积起来的泥土金字塔旁发问，贝阿迪托总是说：“再深点，再深点。”

当灵感告诉他深度已经够了的时候，所有的人，首先是他，都精疲力竭了，头发和皮肤上全沾满了泥土。贝阿迪托抬起“劝世者”

的脑袋，玛丽亚·瓜德拉多抬起一条腿，帕杰乌抬起另一条腿，若安·格兰德和华金神父各抬起一条胳膊，将“劝世者”的遗体抬起来，让信女们将一张草席放在他身下裹尸。这时，贝阿迪托觉得即将来临的时刻将是一场梦。将遗体放好后，玛丽亚·瓜德拉多将一个金属的受难耶稣像放在他胸部，这是装饰圣堂墙壁的唯一物件；还有一串黑色念珠，这是从他们认识“劝世者”以来就一直伴随着他的遗物。他们再次将裹着草席的遗体抬起来，若安·阿巴德和帕杰乌在坑底接着。当华金神父用拉丁文祈祷时，他们又轮班干起来，用铲土的锹声为祈祷伴奏。在那因光线昏暗而变得更加浓重、梦一般的异样感觉中，贝阿迪托看到，就连利昂·德·纳图巴也在其他人的腿之间跳来跳去，帮着为坟墓填土。他干活时抑制着悲痛。人们都说，这简朴的守灵和既不写姓名也不立十字架的可怜坟墓肯定是像“劝世者”生前那样贫穷简朴的人自己要求的。然而当一切都已结束，圣堂又和从前一样——放着那张空床——的时候，贝阿迪托哭了。他在哭声中感到别人也在哭。片刻之后，他克制住了自己。他低声要求他们以自己的灵魂发誓，不管受到怎样的酷刑都不说出“劝世者”安息的地方。他领他们宣誓，一个一个地进行。

胡莱玛睁开眼睛，依然感到自己很幸福，就像昨天夜里、前天和大前天那样。直到那天下午之前，时光都是混淆不清的。那天下午，她在圣堂门口找到了近视记者——她本以为他已经被埋在仓库的废墟下面。他扑到自己的怀里，她听见记者说他爱她，而且她说自己也爱他。真是这样，不论怎样，自从她说出口以后是这样的。从那时起，尽管战争在她周围持续进行，饥饿和干渴比子弹的杀伤力更大，胡莱玛却是幸福的，比她平生记得的任何时候更幸福，比她和鲁菲诺成亲时更幸福，比她在卡龙毕、在男爵夫人埃斯特拉的庇护下那令人怀念的童年时代更幸福。她真想扑到圣徒脚下，感谢他使自己的生活发生了这个变化。

附近响着枪声——整个夜里——她在梦中就听见了，然而她没有察觉到圣婴耶稣街上的动静，没有察觉到人们的奔跑和呐喊，也没有察觉到人们在疯狂地搬运石头、沙袋，挖掘坑道，推倒屋顶和墙垣，筑起掩蔽工事。这是最近几周里——在卡努杜斯从一道接一道的街垒和战壕后面不断退缩，政府军不断攻占房屋、街道和巷口，包围圈不断向教堂和圣所逼近的过程中——人们经常干的。然而这一切对她都无关紧要：她是幸福的。

是矮子发现那间嵌在宽敞住宅中间的木栅小房已经没有主人，它坐落在圣婴小巷，连接着大广场和通向圣母教堂的蜿蜒街道。大广场上有若安·阿巴德亲自率领、甲贡索人守卫的三重街垒；教堂街变成了愈加拥挤的卡努杜斯的北部防线，已被攻陷的莫坎波的黑人和米兰德拉及罗德拉斯为数不多的幸存卡里里人向这方面撤来。现在印第安人和黑人同甘共苦，在圣母教堂街道的坑道和工事里和彼得劳率领的甲贡索人合在一起。这些义民退至此地前曾先后在科罗罗波、特拉波波和郊外的庭院及畜栏里阻击政府军。胡莱玛、矮子和近视记者搬进这间小房子时看到一个叉开双腿的老人的尸体躺在毛瑟枪上，躺在那个地方唯一的房间里的坑穴里。此外还有一口袋炒面和一罐蜂蜜，已经节俭地吃了很长时间。他们很少出去拖运尸体，那些尸体需要拖到被安东尼奥·比拉诺瓦改成墓穴的几眼井里；他们也不去帮忙修筑掩体和战壕，这对所有人来说是比战斗本身更花时间的事情。人们在房屋的里里外外挖了那么多壕沟，可以在整个贝罗山残存的地盘里——从住宅到住宅，从街道到街道——如鼹鼠和蜥蜴那样钻来钻去而不必爬到地面上。

矮子在她背后动弹，问记者是不是醒着。她没有回答，过了一会儿，听见了他的鼾声。他们三个一个挨一个地睡在狭窄的坑道里，几乎挤不下。他们这样做，不仅是为了躲避轻而易举地穿透木桩和泥墙的枪弹，还因为夜间气温下降，不得不挨饿的肌体被冻得发抖。胡莱玛仔细端详着近视记者的脸庞，他侧身睡着，紧贴着她的胸膛；嘴半张着，一丝涎水像透明的细蛛丝挂在嘴唇上。她将自己的嘴向前凑，不惊醒他，轻柔地吸吮了那涎液。现在近视记者的表情是宁静的，醒着时他从来没有这样的表情。她想："现在他不害怕了。"她想："小可怜儿！我若能打消他的恐惧，若能做点什么事情使他不再受惊，该多好呀。"因为他曾向她吐露过，即便是同她在一起的时刻也总是不能打消恐惧，它像一摊污泥折磨着他的灵魂。尽管现在她像一个女人爱一个男人那样爱他，尽管她已经像一个女人属于她的丈夫或情人那样属于他，胡莱玛仍像从前那样照顾他、娇惯他，在精神上哄着他，像母亲对儿子那样。

近视记者的一条腿伸了伸，蹬了一阵，伸进了她的双腿间。她闭上了双眼，保持安详，尽力听着枪声，想着战争近在咫尺，想着萨德林哈姐妹、卡塔利娜和其他女人在用自己最后的力量照顾伤病员，在仅剩的两个救护站里照料刚刚出生的婴儿，想着整天往坑穴里搬运死尸的老人。这样，她终于克制住了那种感情，那种在她的生活中如此新鲜的感情。"我疯了吗？"她想，"中魔了吗？"面临死亡，她却在用思想造孽。尽管她从前曾被两个男人占有过，可只在现在她才发现，在这个男人的怀抱里才是幸福的。不幸和战争（或者是魔鬼？）将他置于她的道路上。她紧贴着睡在自己身旁的人，尽力把身体贴在他的身体上。在她背后，矮子又动弹了，她感觉到那弱小的、蜷缩着的、寻找着温暖的身体。

枪声突然加剧，好像就在房子里、头顶。几秒钟内，坑道里充满了泥土和灰尘。胡莱玛缩成一团，闭着眼睛。她等待着，等待着枪声、爆炸、击中、倒塌。但是片刻后，枪声远了。她再睁开眼睛时看到了那白色的、湿漉漉的目光好像在慢慢地泻到她的身上。那个可怜的人已经醒来了，又一次吓得要死。

“我以为是噩梦。”矮子在她背后说，欠起身，将头探到坑道的边沿。胡莱玛也跪着张望，近视记者依然躺在那里。许多人沿着圣婴耶酥街向大广场跑去。

“怎么了？怎么了？”只听近视记者在她脚下问，“看到什么了？”

“看到很多甲贡索人，”矮子抢先说，“从彼得劳那边来的。”

这时，房门开了，胡莱玛看见门口有一群人，其中一个就是政府军到达那天在科罗罗波的山坡上碰到的那个年轻的甲贡索人。

“来呀，来呀，”他向三人喊叫，大嗓门压过了枪声，“来帮忙。”

胡莱玛和矮子帮助近视记者出了坑道，把他领到街上。她一向习惯于自动地去做某个有权有势的人让她做的事，就像眼下这样，可以毫不费力地摆脱被动地位，同别人一道并肩干活而不问该做什么、为什么要做。但是和这个一起在圣婴街上跑的人待在一块儿，情形就不同了。他要知道前后左右发生的一切，要知道人们在干什么、说什么，于是她只好去打听明白，以满足他那像恐惧同样强烈的好奇心。那个科罗罗波的年轻甲贡索人向他们解释说，从今天清晨起，狗子兵开始攻打公墓战壕，敌人已经发动了两次进攻，虽然未能攻下，却占据了巴乌蒂斯塔街口，这样就能从背后包抄好耶稣圣堂。若安·阿巴德决定在公墓战壕和教堂之间筑一道新的街垒，以便帕杰乌不得已时能继续后撤。他们在集结人手，为此，他们这些本来和彼得劳一起在圣母教堂街的人到这里来。年轻的甲贡索人跑到前面，加快了脚步。胡莱玛感到近视记者在喘气，看到他在大广场的石头和坑穴之间磕磕绊绊，她相信，他一定和自己一样在想着帕杰乌。现在，他们的确要和帕杰乌相遇了。她感到近视记者紧握她的手，她也以紧握来回应。

自从那天她找到了幸福，就再也没见到帕杰乌，但是她和近视记者就那位脸部曾被砍伤的卡波克洛人谈了许多。两人都知道，他对他们爱情的威胁比政府军的士兵更严重。从那天下午起，他们就在卡努杜斯北部躲藏起来，那里距离维拉庄园最远。矮子不断地去打探帕杰乌的情况。那天上午，矮子——他们当时在莫坎波后面的圣埃洛伊胡同一间铁皮屋顶的房子里——来告诉他们，政府军开始进攻维拉庄园。胡莱玛曾对近视记者说，卡波克洛人会誓死捍卫他们的战壕。当天夜里，他们得知帕杰乌和维拉庄园的幸存者仍在公墓战壕里，据说那里马上就要被攻克，那么和帕杰乌相遇的时刻就要来到了。就连这种念头也不能减损她的幸福，它已经像骨骼和皮肤，是她身体的一部分了。

幸福遮住了胡莱玛的眼睛，如同近视和恐惧遮住了她拉着的那个人的眼睛，如同信仰、宿命论或习惯势力遮住了那些尚有力气跑动、筑起街垒的人，使他们看不见周围发生的事，使他们不能思考，不能得出结论。一般有常识、理智或本能的人完全能够看清这样的场景：那些从前是泥土和碎石的小巷现在高低不平，弹坑累累，到处是被炮弹轰击后留下的垃圾或甲贡索人修筑工事后扔下的废物；到处是横躺竖卧的人，简直难辨谁是男人谁是妇女，因为他们的脸上毫无特征，眼睛里毫无神采，肌肉已经松弛，然而由于某种荒谬绝伦的邪劲儿，他们还活着。胡莱玛看见了他们，却没发觉他们活着，因为他们同遍地的死尸混杂在一起。那些尸体没有被老人们及时抬走，所以他们同死尸的区别只是身上苍蝇的多少和散发臭气的程度而已。苍蝇也常被子弹击中、落下、死去。他们也没看到那些带着痴呆表情的孩子在废墟上乱刨乱扒或咀嚼泥土的情景。那真是一次长跑，当他们停下来时，她不能不闭上眼睛靠在近视记者的身上，直到世界停止旋转。

记者问她这是到了什么地方。胡莱玛发现那难以辨认的地方是圣胡安胡同，是墓地周围的拥挤小房子和正在修建的圣堂之间的通道。到处都是瓦砾、坑穴，人们群情激动，在挖掘，在往口袋、铁盒、箱子、木桶和木罐中装沙土，把木头、砖瓦、石块、土坯乃至牲口的骨架拖到筑起街垒的地方，从前那里有一道栅栏作为公墓边界。枪声已经停止，或者胡莱玛的耳朵聋了，分不出枪声和其他声音。她告诉近视记者，帕杰乌不在，安东尼奥与奥诺里奥兄弟俩在。这时，一个独眼人向他们大吼一声，问他们还在等什么。近视记者吓得立刻弯腰刨起来，胡莱玛给他一个矛头，以便好刨一些。她自己一如既往地去装填口袋，把它们运到指定地点，将砖瓦木头从墙上刨下来，去加固已有好几米高、好几米宽的街垒。她不时走到近视记者堆沙石的地方，告诉他自己就在附近。她没有察觉到街垒前方的枪声时断时续，时弱时强，一群群老人不时地将伤员送往教堂。

一群妇女很快将一些带皮的鸡骨头和一把水勺放在她手里，叫她啃。她认出了其中的卡塔利娜，若安·阿巴德的老婆。她跑去与记者和矮子分享这礼物，但是他们二人已经分到了相似的一份。他们一同幸福地吃着，喝着，面对这食物不知如何是好。断了好多天的粮，人们知道剩下的食物要留给那些日夜坚守在战壕里和钟楼上、双手被火药烧坏、指头因射击而磨出了老茧的人。

暂歇片刻后，又开工了。这时她看了看好耶稣圣堂，有什么东西使她继续看着。在甲贡索人的脑袋和房顶工事、脚手架上伸出来的步枪和猎枪枪管下方，一个介于儿童和成年人之间的矮子吊挂在通向钟楼的梯子上，姿势非常滑稽。她认出来了：是敲钟人，是那个看管教堂的老头儿，是掌管钥匙和宗教典礼的管家。人们说他是鞭打贝阿迪托的人。每天下午，他都准时爬上钟楼去敲晚钟，然后，不管是不是打仗，整个贝罗山都要做晚祷。一定是前一天晚上，敌人在他敲钟之后将他杀了，因为胡莱玛确信自己昨晚听到了钟声。一枚子弹击中了他，他挂在梯子上，谁都没工夫将他放下来。

“他是俺们村的，”她指着塔楼，对自己身旁一个干活的女人说，“乔罗乔村。天使感召他时，他是那里的木匠。”

她又干活了，忘记了敲钟人，也忘记了自己。整个下午就是这样。她不时地去看看记者。太阳落山时，她看到比拉诺瓦兄弟向圣堂跑去，还听说帕杰乌、若安·格兰德和若安·阿巴德也从不同的方向到那里去了。大概发生了什么事情。

稍后，她弯下身子，和近视记者讲话。这时，一种无形的力量使她跪下去，哑口无言地靠在他身上。“怎么了？怎么了？”记者说，抓住她的肩膀，拍着她。只听记者对她喊道：“他们把你打伤了？你受伤了？”子弹并没打着她，只是全身的力气一点儿都没有了。她感到虚弱，无力开口，也无力举起一个指头，尽管看到心上人的脸儿贴在自己的脸上。他睁开含泪的眼睛，眨了眨，好看清她。她发现他很害怕，感到应该安慰他，可是力不从心，一切都那么遥远、奇怪、虚无缥缈。矮子在那里抚摩她，爱抚她，揉着她的双手、前额，梳理着她的头发，她甚至感到他也像近视记者那样在她的双手和面颊上亲吻着。她不能闭眼，因为闭上眼就会死，但是她一时睁不开了。

当她睁开眼时，已经不感到冷了。天黑了，满天星斗，皓月当空，她靠在近视记者的身上——她立刻认出了他那温暖、瘦削的身体——矮子也在，还在揉着她的双手。她心神恍惚，觉察到了他俩见她醒来时的喜悦，感到他们在拥抱她，亲吻她，以致热泪盈眶。她受伤了？生病了？不，是疲倦，是劳累过度。她已经不在原地了。当她失去知觉时，枪声加剧，墓地战壕里的甲贡索人跑出来了。矮子和记者只得将她抬到这个街角，以免被人践踏。然而政府军未能突破在圣胡安胡同筑起的街垒，从墓地逃出来的人和从教堂来的甲贡索人将敌人堵截在那里。她觉得近视记者在对她说他爱她，而这时突然天崩地裂，土块横飞，她的鼻子和眼睛里扑满了尘土，感到自己被打中、压倒，因为记者和矮子被震得撞着她了。然而她并不害怕，在压着自己的两个身体下面缩成一团，挣扎着从嘴里发出声音，知道他们是不是还活着。是的，只是被爆炸掀起来满天飞的石块、木片和灰渣碰伤了。一阵混乱、疯狂、嘈杂、刺耳、无法听懂的喊声使黑暗更加可怕。近视记者和矮子欠起身，帮她坐起来，三个人互相依偎着，靠在街角唯一立着的那堵墙上。发生了什么事？正在发生什么事？

黑影在各个方向跑动，可怕的号叫撕裂夜空，然而对于蜷曲了双腿、脑袋靠在近视记者肩上的胡莱玛来说，奇怪的是，在哭声、吼声、怨声和叹声中还能听见笑声、狂喜声、欢呼声和歌声。现在只剩下歌声，几百个喉咙同时发出的、震耳的、响亮的战歌声。

“是圣安东尼奥教堂，”矮子说，“被他们击中了，轰倒了。”

她望了望，在微弱的月光下往上看，笼罩着教堂的烟缕正被河边刮来的风渐渐吹散。她看见了好耶稣圣堂的轮廓，却看不到圣安东尼奥教堂的钟楼和屋顶。这就是那一声轰鸣的所在，是号哭声和随着倒塌的教堂一起摔下来的人发出声音的所在。一直搂着她的近视记者大声问发生了什么事，笑声和歌声是怎么回事。矮子说那是高兴得发了疯的政府军的欢呼声和歌声。政府军？政府军的喊叫和歌声？怎么会这样近？在她的耳朵里，胜利的欢呼声和呻吟的声音混在一起，前者甚至比后者还要近。在她曾帮着筑起的街垒的另一侧，熙熙攘攘的士兵唱着歌，随时准备越过将他们三人与之分开的那几步距离。“上帝啊，”她祈祷，“求求你让他们将我们一起杀死。”

但奇怪的是，圣安东尼奥教堂的塌陷并没有引发进一步的战斗，反而好像中断了它。他们待在那角落里原地不动，听到痛苦的声音和胜利的叫声都渐渐减弱，然后是好几个晚上都不曾有过的宁静，既听不到炮声也听不到枪声，只有零零落落的哭泣和哀叹，好像战士们为了休息而达成了停火协定。有时她觉得自己睡着了，醒来时不知道过了一秒钟还是一小时。每次醒来都原地不动，近视记者和矮子将她夹在中间。

有那么一次，她看见天主卫队中的一个甲贡索人向他们招手。他要干什么？是华金神父派来叫他们的。“我告诉他，你不能动弹了。”记者喃喃地说。片刻后，华金神父在黑暗中匆匆而来。“你们为什么不来？”她听到神父奇怪地问，随即想到了帕杰乌。

“胡莱玛精疲力尽，”她听见近视记者说，“昏过去好几次。”

“那么只好留下她，”华金神父用同样奇怪的语调，不是生气，而是漫不经心、有气无力、惆怅而凄凉地说，“你们二位跟我来吧。”

“留下她？”她听见近视记者喃喃地说，感觉到他紧张地站起来。

“请安静！”神父命令道，小声说，“您不是特别想离开吗？您有机会了。不过，一句话也别说，来吧。”

华金神父走了。她第一个站起来，自我克制着打断了记者结结巴巴的“胡莱玛不能……我，我……”向他表明：是的，她能，而且已经走在了神父身影的后面。几秒钟后，她拉着记者和矮子的手，在圣安东尼奥教堂废墟、尸体和重伤员中跑起来，仍然不相信她听到的话。

她发现他们在七巧板似的、由武装义民把守的坑道和工事里向圣堂走去。一扇门开了，灯光下，她看见了帕杰乌。他肯定叫了她的名字，警告了记者，因为当时记者没憋住一连串的喷嚏，身子弯成了弓形。然而华金神父并非为了卡波克洛人才叫他们到这里来，因为帕杰乌根本没注意他们，也没看他们。他们在信女们的小房间、“劝世者”的前厅中。胡莱玛从裂缝中看见圣诗班和玛丽亚·瓜德拉多跪着，还看见贝阿迪托和利昂·德·纳图巴的身影。在狭窄的空间里，除了帕杰乌，在场的还有比拉诺瓦两兄弟——安东尼奥和奥诺里奥，以及萨德林哈姐妹。在他们的脸上，就像在华金神父的声音里一样，有一种不同寻常、不可补救、不祥、绝望、野蛮的东西，仿佛他们没进来、没在场，帕杰乌依旧在和安东尼奥·比拉诺瓦讲话：他可能听到枪声，既混乱又嘈杂，但仍不应当行动，要等到哨子响，那时候才是像狐狸般奔跑、飞驰、逃命的时候。那卡波克洛汉子停顿了一下，安东尼奥·比拉诺瓦伤心地同意了。帕杰乌又开口了：“你们要一刻不停地跑，不要管跌倒的人能不能起来。一切取决于此，取决于天主。如果在他们发现之前到达河岸，你们就能过去了。至少，有这种可能。”

“可你根本没可能离开。不仅是你，所有和你一起冲进军营的人都不能。”安东尼奥·比拉诺瓦抽泣着说，他在呜咽，拉着卡波克洛人的双肩向他请求，“我不想离开贝罗山，更不愿以你的牺牲为代价。和我相比，这里更需要你，帕杰乌！帕杰乌！”

卡波克洛人不高兴地挣脱了他的双手。

“必须在天亮前，”他干巴巴地说，“那之后就来不及了。”

帕杰乌转过身来面对着痴呆的胡莱玛、近视记者和矮子。

“你们也走，因为这是‘劝世者’的旨意，”他好像在和那三个人后面的什么人说话，“首先要到达维拉庄园，要弯着腰，排着队。到了那里，小鬼们会告诉你们，要等到吹响哨子时穿过军营，跑去河岸。如果天主允许，你们就能过去了。”

他沉默了，看着近视记者。记者搂着胡莱玛，抖得像一片树叶。

“有喷嚏，请现在打，”帕杰乌对他说，语气毫无起伏，“以后就别打了。别在等哨子响的时候打喷嚏。如果你在那时打喷嚏，他们就会在你心窝上扎一刀。如果由于你的喷嚏而使大家被捕，是不值得的。愿‘劝世者’好耶稣得到赞颂。”

士兵克鲁斯听到甲贡索人说话的声音时，正梦着奥利维拉长官的勤务员，他垂涎已久、面色苍白的年轻士兵。当天上午，克鲁斯看见他蹲在瓦沙—巴里斯河边的一堆石头后面大便。那两条汗毛稀少的大腿和白白的臀部完美地印在他的脑海中，在凌晨的空气中似乎隐约可见，仿佛在邀请他上前。那画面是那么清晰、牢固而敏锐……突然，他发现自己孤身一人在旷野中，在敌人旁边。他完全清醒了，呆了，血液凝固了。可雷奥波尔迪诺呢？他们将他杀死了？是的，他听到了，很清楚，那哨兵没来得及叫喊，根本不知道会被杀。雷奥波尔迪诺是和他一起在这块将法维拉山和瓦沙—巴里斯河隔开的地段值勤的士兵，陆军第五团在这里。他和这位好伙伴轮流睡觉，这使得站岗好受一点。

“要虚张声势，让他们相信我们的人很多，”指挥行动的人说，“特别是要麻痹他们，使他们既没有时间也没有兴趣往河边看。”

“也就是说，大张旗鼓地干，帕杰乌。”另一个说。

克鲁斯想：“帕杰乌！”帕杰乌就在那里。他趴在旷野中，被甲贡索人包围着。倘若他们发现了他，转瞬间就会结果他的性命。当他知道黑影中有卡努杜斯最残酷的强盗之一，那最大的猎物就在他触手可及的范围内，克鲁斯感到一种冲动，差点使他完全站立起来抄起步枪向那魔鬼射击。他将赢得所有人的崇敬，包括梅德罗上校和奥斯卡将军。他们将授予他亏欠过他的班长军衔，按他的服役时长和行动表现，早该晋级了，却总是被那荒唐的借口拖延：说他因教唆新兵一起犯下里萨尔多神父所谓“人所不齿的罪恶”而被鞭打的次数太多了。他回过头，在淡淡的月光下看到了人影：二十个、三十个。他们怎么没踩着他？是什么奇迹使得他们没看见他？他只有眼珠在动，想在那些模糊的脸上认出那道有名的伤疤。他肯定，说话的人是帕杰乌，在提醒别人使用步枪前先上子弹，因为炸药发出的声音较大；而且谁也不许在他之前吹响哨子。克鲁斯听到他以一种令人发笑的方式与他人告别：赞美“劝世者”好耶稣。那群人分散到黑影中，消失在通往团部的方向。

他不再怀疑。欠起身，拿起步枪，拉动枪栓，瞄准甲贡索人离去的方向开了枪。但是他用尽全部的力量，枪机却没动。他诅咒、啐唾沫，因同伴的死亡气得发抖，喃喃地说：“雷奥波尔迪诺，你在这里吗?”他重新装上子弹，想再打一枪向团部示警。为了排除故障，他挥动步枪，要让它知道现在不能卡壳！这时他听到好几声爆炸。完了，他们已经进入了军营，这是他的过错。炸药包已经在熟睡的伙伴身旁爆炸了。完了，那些婊子养的坏蛋在对他的战友进行大屠杀，而这是他的过错造成的。

他糊里糊涂，气急败坏，不知该怎么办。他们怎么会一路到达这里都未被发现？肯定是因为帕杰乌在他们中间。他们离开了卡努杜斯，越过了爱国者的战壕来到这里，好从背后进攻政府军营地。是什么东西使得帕杰乌带领二三十人就冲进了五百人的营地？现在，步兵第五团的整个防线一片嘈杂、骚乱，枪声大作。他感到绝望。他会怎么样？当人们问他敌人杀死雷奥波尔迪诺时他为什么不示警、不开枪、不叫喊或做其他事情，他怎么回答？谁将为他从新的严重挞伐中解围？

他紧握步枪，气得发疯，结果走火了，子弹擦鼻而过，留下了火药的热气。他的武器还有用，这使他受到了鼓舞，又使他恢复了那种乐观主义：他与众不同，几个月来没倒霉过，即使在那么多人死亡、饥饿那么严重时也没有倒霉。他不知如何是好，于是横穿空场，向甲贡索人摆开了阵势的血腥战场方向跑去，同时将剩下的四发子弹朝天射击，心里说这是为自己制造没有睡觉而同敌人进行了战斗的证据——他的枪管还是烫的。脚下一绊，他趴在了地上。“雷奥波尔迪诺?”他问，“雷奥波尔迪诺?”他在地上前后左右地摸着。

是的，正是他，他摸到了他，摇晃着他。坏蛋！他吐出难闻的污秽，忍着胃部的痉挛。他们刺中了他的脖颈，像砍羊头一样砍了他的脑袋。抱住腋部将他立起来时，他的头就像稻草人的头。“坏蛋，坏蛋。”他说。这并没有分散他因战友之死而产生的悲痛和愤怒，他忽然想到，带着尸体回军营将能使奥利维拉长官相信当匪徒们来到时自己没有睡觉，而是和他们进行了战斗。他背着雷奥波尔迪诺的尸体摇摇摆摆地缓慢前进，在军营的枪声和忙乱声中，他听见了一声刺耳的、不知是什么鸟的尖叫，其他的叫声接连响起。这是哨子声。他们要干什么？这些疯狂的叛徒开枪冲进军营还吹哨子？他被压得摇摇晃晃，心里琢磨着是不是应该休息一下。

离窝棚越来越近，他发现那里一塌糊涂：被爆炸声惊醒的士兵们乱放枪，长官们连叫带吼无法维持秩序。就在那时，雷奥波尔迪诺颤动了一下。克鲁斯被吓得放开了他，自己也倒在了他旁边。不，他死了，真蠢！是射中的子弹使他颤动的。“这是你今天晚上第二次救我，雷奥波尔迪诺。”他想。那一刀可能是为了刺自己，那一发子弹也可能是为了射自己。他想：“雷奥波尔迪诺，谢谢你。”他趴在地上，想着最糟糕的死法将是被本团士兵射中，就又扫兴了，糊涂了，不知该待在那里等候枪声停止还是想方设法到达窝棚。

正当他犹豫不决时，在靠山一侧，在浅蓝色的彩虹逐渐消失的阴影中，他发现两个人影向自己跑来。他刚要喊：“救命啊！救命啊！”一个疑惑使他心凉，没喊出声来，眼睛都要冒火了。他竭力想辨别他们是不是穿着军装，但是光线不足，他无法知道。他取下了刺刀上装饰用的小旗，从口袋里掏出一盘子弹推进枪膛，扣住扳机。这时那两个人已离得很近：没一个是士兵。他在极近距离内向那个看得更清楚的人开了枪。随着枪声，他听到了那人像牲口般喘着粗气，也听到了身体倒在地上的声音。他的枪又卡壳了：用力扣一下扳机，连一毫米都动不。

他诅咒着，躲在一旁，同时用双手举起步枪，向另一个甲贡索人打去。那人愣了一秒钟后扑到他身上。克鲁斯善长搏斗，在奥利维拉长官组织的比武测验中，他向来出众。那人急促的喘气使他感到脸上热乎乎的，同时感到那人在用头撞击，而自己在抓对方的要害部位。他寻找着对方的胳膊和双手。他知道尽管脑袋的撞击像石头一样，然而并不危险，危险却在于那人手中的利刃。果然，当他找到并抓住对方的腕部时，他感到裤子被挑破，大腿上感觉到锋利的刀尖。他也摇摇晃晃，撕咬着，谩骂着。克鲁斯全力以赴地搏斗，阻挡、拨开、扭住那只危险的手。不知过了几秒钟、几分钟或几小时，突然他发现那匪徒失去了狂暴劲儿，渐渐地泄了气，持刀的手在他的手的压力下开始发软。“你完蛋了，”克鲁斯啐了他一口，“你死了，叛徒。”的确，尽管还在谩骂、蹬腿、摇头，但甲贡索人已经完了，听天由命了。克鲁斯的双手终于自由，他一跃站起身抓了步枪举起，正要将刺刀刺进对方的胃部，自己也扑到他的身上，这时——黑夜已经过去，天已经亮了——他看到了对手肿胀的脸上有一道令人生畏的伤疤。他举着枪想：“是帕杰乌？”他眨着眼，喘着气，激动得胸膛都要炸开，叫道：“帕杰乌？你是帕杰乌？”他没有死，还睁着眼睛，盯着他。“帕杰乌？”他叫道，高兴得发了狂，“也就是说，我捉住你了，帕杰乌？”甲贡索人尽管盯着他，却未予理睬，还在试图举起长刀。“你还想打？”克鲁斯嘲笑着，踏着他的胸脯。不，对方对他不感兴趣，而是要……“要么你想自杀，帕杰乌。”克鲁斯笑着，一脚将那人手中松松地握着的刀踢飞，“那轮不到你，要由我们来干，叛徒。”

生擒帕杰乌比起打死他，是一件更为显赫的功绩。克鲁斯观察着卡波克洛人的脸：肿胀着，被他抓伤、咬破了。但是除此以外，他的一条腿也受了伤，因为他的裤子浸满了鲜血。帕杰乌就在自己的脚下，克鲁斯感到难以置信，去找另一个甲贡索人。当他看到那人叉着双腿捂着肚子——或许还活着——发现来了几个士兵。他向他们打手势，疯狂地叫喊：“他是帕杰乌！他是帕杰乌！我抓住了帕杰乌!”

士兵们将帕杰乌又摸、又闻、又端详——还踹了几脚，不过没多踹，因为大家都认为最好将他活着交给梅德罗上校——之后，把帕杰乌拖到营地。克鲁斯受到了狂热的欢迎。他杀死了一个进攻他们的强盗并活捉帕杰乌的消息到处流传，大家都出来看他，祝贺他，拍拍他，拥抱他。一名上尉给他点了一支烟，他情不自禁流出了眼泪。他含糊其辞地说，他为雷奥波尔迪诺难过，但是为了这光荣的时刻，他哭了。

梅德罗上校想见他。当克鲁斯走向指挥部时，像在以往的紧要关头一样，没去想上校前一天晚上的愤怒——后来变成了惩罚、责备和训斥的愤怒，连大尉、长官都未能幸免。愤怒源自对第一旅未能参加当天凌晨的进攻而产生的绝望，因为大家都认为这是爱国者从叛徒手中夺取一切的最后一仗，甚至有人听说梅德罗上校和奥斯卡将军发生了争执，就因为将军没让第一旅发起进攻；听说当果维阿上校的第二旅占领了狂热分子在公墓的战壕时，梅德罗上校将自己的咖啡碗摔了个粉碎；还听说在傍晚时分，当参谋部鉴于损失严重、敌人抵抗顽强而停止攻击时，梅德罗上校喝了烧酒，似乎在庆贺，似乎有什么值得庆贺。

然而一踏进梅德罗上校的窝棚，克鲁斯就想起了那一切。第一旅旅长的脸气得要爆炸了。旅长没有像他想象的那样在门口等着祝贺他。上校坐在折叠板凳上，破口大骂。他是在向谁那样大喊大叫？向帕杰乌。在挤满窝棚的军官的背影和侧影中间，克鲁斯在地上看到了上校的双脚和那张被一道红色伤疤分成两部分的黄色的脸。他没死，眼睛半睁着；而克鲁斯，却无人理睬。他不知道为什么把自己叫到这儿来，因而想走开。人们说上校的无名怒火无疑是因为帕杰乌看他时的那种轻蔑的表情，不过并非为了这个，而是为了他对营地的进攻：十八人死亡。

“十八人！十八人！”梅德罗咬着牙，就像嘴里有马嚼子，“还有三十多个伤员！第二旅在战斗，我们却整天在这里挠痒痒。你和你那些败类给我们造成了比他们还多的伤亡！”

“他要哭了。”克鲁斯想。他很担心，害怕上校会用某种方式调查出是因为自己睡了觉，将匪徒们放了进来而没有示警。第一旅旅长从凳子上跳下来，开始乱踢、乱踏、乱跺。他的背脊和那些侧影使克鲁斯看不见地上发生的事。然而几秒钟后，他又看到了：粉红色的伤疤更大了，那匪徒的脸上全是模糊不清的泥和血的混合物，但他仍睁着双眼，而且仍然是那副轻蔑、无动于衷的奇特表情。一股带血的口水流出了他的嘴角。

克鲁斯看到梅德罗上校双手拿起一把马刀，心里肯定他会将帕杰乌杀死，然而他只是将刀尖放在帕杰乌的脖子上。窝棚里一片寂静，全体军官的沉默感染了克鲁斯。梅德罗终于恢复了平静，他又坐在了板凳上，将马刀扔到木床上。

“杀了你是便宜你，”他含糊不清地说，又苦恼又愤恨，“你背叛了你的国家，杀害你的同胞，又偷又抢，无恶不作。对你的所作所为，怎么惩罚都不为过。”

“他笑了。”克鲁斯吃了一惊。真的，是卡波克洛人的冷笑。他皱起了前额和鼻子上方仅剩的一小块眉尖，半张着嘴，一双小眼睛闪着光，同时发出一种声音——肯定是笑声。

“你觉得我说的好笑吗?”梅德罗上校一字一板地说，但他立刻变了声调，因为帕杰乌的脸变得僵硬了，“给他检查一下，医生……”

贝尔纳多·德·庞得·桑维沙上尉跪在地上，将耳朵贴在帕杰乌的胸部，看看他的眼睛，摸摸他的脉搏。

“他死了，阁下。”克鲁斯听见医生说道。

梅德罗上校的脸色变了。

“他的身体都成筛子底了，”医生补充说，“带着体内的铅弹，他能坚持那么久，是个奇迹。”

克鲁斯想：“现在轮到我了。”梅德罗上校那蓝里透绿、洞察一切的小眼睛将在军官中寻找他，一旦找到他，他便会听到可怕的问题：“你为什么不示警?”他要撒谎，以上帝和他的亲娘发誓，他示了警，开了枪，而且喊叫了。但是，几秒钟过去了，梅德罗上校依然坐在板凳上，看着那嘲笑着他死去的强盗的尸体。

“克鲁斯在这里，阁下。”他听见奥利维拉长官说。

现在，现在轮到他了。军官们闪开一条路，让他走到旅长的跟前。旅长站起身，看着他。他看到——心在胸膛里怦怦地跳——梅德罗上校的表情缓和了，尽力向他微笑。他也满怀谢意地向旅长微笑。

“这么说是你抓住他的?”上校问。

“是的，阁下。”克鲁斯口气坚定地说。

“你就把这件事干完吧，”梅德罗对他说，用有力的动作将自己的马刀递给他，“剜他的眼睛，割他的舌头，然后砍下他的脑袋，从街垒上扔过去，让活着的土匪知道等着他们的是什么下场。”

第六章

近视记者终于走了，卡纳布拉沃男爵一直把他送到大街上，这时他才发现已是深夜了。他关上沉重的大门，靠在门上，想竭力赶走脑海里那些模糊、纷乱而又强烈的形象。男仆提盏小灯急忙赶来：要热晚饭吗？他回答不用。打发男仆去睡之前，男爵问他埃斯特拉是否用过晚餐。是的，她刚刚用过，然后休息了。

男爵没有回寝室，而是像梦游患者那样听着自己的脚步声的回响，去了书房。在房间里混浊的空气中，他仿佛嗅到、看到这次长谈中的话语如鹅毛般地飘浮着。这时他觉得这次谈话不像对话，而像两组互不相关的独白。他将再也不见近视记者了，再也不和他谈话了，再也不允许那段残酷的历史重现了，因为那段历史吞没了他的财产、权势和妻子。“只有她是重要的。”他喃喃自语道。是的，其他一切损失也许都能忍受。有生之年——十年？十五年？——他还要维持已经习惯的生活制度，即使这种生活制度同他一道结束也无关紧要。难道有什么继承人的命运要他来操心？至于权势，他从心底里乐于摆脱这一重负。对他来说，政治是一种负担，是由于无人可选才落到他头上，是由于别人太愚蠢、粗心或太腐败而并非出于他本人的志向，他才担此重任。政治一向使他厌倦，腻烦，总是令人产生无聊或沮丧的感觉，因为它比别的更能暴露人性的丑恶。此外，他从内心对政治有一股怨恨之情，因为他在孩提时搜集昆虫、制作标本所表现出来的科学才能竟然为这浪费青春的政治而牺牲了。他永远无法忍受的悲剧是埃斯特拉。正是卡努杜斯，正是那段愚蠢而不可思议的历史，那些固执、盲目的人的历史，那些狂热分子的历史，成了埃斯特拉悲剧的罪魁祸首。他已经切断了同外界的往来，今后也决不恢复联系。任何人、任何事都不会使他再想起这段插曲。他心里想："我要在报社给这位记者安排一个工作，校对、采访之类，总之与他相称的平凡工作，可我再也不接见他了，再也不听他说话了。如果他要写那本关于卡努杜斯的书——当然他是不会写的，即使写了，我也不读。"

他走到酒柜前斟了一杯白兰地，随后在皮安乐椅上坐下——在这把椅子上，他二十五年来一直左右着巴伊亚州的政治生活。他一面用手掌温着酒杯，一面听着果园里蟋蟀的交响乐和间或传来的青蛙粗声粗气的愁唱。是什么事情使男爵如此忧虑不安？是什么事情使他浑身烦闷焦躁？仿佛几秒钟内就要发生生死攸关的大事，仿佛他忘记了什么紧急的事情。莫非还是卡努杜斯？

男爵无法驱散这个念头：卡努杜斯的形象又出现了。但是出现在他眼前的光辉形象不同于那位来访者的口述。卡努杜斯后来发生的事，无论是记者还是卡龙毕庄园的小侍女（现在是记者的妻子），无论是矮子还是别的幸存者都不知道，因为他们已经逃离了卡努杜斯。后来发生的事是老上校穆拉乌最近在萨尔瓦多城同男爵见面时一边喝着波尔多葡萄酒一边讲给男爵听的。而把这事告诉老上校的是福尔摩萨庄园主，该庄园也被甲贡索人夷为了平地。尽管如此，那位庄园主出于对故土的留恋，或者因为没有去处，仍留在了当地。当时战事还在进行，他依靠和政府军官兵做生意维持生计。当他获悉卡努杜斯已经陷落，战争已全部结束时，便带领一伙雇工赶去帮忙。当他们远远地望见甲贡索人原先占据的山头时，政府军已经不在那里。使他们大吃一惊的——穆拉乌上校对男爵讲道——是从远处传来一阵奇怪的、难以确定的、无法控制的巨响，那声响之大，似乎连空气都震动了。与此同时，吹来了令人作呕的强烈恶臭。但是翻过碎石遍地的特拉波波山的褐色山坡来到卡努杜斯，他们站在废墟上放眼一望，立刻明白了那原来是成千上万的兀鹫扇动翅膀和啄食的声音。那里简直是无边无际的兀鹫海洋：灰色的、黑色的、凶残贪婪的猛禽形成汹涌澎湃的波涛，覆盖了大地，它们一面狼吞虎咽，一面扫视着炸药、枪弹和大火未能破坏的头颅、四肢、脊椎、内脏以及没有烧着或烧得半焦的其他器官。现在，贪婪的兀鹫正在啄食、撕碎、吞食这些东西。“那里有成千上万只兀鹫。”穆拉乌上校这样说道。望着那噩梦般的情景，吓呆了的福尔摩萨庄园主及其雇工们知道无需掩埋尸体了，因为巨鸟正担当此任，便赶忙捂着嘴巴和鼻子匆匆离去。卡努杜斯那突如其来而又咄咄逼人的形象已在男爵心中生了根，无法拔除。“这是卡努杜斯应得的下场。”男爵迫使穆拉乌改换话题前狠狠地说道。

这就是使男爵心烦意乱、忧虑苦闷、焦躁不安的原因吗？那群吞食腐烂尸体的猛禽就是卡努杜斯留下的一切？“二十五年来卑鄙肮脏的政治生涯，本想将巴伊亚州从愚蠢无能的当局手中解救出来，结果竟落得一席兀鹫云集的筵宴。”男爵这样想道。这时，在大屠杀的情景中，男爵的脑海里又浮现出那张悲喜交集的面孔，那一对令人发笑的泪眼、厚厚的眼镜片、过长的下巴和滑稽下垂的耳朵。这张面孔热烈地向他谈到爱情与幸福：“男爵，世界上最伟大的——唯一通过它方能得到某种幸福——就是知道人们称之为幸福的东西是何物。”原因就在这里，这就是使男爵心烦意乱、忧虑苦闷、焦躁不安的原因。他喝进一口白兰地，让烈酒在口中停留片刻，然后咽下去。他感到那液体经过喉咙时热辣辣地发麻。

他站起身来，但还不知道要做什么以及渴望做什么。他感到内心在燃烧，感到自己处在关键时刻，必须做出一个后果难测的抉择。他准备做什么？他渴望着什么？他把酒杯放进酒柜，一面觉得心脏和太阳穴在怦怦地跳动，血液在周身沸腾。他经过书房、客厅和走廊——此刻万籁俱寂，房中黑暗，只有街上的路灯为他照明——来到了楼梯旁。他踮起脚，快步登上只有一盏小灯照明的台阶，脚步声之轻连他自己也听不见。上楼后，男爵没有奔向自己的卧室，而是毫不迟疑地向妻子的寝室走去。她与塞巴斯蒂娜的房间只隔着一扇屏风，为了女仆能在夜间守在埃斯特拉身边，以应不时之需。这时，塞巴斯蒂娜早已就寝。

当男爵把手伸向门把手的时候，忽然想到里面可能是闩上的。他向来都是先叫门才进屋。不，房门没有闩着。他用脊背关上门，回身找到撞锁将门锁好。他一进门就看见油灯发出黄色的光，照亮男爵夫人的床——蓝色的床单、轻纱的帐幔和窗帘。在那里，男爵不声不响地脱光了身上的衣服，他的手丝毫没有发抖。随后，他踮着脚穿过房间，向塞巴斯蒂娜的卧室走去。他走到女仆的床边，并没有惊醒她。那里虽然光线暗淡（街上的煤气灯闪着微光，透过窗帘后变成了蓝色），可男爵能够看清那熟睡着的女人的身姿。她弄皱了被单，侧身而卧，脑袋枕在圆形枕头上，乌黑、柔软、蓬松的长发铺在床头，一直垂到床沿下，直达地面。他从未见过塞巴斯蒂娜披发站立。他想，那长发披下来肯定会垂到脚跟。说不定当她在镜子面前或对着埃斯特拉玩弄这长长的乌发时，它会像青纱披肩那样将全身裹起来。这样一个形象开始激起他那沉睡已久的欲望，感到有一股强大的活力渴望着召唤、刺激和发泄。当他进一步靠前时，原先的顾虑——女仆会有什么反应？如果她喊叫起来，埃斯特拉又会作何反应？——立刻消失了。但是，加利雷奥·加尔那张惊愕而富有幻觉的面孔在男爵的脑海里出现了。他记起了那位革命家为了将精力集中于自认为最崇高的事业而发出的伟大誓言。男爵心里想：“我过去就像他一样愚蠢。”男爵虽然没有发誓，却长时间实践着类似的誓言——由于那可恶的卡龙毕事件给他最亲爱的人带来了不幸，他一度拒绝享乐和幸福。

男爵未更多地思索，悄悄弯身坐在床边，同时动起双手来。他一只手掀开女仆盖着的被单，另一只手伸向她的嘴巴，捂住她的叫声。那女人伸直了原本缩成一团的身体，睁开了双眼。一股热乎乎的气味——塞巴斯蒂娜身体的气味钻进了男爵的鼻孔，他从未与女仆挨得这样近。塞巴斯蒂娜没有喊出声，也没能坐起来，只是轻轻惊叫了一声，将一股热气呼到离她的嘴唇只有一毫米的男爵的手心。

“别叫喊！你还是别叫的好。”男爵低声说，感到自己的声音里有些犹豫。然而使女仆发抖的不是他的犹豫，而是他的欲望。“我求求你别叫喊。”

这时，男爵尽可能温存地抚摩着她的身体，把手指从她的口鼻处向上移去。他摸过她的眼睛和眉毛，将手指伸进她乌黑的发丝中。与此同时，他脸上露出微笑，试图打消女仆眼神中露出的极端恐惧、疑虑与惊异。

“塞巴斯蒂娜，我早该这样做，”男爵说着，吻她的面颊，“从我想亲你的第一天就该这样做。那样一来，也许我会更幸福，埃斯特拉也许会更幸福，甚至你也一样。”

男爵低下头，用嘴唇寻找女仆的嘴唇。但是她一面挣扎，一面打破由于惊惧而产生的麻木状态，躲开了他的嘴唇。男爵理会了她目光中恳求的意思。这时只听到她说：“我求求您……不管您多么想要……我求求您……夫人她，夫人……”

“夫人就在那边，我比你更爱她，”只听男爵说道，但他觉得说话、思索的仿佛是另一个人，“我这样做也是为她好，尽管你不能理解。”

他抚摩着她，同时用另一只手从脖子后面将塞巴斯蒂娜搂过来。男爵感到她的嘴唇很凉，用力抿着，发现她的牙齿格格直响，全身在发抖。顷刻间，他出了一身大汗。

“张开嘴!”他用一生中对仆人和奴隶（当他是奴隶主时）很少使用的命令口气说道，“假若非让我逼着你顺从的话，我会那样干的。”

一定是由于多年习惯、恐惧或本能的束缚，男爵的口气使她想起了几个世纪里的传统观念。他察觉到女仆顺从了。不过他还是在卧室灰暗的光线下看见她脸上显出的窘态以及随后添上的苦恼。尽管塞巴斯蒂娜的精神和嘴唇屈从了，全身却仍在抵抗。虽然她很害怕，但同人们教她必须顺从掌权者的意志相比，还有一种更强烈的恐惧使她要捍卫人们想从她身上夺去的东西。她的身体依然蜷缩着，全身僵硬。躺在床上的男爵想拥抱她，却被她像盾牌般放在身前的双臂挡住了。他听到那女人有气无力地祈求着，知道她哭了。正在这时，他感觉到几根手指温柔地压在他的脊背上。他抬起头，事先已知道会看到什么——埃斯特拉站在那里望着他。

“埃斯特拉，亲爱的，亲爱的，”男爵甜言蜜语地说着，“亲爱的，我爱你胜过世上的一切。我这样做是出于对你的爱，是盼望已久的事。亲爱的，这样做可以和你更亲近。”

男爵感到塞巴斯蒂娜的身体在颤抖，听到她在嘤嘤地抽泣，看到她用双手捂着眼睛和口鼻。与此同时，他看到男爵夫人在旁边一动不动地注视着他，似乎并不惊讶、气愤或恐惧，只是略微有些好奇。她穿着薄薄的睡衣，透过微弱的光线，依稀看见她身体的轮廓——时间并没有改变她的体形，依然匀称苗条。还可以看到她那浅色的头发，暗淡的光线掩盖了发网下露出的灰发。在他目光所及之处，男爵夫人的前额上那深深的、孤独的皱纹还没有完全形成，那是她心情不快的明显标志，这不快的心情不同于别的情绪，是她唯一无法控制的。她没有皱眉，尽管她的樱唇微微张开，但这更突显了她眼里的兴趣、好奇和平静。这种关心外界、关心他人的表情在她身上还真是新鲜，因为自从卡龙毕大火之后，男爵在夫人眼睛里看到的只有冷漠、孤僻和麻木不仁。现在她苍白的面色显得更加苍白，这也许是暗淡的蓝色光线所致，也许是她眼下的心情所致。男爵感到自己激动得喘不过气来，几乎要抽泣。他隐约看到埃斯特拉站在光洁地板上的两只雪白的光脚，便立刻下床冲上前去俯身亲吻它们。男爵夫人木然不动；男爵跪在地板上，以无限的柔情吻遍了她的脚面、脚趾、指甲、脚踝，热烈地边吻边说他爱这双脚，它们美极了，在他的一生中，它们给了他无法报偿的欢乐，理应受到他无限的崇拜。当男爵一遍又一遍地吻过夫人的双脚并将嘴唇移到那纤细的小腿时，他感到妻子动弹了一下，便连忙扬起头，刚好看见夫人原来放在他脊背上的那只手再次向他轻轻伸过来。这动作是那么自然、庄重和潇洒，完全是她从前的谈吐、举止所特有的。男爵感到那只手放在自己的头顶，亲切、温存地抚摩着自己的头发。他由衷地感激这一抚摩，因为它毫无仇视、责备之意，相反却是善意、亲切和忍让的。他抓起妻子放在自己头上的手，一面亲吻，一面慢慢转身望着缩在床上、捂着面孔的塞巴斯蒂娜。接着，男爵向塞巴斯蒂娜伸出了另一只空着的手。

“亲爱的，我一直想和你分享她，”男爵结结巴巴地说道，胆怯、羞愧、激动和重新燃起的欲望交织在一起，这些矛盾的感情弄得他声音嘶哑了，“可是我一直不敢做，因为我怕惹你伤心。我想错了，是吗？我并没有让你伤心难过，对吗？你是赞成和同意的，对吗？埃斯特拉，这也许是证明我爱你的又一种方式，对吗？”

埃斯特拉仍在注视着丈夫，没有生气，也不再有惊奇的表示，而是用温和的目光凝眸望着男爵。几个月前，她便有了这种目光。他看到妻子停顿了片刻，便转身去看仍在抽泣的塞巴斯蒂娜；这时他才明白妻子那不偏不倚的目光变得温柔和甜蜜的原因。按照埃斯特拉的示意，男爵放开了妻子的手。他看见她向床头走了几步，在床边坐下，以难以描绘的妩媚神情伸出双臂——在夫人所有的动作中，男爵对此举极为欣赏——小心翼翼地抚摩着塞巴斯蒂娜的面颊，仿佛唯恐将她碰碎。男爵不想再看下去了，欲火越发疯狂地燃烧起来。男爵再次向塞巴斯蒂娜俯下了身躯，他听到女仆呻吟起来，看到妻子用双手捧着塞巴斯蒂娜的面颊，一面亲切温柔地望着女仆，一面轻轻地往女仆前额上吹气，把贴在她面孔上的毛发吹掉。

几小时后，一切都已过去。男爵睁开眼睛，仿佛有谁或什么惊醒了他。大海在喃喃自语，小鸟叽喳地唱个不停，晨曦照进了卧室。他从塞巴斯蒂娜的床上欠起身，原来只剩他一人睡在那里。他下了床，从地上拾起被单裹住身体向男爵夫人的卧室走去。在宽敞的双人床上，埃斯特拉和女仆互不相挨地睡着。男爵站在那里，透过细纱蚊帐，怀着一种不可名状的感情望着她们。他感到温柔、忧郁、内疚和隐隐的不安。他向房门走去，昨天晚上，他的衣服脱在那里。当他穿好衣服走到阳台旁边时，一轮旭日照亮了海湾，那情景使他停下了脚步。这是他看了无数次的景色，却从不厌倦：日出或日落时的萨尔瓦多。他从阳台上探出头去观赏那宏伟的场面：青翠欲滴的伊塔帕里卡岛、正在起锚扬帆的船只、蔚蓝色的天空和淡蓝色的海水。近处，鳞次栉比的黄色屋瓦绘出一幅错落有致的画面。男爵猜想着，在那些屋顶下，人们醒来了，又开始了一天的生活。他怀着悲喜交加的心情，想通过德斯蒂罗和纳萨雷特区的屋顶辨认出过去政界伙伴的府邸，聊以解嘲。他与这些朋友后来便没有交往了。他们是：科塔西普男爵、马卡乌巴男爵、圣劳伦索子爵、弗朗西斯男爵、巴尔塞纳侯爵、马拉西普男爵、塞希米鲁伯爵、奥里维拉子爵。他的视线从城市的各个方位一一掠过：神学院、修道院、防波堤、阿尔凡德区。海岸上，贡塞普西翁圣母教堂的金色石墙在阳光下闪烁着金色的光芒，这些石料是两位在海上度过难关的人为了报答圣母的恩惠，特地从葡萄牙运来的。他欣赏了一会儿，便把视线转向海滩鱼市。尽管看不见，但是男爵猜测那里一定挤满了熙熙攘攘的人群。突然，有什么东西引起了他的注意。他目不转睛，从阳台栏杆上探出头，极力向远处望去。过了片刻，他匆匆跑回寝室，因为他知道埃斯特拉在剧院里使用的玳瑁望远镜放在那里。

男爵怀着极其困惑不安的心情回到阳台并急忙向远处望去。是的，那里有许多小船，聚集在伊塔帕里卡岛和圣马塞洛圆形城堡之间。船上的人并没有在打鱼，而是在往大海里抛撒花瓣、花冠、花束，同时在胸前画着十字。男爵虽然听不到——他的心脏怦怦直跳——却肯定那些人是在祈祷，也许是在歌唱。

利昂·德·纳图巴听说十月的第一天是贝阿迪托的生日，还听说政府军将从三面进攻卡努杜斯并企图摧毁圣母教堂、圣彼得教堂和基督圣堂，不过在他那披头散发的脑袋里翻腾的却是另一个听来的消息：帕杰乌被剜掉眼睛、割去舌头和耳朵的头颅几个钟头前被悬挂在维拉庄园狗子兵战壕的木桩上。敌人杀死了帕杰乌！他们大概也杀死了跟帕杰乌一道冲进政府军军营的人，他们原打算帮助比拉诺瓦一家和那几个外乡人逃出卡努杜斯。敌人也许会对那些外逃的人用刑，将他们斩首。对他自己、“世人之母”和所有为帕杰乌的牺牲而祈祷的信女们来说，离发生同样的事情还剩下多少时间？

若安·阿巴德一推开圣所的小门，枪声和喊声便震得利昂·德·纳图巴两耳欲聋：

“出来，快出来，快离开这儿！”街道司令吼叫着，用两手拉他们快走，“到基督圣堂去！快跑！”

若安·阿巴德随后一转身消失在硝烟之中。利昂·德·纳图巴没有来得及惊讶，更没有思考和猜想。若安·阿巴德的话使信女们立刻行动起来，有的尖叫，有的画十字，都急忙冲向门口，结果把利昂连推带挤地逼到角落里，撞在墙壁上。手套兼鞋掌丢到哪里去了？没有那生皮的鞋掌，他走不了很远，因为手掌全溃烂了。在黑洞洞的房间里，利昂东摸西摸，没有找到鞋掌，这时他发觉信女们都已走光，连玛丽亚·瓜德拉多也走了，便慌忙向门口爬去。他的全部精力和高度的聪明才智都集中在到达基督圣堂的决心上。他按照若安·阿巴德命令的那样，沿着圣所周围防御工事的崎岖地面磕磕绊绊地向前走去。天主卫队的人已经不在阵地上，至少没有活人在那里，沙石箱袋的上下左右到处躺着尸体，他的手脚常碰在尸体的大腿、胳膊和脑袋上。当他从街垒迷宫爬出来准备穿过开阔地时，那比任何人都更为发达的防御本能、那从小练就的比别人更快更准地发现危险并确定自卫手段的本能使他停下脚步，躲进几个带弹洞的木桶中间。那些弹洞正在往外面漏沙子。他发觉永远也到达不了兴建中的基督圣堂，因为若是冲向那里，满口脏话的疯狂人群会把他撞倒、践踏、踩成肉泥。书记员活泼、机灵的大眼睛一下子就看出，即使他能到达圣堂门口，也无法通过那瓶颈般的入口——贝罗山仅存的可靠藏身处——因为他根本无法与蜂拥而至的人群相争。与其到那里去被踩死，还不如在这里等死，他那虚弱的体格是经受不住挤压的。自从置身于卡努杜斯的集体生活，他最担心的就是参加拥挤的宗教游行和宗教仪式。他心里暗想："玛丽亚·瓜德拉多，我并不怪你扔下了我。你有权利为了生存、多活一天或一小时而斗争。"然而他心里仍感到莫大的痛苦：此时此刻，倘若她或别的信女也在这里，他就不会这样难过和痛苦。

利昂在木桶和沙袋中间缩成一团，东张西望，想象着圣堂和教堂四周发生的事情。两天前，墓地后面刚刚筑起的护卫圣安东尼奥教堂的街垒失守了，政府军进来了，狗子们正闯进与教堂毗邻的圣伊内斯大街的住宅。去圣堂避难的人就是从圣伊内斯大街过来的，其中有老头儿、老婆婆、妇女以及或趴在母亲背上或躺在怀里吃奶的孩子们。然而镇上还有许多人在抵抗。在利昂对面，从基督圣堂的钟楼和平台上不停地喷吐着火舌。他看到甲贡索人发射毛瑟枪时的火花和钟楼四周的爆炸火光。若安·阿巴德招呼他们逃命的时候大概是来召集天主卫队的，现在他们一定在圣伊内斯大街战斗，或者又在筑起新的街垒，将"劝世者"谆谆告诫的防线把守得更牢固些。政府军在哪里？从什么地方可以看到他们？现在是上午还是下午？几点钟？漫天的飞尘和呛人的硝烟越来越浓，熏得他眼泪直流，喉咙发干，呼吸困难，咳嗽不止。

"'劝世者'呢？'劝世者'呢？"他听到有个人在他耳边问道，"他真的升天了？天使们真的把他接走了？"

问话的是个躺在地上的老婆婆，满脸皱纹，双目糊上了眼眵，嘴里只剩下一颗牙齿。她似乎没有受伤，而是筋疲力竭。

"'劝世者'升天了，"利昂随声附和道，清醒地意识到此时此刻只能说这样的话，"天使们把他接走了。"

“他们也来接走我的灵魂吗，利昂?”老太婆口齿不清地问道。

利昂又敷衍了几句。老太太半张着嘴向他一笑，放心了。从失陷的圣安东尼奥教堂方向突然传来猛烈的枪声和喊声。利昂感到一阵弹雨擦着头皮过去，许多子弹打进了木桶和沙袋。他仍然躲在后面，趴在地上闭着眼睛，等待着死神到来。

枪声和喊声变小了。利昂抬起头，向圣安东尼奥教堂的钟楼废墟望去，政府军就在那里。他胸中因钟楼倒塌而产生的怒火在燃烧：狗子兵就在那里，就在那里，在石头中间行动，在向基督圣堂射击，在向拥挤在门口的人群开火。这时，门口的人群看见敌人冲上来射击，稍微犹豫了片刻，便挥舞双手向敌人冲去，人人脸上燃烧着愤怒和复仇的火焰。顷刻间，开阔地变成了肉搏战场。利昂看到那里已经乱成一团，一对对、一组组的人在厮打，滚动。他看到马刀、刺刀、大刀、砍刀在上下左右翻飞，听到怒吼声和谩骂声——有人喊“劝世者”和好耶稣万岁，有人则喊弗洛里亚诺元帅万岁。在混战的人群中，除了老人和妇女，又出现了年富力强的甲贡索人，那是前来增援的天主卫队的队员。利昂好像认出了若安·阿巴德。再过去一些，那个一手拿枪一手拿刀的高大身影仿佛是若安·格兰德或彼得劳。政府军也源源不断地出现在圣安东尼奥教堂的废墟上。敌人就在那里，就在甲贡索人拥有过的地方。现在敌人从颓垣断壁上向开阔地射击，他们的军帽和军服依稀可见。利昂终于明白有个敌人站在房顶上要干什么了：他在竖起一面旗帜。他们在贝罗山升起了共和国的旗帜。

正当利昂想象着假若“劝世者”看到那面旗会怎么想、怎么说时，甲贡索人从屋顶、钟楼和圣堂的平台上将那面旗打得布满弹洞。这时，他忽然看到有个士兵在向自己瞄准，就要开枪。

利昂没有躲闪，没有逃避，一步未动，而是突然想到自己像被响尾蛇吸住的树上小鸟。那士兵还在瞄准，只见他枪托向后一顿，利昂知道他开了枪。尽管硝烟弥漫，利昂看见那人又在重新瞄谁，看见那人的一双小眼睛、一副狰狞的恶笑，认为这一次将击中目标。然而有人突然用力将利昂拉到一旁，拉着他边跑边跳，他的手几乎被另一只铁手拉脱臼了。来人原来是若安·格兰德，他半裸着身体，指着大广场向利昂叫道：

“从那边走，从那边走！到圣婴基督、圣埃洛伊、圣彼得去吧。那里的工事仍结实。快跑，到那里去吧。”

若安·格兰德放开利昂，随即消失在炮火连天的圣堂方向。没有那只铁手的提携，利昂蹲在地上，浑身散了架。但他只在那里待了一小会儿，把那仿佛错位的骨骼重新调整一番。经过天主卫队队长的这番提拉，利昂身上似乎又增加了新的活力，在通向大广场的瓦砾堆间奔跑起来。这原本是唯一一条名副其实、宽敞笔直的大街，现在同其他街道一样，到处堆满砖瓦、石块、垃圾和死尸。他丝毫不管身旁这些杂物，只是紧贴地面、左躲右闪地向前走去，全然不顾石子、瓦片、玻璃碴的扎伤，整个身心都集中在赶到指定的地点去，赶到圣婴基督、圣埃洛伊和那条曲曲弯弯的蛇一般的小巷里。只要到达那里，就算得救了，便可以坚持、再坚持下去。然而当他在大广场上的第三个街角——那里原是圣婴基督街，现在成了一条挤满人的地道——拐弯时听到了激烈的枪声，看见玫瑰色、黄色和灰色的螺旋形冲天大火。他蹲在一辆翻倒的小车和一道木栅栏上，这是那座住宅剩下的一切了。他犹豫不决：去迎接那大火和枪弹有意义吗？回去不是更可取吗？在圣婴基督街和圣母教堂街交叉的地方，他望见一群群来回走动、不慌不忙、沉着稳重的人影。街垒就在那里，不如到那里去，不如到有人的地方去死。

然而他并不像自己想象的那样孤独。就在他沿圣婴基督街的斜坡边爬边跳时，有人不断地呼喊着他的名字：“利昂，利昂，到这里来！”“注意隐蔽！利昂，弯下腰！”他们在什么地方叫喊？他一个人也没看见，继续在废墟、垃圾和死尸堆中爬行。几小时或几天前被打死的尸体散发出一阵阵恶臭，加上迎面扑来的火药味，呛得他眼泪直淌，呼吸困难。突然，政府军士兵出现了。敌人有六个，其中三人拿着缠麻的木把，先在一个煤油桶中蘸油，点燃后便扔向屋顶；其他三人从很近的地方向房屋射击。利昂距敌人不到十步，一看见士兵他就瘫软了，不知所措地呆望着，几乎成了傻人。这时周围响起了更加密集的枪声。利昂趴在地上，但是并没有闭眼，而是着迷地看着被打得落花流水、狼狈不堪、望风而逃的狗子兵。子弹是从什么地方射出来的？有个狗子兵抱着脑袋一直滚到他身旁，停下不动时舌头伸到了外面。

他们是从什么地方向政府军开枪的？甲贡索人在什么地方？利昂躲在那里窥探着，盯着倒下的士兵，目光从一个跳到另一个，希望有个尸体突然坐起，将自己杀死。

但是利昂看到的是一个紧贴地面飞快爬行的身影，从一座住宅里像蚯蚓似的爬出来。当利昂认出是个小鬼时，竟然又爬出两个。三个小家伙在敌兵尸体上扒着、拉着，但并没有像利昂一开始以为的那样剥光敌兵的衣服，而是摘下子弹带和军用水壶。其中一个小鬼耽搁在离利昂最近的一个士兵——他原以为是具死尸，实际上是受了重伤——那里，又捅了一刀。利昂看见那把刀有小鬼的胳膊那样长，小鬼举刀时相当吃力。

“利昂，利昂！”另一个小家伙在向他打手势，叫他跟上。利昂看见那小鬼在一扇半开的屋门里消失了，还看到另外两个小鬼拖着战利品朝相反的方向走了。这时利昂那瘦弱的身体才从恐惧和麻木中恢复过来，努力爬到屋门处。几只有力的臂膀在门槛处迎接着他。

利昂觉得自己被举了起来，又被传给另外一些人。他被放到地上后，听到一个女人的声音："把水壶给他。"人们将水壶放到他那已出血的手掌上。他把水壶送到唇边，大大地喝下一口，那冰冷的液体滋润着他那如火烧似的内脏。一种神奇的滋味感动了他，使他不由得怀着感激的心情闭上了眼睛。

利昂一面回答六七个战士的问题，一面讲述自己在教堂前的广场上与来此途中的所见所闻。战士们围在屋内的一眼井边，个个的脸上黑糊糊的，面颊上淌着汗水；有的还缠着绷带，认不出谁是谁。利昂忽然发现这口井原来是地道出口。一个小鬼从他脚下冒出头说："狗子们又来放火了，萨路斯蒂亚诺。"听利昂讲话的人立刻行动起来，将他丢在一旁。这时，利昂发现其中还有两个女人，也拿着步枪，眯起眼睛向街上瞄准。利昂跪在那里，像个求告苍天的圣像，隔着木桩看到手持火把的士兵身影又出现了，向屋顶上扔火把。"开火！"一个甲贡索人怒吼道。房间里立刻充满了硝烟，接着是一阵枪声，然后附近也响起了爆炸声。当硝烟变得稀薄时，两个小鬼跳出井口向街上爬去，找弹药和水壶去了。

"咱们等他们走近些再动手干掉他们，这样就一个也跑不掉。"一个甲贡索人边擦枪边说道。

"萨路斯蒂亚诺，敌人放火点着了你的房子。"有个女人说。

"那边还有若安·阿巴德的房子。"名叫萨路斯蒂亚诺的补充道。

那是街对面的住房，几间房同时在燃烧。人们听到从熊熊烈火中传出呐喊和呼叫声，浓烟呛得利昂几乎喘不过气。

"利昂，敌人想熏死我们，"地道口上，一个甲贡索人镇静地说道，"他们拿着火把冲过来了。"

浓烟滚滚而来，利昂开始咳嗽，这时他那敏捷的、善于思考而富有创造性的大脑想起了"劝世者"的一次谈话。他当时是这样记录的（圣堂记录本将被烧成灰烬）：“未来有三次天火。前三次我会把它们扑灭，而第四次要听从基督耶稣的安排。”利昂感到窒息，大声叫道：“这就是第四次，那最后一次大火吗?”这时有人小心翼翼地问他：“利昂，‘劝世者’在哪儿?”这正是利昂预料之中的，他知道会有人敢于提出这个问题。浓烟中，他看到七八张充满期待的严肃面孔。

“他上天了，”利昂边咳嗽边说道，“天使把他接走了。”

又一股浓烟扑来，利昂合上眼睛，弯下身体，极力在稀薄的空气中挣扎。由于得不到新鲜空气，他觉得肺部在膨胀，似乎要爆炸。他想，最后的时刻来到了，但他是不能升天的，因为即使在此时此刻，他也不相信天堂和上帝的存在。利昂在昏迷中听到甲贡索人一面咳嗽一面争论，最后决定撤离此地，因为大火已延伸到这所房屋。“利昂，咱们走吧，”他听见有人说，“利昂，忍着点。”他这时已经睁不开双眼，于是伸出手臂。他觉得人们拉住他的双手，拖拉着他往前走。这令人窒息、往墙壁和木桩上撞来撞去的盲目转移要经历多少时间？人们拖着他在地上颠簸，东绕西拐，沿着狭窄弯曲的地道向前走着，时而帮他从住宅内的地道口上来、下去，不停地走着，走着。也许过了好多分钟，也许过了好多个小时，但在整个转移途中，他的大脑一刻不停地重温着纷繁往事，再现着众多形象，极力支撑着那弱小的身躯，坚持下去，至少坚持到地道出口。使利昂吃惊的是，他的身体竟然能够听从使唤，没有像他想象的那样被拖成碎片。

忽然，拉着他的那只手松开了，他立刻瘫在地上，觉得脑袋要裂开，心脏要爆炸，血管要迸裂，那被损坏的身体要散架了。然而这一切都没有发生，他渐渐恢复了平静，空气似乎也多了些，不那么憋气了。这时他听到喊声和枪声，意识到四周的人在忙碌着什么。

利昂揉揉眼睛，擦去眼眵，这才发觉自己待在一间住房里——不是地道里，而是地面上。周围有甲贡索人和将婴儿放在裙子上席地而坐的女人。利昂认出了那个制作烟火的人：烟火匠安东尼奥。

“安东尼奥，安东尼奥，卡努杜斯怎么样了？”利昂问道，但是烟火匠没有吭声。这里没有礼花，只有笼罩全镇的硝烟。甲贡索人之间没有交谈，他们在检查枪支、装填弹药、轮流监视敌人的动静。烟火匠为什么不说话？为什么默不作声？利昂用肘部和膝盖爬到烟火匠身旁，拉拉他的双腿。烟火匠蹲在那里，在装填子弹。

“我们在这里把他们挡住了，”烟火匠终于开口，语气平和，毫无惊慌之色，“可是敌人从圣母教堂、公墓和圣伊内斯大街过去了。他们的人太多了。若安·阿巴德打算在圣婴基督和圣埃洛伊各筑一道街垒，防止敌人从背后包抄我们。”

利昂这时很容易在脑海里画出一幅地图：圣彼得、马尔蒂尔、圣埃洛伊和圣婴基督狭窄的街道，构成连原来十分之一都不到的地盘。

“这么说，敌人已经占了基督圣堂？”利昂终于说出了心里的疑问。

“就在你睡觉的时候，敌人的炮弹打中了它，”烟火匠回答道，口气平静得像谈天说地，“钟楼倒了，屋顶塌了。声音大极了，可能会传到特拉波波和本登戈，却没有让你醒过来，利昂。”

“‘劝世者’真的上天了吗？”一个女人打断了他们，瞪大眼睛开口问道。

利昂没有回答她的问话。他仿佛看到、听到巍峨群山纷纷倾倒，身穿军服、佩戴袖标的士兵暴雨般扑向伤病员，扑向老弱妇幼；圣诗班的信女们痛苦地望着骨折筋断、血肉模糊的玛丽亚·瓜德拉多。

“利昂，‘世人之母’在到处找你。”有人告诉他，似乎有意回答了他心中的疑问。

说话的是一个骨瘦如柴的小鬼，身上只剩一层皮包骨，穿一条破烂短裤，边说话边走进房间。几个甲贡索人把他背着的水壶和子弹带摘下来。利昂上前抓住他一只胳臂。

“你是说玛丽亚·瓜德拉多？你看见她了？”

“她在圣埃洛伊，在战壕里，”小鬼口气笃定地说，“她在到处打听你。”

“请带我去找她。”利昂用焦虑、乞求的口气说道。

“贝阿迪托打着白旗到狗子兵那边去了。”小鬼若有所思地对烟火匠说。

“带我去找玛丽亚·瓜德拉多，求求你。”利昂尖声叫道。他拉住小鬼的手，双脚跳跃着。那孩子迟疑不决地瞅着烟火匠，不知如何是好。

“带他去吧，”烟火匠说，“告诉若安·阿巴德，眼下这里平安无事。快去快回，我这里需要你。”说罢，他把水壶分给众人，将自己那一份递给利昂说：“先喝几口再走。”

利昂喝了几口，说道：“赞美‘劝世者’好耶稣。”随后便跟上那小鬼出了茅屋。到了外面，利昂发觉到处在燃烧，男女老少都在用土扑灭火焰。圣彼得和马尔蒂尔街上的瓦砾废墟少一些，屋顶站着三五成群的人。几个妇女叫住他并示意他停步。人们几次问他是否见到天使、“劝世者”升天时他是否在场。他没有停步也没有回答，仍然非常吃力地向前爬行。他感到浑身疼痛，几乎难以把手撑在地面上。他向那小鬼连连喊叫，求他别走那么快，他实在跟不上。就在利昂又一次喊叫时，那小鬼忽然扑倒在地上，一动不动了。利昂急忙爬过去，没有拉那小家伙，因为孩子的眼窝里流出鲜血和白浆样的东西，大概是脑浆或骨髓。他顾不上察看子弹是从什么方向射来的，便毫不犹豫地奔跑起来，一心想着：“玛丽亚·瓜德拉多，我要见到你，我要跟你死在一块。”他越是向前走，迎面扑来的硝烟和火焰越是浓烈。突然，他发现过不去了：马尔蒂尔街被一堵噼啪作响的火墙截断。他气喘吁吁地停下，感到大火烧烤着面颊。

“利昂，利昂！”

利昂转过身，看见一个女人的身影，好似瘦骨嶙峋的幽灵，皮肤已皱成一团，目光和声音都很凄惨。“利昂，把这孩子扔进火堆吧，”她恳求道，“我弄不动他，可是你行。别让老鼠把他吃了。它们也会把我吃掉的。”利昂顺着那衰老女人的目光望去，就在她身边，在一具被火光照得发红的尸体上，看到了那盛宴：一群老鼠，大概有几十只，在那具已无法辨认的尸体的面部和腹部蹿来蹿去。“这场大火把它们赶出了洞，要么是因为魔鬼打赢了这场战争，”老女人一字一顿地喘息着说，“别让老鼠把他吃掉，他还是个孩子。亲爱的利昂，把他扔进火堆里吧，看在好耶稣的面上。”利昂仍在观看着那场盛宴：脸部已被啃光，正在腹部和臀部努力加餐。

“好吧，老妈妈。”利昂手脚并用地爬到她跟前说道。他直立起身体，接过那老女人放在裙上、紧抱在怀中的襁褓。他用两条腿支撑着身体，弯着腰，一面喘着气一面急切地说道：“我把他带走，我给他作伴。我等了这场大火二十年，老妈妈。”

当利昂·德·纳图巴向火堆走去时，老女人听见他在用尽平生力气唱一段她从未听过的祷文，其中有一位圣女的名字，她从未听过，利昂重复了许多次：阿尔梅娅①。

“休战了？”安东尼奥·比拉诺瓦问。

“是这个意思，”烟火匠回答说，“竿子上挑起一块白布，就是休

① 即利昂少年时爱慕的乡村姑娘。

战的意思。您离开那里时没看见，我也没看见，可是有很多人看见了。我是在您回来以后看见的，那时贝阿迪托仍举着那块白布。”

“贝阿迪托为什么要那样干？”奥诺里奥·比拉诺瓦问道。

“他看到无辜的人被杀死，心里非常难过，”烟火匠回答说，“他们是些老弱病残。贝阿迪托同政府军谈判，要求让他们撤离贝罗山。这事他没和若安·阿巴德、彼得劳及若安·格兰德商量，因为他们三位当时在圣埃洛伊和圣马尔蒂尔。于是他举起白旗，经过圣母教堂街，向敌人阵地走去。敌人放他过去了。我们原以为敌人会把他杀掉，再像帕杰乌那样把他送回来：没眼睛、没舌头、没耳朵。可是贝阿迪托打着白旗回来了。当时我们已经封锁了圣埃洛伊、圣婴耶稣和圣母教堂等街道，也把大火扑灭了。贝阿迪托去了两三个小时后回来了。这段时间里，敌人没有进攻，因为是休战。华金神父是这么解释的。”

矮子紧靠着胡莱玛缩成一团，因为他冻得浑身发抖。他们几个躲在一个山洞里，这原是牧羊人过夜的地方，位于从米兰德拉通往吉金盖的一条岔道上。离山洞不远处，以前有座小茅屋，后来被战火吞噬。他们在山洞里藏了十二天，跑到洞外去挖野菜、草根和一切可以咀嚼的东西，到附近的池塘去汲水。由于整个地区都有撤回盖伊马达斯的小股或大队政府军，所以他们决定暂时在山洞里躲避。夜里，山上气温急剧下降。因为害怕招来巡逻兵，比拉诺瓦兄弟不让生火，矮子冷得要死。三人中，矮子最怕冷，因为他又小又瘦。于是近视记者和胡莱玛让矮子睡中间，他们从两侧温暖着他。然而尽管如此，矮子还是非常害怕夜晚到来，因为虽然有朋友们的温暖，他还是上牙打下牙，冻得透心凉。这时他正坐在近视记者和胡莱玛中间听烟火匠讲着，一面不时地用短粗的小手示意二人再挤紧些。

“华金神父后来怎么样了？”矮子听见近视记者这样问道，“敌人把他也……”

“敌人没有烧死他，也没斩首示众。”烟火匠安东尼奥语气平静地回答，总算能给大家讲点消息，似乎感到很得意，“神父是在圣埃洛伊的工事里被枪弹打死的，当时我离他不远。为了减少那些垂死挣扎的人的痛苦，神父就好心地给他们补上一枪。木匠师傅塞拉菲拉说，神父大概不忍心看着那些人受罪。他不是甲贡索人，是神父，对吗？天主对拿刀枪的神父也许会有不好的看法。”

“‘劝世者’会向天主说明华金神父为什么要手持刀枪，”萨德林哈姐妹中的一个说道，“天主会饶恕他。”

“肯定是这样，”烟火匠安东尼奥说，“神父明白自己做的一切。”

尽管没有火堆，而且洞口被从附近挖来的灌木和整株仙人掌遮蔽着，金黄的月光和灿烂的星光——矮子猜想是这两个光源——依然照到他们的藏身之处，使矮子能够看清烟火匠的轮廓：扁平的鼻梁、布满疤痕的前额和下颏。矮子清楚地记得烟火匠是甲贡索人，在卡努杜斯见过他制造烟火，用来在宗教游行的夜里燃放，把天空变得像阿拉伯建筑那样灿烂辉煌。矮子记得烟火匠那双被火药烫伤的双手和臂上的伤疤，记得战争开始时烟火匠如何全力以赴地制造甲贡索人从阵地上投向敌人的炸药包。那天下午，矮子第一个发现有人把脑袋伸进洞口，并及时说出那是烟火匠，避免了比拉诺瓦兄弟的枪击。

“可是贝阿迪托为什么又返回来？”片刻后，安东尼奥·比拉诺瓦又问道。几乎所有的问题都是他提出的。自从认出烟火匠并和他拥抱后，整个下午和晚上，他都在不停地发问：“莫非贝阿迪托领悟了天主的启示？”

“可能吧。”烟火匠说道。

矮子极力想象那幅情景：贝阿迪托瘦削苍白的面孔上，两眼放出炽热、激动的目光。他打着白旗回到狭窄的街垒，周围全是死尸、受伤的战士、烧焦的废墟和成群结队的老鼠。据烟火匠说，那些老鼠突然间从四面八方蹿出，疯狂地扑向阵地上的死尸。

"他们接受条件了，"贝阿迪托说，"你们可以去投降。"

"政府军叫我们排成一路纵队出去，不许携带任何武器，双手要举过头顶。"烟火匠讲述道，众人听他说话的语气好像在讲什么荒诞离奇故事或醉鬼的胡言乱语，"说会把我们看作战俘，因此不杀我们。"

矮子听见烟火匠叹了一口气，还听见比拉诺瓦兄弟二人中有一个长叹了一声，萨德林哈姐妹中有一个在呜咽。奇怪的是，比拉诺瓦家的两个女人——矮子时常将她们混淆起来——从不同时哭泣，总是一个先哭，另一个后哭。在贝罗山避难期间，矮子从来没有听她俩哭过，可是就在这天下午，当烟火匠回答比拉诺瓦的问题时，她俩一齐哭起来。矮子浑身颤抖得厉害，胡莱玛用胳膊紧搂着他的肩膀，使劲揉擦着他的前胸、后背。是什么使他如此颤抖不止？是北方的寒冷空气？是饥饿、生病还是烟火匠讲的事情？

"贝阿迪托，贝阿迪托，你知道自己在说什么吗？"若安·格兰德吼道，"你知道你这是要干什么吗？你打算让我们放下武器举起双手去向敌人投降吗？贝阿迪托，这是你的心里话吗？"

"不包括你，"贝阿迪托用总是祈祷的语气说，"我指的是那些老弱病妇、无辜的人。让他们得救吧！你无权替他们作出决定。假如你不让他们得救，等于把他们杀死。那么你就要承担罪责，你的双手就沾满了无辜者的鲜血。若安·格兰德，让无辜的人去死是违背天意的，因为他们没有自卫的能力。"

"贝阿迪托说，这是'劝世者'通过他的口传达的话，"烟火匠继续讲道，"他说是'劝世者'给了他启示，是'劝世者'指示他要拯救无辜的人。”

“若安·阿巴德的意思呢?”安东尼奥·比拉诺瓦问道。

“他不在,”烟火匠解释说,“贝阿迪托是从圣母教堂街的工事回贝罗山的,而若安·阿巴德当时在圣埃洛伊。他知道情况后,已经耽搁了,没能赶回去。他在加固阵地,因为那里是最薄弱的环节。等他回去时,人们已经跟在贝阿迪托后面出发了,妇女、孩子、老人、伤病员,拖拖拉拉地走了一大串。”

“难道没有人上前阻拦他们?”安东尼奥·比拉诺瓦问道。

“谁也不敢上前,”烟火匠说,“因为他是贝阿迪托,是‘虔诚的小信徒’啊!他不是你我这样的普通人,而是从最开始就追随‘劝世者’的人。他是‘虔诚的小信徒’。你能说他没有得到天主的启示?你敢说他不清楚自己在干什么?连若安·格兰德都不敢去拦,我也不敢,其他人也不敢。”

“可是若安·阿巴德敢。”安东尼奥·比拉诺瓦喃喃自语道。

“也许,”烟火匠说,“若安·阿巴德大概敢去拦。”

矮子感到全身的骨头都快冻酥,前额却在发烧。他脑海里清晰地浮现出这样一幅情景:那位从前的强盗肩扛步枪、腰挎大刀,胸前披挂着子弹带,神色坚毅,高大灵活的身躯威风凛凛地站在那里,脸上毫无倦意。他望着那些妇女、孩子、老人、伤病员排成奇形怪状的队伍,高举双手向政府军阵地走去,以求死里逃生。矮子并非在想象,而是在马戏班全盛时期曾见过若安·阿巴德那副容光焕发的神采。他可以想象,若安·阿巴德会是怎样一副惊愕、愤怒的表情。

“站住!站住!”若安·阿巴德生气地瞪大眼睛,连连招手,想拦回去投降的人,“你们发疯了?站住!站住!”

烟火匠继续讲道:“我们给若安·阿巴德说明了当时的情况。若安·格兰德难过地哭起来，他说他有责任。这时，彼得劳、华金神父和其他人也跑了过来。众人七嘴八舌一讲，若安·阿巴德就明白了。”

“问题是敌人不仅会背信弃义地杀掉他们——当然也会把我们斩尽杀绝——而且会像侮辱帕杰乌那样糟蹋他们。正因为他们是无辜的，我们才不能让敌人杀害他们、侮辱他们。”若安·阿巴德一边提高嗓门，一边装填子弹，随即瞄准那些已穿过街道、渐渐远去的人。

烟火匠说：“若安·阿巴德首先开了枪。我、彼得劳、若安·格兰德和华金神父也都开了枪。”矮子此时发觉烟火匠一向平静的嗓音颤抖起来，“我们做得不对吗？安东尼奥·比拉诺瓦，我做错了吗？若安·阿巴德让我们开枪，他做得不对吗？”

“他做得很对，”安东尼奥·比拉诺瓦赶忙说，“让那些人死掉是出于好心，免得像帕杰乌那样被敌人凌辱。我要是在场，也会开枪。”

“我不知道对不对，”烟火匠说，“这件事使我很难过。‘劝世者’会同意这样做吗？我后半辈子都会想着这件事。我总会想，跟随‘劝世者’十年之后会不会因为最后这件事犯下罪过而下地狱。有时……”

他停住不讲了。矮子发觉萨德林哈姐妹一齐哭起来，一个失声痛哭，另一个抽泣呜咽。

“有时怎样？”安东尼奥·比拉诺瓦追问道。

“有时我想是天主、基督或圣母显灵了，把我从死人堆里救出来，让我躲过了枪弹。”烟火匠说，“这一次我糊涂了，什么都不明白了。在贝罗山的时候，我觉得一切都很明白，白天、黑夜都清清楚楚。可是我们向贝阿迪托和那些无辜的人开枪后，我就糊涂了，什么也弄不明白了。”

烟火匠叹息一声，不再说话，也像矮子和其他人那样静静地听萨德林哈姐妹哭那些死于无辜的人——死于甲贡索人出于好心而射出的子弹。

“也许天主希望那些人作为殉道者升入天国。”烟火匠又补充了一句。

矮子想：“我出汗了，或者是在流血？”他想：“我大概要死了。”大滴大滴的汗珠从他的前额滚下来，流过眉毛和睫毛，迫使他闭上眼睛。然而尽管他汗流满面，心里还是觉得冰凉。胡莱玛不停地为他擦去汗水。

“后来怎么样了？”矮子听到近视记者在问，“后来您、若安·阿巴德，还有其他人……”

众人静静地等待着，已经停止哭泣的萨德林哈姐妹突然听到再提起此事，不禁又哭了起来。

“没有后来，”烟火匠说，“敌人最初以为我们是向他们开枪，后来看到我们把他们马上到手的猎物抢走了，就气得发了疯。”停顿片刻，他声音发颤地说：“敌人叫嚷着：‘背信弃义！’说我们破坏了停战，要我们承担一切后果。接着，敌人就漫山遍野地向我们扑过来。他们真是成千上万啊！算我有幸。”

“有幸？”安东尼奥·比拉诺瓦问道。

矮子已经明白了这话的意思。烟火匠有幸再次对准手持刀枪、火把的大批官军射击，有幸不必为使无辜者免于敌人的侮辱而向自己人开枪。矮子明白烟火匠的意思，在高烧和寒战同时袭来的情况下，他定睛望着烟火匠。矮子仿佛看到那些出于好心而向同胞开枪、已经精疲力竭的甲贡索人摩擦着长满老茧、烧伤的双手准备射击。由于眼前又有了明确无误的射击目标，他们感到欣喜和激动。矮子仿佛看到敌人那股疯狂的劲头，他们一边前进，一边将未被杀的杀尽，将未被烧的烧光。

“可我相信，即使在那种时候，若安·阿巴德也不会哭。”萨德林哈姐妹中的一个说道，矮子听不出这是奥诺里奥还是安东尼奥的老婆，“我能想象若安·格兰德和华金神父会因为对自己人开枪而痛哭，可是若安·阿巴德呢？难道他也哭了？”

“大概也哭了，”烟火匠低声说，“尽管我没看见。”

“谁也没见若安·阿巴德哭过。”还是那个萨德林哈说道。

“你从来不喜欢他。”安东尼奥·比拉诺瓦神情沮丧地说道。这时矮子才知道说话的女人是安东尼娅。

“是的，”那女人毫不掩饰自己的反感，点头道，“从今以后，我更加讨厌他。现在我知道他这个人完了，他不是若安·阿巴德，而是若安·撒旦。他是为杀人而杀人，为抢劫而抢劫，以别人受苦为乐。”

一阵难堪的沉寂。矮子觉得近视记者害怕得发抖，仿佛在紧张地等待着什么。

“我希望以后你再也别说这种话了，”安东尼奥·比拉诺瓦一字一板地低声说，“你和我是多年的结发夫妻，咱俩一向同甘苦，共患难。可是假若我再听见你说这种话，那就一刀两断，一切全完。”

矮子浑身直抖，满脸淌汗，一秒一秒地捱着，等待着什么。

“我向基督发誓，以后再也不说了。”安东尼娅·萨德林哈喃喃地说。

“我看见若安·阿巴德哭过。”矮子这时开口道，他的牙齿格格打战，说起话来结结巴巴、断断续续，把面孔紧贴在胡莱玛的胸脯上，“你们不记得了吗？我不是给你们讲过吗？若安·阿巴德听恶魔罗伯特归顺天主的故事时曾经哭过。”

“罗伯特是王子。出生的时候，他母亲的头发全变白了，”若安·阿巴德想起了故事的开头，“如果魔鬼投胎也可以叫做显灵，那么罗伯特就是这么生下来的。为了让罗伯特能顺利出生，他母亲还许过愿。这是不是故事的开头？”

“不对。”矮子自信地反驳，因为这个故事他已经讲了大半辈子，已经记不清是在何时何地学会的了。他走乡串村时把这个故事讲过千百次，每讲一次，或增或减，或添枝加叶，或悲上加悲，或使它更生动，或让它更曲折，一句话，全看当时听众的情绪而定。若安·阿巴德想替矮子开个头都不行。

“他母亲当时已经上了年纪，再也不能生育。为了罗伯特能够顺利出生，她的确到处许愿。可他不是王子，而是公爵的儿子。”

“是诺曼底大公的，”若安·阿巴德点头道，“你讲下去。”

“他听着恶魔罗伯特的故事哭了？”矮子听到一个仿佛来自另一个世界的声音问道，那声音很熟悉，总是胆战心惊的，可又好奇、好问、可笑。

若安·阿巴德的确哭过。当矮子讲到某个地方，大概是罗伯特搞大屠杀、大破坏的时候，或是被一种无法抗拒的无形力量控制、驱使的时候，或是将长刀捅进孕妇的腹部、砍掉婴儿的头颅（矮子解释说，这证明罗伯特是南方人而不是北方人）、殴打农夫、烧毁有人睡觉的茅屋的时候，矮子发现若安·阿巴德的眼睛里闪着泪花，面颊红润，嘴角颤动，胸部起伏。他一时吓呆了，不知所措，停下不讲了（他什么地方讲错了？漏掉了什么情节？）。他焦急地望着卡塔利娜那张瘦削的面孔，她在圣婴基督街的小房子里似乎不占什么空间，是若安·阿巴德把矮子带到这里来的。卡塔利娜示意他讲下去，但是街道司令拦住了他：

“罗伯特干的事是他自己的过错吗？”他的脸色变了，“犯下那么多滔天大罪是他造成的吗？他能做别的事吗？他不是在偿还母亲的债务吗？天主应该向谁讨还血债？是向他还是向公爵夫人？”他神情恼怒、目光凶狠地盯着矮子问："你说，你说！"

"我不知道，我不知道，"矮子颤抖着，"故事里没讲这个。这不是我的错，你别问我，我不过是个说书的。"

"他不会把你怎么样，"那幽灵般的瘦女人低声道，"往下讲。"

矮子继续讲下去，望着卡塔利娜用裙边为若安·阿巴德擦眼泪，望着她依偎在他的脚下，用双手搂住他的小腿，将面颊贴在他的膝盖上，大概想让若安·阿巴德感到有人在陪伴他。若安·阿巴德没再哭，一动不动，也没再打断他，一直让他讲到故事的结尾：罗伯特成了圣徒，当上广行善事的隐士，发现自己是法国十二名门贵族之一诺曼底大公之子，最后戴上受之无愧的王冠。矮子记得那天下午——或许是晚上——当他讲完，若安·阿巴德一再表示感谢。可那是什么时候的事？是政府军围攻之前的贝罗山上那段好光景还是后来死亡、饥饿、破坏和恐惧的时候？

"胡莱玛，是那个时候吗？"矮子急切地问道，他自己也不明白为什么如此焦急地确认那个时间，"近视眼，近视眼，那是在演出的开始还是结束？"

"他怎么了？"矮子听到萨德林哈姐妹中的一个问。

"他在发烧。"胡莱玛紧搂着他回答说。

"那是在什么时候？什么时候？"矮子还在问。

"他在说胡话。"矮子听见近视记者说道，一面感到有人在抚摩自己的脑门、头顶和脊背。

矮子听见近视记者开始打喷嚏，一次、两次、三次，像每次有什么使他吃惊、开心或害怕时那样。现在他可以打喷嚏了，然而他们逃出来的那天夜里不行。那天夜里，只要打一个喷嚏，就可能使大家送命。矮子想起有一次在村里演出，近视记者不停地打喷嚏，多达上百次，好像小丑节目里大胡子女人放的屁一样多，那音量和调门时高时低，时长时短，逗得他像观众那样大笑。可是现在他一点力气都没有了。

“他睡着了，”矮子听见胡莱玛在说话，她把记者的脑袋放在自己的双腿之间，“明天他就好了。”

矮子没有入睡。在漆黑的山洞里，他那瑟缩的身体处于时冷时热的昏昏然状态，耳朵依然倾听着烟火匠的故事。他无需听这个从废墟和死尸堆中逃出来的人讲述，便可再现他早已亲身经历过的世界末日。尽管他感到浑身难受，时冷时热，身边的人仿佛离得很远在说话，尽管在这腹地之夜，在这个卡努杜斯和甲贡索人已不复存在的世界上，在这个官兵即将凯旋复命、大地又将变得孤独、凄凉的时候，矮子还是对烟火匠讲的故事十分感兴趣，颇为惊奇，并且留下了深刻印象。

“可以说，你是死里逃生。”矮子听到奥诺里奥说道。这位比拉诺瓦少言寡语，可说出话来很像他哥哥。

“可以这么说，”烟火匠答道，“不过我并没有死，也没被子弹打中。我不清楚。我身上没有血，也许有些石块落到了我的头上，可我一点都不疼。”

“你当时昏过去了，”安东尼奥·比拉诺瓦说，“和在贝罗山昏过去的人一样，他们以为你死了，这就救了你的命。”

“是救了我的命，”烟火匠重复道，“可也不完全如此，因为当我苏醒过来发现自己躺在死尸当中的时候，看见敌人正用刺刀捅死或开枪打死还在地上动弹的人。从我身边过去了许多人，可没有人弯腰看看我是不是真的死了。”

“也就是说，整整一天你都在装死。”安东尼奥·比拉诺瓦说。

“我听见敌人过来过去，杀死受伤的人，用刀捅死俘虏，炸毁房屋，”烟火匠说，“这还不是最坏的。最可恶的是那些野狗、老鼠和兀鹫，它们在吃死尸。我听见它们撕咬、啄食的声音，这些动物很清楚什么是死物，什么是活物，它们是不会受骗的。兀鹫和老鼠不吃活物，我最怕野狗。真是奇迹，野狗没来碰我。”

“算你运气，”安东尼奥·比拉诺瓦说，“以后打算怎么办?”

“回米兰德拉，”烟火匠说，“我生在那里，长在那里，在那里学会了造烟火的手艺。现在还说不清，也许回去吧。你们几位呢?”

“我们要去很远的地方，”从前的商人说，“我们可能去阿萨雷，因为我们是从那里来的，从那里开始了现在这样的生活。当时是为了逃避天灾人祸，那是另一种天灾人祸。今天的这一切是从那里开始的，也许还要回到那里去结束。除此之外，我们还能有什么打算?”

“可能吧。”烟火匠安东尼奥说道。

虽然有人告诉巴伊亚州的警察大队长吉拉尔多·马塞多上校，假如他愿意在平托·索萨上尉把“劝世者”的头颅送往巴伊亚州府前想看上一眼，请他赶快去奥斯卡将军的指挥部，可这位上校仍未放弃战争结束后一直纠缠着他的念头：究竟谁看见“劝世者”了?他到底在什么地方?营级以上军官（下级军官享受不到这一特权）都去看“劝世者”的脑袋，此人杀了那么多人，置那么多人于死地，可是几乎所有的证人都说没有任何人看见“劝世者”亲自拿过刀枪。再说，马塞多上校也没把那颗脑袋看成有什么了不起的，因为由于腐烂，它被装进了石灰口袋，只露出几绺灰白的头发。上校只是出于礼节，才勉强在奥斯卡将军的茅屋里露了面。他与其他留在那里的军官迥然不同——他们互相庆贺战争的结束，准备回到各自的城市与家人团聚，制订未来的计划。上校只瞥一眼那几绺灰发便悄然退场，回到废墟上摆着的死尸中间去了。

上校已经不想“劝世者”了，也不去想留在指挥部里的那些军官，再说他一向自认为与他们不同。自从他率领巴伊亚州警察大队来到卡努杜斯山区，总是对那些军官的高傲态度采取以牙还牙的办法。他知道自己有绰号，知道人们在背后怎样称呼自己：捕盗能手。他觉得无所谓。他为自己在过去三十年中一次次歼灭巴伊亚州土地上匪帮的成就而感到骄傲，为自己作为出生于穆隆格（没有任何一个军官能在地图上找到穆隆格）的卑微印欧混血种人能够晋升到上校军衔而感到自豪。他是靠着拼命精神，靠着与等级制度的抗衡才取得的。

但是，下述情况对他的部下至关重要。对四个月来出于对他个人的忠诚而前来与“劝世者”作战的巴伊亚州警察来说（上校和他们谈过，州长要求他和警察部队必须出于自愿去卡努杜斯打仗，为的是拆穿其他州县说本州居民对甲贡索人软弱无能、无动于衷甚至同情纵容、狼狈为奸的流言蜚语，以便向联邦政府和整个巴西表明他们巴伊亚人同全国人民一样，为了保卫共和国，准备付出任何牺牲，自从加入讨伐大军，不得不忍受歧视与侮辱），对他的部下来说至关重要。他们不会像上校那样克制，而是针锋相对、以牙还牙。四个月来，他们多次与其他团队的士兵发生冲突。最使上校恼火的是，连指挥部也看不起他们。在大小战斗中，巴伊亚州警察大队总是被排除在外，或被部署在后方阵地，似乎指挥部相信那些污蔑，相信巴伊亚人是卑鄙的复辟派，是无耻的同谋者。

废墟堆上臭气冲天，上校不得不掏出手帕捂住鼻孔。尽管许多地方的大火都熄灭了，空气中仍充满着烟尘、火星和灰烬。上校一边用红肿的眼睛仔细察看，一边用脚踢开死尸，为的是看看面孔。大多数尸体已被烧焦，有的虽然没有面目全非，但也无法辨认。再说，即使保存完好，他又怎能认得出？难道他曾见过“劝世者”？他所掌握的对此人的描述是不充分的。这真是个愚蠢的举动。他想：

"真是愚蠢至极。"然而那潜在的本能胜过了理智。过去，那种本能给他帮了许多忙：突如其来的预感曾使他催促车夫莫名其妙地跑上两三天到某个村庄去，果然出乎意料地当场抓住了几周乃至几个月未曾追到的匪帮。眼下也是这样。马塞多上校在尸体堆中继续翻寻着，一只手用手帕捂住鼻子和嘴巴，另一只手驱赶着一团团苍蝇，有时还要踢腿跺脚地赶跑抓爬到腿上的老鼠。他之所以如此，是因为有一种预感违反逻辑地告诉他，一旦遇到若安·阿巴德的脸孔、身躯或哪怕几块骨头，他一定能够认出。

"上校阁下。"他的副官也用手帕捂着鼻孔跑来了。

"找到他了?"马塞多上校兴冲冲地问。

"还没有，阁下。奥斯卡将军命令离开这里，因为工兵要开始摧毁性的破坏了。"

"摧毁性的?"上校向周围扫了一眼，怏怏不快地说，"还有什么要摧毁的?"

"将军说要全部夷为平地，"索阿雷斯上尉说，"他已经下令对残存的墙壁实行爆破。"

"真是浪费!"上校嘟囔一声。手帕下面，他的嘴半张着，像往常思考问题时那样舔着那颗金牙，沉郁地望着大片的废墟和腐臭的尸骸，最后终于耸耸肩膀说："我们只好就这样走了，连他是死是活都不清楚。"

上校和副官不放松地捂着鼻子回营地去了。在他们身后，顷刻间响起了爆破声。

"阁下，我可以提个问题吗?"索阿雷斯上尉因为用手帕捂着嘴，鼻音很重。马塞多上校点头表示可以。"为什么若安·阿巴德的尸首对您这样重要?"

"说来话长，"上校呜呜噜噜地说道，同样鼻音很重，深色的细眼睛仍四处寻觅着，“故事好像是从我这里开始的。至少人们是这样传说的。大约在三十年以前，我杀死了若安·阿巴德的父亲，他是库斯迪亚的配种员。据说他是为了报杀父之仇才当强盗的。后来，啊……你今年多大了？”他扭身望望副官，突然感到自己老了。

“二十二岁，阁下。”

“所以你不知道若安·阿巴德是个什么样的人。”上校低声道。

“他是卡努杜斯的军事首脑，是个极其凶狠的家伙。”索阿雷斯上尉回答说。

“是个极其凶狠的家伙，”上校点头道，“是巴伊亚州最残暴的人。他总是从我手里溜掉。我追捕他十年了，有几次差一点就逮住了，可还是被他跑掉了。据说，他订过盟约，人们都叫他撒旦。”

“现在我明白您为什么想找到他了，”索阿雷斯上尉微微一笑道，“您想看看这一回他是不是又溜掉了。”

“说实话，我也不清楚为什么，”上校耸耸肩膀咕哝道，“也许因为又想起了青年时代。抓土匪比眼下这无聊的事好。”

身后又响起一连串的爆炸声。马塞多上校看到从山坡到山顶，成千上万的人在观看卡努杜斯的颓垣断壁如何被炸平。他对此不感兴趣，不屑一顾，不停脚地向巴伊亚州警察大队的营地走去。营地设在法维拉山下，傍着瓦沙—巴里斯河阵地的后方。

“真的，一个人尽管非常聪明，可有的事仍然弄不明白。”上校说道，吐出胸中由于寻尸而积下的臭气，“他们先是派人去数有多少间房屋，可那根本不是什么房子，只是一片废墟；随后又动手爆破土坯和石块。你知道丹塔斯·巴莱托上校为什么派人数房子吗？”

巴莱托上校的部下在潮湿的瘴气中度过了整整一个上午，最后点清卡努杜斯共有五千二百间房子。

“他们看见的是一团乱麻，根本算不出死亡数字，”索阿雷斯上尉嘲笑道，“他们按每家五口计算，结果算出有差不多三万甲贡索人，可是丹塔斯·巴莱托上校的部下只找到七百四十七具尸体。”

“因为他们只计算完整的尸体，”马塞多上校气哼哼地说，“他们忘记了一块块碎肉，忘记了一堆堆骨骼，而大部分尸体就是这样的。每个疯子都有自己的想法。”

这时，营地里有一出戏在等着马塞多上校，那是巴伊亚州警察部队在卡努杜斯包围战期间与友邻部队演出的众多剧目中的一出。军官们在极力安抚部下，命令他们散开，暂时不提此事。营地四周都放了岗哨，生怕警察们冲出去给挑衅者以惩罚。马塞多上校从部下眼中的怒火和脸上的表情知道事态十分严重，但他没有听取任何报告或说明，只是责备军官们：“这么说，你们没有去执行我的命令！也就是说，没有去找那个土匪头子，而是让人去打架！要避免斗殴，难道我没说过?”

实际上，上校的命令被严格执行了。指挥部调回警察巡逻队以便让工兵进行爆破前，他的部下一直在卡努杜斯执行命令。事情发生在一支搜索若安·阿巴德的巡逻队里，当时三名巴伊亚州警察沿着基地和教堂的工事走向一处洼地，那里从前可能是河汊，现在是战俘集中地之一。所谓战俘，几乎全是妇女和儿童，原本有几个男人，都被马拉那奥少尉那一排人砍死了。据说这位少尉自告奋勇担当此任，因为甲贡索人几个月前伏击了他的部下，全排五十人只剩下他和另外八个人没有受伤。三名警察走近战俘，询问他们是否知道若安·阿巴德的情况。这时，有一名警察认出一名妇女是兰伽瓦村的亲戚，便上前与她拥抱。马拉那奥少尉见此情景立刻指责说捕盗能手指挥的警察穿的是共和国的军服，却处处背叛政府，眼前就是明证。那名警察立刻表示抗议。少尉气急败坏地把他一拳打倒在地。接着，那名警察和另外两名警察被一伙高乔族士兵轰走，那些士兵还高叫："甲贡索人滚蛋！"三个人气得发抖，回到营地后把事情一讲，同事们也个个义愤填膺，纷纷议论着要去报仇。他们已经商量了一个小时，这是马塞多上校预料之中的事端，如同以往二三十次冲突一样，出于同样的原因，使用的几乎是同样的语言。

然而这一次与往常不同。往常，上校总要安抚部下，至少向警察大队所属的第一纵队司令巴尔波萨将军告上一状；或者他认为事态严重，就直接向远征军司令奥斯卡将军禀报。可这一次，马塞多上校有一种奇异的预感，一种危及仕途甚至生命的不祥预感。

"这个马拉那奥是个不配尊重的东西，"上校很快舔了一下金牙，议论道，"整夜去杀害战俘算什么军人的职责？那是刽子手干的事，你们说对不对？"

军官们安静下来，面面相觑。上校说话和舔金牙时看见索萨上尉、赫罗莫上尉、特哈达上尉和索阿雷斯上尉的脸上显出惊讶、好奇和满意的神情。

"因此我不相信一个高乔刽子手竟敢欺侮我的部下，竟敢说我们是共和国的叛徒，"上校补充说道，"他应该尊重我们，不对吗？"

军官们谁也没有吭声。上校知道他们的矛盾心理：他的话既使他们高兴，又使他们不安。

"你们在这里等我，谁也不准离开营房一步。"说罢，上校走了。这时他的部下纷纷反对他一人独行，要求陪他前往，他便干巴巴地挥手拦住说："这是命令。我要单独处理这个问题。"

上校离开营地时，不知会做出什么事来，但是他身后有三百双眼睛注视他，支持他，敬重他。他的脊背感受到了他们的目光，仿佛有一种沉重的压力。然而他要去干一下，因为他气得不行。他不是性情暴躁的人，即使在爱动火的青年时代也并不暴躁，以极少动怒而闻名。冷静的性格多次救过他的性命。可现在他气愤至极，肝火上升，仿佛炸药包爆炸前导火索在燃烧。他之所以气愤，是因为那个惯于杀人的刽子手称他为“剿匪匠”，骂他的部下、巴伊亚州的志愿警察是“共和国的叛徒”。这是他绝对无法容忍的。这就是事情的导火索。他漫步向前走去，望着路上的碎石和龟裂的田地，对摧毁卡努杜斯的爆炸声充耳不闻，对头上盘旋的大批兀鹫视而不见。与此同时，他像青年时代那样迅速而准确地——尽管岁月的流逝使他变得有些苍老，脊背有些弓起，但动作依然敏捷，手指依然灵活——从枪套中拔出左轮手枪，拉开枪栓，望望里面是否有六枚子弹，验罢又放回枪套中。这一行动可以使他功成名就，因为这会成为他毕生宝贵经验的一部分，成为他爬上受人尊敬的地位前的登峰之举，或者至少可以排遣一连串的失意与不快。作为在这次战争中代表巴伊亚州警察大队的首脑，他非但没有受到承认和尊重，反而同部下一道遭受歧视、污蔑和凌辱，根本不能显示自己的才干。如今，他唯一的成绩就是忍耐，而这对他来说是此次战争的失败。一路上，他连士兵向他敬礼都全然没有发觉。

马塞多上校走近俘虏们集中的洼地时，望见马拉那奥少尉一面叼着香烟一面注意着他的到来。那家伙身后站着一群身穿马裤的高乔士兵。这名少尉的外貌并不出众，看不出脸上有闹事之徒那种为所欲为的神情，而是又矮又瘦，面皮白净，头发金黄，八字胡很整齐，一双眼睛蓝得像天使。马塞多上校不慌不忙地向少尉走去，他那具有印第安人显著特征的面孔上看不出丝毫心事或紧张，看不出丝毫企图，其实上校本人尚不清楚。上校看清少尉周围有八个高乔士兵，没有人带枪——他们的步枪都按金字塔形搭在阵地上。他们像马拉那奥少尉那样腰上挎着马刀，少尉本人还佩带着手枪和子弹盒。上校穿过挤满瘦弱女人的地方，这些女俘虏如同士兵的枪支一样横倒竖卧，或挤成一堆。她们望着上校从身边走过，只有瞳孔闪现出生命的迹象。她们把孩子或揽在怀里，或包在裙中，或系在后背，或干脆让他们躺在身边的地上。当上校距离少尉两米之际，马拉那奥丢掉烟蒂，向上校敬礼。

“少尉，找你有两件事。”上校开口道。两人离得那么近，以致上校说话时喷出的气流微风般地吹到那南方人的脸上，“头一件：请你到战俘中打听一下若安·阿巴德死在哪里。如果他没死，那么打听一下情况如何。”

“阁下，已经问过她们了，”马拉那奥恭顺地说，“是您大队里的一名上尉问的。后来又有三名警察问过，可是他们的态度蛮横无理，我不得不训斥他们，大概他们向您报告过了。俘虏中没有人知道若安·阿巴德的情况。”

“咱们再试一试，看看运气会不会好一些，”马塞多上校的语气依然平静，依然是中性的，没有感情色彩，也是克制的，毫无敌意，“我请你亲自询问他们。”

在上校黑色的小眼睛周围，眼角处已经出现鱼尾纹。他紧盯住少尉那惊讶而疑惑的蓝眼睛。两人目不转睛地对视着。马塞多上校知道，听觉和直觉告诉他，右侧方的八个士兵神情极为紧张，女俘们的眼光都迷惘地投到自己身上。

“那我再去问问她们。”少尉犹豫了一下说道。

马拉那奥少尉不明白上校的命令是要再次弄清若安·阿巴德的命运还是要在自己面前耍威风。由于捉摸不透上校的意图，他便慢吞吞地钻进那群衣衫褴褛的女人中去了解有关若安·阿巴德的情况。在这当口，马塞多上校一直没看那几个高乔士兵，故意背对着他们，双手叉腰，贝雷帽向后斜戴——这是他的习惯动作，也是腹地牧牛人的典型姿势。上校跟在少尉后面在战俘中间走着。远处的什么地方，大约在高山那面，爆炸声隆隆地响着。没有人回答少尉的问话。

少尉停在一名女俘虏面前，审视着她的眼睛，提出问题。她只是一味地摇头。上校一面盯着少尉的一举一动，一面留神那八个士兵的动静，暗暗思量：奇怪的是这群女人个个保持沉默，稀奇的是那么多娃娃却没有一个因饥渴或害怕而啼哭。他突然想到那些骨瘦如柴的孩子，会不会有许多小生命已经夭亡？

“您看，白问吧？”马拉那奥少尉停下脚步，对他说，“跟我事先说的一样，没有人知道任何情况。”

马塞多上校心中想：“真遗憾。没有弄清若安·阿巴德的下落就得离开这里了。”

上校留在原地未动，仍然背对着那八个士兵，注视着少尉的蓝眼睛和白净面皮。这时，少尉紧张的心情显露在了脸上。

“我还能在什么事情上为您效劳？”他低声问道。

“你是南方人，对吗？”马塞多上校说，“那么你大概不知道对腹地人来说什么是最大的侮辱。”

马拉那奥少尉神情异样地严肃，紧皱眉头。上校发觉不能再等了，因为对方会拔出手枪，便以迅雷不及掩耳之势对准那张白净面孔就是狠狠一记耳光。这一巴掌立刻将少尉打倒在地，使他四肢伸开，仰卧在地上望着马塞多上校。他刚要爬起来，马塞多上校一步跨到他跟前，威胁道：

“你敢站起来，就让你下地狱；你敢掏枪，就立刻让你完蛋。”

他严峻地望着少尉的眼睛，说话的语气依然未变。在少尉那发红的面颊上，上校看到了犹豫不决，他知道那南方人不敢站起也不敢掏枪。上校也没有去摸枪，只将右手放在离枪套几毫米的地方。上校更担心的是身后的动静，他在猜测那八个士兵看到此情此景的想法和打算。几秒钟后，他确信身后不会再有动作，士兵们被镇住了。

“你掴了一个人的耳光，就像刚才我掴你那样，那是比往人身上小便更恶劣的行径。”上校边说边解开裤襟，快速掏出那造孽的玩意儿，立刻，一股透明的尿水浇在马拉那奥少尉的身上。

直到扣好裤襟，上校一直警惕着背后的动静。上校这时看到少尉像疟疾发作般浑身颤抖，眼里淌出泪水，看出他不知如何是好。

“你们管我叫‘捕盗能手’，我不在乎，因为这是事实。”上校望着少尉一面爬起来一面发抖哭泣，知道对方此时满腔仇恨却不敢开枪，说道，“可我的部下不喜欢别人说他们是‘共和国的叛徒’，因为这是胡说八道。我的部下是最优秀的共和主义者和爱国者。”

上校飞快地舔了一下金牙。

他说：“少尉，有三种办法供你选择：第一种，去指挥部告状，控告我滥用职权，把我降级或者开除军籍。这对我无关紧要，因为只要有匪盗，我就可以靠抓他们过活；第二种，你和我都摘掉领章，用手枪、长刀或你乐意使用的武器来说清这件事，这样咱们可以私了；第三种，你偷偷在我背后打黑枪。好吧，随你决定用哪种办法。”

上校把手伸到军帽旁，假装行举手礼。少尉最后的眼神使他知道，这个倒霉家伙可能选择第一种办法，也许是第二种，但不会是第三种，至少此时此刻不会。上校对那始终未敢有所动作的八个士兵不屑一顾，开步走了。当他穿过那群衣衫褴褛、瘦骨嶙峋的战俘时，一双铁钩般的瘦手拉住了他的皮靴，是个老太婆，她的头发几乎全部脱落，矮得像小姑娘，两眼直勾勾地望着上校：

“你想知道若安·阿巴德的事吗？”她那没有牙齿的嘴巴含糊不清地问道。

“是的，”马塞多上校回答说，“你看见他死了？”

老太太摇摇头，舌头在口腔里蠕动着，仿佛在咀嚼着什么东西。

“那么他逃走了？”

老太太仍然摇摇头，战俘们从四周紧盯着她。

“我看见他了，”她嘴唇叭唧叭唧地响着，“有几位天使把他接到天上去了。”